카라마조프 가의 형제들 1

카라마조프 가의 형제들 1

안나 그리고리예브나
도스토옙스카야[1]에게 바침

내가 진실로 진실로 너희에게 이르노니

한 알의 밀이 땅에 떨어져 죽지 아니하면

한 알 그대로 있고

죽으면 많은 열매를 맺느니라

(요한복음 12장 24절)

차 례 The Brothers
Karamazov

2부

제4편
돌발적 행동들

제5편
PRO와 CONTRA

　내 글의 주인공 알렉세이 표도로비치 카라마조프*의 삶을 묘사하려고 마음먹으면서 나는 약간 망설이고 있다. 무슨 말인가 하면, 비록 알렉세이 표도로비치를 내 글의 주인공이라

---

*　러시아인의 풀네임(full name)은 이렇게 세 단어로 이루어진다. 첫 번째 단어가 그 사람 본인의 이름(성이 아닌 이름, 즉 given name)이고, 두 번째 단어는 그 사람 부친의 이름에다 어미를 붙인 것이다. '부칭'이라고 한다. 세 번째 단어는 성이다. 아버지가 같은 친형제들은 당연히 같은 부칭을 갖는다. 지금 나온 알렉세이 표도로비치 카라마조프는 조금 후에 등장하게 될 표도르 파블로비치 카라마조프의 아들이다. 이를 통해 알렉세이의 풀네임에서 '표도로비치'가 부칭임을 확인할 수 있다.
한국 이름은 짓기 나름이다. 즉 '이름들의 목록'을 만들 수 없을 정도로, 그 가짓수가 무한하다. 그에 비해 러시아 이름(성이 아닌)들은 정해져 있다. '이름들의 목록'이 존재한다. 쉽게 말하면, 아이가 태어나면 그 아이의 이름을 '짓는' 게 아니라, 흔히 쓰이는 이름들 중에서 '고르는' 것이다. 그러므로 이름이 같은 사람들이 무수히 많다. 그런데 어떤 두 사람의 이름이 같을 때 그 아버지의 이름마저 같을 경우는 상대적으로 적으므로, 구별을 위해서 부칭이 쓰일 수 있다. 또한 이름과 부칭을 같이 부르는 것은 그 사람이 어린애가 아니라 좀 의젓한 지위를 가진 성인일 경우이다. 러시아 사람들은 한국 사람들처럼 누군가를 부를 때 "… 선생님", "… 사장님"과 같은 직함을 쓰지 않고, 이름과 부칭을 부른다. 그것이 바로 언어 예절 표시 방법이다. 이렇듯 그 사람의 나이, 지위, 부르는 사람과의 관계상 막역한 정도, 부르는 사람의 그 사람에 대한 태도 등에 따라서, 그리고 그 사람을 부르는 자리가 어떤 자리인지에 따라서, 또한 실지로 그 사람을 소리 내어 부르느냐, 아니면 말 혹은 글로써 그 사람을 제삼자에게 명시하느냐에 따라서, 이름만 쓰이는 경우, 이름과 부칭이 쓰이는 경우, 부칭만 쓰이는 경우, 이름과 성이 쓰이는 경우, 이름과 부칭과 성이 쓰이는 경우, 성만 쓰이는 경우가 있다. 성이 먼저 나오고 이름이 그다음에 나오는 경우도 있으며, 풀네임을 표시할 때 이름, 부칭, 성 순이 아니라 성, 이름, 부칭 순으로 표시하는 경우도 있다. - 역자 주

칭하고 있지만, 내가 알기로 이 사람은 전혀 위대한 사람이 아니라서, 다음과 같은 질문들이 꼭 들어올 것 같은 느낌이 든다. "알렉세이 표도로비치가 어떤 면에서 훌륭해서 주인공으로 삼았나요?" "그 사람이 어떤 일을 했나요?" "그 사람이 누구에게 알려져 있고, 무엇으로 유명한가요?" "독자 입장에서 왜 시간을 들여서 그 사람 생애의 사건들을 알아봐야 하는 건가요?"

　나로서는 이 중 마지막 질문이 가장 부담된다. 왜냐하면 그 질문에 이렇게밖에는 답을 할 수 없기 때문이다. "소설을 읽어보시면 스스로 알게 될 것입니다." 그런데 소설을 읽어봤더니 별 게 없다고, 내 글의 주인공 알렉세이 표도로비치가 관심을 끌 만한 인물이라는 점에 동의할 수 없다고 한다면 어떡할 것인가? 내가 이 말을 하는 것은 안타깝게도 진짜 그렇게 될 듯해서다. 내가 볼 때는 그 사람이 관심을 끌 만한 인물인 게 사실이다. 하지만 독자들에게 과연 그것을 증명할 수 있을지에 대해 확실한 의심이 간다. 왜 그런가 하면, 이 사람은 그 어떤 활동을 행하는 사람이되, 그 활동이 꼭 "무엇이다"라고 확실히 단정지어 말할 수 있는 게 아니기 때문이다. 물론 우리가 사는 이 시대에 사람들에게 확실함을 요구한다는 것 자체가 이상할 수도 있다. 한 가지 그나마 확실하다고 할 수 있는 게 있다면, 이 사람, 좀 이상한 사람이라는 것이다. 심지어는 괴짜라고까지 할 수 있다. 하지만 이상하다는 점, 괴짜라는 점이 과연 좋은 점인가? 그게 그렇게 관심을 끌 만한 가치를 지니는가? 더군다나, 개인적이고 독특한 점들을 한데 뭉뚱그림으로써 보편적 혼란 속에서 모두가 이해할 만한 그 어떤 해답을 모색하는 일에 모든 사람들이 노력을 경주하고 있는 이 시대에 말이다. 괴짜라고 하는 것은 대부분의 경우에 개인적 특성으로서 독특하게 드러난다. 그렇지 않은가?

만약 방금 한 말에 여러분이 동의하지 않고, "그렇지 않다"라든지, "항상 그런 것은 아니다"라고 답한다면, 나는 나의 소설 주인공 알렉세이 표도로비치의 의미와 관련하여 한층 용기를 얻을 것이다. 괴짜라는 것이 개인적 특성으로서 독특하게 드러나는 점이되, 꼭 '항상' 그렇지는 않을 수 있다면 말이다. 그게 가능하다면, 어쩌면 괴짜는 자기 속에 개인 아닌 사회 전체의 핵심을 지닐 수도 있다는 말이 된다. 만약 그렇다면 그 괴짜와 동일한 시대에 사는 나머지 사람들이 오히려 그 괴짜와 잠시 동떨어져 다른 노선을 걷는 셈이 된다. 갑자기 무슨 바람이 불어서 말이다.

하지만 나는 이 다분히 재미도 없고 모호하기만 한 설명을 계속하지 않으련다. 차라리 서론 없이 그냥 시작하련다. 맘에 들면 사람들이 그냥 읽겠지. 하지만 또 안타깝게도 삶의 묘사는 하나이되 소설은 두 편이라는 점이다. 그중 더 중요한 소설은 두 번째 것이다. 두 번째 소설에서 바로, 우리 시대, 즉 현재에 해당하는 주인공의 활동이 펼쳐진다. 첫 번째 소설은 십삼 년 전에 생겨난 것으로, 심지어 소설이 아니라 단지 주인공의 청소년기의 한 시점이라고도 할 수 있다. 나로서 이 첫 번째 소설 없이 그냥 곧바로 두 번째 소설로 갈 수는 없다. 만일 그렇게 하면 두 번째 소설에서 많은 부분이 이해가 안 갈 것이기 때문이다. 하지만 내가 애초부터 어려워하던 그 문제가 여기서 더 복잡해진다. 나, 즉 생애를 묘사하는 자의 입장에서 볼 때, 주인공이 아주 소박한, 그리 주인공답지 않은 주인공이라서, 그런 사람에게 소설 한 편만 해도 많아 보이는데, 소설이 두 편씩이나 된다면 과연 어떨 것이냐 말이다. 내가 너무 부담을 지우는 것 아닌가 하는 미안함이 든다.

이 문제들을 어떻게 해결할까 고민하다가, 차라리 그냥 아무 해결 없이 넘어가기로 작정한다. 물론 현명한 독자는 이미 눈치챘을 것이다. 내가 이런 얘길 맨 처음부터 해왔다는 것을 말이다. 결실 없는 말들과 귀중한 시간을 내가 왜 이렇게 공연히 소모하는지 모르겠다고 하면서 나는 내 자신을 탓하기만 했다. 하지만 다 이유가 있다. 분명히 대답할 수 있다. 결실 없는 말들과 귀중한 시간을 내가 왜 소모하나 하면, 첫째, 이렇게 하면 좀 예절 있어 보일까 하여, 둘째, 내가 약아빠져서이다. 무슨 말인가 하면, 이 소설을 읽으면서 독자가 이러이런 느낌을 받을 수 있으니까 미리 염두에 두시라고 내가 자진해서 미리 말해두면 나중에 가서 안 좋은 인상을 덜 끼칠 수 있을까 해서 말하는 것이란 뜻이다. 어쨌든 사실 나는 내 소설이 이야기 두 편으로 저절로 나뉘어졌다는 점이 심지어 기쁘기까지 하다. 게다가 전체적인 일관성은 분명히 있으면서 말이다. 독자가 첫 번째 이야기를 읽고 나면, 두 번째 이야기를 읽기 시작할 가치가 있을지 없을지를 스스로 결정하게 된다. 물론 누구도 얽매일 필요는 없다. 첫 번째 이야기를 두 페이지쯤 읽고서 책을 내던져도 괜찮다. 그러면 그 후로는 다신 안 펼치게 되겠지. 하지만 반드시 끝까지 읽고자 하는 섬세한 독자들도 있게 마련이다. 올바른, 편견 없는 판단을 하기 위해서 말이다. 예를 들어 러시아의 비평가들이 다 그런 사람들이다. 그러고 보니 바로 그런 분들 앞에서는 내가 마음이 좀 편해진다. 그런 분들이 지니는 섬세함과 성실함은 익히 알고 있지만, 그래도 심지어 그런 분들께마저, 이 소설의 첫 번째 에피소드를 읽다 말고 그냥 책을 내던져도 된다는, 분명히 합법적인 전제를 드리는 바이다. 자, 이렇게 해서 서론은 끝이 난다. 필요 없는 말이었다는 걸 이해는 한다. 하지만 이미 쓴 걸 어떡하는가? 이미 쓴 바에, 그냥 놓아두기로 한다.

자, 이제 본론이다!

The Brothers Karamazov

/

1부

/

제1편
한 가족의 역사

I

표도르 파블로비치 카라마조프

알렉세이 표도로비치 카라마조프는 우리 군의 지주였던 표도르 파블로비치 카라마조프의 셋째 아들이었다. 이 지주는 지금으로부터 꼭 십삼 년 전에 비극적이고 끔찍한 죽음을 맞이함으로써 당시에 소문이 파다하게 난 사람이다(지금까지도 우리들 사이에서 거론되곤 한다). 이 사람이 어떻게 죽게 되었는지는 앞으로 이야기할 기회가 있을 것이고, 지금은 이 '지주'(이 사람이 살아생전 자기 소유의 땅에 거주한 적이 거의 전혀 없음에도 불구하고 이 사람을 지주라고들 불렀다)에 대해 단지, 그 사람이 얼마나 별스러운 사람이었는지를 말하기로 하겠다. 하긴 그런 별스러운 사람들이 꽤 자주 눈에 띄는 것도 사실이다. 행실이 더럽고 난잡한 데에 그치지 않고 얼간이 같기까지 한 사람들 말이다. 하지만 얼간이 같긴 해도, 오로지 자기 재산 늘리는 일만은 기막히게 잘하는 사람들 중 한 명이었다. 예를 들어 표도르 파블로비치는 거의 무일푼으로 시작했다. 신분이 지주이긴 했지만 가진 것 없는 아주 미미한 지주였다. 다른 사람 밥 먹는 데 가서 얻어먹고, 있는 집에 빌붙어 식객으로 살았다. 그랬는데도 그 사람이 사망하던 시점에는 현금만 따지더라도 10만 루블의 재산이 있었다. 그건 그렇다고 쳐도, 어쨌든 그 사람은 평생 동안 우리 군 전체를 통틀어 손에 꼽을 만한 얼간이에 미치광이였다. 내가 말하고 싶은 것은 이 사람이 우둔하다는 게 아니다. 그런 미치광이들은 대부분 머리가 다분히 잘 돌아가고 약아빠졌다. 내가 이 사람보고 얼간이라고 하는 것은, 뭐랄까 말이 먹혀들지 않는, 얼이 빠진 사람 같았기 때문이다. 우리 민족 특유의 그런 성격 있지 않은가.

그 사람은 결혼을 두 번 했었고, 아들이 셋 있었다. 맏아들 드미트리 표도로비치는 첫 번째 아내가 낳은 아들이고, 나머지 둘인 이반과 알렉세이는 두 번째 아내가 낳은 아들들이다. 표도르 파블로비치의 첫 번째 아내는 부유한 귀족 가문인 미우소브 씨 가문 출신이었다. 이 역시 우리 군의 지주 가문이다. 부유한 집안 아가씨가, 게다가 예쁘기까지 한 아가씨가, 어디 그뿐인가, 현 세대에 우리 가운데에서 꽤 자주 눈에 띄는(물론 과거에도 그랬지만) 총명하고 똑똑한 아가씨가, 그런 하잘것없는, 당시 모두가 "덜떨어진 놈"이라 부르던 사람에게 어떻게 하다 시집을 오게 됐는지, 뭐 굳이 설명하려 들지는 않겠다. 나도 지난날 '로맨틱한' 세대에 속해 있던 시절, 한 여자를 알았는데, 그 여자는 한 신사와의 베일에 싸인 사랑을 몇 년간 하다가, 그 신사한테 얼마든지 당장이라도 시집갈 수 있었는데도, 자기가 도저히 극복할 수 없을 만한 빌미를 스스로 마음속으로 꾸며내어, 비바람 몰아치던 어느 날 밤 깎아지른 절벽 위에서 물살 빠른 깊은 강으로 뛰어내려 빠져 죽었다. 그것은 그 여자 마음속의 죽 끓는 듯한 변덕 탓으로서, 단지 셰익스피어 작품의 여주인공 오필리어 흉내를 낸 것이다. 게다가 그 여자가 이미 오래전부터 마음속으로 점찍어놓았던 그 절벽의 풍경이 만약 그리 그림 같지만 않았더라도, 그 자리에 절벽 대신 그저 평범하고 완만한 강가만 있었더라도, 자살 행위는 절대로 일어나지 않았을 것이다. 하지만 그 사건은 실지로 일어났으며, 우리 러시아 사람들의 삶 속에서 최근 두 세대 혹은 세 세대에 해당하는 기간 동안 그런 사건 혹은 그와 유사한 사건들이 적지 않게 일어나 왔음을 기억해야 할 것이다. 그와 마찬가지로 아젤라이다 이바노브나 미우소바*의 행동도 타인들의 부추김의 여파이자 꽉 막힌 생각이 끼친 영향임에 의심할 여지가 없다.[2] 어쩌면 그 여자는 자기가 여자로서 얼마나 자주적 판단력이 강한지를 보여주고 싶어서 일반적으로 받아들여지던 사고방식과 반대로 행동했는지도 모르겠다. 자기가 속한 가문에서 하라고 하는 대로 따르는 게 싫어서 말이다. 그 여자가 아마 잠시 표도르 파블로비치에 대해 망상을 가졌을 수도 있다. 이 시대가 전반적으로 좋은 것을 지향하고 있기에, 그런 시대의 눈으로 볼 때 시대 반발적인 그 사람이 놀림의 대상은 될 수 있어도 그 이상은 아니며, 오히려 그 사람은 시대를 비웃을 줄 아는 아주 대담한 사람들 중 하나라고 말이다. 그건 그렇고, 그러다 진짜 재미있는 일이 벌어졌는데, 바로 남자가 여자를 몰래 훔쳐 달아난 것이다. 아젤라이다 이바노브나는 누군가 자기를 훔쳐 가는 사람이 있다는 것 때문에 아주 으쓱해졌고 기분이 좋아졌다. 한편 표도르 파블로비치는 그와 유사한 모든 기발한 행동은 언제나 할 준비가 돼 있던 사람이다. 당시 그 사람이 처했던 사회적 상황도 그와 같은 행동을 부추길 만했다. 왜냐

---

* '미우소바'는 성인데, 이 성은 이 사람이 미우소브 씨 가문의 여자임을 말해준다. '미우소브'와 '미우소바'는 서로 다른 성이 아니라 하나의 성으로서, 남자에게는 '미우소브'라는 형태로, 여자에게는 '미우소바'라는 형태로 성이 쓰인다. 대부분의 다른 러시아 성들도 이에 준하며, 남자와 여자의 성은 어미에서 차이가 난다. - 역자 주

하면 그 사람은 무슨 짓을 해서라도 사회적으로 이름을 떨치기를 지독히 바라고 있었기 때문이다. 어떻게 해서라도 좋은 집안의 연줄을 꿰차고 지참금까지 착복하려고 하는 시도는 실로 해봄직한, 구미가 당기는 일이었다. 서로간의 사랑으로 말할 것 같으면, 글쎄, 여자 측에서도 남자 측에서도 애초에 존재하지도 않았을 것이다. 아젤라이다 이바노브나의 외모가 예뻤음에도 불구하고 말이다. 그러므로 이 여자에 대한 표도르 파블로비치의 태도 및 관계는 그의 삶에서 아주 독특하다 하겠는데, 그 이유는 평생 동안 음탕하기 그지없던 이 사람이, 그저 누구든 치마만 둘렀으면 오라고 손짓만 한 번 해도 당장 가서 붙을 준비가 항상 돼 있던 이 사람이, 왠지 이 여자에게서는 자신의 욕정과 관련하여 그 어떤 특별한 감흥도 받지 못했다는 것이다.

아젤라이다 이바노브나는 신부 납치 사건이 발생한 직후에 이 남자를 딱 쳐다보고서 느꼈다. 단지 밉게만 보일 뿐이라는 걸. 그리 되었으니 결혼의 결과가 거의 뻔했다. 여자의 가족이 상황에 다분히 빨리 승복하여 남자를 따라 도주한 딸에게 지참금을 내줬음에도 불구하고, 남자와 여자 간에는 도저히 어찌 정리할 길이 없는 한심한 삶이 시작되었고, 싸움이 끊일 날이 없었다. 사람들 사이에서 소문이 돌기는, 결과적으로 여자 측에서 남자 측에 베푼 덕이, 남자 측에서 여자 측에 베푼 덕과는 비교가 안 될 정도로 훨씬 많다고 했다. 나중에 드러난 사실인데, 표도르 파블로비치는 여자가 돈을 받자마자 이만 오천에 이르는 그 돈 전부를 한 번에 갈취해버렸다. 그러니까 여자의 입장에서는 그 돈은 그때부터 이미 완전히 날아가버린 것이다. 지참금과 더불어 여자에게 주어진 작은 시골 영지와 꽤 좋은 읍내 가옥을 표도르 파블로비치는 자기 이름으로 이전해놓기 위해, 이에 필요한 각종 행위를 해가며 오랜 기간 동안 온갖 노력을 기울였다. 그래서 어쩌면 그 일에 성공했을 가능성도 충분히 있다. 그가 양심을 접어놓은 강탈 행위와 끈질기게 달라고 조르는 행위를 함으로써 자기 아내에게서 매 순간 경멸과 혐오를 불러일으켜서 충분히 그 일에 성공했을 수 있다. 그렇게 끈질기게 구니까 여자가 너무 귀찮고 성가셔서 그냥 넘겨줘버렸을 수도 있다는 이야기다. 하지만 다행히도 아젤라이다 이바노브나의 친정이 개입하여, 재산을 거저먹으려던 표도르 파블로비치에게 제동을 걸었다. 다 알려진 바, 이 부부는 서로 자주 치고받았는데, 전해지는 바에 따르면 때리는 측이 표도르 파블로비치가 아니라 아젤라이다 이바노브나였다. 성질이 불같이 급한 데다 대담하고, 피부는 거무스름하고 보기 드물게 힘이 센 여자였다. 그러다 결국은 그 여자가 집을 뛰쳐나와 표도르 파블로비치를 버리고, 신학교를 졸업한 웬 찢어지게 가난한 교사 한 명과 함께 도망쳤다. 표도르 파블로비치의 품에 만 세 살 된 드미트리를 남겨놓고 말이다. 표도르 파블로비치는 순식간에 집에다가 이 여자 저 여자를 들이고 술에 절어서 살기 시작했고, 남는 시간마다 주 거의 전체를 돌아다니며 만나는 사람마다 자기를 버리고 도망간 아젤라이다 이바노브나를 눈물을 글썽이며 원망해댔다. 게다가 남편 된 사람이 자신의 결혼 생활을 말할 때 보통 말하지 않는, 그런 자세한 것까지 다 말하고 다녔다. 중요한 것은 버림받은 남편의 처지에 놓인 자신의 꼴불견인 모습을 모든 사람들 앞에서 친절하게 다 까발리고, 자기가 당한 모욕의 아주 세세한 점까지 있는 말 없는 말 다 붙여가며 묘사하는 것을 그 사람은 마치 즐기는 듯했다는 것이다. "뭘 그런 걸 가지고 그러세요, 표도르 파블로비치 양반? 괜찮은 지위를 얻으셨잖아요? 그러니까 만족하셔야죠, 안 좋은 상황이 있긴 하다지만" 하고 사람들은 속으로 그를 놀리며 말했다. 많은 사람들은 심지어 자기 말을 덧붙여 수군거리기를, 표도르 파블로비치가 한층 더 다듬은 어릿광대의 모습으로 사람들 앞에 보이는 걸 즐겨 하고, 자기가 처한 우스운 상황을 스스로는 눈치를 못 채는 척하는데, 그게 다 더 우습게 보이려고 그러는 것이라고들 했다. 하지만 누가 아느냐? 어쩌면 진짜로 그 사람이 순진해서 그랬는지도 모른다. 결국 그 사람은 아내가 어디로 도망갔는지를 알아냈다. 그 사람의 불운한 아내는 페테르부르크에 가서 살고 있었던 것이다. 여자는 신학교 졸업생과 함께 페테르부르크에 와서 완전히 해방을 누리고 있었다. 표도르 파블로비치는 즉시 페테르부르크로 갈 채비를 하였다. 뭐 하러 그랬냐고? 사실 그 사람 자신도 왜 그래야 되는지를 몰랐다. 어쨌든 그때 잘하면 가긴 갔을 것이다. 가기로 작정을 하고서, 이제 길도 떠날 거니까 호탕한 분위기를 내보는 것도 나쁘지 않겠다 싶어 또 술만 마시지 않았다면 말이다. 술을 마셔도 보통 거창하게 마신 게 아니었다. 그러는 사이 처가에서는 그 사람의 아내가 페테르부르크에서 죽었다는 소식을 전해 듣게 되었다. 어째서인지 급사한 것이다. 어디 다락에서 죽었다고 했는데, 어떤 소문에 따르면 발진티푸스로 죽었다고 했고, 다른 소문에 따르면 굶어 죽었다고 했다. 표도르 파블로비치는 술에 취한 상태에서 자기 아내 사망 소식을 들었다. 사람들이 하는 말에 따르면 표도르 파블로비치는 그 소식을 듣고 거리로 뛰쳐나가, 기쁨에 겨워 두 팔을 하늘로 높이 쳐들고 이렇게 소리쳤다는 것이다. "이제는 놓아주시는도다!"[3] 한편 다른 사람들의 말에 따르면, 어린아이처럼 엉엉 울었다고 했다. 그 모습이 너무나도 측은했다고 한다. 사람들이 그 사람을 싫어했음에도 불구하고 동정심이 절로 생길 정도로 말이다. 이 두 부류의 사람들이 하는 말이 다 맞을 가능성이 매우 농후하다. 즉 그가 자유를 되찾은 것을 기뻐한 것도 맞고, 자기에게 자유를 가져다준 여자를 애도한 것도 맞을 거란 얘기다. 두 가지 행동을 다 했을 것이다. 대부분의 경우에 사람들은, 심지어 악한 사람들마저, 우리들이 생각하는 것보다 사실은 훨씬 더 순진하고 순박하다. 우리들 자신도 역시 그러하다.

II
아버지에게 버림받은 첫째 아들

그런 사람이 아버지로서는 과연 어땠으며 자식을 과연 어떻게 대했는지는 물론 안 봐도 뻔하지 않겠는가. 그런 아버지에게서 일어날 만한 그 일이 결국 일어나고 말았다. 아젤라이다 이바노브나가 낳고 도망간 자식을 완전히 내팽개친 것이다. 자식이 미워서 그랬다거나 부부 관계에서 당한 모욕 탓에 앙심이 생겨서 그런 건 아니었고, 그냥 그 자식에 대해서 까맣게 잊어버린 것이다. 그 사람이 집을 주색의 소굴로 만들어놓고 남들에게 징징대면서 신세 한탄하러 다닐 때, 만 세 살 먹은 아들 드미트리를 이 집의 성실한 하인이었던 그리고리가 맡아서 키웠다. 그리고리가 그때 드미트리를 맡아 키우지 않았더라면 이 어린아이의 옷을 갈아입혀줄 사람일랑 아무도 없었을 것이다. 게다가 외가 쪽 친척들도 이 어린아이에 대해 처음엔 완전히 잊어버린 듯했다. 이 어린아이의 외할아버지, 즉 아젤라이다 이바노브나의 아버지인 미우소브 씨 어르신은 그때 이미 작고하고 없었다. 모스크바로 이사 간 미망인, 즉 드미트리의 외할머니는 너무 병약했고, 드미트리의 이모들은 죄다 시집을 가버렸으니, 거의 1년 내내 드미트리는 하인 그리고리의 농장 가옥에서 살 수밖에 없었다. 그런데 만약 아버지 된 자가 자기 아들을 잊지 않았더라도(아버지 된 자가 자기 아들의 존재를 정말로 몰랐을 수는 없지 않은가?), 십중팔구 그자가 직접 자기 아들을 농가에 가서 살도록 했을 것이다. 안 그랬다면 그자의 난장판 같은 삶에 아들이 방해가 됐을 테니까 말이다. 그런데 상황이 어떻게 됐나 하면, 고인이 된 아젤라이다 이바노브나의 사촌남동생 표트르 알렉산드로비치 미우소브가 파리에서 돌아온 것이다. 이 사람은 나중에 오랜 세월을 외국에서 거주하게 되는데, 그 당시에는 아직 새파랗게 젊은 사람이었다. 그래도 미우소브 씨 가문에서 특별한 위상에 있던 인물로, 교육을 잘 받았고 도회지 생활 및 외국 생활에 물든, 게다가 평생을 유럽인으로 산, 말년에는 40~50년대의 자유사상가가 된 사람이었다. 이 사람은 출세 가도를 달리는 과정에서 자유주의에 흠뻑 젖은 당대의 사람들과 두루 알고 지냈다. 러시아에서도 그랬고 국외에서도 그랬다. 프루동과도 바쿠닌[4]과도 개인적으로 알았고, 자신의 편력을 마칠 즈음에는 48년 2월의 파리 혁명이 일어난 사흘간을 떠올리며, 그 혁명에서 자기가 최전선에 참여한 사람이나 다름없다고 은근히 암시하면서 그때에 대해 이야기하기를 특히 좋아했다. 그것은 그 사람의 젊은 시절에 대한 기억 중 아주 기분 좋은 기억이었다. 그 사람은 자립할 만한 재산을 가지고 있었다. 이전의 기준으로 하면 약 천 명의 농노를 가진 것이나 다름없었다. 그 사람이 소유한 멋진 영지는 지금으로 칠 때 우리 읍 변경에 위치했으며, 유명한 우리 수도원이 있는 땅과 접경했다. 표트르 알렉산드로비치는 아직 한창 젊었을 시절, 유산을 물려받자마자, 강의 어장이니 숲속의 벌목장이니 하는 데에 대한 소유권을 놓고 이 수도원과 소송을 벌였는데, 그 과정이 좀처럼 끝나지 않았다. 확실하게는 모르겠으나 그 사람은 아마 권위적인 성직자들을 상대로 소송을 걸어 싸워보는 일은 마치 자기에게 지워진 시민의 의무이자 교육을 받은 자의 의무라고 생각한 것 같다. 그 사람은 아젤라이다 이바노브나를 물론 기억했고, 뿐만 아니라 그녀를 눈여겨봐두기도 했었는데, 아젤라이다 이바노브나가 어떻게 됐다는 이야기를 처음부터 끝까지 듣고 나서, 또 그 피붙이 드미트리에 대해 듣고 나서, 부글부글 끓는 젊은 피와 표도르 파블로비치에 대한 증오에도 불구하고 자기가 직접 나서서 일을 처리하기로 했다. 그래서 표도르 파블로비치와 비로소 첫 대면을 하게 됐다. 만나서 직접 면전에 대고, 아이의 교육을 자기가 맡고 싶다고 말했다. 나중에 이 사람은 자기가 표도르 파블로비치를 만나서 드미트리 얘기를 꺼냈을 때 표도르 파블로비치가 보인 반응에 대해서 오래도록 이야기했는데, 무슨 아이 얘기를 하는 건지 한동안 전혀 이해하지 못하는 모양이더라는 것이었다. 심지어는 자기 집 어딘가에 어린 아들이 살고 있다는 데에 놀라는 것 같기까지 했다고 했다. 표트르 알렉산드로비치의 이야기 속에 과장되게 표현된 점은 있을 수 있지만, 어쨌든 그 내용이 사실과 가깝다는 것에는 틀림이 없다. 표도르 파블로비치는 진짜로 평생에 걸쳐 어릿광대 역할을 하길 좋아했다. 사람들이 도저히 생각하지 못했던 그 어떤 장면을 별안간 사람들 앞에서 연출하는 짓을 좋아했다. 그래야 할 필요까지는 없는 상황에서도 말이다. 어떤 때는 그런 짓을 함으로써 자기 자신에게 해가 되는데도 그런 짓을 했다. 지금과 같은 경우가 바로 그랬다. 사실 따지고 보면, 그런 성격의 사람은 아주 많다. 표도르 파블로비치 정도가 아니라 실로 아주 똑똑한 다른 사람들 중에도 많다. 표트르 알렉산드로비치는 일을 제대로 확실하게 처리하려고 정식으로 아이의 후견인이 되겠다고 나섰다(표도르 파블로비치와 더불어). 왜냐하면 아이의 모친이 남긴 집과 영지가 있었기 때문이다. 드미트리는 실지로 이 외당숙의 집에 가서 살게 됐지만, 이 외당숙에게 가족이 있었던 것도 아니고, 외당숙 자신은 자기 영지에서 나오는 돈을 받는 문제를 해결하자마자 곧장 다시금 서둘러 파리로 떠나 오래 머무를 예정이었기에, 이 외당숙은 아이를 모스크바에 사는 자기 당고모 한 사람에게 맡겼다. 그리고 파리에 가서 정착해 살다가 이 아이를 그만 잊어버리고 말았다. 특히 그 2월 혁명이 몰아닥쳐 그의 마음을 온통 사로잡아서 그렇게 된 것이다. 대신 혁명만은 죽을 때까지 잊지 못했다. 모스크바에 사는 그의 당고모가 별세하여 드미트리는 시집간 그 딸들 중 한 사람의 집으로 가서 살게 됐다. 아마 그 이후에도 드미트리는 또 다른 사람 집으로 한 번 더 옮아갔을 것이다. 그랬다면 네 번째로 집을 옮긴 셈이다. 지금 그 얘기를 계속하지는 않겠다. 그러지 않아도 이 표도르 파블로비치의 첫째 아들에 대해서 앞으로 이야기할 게 무척 많기 때문이다. 지금은 단지 이 첫째 아들에 대한 이야기 중 이 시점에서 내가 소설을 이어가기 위해 꼭 필요한 것만 말하기로 하겠다.

첫째, 이 드미트리 표도로비치라는 사람은 표도르 파블로비치의 세 아들 중, 자기가 그래도 어느 정도의 재산은 갖고 있고 성년이 되면[5] 경제적으로 독립할 수 있을 거라고 믿으면서 자란 유일한 아들이었다. 그의 소년기와 청년기는 아주 제멋대로 지나갔다. 중등 교육을 끝까지 못 받은 상태에서 나중에 한 군사 학교에 입학했으며, 그 후에 코카서스에 가게 됐고, 아부를 잘하여 계급이 올랐다가 결투를 벌이는 사고를 쳐서 강등

됐다. 그러다 다시 아부를 잘하여 계급이 올랐고, 진탕 놀고 퍼 마시는 생활을 하여 돈을 꽤 많이 탕진했다. 표도르 파블로비치에게서 돈을 받게 된 것은 성년이 되고 나서이다. 그전까지 그에게는 빚이 많이 쌓였다. 그가 자기 아버지인 표도르 파블로비치의 존재를 알게 되고 찾아가서 만난 것은 이미 성년이 된 이후이다. 그때 그는 자기가 받을 재산을 따져보기 위해 일부러 우리 마을로 왔다. 그때 벌써 그는 자기 아버지가 좋게 보이지 않았을 것이다. 자기 아버지 집에서 오래 머물지 않고 일찌감치 떠나버렸다. 단, 아버지에게서 어느 정도의 돈을 받고, 영지에서 나오는 수입을 자기가 앞으로 어떻게 받을지와 관련하여 자기 아버지와 말하자면 하나의 거래를 튼 뒤에 떠난 것이다. 하지만 이 점에 주의를 기울여야 되는데, 영지에서 나오는 소득액이 전부 어느 정도인지, 영지는 얼마 정도 나가는 규모인지에 대한 정보를 아버지에게서 결국 캐내지 못했다. 표도르 파블로비치는 그때 딱 보자마자 벌써 알았다(이 점 역시 기억해둬야 한다). 드미트리가 자기 재산과 관련하여 과장되고 옳지 않은 상상을 하고 있다는 걸. 표도르 파블로비치는 자신의 빠른 눈치에 스스로 만족해했다. 그는 딱 보고 알았다. 이 젊은이가 생각이 깊지 않고 성질이 급하고 다혈질적이며 참을성이 없고 행실이 방탕하며, 뭘 어느 정도만큼 자기 수중에 얻게 되면, 물론 오래야 가겠느냐마는, 그래도 일단 금방 누그러진다는 것을. 그 점을 바로 표도르 파블로비치는 이용하기 시작했다. 즉 조금씩만 손에 쥐어주고 당장 쓸 것만 보내주는 것으로 입을 닦을 계획이었다. 결국 어떻게 됐나 하면, 이미 4년쯤 지난 후 드미트리가 더 이상은 못 참겠다 싶어 우리 읍으로 다시 와서 아버지와 담판을 지으려 했을 때, 드미트리로서는 참으로 놀라운 일이었겠지만, 표도르 파블로비치는 이미 가진 게 아무것도 없는 것으로 판명되었다. 그러므로 셈이고 뭐고 할 것도 없는 상태이며, 드미트리가 자기 재산의 규모에 해당하는 금액보다 더 많은 금액을 표도르 파블로비치한테서 이미 갖고 갔으니, 어쩌면 오히려 드미트리가 표도르 파블로비치한테 빚을 진 상태인지도 모르며, 전에 드미트리가 트고 싶어했던 어떠어떠한 거래에 따라서는 더 이상 아무것도 요구할 권리가 없다는 등, 그 외에도 다 그 비슷한 말들이 오갔다. 드미트리는 아연실색하여 거짓말 아니냐고 따지면서 거의 미치광이가 되어 눈앞에 보이는 것이 없게 됐다. 바로 그것 때문에 큰 사건이 터지게 되었다. 내가 쓰는 두 권의 소설 중 첫 번째 소설, 즉 본론에 들어가기 이전에 해당하는 소설의 내용은 바로 그 큰 사건의 시발점이다. 더 정확히 말하자면 그 사건의 외적 배경이라고 해야겠다. 하지만 이 소설 자체를 시작하기 전에, 표도르 파블로비치의 나머지 두 아들, 즉 드미트리의 동생들에 대해서도 이야기해야 한다. 그들이 어떻게 해서 태어나게 됐는지도 설명해야 한다.

III
두 번째 결혼을 통해 낳은 자식들

표도르 파블로비치는 만 네 살 난 드미트리를 집에서 내보내자마자 금방 재혼했다. 이 두 번째 결혼은 8년 정도 갔다. 이 사람이 건진 두 번째 아내 역시 아주 젊은 여자였다. 소피야 이바노브나라는 다른 주 출신의 여자였다. 그 다른 주에 표도르 파블로비치가 별일 아닌 일 가지고 한 번 들렀었다. 사업 관련해서 어떤 한 사람이랑 같이 들렀던 것이다. 표도르 파블로비치는 생활이 방탕한, 술 마시고 난폭한 행동을 밥 먹듯 하는 사람이었지만, 자기가 가진 자금을 투자해서 항상 무슨 일들을 꾸며왔으며, 그 일들은 꽤 잘되곤 했다. 비록 거의 항상 야비한 방식을 통하긴 했지만 말이다. 소피야 이바노브나는 어려서부터 부모 없이 자라서 고아와 다름없는 아가씨였다. 누군지 밝혀지지 않은 한 부제*의 딸이라 했다. 보로코브 장군을 남편으로 두었다가 과부가 된 귀족 부인이 이 아이를 맡는 은혜를 베

---

* 사제를 보좌하는 성직자. - 역자 주

풀어, 아이는 부잣집에서 자랐다. 하지만 이 귀족 부인은 특이한 성격의 소유자로서, 자나 깨나 끝없이 잔소리를 해댔다. 가만히 보면 악질은 아닌 할머니 같지만, 같이 있으면 도저히 참을 수 없는 꽉 막힌 고집쟁이였다. 일 없이 나태한 날들을 보내는 데에서 만들어진 성격이었다. 자세한 것은 모르지만 내가 들은 바로는, 이 소박하고 착하고 온순했던 소피야 이바노브나가 헛간에서 못에 올가미를 걸고 목을 매달고 있는 것을 사람들이 내려줬다고 했다. 그 정도로 이 귀족 부인과 함께 사는 것이 괴로웠던 것이다. 표도르 파블로비치가 이 아가씨에게 청혼을 했으나 뒷조사를 당해 퇴짜를 맞았다. 그래도 그는 굴하지 않고, 첫 번째 결혼을 할 때와 마찬가지로 "내가 널 훔쳐 달아날게" 그랬다. 소피야 이바노브나는 절대로 동의를 안 했을 가능성이 아주 짙다. 이 남자에 대해서 제때에 좀 더 자세히 알아봤더라면 말이다. 하지만 이 남자가 다른 주에서 온 사람이었으니 그게 그렇게 쉽지가 않았다. 그리고 만 열여섯밖에 안 먹은 소녀였던 그녀가 상황을 파악해봤자 얼마나 잘 파악했을 것인가? 그녀는 그저 '귀족 부인이랑 계속 사느니 차라리 강물에 몸을 던지겠다'라는 입장이었고 말이다. '어차피 남의 집에 얹혀사는 건데, 이 남자한테 가면 적어도 지금 상황보단 낫지 않겠나?' 하고 생각하고 그녀는 결정을 했다. 표도르 파블로비치는 이번엔 지참금을 한 푼도 받지 못했다. 왜냐하

면 귀족 부인이 길길이 뛰며 한 푼도 못 주겠다고 했기 때문이
다. 도리어 이 두 사람에게 저주를 퍼부었다. 사실 표도르 파블
로비치도 이번에 지참금을 꼭 받아내겠다고 작정한 건 아니었
다. 그는 다만 이 순진한 소녀가 너무 예뻤을 뿐이다. 호색한이
었던 그가, 지금까지 계속 여인의 천박하고 도발적인 미에 맥
을 못 추고 쫓아다니던 음탕한 기질의 그가, 바로 이 순박한 소
녀의 깨끗한 아름다움에 마음을 뺏겨버린 것이다. "그 순진한
눈빛이 그때 마치 면도날같이 내 마음을 싹둑 베어갔어" 하고
나중에 그는 말하곤 했다. 특유의 킬킬거리는 혐오스러운 웃
음과 함께 말이다. 하긴 방탕한 사람에게는 그런 순진한 눈빛
에 끌리는 것 역시 음탕한 욕정의 발현일 수 있다. 지참금을 한
푼도 못 받은 표도르 파블로비치는 신부를 조심성 있게 대할
생각을 전혀 하지 않았고, 신부가 마치 자기한테 빚을 진 거나
다름없으며, 더욱이 올가미에 목매달 상황에서 자기가 그녀
를 구한 것이나 다름없다고 생각했으므로, 또한 신부의 보기
드물 정도의 순종적이고 온순한 성격을 이용해서, 가장 평범
한 결혼 예식조차도 올리지 않고 그냥 발로 짓밟듯 무시해버
렸다. 그리고 아내가 버젓이 집에 있을 때에도 행실이 단정치
못한 여자들을 집으로 끌어들여 집을 매음굴처럼 만들곤 했
다. 성격이 어둡고 우둔하고 고집이 세고 모든 걸 곧이곧대로
만 하는 스타일이었던 하인 그리고리는 전 안주인 아젤라이다

이바노브나를 싫어했었는데, 이번에는 새 안주인의 편에 서서 새 안주인을 변호하며, 하인이 해서는 안 되는 정도까지 표도르 파블로비치와 언성을 높이곤 했다. 한번은 집에 모여 있던 노는 여자들을 모두 완력으로 쫓아보내기도 했다. 어릴 적부터 기를 못 펴온 불쌍한 이 젊은 새 안주인은 결국에 가서 신경 질환에 걸렸다. 이는 주로 시골에 사는 평민 여성들이 잘 걸리는 병으로서, 히스테리를 일으키는 병이다. 새 안주인은 히스테리 발작이 워낙 심해서 미친 사람과 같았다. 하지만 그럼에도 불구하고 그녀는 표도르 파블로비치에게 두 아들, 즉 이반과 알렉세이를 낳아주었다. 이반은 결혼한 지 첫 해에, 알렉세이는 그로부터 3년 뒤에 낳았다. 그녀가 세상을 떴을 때 알렉세이는 만 세 살이었는데, 이상하다고 여기겠지만 내가 알기로 그는 평생 자기 어머니를 기억했다. 물론 꿈속같이 아련하게 기억하는 것이었지만 말이다. 그녀가 죽고 나자 그녀가 낳은 두 아들의 운명은 첫째 아들 드미트리의 운명과 거의 판박이처럼 비슷하게 되었다. 아버지가 그들을 완전히 잊었고, 역시 그리고리가 그들을 돌보게 되어, 그의 농가로 보내졌다. 그들이 농가에서 살던 중 그 완고한 귀족 부인, 곧 그들의 어머니를 키웠던 귀족 부인이 그들을 발견하게 되었다. 그녀는 아직 살아 있었는데, 8년이라는 세월 동안 한 번도 잊은 적이 없었다. 자기가 베푼 은혜를 배은망덕하게 배반한 괘씸죄로 인해

자기가 받은 정신적 피해를 말이다. 그녀가 키운 소피야가 지난 8년 동안 어떻게 살았는지 그녀는 소식통을 통해 낱낱이 알고 있었다. 소피야가 병을 앓게 되었다는 사실과 소피야를 그렇게 만든 주위 환경에 대해 듣고서 그녀는 자기 집에 빌붙어 사는 사람들에게 두 번인가 세 번인가 이렇게 말한 적이 있다. "고년 고거 잘됐다. 감사할 줄 모르는 년한테는 신이 꼭 벌을 내리신다니까!"

소피야 이바노브나가 죽은 지 정확히 세 달이 지났을 때 이 귀족 부인이 별안간 우리 읍에 직접 행차하여, 표도르 파블로비치가 사는 집으로 향했다. 그녀가 우리 읍에서 보낸 시간은 30분이나 될까 하는데, 그 시간 안에 그녀는 많은 일을 해냈다. 때는 저녁때였다. 그녀가 8년 동안 얼굴을 한 번도 못 봤던 표도르 파블로비치가 술에 취해 그녀를 맞으러 나왔다. 사람들이 하는 말에 따르면, 그녀가 표도르 파블로비치를 보자마자 그 어떤 설명도 없이 다짜고짜 따귀를 철썩철썩 두 번 때리고 머리카락을 밑으로 세 번 힘껏 잡아당긴 다음 아무 말도 안 남기고 당장 두 소년이 살고 있는 농가로 향했다고 한다. 가서 보고는, 둘 다 씻지 않아 꾀죄죄하고 내의도 지저분한 것을 한눈에 알아채고, 이번에는 그리고리의 따귀를 때리고는 이 아이들을 자기가 데리고 가겠노라고 큰소리친 뒤 내의 바람의 아이들을 그대로 밖으로 끌고 나와 담요로 둘둘 싸서 마차에 태우고 자기가 사는 읍으로 갔다. 그리고리는 자기가 맞은 따귀를 충성스런 종답게 참았으며, 대드는 말은 한마디도 하지 않았고 마차까지 귀족 부인을 바래다주고 공손히 절하면서, "고아들을 돌보시면 신께서 보상하실 겁니다" 하고 거창하게 말했다. 마차가 떠날 때 귀족 부인은 그에게 "대가리는 텅 빈 놈이 뭐가 어째?" 하고 소리쳤다. 표도르 파블로비치는 가만히 생각해보다가 상황이 전혀 나쁠 게 없다는 걸 깨닫고, 아이들이 귀족 부인 집에서 양육되는 것에 대해, 나중에 어느 점에서도 정식 동의를 거부하지 않았다. 자기가 맞은 따귀에 대해서는 몸소 읍내를 다니면서 사람들에게 이야기해줬다.

　그 일이 있은 지 오래지 않아 귀족 부인 역시 세상을 뜨게 됐는데, 두 아이들에게 각각 천 루블씩을 유산으로 남기면서, "이 돈 전부가 반드시 애들 교육비로 다 쓰이도록 하되, 애들이 성년이 될 때까지 모자라지 않도록 할 것. 이런 애들한텐 이 정도 돈도 적지 않을 것으로 보이나, 만약 누가 의향이 있으면 돈을 좀 더 보태도록 할 것" 등등의 말을 했다. 내가 유서를 직접 읽은 적은 없지만, 듣기로는 그 유서의 표현이 뭔가 좀 애매하고 이상한 게 없지 않아 있었다. 한편 이 늙은 귀족 부인의 유산을 가장 많이 차지하게 된 사람은 그 주의 귀족 단장으로서 성실한 사람이었던 예핌 페트로비치 폴레노프였다. 표도르 파블로비치와의 서신 왕래 뒤 이 사람은 단박에 알아차렸다. 그 사람한테서 그 사람 자신의 아이들을 양육하기 위해서인데도 불구하고, 돈을 못 받아내리라는 것을 말이다. 물론 비록 표도르 파블로비치는 못 준다고 잘라 말하는 적은 전혀 없었다. 이런 경우 주로 질질 끌기만 했다. 때로는 눈꼴사납게 감정을 토로해가면서까지 말이다. 예픰 페트로비치는 고아들을 돌보는 일에 직접 나섰다. 특히 어린 알렉세이가 그의 마음에 들었다. 그 결과 알렉세이는 오랫동안 그의 집에서 자라게 되었다. 이 점을 나는 독자들이 염두에 두기를 부탁드리는 바이다. 자신들의 양육 및 교육과 관련하여 아이들이 평생 감사해야 할 사람이 있다면 그건 바로 이 예픰 페트로비치였다. 정말 점잖고 인자하기 한이 없는, 여간해서 보기 드문 사람이었다. 그는 귀족 부인이 아이들에게 남겨준 돈, 즉 한 사람당 천 루블씩의 돈을 건드리지 않고 저축해두었다. 그래서 아이들이 성년이 되었을 때 그 돈에 이자가 쌓여, 각각의 천 루블이 2천 루블씩이 되어 있었다. 아이들 양육비는 그 사람이 자기 돈에서 처리했으며, 물론 1인당 천 루블씩보다는 훨씬 많은 돈을 댔다. 아이들의 유년기와 소년기에 대한 자세한 이야기는 지금 당장은 하지 않기로 하고, 다만 가장 중요한 것만 이야기하겠다. 두 아이 중 큰아이 이반에 대해서는 간단하게만 말하겠다. 그는 성격이 무뚝뚝하고 폐쇄적인 소년으로 컸다. 그렇다고 소심하지는 않았다. 그는 만 열 살 때 이미 자기들이 동정을 얻어 남의 집에서 크고 있으며, 친아버지는 누구한테 말을 꺼내는 것도 창피할 정도의 사람이라는 것을 파악했다. 이 소년은 아주 이른 시기에, 유아기에 이미(적어도 전해 들은 말에 따르면 그렇다), 학습에 대한 비범하고 뛰어난 능력을 보이기 시작했다. 정확하게는 모르겠으나, 그는 만 열세 살이나 되었을까 했을 때 모스크바 학교로 전학을 감으로써 예핌 페트로비치의 가정을 떠나 기숙사에서 살게 되었고, 경험이 많고 당시에 유명했던 한 교육자의 보살핌을 받았다. 이 교육자는 예핌 페트로비치의 어릴 적 친구였다. 나중에 가서 이반이 스스로 이야기한 바, 천재적인 능력을 가진 소년은 천재적인 양육자에게서 양육되어야 한다는 사상을 신봉한 예핌 페트로비치의 "선한 일을 향한 열정"에서 모든 것이 비롯된 것이었다. 한편 이반이 중등 교육을 마치고 고등 교육을 받기 위해 대학교에 입학했을 때에는 이미 예핌 페트로비치도, 천재적인 양육자도 생존해 있지 않았다. 예핌 페트로비치가 처리를 잘못 해놓은 연고로, 완고한 귀족 부인이 유산으로 물려준 아이들의 돈, 즉 천 루블에서 이미 이자가 쌓여 2천 루블까지 상승한 돈을 받아내는 일이, 우리 사회에서 절대 피할 수 없는 여러 가지 형식적 절차 및 지체 현상 탓에 늦어졌으므로, 이반은 대학교에서 공부하던 처음 두 해에 큰 괴로움을 겪었다. 2년이란 기간 동안 식비 및 생활비를 스스로 벌어서 공부해야 했기 때문이다. 그러면서도 이반은 그런 때에 친아버지에게 편지를 쓸 시도조차 하기 싫어했다는 점을 염두에 두어야 하겠다. 어쩌면 자존심 때문이거나, 아버지에 대한 경멸 때문일 수도 있고, 어쩌면 아버지로부터는 지원다운 지원이란 전혀 기대하지 말아야 한다고 그에게 귀띔해 준 냉정한 상식적 판단력 때문일 수도 있다. 어쨌든 이반은 전혀 당황하지 않고 결국 일자리를 찾았다. 처음에는 20코페이카*짜리 과외 공부를 하다가, 나중에는 신문사 편집부를 돌아다니며 길거리 사건들에 대한 열 줄짜리 기사들을 "목격자"라는 이름으로 공급하는 일을 했다. 사람들의 말에 따르면, 그런 기사들은 항상 관심과 호기심을 유발시키게끔 작성되었으므로 빠르게 인구에 회자되었다. 이 일 하나만 놓고 보더라도, 아침부터 밤까지 버릇처럼 신문사를 들락거리며 프랑스어 번역을 시켜달라는, 혹은 정서하는 일을 시켜달라는 밤낮 똑같은 요청만 반복할 생각 외에는 더 이상 아무 생각도 할 줄 모르는 항상 가난하고 불행한 수많은 우리 나라 대도시의 남녀 대학생들과 비교할 때 이반은 생활 능력에서나 지적 능력에서나 자신의 우세함을 제대로 보여준 것이다. 편집부 사람들과 알게 될 때마다 이반 표도로비치는 그들과의 연계를 계속 유지하여, 대학교 고학년 때에는 여러 전문적 주제의 책들을 분석

---

* 코페이카는 러시아의 화폐 단위다. 1코페이카는 1루블의 1/100. - 역자 주

하는 내용의 원고를 다분히 재능 있게 써서 게재하기에 이르렀으므로, 심지어는 문학계에서까지 유명세를 탔다. 하지만 그가 어쩌다 보니 훨씬 더 많은 독자들의 특별한 관심을 갑자기 받게 되어 상당히 많은 사람들이 그를 기억에 담아놓게 된 것은 훨씬 이후이다. 이는 다분히 호기심을 끌 만한 사건이었다. 이미 대학교를 나와서 자기가 가진 이천 루블을 들여 외국에 갈 준비를 하던 이반 표도로비치가 한 지명도 높은 신문에다 이상한 글을 하나 올렸다. 이 글은 전문가가 아닌 사람들마저도 관심을 돌리게 했는데, 중요한 것은 이반 표도로비치가 전혀 지식을 갖지 못한 분야의 글이었다는 것이다. 왜냐하면 그는 자연과학 전공으로 대학 과정을 마쳤기 때문이다. 이 글에서는 당시에 이곳저곳에서 논쟁의 대상으로 떠오르던 종교 재판 문제[6]를 다뤘다. 이 문제에 대해 이미 발표된 몇몇 의견들을 분석하면서 그는 자신의 개인적인 관점을 표명했다. 중요한 것은 글에서 사용된 어조, 그리고 기묘한 반전이 있는 결론이었다. 한편 교회의 입장을 대표하는 많은 자들이 이 글의 저자가 당연히 자기들의 입장을 대변한다는 의견을 보였다. 그러다가 갑자기 시민주의자들뿐만 아니라 무신론자들마저도 마찬가지로 자기들 입장에서 그에게 박수를 보내기 시작했다. 그러다 종국에는 몇몇 통찰력 있는 사람들이 결론을 내리기를 이 글은 처음부터 끝까지 파렴치한 희롱과 조소만을 담고 있다고 했다. 내가 이 사건을 언급하는 특별한 이유는 바로 그 글이 우리 읍 어귀에 있는 그 유명한 수도원으로 적시에 입수됐다는 데에 있다. 그러지 않아도 이 수도원에서는 교회 재판에 대하여 제기된 문제에 매우 관심이 있었다. 수도원 사람들은 글을 접하고서, 이를 어떻게 받아들여야 할지 몰랐다. 저자의 이름을 대하고는, 그가 우리 읍 출신인 데다가 '바로 그 표도르 파블로비치'의 아들이라는 점에 관심을 갖게 되었다. 그러던 중 바로 그즈음에 우리 읍으로 저자가 직접 행차하신 것이다.

내가 기억하기로는 그때 이반 표도로비치가 우리 읍에 왜 왔는지에 대해 사람들이 그 당시에 이미 의문스러워하면서 거의 불안마저 느꼈다. 그가 그때 우리 읍에 옴으로써 그 얼마나 엄청난 결과를 초래했는지……. 왜 꼭 와야만 했는지가 나로선 거의 항상 의문으로 남아 있었다. 일반적으로 판단하여, 그렇게 배운 것도 많고 자신의 가치를 잘 알던 그 젊은이가, 드러나는 행동이 조심스럽던 그 젊은이가, 그토록 난장판인 아버지의 집에 별안간 나타났다는 것은 이상한 일이었다. 게다가 아버지라는 사람은 평생 아들의 존재에 신경을 안 쓰고 모른 척했으며, 만약 아들이 돈을 달라고 했을 경우 물론 절대로 안 줬을 사람이었고, 하지만 자기 아들들이, 이반과 알렉세이가, 언젠가는 역시 찾아와서 돈을 달라고 할 것이라는 생각으로 불안해하고 있던 사람이었는데 말이다. 그런 아버지의 집에 이 반이 와서 이미 두 달째 살고 있고, 게다가 두 사람이 그럭저럭 잘 지내고 있는 상황이었다. 바로 이 사실을 나뿐만 아니라 다른 사람들도 특히 놀라워했다. 내가 앞에서 말한 적 있는, 표도르 파블로비치의 첫 번째 아내의 친척인 표트르 알렉산드로비치 미우소브가 그때 다시 나타났다. 그는 파리에 가서 완전히 정착했는데, 파리에서 잠시 와서 읍 어귀에 있는 자신의 영지를 돌아보는 중이었다. 내 기억으로는 바로 그가 제일 많이 놀라워했다. 그는 이 젊은이와 알게 됐을 때 '아니, 웬 저런 놈이 다 있지?' 하고 생각했고, 서로에 대해 예리하게 비꼬는 말들을 그와 주고받으면서 가슴 뜨끔함을 느끼기도 했다. 당시 그는 우리를 만나서 이반에 대해서 이렇게 말하곤 했다. "그놈은 자기의 가치를 알아. 언제라도 돈 버는 데엔 무리가 없어. 아니, 벌써 해외로 나갈 만큼의 돈을 갖고 있어. 그런데 왜 이런 곳까지 왔는지 모르겠어. 자기 아버지한테 온 게 돈 달라고 온 게 아니란 건 다들 알고 있어. 왜냐하면 아버지란 사람은 어차피 돈을 안 줄 테니까. 술 마시고 음탕한 짓거리 하는 거 그놈은 안 좋아해. 참, 그런데 그 늙은 영감은 이제 그놈 없인 못 살 지경이 됐어. 그만큼 두 사람이 잘 지내게 된 거야." 이 말은 사실이었다. 누가 봐도 벌써, 이 젊은이가 그 노인한테 그 어떤 영향력을 갖고 있다는 걸 알 수 있었다. 심지어 그 노인이 자기 아들 말에 순종하는 것 같기도 했다. 물론 가끔가다 앙탈을 부릴 때도 있었지만 말이다. 그래도 심지어 행실이 점잖아지기까지 한 게 느껴졌다.

나중에 가서야 알게 된 건데, 이반 표도로비치가 온 것은, 부분적으로는 자기 형인 드미트리 표도로비치의 부탁에 따라서였다. 이반 표도로비치는 드미트리 표도로비치의 존재에 대해서 처음으로 알게 되고 나서, 그와 상봉을 하고서 거의 즉시 우리 읍에 오게 된 것이다. 하지만 모스크바를 떠나기 전부터 드미트리 표도로비치와 서신을 주고받았었다. 그것은 드미트리 표도로비치에게 있어 중요했던 한 가지 일 때문이었다. 그게 무슨 일이었는지는 때가 되면 독자가 자세히 알게 될 것이다. 어쨌든 내가 그런 상황에 대해 알게 됐을 때마저도 이반 표도로비치는 계속 그 어떤 수수께끼 같은 존재였으며, 그가 온 이유도 아직 명백하지 않았다.

덧붙이고 싶은 것은 당시 이반 표도로비치가 아버지와 형의 화해를 돕는 중간 다리 역할을 하는 사람으로 보였다는 것이다. 그의 형 드미트리 표도로비치는 당시 아버지와 언쟁을 크게 벌이고서 아버지를 상대로 정식 소송까지 건 상태였다.

이렇게 하여 결국 이 가족이 생전 처음으로 한꺼번에 모이게 됐고, 이로써 그 가족의 일원들 중 서로 처음으로 상봉을 한 이들도 있다. 막내아들 알렉세이 표도로비치에 대해 말하자면 그보다 1년쯤 전부터 우리 읍에 살았었다. 그러니까 나머지 형제들보다 먼저 우리 읍에 온 것이다. 서론의 의미를 지니는 현재의 이야기에서 가장 말하기 어려운 것이 바로 이 알렉세이다. 본론에 해당하는 소설에서 이 사람을 비로소 본무대로 등장시키기 전까지는 이야기하기가 어렵다는 것이다. 그러나 그에 대해서 역시 서론을 쓰긴 써야겠다. 매우 예사롭지 않은 점하나를 미리 언급해두기 위해서나마 그래야겠다. 그것은 뭔가하면, 앞으로 주인공으로 등장할 이 사람을 나는 독자들에게소개하되, 수도사가 되기 위한 준비 과정에 있는 법의를 입은모습으로 소개해야 한다는 것이다. 그렇다. 당시 이미 1년이나이 사람은 우리 수도원에 살았었고, 평생을 거기서 지낼 준비를 하고 있었던 것 같다.

IV
셋째 아들 알렉세이

그때 그는 겨우 만 스무 살밖에 안 됐었다(그의 형 이반은 당시만으로 스물셋이었고, 맏형인 드미트리는 만으로 스물일곱이었다). 가장 먼저 밝혀야 하겠는데, 이 알렉세이라는 젊은이는 절대로광신자가 아니었고, 또한 적어도 내가 보기에는 신비주의자도 전혀 아니었다. 나의 의견 전부를 미리 말해둔다. 그는 단지 일찍부터 박애주의자가 됐을 뿐이었다. 그리고 수도원의 길을 가게 된 것은 오직, 당시 그 길이 그의 마음을 사로잡았고, 세상의 악이라는 어둠으로부터 떨어져 나온 그의 영혼이 사랑의 빛으로 향하도록 하기 위한 이상적 존재로 그에게 보였기 때문이다. 그리고 이 길이 그의 마음을 사로잡은 것은 단지 당시 이 길에서 그가 특별하다고 생각한 존재를 만나서였다. 그 존재는 바로 우리 유명한 수도원의 조시마 장로였다. 알렉세이가 그에게 느낀 애착은 갈급한 심령의 열렬한 첫사랑과도 같았다. 한편 나는 알렉세이가 그때 이미 아주 예사롭지 않았다는 점을 부인하지 않겠다. 아주 어렸을 때부터 그랬다는 것을. 그러고 보니 내가 이미 그에 대해 말한 적 있다. 만 세 살 때 어머니를 여읜 그였지만 어머니를 평생 잊지 않았다고 말이다. 그는 어머니의 얼굴과 어루만지던 손길을 기억했고, '마치 살아 계신 어머니가 자기 앞에 서 있는 것같이' 느꼈다고 했다. 그런 종류의 기억은 심지어 좀 더 어렸을 때부터도, 만 두 살부터도 남을 수 있다(이 사실은 모두가 알고 있다). 하지만 그런 기억은 사람의 평생 동안 어둠 속에서 보이는 밝은 점들처럼 반짝일 뿐이고, 커다란 그림에서 떨어져 나온 모서리처럼 유지될 뿐이다. 큰 그림이 다 흐려지고 사라졌으나 오직 요 한 모서리만 남아 있는 것이다. 그의 기억이 바로 그랬다. 그는 어느

고요한 여름 저녁을 기억했다. 활짝 열린 창, 비스듬히 들어오던 햇살(특히 비스듬했다는 점이 가장 잘 기억났다), 방 한 구석에 있던 성상, 그 앞에 켜져 있던 등불, 그리고 성상 앞에서 무릎을 꿇고, 그를 양손으로 아프도록 꼭 부여잡고 그를 위해 성모에게 기도하다가, 마치 성모에게 보호해달라는 듯 그를 안고 있던 양팔을 성상 쪽으로 뻗으며, 끽끽거리는 쇳소리와 함께 히스테릭하게 흐느끼던 어머니, 그때 갑자기 달려 들어와 놀라며 그를 어머니에게서 빼앗던 유모……. 바로 이런 장면이다. 알렉세이는 그 순간의 어머니의 표정을 기억했다. 그 얼굴은 감정이 북받친 얼굴이었으나 아름다웠다고 그는 말하곤 했다. 그가 기억하는 한도 내에서 그런 것이었다. 하지만 그가 아무한테나 대고 자기의 이 기억을 이야기하진 않았다. 유년기와 소년기에 그는 자기 감정을 잘 토로하지 않는 성격이었고, 심지어 말수가 적었다고까지 할 수 있다. 하지만 그가 남을 신뢰하지 않아서 그랬던 것도 아니고, 소심해서 그랬던 것도 아니고, 침울하고 사람들과 잘 못 어울리는 성격이라서 그랬던 것도 아니다. 오히려 그와는 반대로, 뭔가 다른 것, 뭐랄까 내적이고 개인적인 사색 때문이라고 하겠다. 그로서는 아주 중요했던 사색을 하느라 그는 주위 사람들을 생각할 겨를이 없었다. 그렇긴 했지만 기본적으로 인간에 대한 사랑이 있었다. 그는 아마 평생 동안 사람들을 신뢰하면서 산 것 같다. 그럼에도 불구하고 그에 대해 어수룩하고 백치 같은 사람이라고는 아무도 생각한 적 없다. 그에게는 뭔가가 있었다. 자기는 사람들을 판단하는 사람이 되기를 원치 않는다고, 자기는 비판하는 역을 맡는 것도 싫고, 어떤 일 가지고도 남을 비판하지 않겠다고 하는 그의 뜻을 사람들로 하여금 알게 했던(물론 그 당시뿐만이 아니라 그 이후에도 평생 동안) 그 무언가가 그의 속에 있었다. 심지어 그는 모든 실수를 덮어주는 것 같았다. 조금도 비판하지 않으면서 말이다. 그 대신 매우 슬퍼할 때는 있었다. 거기서 그친 게 아니라 그는 어느 수준까지 이르렀나 하면, 어느 누구도 그를 놀라게 하거나 겁을 먹게 할 수 없었다. 그것도 그가 새파랗게 젊을 때 그랬다. 그는 만 스무 살이 되어가던 때 아버지 집으로 왔다. 추하고 난잡한 삶을 살던 이 사람의 소굴로 온 것이다. 마음이 순결하고 깨끗한 그가 이곳에서 도저히 못 볼 걸 보는 적도 많았다. 하지만 그럴 때 그는 다만 말없이 자리를 피하곤 했다. 그러면서 경멸하거나 비판하는 모습일랑 누구에게도 보이지 않았다. 그의 아버지는 왕년에 식객 생활을 한 사람인지라 누군가가 조금만 뭐라고 해도 기분이 상할 준비가 되어 있을 만큼 예민했다. 그런 그가 처음에는 아들의 그런 행동을 보고 무슨 꿍꿍이가 있을 거라는 의심을 가지고 침울하게 그를 대하곤 했으나('저놈은 맨날 말은 않고 속으로 생각만 많아' 하면서), 그 뒤 오래지 않아, 겨우 두 주나 지났을까, 아들을 포옹하고 입맞춤을 해대기 시작했다. 물론 술에 취해 감정이 예민해져서 울며 그렇게 하기 시작했지만, 사실은 그러지 않아도 이미 아들을 진심으로 깊이 사랑하는 상태에 놓여 있었다. 그 같은 사람으로서 전에는 그토록 누군가를 사랑해본 적이 없을 정도로 말이다.

뿐만 아니라 이 젊은이가 어딜 가든 모두가 그를 좋아했다. 그가 아주 어렸을 때부터 그랬다. 그의 은인이자 양육자인 예핌 페트로비치 폴레노프의 집에 살 때 그는 그 가정 모든 사람들의 사랑을 받아, 모두들 당연히 그가 친자식인 것처럼 대했다. 그 집에 들어갔을 때 그는 아직 유아였고, 그 나이의 아이에게서는 앞뒤를 재어 행동하는 약아빠짐, 남을 속이려는 태도, 알랑거려서 남의 맘에 들고자 하는 태도, 남들이 자기를 좋아하도록 만드는 능력 같은 것은 기대할 수 없었다. 그러므로 그에 대해 특별한 사랑을 품도록 만드는 천부의 재능이 그의 속에 있었다고밖에 할 수 없다. 그것은 그의 성품 속에 저절로, 자연적으로, 마치 본능처럼 존재했다. 그가 학교에 갔을 때에도 마찬가지였다. 그는 충분히 동료들의 불신을, 때로는 조소를, 더 나아가 미움을 불러일으키는 아이들 중 하나였을 수도 있었다. 예를 들어 그는 생각에 잠기기를 잘했고 혼자 있길 좋아했으니 말이다. 어렸을 때부터 구석에 처박혀서 책 읽기를 좋아했다. 그럼에도 불구하고 동료들은 그를 아주 좋아하여,

학창 시절 전체를 통틀어 모두의 총애를 받던 학생이라고 단언할 수 있을 정도였다. 그는 개구쟁이 같은 모습을 보이는 적이 드물었고, 어쩌면 유쾌한 모습조차 드물게 보였는데도, 모든 이들이 그를 보자마자, 그의 성격이 음울해서 그런 게 아니라, 그와는 반대로 그의 마음이 평온하고 맑아서 그렇다는 것을 금방 알아챘다. 동기들 가운데서 그는 절대로 나서려는 적이 없었다. 어쩌면 바로 이 점 때문에 그가 언제든 아무도 두려워하지 않았는지도 모르겠다. 그리고 아무도 두려워하지 않는 점을 가지고 그가 절대로 자랑을 하지 않는다는 것을 동료들은 금방 눈치챘다. 그는 자기가 용감하고 대담한 것을 모르고 있는 듯했다. 누군가가 그에게 모욕을 주었더라도 그는 그런 것을 금방 잊어버렸다. 누군가가 그에게 모욕을 준 경우, 그로부터 한 시간 뒤에 그는 자기에게 모욕을 준 사람과 다시 대화를 나누기 시작했다. 혹은 그가 자기에게 모욕을 준 사람에게 스스로 말을 걸었는데, 그때의 태도가 너무나도 신뢰에 차고 맑아서, 마치 그 둘 사이에 아무 일도 없었던 것 같았다. 그리고 그런 태도를 보이면서 그는 자기가 모욕을 당했었던 사실을 어쩌다가 그만 잊어버렸다거나 아니면 일부러 그 일을 다 용서했다는 듯한 티를 낸 것이 아니라, 그냥 자기가 당한 것이 모욕이 아니었다고 여겼다. 바로 이 점이 아이들의 마음을 결정적으로 사로잡았다. 그에게는, 학교의 저학년에서부터 고학년에 이르기까지 모든 학년의 학생들이 그를 계속 놀리고 싶도록 하는 특징이 하나 있었다. 하지만 놀린다는 것이 못된 마음에서 우러나오는 조소를 말하는 게 아니라, 단지 놀리는 게 즐거웠기 때문이다. 그 특징이 뭔가 하면, 심한, 극도의 수줍음과 마음의 순결이었다. 그는 여자에 대하여 오가는 내용이 뻔한 말들을 가만히 듣고 있지를 못했다. 여자에 관한, 그 '내용이 뻔한' 말들은 안타깝게도 학교에서 근절시킬 수가 없다. 마음이 때 묻지 않은 소년들, 아직 어린아이라고 할 소년들이 학급 내에서 자기들끼리 심지어는 소리 내어 이야기하기를 아주 좋아하는 것들, 그림들, 형상들이 있는데, 그런 것들은 심지어 군인들도 이야기하지 않는 것일 때가 있다. 사실 군인들은 아직 한창 어리지만 우리 지식 계급 및 상류 사회에 속하는 애들이 이미 잘 알고 있는 것을 모르고 있거나 이해를 못할 수 있다. 아직 도덕적 타락이라고 하기에는 멀고, 진짜로 마음속 깊은 곳에서부터 음란으로 가득 찬 냉소주의를 갖고 있는 것도 아니지만, 겉으로는 마치 그렇게 행동들을 한다. 그런 태도 및 행동은 아이들에게 그 어떤 미묘하고 기발하고 대담하고 모방의 대상이 될 만한 것으로 받아들여진다. '그런 얘기'가 나올 때 알렉세이 카라마조프 가 재빨리 손가락으로 귀를 틀어막는 것을 보고, 아이들은 가끔씩 일부러 그의 옆에 단체로 모여 힘으로 그의 손을 귀에서 떼어내며 그의 양쪽 귀에다 추잡한 말들을 큰 소리로 해대곤 했다. 그러면 그는 벗어나려고 애쓰고, 주저앉고, 엎드리고, 양팔로 머리를 감싸고 했는데, 이 모든 행동을 할 때 말 한마디, 욕설 한마디 없었으며, 그런 모독을 잠자코 참곤 했다. 하지만 그러다가 결국에 가선 아이들이 그에게 그런 행동들을 안 하게 됐고, '계집애'라고 놀리지도 않게 됐다. 단지 동정의 눈으로 그를 바라보곤 했다. 공부로 칠 것 같으면 그는 학급에서 항상 우등생이었지만, 한 번도 1등은 한 적이 없다.

예핌 페트로비치가 세상을 뜨고 나서 알렉세이는 주립 학교에 2년을 더 있었다. 예핌 페트로비치의 아내는 남편의 사망으로 슬픔을 못 이겨 하다가 거의 즉시 이탈리아로 떠났다. 거기서 오래 있을 예정으로, 여자들밖에 안 남은 가족을 인솔해서 떠났다. 알렉세이는 두 아낙네가 사는 집으로 들어가게 되었다. 그전까지는 그가 한 번도 못 보던 여자들로, 예핌 페트로비치의 먼 친척들이라 했으나, 구체적으로 어떻게 친척이 되는지는 몰랐다. 알렉세이에게 있는 또 하나의 성격, 그것도 매우 특이한 성격이 무엇이었나 하면, 그는 자기가 누구의 돈으로 먹고살고 있는지에 대해 전혀 신경 쓰지 않았다는 것이다. 이 점에 있어서 그는 자기 위의 형인 이반 표도로비치와 정반대였다. 이반 표도로비치는 대학 시절 첫 두 해를 궁핍하게 지내면서 스스로의 노동으로써 먹고살았으며, 어려서부터 자기가 남의 집에서 남의 밥을 얻어먹으며 산다는 것을 아주 괴로워 했다. 한편 알렉세이의 성격 중 그런 이상한 특질을 아주 엄하게 나무랄 수는 없다. 왜냐하면 알렉세이를 조금이라도 잘 알게 된 사람이라면 즉시, 그런 것과 관련한 문제에 있어 알렉세이는 이럴 거라는 확신을 했다. 알렉세이는 영락없는 괴짜 젊은이라서 만일 갑자기 엄청난 돈이 들어온다 해도, 누군가가 자기한테 달라고 하기만 하면 줄 것이고, 혹은 선한 일에 쓰이도록 기부를 하거나, 혹은 그냥 자기의 잇속을 잘 챙기는 어떤 약아빠진 사람이 달라고만 해도 제꺽 줘버릴 사람이라고 말이다. 그는 원래 돈의 가치를 전혀 모르는 사람이었다고 할 수 있다. 물론 이 말을 문자 그대로 해석할 건 아니지만 말이다. 그는 용돈을 달라고 하는 적이 한 번도 없었고, 용돈을 받는 경우에 그는 일주일 내내 그 돈을 어떻게 해야 할지 몰라서 당황하거나, 아니면 그 돈을 전혀 아끼지 않아 순식간에 돈이 다 없어지곤 했다. 표트르 알렉산드로비치 미우소브는 돈과 부르주아적 공정성에 대해 다분히 신중한 입장을 취하던 사람이었는데, 한번은 알렉세이를 유심히 보더니 그에 대해 다음과 같은 그럴듯한 말을 남겼다. "이 아이를 백만 명이 사는 낯선 도시 한복판에다 돈도 안 쥐어주고 다짜고짜 혼자 갖다놓는다 해도 이 아이는 절대로 굶어 죽거나 얼어 죽지 않을 거야. 왜냐하면 금방 사람들이 밥을 주고 잠자리를 줄 테니까. 혹 사람들이 잠자리를 주지 않으면 이 아이가 직접 찾아낼 거고, 이 아이에게 전혀 힘도 안 들고 자존심도 안 상하는 일일 거야. 또 이 아이를 자기 집으로 들여보낸 사람도 전혀 힘들지 않을 거고, 어쩌면 그 반대로, 이 아이가 자기 집에 있는 걸 좋아하게 될 거야."

그는 고등학교를 완전히 마치지 않았고, 아직 1년이나 남았을 때 그는 자기가 살고 있던 집의 아줌마들에게, 우연히 머리에 떠오른 일이 하나 있어서 자기 아버지한테 가겠노라고 별안간 선언했다. 아줌마들은 그가 떠나는 것을 무척 아쉬워했고, 그를 보내기 싫어했다. 교통비는 아주 안 비쌌는데, 고인이 된 예핌 페트로비치의 가족이 국외로 떠나기 전에 알렉세이에게 선물로 준 시계를 그가 담보로 맡겨서 돈을 구하려 하자, 아줌마들이 그러지 말라고 하면서 그에게 돈을 충분히 주고, 겉옷과 내의마저 새 것으로 줬다. 그러나 그는 그 돈의 반을 되돌려주면서, 3등 칸[7]에 앉아보는 게 소원이라고 했다. 그가 우리 읍으로 왔을 때 자기 아버지에게서 "학교도 다 안 마치고 도대체 왜 온 거야?" 하고 따지는 말을 듣고서 아무 대답도 하지 않고, 다만 범상치 않게 생각에 잠긴 모습을 보였다. 얼마 안 있어, 그가 자기 어머니의 묘를 찾고 싶어한다는 것이 밝혀졌다. 그는 그때 바로 그 일 때문에 온 거라고 고백할 수도 있었다. 그러나 그것이 온 이유의 전부였을 것 같진 않다. 십중팔구 그 자신이 몰랐을 것이다. 그래서 설명할 수 없었으리라. 그의 마음속에 무슨 생각이 갑자기 떠올라 그 어떤 새로운 길로, 알지 못하는 길이지만 이미 피할 수 없는 길로 그를 휘어잡아 이끈 건지를 말이다. 표도르 파블로비치는 자기의 두 번째 아내를 장사 지낸 곳을 말해줄 수가 없었다. 왜냐하면 관을 흙으로 덮은 이후에 한 번도 그녀의 묘에 가보지 않았고, 이미 오래된 일이라 그녀를 어디에 장사 지냈는지 완전히 잊어버렸기 때문이다.

마침 표도르 파블로비치에 대한 말이 나왔으니 몇 마디 더 하겠다. 그는 그전까지 오랫동안 우리 읍 말고 다른 데에 살았다. 두 번째 아내가 죽고 3~4년 뒤 그는 러시아 남쪽 지방으로 떠나, 결국 오데사*에 당도하여 몇 년을 살았다. 그 사람 스스로의 표현에 따르면, 처음에 그는 '남자, 여자, 아이들 할 것 없이 많은 유태놈들과 알게 됐다.' 그러다 결국에는 '유태놈들' 아닌 '유태인들 사이에서 허물없는 사람이 되어버렸다.' 바로 이 시기에 그가 돈을 긁어모으는 특별한 능력을 길러낼 수 있었으리라 생각해야 할 것이다. 그가 다시금 우리 읍에 돌아와 눌러앉게 된 것은 알렉세이가 오기 3년쯤 전이다. 이전에 알던 사람들은 그를 보고 폭삭 늙었다고 했다. 비록 그는 아직 노인이라고 하기에는 일렀지만 말이다. 그의 태도는 좀 더 고상해

진 것이 아니라 뭐랄까 좀 더 파렴치해졌다. 예를 들어, 이 왕년의 어릿광대는 이제 한술 더 떠서, 다른 사람들까지 어릿광대로 만들려고 했다. 여자들과 추잡스러운 짓거리를 하기 좋아하는 것은 예전과 마찬가지인 게 아니라, 오히려 더했다. 그는 곧 우리 군 내에 새로운 술집을 많이 열었다. 그 사람에게 돈이 10만 정도는 있는 것 같이 보였다. 액수가 그 정도까진 안 갔더라도 그보다 많이 적진 않았을 것이다. 우리 읍과 군에 사는 사람들이 당장 몰려와서 그 사람에게서 돈을 빌려 갔다. 물론 확실한 담보물을 맡기고 말이다. 나중에 가서 그 사람은 몸이 비만해지고 피부가 늘어졌고, 말과 행동에 점점 일관성이 없어졌으며, 자기가 무슨 말, 무슨 행동을 하는지 모르고 하는 경우가 많아졌으며, 그 어떤 무분별한 상태에 빠져서, 행동의 처음과 나중이 달랐고, 왠지 펑퍼짐하게 늘어져 있길 잘했고, 완전히 취하도록 술을 마시는 적이 점점 잦아졌다. 그럼에도 불구하고 그가 별로 귀찮은 일 없이 잘 지낼 수 있었던 것은 오로지 하인 그리고리의 덕이었다. 그리고리 역시 그때쯤에 이르러 많이 늙었고, 표도르 파블로비치를 돌볼 때 거의 가정교사가 하듯이 했다. 그러던 중 알렉세이가 오자 표도르 파블로비치는 심지어 도덕적 측면에서마저 그의 영향을 받기 시작했다. 나이에 맞지 않게 일찍 늙어버린 표도르 파블로비치는, 그의 마음속에서 이미 오래전에 활력을 잃고 꺼져버린 그 무언가가 되살아나는 것 같았다. 그는 알렉세이를 찬찬히 쳐다보면서 이렇게 말하는 적이 많아졌다. "너 그거 알아? 너, 이놈아, 그 여자를 닮았어. 그 히스테리 환자 말이야." 그는 고인이 된 자기의 아내, 즉 알렉세이의 어머니를 그렇게 부르곤 했다. '히스테리 환자'의 묘를 결국 알렉세이에게 찾아준 것은 하인 그리고리였다. 그는 알렉세이를 우리 읍의 공동묘지로 데리고 가서, 거기 맨 구석에 있는 묘표를 그에게 보여줬다. 별로 비싸지 않은 주철 재료의 묘표였지만 단정해 보였고, 고인의 이름, 신분, 연령, 사망한 해가 적혀 있고, 밑에는 심지어 사행시까지 적혀 있었다. 예로부터 일반 사람들의 묘에 널리 사용되어온 사행시였다. 놀랍게도 이 묘표는 그리고리가 직접 만든 것이었다. 이 묘표를 세우기 전까지 그는 표도르 파블로비치에게 저 묘를 그냥 저렇게 놓아둘 거냐고 자꾸만 들먹였기에, 표도르 파블로비치는 귀찮아하며 신경질을 내다가 결국엔 '그깟 무덤이 어떻게 되든 나는 상관없다' 하는 식으로 다 내버려두고 오데사로 떠나버렸다. 그 후에 이 불운한 '히스테리 환자'의 묘에다가 그리고리가 직접 자기 돈을 들여 이 묘표를 세운 것이다. 알렉세이는 어머니의 묘에서 그 어떤 특별한 감정을 표출하지는 않았다. 단지 자기가 묘표를 세운 데에 대한 그리고리의 엄숙하고 이치에 닿는 이야기를 끝까지 잘 듣고는 고개를 숙인 채 좀 서 있다가 아무 말도 안 하고 그 자리를 떴다. 그 뒤로 1년 내내 묘지에 오지 않았을 것이다. 하지만 그가 묘지에 갔었다는 이야기를 들은 표도르 파블로비치는 독특한 반응을 보였다. 갑자기 천 루블을 꺼내더니 자기 아내의 넋을 달래는 제사를 드려달라고 우리 마을 수도원에다 갖다 바쳤다. 그런데 그게 자기 두 번째 아내, 곧 알렉세이의 어머니, 즉 '히스테리 환자'의 넋을 달래달라는 게 아니었고, 첫 번째 아내인 아젤라이다 이바노브나의 넋을 달래달라는 것이었다. 자기를 패곤 하던 그 첫 번째 아내 말이다. 그날 저녁 무렵 그는 술을 취하도록 잔뜩 마시고 알렉세이한테 대고 수도사들을 욕했다. 사실 그는 종교와는 전혀 관계없는 사람이었다. 5코페이카짜리 초 하나 사서 성상 앞에 켜놓은 적조차 한 번도 없을 것이다.* 그와 같은 사람들에게는 갑작스러운 감정과 갑작스러운 생각의 이상한 격발이 있게 마련이다.

그 사람이 몸이 매우 비만해지고 피부가 늘어졌다고 내가 이미 말했었다. 그때쯤에 그의 얼굴은 그가 살아온 삶 전체의 특성과 본질을 신랄하게 증명해주는 그 무언가를 표출하고 있었다. 언제나 뻔뻔스러워 보이는, 비웃는 듯하며 의심이 서려 있는 그의 자그마한 눈 밑에는 길고 퉁퉁한 지방질이 나타났고,

---

* 러시아 정교 교회를 방문하는 신도들은 교회 입구에서 파는 초를 사서 교회 내부의 성상 앞에다 불을 켜서 세워놓고 기도를 하곤 한다. - 역자 주

작지만 기름기가 도는 그의 얼굴에는 깊은 주름살이 수두룩하게 생겼다. 그 외에도 그의 뾰족한 턱 밑에 매달려 있는 마치 돈주머니 같아 보이는 길쭉한 육질의 울대뼈가 혐오스럽도록 음탕한 모습을 그에게 부여하고 있었다. 게다가 게걸스러워 보이는 긴 입과 부푼 입술, 그사이로 시커멓게 보이는 거의 다 썩어 뿌리만 남은 이를 상상해보시라. 말을 시작할 때마다 그에게서는 침이 튀었다. 하긴 그 사람 자신이 자기 얼굴을 가지고 농담을 하곤 했다. 비록 스스로는 자기 얼굴에 만족하는 것 같았지만 말이다. 특히 그는 자기 코를 가지고 이야기하길 좋아했다. 그의 코는 그리 크진 않았지만 아주 가늘었고, 콧잔등이 불거져 나왔다. 그는 "내 코가 또 진정한 로마인의 코 아니겠어? 울대뼈까지 합치면 이건 몰락기의 고대 로마 귀족의 얼굴 그대로지" 하고 말하곤 했다. 그는 그걸 아주 자랑스러워하는 것 같았다.

그러던 중 알렉세이가 어머니의 묘를 찾고 나서 얼마 안 있어 그에게 갑자기 선언을 했다. 자기가 수도원에 들어가고 싶고, 수도사들이 자기를 수도사 준비 과정으로 받아들일 용의가 있다고 말이다. 그러면서 알렉세이는 수도원에 들어가는 것은 자기의 커다란 소원이며, 그러므로 아버지의 허락을 정중히 청하는 바라고 설명했다. 아버지는 이미 알고 있었다. 수도원에서 구도의 길을 걷고 있는 조시마 장로가 자신의 '얌전한 아들'에게 특별한 인상을 끼쳤다는 것을 말이다.

그래서 그는 알렉세이의 말을 듣고서 거의 전혀 놀라지 않았다. 잠자코 말을 듣고 있다가 비로소, "그 장로가 물론 거기 있는 사람들 중에서 제일 성실해. 음……, 그러니까 우리 얌전이가 바로 거길 들어가겠다는 거지?" 하고 말했다. 얼큰하게 취해 있던 그는 취한 사람답게 입술을 옆으로 길게 찢으며 교활하고 간사하게 웃고 나서 말을 이었다. "음……, 하긴 내가 그러지 않아도 짐작은 했었다. 잘은 몰라도 네가 뭐 대충 지금 너 말하는 것 같은 그쪽으로 가길 바란다고 말이야. 어때, 내 직감이? 네가 지금 바로 거길 가겠다고 말하고 있잖아! 그래, 뭐, 너 2천 루블 가진 거 있지? 그걸 지참금으로 쓰면 되겠네. 어쨌든 난 너를 좋아하고, 계속 지켜볼 거다. 아, 뭐, 지금 거기서 필요하다고 하면 널 위해 좀 기부할 수도 있어. 근데 필요하다고 안 하면 우리가 일부러 내겠다고 나설 필요는 없잖아. 안 그래? 너는 돈을 쓰기를 마치 카나리아가 좁쌀 쪼아 먹듯 조금씩만 쓰잖아, 그렇지? 음……, 저기 말이야……, 내가 아는 수도원이 하나 있는데, 읍 변두리 마을 하나가 그 수도원 소유로 돼 있고, 아는 사람은 다 알지, 거기가 '수도사들의 마누라들'이 모여 사는 곳이라고. 그 여자들을 그렇게 부른대. 내 생각에 마누라들이 한 서른 명은 될걸……. 나 거기 가본 적 있는데, 거기 있잖아, 참 다양해. 물론 나름대로 다양한 거겠지. 나쁜 게 한 가지 있다면, 맨 러시아 여자들뿐이야. 프랑스 여자들은 아직 한 명도 없어. 있을 만도 한데 말이야. 귀족들 돈 갖고 뭣들 하는 건지……. 알려지기만 하면 그네들이 올 텐데 말이야. 근데 여기 수도원엔 없어. 여기 수도원엔 수도사들 아내들이 없다고. 맨 수도사들만 한 200명 있어. 진짜라고. 금욕주의자들이야. 대단해……. 음……, 그러니까 너도 수도사가 되겠다는 거지? 근데 참 널 보내기가 아쉽다, 알렉세이야. 진짜로. 넌 내 맘에 쏙 들었는데 말이야……. 참, 이러면 되겠네. 우리 죄 많은 인생들을 위해 기도나 좀 해줘. 우리들은 여기 있으면서 죄를 너무 많이 지었어. 내가 계속 생각해왔어. '누군가 날 위해 언제든 기도를 해줄 사람이 있을까? 이 세상에 그런 사람이 있을까?' 하고 말이야. 내 아들놈아, 나는 그런 쪽으로 진짜 아는 게 없거든. 거짓말 아니다. 진짜 아는 게 없어. 근데 있잖아, 내가 아무리 아는 게 없다지만 생각은 다 하고 있다. 생각은 다 한다고. 물론 가끔씩이지만, 그래도 하긴 한다고. 이보라고. 나 죽으면 당연히 악마들이 나를 갈고리로 낚아채서 끌고 가겠지. 근데 이런 생각이 드는 거야. '갈고리로 낚아챘다고? 갈고리가 어디서 나서? 뭐로 만들었어? 쇠로? 대장간이 있나 보지? 무슨 공장이 있든지. 예를 들어서 말이야, 아마 수도원 수도사들은 지옥에 천장이 있다고 생각할 거야. 하지만 나는 지옥에 천장이 없다고 해야 믿겠어. 그래야지 좀 뭔가 더 괜찮아 보이잖아.

좀 그럴듯하고 신식으로 보이잖아. 예를 들어서 말이야. 하지만 본질은 변하는 게 없어. 천장이 있든지 없든지 간에. 그게 바로 문제라고! 망할 놈의…… 이보라고. 천장이 없다고 한다면, 그럼 갈고리도 없을 수 있잖아. 갈고리가 없다고 한다면, 그럼 끝이지 뭐. 생각해보라고. 그러면 누가 나를 갈고리로 낚아채 끌고 갈 거냐 말이지. 나를 끌고 가지 않는다면, 그럼 이게 어떻게 되는 거야? 이 세상에 진리가 어디 있어? Il faudrait les inventer*, 이 갈고리들을 말이야. 날 끌고 가게 하기 위해 일부러.[8] 나 한 사람을 위해. 왜냐고? 알렉세이야, 넌 내가 얼마나 나쁜 사람인지 모르지?"

"네, 거기 갈고리는 없어요." 하고 알렉세이가 조용하고 진지하게, 아버지를 바라보며 말했다.

"그래, 그래, 갈고리 그림자만 있는 거겠지. 알고 있어. 한 프랑스 사람이 지옥을 이렇게 묘사했더라고. 'J'ai vu l'ombre d'un cocher, qui avec l'ombre d'une brosse frottait l'ombre d'un carrosse'.**[9] 너 어떻게 아니, 갈고리가 없는 줄? 근데 수도사들이랑 같이 지내게 되면 그거랑은 다른 말을 하게 될 거란

---

* 꾸며내야 했겠지. (프랑스어)

** 마차의 그림자를 솔의 그림자로 청소하고 있는 마부의 그림자를 나는 보았다. (프랑스어)

다. 어쨌든 네 갈 길을 가거라. 거기 가서 진리에 도달해라. 그리곤 와서 이야기해줘. 저 세상에 뭐가 있는지를 제대로 알면 아무래도 더 편하게 저 세상에 갈 수 있을 테니까. 게다가 수도사들과 같이 지내는 게 우리 집에서 술 취한 늙은이랑 계집들이랑 같이 지내는 것보단 좋을 거야. 천사 같은 너마저 물들면 안 되니까. 그러고 보니 거기 가서도 넌 물 안 들 수 있어. 너는 분별력 있는 애니까, 불타던 호기심이 꺼지면 정상으로 돌아오겠지. 그러면 집에 오면 돼. 내가 기다리고 있을 거니까. 내가 느끼기에 너야말로 나한테 나쁜 소리 한 번 안 한 지구상에서 유일한 사람이다, 내 사랑하는 아들아. 나는 느낀다. 내가 어떻게 그걸 못 느낄 수 있겠니?"

그러면서 그는 흐느끼기까지 했다. 그는 감상적이 되어 있었다. 화가 난 동시에 감상적이 되어 있었다.

V
장로들

어쩌면 독자들 중 누군가는 이렇게 생각할 수 있겠다. 내 소설의 주인공이 병적이고 뭔가에 쉽게 도취되는, 발달이 미진한 사람이며, 창백한 공상가이자 비실비실하고 약해빠진 사람이라고 말이다. 그러나 사실은 그와 반대로 알렉세이는 몸에 균형이 잡혔고 볼이 발그스름하며 눈매가 총명하고 건강미가 넘치는 만 열아홉 살의 소년이었다. 그는 심지어 아주 잘생기고 늘씬했으며, 중키보다 큰 키에 가까웠고, 머리카락은 회색이 도는 갈색이었으며, 얼굴은 약간 길쭉하지만 전체적으로 균형이 잡힌 계란형이었다. 양미간이 넓었고, 반짝이는 짙은 회색의 눈을 가졌으며, 생각이 무척 깊고 마음이 매우 안정됐다는 느낌을 상대에게 주었다. 볼이 발그스름하다고 해서 광신자나 신비주의자가 아니라고 할 수는 없지 않겠지만, 내가 보기에 알렉세이는 오히려 다른 그 누구보다도 현실주의자에 가까웠다. 아, 물론, 수도원에서 지낼 때 그는 기적을 완전히 믿는 사람이었다. 하지만 기적은 절대로 현실주의자를 당황케 하는 존재가 아니라는 것이 나의 의견이다. 현실주의자는 기적 때문에 믿음을 갖게 되는 것이 아니다. 진정한 현실주의자는 만약 믿는 자가 아니라면, 기적 역시 믿지 않을 만한 힘과 능력을 자기 속에서 언제고 찾아 낼 수 있을 것이다. 그리고 기적이 눈앞에서 부인할 수 없는 사실로 드러나는 경우, 그는 그 사실을 인정하는 게 아니라 십중팔구 자기의 오감을 믿지 않을 것이다. 혹 그가 그 사실을 인정하는 경우라면, 그 사실이 자연 법칙에 위배되지 않되 여태까지 자기가 몰랐던 사실이라고 인정할 것이다. 현실주의자에게는 기적으로부터 믿음이 생겨나는 것이 아니라, 믿음으로부터 기적이 일어난다. 현실주의자가 일단 믿게 되면, 바로 현실주의적 성향 때문에 기적 역시 반드시 인정한다. 도마 사도는 보기 전에는 믿지 않겠다고 했는데,[10] 보게 되자, "나의 주님이시요 나의 하나님이시니이다!" 하고 말했다. 기적으로 인해 그가 믿게 된 것인가? 그건 아마 아닐 것이다. 그가 결국 믿게 된 것은 단지 믿고 싶었기 때문일 테고, "보지 않고는 믿지 아니하겠노라" 하고 말할 때에도 이미 마음속 깊은 어느 구석에서는 믿고 있었을 것이다.

알렉세이가 머리가 둔하고 지능이 떨어지며 학교도 제대로 마치지 못했다는 등의 말을 누군가는 할지도 모르겠다. 학교를 마치지 못한 건 사실이었다. 하지만 그가 머리가 둔하고 어리석다고 말하는 건 커다란 오류이다. 앞에서 말했던 것을 그냥 반복하겠다. 그가 이 길로 들어선 것은 오직 이 길만이 마음을 사로잡았기 때문이며, 이 길이 어둠으로부터 떨어져 나온 그의 영혼을 빛으로 향하게 하는 이상적 존재로 확실히 비쳐졌기 때문이다. 게다가 그는 우리가 사는 현 시대의 젊은이기도 했다. 즉 본성이 정직하고 진리를 갈구하며 진리를 믿으며, 믿은 후에는 자기 영혼의 모든 힘을 다해 진리에 곧장 참여하려고 애쓰는, 가능하면 빨리 훌륭한 업적을 이루고자 하는, 그 업적을 위하여 모든 것을 심지어는 인생까지 희생할 준비가 철저히 되어 있는 젊은이였다는 것이다. 비록 안타깝게도 그런 젊은이들은 인생을 희생하는 것이 다른 어떤 것을 희생하는 것보다도 쉬울 수 있다는 점은 이해하지 못하겠지만 말이다. 젊음의 피가 끓는 자기 삶의 5~6년을 바로 그 진리를 섬기는 데에 희생하는 것은 비록 자기가 목표로 삼고 이루리라고 스스로에게 약속하고 이에 필요한 힘을 자기 속에서 키우기 위한 일이라 해도, 그들 중 많은 이들에게 거의 역부족일 때가 비일비재하다. 알렉세이는 모든 사람들이 택하는 길과 반대되는 길을 택했지만, 가능하면 빨리 훌륭한 업적을 이루고자 하는 갈망은 같았다. 진지한 사색을 통해 그는 영생과 신이 존재한다는 확신을 얻고서 스스로 놀랐다. 그리고 즉시 자기에게 이렇게 말했다. "영생을 위해 살련다. 어중간한 절충은 수용하지 않는다." 마찬가지로 만약 그가 영생과 신이 없다는 결론에 이르렀더라면, 지금쯤 무신론자가 됐거나 사회주의자가 됐을 것이다(왜냐하면 사회주의란 노동 문제나 소위 제4계급의 문제만 관련된 게 아니라, 무신론 문제이자, 무신론의 현대적 구현의 문제며, 땅에서 하늘에 도달하기 위해서가 아니라 하늘을 땅으로 끌어내리기 위해서 신 없이 건설되는 바벨탑[11]과 같은 문제이기 때문이다). 알렉세이는 전처럼 산다는 것이 심지어 이상하고 불가능하게까지 여겨졌다. '네가 온전하고자 할진대 모든 것을 나누어주고 나를 따르라'고 하지 않았던가?[12] 알렉세이는 자신에게 이렇게 말했다. "내가 '모든 것'을 주는 대신에 2루블을 줄 순 없고, '나를 따르라'고 하셨는데 예배에만 참석할 순 없다." 유년 시절 그의 어머니가 그를 데리고 예배에 참석했었기 때문에 우리 읍 어귀에 위치한 수도원에 대한 기억이 조금 남아 있었을 수가 있다. 어쩌면 히스테리 환자였던 어머니가 양손으로 그를 들고 성상 쪽으로 내밀 때 비스듬히 새어 들어오던 햇살 역시 작용했을 수 있다. 생각에 잠긴 그가 그때 우리 마을에 온 것은 어쩌면 바칠 것이 있는지를 보려는 목적뿐이었는지 모른다. '모든 것'이 있는지, 아니면 2루블뿐인지를. 그러다가 수도원에서 이 장로를 만난 것이다.

이 장로는 내가 앞에서 이미 설명했듯이 조시마 장로였는데, 여기서 몇 마디를 해야 하겠다. 우리 나라 수도원들에 있는 '장로들'이란 도대체 누구들인지를 말이다. 내가 이쪽 방면에서 아는 것이 충분치 않고 확실치 않은 것이 유감이다. 하지만 표면적인 지식이나마 몇 마디 전달해보도록 하겠다. 첫째, 전문가들, 실력 있는 사람들이 주장하는 바, 장로들과 장로 제도가 우리 나라에, 우리 러시아 수도원들에 생긴 것은 그리 오래되지 않았다. 100년도 채 안 됐다. 동방 정교를 신봉하는 곳들, 특히 시나이산과 아토스산[13]에는 천 년이 훨씬 넘게 존재하고 있다. 장로 제도가 우리 러시아에 아주 오래전에도 존재했다는 주장, 혹은 존재했음이 분명하다는 주장이 있다. 그러나 러시아가 겪은 재앙들, 타타르의 지배, 대혼돈기와, 또 예전에 있던 동방 정교 본산과의 교류가 콘스탄티노플 정복 이후[14] 끊어지면서, 장로 제도를 확립하는 일이 망각되어갔고 장로들은 대가 끊겼다는 것이다. 장로 제도의 복원은 지난 세기 말에 위대한 고행자(라고 불리는) 파이시 벨리치코프[15]와 그의 제자들이 했지만, 그 후 거의 100년이 지난 지금까지 이 제도가 모든 수도원들에 존재하는 것은 아니며, 심지어는 러시아에 전례가 없는 새로운 현상이라 간주되어 거의 박해의 대상이 되기까지 했다. 장로 제도가 우리 러시아에서 특별하게 융성을 본 곳은 코젤스카야 오프치나라고 하는 한 유명한 암자 수도원[16]이다. 우리 읍 어귀의 수도원에 장로 제도를 언제 누가 정착시켰는지는 모르겠으나, 그곳의 장로는 이미 제3대째였고 바로 조시마 장로였다. 그는 이미 원기가 쇠하고 병이 들어 거의 생의 마지막 시기를 지내는 중이었는데, 그를 누가 대신할 수 있을지 난감한 상황이었다. 이 문제는 우리 수도원에 중요한 문제였다. 왜냐하면 그전까지 우리 수도원은 그 어떤 것으로도 특별히 유명해진 적이 없었기 때문이다. 성자들의 유해도 없었으며, 기적을 행하는 성상도 없었고, 우리 나라 역사와 관련된 명예로운 전설도 없었으며, 역사적 업적이나 조국에 대한 공로도 하나도 없었다. 우리 수도원이 융성하고 러시아 전국에 명성을 떨친 것은 오로지 장로들 덕분이었다. 우리 수도원 장로들을 만나 설교를 듣기 위해 신자들이 러시아 방방곡곡으로부터, 거의 수천 베르스타* 떨어진 곳에서부터 떼를 지어 모여들곤 했다. 자, 그러면 장로란 과연 뭐 하는 사람인가? 장로란 여러분의 마음을, 여러분의 의지를 자기의 마음속으로, 자기의 의지 속으로 가져가는 사람이다. 여러분은 장로를 선출함으로써 자신의 의지를 부인하고, 장로에게 바쳐 버리고, 장로의 말에 전적으로 순종하며, 자신의 이익을 따지는 일을 깨끗이 잊는다. 자신의 운명을 한 방향으로만 결정짓는 이 수련 과정과 이 부담스러운 삶의 학교에 들어올 때는 자원하여 들어온다. 오랜 수련 후에 자신을 이기고 자신을 조절할 수 있게 되어, 결국 전 생애를 순종시킴으로써 완벽한 자유, 즉 자기로부터의 자유에 도달할 희망을 가지거나, 평생을 살았지만 삶 속에서 자기를 발견하지 못한 사람들의 운명을 답습하지 않고 피해 가겠다는 의도로 들어오는 것이다. 누가 만들었는지는 모르지만 장로 제도는 이론에만 그치지 않으며, 동방 교회에서 실용되었기에 우리가 사는 이 시대로 치면 이미 천 년은 되었다. 장로에게는 단순히 '순종'해야 되는 것이 아니다. 단순한 순종은 우리 러시아 수도원들에 그냥도 항상 존재해왔다. 모든 수도자들은 언제나 장로에게 고백하는 입장에 있어야 하

---

* 베르스타: 러시아의 옛 길이 단위로, 1.07킬로미터에 해당함. 거리상 킬로미터와 큰 차이가 나지 않으므로, 앞으로 계속 이 단위가 나올 텐데, 이를 그냥 킬로미터라고 상상해도 큰 오류가 아니다. - 역자 주

며, 장로와 관계를 형성하게 된 수도자 간의 관계는 끊어질 수 없다. 사람들 사이에 도는 이야기가 있다. 고대 크리스트교 시절 한 수도자가 장로가 시킨 일에 순종치 않고, 장로를 피하여 수도원을 떠나 다른 나라로 갔다.[17] 시리아에서 이집트로 간 것이다. 그곳에서 오랜 시간 동안 위대한 업적을 쌓고 결국 자신의 믿음 때문에 고통받고 순교를 하게 됐다. 교회가 그를 성인으로 인정하여 육신을 장사 지내는 중이었는데, "비세례교인들은 자리를 뜨시오"라는 부제의 함성이 들리자 이 순교자의 육신이 누워 있는 관이 자리에서 움직이더니 교회 밖으로 내팽개쳐졌다. 세 번이나 그랬다. 그제야 사람들이 알게 됐다. 이 수난자 성인이 시키는 일에 순종하는 법을 어기고 본래의 장로 밑을 떠났기에, 위대한 업적에도 불구하고 장로의 허락 없이는 용서를 받을 수 없다는 것을 말이다. 그러다 장로를 불러 와서 그가 행하지 않은 일을 용서해주자, 그제야 장례가 끝날 수 있었다. 물론 이것은 다 예로부터 전해져 내려오는 전설일 뿐이지만, 별로 오래되지 않은 다음과 같은 실화도 있다. 우리와 같은 시대를 사는 한 수도사가 아토스산에서 구도의 길을 걷고 있었다.[18] 그는 아토스산을 성지로서, 조용한 은신처로서 마음속 깊이 사랑했다. 그런데 갑자기 장로가 그에게 아토스산을 떠나 일단 예루살렘으로 가 성지에서 참배를 올리고 그 후엔 러시아로 돌아가서 북쪽 지방으로, 시베리아로 가라고 말했다. "거기가 네가 있을 곳이다. 여기가 아니라" 하고 말한 것이다. 충격을 받고 슬픔에 잠긴 이 수도사는 콘스탄티노플로 세계 총대주교를 찾아가, 그가 받은 명을 무효화시켜달라고 애원했다. 그러자 세계 총대주교는 자기는 그 명을 무효화시킬 수가 없고, 뿐만 아니라 그가 받은 명으로부터 그를 해방시켜줄 만한 그 어떤 권력도 이 땅에 없으며 있을 수 없다고 대답했다. 장로가 그렇게 하라고 하였으니, 그 장로의 권력 외에 다른 권력은 있을 수 없다는 것이었다. 이렇듯 장로 제도에는 우리가 감히 알 수 없을 정도의 무한한 권력이 주어져 있다. 바로 이런 이유로 우리 나라의 많은 수도원들에서 초기에 장로 제도가 거의 박해의 대상까지 되었다. 하지만 다른 한편으로는 사람들이 장로들을 아주 높이 우러르기 시작했다. 우리 수도원의 장로들한테는 예를 들어 서민들뿐 아니라 높은 지위의 귀족들 역시 모여들었다. 장로들 앞에 절하면서 자기의 의심, 죄, 고통을 고백하고 조언과 지도를 청하기 위해서였다. 그러자 장로 제도 반대자들은 고해 성사라는 성례가 모욕적으로 비하되고 있다고 외치면서 온갖 다른 비판의 말까지 섞었다. 그들은 수도사 준비 과정에 있는 사람이나 일반인이 장로에게 자신의 마음을 쉴 새 없이 고백하므로, 이는 이미 전혀 성례라고 볼 수 없다고 덧붙였다. 그러나 결국 장로 제도는 상황을 잘 버텨내고 러시아 수도원들에 정착되고 있다. 이는 이미 천 년이라는 역사를 통해 검증을 거친 제도로서 사람이 종의 지위를 벗어나 자유로, 도덕적 완성으로 옮아감으로써 도덕적으로 새로 태어나게 하기 위한 제도이다. 물론 갑자기 좌우에 날 선 도구가 되어 혹 어떤 사람을 순종과 흔들림 없는 마음의 평정으로 이끄는 대신 반대로 가장 악마적인 자만으로, 즉 자유가 아닌 족쇄로 이끌 가능성도 있긴 하다.

조시마 장로는 예순다섯 살쯤 된, 지주 출신의 사람이었다. 젊었을 때 군인이었던 그는 코카서스에서 위관으로 근무했었다. 그가 그 어떤 특별한 영성으로 알렉세이를 사로잡았음에 의심의 여지가 없다. 이 장로는 알렉세이를 아주 좋아하여 자기 방에 들어오게 허락했으므로 알렉세이는 이 장로의 방에서 기거했다. 알렉세이는 당시 수도원에 살 때 아직 그 어떤 의무도 지지 않은 상태여서 어디든 가서 며칠씩 있다 와도 괜찮았고, 그가 법의를 입고 다닌 것은 자의로 수도원 내부에서 다른 사람과 구별되어 보이지 않기 위함이었다. 법의를 입고 다니는 것이 그의 마음에 들기도 했지만 말이다. 어쩌면 항상 장로를 둘러싸고 있던 힘과 명성이 젊은 알렉세이의 마음에 강하게 작용했을 수도 있다. 조시마 장로에 관해서 많은 사람들이 이야기하는 것은 다음과 같았다. 그토록 오랜 세월 동안 사람들이 자신의 심정을 고백하고 조언과 치료 능력이 있는 말을 듣기를 갈구하여 찾아왔으므로 그는 슬픔에 대한 고백과 죄의

자백을 너무나도 많이 들었다. 그래서 마지막에 가서 그의 눈썰미가 어느 정도로 섬세했나 하면, 자기를 찾아온 모르는 사람의 얼굴을 딱 보자마자, 그가 무슨 문제를 가지고 왔는지, 그에게 무엇이 필요한지, 그의 양심의 고통이 어떤 종류의 것인지를 예상할 수 있었다고 한다. 장로를 찾아온 사람은 말도 꺼내기 전에 장로가 이미 자기의 숨겨진 마음을 알고 있었기 때문에 놀라고 당황하고, 어떤 때는 겁을 먹기까지 했다. 하지만 알렉세이는 거의 항상 보아왔다. 이 장로와 일대일로 대화하기 위하여 그를 만나러온 많은 사람들, 거의 모든 사람들이, 그를 만나러 들어갈 때는 두려움과 불안에 싸여 있다가도 나올 때는 거의 항상 밝고 기쁜 얼굴로 나왔다는 것을 말이다. 우울하기 짝이 없어 보이던 얼굴이 행복한 얼굴로 변해 있는 것을 말이다. 또한 알렉세이를 크게 놀라게 한 것은 장로가 전혀 엄한 사람이 아니었다는 사실이다. 그와는 반대로 장로는 사람들과 이야기할 때 항상 즐거워 보였다. 수도사들은 그에 대하여 말하기를, 죄가 더 많은 사람들일수록 그는 더욱 마음을 주고 더욱 사랑을 보인다고 했다. 장로의 삶이 거의 다한 시점에까지도 수도사들 중에는 그를 미워하고 시기하는 사람들이 있었다. 하지만 그런 사람들은 점점 적어졌고, 그나마 남아 있는 자들도 입을 다물었다. 그들 중에 역시 다분히 유명하고 수도원에서 중요한 인물로 인정되는 사람들이 몇몇 있었던 것이 사실이다. 그 예로, 나이가 아주 많은, 침묵 및 절식 서약을 지키는 위대한 수도사 한 사람을 들 수 있다. 그러나 어차피 조시마 장로 쪽으로 거대 다수가 붙은 것은 의심할 나위가 없었다. 게다가 아주 많은 사람들이 마음을 다하여 열렬히 진심으로 그를 사랑했다. 그들 중 몇몇은 심지어 거의 광적일 정도로 애착을 느꼈다. 그런 사람들은 장로가 성인이며, 그가 성인이라는 데에 의심의 여지가 없다고 직설적으로 말하곤 했다. 물론 그 말들을 반드시 소리 내어 한 것은 아니었지만 말이다. 그리고 그의 삶이 끝날 때가 가까운 것을 예상하고, 그가 영면한 뒤 즉시 수도원에 나타나게 될 기적과 위대한 영광을 기대했다. 알렉세이 역시 이 장로의 기적적인 힘을 절대적으로 믿었다. 교회 밖으로 내팽개쳐지던 관에 대한 이야기를 절대적으로 믿었듯이 그랬다. 그는 병든 아이들 혹은 다른 병자들과 함께 찾아와 그들에게 손을 얹고 기도문을 낭독해달라고 장로에게 애원하던 사람들 중 많은 이들이 돌아갔다가 곧 다시 찾아오는 것을 보았다. 어떤 사람들은 바로 다음 날 도로 와서 장로 앞에 엎드려 울면서 병을 고쳐준 것을 감사했다. 아프던 사람들이 실지로 병이 완전히 나았는지, 아니면 병이 진행되던 중 잠깐 상태가 호전되었는지의 문제는 알렉세이에게 존재하지 않는 문제였다. 왜냐하면 그는 자신의 스승인 장로의 영적 능력을 이미 완전히 믿고 있었기 때문이다. 장로의 명성은 마치 알렉세이 자신의 승리와도 같았다. 장로를 보기 위해, 장로에게서 축복을 받기 위해 일부러 암자의 대문 근처에서 장로가 나오기를 기다리던, 러시아 방방곡곡에서 모여든 서민 신자들의 무리를 향해 장로가 나갈 때 그의 마음은 특히 떨렸고, 그는 마치 기쁨으로 빛을 발하는 듯했다. 신자들은 장로 앞에 절하며 울며 장로의 발에 입을 맞추고 장로가 서 있는 땅에도 입을 맞추고 통곡하곤 했으며 여자들은 자기 아이들을 장로에게 내밀곤 했다. 사람들이 장로에게 데려오던 환자들 중에는 히스테리 환자들도 있었다. 장로는 그들과 이야기를 나누고 간단한 기도문을 암송해주고 축복해주고 보냈다. 한편 요즈음 장로는 갑작스레 나타나는 병의 증세로 인해 쇠약해져, 때로는 방에서 겨우 나올 힘밖에 없었다. 그래서 수도원에 온 신자들은 그가 나오길 며칠씩 기다리기도 했다. 사람들이 그를 그토록 사랑하고 그의 앞에 절하고 그의 얼굴을 보기만 하면 마음이 감동되어 우는 것이 알렉세이로서는 당연했고 하나도 신기하지 않았다. 러시아 평민들의 겸손한 영혼에는 성지에 가거나 성인을 만나 그 앞에 엎드려 절하는 것보다 더한 위로가 없었으며, 그것은 그들이 노동과 고뇌에 지쳤으며, 또한 언제나 존재하는 불공평에, 그리고 자신의 죄악 및 세상 전체의 죄악에 지쳤기 때문이라는 것을 알렉세이는 아주 잘 이해하고 있었다. 그는 이렇게 생각했다. '우리에게 죄악과 불의와 유혹이 있다면 이 땅 어딘가에는 성인과 고결한 사람 역시 존재하게 마련이다. 그 사람에게는 정의가 있고, 그 사람은 정의를 안다. 그러므로 정의는 이 땅에서 죽지 않고, 언젠가는 우리에게로 찾아와, 약속된 대로 이 땅 전체에 깃들 것이다.' 알렉세이는 사람들이 바로 그렇게 느끼고 판단한다고 알고 이해하고 있었다. 또한 장로가 바로 그 성인이라는 점을, 신이 정의를 사람들에게 보이려고 내세운 사람이라는 점을 의심하지 않고 자기 자식들을 장로에게 내밀며 우는 이 남자들과 그 병든 여자들과 마찬가지로, 알렉세이 역시 그 점을 조금도 의심하지 않았다. 장로가 영면 후 수도원에 큰 영광을 가져다줄 것이라는 확신이 알렉세이의 마음속에 꽉 차 있었다. 수도원의 다른 그 어느 누구보다도 알렉세이의 확신이 컸을 수 있다. 그리고 그게 아니더라도 요즘 들어 알렉세이의 마음속에는 그 어떤 깊고 열렬한 내적 기쁨이 점점 더 강하게 불붙고 있었다. 조시마 장로라는 단 한 사람만이 그의 앞에 서 있다는 사실은 그를 조금도 당혹케 하지 않았다. 그는 이렇게 생각했다. '어떠한 경우에라도 그분은 성인이며, 그분의 마음속에는 모든 사람을 새롭게 하는 비밀이 존재한다. 그것은 결국 이 땅 위에 정의를 확립시킬 힘이다. 그렇게 되면 모든 사람이 성스러워지고 서로 사랑하게 된다. 그리고 부자도, 가난한 자도, 자기를 높이는 자도, 멸시당한 자도 없어지고, 모든 이들이 신의 자식처럼 될 것이며, 진정한 그리스도의 왕국이 도래할 것이다.' 알렉세이의 마음속엔 그런 꿈이 있었다.

알렉세이가 그전까지 전혀 몰랐던 두 형들의 귀향은 점이 알렉세이에게 매우 강한 인상을 끼친 것 같다. 그는 형 드미트리 표도로비치와 더 빨리 가까워졌다. 비록 드미트리 표도로비치가 다른 형(어머니가 같은) 이반 표도로비치보다 늦게 왔지만 말이다. 알렉세이는 형 이반과 잘 알고 지내고 싶었으나, 이반이 온 지 이미 두 달이 됐고 이 둘이 꽤 자주 얼굴을 마주쳤음에도 불구하고 둘이 쉽게 가까워지지가 않았다. 알렉세이는 본래 말수가 적어서 그런지 단지 기다리기만 하고 수줍어하는 태도를 보였고, 형 이반이 자기에게 눈길을 오래 주고 관심을 보이는 것 같다고 알렉세이가 느끼긴 했지만, 얼마 안 있어 이반은 알렉세이에 대해 관심을 두지 않게 되었다. 알렉세이는 약간 당황스러웠다. 그는 형이 자기한테 관심을 안 갖는 것이 나이 차이 탓이기도 하고 또한 교육 수준에서 차이가 나기에 더욱 그럴 것이라고 생각했다. 한편으로 알렉세이는 이반이 자기한테 그토록 관심을 적게 갖는 것이, 자기가 전혀 알지 못하는 그 무엇 때문인지도 모른다고 생각했다. 알렉세이에게는 왠지 이반이 무언가 내밀하고 중요한 일에 마음을 쏟고 있는 것으로 느껴졌다. 이반이 도달하기가 매우 힘든 목표를 추구하고 있는데 자기한테까지 관심을 가져줄 여유가 없는 것이 유일한 이유인 듯했다. 알렉세이는 또한, 학식 있는 무신론자가 어리석은 수도사 준비생에 대해 느끼는 멸시 같은 게 있지 않을까 하는 생각을 해보기도 했다. 그는 자기 형이 무신론자라는 것을 아주 잘 알고 있었다. 설사 멸시하는 게 맞더라도 알렉세이는 모욕을 느끼지 않겠지만, 그래도 이해가 안서 불안한 당혹감을 느꼈다. 언제쯤 형이 자기에게 가까이 다가올까 하고 기다리면서. 형 드미트리 표도로비치는 자기 동생 이반에 대해 아주 깊은 존경을 갖고 있었으며, 이반에 대한 이야기를 할 때는 아주 특별한 감동에 휩싸이곤 했다. 알렉세이는 드미트리에게서 알게 되었다. 그의 두 형이 최근 들어 긴밀한 관계로 맺어지게 된 그 중요한 일의 모든 세부를 말이다. 자기 동생 이반에 대한 드미트리의 열광에 찬 태도는 알렉세이가 보기에 형 드미트리가 이반과 비교할 때 거의 전혀 교육을 못 받은 사람이었고, 이 둘을 서로 옆에 놓고 비교하면 그 인성과 성격이 명료하게 대조를 이루기에, 이 둘처럼 서로 안 비슷한 다른 두 사람을 과연 찾아볼 수 있을지 의문이 갈 정도였다는 점을 고려하면 이해가 가는 바였다.

　바로 그때에 만남이 이루어졌다. 전 가족 모임이라고 일컫는 게 낫겠다. 이 누가 봐도 불안정한 가정의 구성원들 모두가 참석하는 모임이 이루어진 것은, 알렉세이에게 대단히 큰 영향을 끼치고 있던 조시마 장로의 응접실에서였다. 이 모임은 단순한 가족 모임이 아니었고, 모임의 참된 이유는 다른 데에 있었다. 당시 상속 및 재산 액수 산정 문제에 드미트리 표도로비치가 부친 표도르 파블로비치와 갖던 알력이 갈 데까지 다 간 모양이었다. 관계가 더 이상 참을 수 없을 정도로 첨예해져 있었다. 표도르 파블로비치가 먼저 제안한 것 같다. 아마 농담조로 그런 제안을 했을 것이다. 조시마 장로의 응접실에서 모두 모이자고 말이다. 비록 조시마 장로의 직접적인 매개 역할을 바라는 것은 아니었지만, 좀 점잖은 상황에서 대화를 나눌 수 있고, 더욱이 장로의 신분과 체면이 화해로 향한 분위기를 이끌 수 있는 일이었다. 장로를 찾아온 적이 한 번도 없고 장로를 우연히 본 적도 없던 드미트리 표도로비치는 장로를 이용해 자기의 기를 죽이려고 한다고 생각했다. 하지만 그는 부친과의 최근 논쟁 시 자기가 행한 특히 격한 행동들을 가지고 남몰래 자신을 질책하고 있었으므로, 부친의 그 제안을 그냥 받아들였다. 그는 사실 이반 표도로비치처럼 부친의 집에 기거하지 않고 읍의 반대쪽에 따로 살고 있었다. 당시 우리 읍에서 기거하던 표트르 알렉산드로비치 미우소브가 표도르 파블로비치의 제안을 특히 적극적으로 지지하는 입장이 되었다. 40~50년대 자유주의자이자 자유사상가요 무신론자였던 그는, 글쎄, 심심함을 달래보려고 재미 삼아 그랬는지, 이 일에 특별히 참여하겠다고 나섰다. 수도원도 구경하고 '성인'이라 불리는 사람도 볼 겸 그러겠다고 했다. 그가 오래전에 시작한 수도원과의 권리 다툼이 아직 계속되고 있었고, 그의 영지와 수도원 영지의 경계 문제, 삼림 벌채 및 강에서의 어로에 대한 그 어떤 권리 등의 문제를 놓고 붙은 민사 소송이 아직도 끝나지 않았으므로, 자기와 수도원 간의 권리 다툼을 어떻게든 우호적 분위기에서 끝내고 싶던 그는 수도원 원장 신부와 상의해보고 싶다는 구실을 서둘러 내걸고 이 모임에 참여하려고 했다. 권리 다툼을 우호적 분위기에서 끝내길 원한다는 사람이 수도원엘 온다고 하니, 그냥 호기심에서 온다고 하는 사람보다는 수도원에서는 당연히 좀 더 관심 있게, 좀 더 친절하게 받아들일 법했다. 또한 모임의 결과로 수도원에 있는 병든 장로에게 어떤 내밀한 변화가 일어날 수도 있는 일이었다. 장로는 최근 들어 방에서 나간 적이 거의 없었고, 병 때문에 일반 방문자들도 받지 못하고 있는 상황이었다. 결국 장로가 동의를 하여, 날이 정해졌다. 장로는 알렉세이에게 미소를 띠면서 이렇게 말했다. "누가 나를 그들 사이에서 물건 나누는 자로 세웠느냐?"[19]

알렉세이는 만남에 대해 알게 되고 나서 매우 당황했다. 권리 다툼 및 논쟁을 벌이는 사람들 중 이 모임을 진지하게 생각할 사람이 있다면 의심할 나위 없이 형 드미트리 한 사람이었다. 나머지 사람들은 모두 그리 진지하지 않은 의도일 것이며,

결과적으로 장로에게 모독을 주는 것일 수도 있다고 그는 생각했다. 형 이반과 미우소브는 호기심에서 올 테고, 그 호기심은 어쩌면 아주 저속할지 모르며, 그의 부친은 그 어떤 어릿광대 역할이나 배우 역할을 해봄직한 무대가 필요해서 오는 것일 수 있었다. 알렉세이는 비록 침묵으로 일관하는 입장이었지만 자기 아버지에 대하여 이미 충분히 깊이 알고 있었다. 반복하여 말하건대 이 소년은 여러분이 생각한 것만큼 그렇게 순진한 것만은 결코 아니었다. 정해진 날을 기다리는 그의 마음이 무거웠다. 그는 물론, 가족 내의 모든 알력이 어떻게 하면 끝날 수 있을까 하고 혼자 마음속으로 많은 걱정을 했다. 그렇지만 그가 가장 많이 걱정하는 것은 장로와 관련된 것이었다. 그는 장로 때문에, 장로의 명예 때문에 많이 걱정했고, 장로가 모독을 당할까 봐 염려했다. 특히 그는 깊은 배려를 가장한 미우소브의 교묘한 조소를 상상할 수 있었고, 상대를 깔보듯 입을 열지 않는 학식 있는 이반의 태도가 눈앞에 그려졌으므로, 그것이 장로에 대한 모독이 될까 봐 매우 꺼림칙했다. 그는 심지어, 올 사람들에 대해 장로에게 미리 약간이라도 말을 해두는 게 어떨까 싶었다. 그러나 좀 더 생각해보고서, 말을 않기로 했다. 단지 정해진 날 하루 전에 아는 사람을 통하여 형 드미트리에게 편지를 전하기만 했다. 편지에는 자기가 형을 많이 사랑하며, 형이 약속한 것을 지키기를 기대한다고 적었다. 드

85

미트리는 생각에 잠겼다. 왜냐하면 자기가 무슨 약속을 했었는지 전혀 기억이 안 났기 때문이다. 그래서 그냥 답장에다가, '비열한 자 앞에서' 최대한 자제할 것이며, 자기가 장로와 동생 이반을 깊이 존경하는 건 사실이지만, 여기엔 뭔가 자기를 상대로 한 함정이 있든지 아니면 모든 것이 웃기지도 않는 희극일 거라고 확신한다고 적었다. 그리고, '그렇지만 어쨌든 네가 그리도 존경하는 성스러운 분에 대한 존경을 소홀히 하느니보다는 차라리 입을 다물고 가만히 있겠다'라는 말로 편지를 마쳤다. 알렉세이는 이 답장을 읽었지만 마음이 그다지 편해지지 않았다.

제2편
장소에 어울리지 않는 모임

I
수도원에 온 사람들

날은 아주 좋았다. 싱그러운 8월의 끝자락, 따뜻하고 쾌청했다. 장로와의 만남은 2부 예배 뒤, 11시 반쯤으로 정해져 있었다. 하지만 우리의 수도원 방문자들이 예배에까지 참석한 건 아니었다. 예배가 끝날 때쯤에 딱 맞춰서 왔다. 그들은 마차 두 대로 왔다. 값비싼 말 두 마리가 끄는 멋진 마차가 앞장서 왔는데, 그 마차에는 표트르 알렉산드로비치 미우소브가 자기의 먼 친척뻘인, 스무 살 정도밖에 안 된 청년인 표트르 포미치 칼가노프와 함께 타고 있었다. 이 청년은 대학교에 입학할 준비를 하고 있었다. 그는 왠지는 몰라도 미우소브의 집에서 살고 있었는데, 미우소브가 그 청년한테 자기랑 같이 외국으로 가자고, 취리히나 예나로 가서 거기 대학교에 입학하여 과정을 마치라고 유혹하는 중이었다. 청년은 아직 결정을 못한 상태였다. 그는 생각이 많고 주위 상황에 관심이 없는 것같이 보였고, 인상이 좋고 몸이 탄탄하고 키가 큰 편이었다. 그는 왠지 시선을 움직이지 않고 어색하게 멍하니 있을 때가 있었다. 주위가 매우 산만한 사람들이 다 그렇듯, 그 역시 상대에게 시선을 뚫어질 정도로 오랫동안 두고 있을 때가 있었다. 그런데 사실은 그게 상대를 보고 있는 게 전혀 아니었다. 그는 과묵하고 행동이 매끄럽지 못한 편이었지만, 갑자기 말수가 굉장히 많아지는 때도 있었다. 그건 누군가와 일대일로 대화할 때 그랬다. 때로 갑자기 저돌적이 되는가 하면 잘 웃기도 했는데, 뭣 때문에 웃는지 종잡을 수 없는 경우가 있었다. 하지만 그런 그의 활발한 태도는 나타날 때 순식간에 나타나는 것과 마찬가지로 사라지는 것도 순식간에 사라졌다. 옷은 항상 잘 입었고, 심지어는 세련되게 입는다는 말이 어울릴 정도였다. 그는 이미 어느 정도 자립할 만한 재정 상태에 이르러 있었고, 앞으로 재정 상태가 더 나아질 전망이었다. 알렉세이와는 친구 관계였다.

표도르 파블로비치가 자기 아들 이반 표도로비치와 함께 타고 온 마차는 몹시 낡아 덜그럭거리기는 했지만 널찍했고, 마부가 발그스름한 회색을 띤 늙은 말 두 필이 끄는 이 마차를 몰았다. 이 마차는 미우소브의 마차보다 훨씬 뒤에 도착했다. 드미트리 표도로비치는 이미 하루 전에 약속 시간을 통보받았음에도 불구하고 늦게 왔다. 이 방문자들은 채소밭 근처 객관 안에 마차를 세워놓고 걸어서 수도원 대문으로 들어갔다. 표도르 파블로비치를 제외한 나머지 셋은 그 어떤 수도원도 한번도 본 적 없는 듯했다. 미우소브는 수도원은 고사하고 교회에도 안 가본 지가 30년쯤 된 것 같았다. 꽤 호기심 있게 두리번거리는 그의 행동에서는 어느 정도 방종적인 태도를 일부러 취하는 기미가 보였다. 하지만 수도원 안에서 그의 관찰 대상이 된 것은 교회 건물들, 업무용 건물들 외에 아무것도 없었다. 그나마 그것도 그의 눈에는 평범하게 보였다. 교회에서 마지막으로 나온 사람들이 모자를 벗고 성호를 그으면서 지나갔다. 평민들 틈에 가끔 가다 좀 더 상류 사회에서 온 사람들도 보였다. 그들과 두세 명의 부인들, 나이가 아주 많은 장군 한 사람이 모두 객관 안에 서 있었다. 우리의 방문자들을 즉시 거지들이 에워쌌지만 아무도 그들에게 아무것도 주지 않았다. 단 한 사람 표트르 칼가노프만 지갑에서 10코페이카짜리를 꺼내, 도대체 무슨 이유에서인지 당황해서 서두르는 손놀림으로 한 여자 거지에게 재빨리 쥐어주며, "똑같이 나누어 가질 것"이라고 빠르게 말했다. 그와 같이 가던 사람들 중 아무도 그의 행동을 보지 않았으므로 그는 당황할 이유가 전혀 없었는데, 그는 아무도 자기를 안 보는 것을 알고 더욱 당황했다.

그런데 좀 이상했다. 그들이 올 줄 알고 나와서 기다리는 사람이 없었다는 것 말이다. 심지어 그 어떤 존경을 표하며 기다리고 있어야 되지 않는가? 이들 중 한 명은 얼마 전에 천 루블의 헌금을 했고, 또 한 명은 아주 부유한 지주인 데다가 교육 수준이 아주 높다고 해야 할 사람으로서 수도원 사람들 모두의 운명이 조금씩은 이 사람한테 달려 있었는데 말이다. 강에서 고기 잡는 일이 소송 사건의 진행 결과에 따라 어떻게 될지가 결정되므로 그렇다는 얘기이다. 그럼에도 불구하고 공식 인사들 중 아무도 나와서 그들을 맞이하는 사람들이 없었다. 미우소브는 교회 근처에 있는 비석들을 무심코 보다가, "이런 '거룩한' 자리에 묻히기 위해서 꽤 비싼 돈들을 냈겠지?"라고 한마디 하려다가 그만두었다. 그는 이미 단순한 자유주의자적 관점에서 비꼬는 말을 하고 싶지가 않았다. 그런 말을 하기에는 너무 화가 났기 때문이다.

"이런 젠장! 여긴 누구 물어볼 사람도 없군 그래! 이곳 사람들은 도대체 왜 이런 거야?"

그러다가 갑자기 마치 혼잣말을 하듯 덧붙였다.

"어떻게든 이 문제를 해결해야 돼. 시간이 자꾸 흐르니까."

나이가 많고 머리가 좀 벗겨진, 헐렁헐렁한 여름용 코트를 입은 한 남자가 상냥한 눈을 하고 갑자기 그들 쪽으로 다가왔다. 모자를 약간 들어 올리고는 살살거리며 어린애 말투 같은 말투로, 자기는 원래 툴라에서 올라온 막시모프라는 지주라고 자기를 모두에게 소개했다. 그는 바로 우리의 방문자들의 편의를 봐주려는 태도를 취했다.

"조시마 장로는 홀로 달랑 떨어져 있는 암자에 살아요. 수도원에서 400보 정도 가셔야 돼요. 숲을 지나서요, 예, 숲을 지나서……."

"그건 저도 알아요, 숲을 지나서 가야 된다는 거. 근데 길을 다 기억 못 해요. 온 지가 오래돼서……" 하고 표도르 파블로비치가 응했다.

"바로 저 대문을 나서시면 숲이 나와요, 예, 숲이 나와요. 자, 가시죠. 직접 길을 좀 안내해도 괜찮으시겠어요? 네, 제가 직접요. 자, 이리로, 이리로……."

그들은 대문을 나서 숲으로 들어갔다. 막시모프 지주는 나이가 60쯤 된 사람이었는데, 걸어간다기보다는 옆에서 거의 달리다시피 했다고 하는 게 더 맞겠다. 안절부절못하는 그들 모두를 절박한 호기심으로 뜯어보면서 말이다. 눈에선 약간 퉁방울눈의 기미가 비쳤다.

"저기 말이죠, 우리 그 장로한테 일이 하나 있어서 가는 거요. 우리가 바로 직접 그분한테서 알현해도 된다고 허락을 받앉어요. 그러니까, 길 안내를 해주시는 건 고맙지만, 그분한테 들어갈 때 같이 들어와달라는 부탁은 안 하겠소."

"저는 벌써 그분께 가본 적 있어요, 예, 가본 적 있어요. Un chevalier parfait!*" 이렇게 말하면서 지주는 손가락을 공중에다 튀겨 딱 소리를 냈다.

"누가 chevalier**인데요?" 미우소브가 물었다.

"장로님이요. 위대하신 장로님이요, 네, 장로님이요. 조시마 수도원에 영광과 찬미를! 그 장로님 어떤 분이신가 하면……."

그러나 그의 뒤죽박죽한 말은 방문자들을 뒤따라 달려온 한 수도사 때문에 끊겼다. 두건을 쓴 이 수도사는 키가 작고 얼굴이 아주 창백하고 몸이 빼빼 마른 사람이었다. 표도르 파블로비치와 미우소브는 걸음을 멈추었다. 수도사가 아주 정중하게, 머리를 거의 허리 높이까지 낮춰 절하면서 말했다.

"수도원장 신부님께서, 암자 방문을 마치고 여러분들 모두 당신께 오셔서 식사하시기를 정중히 부탁하십니다. 늦어도 한 시까지는 오시랍니다. 같이 오시랍니다."

마지막 말은 막시모프를 향한 것이었다.

표도르 파블로비치가 초대받은 데 신이 나서 말했다.

---

*   그분 완전히 기사세요! (프랑스어)

**   기사. (프랑스어)

"그런 부탁은 내 반드시 들어드리리다! 반드시. 아실지 모르지만 우리 모두는 여기서 예의 있게 행동하기로 약속했거든요. 참, 표트르 알렉산드로비치 씨께서도 함께 가시겠소?"

"설마 왜 안 가겠소? 아니, 여기 온 게 바로 이곳의 모든 풍습을 보러 온 건데 말이에요. 다만 한 가지 힘든 점이 있다면, 지금 댁하고 같이 있다는 거요, 표도르 파블로비치 씨……."

"드미트리 표도로비치도 아직 안 왔는데 뭘 그러세요?"

"드미트리 표도로비치가 안 온다면 그거 참 좋겠네요! 지금 댁들과 같이 있는 게 좋은 줄 아시오? 게다가 한 명이 더 온다고요? 네, 점심때 갈게요. 수도원장 신부님한테 고맙다고 전해주시오" 하고 그가 마지막에 가서는 수도사를 향해 말했다.

"아닙니다. 제가 직접 여러분을 장로님께 모시고 가야 됩니다" 하고 수도사가 말했다.

"그렇다면 수도원장 신부님께 가 있을게요. 지금 미리 수도원장 신부님께 가 있을게요" 하고 막시모프 지주가 빠르게 재잘대듯 말했다.

"지금은 수도원장 신부님이 바쁘세요. 뭐, 하지만 좋으실 대로 하세요." 어떻게 할지 모르겠다는 투로 수도사가 말했다.

"그것 참 뻔뻔스럽기가 그지없는 노인 양반이시네."

막시모프 지주가 도로 수도원 쪽으로 달려가자 미우소브가 말했다.

"폰 존이랑 닮았어요"[20] 하고 갑자기 표도르 파블로비치가 말했다.

"아는 게 그거밖에 없으시니까 그런 말이 나오죠. 저 사람이 어디가 폰 존이랑 닮았어요? 아니, 폰 존을 보시긴 했어요?"

"사진은 본 적 있소. 얼굴 생김새가 닮았다기보다는, 설명하기 어려운 무언가가 있어요. 그냥 폰 존을 판에다 박은 것 같구먼요. 전 항상 딱 첫인상을 보고 판단해요."

"네, 그러시겠죠. 전문가시겠죠. 근데 말이에요, 표도르 파블로비치 씨, 방금 직접 그러셨잖아요. 우리가 예의 있게 행동하기로 약속했다고. 기억하시죠? 자, 그러니까 아무 말이나 하지 좀 말라고 말씀드리고 싶네요. 또 어릿광대처럼 굴기 시작하시면 여기 사람들이 저도 댁하고 똑같은 사람인 줄 알 거란 말입니다. 아, 이거 참! 이런 분이랑 같이 점잖은 데 다니자니 심히 걱정되네요."

마지막 말은 수도사한테 한 것이었다.

수도사의 창백하고 핏기 없는 입술에 가느다랗고 야릇한 미소가 번졌다. 어떻게 보면 교활하다는 느낌도 주는 미소였는데, 어쨌든 수도사는 그 외에는 아무런 반응도 보이지 않았다. 수도사가 체면 때문에 아무 말도 하지 않았다는 게 너무나 뻔했다. 미우소브가 인상을 더욱 찌푸렸다.

'이런 뻔한 놈들을 봤나? 수백 년 동안 연습을 통해 잘 다듬

어진 번지르르한 겉모습, 하지만 본질로 들어가면 다 눈속임이고 엉터리야!'

그런 생각이 그의 머릿속을 번득이고 지나갔다.

"응, 여기네, 암자! 다 왔네! 울타리가 있고 대문이 잠겼는데요" 하고 표도르 파블로비치가 소리쳤다. 그리고는 대문 위와 대문 옆면에 그려진 성자들 앞에서 크게 성호를 긋기 위해 무릎을 꿇었다.

"남의 수도원에 왔으면 지킬 걸 지켜야지. 여기 암자에서 스물다섯 명의 성인이 구도의 길을 걸으면서 서로서로 지켜보고 있고, 먹는 건 양배추라고 하던데. 이 대문으로 여자는 한 명도 안 들어온다는 거, 그게 바로 특기할 만한 일이지! 실제로 그렇다고 하더라고. 아니, 참, 듣기론 장로가 여자 신도들을 받아들인다고 하던데요" 하면서 그는 갑자기 수도사에게 말했다.

"여기서 평민 여신도들은 지금도 저기 회랑 근처에서 엎드려서 기다리고요, 귀족 여신도들은 회랑에 서 있어요. 하지만 울타리 밖에 방 두 개가 있는데, 바로 여기 보이는 창문들이 그 방들 창문들인데요, 장로님이 건물 안에 나 있는 길을 따라 그리로 가시는 거죠. 물론 건강이 괜찮으실 때에요. 그러니까 그렇게 해서 울타리 밖으로 나가시게 되는 거죠. 지금도 하리코프지역의 지주 부인이라고 하는 호흘라코바라는 귀족 부인 한 분이 몸 허약한 딸이랑 같이 와서 기다리고 있어요. 장로님이 나온다고 하신 거 같은데, 요즘 들어 너무 쇠약해지셔서요, 사람들 만나러 거의 안 나오셔요."

"그러니까 암자에서 귀부인들한테 갈 수 있는 개구멍은 어차피 뚫려 있는 거네요. 어어, 신부님, 그렇다고 제가 이상한 생각한다고 생각하진 마세요, 그냥 그렇다는 거죠. 혹시 들으셨는지 모르지만, 아토스산에서는요, 여자들의 방문만 금지돼 있는 게 아니라, 여자들 자체가 금지돼 있어요. 모든 생물도 역시 암컷은 금지돼 있어요. 암탉, 칠면조 암컷, 암송아지……."

"표도르 파블로비치 씨, 저 갈래요. 그냥 혼자 여기 계시죠. 결국 양손을 포박당해 여기서 쫓겨나시게 될걸요. 제 말이 틀리나 볼까요?"

"아니, 왜 그러세요, 표트르 알렉산드로비치 씨, 제가 뭘 불편하게 해드렸나요? 여길 좀 보세요! 여길 좀 보시라고요, 이곳 사람들은 이런 아름다운 장미 계곡에서 살고 있네요!"

표도르 파블로비치가 갑자기 암자 울타리 너머로 한 걸음 내딛고는 그렇게 소리쳤다.

실로 장미는 없었지만, 희귀하고 아름다운 많은 가을 꽃들이 심길 만한 곳이라면 다 심겨 있었다. 아마 노련한 손길이 이 꽃들을 돌보고 있는 듯했다. 꽃밭이 교회 울타리 안과 무덤들 사이에 있었다. 장로의 방이 있는 건물은 나무로 지은 1층짜리 건물로서 입구 앞쪽에 회랑이 있었는데, 이 건물 역시 꽃밭으로 삥 둘러져 있었다.

"바로 전에 장로를 지낸 바르소노피 때에도 여기가 이랬었나요? 그 사람은 우아한 것을 안 좋아했다고 그러던데요. 벌떡 일어나 몽둥이로 여자들을 때리기까지 했대요" 하고 표도르 파블로비치가 현관 계단을 오르며 말했다.

"바르소노피 장로는 실제로 어떤 때는 괴짜 같아 보였어요. 하지만 사람들이 하는 말을 다 믿을 건 못 돼요. 그분이 몽둥이로 누군가를 때린 적은 없어요."

수도승이 그렇게 대답하고는, "자, 여러분, 잠시만 여기서 기다리세요. 여러분들이 오셨다고 가서 말씀드릴게요" 했다.

"이보시오, 표도르 파블로비치 씨, 마지막으로 경고하겠는데, 계속 그런 식으로 나오시다가 큰코다치는 수가 있어요." 하고 미우소브가 다시 한번 으르렁거렸다.

"거 참, 뭣 때문에 그렇게 마음이 불안하시나? 아니, 무슨 죄 지은 게 있으셔서 그렇게 불안하시나? 저 장로님이 누가 무슨 문제 때문에 왔는지 눈만 보고 딱 알아맞히신다고 사람들이 그래서 그 말을 진짜 믿으시는 거예요? 거 참, 파리까지 진출하신 잘나가는 분이 왜 그러셔? 야, 이건 뭐, 심지어 나도 놀랄 지경이네!"

마침 미우소브가 이런 야유에 대응하려는 참이었는데 그때 바로 안으로 들어오라고 했기 때문에 그럴 겨를을 미처 못 찾

앗다. 그래서 그는 기분이 어느 정도 언짢은 상태로 들어가게
되었다.

'자, 지금 기분이 언짢으니, 이러다가 또 말싸움 나고 흥분하
고 그러게 되면 괜히 나도 망신당하고 계획도 수포로 돌아갈
라' 하는 생각이 그의 머리를 스쳤다.

II
늙은 어릿광대

그들이 응접실로 막 들어설 때 마침 장로도 자기 침실에서
나오던 중이라 그들은 장로와 거의 동시에 응접실로 들어왔
다. 그들이 들어오기 전부터 응접실에서는 암자에 근무하는
두 사람의 수도사제가 장로가 나타나길 기다리고 있었다. 한
사람은 도서를 관장하는 사서 신부였고, 또 한 사람은 파이시
신부라고 했는데, 병을 앓았고, 나이가 그리 많지는 않지만 사
람들에게서 아주 학식이 높다는 소리를 들었다. 그 외에도 응
접실 한구석에서 한 젊은이가 기다리며 서 있었는데(그 이후로
도 계속 선 자세로 있었다), 나이는 겉으로 보기에 스물셋쯤 됐고,
민간인용 프록코트를 입고 있었다. 그는 신학생으로서 차후에
신학자가 될 사람이었는데, 어떠한 이유에서인지 수도원과 사

제단의 후원을 받았다. 그는 키가 꽤 컸고, 양쪽 광대뼈의 간격이 넓은 얼굴이 활기 있어 보였고, 작은 갈색 눈은 주의 깊고 신중해 보였다. 또한 얼굴 표정에 남에 대한 존경심이 확연히 나타났는데, 그것은 아첨을 담지 않은 고상한 존경의 태도였다. 그는 들어오는 손님들에게 고개를 숙여 인사를 하는 대신, 굴종 어린 겸허한 얼굴을 보였다.

알렉세이와 또 한 명의 수도사 준비생이 조시마 장로를 모시고 나왔다. 수도사제들이 자리에서 일어나, 손이 바닥에 닿도록 허리를 한껏 구부려 절을 하며 그를 맞았다. 그 후 그의 축복을 받고는 그의 손에 입을 맞췄다. 장로는 그들을 축복한 다음 그들 각 사람에게 역시 마찬가지로 손이 바닥에 닿도록 허리를 한껏 구부려 절을 했고, 그들 각 사람에게 자기에 대한 축복을 청했다. 이 의식이 처음부터 끝까지 아주 진지하게 진행되었기 때문에, 전혀 일상적인 예식에 불과한 것 같지가 않았고, 어떤 감정의 충일함이 느껴졌다. 한편 미우소브가 느끼기에는 이 모든 것이 단지 인상적으로 보이기 위해 일부러 계획된 것이었다. 그는 함께 들어온 사람들보다 좀 더 앞으로 나와 서 있었다. 그가 어떠한 계획을 가지고 이 수도원에 왔든, 다만 정중함을 표현하기 위해서나마(이곳의 분위기가 그러니까) 장로에게 다가가 축복을 받아야 된다고 생각했다(그런 생각을 전날 저녁에 이미 했었다). 손에 입은 맞추지 않더라도 축복을 받는 예의 정도는 갖춰야 되겠다고 생각했다. 하지만 지금 이렇게 수도사제들이 절들을 하고 입을 맞추고 하는 것을 보고서 단박에 생각을 바꿔버렸다. 그는 엄숙하고 진지하게, 고개를 꽤 많이 낮추어 일반인들이 하는 인사를 하고 나서 의자 쪽으로 물러났다. 표도르 파블로비치 역시 똑같이 그렇게 했다. 흉내를 내는 원숭이인 양, 미우소브를 놀리듯이 완전히 똑같이 따라 했다. 이반 표도로비치도 아주 엄숙하고 정중하게, 마찬가지로 양손을 바지 솔기에 붙이고 절을 했는데, 한편 칼가노프는 너무 당황한 나머지 고개를 조금도 숙이지 않았다. 장로는 축복을 하기 위해 쳐들려고 했던 손을 내리고, 그들에게 다시 한번 절을 하고는 모두 앉으라고 청했다. 알렉세이는 창피해서 볼이 빨개졌다. 그가 걱정했던 것이 그대로 실현되는 중이었다.

가죽을 입힌, 마호가니 재질로 아주 옛날 양식에 따라 만들어진 소파에 장로가 앉았다. 수도사제들을 제외한 손님들은 맞은편 벽 쪽에 나란히 놓인 네 개의 의자에 앉게 되었다. 이 의자들 역시 마호가니 재질이었는데, 이를 둘러싼 까만 가죽이 거의 다 닳아 해어져 있었다. 수도사제들은 각각 양쪽 옆으로 앉았다. 한 사람은 문 옆에, 또 한 사람은 창문 옆에 앉았다. 신학생과 알렉세이와 다른 수도사 준비생은 선 채로 있었다. 응접실 전체의 모습이 매우 비좁고 활기가 없어 보였다. 놓인 물건들과 가구들은 조잡하고 빈약한 것들이었고, 최소한의 것

외에는 아무것도 없었다. 창에는 화분 두 개가 놓여 있었고, 구석에는 성상이 많이 걸려 있었는데, 그중 하나는 성모가 묘사된 커다란 성상으로 정교 분열 사건[21]보다 훨씬 이전에 그려진 것임이 거의 확실했다. 그 성상 앞에는 등불이 희미하게 켜져 있었다. 그리고 곁에는 반짝이는 금속 장식이 붙여진 두 점의 다른 성상이 있었다. 그 옆에는 지천사들의 모형, 도자기로 된 달걀 모양의 것들, 상아로 만들어진, Mater dolorosa*가 품고 있는 가톨릭 십자가, 지난 시대의 위대한 이탈리아 예술가들의 작품을 본뜬 외제 판화 몇 점이 있었다. 이 정교하고 값비싼 판화 작품들 근처에는 성인들, 수난자들, 고위 성직자들 등을 묘사한 가장 대중적인 러시아 석판화가 몇 장 있었다. 어느 시장엘 가나 몇 푼만 내면 살 수 있는 것들이었다. 다른 쪽 벽에는 러시아의 현존 성직자들 및 옛 성직자들을 묘사한 석판화 작품들이 몇 점 있었다. 미우소브는 이 관청 분위기가 나는 형식주의의 표상들을 죽 눈으로 한번 훑어보고 나서 긴장감 어린 시선으로 장로를 응시했다. 그는 자기의 시선에 중요한 의미를 내포할 줄 안다고 믿고 있었다. 하긴 그가 이미 만으로 50이 되었으니, 그 나이 정도 되면, 똑똑하고 상류 사회에 속하며 경제적으로 문제가 없는 사람이면 누구나 자기 자신의 존엄성

---

* 비탄의 성모. (라틴어)

을 강조하게 된다는 점을 염두에 둘 때, 더욱이 부득이하게 그렇게 될 수도 있다는 점을 염두에 둘 때, 그가 자신의 시선에 어떤 능력을 마음속으로 부여하는 일에 탐닉하는 것은 큰 죄가 아니었다.

첫눈에 그는 장로가 맘에 안 들었다. 실로 장로의 얼굴에는 미우소브의 맘에 안 들 뿐 아니라 다른 많은 사람들의 맘에 안 들 만한 그 무언가가 있었다. 몸은 작고 꼬부장했고, 다리가 아주 약해 보였다. 만 예순다섯밖에 안 됐는데 병 탓에 훨씬 더, 적어도 10년은 더 늙어 보였다. 얼굴은 말라빠졌고 잔주름투성이였다. 특히 눈 주위에 잔주름이 많았다. 눈이 작은 편이었고, 색깔이 옅은 눈동자가 빠르게 움직이며 번쩍거렸다. 빛을 발하는 두 개의 점 같았다. 희끗희끗한 머리카락은 귀 위에만 남아 있었고, 턱수염은 한 옴큼 거리밖에 안 되는 쐐기 모양인 데다 듬성듬성했다. 노끈 두 개를 연상시킬 만큼 가느다란 입술은 자꾸 비웃는 듯한 모양이 되었고, 코는 길지는 않았지만 뾰족한 것이 마치 새의 부리 같았다.

'모든 점을 놓고 볼 때, 악질인 데다 좀스럽게 거만한 영혼이군' 하는 생각이 미우소브의 머리를 삭 스치고 지나갔다. 그는 기분이 영 언짢았고, 자기가 지금 여기서 뭐 하고 있는 건가 싶었다.

이때 흔들이가 달린 작은 싸구려 벽시계가 문득 정오를 울려, 비로소 대화를 시작하는 신호탄이 됐다.

"지금이 바로 이때네요. 아, 근데 내 아들놈 드미트리 표도로비치는 아직도 안 왔어요. 아들놈을 대신해서 사과드립니다, 성스러우신 장로님(알렉세이는 이 '성스러우신 장로님'이란 말에 몸을 화들짝 떨었다)! 저 자신은 언제나 시간을 1분도 안 틀리고 잘 지키는데 말씀입니다. 정확성은 왕들의 예절[22]이라는 점을 항상 기억하고 있거든요."

"댁은 왕이 아니지 않습니까?"

미우소브가 참지 못하고 웅얼거렸다.

"네! 왕은 아니죠. 표트르 알렉산드로비치 씨, 아실지 모르겠지만, 저도 그 사실을 스스로 알고 있었어요. 정말이에요! 그런데도 언제나 말이 이렇게 아무렇게나 튀어나온답니다. 사제 어르신!"

그는 순간적으로 장엄한 말투를 취하며 말을 이었다.

"지금 어르신께서는 어릿광대를 보고 계십니다. 진짜 어릿광대라고요! 그게 저의 자기소갭니다. 어쩌겠습니까, 예로부터 버릇이 그렇게 들었는데? 어쩌다 격에 안 맞는 헛소리를 하는 거 말이죠, 그거 일부러 그러는 거예요. 웃기려고요. 남들 기분 좋게 말이에요. 남들 기분 좋게 하는 거, 이거, 필요하잖아요, 안 그렇습니까? 한 7년인가 전에 어느 한 마을에 들렀는데요, 거기 일이 좀 있어서 말씀이에요, 제가 어떤 장사하는 여자들이랑 회사를 하나 차리려고 했어요. 그때 우리는 군 경찰 서장을 만나봐야 했어요. 왜냐하면 그 사람한테 부탁할 게 좀 있어서 식사에 초대하려고 했거든요. 그래서 인제 군 경찰서장이 나왔는데, 보니까 키가 크고 몸이 뚱뚱하고 머리카락은 연한 금색이고 성격이 무뚝뚝한 사람이었어요. 그런 유형의 사람들은 우리가 처했던 상황을 굉장히 위협하는 존재였어요. 그런 사람들한테 걸리면 딱 막히는 거예요. 제가 그 사람한테 대놓고 사회에서 대충 통용되는 거리낌 없는 태도로 이랬어요. '군 경찰서장님, 우리의 나프라브니크*가 돼주세요!23' 그러니까 그 사람이 이러더군요. '뭐요? 무슨 나프라브니크?" 딱 보니 1초도 안 돼서 알겠더라고요. 제 말을 듣고도 기분이 풀어지지 않고 근엄하게 떡 버티고 똑바로 쳐다보는 거예요. 그래서 이랬죠. '제가 농담하려고 했어요. 분위기 띄우려고요. 나프라브니크 선생이 우리 러시아의 유명한 지휘자잖아요. 근데 우리 기업이 화음이 잘 맞으려면 바로 지휘자 같은 분이 필요하거든요.' 어때요? 제 설명과 비교가 이치에 닿잖아요, 안 그래요? 근데 그 사람이 이러는 거예요. '미안하지만 난 군 경찰

---

* '나프라브니크'라는 단어는 고유명사로서, 사람의 성인데, '군 경찰서장'을 뜻하는 단어인 '이스프라브니크'와 발음이 비슷하다. 여기서 표도르 파블로비치는 두 단어가 비슷하게 들리는 것을 이용하여 '이스프라브니크'에게 '나프라브니크'가 돼달라고 말장난을 한 것이다. - 역자 주

서장이고, 내 관직 가지고 신소리하는 거 용납 못 합니다.' 그리곤 휙 돌아서서 가더군요. 나는 뒤따라가며 소리쳤죠. '네, 네, 군 경찰서장님이십니다. 나프라브니크가 아니고요!' 그러니까 그 사람이 '아니, 나보고 나프라브니크라면서요? 그래요, 나 나프라브니크요.' 이러더군요. 그래서 말씀이죠, 결국 우리 사업이 잘 안 됐어요. 그래도 전 계속 그런 식으로 행동해요. 이렇게 친절하게 분위기 띄우려고 하면 꼭 손해가 돌아온다니까요! 한번은, 벌써 오래전 일인데, 꽤 거물급이라고 할 수 있었던 어떤 한 사람한테 제가 이랬어요. '귀하의 사모님 같으신 분을 대하자니 긴장됩니다.' 그러니까 제 말은, 그 사모님이 함부로 대할 분이 아니라 귀하신 분이라는 뜻이었거든요. 근데 그 양반 이러는 거예요. '우리 집사람을 간지럽혀보셨나요?'* 저는 또 그런 거 그냥 못 넘기죠. '장단 한번 맞춰볼까?' 하고 이렇게 말했죠. '네, 간지럽혀봤습니다.' 근데 사실 제 마음을 간지럽혀 그런 대답을 하게 만든 건 바로 그 사람이었어요. 아, 참, 오래전의 얘깁니다! 그래서 이렇게 창피함도 못 느끼고 이야기할 수 있는 거예요. 아무튼 분위기 띄우다가 혼자 손해 다

---

* 표도르 파블로비치가 한 권력 있는 사람에게 사용한 단어가, 신분이 고결하여 함부로 대해서는 안 되고 긴장하고 대해야 되는 사람을 뜻하는데, 이 단어는 '간지럽히다'라는 뜻을 지닌 단어와 어근이 같다. '간지럼을 잘 타니까, 즉 신경이 쉽게 자극을 받으니까, 함부로 대하면 안 되고 조심스럽게, 긴장하고 대해야 된다'는 뜻이다. - 역자 주

봐요!"

"지금도 그러고 계신데요."

증오에 찬 어조로 미우소브가 웅얼거렸다.

장로는 말없이 이 두 사람을 번갈아 쳐다봤다.

"진짜예요? 표트르 알렉산드로비치 씨, 저는 심지어 그것도 알고 있었어요. 지금 이런 짓을 하게 될 줄을요. 또 발을 시작하자마자 댁이 제가 어떤 짓을 하고 있다고 주의를 주실 거라고 미리 느끼기까지 했어요. 자, 어떻소? 보니까 제 농담이 잘 안 먹혀들어가고 있는 것 같은데, 그런 순간들에는 말이에요, 사제 어르신, 제 양쪽 뺨 아래쪽, 아랫잇몸 있는 데가 말라오기 시작해요. 마치 경련이 일 듯이 말이에요. 그건 젊었을 때부터 그랬어요. 제가 귀족 집에 빌붙어 살면서 밥을 얻어먹을 때부터요. 저는 본래가 어릿광댑니다. 나면서부터요. 사제 어르신, 성직자들 가운데에도 괴짜가 많잖아요. 글쎄요, 물론 어쩌면 악한 영이 제 안에 들어앉아 있을 수도 있겠죠. 하지만 별로 큰 놈은 아닐 거예요. 좀 더 그럴듯한 놈은 아마 다른 집을 택했을걸요. 아, 그렇다고 댁은 아니고요, 표트르 알렉산드로비치 씨. 왜냐하면 댁은 그럴 그릇이 못 되니까요. 저는 믿어요. 저는 신을 믿어요. 그저 최근 몇 년 사이에만 좀 의심이 간다뿐이에요. 그 대신 이젠 가만 앉아서 위대한 말씀을 기다리렵니다. 전 말입니다, 사제 어르신, 철학자 디드로[24]랑 마찬가지예요.

철학자 디드로가 예카체리나 여제 때 플라톤 대주교를 찾아갔던 거[25] 어르신께서는 아시나요? 찾아가서 대뜸 이랬어요. '신은 없소.' 그러자 위대한 대주교가 손가락을 쳐들고 이렇게 대답했어요. '어리석은 자는 그의 마음에 이르기를 하나님이 없다 하는도다.'[26] 그러자 디드로는 당장 발 밑에 엎드려 소리쳤어요. '믿습니다. 세례도 받겠습니다.' 그래서 그 즉시 세례를 베풀었대요. 다쉬코바 공작 부인이 대모가 됐고, 포촘킨이 대부가 됐대요.[27]"

"표도르 파블로비치 씨, 정말 도저히 참을 수가 없네요! 그 기가 막힌 이야기가 헛소리라는 걸, 지금 하시는 얘기가 거짓말이라는 걸 스스로 잘 아시잖아요? 도대체 무슨 의도로 그런 얘기를 하시는 거예요?"

미우소브가 이제 자제 능력을 완전히 잃고, 격한 마음에 목소리를 부들부들 떨면서 말했다.

"그 얘기가 거짓말이라는 생각을 평생 동안 했어요!" 하고 표도르 파블로비치가 제 흥에 겨워서 소리치고는, 이렇게 말을 계속했다.

"그 대신 여러분, 진실을 다 말씀드릴게요. 위대하신 장로님! 죄송합니다. 마지막 얘기 있잖습니까? 디드로가 세례받았다는 얘기요. 그건 제가 지금 꾸며내서 덧붙인 겁니다. 이야기하는 도중에 바로 생각나서요. 전까지만 해도 그런 생각이 난 적은 전혀 없었어요. 지금 이야기하면서, 이왕이면 이야기의 풍미를 돋우어야 되겠다 싶어서 지어내 덧붙인 거예요. 표트르 알렉산드로비치 씨, 제가 지금 이런 식으로 왜 계속 이야기를 끌고 가나 하면, 좀 더 잘 보이려고요. 근데 솔직히 저도 잘 모를 때가 많아요, 제가 이거 뭔 얘기를 하는 건지. 그래도 그 디드로 얘기 있잖아요, 그 말 있잖아요, '어리석은 자는 이르기를' 하는 거요, 그거 젊었을 때 여기 지주들한테서 한 스무 번은 들었어요. 그 사람들 집에서 살 때 말이에요. 그 사람들은 지금까지 그렇게 알고 있어요. 무신론자 디드로가 신에 대해서 논쟁하러 플라톤 대주교를 찾아왔었다고."

미우소브가 일어섰다. 인내가 한계에 이르러서였을 수도 있고, 그저 단지 멍해졌기 때문일 수도 있다. 그는 화가 머리끝까지 치밀어 올랐는데, 그런 자신의 모습이 우습다는 걸 스스로 인식하고 있었다. 말이야 바른 말이지, 이 수도원의 방 안에서 도저히 있을 수 없는 일이 벌어지고 있었다. 바로 이 방에서 이미 40년 혹은 50년 동안, 전 장로들 때부터 죽 방문자들이 모여왔지만, 그들은 반드시 항상 깊은 경건에 젖어 있었다. 이 방으로 들어오도록 허락받은 사람들은 거의 모두가 이 방에 들어올 수 있는 것이 벌써 큰 은총을 입는 거라고 이해했다. 많은 사람들이 무릎을 꿇고 절했으며, 이 방에 있는 시간 내내 계속 무릎 꿇고 앉아 있었다. 호기심이든 혹은 어떤 다른 이유 때문에 오든 상류 사회 사람들과 학식 있는 사람들 중에서도, 어디 그뿐인가, 심지어는 자유사상을 가진 사람들 중에서도 많은 사람들이, 이 방에 단체로 들어오거나 혼자 들어올 때, 장로와 만나는 시간 내내 모두 깊은 존경을 표하고 조심성 있게 행동했다. 더욱이 이곳에서는 돈이 오가는 게 아니라, 한편에서는 오로지 사랑과 은총이, 다른 편에서는 회개, 그리고 영혼이나 마음의 그 어떤 어려운 문제를 해결하려는 갈망이 있었다. 그러므로 자기가 지금 어디에 와 있는지를 하나도 신경 안 쓰는 표도르 파블로비치의 이런 어릿광대짓은 이를 보는 사람들, 적어도 몇몇 사람들에게는 그야말로 의혹과 경악을 불러일으켰다. 한편 수도사제들은 그럼에도 불구하고 얼굴 표정을 전혀 안 바꾸고서, 장로가 무슨 말을 할지 진지하게 주시하고 있었지만, 그래도 미우소브가 일어났듯 그들 역시 일어나려는 것 같긴 했다. 알렉세이는 여차하면 울 기세로 고개를 푹 숙이고 서 있었다. 그가 가장 이상하게 생각한 것은 형 이반 표도로비치가 자기 자리에 꼼짝 않고 눈을 내리깔고 앉아서, 이 모든 것이 어떻게 끝날지를 호기심 있게 기다리고 있는 모습이었다. 이반 표도로비치야말로 아버지에 대해 영향을 끼칠 수 있으므로 아버지의 말을 멈추게 할 수 있는 유일한 사람이라고 알렉세이는 생각했는데 말이다. 마치 이반 표도로비치는 이 자리와 전혀 무관한 사람인 양 굴었다. 알렉세이는 자기와 잘 알던, 거의 가깝다고도 할 수 있던 라키친(신학생)을 쳐다보는 것도 어려웠다. 그가 자기 마음을 알고 있다고 생각했기 때문이다(비록 사실은 수도원 전체에서 알렉세이의 마음을 아는 사람은 알렉세이 한 사람밖에 없었지만).

"죄송합니다"라며 미우소브가 장로를 향해 말을 시작하더니 다음과 같이 계속 이야기했다.

"이 어처구니없는, 우습지도 않은 상황에 저 역시 참여하고 있는 점을 용서하시기 바랍니다. 제 잘못이 어디에 있나 하면, 표도르 파블로비치 같은 사람도 이런 존경스러운 분을 방문할 때는 자기가 어떻게 행동해야 될지를 알고 그렇게 행동할 거라고 믿었다는 데에 있습니다. 제가 이렇게 이 사람과 같이 들어오게 된 것에 대해 용서를 구해야 되는 상황에 놓일 줄은 몰랐고요……."

표트르 알렉산드로비치는 말을 끝맺지 못하고 너무나 당황해서 응접실에서 나가려 했다.

"걱정하지 마세요. 마음 편하게 계세요. 그냥 이 자리에 앉아 계시기를 꼭 부탁드립니다."

갑자기 장로가 그 약해 보이는 다리로 바닥을 짚고 자리에서 일어나 표트르 알렉산드로비치의 양손을 잡아 도로 의자에 앉히며 말하고는 절을 하고 나서 뒤로 돌아 다시 자기 소파에 앉았다.

"위대하신 장로님, 어떠십니까? 분위기 띄우는 말을 하는 게 장로님에 대한 모독입니까?" 하고 갑자기 표도르 파블로비치가 말했다. 양손으로 의자의 팔걸이를 거머쥔 것이, 어떤 대답이 나오느냐에 따라서 의자에서 후닥닥 일어나기라도 할 기세였다.

"선생님도 마찬가지로 걱정하지 마시고 맘 편하게 계시길 부탁드립니다. 그냥 집이라 생각하시고 마음을 편하게 가지세요. 자기를 절대 부끄러워하지 마세요. 사람의 많은 행동이 자기를 부끄러워하는 데에서 비롯되는 거예요" 하고 장로가 당당한 어조로 그에게 말했다.

"그냥 집이라 생각하라고요? 그러니까 진짜 본모습을 다 보여도 된다는 말씀이세요? 어이쿠, 좀 심하긴 하겠지만, 뭐, 그러시라면 그러겠습니다! 근데 있잖아요, 고마우신 장로님, 제 본모습을 다 보이라고는 하지 마세요. 후회하면 어쩌시려고? 뭐, 그 정도는 제가 알아서 하겠지만요, 완전 본모습은 안 나오도록. 저는 장로님을 보호해드리려고 말씀드리는 거예요. 네. 나머지 제 행동은 아직 아무도 모르는 거거든요, 비록 누구누구는 제가 어떤 사람이라는 걸 잘 아는 것처럼 나왔지만 말이에요. 이 말은 댁 들으라고 하는 겁니다, 표트르 알렉산드로비치 씨. 우리의 거룩하신 장로님께는 저의 열광에 찬 환희를 바치는 바입니다!"

이 말과 함께 그는 살짝 일어서서 양팔을 쳐들고 외쳤다.

"당신을 밴 태와 당신을 먹인 젖이 복이 있나이다! 특히 젖이 말입니다![28] 지금 장로님께서 '자기를 절대 부끄러워하지 마세요. 사람의 많은 행동이 자기를 부끄러워하는 데에서 비롯되는 거예요'라는 지적을 하셨는데, 이 지적으로 저를 완전히 속까지 콕 찔러 읽어내셨습니다. 바로 딱 그 느낌이에요. 제가 사람들 앞에 나서면요, 사람들이 저를 가장 하잘것없는 사람으로 보고, 완전히 어릿광대 취급해요. 그러니까 저는 '응, 그러냐? 그러면 어디 한번 진짜 어릿광대가 돼볼까? 날 마음대로들 취급하라고 그래. 나보다 다 더 하잘것없는 것들이!' 하고 생각하게 되는 거예요. 바로 그래서 제가 어릿광대인 거예요. 사람들이 바라보는 눈길이 저를 그렇게 만들어요, 위대하신 장로님, 제가 솔직히 그걸 느끼니까요. 주위의 시선 때문에 제가 더 날뛰게 되는 거예요. 만일 사람들 앞에 나섰는데 모두들 저를 가장 온화하고 현명한 사람으로 받아줄 거라는 확신이 저한테 있기만 하다면……, 아! 그럴 수만 있다면 전 진짜 착한 사람이었을 텐데 말이에요! 선생님!"

그는 갑자기 무릎을 꿇더니 말을 이었다.

"내가 무엇을 하여야 영생을 얻으리이까?"[29]

판단하기 어려운 상황이었다. 이 사람이 또 장난치는 건지, 아니면 진짜로 마음의 감동이 와서 저러는지.

장로가 그를 향해 눈을 들더니 미소를 띠고 말했다.

"무엇을 해야 할지 오래전부터 아시잖습니까? 제가 보기에 이해력이 충분하신데요. 취하도록 마시는 일과 말을 무절제하게 하는 일과 음탕한 생활을 삼가시고, 돈을 흠모하는 일을 특히 삼가십시오. 운영하시는 술집 문을 닫으십시오. 술집을 다 문 닫을 수 없으시다면 두세 곳이라도 문 닫으십시오. 그리고 중요한 것은, 가장 중요한 것은, 거짓말을 하지 마시라는 겁니다."

"그러니까 디드로 얘기를 말씀하시는 겁니까?"

"아닙니다. 디드로 얘기를 말하는 게 아닙니다. 중요한 건 스스로에게 거짓말을 하지 마시라는 겁니다. 자신에게 거짓말을 해서 자기 거짓말을 자기 귀로 듣고 사는 사람은 결국에는 그 어떤 진실도 못 느끼게 됩니다. 자기 안에서도, 자기 주위에서도요. 그렇게 되면 자신도 존경하지 않게 되고, 다른 사람들도 존경하지 않게 됩니다. 아무도 존경하지 않게 되면 사랑도 하지 않게 됩니다. 사람이 사랑을 갖고 있지 않으면, 무료함을 달래기 위해 정욕과 무절제한 음탕함에 물들게 되고, 문란한 생활에 있어 짐승의 수준까지 가게 됩니다. 이게 다 사람들과 자신에게 계속 거짓말을 해온 것 때문입니다. 자신에게 거짓말을 하는 사람은 모욕도 누구보다 먼저 느낄 수 있습니다. 모욕을 느끼면서 쾌감을 얻기도 합니다. 그렇지 않습니까? 누구도

자기에게 모욕을 주지 않았다는 걸 알면서, 자기 스스로가 모욕당할 근거를 잔뜩 꾸며 내놓았다는 걸, 그럴듯하게 꾸미기위해서 거짓말도 많이 했다는 걸, 정황을 그럴듯하게 그려내기 위해서 과장도 했다는 걸, 단어 하나를 물고 늘어져서 완두콩만 한 것을 산만하게 불려놓았다는 걸 알면서, 그래도 먼저팩 토라져버리고, 그걸 심지어 즐기는 겁니다. 그러다가 결국은 진짜 적의까지 갖게 됩니다. 자, 부탁입니다. 그만 일어나서의자에 앉으세요. 지금 하시는 것도 거짓 행동이잖아요."

"복 있는 분이시여! 손에 입을 맞춰도 되겠습니까?"

표도르 파블로비치가 튀어 다가와 재빨리 장로의 가느다란손에다 쪽 소리를 내며 입을 맞추고는 말했다.

"네, 맞습니다. 정답입니다. 모욕을 느끼면서 쾌감을 얻습니다. 이렇게 정확하게 말씀하시는 분은 처음 봤습니다. 네, 진짜로 저는 평생 그래 왔습니다. 모욕을 느끼는 걸 즐겨왔습니다. 미학적으로 즐겼습니다. 왜냐하면 모욕당한 상태는 쾌감만 주는 게 아니라 아름답기까지 하거든요. 이 말은 빼먹고 안 하셨죠, 위대하신 장로님? 아름답다니까요! 이 말은 제가 좀 적어놓아야겠어요! 그건 그렇고 저는 거짓말을 계속 해왔어요. 평생 동안 계속이요. 매일, 매시에요. 진실로 거짓은 거짓의 아비이기도 하네요![30] 하긴 어떻게 보면 거짓의 아비까지는 아닌것 같네요. 제가 계속 구절들을 헷갈려서 그렇게 말한 거예요.

그저 거짓의 아들 정도면 족할 것 같네요. 그건 그렇고, 나의 천사시여, 디드로 얘기는 가끔씩은 해도 된답니다! 디드로 얘기 해서 해가 될 건 없어요. 다른 얘기를 해서 해가 될 수는 있지만요. 위대하신 장로님, 제가 하마터면 잊을 뻔했는데, 사실은 3년쯤 전부터 여기 와서 문의해보리라 생각해온 게 있습니다. 반드시 이곳에 들러서 상세하게 알아보고 물어보려고 했었습니다. 단, 표트르 알렉산드로비치가 제 말을 끊도록 하지만 말아주세요. 자, 여쭙겠습니다. 위대하신 장로님, 순교자전 어딘가에 기적을 행하던 어떤 성인에 대한 이야기가 나오는데, 그 성인은 믿음 때문에 박해를 받은 분이었는데, 결국 참수를 당하자 그가 일어나서 자기 머리를 집어 들고 '정중하게 입을 맞춘' 뒤 손에 든 채 오래 걸었다는 게 이치에 맞습니까? '정중하게 입을 맞췄다'[31]는 게 이치에 맞습니까, 안 맞습니까, 정직하신 사제님들?"

"이치에 맞지 않습니다" 하고 장로가 말했다.

"순교자전 전체를 찾아봐도 그와 유사한 내용은 존재하지 않습니다. 어떤 성인에 대하여 그렇게 쓰여 있다고 하시는 말씀입니까?" 하고 도서를 관장하는 신부인 수도사제가 물었다.

"저도 어떤 성인 얘긴지는 모릅니다. 모르며, 아는 바 없습니다. 사람들은 그 얘기가 거짓말이라고 하더군요. 근데 저는 들은 적 있습니다. 누구한테서 들었는지 아십니까? 바로 여기 앞아 계시는 표트르 알렉산드로비치 미우소브 씨한테서입니다. 지금 디드로 얘기를 듣고 화를 내신 바로 이분이 직접 이야기하신 거랍니다."

"제가 언제요? 그런 이야기한 적 없어요. 전 댁이랑 그 어떤 이야기도 나누지 않는단 말이오."

"맞아요. 저한테 대고 이야기하신 건 아니죠. 하지만 제가 동석한 자리에서 다른 사람들한테 이야기하셨어요. 한 3년쯤 전이에요. 그래서 지금 말한 거예요. 댁이 하신 이 우스운 이야기 때문에 믿음이 흔들리게 됐단 말이에요, 표트르 알렉산드로비치 씨. 댁은 모르시겠지만 저는 믿음이 흔들리는 상태로 집에 돌아가서, 그때부터 계속 흔들리고 있단 말이에요. 네, 그래요, 표트르 알렉산드로비치 씨, 댁은 큰 타락의 원인이 되셨어요! 이건 디드로 얘기에 비할 바가 못 돼요!"

표도르 파블로비치는 감정이 격앙된 모습이었다. 비록 누가 봐도 그가 또 연기를 하고 있다는 게 분명했지만 말이다. 그렇지만 미우소브는 마음에 상처를 입은 게 사실이었다. 그는 다만 이렇게 웅얼거렸다.

"이 무슨 헛소리요? 이건 다 헛소리예요. 제가 어쩌면 그런 말을 한 적이 있는지도 모르지만, 댁한테 한 소리는 아니오. 저도 들은 얘기요. 파리에서 한 프랑스 사람한테서 들었소. 우리나라에서는 순교자전에 쓰인 것을 오전 예배 때 낭독한다고요. 그 사람은 아주 학식이 높은 사람이었어요. 러시아에 오래 살면서 러시아의 통계 자료를 일부러 연구한 사람이었어요. 제가 직접 순교자전을 읽은 적은 없어요. 앞으로도 안 읽을 거고요. 아, 식사 자리에서 이런 말, 저런 말 오갈 수 있는 거 아니에요? 우리 그때 같이 식사하는 중이었거든요."

"아, 네, 그때 식사하시는 중이었다? 이거 보세요, 전 그것 때문에 믿음을 잃어버렸어요!" 하고 표도르 파블로비치가 말꼬리를 잡았다.

"제가 댁의 믿음하고 무슨 상관이요? 아니, 거 참, 무슨 얘기든 시작만 하면 다 끄트머리를 잡쳐버리시는구먼!"

장로가 갑자기 자리에서 일어났다.

"죄송합니다, 여러분, 몇 분만 있다가 돌아오겠습니다. 여러분들보다 먼저 오신 분들이 계셔서요. 어쨌든 거짓말은 하지 않으셔야 됩니다" 하고 그가 표도르 파블로비치에게 환한 표정으로 덧붙였다.

그가 응접실에서 나가려 하자 알렉세이와 다른 수도사 준비생이 그가 계단 내려가는 것을 부축하기 위해 달려갔다. 알렉세이는 가쁜 숨을 몰아쉬고 있었다. 그 자리를 뜨게 되는 것을 그는 다행으로 여겼다. 또한 장로가 화를 내지 않고 기분을 망치지 않은 것이 그로서는 다행이었다. 장로는 자기를 기다리는 사람들을 축복하기 위해 회랑 쪽으로 걸어갔다. 하지만 표도르 파블로비치가 그를 가만히 놓아두지 않았다. 문에 서서 그를 멈추게 한 다음, 감정에 북받친 어조로 이렇게 소리쳤다.

"장로님! 제가 손에 한 번 더 입맞출게요! 보아하니 장로님과는 말이 통하네요! 같이 지낼 수 있을 거 같아요! 장로님은 제가 항상 거짓말만 하고 어릿광대짓만 하는 사람인 줄 아세요? 그렇게 한 건 일부러 그런 거예요. 장로님이 어떻게 나오시나 보려고요. 그래서 연기를 한 거예요. 계속 장로님을 시험해본 거예요. 같이 지낼 수 있을지 보려고요. 장로님 같은 고명하신 분이 과연 저같이 미천한 놈과 잘 맞을 수 있는지 보려고요. 장로님께 표창장을 수여합니다. '같이 지낼 수 있는 분'이라는 표창장이요. 네, 이젠 됐습니다. 더 이상 말 안 할게요. 의자에 앉아서 입 닫을게요. 자, 이젠 표트르 알렉산드로비치가 말씀하실 차례예요. 이제부터 이 자리에서 주역을 맡으세요. 10분간."

III
믿음을 지닌 여인들

아래쪽에, 바깥 울타리에 붙여 만들어진 목조 회랑 근처에 떼를 지은 사람들이 이번에는 모두 여자들이었다. 스무 명쯤 되었다. 그들은 드디어 장로가 나온다는 통보를 듣고서 모여 기다리고 있었다. 지주 가문인 호흘라코브 씨 가문의 여자들 역시 회랑으로 나와서 장로를 기다렸지만, 그들은 귀족 여성들을 위해 따로 만들어진 공간에 있었다. 그들은 모녀였다. 모친인 호흘라코바 부인은 부유하고 항상 맵시 있게 옷을 입었으며, 아직 충분히 젊고 아주 예쁘장한 여인이었다. 얼굴이 좀 창백하긴 했지만 그녀의 새까만 눈동자에는 생기가 넘쳤다. 만으로 서른셋이 안 넘은 나이였지만 과부가 된 지는 벌써 오년이 넘었다. 만 열네 살 된 그녀의 딸은 다리에 마비를 겪고 있었다. 이 불쌍한 소녀는 걸을 수 없게 된 지 벌써 6개월쯤 됐다. 바퀴 달린 긴 의자에 앉은 채로, 남들이 밀어줘야 이동할 수 있는 상태였다. 자그마한 얼굴이 아주 귀여워 보였다. 불편한 몸 탓에 좀 야윈 얼굴이었지만 표정은 밝았다. 기다란 속눈썹을 한 그녀의 까맣고 커다란 두 눈에서는 장난꾸러기 소녀에게서 느껴지는 그 무언가가 비쳤다. 모친은 이미 봄부터 그녀를 외국으로 데리고 나가려 했으나, 영지 정리를 해야 됐기에 여름에도 가지 못했다. 그들이 우리 읍에 온 것은 일주일쯤 되었는데, 순례 목적이라기보다는 일 때문이었다. 그렇지만 사흘 전에 장로한테 왔다 간 적이 있다. 그랬다가 이번에 다시 온 것이다. 비록 장로가 이미 거의 아무도 만날 수 없다는 걸 알았지만, 그래도 다시 한번만 '치료의 영을 지니신 위대한 분을 뵙는 복'을 달라고 집요하게 애원하려고 온 것이다.

모친은 장로가 나오길 기다리면서 딸이 앉은 바퀴 달린 긴 의자 옆의 다른 의자 위에 앉아 있었고, 그 곁에는 늙은 수도사 한 사람이 서 있었다. 이 사람은 이 수도원의 수도사가 아니라 먼 북쪽의 한 이름 없는 고장에서 온 수도사였다. 그 역시 장로의 축복을 받고 싶어했다. 그런데 회랑에 모습을 보인 장로가 평민들 쪽으로 먼저 가는 것이었다. 군중이 나지막한 회랑과 땅을 잇는 3단으로 된 계단 쪽으로 몰려들었다. 장로가 맨 위의 단에 서서 영대³²를 걸치고, 자기 쪽으로 몰려든 여자들을 축복하기 시작했다. 사람들이 히스테리 환자 한 사람을 양팔을 잡고 장로 쪽으로 데리고 왔다. 이 여자는 장로를 보자마자 귀에 거슬리는 쇳소리를 내며, 마치 경기를 일으키는 어린아이처럼 딸꾹질과 경련을 시작했다. 장로는 영대를 그녀의 머리에 얹어놓고 짤막한 기도문을 낭독했다. 그러자 그녀가 당장 소리 지르기를 멈추고 진정을 찾았다. 글쎄, 지금은 어떨지 모르겠지만, 내가 어렸을 때에는 시골에서 수도원들마다 이런 히스테리 환자들이 자주 보였고, 그들이 내는 소리가 자주 들렸다. 오전 예배 때 사람들이 그런 환자들을 데리고 오면, 환자들이 내는 쇳소리나 개처럼 짖는 소리가 교회 전체에 울려 퍼지곤 했다. 하지만 성찬이 나와서 이 환자들을 성찬 가까이 데리고 가면 발광이 즉시 그치고 환자들은 얼마 동안 반드시 진정하게 돼 있었다. 어린아이였던 나는 이것이 아주 놀라웠다. 하지만 어떻게 그렇게 되는지 자세히 알고 싶어 내가 물었을 때, 그게 다 노동 없이 공짜로 배부르기 위한 눈속임이며, 그런 행위를 제대로 엄하게 다스리면 언제든 뿌리 뽑을 수 있다는 말을 지주들에게서 듣기도 했고, 또 특히 나를 가르치던 도시 출신의 교사들에게서 듣기도 했다. 게다가 그 말의 신빙성을 증명해줄 만한 에피소드들도 들었다. 하지만 나중에 나는 여기엔 아무런 눈속임도 없다는 말을 의료 전문가들에게서 듣고 놀랐다. 이 끔찍한 여자들의 병은 주로 우리 러시아에서 발병하는 것 같으며, 우리 농촌 아낙네들의 힘든 생활을 증명하는 것이라고 했다. 아무 의료 원조도 없이 잘못된 방식으로 이루어지는 고된 분만 후에 너무 금방 힘든 노동을 하게 되면 생기는 병이라 했다. 그 밖에도 어찌 해결할 수 없는 슬픔과 구타 등이 원인이라 했다. 그것은 일반적으로 여자의 몸으로 버텨낼 수 없다. 히스테리 발작을 하던 여자를 성찬 가까이 데려오자마자 순간적으로 낫는 신기한 현상을 혹자는 교회 사람들이 꾸며내는 눈속임이라고 나에게 설명했는데, 아무래도 그런 현상은 매우 자연적으로 일어났던 듯하다. 히스테리 환자를 성찬 가까이로 데리고 오던 여자들뿐만 아니라 환자 자신도 믿었을 것이다. 환자를 성찬 가까이 데리고 와 그 위로 몸을 기울이면 환자를 장악하고 있던 악령이 도저히 참지 못한다고 진리로서 믿었을 것이다. 신경이 예민한 여자나 정신병을 앓는 여자의 몸이 성찬 위로 기울여진 순간 몸 전체는 반드시 떨렸다(꼭 그렇게 되곤 했다). 이는 치유의 기적이 반드시 일어나리라는 기대가, 그리고 그 기적이 발생할 것에 대한 온전한 믿음이 불러일으킨 떨림이었다. 그리하여 기적은 하다못해 1분 동안이나마 일어났다. 지금도 바로 그런 식으로, 장로가 환자에게 영대를 얹자마자 기적이 일어난 것이다.

장로에게 몰려들었던 여자들 중 많은 이들이 순간의 효과에 감동과 환희의 눈물을 글썽였다. 또 어떤 이들은 장로의 옷자락 끝에나마 입을 맞추려 아우성이었고, 또 어떤 이들은 왠지 흐느껴 울었다. 장로는 모든 사람들을 축복했고, 일부와는 이야기를 나누기도 했다. 히스테리 환자를 장로는 이미 알고 있었다. 먼 데서 온 여자는 아니었고, 수도원에서 6베르스타 정도밖에 안 떨어진 마을로부터 온 여자였다. 전에도 사람들이 이 여자를 데리고 온 적이 있었다.

"저기 멀리 계신 분!" 하면서 장로가 한 여자를 가리켰다. 전혀 늙은 건 아니지만 아주 마르고 핼쑥한 여자였다. 햇볕에 그은 것은 아니면서도 얼굴이 검었다. 그녀는 무릎을 꿇고 앉아서 고정된 눈길로 장로를 바라보고 있었는데, 그 눈길 속에는 무언가 비정상적인 열정 같은 것이 보였다.

"저는 멀리서, 멀리서 왔어요, 신부님, 여기서 300베르스타예요. 멀리서, 멀리서요, 신부님."

여자가 손바닥을 뺨에 갖다 대고서 머리를 좌우로 천천히 흔들면서 노래하듯 말했다. 마치 곡소리처럼 들리기도 했다. 민중 속에는 말 못 할, 참아야 하는 슬픔이 있다. 그 슬픔은 사람 속에 스며들어 침묵하고 있다. 반면 발작적인 슬픔도 있다. 그것은 눈물과 함께 밖으로 폭발했다 하면 그때부터 마치 곡소리처럼 끝없이 흘러나온다. 특히 여자들의 슬픔이 그렇다. 그런 종류의 슬픔이 말 못 할 슬픔보다 가벼운 슬픔이라곤 할 수 없다. 곡소리를 내면 아픈 마음이 좀 나아질 것 같지만, 사실은 곡소리가 아픈 마음을 더욱 자극하며 찢는다. 그런 종류의 슬픔은 위로받기를 원하는 슬픔이 아니다. 그리고 해결될 수 없을 것 같을 때 슬픔은 더욱 강해진다. 곡소리는 상처를 끊임없이 찔러 더욱 자극을 주는 것일 뿐이다.

"평민 계층 출신이신가요?"

장로가 그녀를 계속 유심히 보며 물었다.

"도시민이에요, 신부님, 도시민이요. 계급은 농민 계급이지만 도시민이에요, 도시에 살아요. 신부님을 뵈러 왔어요. 신부님 얘기 들었어요, 네, 들었어요. 어린 아들을 장사 지내고 신께 기도하러 갔었어요. 수도원 세 군데를 갔었는데, 저한테 그러더라고요. '나스타슈쉬카, 여기로 가봐.' 그러니까 이 수도원에 가보란 말이었어요, 신부님. 그래서 왔어요. 어제부터 서서 기다렸어요. 오늘 이렇게 신부님을 뵙게 되네요."

"어떤 슬픔을 갖고 오셨습니까?"

"아들이 너무 불쌍해요, 신부님, 거의 만 세 살 됐었어요. 세달만 더 있으면 만 세 살이 됐을 텐데. 아들 때문에 괴로워요, 신부님, 아들 때문에. 아들 하나 남았었는데. 저랑 니키투쉬카 사이에 애가 네 명 있었는데, 근데 우리 애들이 남아나질 않네요, 신부님, 남아나질 않는다고요. 먼저 있던 셋도 장사 지냈는데, 그 애들은 이 정도로 불쌍하진 않았어요. 근데 이 마지막 애를 장사 지내고 나니까, 잊을 수가 없어요. 마치 제 앞에 이렇게 서 있는 거 같아요. 안 없어져요. 그래서 마음이 바싹바싹 말라요. 그 애가 입던 속옷, 윗도리나 신발을 보면 울음이 나요. 그 애가 남기고 간 물건들을 죽 늘어놓고 보면서 하염없이 통곡하고 있어요. 남편 니키투쉬카한테 '날 좀 보내줘, 주인 양반, 기도하러 갔다 오게.' 했어요. 남편은 마부예요. 우린 가난하지 않아요, 신부님, 가난하지 않다고요. 마차가 우리 소유예요. 마차랑 말들 다 잘 관리하고 있어요. 근데 이게 다 지금 무슨 소용이 있어요? 남편 니키투쉬카는 제가 없으니까 술에 손을 대기 시작했어요. 그건 사실 전에도 그랬어요. 제가 잠시 눈만 돌려도 그 사람은 약한 모습 보이곤 했어요. 근데 지금은 그 사람 생각을 안 해요. 제가 집 떠난 지 벌써 석 달째예요. 전 잊었어요. 다 잊었고, 기억하고 싶지 않아요. 그 사람이랑 이제 뭘 하겠어요? 저 그 사람이랑 끝냈어요. 끝냈다고요. 모든 사람들이랑 다 끝냈어요. 이제 집이랑 가진 재산 따윈 보기도 싫어요. 아니, 아무것도 보기 싫어요!"

"이보세요, 아주머니, 위대한 옛 성인 한 사람이 사원에서 아주머니와 마찬가지로 어린아이를 잃고 울고 있는 여자를 봤어요. 그 여자도 단 하나 남은 아이를 주께서 불렀지요. 성인이 여자에게 이렇게 말했어요. '그런 어린아이들이 신의 보좌 앞에서 얼마나 담대한지 모르시오? 천국에서는 어린아이들만큼 담대한 사람이 없다오. 어린아이들이 주께 이렇게 말씀드린다오. '주께서 저희에게 삶을 주셨다가, 저희가 그 삶을 좀 볼까 했더니 주께서 도로 거둬 가셨나이다'라고. 그러면서 주께서 그들에게 당장 천사의 직분을 주실 것을 담대하게 청한다오. 그러니까, 여자여, 당신은 기뻐하시오. 울지 마시오. 당신의 어린아이는 지금 주의 천사들 무리 속에 있다오.' 옛날에 성인이, 울고 있던 여자에게 그렇게 말한 거예요. 그 성인은 위대하신 분이었으므로 그 여자에게 거짓을 말했을 리는 없어요. 그러니까 아주머니께서도 어린아이가 지금 아마 주의 보좌 앞에 서서 기뻐하며 즐거워하고 있다는 걸, 그리고 아주머니를 위하여 신께 청원하고 있다는 걸 아십시오. 그러므로 아주머니께서는 우시는 건 괜찮지만, 그래도 기뻐하세요."

여자가 손으로 턱을 괴고 멍하니 장로의 말을 듣고 있다가 깊은 한숨을 쉬었다.

"남편도 저를 그런 말로 위로하더라고요. 신부님이 하신 말과 똑같은 말로요. '바보같이 울긴 왜 울어? 우리 아들 지금 아마 주님 앞에서 천사들과 함께 찬양을 하고 있을 거야'라고요. 남편이 그 말을 저한테 하면서 자기는 우는 거예요, 제가 보니 말이에요. 저처럼 남편도 우는 거예요. 그래서 말했죠. '나도 알아, 니키투쉬카, 우리 아들이 주님 곁이 아니면 과연 어디 있겠어? 다만 여기엔, 우리 곁엔 그 애가 이젠 없어, 니키투쉬카, 우리 곁엔 말이야, 전엔 있었는데 말이야!' 제가 한 번만이라도 더 그 애를 볼 수 있다면, 단 한 번이라도 그 애를 볼 수 있다면, 전 그 애한테 다가가지 않아도 돼요. 말을 걸지 않아도 돼요. 그냥 구석에 숨어서 볼 거예요. 단지 1분이라도 그 애를 볼 수 있다면! 그 애가 마당에서 놀다가 와서 고 목소리로 '엄마 어딨어?' 하는 소리를 들을 수만 있다면! 고 다리로 걸어서 방을 한 번 지나가는 소리를 들을 수 있다면! 한 번만이라도! 고 다리를 콩콩대며 종종걸음으로 저한테 오면서 빽 소리치면서 웃는 거! 그냥 고 발걸음 소리나마 들을 수 있다면! 그 발걸음 소리를 듣는다면 전 금방 그 애의 발소린지 알 거예요! 근데 말이에요, 신부님, 그 애는 없어요. 네, 없어요. 그 애 발소리는 앞으로 영영 듣지 못할 거예요. 이게 그 애가 하던 허리띤데, 그 애는 없어요. 이제 다신 보지 못할 거예요. 그 애가 내는 소리를 다신 듣지 못할 거예요!"

그녀는 자기 아들이 매던, 장식용 끈으로 만들어진 자그마한 허리띠를 품 안에서 꺼내더니, 그걸 보자마자 손으로 눈을 가리고 엉엉 울면서 몸을 떨기 시작했다. 손가락 사이로 눈물이 갑자기 냇물처럼 쏟아져 내렸다.

장로가 말했다.

"마치 옛날에 '라헬이 그 자식을 위하여 애곡하는 것이라. 그가 자식이 없으므로 위로받을 수가 없도다'[33]라고 한 것과 마찬가지로다. 아주머니 같은 아이 어머니들에게는 이 땅에 그렇게 한계가 지어져 있어요. 위로받지 않으셔도 돼요. 위로받으실 필요도 없어요. 위로받지 말고 우세요. 단지, 울 때마다 반드시 기억하세요. 신의 천사들 중 아주머니의 아들이 유일하게 그곳으로부터 아주머니를 보고 있으며, 아주머니가 흘리는 눈물을 보며 위안을 삼고, 주 하느님께 아주머니의 눈물을 보여드리고 있다는 걸. 아주머니가 얼마나 오랫동안 어머니의 울음을 우실지 모르지만, 결국에 가서는 울음이 고요한 기쁨으로 변할 것이며, 쓰디쓴 눈물이 고요한 감동의 눈물, 마음이 정화되는 눈물로 변하여, 마음의 정화가 죄에서 구원으로 이끌게 될 것입니다. 아주머니 아들의 명복을 빌어드릴게요. 이름이 뭐였는데요?"

"알렉세이요, 신부님."

"참 좋은 이름이네요. 신의 사람인 알렉세이의 이름을 딴 건 가요?"[34]

"네, 신부님, 신의 사람 알렉세이의 이름을 땄어요. 신의 사람이요."

"정말 좋은 성인이에요. 명복을 빌어드릴게요, 아주머니, 기도하면서 아주머니의 슬픔도 말씀드리고, 남편분의 건강을 위해서도 기도해드릴게요. 어쨌든 남편분을 혼자 두시면 안 좋아요. 남편분한테 가서 잘 보살펴드리세요. 엄마가 아빠를 버린 것을 하늘나라에서 아들이 보면 안타까워서 울 거예요. 아들의 복을 망치면 안 돼요. 아들은 살아 있는 거예요. 왜냐하면 영혼은 영원히 사는 거니까. 아들이 집에는 없지만, 보이지 않게 아줌마 곁에는 있어요. 아줌마가 집이 싫다고 하시면 아들이 어떻게 집으로 오겠어요? 아빠랑 엄마가 집에 없는데 아들이 무엇 하러 집으로 오겠어요? 아들이 꿈에 나와서 괴로워하신다고요? 아들이 평안한 꿈을 꾸시게 해줄 거예요. 자, 남편분한테 가세요. 오늘 바로 가세요."

"네, 갈게요, 신부님 말씀대로 갈게요. 제 마음을 정리해주셨네요. 니키투쉬카, 나의 니키투쉬카, 당신 날 기다리지? 응? 기다리지?"

여자가 길게 말하려고 했으나 장로는 이미 한 나이 많은 할머니와 이야기를 나누고 있었다. 할머니는 순례자의 의상이 아니라 도시민의 의상을 하고 있었다. 눈을 보니, 할머니에게 무슨 일이 있으며, 할머니가 무언가를 말하러 왔다는 것을 알 수 있었다, 할머니는 자기가 부사관 부인이었다가 과부가 된 사람이며, 멀리서 온 건 아니고 바로 우리 읍에서 왔다고 소개했다. 바센카라는 아들이 있는데, 군수처 어딘가에서 근무하다가 시베리아 이르쿠츠크로 떠났다. 그곳으로부터 편지를 두 번 썼는데, 그러다가 안 쓰게 된 지 벌써 1년이 됐다. 아들 소식을 알아보려고 해봤지만, 어디서 알아봐야 되는지 모르는 실정이다.

"얼마 전에, 사업을 해서 돈을 많이 번 스체파니다 일리니쉬나 베드랴기나라고 있는데, 그 여자가 저한테 그러더구먼요. '프로호로브나, 교회 가서, 아들 명복을 빌어달라고 부탁해. 프로호로브나도 직접 명복을 빌고 말이야. 그럼 아들 영혼이 느낌을 받게 된다고. 그래서 편지를 쓰게 될 거야. 이 방법은 실제로 통해. 사람들이 많이 쓰는 방법이야.' 근데 난 의심이 가요. 진짜 그렇게 하면 맞는 게 맞아요? 그렇게 해도 괜찮나요?"

"그런 생각은 하지도 마세요. 그렇게 하는 게 맞느냐고 묻는 것조차가 창피한 일이에요. 살아 있는 사람의 영혼에 대해, 그것도 친모가 명복을 빌다니! 그렇게 하면 큰 죄예요. 마법을 거는 것도 아니고 말이에요. 다만 어머님께서 모르셔서 그랬던 것뿐이니, 이 죄는 용서받을 수 있어요. 어머님, 차라리 아들의 건강을 위해, 그리고 잘못 생각하셨던 것을 용서해달라고 성모님께 비세요. 그럼 금방 도와주실 거예요. 또 말씀드리고 싶은 것은, 아들이 곧 돌아오든지 아니면 편지를 쓸 거라는 거예요. 그렇게 알고 계세요. 가셔서 마음 편하게 계세요. 아들은 살아 있어요."

"감사합니다. 신의 축복이 있으실 거예요. 우리 모두를 위해서, 우리의 죄를 위해서 기도해주시니 감사합니다."

그러는 사이에 장로는 이미 군중 가운데서 자기를 향해 갈망의 열기를 뿜는 두 개의 눈동자를 인지했다. 기진맥진하고 폐병 환자처럼 말라비틀어져 보이는, 하지만 아직 젊은 농민 여성의 눈동자였다. 비록 눈은 도움을 청하고 있었지만 그녀는 말없이 바라볼 뿐, 가까이 다가오는 것을 꺼리는 듯했다.

"무슨 일 때문에 오셨나요?"

"제 마음의 문제를 해결해주세요, 신부님" 하고 그녀가 조용하게, 서두르지 않으면서 말하고는, 무릎을 꿇고 장로의 발 앞에 머리를 숙였다. 그리곤 이렇게 말했다.

"제가 죄를 지었어요, 신부님, 저 지금 죄 때문에 무서워요."

장로가 계단의 맨 밑 단으로 내려가서 앉았다. 여자가 무릎을 꿇은 채로 그에게 가까이 다가와 말했다.

"과부 생활 3년째예요."

그렇게 속삭이듯 말하면서 그녀는 몸을 떠는 것 같았다.

"결혼 생활이 힘들었어요. 남편이 나이가 많았는데, 저를 심하게 때리곤 했어요. 그러다가 남편이 병이 들어서 몸져누웠어요. 누워 있던 남편을 보면서, '이제 병이 나아서 일어나면 또 어쩔 것인가?' 하고 생각했어요. 그때 이런 생각이 난 거예요."

"잠깐만요."

장로가 말하고는 자기 귀를 그녀의 입술 가까이 갖다 댔다. 여자가 작은 소리로 귀에 대고 속삭이기 시작했다. 그래서 주위에선 거의 아무 말도 알아들을 수 없었다. 그녀는 말하기를 금방 끝냈다.

"3년째라고요?"

장로가 물었다.

"3년째예요. 처음엔 그러지 않았는데, 지금은 제가 병이 돌고 있어요. 마음고생이 심해서 그래요."

"멀리서 오셨어요?"

"여기서 500베르스타예요."

"고해 성사는 하신 적 있어요?"

"한 적 있어요. 두 번 했어요."

"성찬식에 참여는 시키던가요?"

"참여시키더라고요. 두려워요. 죽는 게 두려워요."

"아무것도 두려워하지 마세요. 아무 때도 두려워하지 마세요. 걱정도 하지 마세요. 대신 회개는 끊임없이 하세요. 그러면 신께서 다 용서해주실 거예요. 진실로 뉘우치는 사람에게 주께서 용서해주시지 않을 만한 죄란 이 세상 어디에도 없어요. 더욱이 신의 사랑은 한이 없기 때문에, 사람은 그 사랑이 한계에 이르게 할 정도의 큰 죄를 지을 수도 없어요. 신의 사랑을 능가할 만한 죄가 과연 있을 수 있을까요? 오직 회개를 하는 데에만 마음을 쏟으세요. 끊임없이요. 두려움은 다 쫓아버리세요. 신은 아주머니가 상상도 못 할 정도로 아주머니를 사랑하신다는 걸 믿으세요. 아주머니가 죄를 지었더라도, 죄 중에 있더라도 아주머니를 사랑하신다는 걸요. 그리고 회개하는 한 사람이 하늘에서는 열 사람의 의인보다 더 기쁨이 된다[35]고 오래전에 말씀하셨어요. 자, 가시고, 두려워하지 마세요. 사람들 때문에 고뇌하지 마세요. 모욕을 당했다고 화내지 마세요. 마음속에서, 돌아가신 분이 아주머니를 모욕하던 모든 것을 용서해드리세요. 진실로 화해를 하세요. 뉘우치시는 걸 보니까 사랑을 하고 계시네요. 사랑을 하고 계시니까 아주머니는 벌써 신의 사람이세요. 사랑으로써 모든 것의 대가가 치러지고 모든 죄에서 벗어날 수 있어요. 나도 마찬가지로 죄 있는 사람으로서, 나 같은 사람도 아주머니를 불쌍히 여기는데, 신께서야 오죽하시겠어요? 사랑이란 무한한 가치를 갖는 보물이라서, 사랑을 지니면 온 세상도 살 수 있고, 자기 죄뿐 아니라 남의 죄의 대가도 치를 수 있어요. 자, 가시고, 두려워하지 마세요."

장로가 그녀에다 대고 세 번 성호를 긋고는, 자기 목에서 걸려 있던 성상을 걷어 그녀 목에 걸어주었다. 그녀가 장로에게 말없이 큰절을 했다. 장로는 몸을 일으켜, 젖먹이를 안고 있는 한 몸집 좋은 여자를 유쾌한 시선으로 바라보았다.

"브이셰고리예에서 왔어요, 장로님."

"여기서 6베르스타 되는 거리를 어린아이랑 힘들게 오셨네요. 어떤 문제로 오셨는데요?"

"장로님을 뵈러 왔어요. 저 전에 왔었잖아요. 잊으셨어요? 저를 잊으셨다면 기억력이 별로 안 좋으신 거네요. 우리 마을 사람들이, 장로님이 아프시다고 하더라고요. 그래서 가서 직접 뵈어야겠다고 생각했어요. 지금 뵈니까, 아프시긴 웬걸요? 장로님이 아프실 리 없죠."

"그렇게 생각해주시니 감사하네요."

"참, 작은 청 하나만 들어주실래요? 여기 60코페이카가 있는데, 저보다 가난한 사람에게 좀 주시겠어요? 이만 가볼게요. 전, '장로님을 통해서 적선하는 게 낫겠다. 누구에게 줄지 장로님이 아실 테니까' 하는 생각이에요."

"고맙습니다, 착하신 분. 사랑합니다. 청을 꼭 들어드릴게요. 안고 계신 애는 여자애인가요?"

"귀염둥이 여자애예요. 리자베타라고 해요."

"두 모녀에게 신의 축복이 있기를! 어머님과 리자베타에게요. 어머님 덕분에 제 마음이 참 기쁘네요. 자, 그럼 안녕히 가세요, 착하고 친절하신 분."

그는 모든 이들을 축복하고 모든 이들에게 공손히 절을 했다.

IV
믿음이 적은 여인

타지 출신인 지주 부인은 장로가 평민들과 이야기를 나누고 축복을 행하는 이 모든 장면을 조용히 눈물을 흘리며 보면서 손수건으로 눈물을 닦았다. 이 여인은 감정이 풍부한 상류 사회의 부인으로, 많은 일에 진실로 선한 태도를 보였다. 장로가 다가오자 그녀는 아주 기쁘게 맞이했다.

"정말 감동적인 장면들을 보면서 많은 심적 경험을……."

가슴이 뛰는 바람에 그녀는 말을 다 끝맺지 못하고 다른 말로 넘어갔다.

"사람들이 장로님을 얼마나 좋아하는지 알겠어요. 저 스스로가 이 사람들, 이 평민들을 좋아해요. 좋아하고 싶어요. 사실 우리 이 착한 평민들을, 위대한 러시아 국민들을 어떻게 안 좋아할 수가 있겠어요?"

"딸은 건강이 좀 어떻습니까? 저와 더 대화를 나누고 싶으시다고요?"

"제가 얼마나 간곡히 부탁했는데요! 전 장로님 방 창문 앞에 무릎을 꿇고 앉아, 장로님이 절 들여보내주실 때까지 사흘이라도 기다릴 수 있었어요. 위대한 치료 능력을 지니신 장로님께 기쁨에 가득 찬 감사를 표하려고 왔어요. 장로님께서 우리 리자를 고쳐주셨잖아요. 완전히 고쳐주셨잖아요. 어떻게 고치셨나 하면, 목요일에 리자에게 손을 얹고 안수 기도를 해주셨어요. 저희는 그 손에 입맞추고 저희의 감동과 경건함을 쏟아부었어요."

"제가 고쳐줬다고요? 아직도 의자에 앉아 있는데요."

"그래도 밤에 나던 열은 완전히 없어졌어요. 바로 목요일부터 시작해서 벌써 이틀 동안 열이 없어요."

안절부절못하는 태도로 부인이 서둘러 그렇게 말하고는 말을 이었다.

"어디 그뿐인가요? 얘가 다리 힘이 세졌어요. 오늘 아침에 좋은 상태로 잠을 깼어요. 밤에 잠을 잘 잤고요. 이 볼 발그스름한 것 좀 보세요. 눈 반짝반짝하는 거하고요. 계속 울더니 지금은 웃고 기뻐하고 즐거워해요. 오늘 얘를 일으켜 세우라고 하인들을 다그쳤어요. 그랬더니 얘가 1분 동안이나 혼자서 서 있었어요. 누구 한 명 부축해주는 사람 없이요. 얘가 저한테, 자기가 2주 뒤에 카드리유를 출 수 있게 되나 안 되나 내기 하자고 그래요. 제가 이곳에 계신 게르첸슈투베 의사 선생님을 불렀는데, 그 의사 선생님이 놀라며, 어찌 된 영문인지 모르겠대요. 그런 상황에서 저희가 장로님께 달려와서 감사를 안 드리게 됐어요? 리즈*, 감사하다고 말씀드려야지, 빨리!"

귀엽게 웃고 있던 리즈의 조그만 얼굴이 문득 진지해지는 듯했다. 아이는 긴 의자 위에서 몸을 일으킬 수 있는 만큼 일으켜 장로 앞에서 자기의 작은 손을 포개기까진 했는데, 더 이상 참지 못하고 갑자기 웃음을 터뜨렸다.

"나, 저 아저씨 보고 웃은 거야, 저 아저씨 보고!" 하고 아이가 알렉세이를 가리키면서 말했다. 자기가 참지 못하고 웃음을 터뜨린 것이 어린 마음에 나름대로 안타까운 모양이었다. 장로보다 한 걸음 뒤에 서 있던 알렉세이를 이때 본 사람이 있다면 알렉세이의 뺨이 순간적으로 확 붉어진 것을 눈치챘으리라. 알렉세이의 눈은 빛을 발했다가 수그러졌다.

"알렉세이 표도로비치 씨, 얘가 부탁할 게 있대요. 건강은 어떠세요?" 하고 모친이 갑자기 알렉세이에게 말하면서 장갑을 낀 자기의 매혹적인 손을 내밀었다. 장로가 고개를 뒤로 돌려 문득 알렉세이를 자세히 보았다. 알렉세이는 리자에게 가까이 다가가 왠지 모르게 이상하고 멋쩍게 웃음을 머금더니 리자에

---

* 러시아 이름 '리자'와 동일시되는 프랑스 이름. - 역자 주

게 손을 내밀었다. 리자가 제법 진지한 표정을 짓고 알렉세이에게 조그마한 쪽지 하나를 주면서 말했다.

"카체리나 이바노브나 님이 저보고 이걸 아저씨한테 전해 주래요. 아저씨보고 꼭 들르시래요, 될 수 있으면 빨리요. 말로 만 들른다고 하지 말고 진짜로 오셔야 된대요."

"나보고 들르라고? 그분한테? 왜 그러지?"

알렉세이가 매우 놀란 듯 중얼거렸다. 얼굴이 큰일을 앞에 둔 사람의 얼굴처럼 됐다.

"다 드미트리 표도로비치 씨의 일 때문이에요. 또 요즘 일어 난 그 온갖 일들 때문이고요. 카체리나 이바노브나 씨는 어떻 게 할지 방법을 하나 택했대요. 근데 그걸 위해서 알렉세이 표 도로비치 씨를 꼭 봐야 된대요. 왜냐고요? 물론 모르죠. 하지 만 될 수 있으면 빨리 오시랬어요. 그래 주실 거죠? 믿는 분이 시니까 그래 주실 거라고 믿어요" 하고 아이의 모친이 거침없 이 빠른 말투로 말했다.

"저는 그분을 한 번밖에 본 적이 없는데……."

계속 이해가 안 간다는 태도로 알렉세이가 말했다.

"그분 아주 대단하신 분이에요. 그분이 하시는 노력 하나만 봐도요. 그분이 겪으신 걸 상상해보세요. 지금 겪고 계시는 것 도요. 앞으로 그분이 어떻게 될지 상상해보세요. 생각만 해도 끔찍해요!"

"네, 그분께 들를게요."

알렉세이가 결심한 듯 말했다. 그가 훑어본 수수께끼 같은 짧은 쪽지엔 와달라는 간곡한 부탁 외에는 그 이유 같은 것은 아무것도 쓰여 있지 않았다.

"아저씨 참 착하고 멋지시네요! 전 엄마한테 이랬죠. '아저씨 절대 가실 리가 없을 거야. 구도의 길을 걷는 분이시거든.' 아, 근데 가주신다고 하니 얼마나 좋아요! 정말 멋지세요! 아저씨 멋지다고 늘 생각하고 있었는데, 이렇게 말할 기회가 생겨서 좋아요!"

"리즈!"

아이 엄마가 소리쳤으나, 곧 미소를 지어 보이며 말했다.

"우리한테도 신경 좀 써주세요, 알렉세이 표도로비치 님, 우리 집에도 좀 들르시고요. 리즈가 저한테 두 번이나 그랬어요. 알렉세이 표도로비치 님이랑 같이 있을 때만 좋다고요."

알렉세이가 내리깔고 있던 눈을 들고, 다시금 갑자기 얼굴이 빨개지면서 자기도 모르게 갑자기 픽 웃었다. 장로는 이미 알렉세이를 보고 있지 않았다. 장로는 먼 곳에서 온 수도사와 이야기를 나누고 있었다. 이 수도사는 앞에서 말했듯이 리즈의 바퀴 달린 긴 의자 옆에서 장로가 나오길 기다리고 있던 사람이다. 아주 평범한, 즉 높은 지위를 갖고 있지 않은 수도사임이 분명했다. 그리고 단순하고 탄탄한 세계관을 지녔으며 신앙이 나름대로 확고한 사람이었다. 그는 먼 북쪽에 위치한 오브도르스크[36]의 성 실베스트르 수도원에서 왔다고 말했다. 이는 수도사가 아홉 명밖에 안 되는 소규모 수도원들 중 하나라고 했다. 장로가 그를 축복하고, 시간 날 때 자기 응접실에 들르라고 했다.

"어떻게 그런 일을 하실 수 있는지, 참 신기하기만 합니다."

문득 수도사가 장엄한 어투와 몸놀림으로 리즈를 가리키며 말했다. 장로가 병을 고친 것을 두고 한 말이었다.

"아직 말하기엔 일러요. 상태가 좀 나아졌다는 거지, 병이 완전히 나은 건 아니니까요. 또 상태가 나아진 것이 다른 이유에서일 수도 있고요. 하지만 모든 것이 신께서 허락하신 거 외에는, 어느 누구의 힘으로 된 것도 아니에요. 자, 제 응접실로 오세요. 기회 있을 때 오셔야지, 제가 요즘 아파서 말이에요. 살 날이 얼마 안 남은 걸 알고 있어요."

그 말을 듣고 아이 엄마가 말했다.

"무슨 그런 말씀을! 설마 신께서 장로님을 우리한테서 데려가시려고요? 장로님 오래오래 사실 거예요. 그리고 아프시다니요? 안 아프신 거 같은데요. 건강해 보이시고 즐겁고 행복해 보이시는데요."

"오늘은 좀 낫네요. 하지만 일시적으로 이런 거라는 걸 알아요. 이제 전 제 병을 잘 알아요. 제가 즐거워 보인다니, 그런 말씀 들으니까 더할 나위 없이 기쁘네요. 인간은 행복을 위해 만들어졌거든요. 그래서 행복한 사람은, '나는 땅에서 신의 약속을 이루었다'고 말할 자격이 있는 거예요. 모든 의인들, 모든 성인들, 모든 거룩한 수난자들은 다 행복했어요."

"어쩌면 그렇게 멋진 말씀을 하실까! 마치 그냥 정곡을 콕 찌르는 말씀만 하시네요. 그런데 말씀이에요, 그 행복, 그 행복이란 게 어디 있죠? '나 행복해' 하고 말할 수 있는 사람이 어디 있어요? 아, 장로님께 부탁드릴 수 있다면 좋겠어요. 오늘 한 번 더 뵐 수 있을까 하고요. 그럴 수 있다면, 저번에 미처 못 말씀드린 걸 말씀드릴 수 있을 텐데 말이에요. 제가 얼마나 고통받고 있는지에 대해서요. 아, 정말 오래됐거든요! 제 고통이 너무 심해요. 죄송합니다. 제 고통이 너무 심해요."

그녀는 그 어떤 돌발적인 슬픈 감정에 싸여 장로 앞에서 두 손을 포갰다.

"뭣 때문에 고통받으시는데요?"

"저……, 의심 때문에요."

"신에 대한 의심이요?"

"아니에요, 아니에요. 그런 생각은 감히 하지도 못해요. 다만 차후의 삶에 대한 의심이에요. 그게……, 너무 애매모호해요. 그 누구도 거기에 대해 책임지지 않잖아요. 장로님께선 병을 고치시고, 인간의 영혼을 잘 아시잖아요. 물론 장로님께 꼭 저의 말을 다 믿으셔야 한다고 강요할 수야 없지만, 그래도 제가 할 수 있는 만큼 장로님께 확신을 드리고 싶어요. 제가 지금 하는 말은 경박한 생각에서 나온 게 아니라는 걸요. 차후에 있게 될 죽음 후의 삶에 대해 생각하면요, 밀려드는 불안 때문에 고통스러워요. 너무 무섭고 겁나요……. 지금 기회가 있는 김에 이렇게 장로님께 말씀은 드리는데……, 제가 어떤 생각을 하고 있는지 아셨으니 이제 장로님이 절 어떻게 생각하실까요? 전 어쩌면 좋아요?"

그녀가 양 손바닥을 짝 부딪치고 위로 벌렸다.

"제가 어떻게 생각할지를 염려하지 마세요. 진심으로 고민하고 계시다는 거 저 믿어요" 하고 장로가 대답했다.

"아, 정말 감사합니다! 있잖아요, 장로님, 저는 눈을 감고 가만히 생각해봐요. '모두들 신앙을 갖고 있다면, 어떻게 그렇게 된 건가?' 하고요. 이 모든 것이 다 저항할 수 없는 자연현상 앞에서 인간이 느끼는 두려움에서 비롯된 것일 뿐이지, 사실은 아무것도 아니라고들 해요. 그래서 제가 이렇게 생각하는 거예요. '내가 평생 신앙 생활을 해왔지만, 죽으면 싹 다 없어지는 거다. 다만 무덤 위에 우엉만 자라겠지[37].' 그래요, 어떤 작가가 쓴 책에서 그런 표현을 읽은 적이 있어요. 생각만 해도 끔찍해요! 그럼 믿음을 무엇으로 보상할 수 있죠? 전 어려서부터 믿었어요. 그냥 그 어떤 생각 없이 기계적으로 그렇게 된 거예요. 어떻게, 어떻게 증명할 수 있나요? 제가 장로님 앞에 엎드려 절하며 이 부탁을 드리려고 온 거예요. 지금 이 기회를 만약 놓치면 전 평생 이 질문에 대답할 수 있는 사람을 못 만날 거예요. 어떻게 증명할 수 있나요? 어떻게 확신할 수 있나요? 제가 얼마나 괴로운지 아세요? 주위를 둘러보아도, 모두가, 거의 모두가 이런 데에 관심이 없어요. 저 같은 고민을 하는 사람은 아무도 없어요. 저 혼자 이 문제를 겪어내야 하니 너무 힘들어요. 정말 죽을 정도로 힘들어요!"

"네, 맞습니다. 그러실 겁니다. 죽을 정도로요. 어떻게도 증명할 수는 없어요. 하지만 확신할 수는 있어요."

"어떻게요? 무엇으로요?"

"실천적 사랑의 경험으로요. 이웃 사랑하기를 항상 실천해 보세요. 사랑을 잘하게 되면 잘하게 될수록 신의 존재에 대해서도, 영혼 불멸에 대해서도 확신을 하시게 될 겁니다. 이웃에 대한 사랑이 자기 희생에까지 이를 때면 의심 없이 믿으시게 되어, 어떤 의심도 영혼 속에 들어올 수 없게 될 겁니다. 이건 체험을 통해 증명된 것이고, 확실한 거예요."

"실천적 사랑이라고요? 또 질문이 생기네요. 여러 가지 질문이요. 제가 말이죠, 사람들을 얼마나 사랑하나 하면 말이죠, 믿으실지 모르겠지만, 어떤 때는 제가 가진 모든 것을 버리고, 리즈를 남겨두고 '자비의 성모 동정 수녀회'에 가입하는 것을 염원하곤 해요. 눈을 감고 생각에 잠겨 그걸 꿈에 그려보는 거예요. 그럴 때 저항할 수 없는 힘을 제 안에서 느껴요. 그 어떤 상처도, 그 어떤 고름이 나오는 습진도 저는 다 괜찮을 거예요. 다 제 손으로 씻고 동여매고, 이 고통받는 사람들 옆에 앉아 돌볼 거예요. 심지어는 그 습진에 입을 맞출 수도 있어요."

"다른 생각이 아니라 그런 생각을 하신다니 참 좋네요. 어쩌다 우연히 실제로도 그 어떤 선한 일을 행하실 수가 있는 거예요."

"네. 하지만 그런 생활을 제가 오래할 수는 있을까요?"

그녀가 부들부들 떨리는 음성으로 운을 떼고는, 계속해서 말했다.

"그게 바로 중요한 문제인 거예요. 가장 고민하는 게 바로 이거예요. 눈을 감고 스스로에게 질문을 던져봐요. '네가 그 길에 들어서서 오래 버틸 수 있을 거 같으냐? 네가 습진을 치료해주던 환자가 너한테 그 자리에서 고마움을 표시하지 않고 오히려 변덕과 앙탈을 부려가며 널 괴롭히고, 너의 인류애적인 봉사를 높이 사지도 않고 모르는 척하고, 너한테 소리를 지르고, 무엇, 무엇을 해달라고 요구하고, 심지어 그 어떤 상급자에게 너에 대한 불평을 늘어놓는다면(이런 건 고통이 심한 사람들에게서 종종 일어나는 일이다), 그때는 어떡할 거냐? 너의 사랑은 그래도 계속될 거냐?' 이 질문에 대한 답을 말이에요, 제가 몸서리를 치면서 벌써 알아냈답니다. 인류에 대한 저의 '실천적' 사랑을 당장 흩뜨려놓을 그 무언가가 있다면, 그것은 오로지 감사하지 않는 태도뿐이라고요. 한마디로, 저는 대가를 바라고 일을 하는 사람이라는 거예요. 저는 그 자리에서 대가를 요구해요. 즉 저를 칭찬하는 말이 필요하고, 제가 베푼 사랑의 대가로서 저에 대한 사랑이 필요하다는 거예요. 그게 없다면 전 아무도 사랑할 수가 없는 거예요!"

그녀에게서 진정한 자책이 발작적으로 우러나오고 있었다. 말을 마친 후 그녀는 도전적인 결연함을 갖고서 장로를 쳐다보았다. 장로가 말했다.

"비록 오래된 일이긴 하지만, 옛날에 한 의사분께서 저한테 말씀을 하신 적이 있는데, 그 말씀이랑 똑같네요. 그분은 이미 연세가 많으셨고, 아주 현명하셨어요. 그분은 지금 어머님께서 하시는 것과 마찬가지로, 아주 솔직하게 말씀을 하셨어요. 비록 농담도 섞어서 말씀하셨지만, 그 농담이 왠지 쓸쓸하게 들렸어요. 인류를 사랑하신다고 하시더라고요. 그러나 자기 자신을 돌아보면 놀랄 수밖에 없대요. 인류를 사랑하면 사랑할수록 각 개인에 대한 사랑은 줄어든대요. 즉 개별적인 한 사람 한 사람은 그만큼 덜 사랑하게 된다는 거였죠. 그분은 인류에 봉사하려는 열정적인 의도를 마음속에 갖던 적이 많았는데, 사실 정말 필요하다면 사람들을 위하여 자기가 십자가를 질 수도 있었을 거래요. 그렇지만 자기는 어떤 한 사람과 한 방에서 이틀도 같이 못 지낸다고 하더라고요. 그렇게 해봤더니 도저히 못 하겠다는 걸 알게 됐대요. 같이 지내는 사람이 자기와 좀 가까워지기만 하면 그 사람의 인격이 자기의 자존심을 짓누르고 자기의 자유를 억압한대요. 그래서 며칠만 지나면 자기는 아주 인격이 좋은 사람마저 증오하게 된대요. 예를 들어 어떤 사람은 밥을 오래 먹는 것 때문에 증오하게 되고, 또 어떤 사람은 콧물이 심해서 계속 코를 풀어대는 것 때문에 증오하게 된대요. 그러다 보니까 자기가 사람들의 적이 되어가는 거 같대요. 사람들이 자기를 약간 건드리기만 해도 말이에요. 그 대신 언제나 이런 현상은 변함이 없었대요. 자기가 각 사람 개인을 증오하면 증오할수록 인류 전체에 대한 사랑은 점점 더 불타오르는 현상이요."

"그럼 어떡해야 되죠? 그런 상황에서 어떡해야 되냐는 말이에요. 절망할 수밖에 없잖아요."

"아닙니다. 그런 문제 때문에 괴로워하는 것만으로도 충분합니다. 할 수 있는 것만 하세요. 그것도 다 인정이 됩니다. 어머님께서는 벌써 많은 일을 하셨어요. 왜냐하면 그토록 깊이, 진실하게 자신을 인식하셨으니까요. 만약 지금 어머님께서 저에게 이렇게 솔직하게 말씀하시는 것도 저한테서 '어머님 참 진실하시군요' 하는 칭찬을 들으시려는 목적이라면, 실천적 사랑에 있어 어떤 공로도 쌓지 못하실 겁니다. 그러면 그냥 모든 것이 어머님의 염원에만 그칠 것이고, 삶 전체가 유령처럼 순간적으로 스쳐갈 것입니다. 그렇게 되면 차후의 삶에 대한 생각도 잊으실 것이고, 나중에 가서 어머님 스스로가 알아서 어떻게 걱정거리를 덜지 궁리하시게 되겠죠."

"장로님께서 저를 완전히 위압해버리셨네요! 저 지금 바로, 장로님이 말씀하신 그 순간, 깨달았어요. 남들이 감사함을 못 느끼는 상황을 도저히 못 견디겠다고 제가 장로님께 이야기하면서 제가 얼마나 진실한지에 대한 칭찬을 장로님에게서 정말로 듣고 싶어했다는 점을 말이에요. 장로님은 제가 어떤 사람인지를 저한테 가르쳐주셨어요. 제가 어떤 사람인지를 장로님이 파악하시고, 저라는 사람에 대해 저 스스로에게 설명해주셨어요."

"지금 진실한 말씀이시죠? 뭐, 그렇다면, 그렇게 고백을 하시니까, 제가 믿겠어요. 진실하신 분이고 마음이 착한 분이시란 걸 말이에요. 만약 행복에 도달 못 하시더라도, 꼭 기억하고 계세요, 올바른 길 위에 서 계시다는 걸. 그리고 그 길에서 벗어나지 않도록 노력하세요. 중요한 건, 거짓을 피하시라는 거예요. 거짓은 어떤 형태의 것이라도 피하세요. 자기 자신에게 거짓된 태도는 특히요. '내가 거짓되지는 않은가?' 하고 자신을 지켜보고, 매 시간 매 분 거짓의 면모를 정확히 파악하도록 노력해보세요. 남들을 혐오하는 태도, 뿐만 아니라 자신을 혐오하는 태도도 멀리하세요. 자기 속에 있는 어떤 점이 추접스럽게 생각되면, 자기 속에서 그런 점을 발견했다는 것 자체로써 그것은 이미 깨끗해지는 겁니다. 두려움도 버리세요. 물론 두려움은 어떤 거짓이 있으면 바로 거기서 발생하지만요. 사랑에 도달하는 과정에서 스스로의 무기력함 때문에 절대로 겁을 내지는 마세요. 이에 있어 심지어 안 좋은 행실을 행하셨다고 해서 너무 겁먹지는 마세요. 좀 더 기분 좋은 이야기를 해드릴 수 없어서 안타깝긴 하지만, 실천적 사랑은 염원 속의 사랑과 비교하면 힘들고 고된 것이에요. 염원 속의 사랑은 금방 그 어떤 만족을 주는 위대한 결과를 내기를 바라고, 모든 사람들이 다 자기를 바라보기를 바라는 것이에요. 그러다 보면 실제로 자기 생명을 버리는 경우까지 있어요. 사랑을 바치는 시간이 길어지지 않게, 빨리 완수되도록 하기 위해서 말이에요. 마치 연극 무대에서 일어나는 효과를 노리듯, 그걸 보고 모두가 칭찬을 하게끔 말이에요. 실천적 사랑이라는 것은 그야말로 노동이고 인내예요. 어떤 사람들은, 실천적 사랑이 아주 복잡하여 그 어떤 학문 체계와 같다고까지 해요. 어쨌든 제가 미리 말씀드리고 싶은 것은, 많은 노력을 쏟아부으셨음에도 불구하고 목표에 가까이 가지 못하셨고 그뿐만 아니라 오히려 목표에서 멀어지셨음을 깨닫고 아연실색하시는 순간에라도, 심지어 그런 순간에라도, 문득 자기도 모르게 목표에 도달하셔서 주님의 기적적 능력이 자기 위에 임하신 것을 분명히 볼 수 있다는 겁니다. 주님께서는 언제나 당신을 사랑해오셨으며, 언제나 비밀리에 당신을 이끌어오신 겁니다. 죄송합니다. 제가 계속 같이 있을 수가 없네요. 절 기다리는 사람들이 있어서요. 안녕히 가십시오."

부인은 울고 있었다. 그러다가 갑자기 포르르 일어나더니 소리쳤다.

"리즈, 리즈를 축복해주세요, 네? 축복해주세요!"

"저 애를 뭘 그렇게 사랑하고 그러세요, 허구한 날 장난만 치는 애를?"

장로가 농담으로 말하곤 아이에게 물었다.

"얘, 왜 알렉세이를 계속 비웃는 거니?"

리즈는 실지로 알렉세이를 갖고 계속 장난치고 있었다. 이 아이는 이미 오래전부터, 지난번에 왔을 때에 벌써 눈치를 챘다. 알렉세이가 자기 앞에서 수줍어하고 자기를 똑바로 쳐다보지 못하는 것을. 아이는 그것이 아주 재미있었다. 아이는 알렉세이가 자기를 쳐다볼 때까지 계속 그를 응시하며 기다렸다. 알렉세이는 자기를 향한 집요한 눈길을 계속 맞고 있기가 어려워 어쩌다 한 번씩 자기도 모르게 저항할 수 없는 힘에 이끌려 아이를 보곤 했다. 그럴 때마다 아이는 알렉세이의 눈을 똑바로 쳐다보면서 승리의 미소 같은 미소를 지으며 그를 놀렸다. 알렉세이는 더욱더 수줍어하며 어쩔 줄 몰라했다. 그러다 결국은 아이에게서 눈을 완전히 떼고 장로 등 뒤에 숨었다. 몇 분이 지나자 그는 그 저항할 수 없는 힘에 다시금 끌려서 아이 쪽으로 고개를 돌렸고 아이가 자기를 보고 있나 안 보고 있나 보려고 했다. 그때 그는, 리즈가 바퀴 달린 긴 의자에서 거의 떨어질 정도로 몸을 내밀고 옆쪽에서 바라보면서 그가 언제 눈길을 주는지 온 신경을 다 써서 기다리고 있는 것을 보았다. 마침내 그의 눈길을 포착하고서 아이는 큰 소리로 웃음을 터뜨렸기 때문에 장로도 한마디를 안 할 수가 없었다.

"장난꾸러기 아가씨, 왜 그렇게 사람을 창피를 주고 그래?"

리즈는 갑자기 예상 밖으로 얼굴을 붉히며 눈을 반짝거렸다. 더할 나위 없이 진지해진 얼굴을 하고, 갑자기 화가 나는 듯 감정을 섞어서 신경질적으로 불평을 토로했다.

"저 아저씬 왜 다 잊어버렸는데요? 저 아저씨가 저 아기였을 때 안고 다녔단 말이에요. 같이 놀아주기도 하고요. 저 아저씨가 저한테 글 가르치러 왔었다는 건 아세요? 2년 전에 헤어지면서, 우리가 영원한 친구인 거 절대로 잊지 않겠다고 했단 말이에요. 영원한, 영원한 친구요! 그랬는데 지금은 갑자기 절 꺼려해요. 어디 잡아먹기라도 할까 봐요? 왜 가까이 안 오려고 하죠? 왜 아무 얘기도 안 하죠? 왜 우리 집에 오려고 안 하죠? 장로님이 못 가게 하시는 것도 아닐 텐데. 아저씨가 아무 데나

다 갈 수 있다는 거 우린 알아요. 제가 아저씨를 오라고 하는 건 좀 그렇잖아요. 아저씨가 먼저 알아서 와야죠, 잊어버리지 않았다면 말이에요. 아, 아니구나, 아저씬 지금 구도의 길을 걷는 중이지? 장로님 아저씨한테 뭐 하러 저렇게 긴 옷을 입히셨어요? 도망가다가 걸려 넘어지시겠네!"

아이가 갑자기 참지 못하고, 얼굴을 손으로 가리고 아주 크게 웃기 시작했다. 웃고 또 웃어도 멈추지 않는, 경기에 가까운 온몸을 부들부들 떠는 웃음이었다. 나중엔 소리가 겉으로 나오지 않으면서 몸이 계속 진동하는 웃음으로 바뀌었다. 장로는 아이가 웃는 것을 미소를 띠고 지켜보다가 상냥한 말투로 축복의 말을 했다. 아이는 장로의 손에 입을 맞춤으로써 응하다가 갑자기 그의 손을 자기 볼에 갖다 대면서 울음을 터뜨렸다.

"너무 화내지 마세요. 저는 아무짝에도 쓸모없는 바보 애예요. 알렉세이 아저씨가 잘하고 있는 걸지도 몰라요. 저 같은 우스운 애 보러 오지 않는 거요. 네, 물론 잘하고 있는 거겠죠."

"알렉세이한테 꼭 가라고 할게."

장로가 그렇게 약속해줬다.

V

아멘, 아멘!

장로가 응접실을 비운 시간은 이십오 분쯤 됐다. 이미 열두 시 반이 지나 있었다. 그런데 모두가 모인 원인이 바로 드미트리 표도로비치임에도 불구하고 그 본인은 아직도 안 온 상태였다. 하지만 그에 대해서 이미 모두들 잊은 것 같았다. 장로가 다시 응접실로 들어왔을 때 장로는 손님들 사이에서 아주 불붙듯이 활발한 대화의 장을 목격했다. 대화에 참가한 이는 일단 이반 표도로비치와 두 명의 수도사제들이었다. 미우소브 역시 아주 열렬한 태도로 대화에 끼어들려는 것 같았으나, 그에게는 또 운이 안 따라줬다. 대화 자리에서 그는 조연의 역할밖에 못 했고, 그의 말에 대해 호응이 별로 없었다. 그는 그러지 않아도 신경질이 나 있던 참이라 더욱 화가 났다. 그는 전에도 이반 표도로비치와 더불어 몇 차례 자신의 지식을 동원하여 가시 돋친 말들을 나눴었는데, 이반 표도로비치의 무시하는 태도를 덤덤하게 그냥 지나가질 못했다. '난 적어도 지금까지 유럽에 존재하는 선진 사상을 누구보다도 잘 알고 있는 사람인데, 이 애송이 신세대가 나 같은 사람을 결정적으로 무시하는군! 하고 그는 생각했다. 표도르 파블로비치는 이제 아무 말 안 하고 의자에 앉아 있겠다고 스스로 약속했기 때문에, 진짜로 한동안 아무 말 없이 앉아 있었다. 다만 짜증을 내면서 옆에 앉아 있는 표트르 알렉산드로비치를 지켜보는 그의 얼굴에 비소가 머금어졌기에 속으로 낄낄거리고 있는 것 같았다. 그는 표트르 알렉산드로비치에게서 당한 것에 대해 복수할 심산이었으므로, 조금이라도 적당한 기회가 오면 당장 낚아채려고 했다. 그러다가 결국 그는 참지 못하고, 표트르 알렉산드로비치의 어깨 쪽으로 몸을 숙이고 들릴 듯 말 듯한 소리로 다시 한 번 이렇게 놀렸다.

"아니, 아까 '정중하게 입을 맞춘' 다음 가시면 될걸, 왜 안 가시고 이런 저질 집단에 계속 끼어 계실까? 아, 멸시당하고 모욕당한 것 같은 느낌 때문에, 설욕을 위해 번득이는 지혜를 드러낼 기회를 찾으시나? 이제 번득이는 지혜를 드러내기 전에는 아무데도 안 가시려 들겠네."

"또 시작해보자는 거요? 잘못 짚으셨어. 지금 갈 거라고요."

"제일 나중에 가실 거 같은데."

이렇게 표도르 파블로비치가 또 빈정대고 있었는데, 그 순간에 거의 딱 맞춰서 장로가 들어왔다.

말씨름이 순간적으로 멈추었다. 그러나 장로가 본래의 자리에 앉고 나서 모두를 쭉 둘러보는데 마치 '계속하시라' 하는 것 같았다. 알렉세이는 장로의 얼굴 표정을 늘 봐왔기 때문에, 지금 장로가 말할 수 없이 피곤한 상태지만 억지로 힘을 내고 있다는 것을 분명히 파악했다. 요즘 장로의 병세가 어땠나 하면, 너무 힘들면 정신을 잃고 쓰러지는 일이 흔히 벌어지곤 했다. 정신을 잃고 쓰러지기 직전에 보이던 것과 거의 마찬가지의 창백한 기색이 지금 장로의 얼굴 전체에 퍼지고 있었고, 입술도 하얘졌다. 그럼에도 불구하고 이 모임을 해산시키기는 싫은 모양이었다. 이 모임을 통해 장로는 그 어떤 자기의 목적을 이루려는 것 같았다. 그 목적이 무엇인가? 알렉세이는 장로를 뚫어져라 응시했다.

도서를 관장하는 이오시프 수도사제가 이반 표도로비치를 가리키면서 장로에게 말했다.

"이분이 쓰신 글에 대해서 논의하는 중입니다. 글이 아주 흥미롭네요. 요즘 새로운 사상들이 많이 나오고 있는데, 지금 이건 두 극단에 관한 사상인 것 같습니다. 교회의 공공 재판과 이 재판의 권한이 미치는 넓은 범위에 관한 문제를 가지고 시사 잡지에 기사를 실음으로써, 이 문제에 대해 책까지 쓴 적 있는 한 교계 인물[38]의 의견에 맞섰습니다."

"유감스럽게도 저는 선생의 글을 읽진 않았지만, 글에 대해서 듣긴 했습니다" 하고 장로가 이반 표도로비치를 찬찬히 응시하면서 말했다.

"이분의 의견은 아주 흥미롭습니다. 교회의 공공 재판에 관한 문제에 국가로부터의 교회의 분리를 전적으로 부인하시는 것 같습니다" 하고 도서를 관장하는 신부가 이어 말했다.

"흥미롭네요. 그런데 어떤 의미에서 부인하시는 겁니까?" 하고 장로가 이반 표도로비치에게 물었다.

이반 표도로비치가 장로에게 대답을 하되, 전날부터 알렉세이가 걱정했던 것처럼 예의 바름을 가장한 거만한 태도로 대답한 게 아니라, 겸손하고 신중하게, 듣는 사람을 배려하는 모습이 확연히 보이도록, 그리고 악의는 전혀 없어 보이는 태도로 이렇게 대답했다.

"저의 입장은 다음과 같은 명제에서 출발합니다. 교회의 본질과 국가의 본질이라는 별개의 요소들은 원칙적으로 혼합이 불가능하며, 혹 그것들이 혼합되더라도, 그 혼합은 거짓에 토대를 두고 있으므로 그것을 절대로 정상적인 상태로 이끌 수 없음은 물론, 어느 정도나마 조화를 이루는 상태로조차 이끌 수 없는데, 그럼에도 불구하고 이 혼합은 물론 영원히 지속될 거라는 겁니다. 예를 들어 재판과 같은 문제들에서 국가와 교회 간의 타협은 제가 보기에 본질상 불가능합니다. 제가 반대 의견을 내놓은 대상인 교계 인사는 교회가 국가 내에서 정해진 올바른 위치를 점하고 있다고 주장합니다. 저는 그의 의견에 반대하면서, 그 반대로 교회가 스스로 국가를 자기 속에 포함시켜야 하지, 국가 내에서 그 어떤 한 부분을 점하기만 해서는 안 되며, 만약 국가를 자기 속에 포함시키는 것이 현재 그 어떠한 이유 때문에 불가능한 상태라면, 그것을 이룩하는 일이야말로 의심할 나위 없이 크리스트교 사회 발전의 직접적인 최고의 목표로 설정되어야 한다고 했습니다."

"정말 맞는 말이네요!" 하고 과묵한 학자 수도사제인 파이시 신부가 확고하게, 흥분한 어조로 말했다.

"저건 완전히 울트라몬타니즘이에요!" 하고 미우소브가 안절부절못하며 다리를 바꿔 꼬면서 말했다.

"무슨 말씀이세요? 여기 산이 어디 있다고?[39]" 하고 이오시프 신부가 소리치고는 장로에게 말했다.

"저분의 의견은 다음과 같은 '기본적이고 본질적인' 명제들과 관련된 것인데, 이 명제들은 저분의 논박의 대상인 교계 인사의 주장에 해당합니다. 논박의 대상이 교계 인사라는 점에 유의하십시오. 첫째는 '그 어떤 사회 연맹도 그 회원들의 시민권 및 정치 활동의 권리를 좌지우지할 권력을 지닐 수 없고 지녀서도 안 된다'라는 것이고, 둘째는 '형사 재판권과 민사 재판권이 교회에 예속되어서는 안 되며, 신의 법규이자 동시에 종교적인 목적들을 위해 사람들이 이룬 연맹인 교회의 본질과 공존할 수 없다'라는 것이고, 마지막으로 셋째는 '교회는 이 세상에 속한 것이 아니다'[40]라는 것입니다."

"교계 인사로서 정말 해서는 안 되는 말장난입니다!" 하고 파이시 신부가 다시금 참지 못하고 말을 끊더니, 이반 표도로비치를 상대로 말을 계속했다.

"제가 선생께서 반대 의견을 표명하신 그 책을 읽어봤습니다. '교회는 이 세상에 속한 것이 아니다'라고 하는 교계 인사의 말에 저는 놀랐습니다. 이 세상에 속한 것이 아니라면, 그렇다면 땅 위에 서 있을 수도 없는 거 아닙니까? 복음서에서 '이 세상에 속한 것이 아니니라'라고 한 말씀은 그 뜻이 아니었습니다. 그런 말씀을 가지고 장난을 하는 것은 있을 수 없습니다. 우리 주 예수 그리스도는 바로 교회를 땅에 세우시기 위하여 오셨었습니다. 하늘나라는 물론 이 세상에 속한 것이 아니고 하늘에 속한 것이지만, 하늘나라에 들어가는 것은 땅 위에 세워진 교회를 통해서만 가능합니다. 그러므로 그런 의미를 왜곡하는 세상의 말장난은 있어서는 안 되고, 허용할 수 없습니다. 교회는 진실로 통치의 주체이며, 통치하도록 정해진 존재이며, 종국적으로 당연히 온 지상의 통치 주체가 되어야 합니다. 하느님에게서 우리는 그런 약속을 받았습니다."

그가 갑자기 자제할 필요를 느낀 듯 말을 멈췄다. 이반 표도로비치는 공손하게 그의 말을 다 귀 기울여 듣고 나서, 더없이 태연한 태도로, 또 전과 마찬가지의 순박한 태도로, 장로를 상대로 기꺼이 말을 이었다.

"제가 글을 통해 발표하고자 한 생각은, 옛날 크리스트교가 존재하던 처음 3세기 동안, 크리스트교는 이 땅 위에서 교회의 형태로만 존재해왔다는 것입니다. 그런데 로마라는 이교 국가가 크리스트교 국가가 되고자 했을 때[41] 일어난 일의 진상은, 크리스트교 국가가 되고 나서 로마는 교회를 자기 안에 포함시켰을 뿐, 그 로마라는 국가 자체는 수많은 기능 및 활동에서 볼 때 전처럼 이교 국가로 그냥 남았다는 것입니다. 사실 따지고 보면 그렇게 될 수밖에 없었습니다. 로마라는 국가에는 이교 문명과 이교 교리가 너무 많이 그대로 남아 있었습니다. 예를 들어 국가의 목적과 기초 자체가 그러했습니다. 한편 국가 속으로 들어간 크리스트교 교회는 어땠나 하면, 교회가 본래 반석으로 삼고 서 있던 교회의 원칙들 중에서 양보할 수 있는 것은 물론 아무것도 없었습니다. 그래서 주께서 직접 확립하고 명시하신 교회의 목적을 계속 추구하는 수밖에 없었습니다. 바로 온 세상을 교화하는 것이었습니다. 그러니까 이교를 신봉하던 고대 국가 전체를 교회로 바꿔놓는 것이었습니다. 그러므로(미래의 목표를 내다볼 때) 교회가 마치 그 어떤 사회 연맹인 양, 아니면 '종교적인 목적들을 위해 사람들이 이룬 연맹'(제가 반대하는 책의 저자가 교회에 대해 쓴 표현입니다)인 양 국가 내에서 자기가 처할 자리를 모색해서는 안 되고, 그와 반대로 이 땅의 모든 국가들이 결과적으로 교회화를 이루어야 하며 오로지 교회의 모습으로만 남아야 하므로, 국가에 교회의 목표와 맞지 않는 목표가 있다면 그런 목표는 버려야 합니다. 그렇게 한다고 해서 국가가 비하되는 것이 아니며, 국가가 위대한 국가로서 지니던 영예와 영광도, 그 통치자들이 지니던 영광도 빼앗기는 것이 아니며, 이로써 단지 국가는 거짓된 길, 이교의 길, 잘못된 길로부터 옳은 길, 진실한 길, 영원한 푯대로 이끄는 유일한 길로 들어설 뿐입니다. 그러므로 '교회 공공 재판의 원리'에 대한 책의 저자께서 그 원리를 모색하고 제안하실 때 만약 아직 죄 많고 불완전한 우리 시대가 필요로 하는 일시적 타협책으로서, 그 이상은 아닌 존재로서 그 원리를 모색하고 제안하는 입장이었다면, 훨씬 옳은 입장이었을 겁니다. 하지만 그 원리를 스스로 주장한 것이나 다름없는 그분께서, 그 원리, 즉 지금 이오시프 신부님께서 일부 나열하신 그 원리를 제안하면서, 확고부동하고 필연적이고 영구적인 것이라고 감히 발표하신다면, 그분은 그렇게 함으로써 교회에 정면으로 도전하는 것이며, 교회의 거룩하고 영구적이고 확고부동한 사명에 정면으로 도전하는 것입니다. 제가 쓴 글을 간추리면 바로 이런 내용입니다."

"그러니까, 간추리셨다는 말씀이군요."

파이시 신부가, 자기가 사용하는 단어 하나하나를 힘주어 강조하며 다시금 말하기 시작했다.

"우리 19세기에 너무나 명백해진 다른 이론에 따르면 교회가 국가로 재탄생해야 합니다. 그렇게 함으로써 덜 발달된 모습을 벗고 더 발달된 모습을 입게 되는 거랍니다. 그리고 결국 국가 안에서 학문, 시대정신, 문명에 자리를 내어준 채 자연스럽게 소멸되는 거랍니다. 만약 그렇게 안 하고 저항하려고 한다면, 국가 내에서 교회에 주어지는 자리는 그냥 어떤 한구석일 뿐일 거랍니다. 그나마 그것도 감독하에 놓인 구석이고요. 이 이론은 우리 시대 유럽 도처에 퍼져 있습니다. 한편 러시아적으로 이해하면, 러시아에서 기대하는 것은 그게 아니라, 즉 덜 발달된 존재로서의 교회가 더 발달된 존재로서의 국가로 재탄생하는 것이 아니라, 그 반대로 국가가 오로지 교회로만 변모함으로써 종말을 보아야 합니다. 다른 어떤 것도 되어서는 안 됩니다. 그렇게 될지어다. 아멘, 아멘!"

그러자 미우소브가 다리를 바꿔 꼬며 피식 웃으면서 말했다.

"신부님의 말씀을 들으니 기분은 좋네요. 근데 제가 보기엔 이건 그 어떤 이상의 실현에 대한 말씀이네요. 아주 멀리 존재하는, 재림[42]에나 비할 만한 이상 말이에요. 그런 것에 대해선 어떤 말인들 못 하겠어요? 전쟁, 외교관, 은행 등이 사라질 거라는 멋진 유토피아적 이상 말이에요. 어떻게 보면 사회주의랑 비슷하기도 하고……. 전 또 이게 다 진짜인 줄 알았죠. 그래서 이젠 교회가 예를 들어 형사범에 대한 재판을 하고 태형과 강제 노동을 선고하고 사형도 선고하게 될 줄 알았죠."

"지금 만일 교회 공공 재판만이 존재한다면 교회가 강제 노동이나 사형을 선고하지 않을 겁니다. 그러면 범죄도 달라지고, 범죄를 바라보는 관점도 당연히 달라질 겁니다. 물론 지금 당장 갑자기 달라지진 않고 차차 달라지겠지만, 그래도 비교적 빨리 달라질 거예요."

눈 하나 깜짝 않고 태연하게 이반 표도로비치가 대꾸했다.

"진짜 그렇게 생각하는 거요?" 하면서 미우소브가 그를 자세히 쳐다봤다. 이반 표도로비치가 말을 이었다.

"만약 모든 체제가 교회 체제가 된다면, 교회는 범죄자와 순종치 않는 자를 파문할망정 참수하지는 않을 겁니다. 파문당한 자가 어디로 갈 수 있을 거 같아요? 파문을 당해 어디로 간다는 것은 지금처럼 사람들에게서만 분리되는 게 아니라 그리스도에게서 역시 분리되는 것을 뜻합니다. 그러니까 그는 범죄를 저지름으로써 사람들뿐만 아니라 그리스도의 교회에도 역시 거스르는 행동을 하는 것이 돼요. 지금 현재는 엄밀히 말해 그렇게 돼 있진 않아요. 현재의 범죄자는 양심 면에서 자신과 이런 식으로 타협을 많이 해요. '내가 물건을 훔쳤지만 교회를 거스른 건 아니니까 내가 그리스도의 적은 아니다.' 네, 현재의 범죄자는 바로 그런 식이에요. 그러나 국가가 있던 자리를 교회가 점하는 날이 오면, 범죄자는 그런 말을 할 수 없게 됩니다. 이 세상 교회를 다 부정하지 않는 바에는요. 이렇게 말이에요. '모든 사람들이 잘못 생각하고 있군. 모두가 잘못된 길로 갔어. 다들 잘못된 교회야. 살인자요 도둑인 나 혼자만 공의로운 크리스트교 교회야.' 하지만 그렇게 말하는 게 쉬울까요? 그렇게 말하기 위해서 받쳐줘야 될 상황이 너무 엄청나잖아요. 그런 상황은 좀처럼 실현되지 않잖아요. 자, 이젠 교회가 범죄를 바라보는 관점을 한번 생각해보세요. 현재 존재하는, 거의 이교의 그것과 같은 관점으로부터 바뀌어야 하지 않을까요? 사회를 지킨답시고 범죄에 물든 일원을 물리적으로 잘라버리는 현 상황으로부터, 사람의 재탄생, 부활, 구원에 관한 생각으로 바뀌어야 되는 게 다분히 맞지 않나요?"

"그러니까 그게 무슨 말이에요? 또다시 이해가 안 가는군요" 하고 미우소브가 말을 끊으며 자기가 말했다.

"지금 그 어떤 실현하기 어려운 이상 얘기를 또 하는 거잖아요? 윤곽 없는 얘기 말이에요. 이해도 안 가고요. 파문이라뇨? 무슨 파문 얘기를 하는 거요?"

"그건 지금도 원래 그렇지 않습니까?" 하면서 갑자기 장로가 끼어들었다. 사람들이 모두 한꺼번에 장로에게 시선을 돌렸다. 장로가 계속했다.

"만일 지금 크리스트교 교회가 없었다면 그 어떤 범죄자도 없었을 거 아닙니까? 악행에 대한 금지도 없었을 거고, 악행에 대한 형벌도 없었을 거 아닙니까? 여기서는 진정한 형벌을 말씀드리는 겁니다. 부정적인 결과만 낸다고 지적하신 그런 물리적인 신체형이 아니라요. 유일하게 작용하는 형벌, 유일하게 위협적인 형벌, 유일하게 효력이 있는 형벌을 말씀드리는 겁니다. 스스로 느끼는 양심의 가책 말입니다.

"어떻게 그렇게 되는데요? 설명해주세요."

미우소브가 호기심이 잔뜩 발동하여 물었다.

"어떻게 그렇게 되느냐 하면요, 유형을 보내서 노역을 시키고 때리고 한다고 해서 누군가를 교정할 수 있는 것은 아닙니다. 더욱이 그런 형벌로 인해 겁을 먹는 범죄자는 없습니다. 그런 형벌이 존재한다고 해서 범죄의 수는 줄어들지 않으며, 그뿐만 아니라 가면 갈수록 범죄 수가 늘어나기까지 합니다. 여기에는 동의를 하시겠죠? 그러니까 뭡니까? 그런 형벌을 제정한다고 해서 사회가 보호되는 건 전혀 아니라는 거죠. 비록 사회에 해를 입히는 일원을 물리적으로 분리시켜서 눈에 안 띄게 멀리 보내버린다지만, 그런 일원이 있던 자리에 또 다른 범죄자가 금세 나타납니다. 심지어 한 명이 있던 자리에 두 명이 나타나기도 합니다. 우리가 사는 이 시대에도 사회를 보호하는 것이 있다면, 그리고 범죄자를 교정하여 그가 다른 사람으로 태어나게 만드는 것이 있다면, 그것은 어디까지나 그리스도의 법일 뿐입니다. 그것만이 스스로 양심의 가책을 느끼도록 만드니까요. 그리스도의 사회, 즉 교회의 아들로서 자신의 죄를 인식할 때 범죄자는 사회 앞에서의, 즉 교회 앞에서의 자신의 죄마저 인식하게 됩니다. 그러므로 우리 시대의 범죄자는 교회 앞에서만 자신의 죄를 인식할 수 있지, 국가 앞에서 자신의 죄를 인식할 수 있는 것이 아닙니다. 만약 재판의 주체가 교회라는 사회에 속한다면, 그러면 그 사회는 누구에게서 파문을 풀어 다시금 사회로 돌아오게 할지를 알 것입니다. 지금 현재는 교회가 그 어떤 효력 있는 재판권도 갖지를 못하고 단지 도덕적으로 판단할 가능성만 갖고 있고, 범죄자에 대한 효력 있는 형벌을 내리기를 스스로 거부합니다. 교회는 범죄자를 파문하지 않으며, 다만 아버지가 하듯 교훈을 줌으로써 그를 내버려두지 않을 뿐입니다. 나아가 범죄자와 더불어 크리스트교 교회의 모든 교제를 유지하려고 힘씁니다. 범죄자가 교회 예배에 참석하게 하고, 성찬에 참가시키며, 적선을 하고, 죄 있는 자로 대한다기보다는 다만 붙잡혀 있는 자로 대합니다. 그리고 만일 크리스트교 사회, 즉 교회가, 시민 사회의 법이 범죄자를 배제하고 잘라내는 것과 마찬가지로 그를 배제한다고 하면 범죄자는 과연 어떨 것 같습니까? 만일 교회가, 국가의 법에 의한 형벌이 내려지자마자 곧 그에게 파문을 내려 벌한다면 그는 과연 어떨 것 같습니까? 절망도 그런 절망이 없겠죠? 적어도 러시아 범죄자에게는 말입니다. 왜냐하면 러시아 범죄자는 신자이기 때문입니다. 하긴 누가 압니까? 엄청난 일이 벌어질지도 모릅니다. 범죄자의 절망에 찬 마음속에서 믿음의 상실이 발생할지도 모릅니다. 그러면 어쩌겠습니까? 하지만 교회는 상냥하고 사랑에 찬 어머니처럼, 벌을 내리기를 스스로 피합니다. 교회가 벌을 내리지 않아도 죄인은 국가의 재판에 의해 너무나 아픈 벌을 받았기 때문입니다. 그래서 어떻게든 동정을 베풀어야 합니다. 교회가 벌을 내리기를 피하는 중요한 이유는 교회의 재판이 자신 속에 유일하게 진실을 담고 있는 재판이며, 그렇기에 다른 어느 재판과도 본질적으로, 윤리적으로 결합할 수 없어서입니다. 심지어 일시적인 타협의 형태로라도 결합할 수 없습니다. 그 어떤 거래를 해서 타협을 성사시킬 수가 없는 것입니다. 외국의 범죄자는 회개를 하는 경우가 적다고 하더군요. 요즘 시대의 교훈들이 범죄가 사실은 범죄가 아니고 부당하게 억압하는 세력에 대항하여 일어나는 것일 뿐이라는 생각을 긍정시키기 때문입니다. 사회는 범죄자가 대항 못 할 물리적 힘으로써 범죄자를 자기에게서 분리시키고, 추가로 그에 대한 증오까지 갖다 붙입니다(적어도 유럽 사람들은 스스로에 대해서 그렇다고 말합니다). 범죄자도 분명히 우리의 형제인데, 그들은 형제에 대한 증오를 조장하며, 또한 그 후 그의 운명에 대해서는 전혀 무관심하고, 그냥 그를 잊어버립니다. 이렇듯 모든 것이 교회의 동정 같은 건 전혀 없이 진행됩니다. 그곳에는 이미 교회 따위란 전혀 존재하지 않으며, 다만 교회주의자들만 남아 있으며 멋진 교회 건물들만 남아 있어서입니다. 교회 자체는 이미 오래전에 덜 발달된 형태로부터 더 발달된 형태, 즉 국가로 전환하려는 노력을 보이고 있습니다. 국가 내에서 이제 완전히 사라져버리겠죠. 적어도 루터교의 영역에서는 상황이 그런 것 같습니다. 로마에서는 이미 천 년 동안 국가가 교회를 대신하고 있습니다.[43] 그러므로 범죄자는 자기를 교회의 일원으로 인식하지 않으며, 분리당하여 절망 속에 거합니다. 그가 만약 사회로 돌아온다 해도, 이미 사회 자체가 자기를 잘라내려 한다고 느끼므로, 거기서 비롯되는 증오를 가지고 돌아옵니다. 이런 식으로 가다간 결국 어떻게 될지 여러분이 스스로 판단해보시기 바랍니다. 많은 경우에 우리 나라도 마찬가지인 것처럼 보이나, 사실은 우리 나라엔 지정된 재판 체계 외에도, 그 위에 교회가 존재한다는 점이 다릅니다. 교회는 범죄자와의 의사 소통을 절대로 끊지 않습니다. 아무리 범죄자라지만 교회는 그를 소중한 아들로 대합니다. 또한 교회 재판이라는 것이 비록 생각 속에서뿐이라 할지라도 존재하며 유지되고 있습니다. 지금은 실제로 작용하는 것은 아니지만 미래의 꿈이라는 차원에서나마 존재하고 있으며, 그 사실을 범죄자 자신도 본능적으로 인정하고 있음이 틀림없습니다. 여기서 언급되었던 것, 즉 만약 교회 재판이 실지로 완전히 효력을 얻게 되면, 즉 사회 전체가 오로지 교회로 변해버린다면, 그렇다면 교회 재판이 여태까지는 끼칠 수 없었던 만큼의 큰 영향을 범죄자의 교정에 끼칠 것이며, 뿐만 아니라 어쩌면 정말로 범죄 자체가 믿어지지 않을 만큼 줄어들지도 모릅니다. 그리고 교회는 많은 경우에 미래의 범죄자와 미래의 범죄를 지금과는 전혀 다르게 이해할 것임이 분명하며, 파문당한 자를 되돌리며 범죄를 계획하는 자를 미리 막으며 타락한 자에게 재활을 선사할 것입니다. 하긴……,"

그러면서 장로는 가볍게 웃고는 말을 계속했다.

"현재 크리스트교 사회가 아직 준비가 안 됐고, 다만 일곱 명의 의인이 지탱하고 있을 뿐입니다.* 그러나 의인들이 감소하지 않으므로 크리스트교 교회가 견고하게 서 있는 것이며, 아직 거의 이교 사회와 같은 모습으로부터 단일한 세계 교회로, 통치하는 교회로 완전히 변모할 것을 기대하고 있습니다. 비록 세상 종말 때에 가서야 그렇게 되는 한이 있더라도 꼭 이루어질 겁니다. 아멘, 아멘. 왜냐하면 이는 이루어질 것으로 예정되었기 때문입니다. 시대를 탓하며 마음에 근심할 필요는 없습니다. 시대의 비밀은 신의 지혜 속에, 신의 섭리와 사랑 안에 있으니까요. 그리고 인간의 계산으로 아마 아직 멀었다고 생각되는 것이 신의 예정에 따르면 실현되기 하루 전일 수도 있

---

* 의인 열 명만 있어도 소돔과 고모라를 멸하지 않겠다는 신의 약속(창세기 18장 20~33절)을 바탕으로 하는 러시아 속담을 인용한 것이다. - 역자 주

는 것입니다. 즉 바로 문 앞에서 기다리고 있을 수도 있다는 것입니다. 이것 또한 그대로 될지어다, 아멘, 아멘."

"아멘, 아멘!" 하고 파이시 신부가 경건하고 엄한 태도로 호응했다.

"이상하네요. 이상해도 너무 이상하네요!"

미우소브가, 과격한 어조라기보다는 분노를 짓누르는 것 같은 어조로 말했다.

"뭐가 그렇게 이상하다고 생각하시는데요?" 하고 이오시프 신부가 조심스럽게 물었다.

"아니, 그러니까 이게 다 뭡니까?"

미우소브가 감정의 격발을 이기지 못하는 듯 소리치고는 이렇게 말했다.

"이 땅 위에서 국가가 사라지고 교회가 국가의 위상으로 재탄생한단 말입니까? 이건 그냥 울트라몬타니즘 정도가 아니고 최고 울트라몬타니즘이네요! 교황 그레고리 7세의 꿈에 그렇게 나왔답디까?"[44]

그러자 파이시 신부가 엄하게 말했다.

"그 정반대로 이해하셔야 됩니다! 교회가 국가로 변하는 게 아닙니다. 이걸 잘 이해하세요. 그것은 로마가 지니는 염원 얘기고, 마귀의 세 번째 유혹이에요![45] 사실은 국가가 교회로 변하는 겁니다. 국가가 교회의 수준에까지 올라 이 땅 전체를 총

괄하는 교회가 되는 것으로서, 이는 울트라몬타니즘과도, 로마와도, 선생의 해석과도 정반대입니다. 다만 이 땅 위에 정교의 위대한 사명이 있을 뿐입니다. 이 별은 동방으로부터 빛을 발할 것입니다."

미우소브가 '어디 한번 보자'는 듯이 침묵하고 있었다. 그의 몸의 포즈에서 자긍심이 드러났다. 그의 입가에 거만하고 관대해 보이는 미소가 나타났다. 알렉세이는 두근거리는 가슴으로 이 모든 것을 지켜보고 있었다. 이 자리에서 들은 모든 대화가 그를 저변에서부터 불안케 했다. 그는 우연히 라키친에게 눈을 돌렸다. 라키친은 원래 서 있던 곳, 즉 문 옆에 움직이지 않고 서 있었는데, 눈은 내리깔고 있었지만 모든 것을 자세히 듣고 보고 있음이 분명했다. 라키친의 볼에 나타난 홍조를 보고 알렉세이는 라키친 또한 자기 못지않게 흥분되어 있음을 알았다. 무엇이 그를 흥분시켰는지를 알렉세이는 알고 있었다.

미우소브가 일부러 그럴듯하게 보이려 하는 과장된 몸짓과 말투로 이렇게 말했다.

"여러분, 제가 이야기 하나 해드릴게요. 파리에서 말입니다. 벌써 몇 년 된 얘긴데, 12월 쿠데타[46] 직후에 말입니다. 제가 하루는 아는 사람 집을 방문한 적이 있는데, 이 사람은 당시 관리로서, 아주 큰 거물이었어요. 저는 그 사람 집에서 재미있는 사람을 만나게 되었어요. 새로 알게 된 이 사람은 글쎄, 그냥 형사였던 게 아니라, 정치범을 잡는 형사 기동대 전체를 관리하는 사람이었어요. 그 사람이 점하던 직위는 나름대로 다분히 힘 있는 지위였던 거예요. 저는 호기심이 발동하여 그 사람과 이야기를 나눴는데, 제가 방문한 집에 그 사람이 온 것은 아는 사람을 방문한 게 아니라 공무원으로서 상급자에게 보고할 게 있어서 온 거라, 제가 상급자에게 손님으로 온 것을 나름대로 파악하고는 저한테 솔직한 태도를 보였어요. 아, 물론 어느 정도 그랬다는 거죠. 그러니까 이건 솔직함이라기보다는 정중함이라고나 할까……. 프랑스 사람들이 버릇처럼 갖고 있는 그런 정중함이요. 더욱이 제가 외국인이란 걸 그 사람이 알았으니까요. 하지만 저는 그 사람이 얘기하는 핵심을 잘 이해했어요. 무슨 얘기가 오갔냐 하면, 사회주의자이자 혁명주의자인 사람들에 대해서 이야기가 오갔어요. 당시에 그런 사람들은 색출의 대상이었어요. 그때 오간 대화의 중요한 본질은 이 자리에서 생략하고, 다만 그 사람이 별안간 내뱉은 흥미로운 말 한 가지만 말씀드리겠어요. '우리는 이 사회주의자며 무정부주의자인 사람들, 신을 안 믿는 이 혁명주의자들을 뭐 그렇게 위험하게 여기는 거 아닙니다. 우린 그 사람들의 행적을 추적하여 알고 있습니다. 그런데 그 사람들 중에 좀 특별한 사람들이 있어요. 바로 신을 믿는 사람들, 크리스트교인들이에요. 그러면서 동시에 사회주의자인 사람들이요. 우린 바로 그런 사람들이 위험하다고 생각해요. 그런 사람들은 진짜 무서워요. 크리스트교인들인 사회주의자가 신을 안 믿는 사회주의자보다 무섭다고요.' 이러더라고요. 그 사람의 그 말을 듣고 그때 저는 놀랐는데, 여기 와서 여러분들과 이야기하면서 갑자기 그 생각이 났네요."

"그러니까 무슨 말씀이세요? 그런 사람들과 우리가 같은 무리들이라는 건가요? 우리가 사회주의자들이라고요?"

파이시 신부가 거침없이 직설적으로 물었다. 그런데 그 질문에 표트르 알렉산드로비치가 대답하려고 하기도 전에 문이 열리고, 늦어도 보통 늦은 게 아닌 드미트리 표도로비치가 드디어 나타났다. 사람들은 그가 오리라는 사실을 실로 잊고 있었던 듯했다. 그래서 그가 갑자기 나타나자 사람들은 잠시 어안이 벙벙하기까지 했다.

VI
저런 사람은 왜 사나

만 스물여덟 먹은 젊은이인 드미트리 표도로비치는 중키에 인상이 괜찮았지만 나이보다 훨씬 늙어 보였다. 근육질이고 몸에 힘이 좋은 듯했으나 얼굴에는 병적인 표정이 드러났다.

얼굴이 말랐고, 뺨은 푹 꺼진 데다 건강치 못한 누런빛을 띠었다. 눈은 꽤 크고 튀어나왔으며, 눈동자 색깔은 검은 편이었는데, 그가 무언가를 바라볼 때 눈빛이 강렬했으나 다른 한편으론 좀 애매했다. 그가 흥분하여 신경질적으로 이야기할 때마저 그의 눈빛은 심중의 상태에 복종하지 않고 무언가 다른 것을 비추었으며, 때로는 상황과 전혀 맞지 않는 분위기를 연출했다. 그와 이야기를 나눈 적이 있는 사람들은 "그 사람은 무슨 생각을 하고 있는지 알아내기가 어렵다'고 그를 평가했다. 또 어떤 사람들은 그의 눈에서 사색적이고 무뚝뚝한 성격을 짐작해내곤 했는데, 그럴 때 그가 갑자기 웃음을 터뜨려 상대를 깜짝 놀라게 했다. 알고 봤더니 그는 그토록 우울한 눈빛을 하고 있으면서 머릿속으로는 우습고 장난스러운 생각을 하고 있었던 것이다. 한편, 그의 얼굴에서 보이는 병적인 표정은 이해가 갈 만도 한 것이었다. 그는 바로 최근에 우리 읍에 와서 심히 불안정하고 허랑방탕한 생활을 했고 이에 대해서 모두가 알고 있거나 들은 상태였다. 돈 때문에 아버지와 다투면서 그가 드러낸 보통이 아닌 성질 역시 모든 이들이 잘 알고 있었다. 그 아웅다웅하는 사건에 대해서 읍내에 여러 가지 소문이 돌았다. 그가 본래 분을 못 참는 성격이고, 우리 읍 치안 판사 세묜 이바노비치 카찰니코프가 한 공판석상에서 그에 대해 특이하게 표현한 것처럼, 그가 '생각하는 게 이상하고, 생각이 이어졌다 끊어졌다 한다'는 것은 맞는 말이었다. 그는 말쑥하게 쭉 빼입고 나타났다. 프록코트의 단추는 채워져 있었고, 손에는 검은 장갑을 끼고 실크해트를 들고 있었다. 제대한 지 얼마 안된 군인답게 그는 콧수염을 기르고 턱수염은 밀었다. 회색이 도는 짙은 갈색의 머리카락은 짧게 깎여 있었고, 관자놀이 부분의 머리카락이 왠지 앞쪽으로 빗겨 있었다. 걸음걸이는 군인처럼 당당했고 보폭이 컸다. 문득 그는 멈춰 서더니 사람들을 죽 훑어보고는 장로가 이 방의 주인인 것을 추측하고 그에게로 곧장 다가가, 머리를 많이 낮춰 절하고는 축복을 청했다. 장로는 약간 몸을 일으켜 그를 축복했다. 공손하게 장로의 손에 입을 맞춘 다음 그는 이상하리만치 흥분된, 거의 전율하는 목소리로 말했다.

"이렇게 오래 기다리시게 한 점 용서하시기를 공손히 청합니다. 하지만 저희 아버지가 보낸 하인 스메르쟈코프가, 약속 시간이 몇 시냐는 저의 집요한 질문에 제게 두 번이나 확실하게 한 시라고 답했습니다. 이제 와서 제가 알고 보니……."

"염려하실 것 없습니다. 어느 정도 늦으셨지만 괜찮습니다. 큰일은 아닙니다" 하고 장로가 그의 말을 끊으면서 말했다.

"장로님께 진심으로 감사를 드립니다. 역시 마음이 관대하신 분이십니다."

드미트리 표도로비치가 그렇게 잘라 말하고는 다시 한번 절을 했다. 그 후 자기 아버지 쪽으로 몸을 틀더니 역시 마찬가지로 공손하게 머리를 낮춰 절했다. 이렇게 인사하겠다고 미리 생각해둔 것 같았다. 그리고 자신의 공손함과 선한 의도를 그렇게 표현하는 것이 자신의 의무라고 여기는 진심에서 우러나온 듯했다. 표도르 파블로비치는 아들의 갑작스런 행동에 놀랐지만, 어떻게 대응할지 금방 결정했다. 그는 의자에서 벌떡 일어나 자기 아들과 똑같이 머리를 낮춰 절을 했다. 그러면서 문득 딴에는 장엄함이 서린 표정을 지었는데, 남들의 눈에는 마치 그가 화가 난 것같이 보였다. 드미트리 표도로비치는 응접실 안에 있던 모든 사람들에게도 말없이 절을 하고 나서 그 큰 보폭으로 당당하게 창문 쪽으로 걸어가, 파이시 신부에게 가까운 곳에 있던 유일한 빈 의자에 앉았다. 그러고 나서 몸을 앞으로 잔뜩 내밀고, 자기가 끊은 대화의 나머지 부분을 듣고자 하는 태도를 취했다.

드미트리 표도로비치의 등장은 2분 정도밖에 시간을 안 잡아먹었으므로, 그전까지 진행되던 대화가 못 이어질 것도 없었다. 하지만 표트르 알렉산드로비치는 파이시 신부의 완고하게 들리는, 거의 기분 나쁘게까지 들리는 질문에 이번에는 답을 할 필요가 없다고 판단했다. 그는 냉소적인 태도로 말했다.

"그런 얘기를 하려던 게 아니었어요. 그건 너무 복잡한 화제네요. 이반 표도로비치 씨가 비웃는 표정으로 우리를 쳐다보시니 뭔가 또 흥미로운 얘깃거리가 있나 봐요. 저 사람한테 물어보시면 되겠네요."

이반 표도로비치가 곧바로 대답했다.

"별거 아니에요. 한 가지만 말할게요. 유럽의 자유주의라는 것이, 뿐만 아니라 우리 러시아의 자유주의적 딜레탕티즘도 역시, 사회주의가 낳은 결과를 크리스트교가 낳은 결과와 오래전부터 자주 혼동하고 있어요. 그건 물론 섬세함이 결여된 귀결이죠. 한편 자유주의자들이나 딜레탕트들만 사회주의를 크리스트교와 혼동하는 게 아니라, 공권력을 대표하는 자들 역시 그러는 경우가 많아요. 물론 외국에서 그렇다는 얘깁니다. 표트르 알렉산드로비치께서 파리에서 있었던 일을 예로 들어 말씀하셨듯이 말이에요."

표트르 알렉산드로비치가 재차 말했다.

"이 화제는 이제 그만 잊는 게 좋겠는데요. 그 대신 여러분들께, 이반 표도로비치 씨에 대한 다른 얘기를 해드릴게요. 아주 재미있고 특이한 얘기예요. 지금으로부터 한 닷새도 안 지난 일인데, 이곳의 한 모임에서 말이에요. 그 모임은 주로 여자들로 구성된 모임이었는데, 저 사람이 자신 있게 화제를 하나 던졌어요. 저 사람의 주장은, 사람이 다른 사람을 사랑하게끔 만드는 것일랑 이 세상에 그 아무것도 없으며, 그게 바로 자연의 법칙이라는 거였어요. 사람이 인류를 사랑할 만한 이유가 전혀 없다는 거예요. 그리고 만약 사랑이라는 게 이 땅에 존재했고 지금까지 존재한다면, 그것은 자연의 법칙 때문이 아니라, 그건 당연히 사람들이 자신이 영원히 죽지 않을 수 있다는 걸 믿어서라는 거예요. 이반 표도로비치 씨는 그 이야기를 하면서 덧붙인 말이 있는데, 자연의 법칙은 바로 그 점에 귀결되므로, 인류 내에서 영원한 생명에 대한 믿음을 없애버리면 인류 내에서 사랑이 즉시 소멸될 것이고, 뿐만 아니라 이 세상의 삶을 이어나가기 위한 힘, 모든 생명의 힘이 다 소멸될 것이라는 거예요. 그런데 그렇게 되고 나면 비윤리적인 것이 있을 수 없다는 거예요. 모든 것이 허용될 거라는 거예요. 심지어 인육을 먹는 행위까지요. 그런데 그게 또 다가 아니래요. 저 사람이 결론적으로 말하기를, 그렇게 되는 경우 모든 각 사람에게, 예를 들어 지금 우리처럼 신도 믿지 않고 자신의 영생도 믿지 않는 사람에게, 자연적 도덕률이 전에 존재하던 종교적 도덕률과 정반대되는 것이 되어버릴 거래요. 그래서 이기주의에 기반을 둔 악행이 인간에게 허용될 뿐만 아니라 심지어 인간의 입장에서 필요불가결한 것으로, 가장 이성적이고 고상하기까지 한 것으로 인정될 거라네요. 그런 역설을 바탕으로 여러분께서는 판단하시면 됩니다. 우리의 기인 되시며 역설주의자 되시는 이반 표도로비치 씨가 주장하는 나머지 것들, 또 어쩌면 앞으로 주장하려고 하는 것들을 다 그런 식으로 받아들이시면 된다는 말씀입니다."

그때 느닷없이 드미트리 표도로비치가 큰 소리로 말했다.

"죄송합니다만, 제가 잘못 들었을까 봐요. '신을 믿지 않는 사람의 입장에서 악행이 허용될 뿐만 아니라 필요불가결하고 가장 똑똑한 행위'라고요? 그게 맞습니까?"

"네, 정확히 맞습니다" 하고 파이시 신부가 말했다.

"기억해둘게요."

그렇게 말하고 나서 드미트리 표도로비치는 대화에 끼어들 때와 마찬가지로 갑작스럽게 말문을 닫았다. 모두가 호기심에 그를 쳐다봤다.

"사람들에게서 영혼 불멸에 대한 믿음이 사라지면 그런 결과가 나올 것이라고 정말로 그렇게 확신을 하세요?" 하고 갑자기 장로가 이반 표도로비치에게 물었다.

"네. 제가 그렇다고 말한 적 있습니다. 영생이 없다면 선도 없습니다."

"그렇게 믿으시다니 복이 있으시네요. 혹은 아주 불행하시거나."

"제가 왜 불행합니까?" 하면서 이반 표도로비치가 미소를 지었다.

"왜냐하면, 짐작하건대, 선생께서는 영혼의 불멸도 믿지 않으시고, 교회와 교회 문제에 대해 쓰신 자신의 글의 내용도 믿지 않으시니까요."

"장로님 말씀이 맞을지도 모르겠네요! 하지만 제 말이 농담만은 아니었어요."

문득 이반 표도로비치가 이상한 고백을 했다. 얼굴이 순식간에 빨개지기까지 했다.

"농담만은 아니었다는 건 맞는 말이에요. 그 문제가 선생의 마음속에서 아직 해결 안 돼서 선생의 마음이 고통받고 있어요. 하지만 고통 받는 사람도 때로는 낙을 얻기 위해 될 대로 되라는 식의 행동을 합니다. 절망에 싸여 돌파구가 없기 때문에 그런 행동이라도 하는 겁니다. 지금 선생께서는 바로 그런 행동에서 낙을 얻는 입장이에요. 학술지에 기고를 하고, 모임에서 논란이 될 만한 화제를 던지고 하시는 거 말이에요. 자신의 변론 내용을 스스로도 믿지 않으면서, 그 변론 내용을 속으로 가슴 아프게 비웃으면서 말입니다. 선생의 마음속에서 그 문제가 해결이 안 됐으니, 그게 바로 선생의 큰 불행이에요. 그 문제가 속히 해결을 봐야 하는데."

"그런데 그 문제가 제 속에서 해결이 될 수가 있긴 한 겁니까? 긍정적인 방향으로 말입니다."

이반 표도로비치가 설명하기 어려운 미소를 띠고 장로를 바라보면서 이상한 질문을 던지기를 계속했다.

"긍정적인 방향으로 해결될 수 없으면 부정적인 방향으로도 해결될 수 없습니다. 그런 선생의 마음 상태를 스스로 아시지 않습니까? 바로 이 점에 마음이 겪는 모든 고통이 있는 겁니다. 하지만 그런 고통을 겪을 수 있는 수준 높은 마음을 창조주께서 선생에게 주신 것에 감사하세요. '위의 것을 생각하고 위의 것을 찾으십시오. 우리의 보화는 하늘에 있습니다.' 선생의 마음의 결정이 이루어지는 것이 부디 이 땅에 계실 때이기를, 그렇게 되도록 신께서 허락하시기를 빕니다. 그리고 신께서 선생의 길을 축복하시길 빕니다."

장로는 한 손을 들어, 앉은 자리에서 성호를 그어 이반 표도로비치를 축복하려 했다. 그러나 이반 표도로비치가 갑자기 의자에서 일어나 장로에게 직접 다가가 장로의 축복을 받았다. 그리고는 손에 입을 맞추고 조용히 자기 자리로 돌아왔다. 그의 표정은 굳었으며 진지했다. 이반 표도로비치가 그렇게 행동하리라고는 아무도 기대를 안 했었지만, 이반 표도로비치의 행동과 그전에 그가 장로와 나눈 대화 모두가 너무 수수께끼 같으면서도 장엄한 분위기를 자아내어, 모두가 놀란 상태였다. 그래서 잠시 아무도 입을 떼지 않았다. 알렉세이의 얼굴에는 거의 경악스러움이 나타나 있었다. 하지만 미우소브는 별안간 어깨를 한 번 들썩였고, 그러자마자 표도르 파블로비치가 의자에서 일어나서 이반 표도로비치를 가리키며 장로에게 큰 소리로 말했다.

"거룩하시고 성스러우신 장로님! 이게 제 아들입니다. 제 살 중의 살*입니다. 제가 아주 사랑하는 살입니다! 이 아들은 제가 아주 존경하는, 말하자면 카를 모어입니다. 그리고 방금 전에 들어온 아들 드미트리 표도로비치와의 문제를 제가 바로 장로님께 해결해달라고 청하는 건데, 아무튼 이 아들은 제가 아주 안 존경하는 프란츠 모르로서, 둘 다 실러의 『군도』에 나오는 사람들이고, 그러면 저는 Regierender Graf von Moor** 가 되는 거네요! 판단을 내리셔서 구해주십시오! 저희는 장로님의 기도만 필요한 게 아니라 예언도 필요합니다."

"필요 없이 꾸며 말씀하시지 마시고, 가족들에 대한 모독을 삼가십시오."

장로가 약하고 힘 빠진 목소리로 반응했다. 피곤을 느끼고 있는 모양이었다. 가면 갈수록 눈에 띄게 힘이 빠져갔다.

"여기 오면서 벌써 이럴 줄 알았지! 하나도 안 우스운 코미디라니까!"

드미트리 표도로비치가 분개하여 소리 지르면서 역시 자리에서 벌떡 일어났다. 그리고는 장로에게 말했다.

"죄송합니다, 사제님. 저는 교육을 별로 못 받아서 어떻게 불

---

* 창세기 2장 23절을 인용한 것임. - 역자 주

** 지주 폰 모오르 백작. (독일어)

러드려야 될지도 모르겠습니다. 어쨌든 사제님 기만당하셨어요. 저희가 사제님 응접실에서 모이는 걸 허락하지 마셨어야 되는데 사제님이 너무 착하셔서 허락하셨기 때문에 이런 꼴이 나는 거예요. 아버지는 밤낮 소란만 피워요. 왜 꼭 그래야만 되는지 모르겠어요. 무슨 꿍꿍이가 있나 봐요. 그 꿍꿍이가 어떤 건지 이제 대충 알겠어요."

"다들 나만 가지고 그래! 한결같이!"

표도르 파블로비치 역시 지지 않고 소리치기 시작했다.

"표트르 알렉산드로비치도 나 갖고 뭐라 그러지······."

그 말을 한 다음 그는 갑자기 미우소프에게 직접 대고 윽박지르기 시작했다. 미우소프가 표도르 파블로비치의 말을 끊으면서 자기가 안 그랬다고 하지도 않았는데 말이다.

"저보고 뭐라 그러셨잖아요, 표트르 알렉산드로비치 씨! 뭐라 그랬잖아요! 애들 돈을 내가 장화 뒤에 감추고 딱 그만큼을 가졌다고? 이것 보시오! 재판은 괜히 있는 줄 아시오? 재판 자리에서, 이봐, 자네, 드미트리 표도로비치, 자네가 가진 증서들, 문서들, 계약서들 가지고 거기서 따져줄 거야, 자네한테 얼마가 있었고, 자네가 얼마를 말아먹었고, 자네한테 얼마가 남아 있는지를! 표트르 알렉산드로비치가 왜 견해를 말하길 꺼려할까? 드미트리 표도로비치랑 남남이 아니거든! 바로 그래서 모두들 나한테만 대고 뭐라 그러는 거야. 한데 드미트리 표도로비치는 따지고 보면 나한테 빚이 있어. 몇 푼 정도가 아니라 몇 천이야. 그걸 증명할 문서가 나한테 다 있어! 저자가 주지육림 차려놓고 흥청망청 마셔대는 거 때문에 읍 전체가 우지끈뚝딱해! 또 전에 복무하던 데에선 예쁜 아가씨들 꾀는 데에 저자가 천이나 이천은 보통으로 썼어. 자, 이보라고, 드미트리 표도로비치, 우리가 아주 세세한 것까지 다 알고 있다고. 증명해보일게. 거룩하신 신부님, 한번 들어보세요. 저자가 말씀이죠, 가문 좋고 재산 있는 고상한 귀족 처녀를 유혹했는데, 전에 상관으로 두었던 용감한 대령의 딸이에요. 대령은 공로를 인정받아 검이 있는 안나 훈장을 목에 달고 다니던[47] 사람이고요. 그런 고상한 처녀한테 저자가 청혼을 하고 처녀의 순결을 더럽혔어요. 이제 그 여자는 고아가 되어, 지금 여기 와 있어요. 저자의 약혼녀 말이에요. 그런데 저자는 그 여자가 뻔히 보고 있는데 이 동네의 한 바람둥이 여자한테 다니고 있어요. 이 바람둥이 여자는 웬 훌륭한 남자랑 살고 있었는데, 말하자면 식을 안 올리고 사는 동거였어요. 하지만 성격이 똑 부러지고, 함부로 넘볼 수 없는 난공불락의 요새였어요. 법적으로 그 남자의 아내인 것이랑 다를 게 없었어요. 왜냐하면 절개가 곧았으니까! 네! 거룩하신 신부님들, 그 여자는 절개가 곧았다고요! 그런데 드미트리 표도로비치가 이 요새의 문을 금 열쇠로 열려고 하고 있어요. 바로 그래서 지금 저한테 와서 추태인 거예요. 저한테서 돈을 뜯어내려고요. 지금까지 벌써 수천을 이 바람둥이 여자한테 썼어요. 그래서 끊임없이 돈을 빌리는 거예요. 그런데 참, 누구한테 빌릴 거라고 생각하세요? 드미트리, 어떻게? 말을 할까, 말까?"

"입 못 닥쳐요? 저 나간 담에 해요. 여기 있을 때 그 고결한 여인의 이름을 더럽히는 말을 하는 건 못 참아요. 벌써 아버지 같은 사람이 그 여자에 대한 말을 꺼냈다는 거 자체가 그 여자로선 모독이에요. 당장 집어치워요!"

드미트리 표도로비치가 소리치다 못해 숨을 헐떡였다.

"드미트리, 야, 드미트리! 오히려 아버지의 축복이 필요한 거 아니야? 만일 내가 저주를 해버리면 어떡할라 그래?"

"염치없는 위선자!"

드미트리 표도로비치가 치를 떨며 꽥 소리쳤다.

"저것 좀 보세요, 자기 애비한테 저러니 다른 사람들한텐 과연 어떻게 하겠어요? 여러분, 상상해보세요. 가난하지만 착하게 살려는 사람이 있어요. 퇴역한 대위예요. 안 좋은 일을 당해 퇴역하게 됐어요. 하지만 법정 판결 없이 조용히 나갔어요. 자기 명예에 먹칠 안 하고요. 대가족을 먹여 살려야 해서 부담이 큰 사람이에요. 근데 3주 전에 우리의 드미트리 표도로비치께서, 술집에서 그 사람 턱수염을 붙잡고 밖으로 끌어내 사람들이 다 보는 가운데서 구타했답니다. 그 사람이 제 사업 하나를 사적으로 위탁받은 사람이라는 거, 그게 이유의 전부였어요."

드미트리 표도로비치가 열이 잔뜩 받쳐 부들부들 떨면서 말했다.

"다 거짓말이에요! 겉으로 보기엔 정말 같지만, 알고 보면 거짓말이에요! 아버지! 제 행동이 다 좋다는 건 아니에요. 네, 다들 들으라고 솔직히 말할 수 있어요. 그 대위한테 한 행동은 짐승 같은 행동이었어요. 지금 괜히 그랬다 싶고, 제가 그렇게 짐승처럼 화를 냈던 것 때문에 지금 마음이 안 좋아요. 하지만 아버지 사업을 위탁받은 그 대위란 사람, 바로 그 여자한테 갔단 말이에요. 아버지가 바람둥이 여자라고 말하는 그 여자한테요. 그리고 아버지의 대리인이라고 하면서 그 여자한테, 아버지한테 가 있는 제 어음을 가지고 저를 고소하라고 시켰단 말이에요. 제가 아버지한테 재산 문제 가지고 계속 귀찮게 하면 이 어음 가지고 날 감방에 처넣으려고요. 이제 아버지는 제가 그 여자한테 관심 있는 걸 가지고 뭐라 그러는 거예요? 그 여자한테 절 유혹하라고 시킨 게 아버진데도요? 그 여자가 다 솔직하게 말했어요! 아버질 비웃으면서요! 아버지가 절 감방에 처넣으려는 거는 단지 저랑 그 여자 때문에 질투가 나서 그러는 거잖아요! 아버지가 먼저 그 여자한테 좋아한다면서 찝쩍거렸잖아요! 전 그런 것도 다 안다고요! 다 그 여자가 비웃으면서 이야기해준 거라고요! 아시겠어요? 자, 성직자님들, 자기 아들을 허랑방탕하다고 욕하는 아버지가 바로 이렇습니다. 여기 계신 분들, 화를 내서 죄송합니다. 하지만 저는 이 교활한 노인네가 여러분들을 다 이리로 부른 게, 결국 이런 창피한 모습을 보여드리는 게 목적이 아닐까 하는 느낌을 미리 받았습니다. 저는 그래도 혹시 화해를 하자는 뜻이 있을지도 모른다고 생각해서, 만약 그렇다면 용서하고 저도 용서를 빌려고 했습니다. 하지만 지금 저 사람이 저만 모욕한 게 아니라, 제가 감히 그 이름을 망령되이 일컫지도 못하는[48] 그 고결한 여자까지 모욕했으니, 저 사람이 아무리 제 아버지지만 저 사람의 모든 난잡한 행위를 다 밝혀야겠다 싶었습니다!"

그는 더 이상 말을 잇지 못했다. 눈은 번쩍거렸고, 숨을 힘들게 쉬었다. 하긴 흥분한 것은 그뿐만 아니라 이 방에 있던 사람들 모두였다. 장로를 제외한 모든 사람이 불안해서 자기 자리에서 일어나 있었다. 수도사제들은 엄한 표정으로 지켜보고 있었지만, 그래도 장로가 어떻게 나올지를 기다리고 있었다. 한편, 장로는 이제 완전히 창백해져서 앉아 있었다. 하지만 불안해서 그랬던 게 아니라, 병으로 인한 무력증 때문이었다. 그의 입술에는 진정하기를 애원하는 듯한 미소가 나타나 있었고, 격노한 사람들을 저지하려는 듯 가끔씩 손을 쳐들기도 했다. 물론 그의 몸짓 하나면 이 소란이 막을 내리기에 충분했지만, 어떻게 보면 장로 스스로가, 무언가 아직 일어나지 않은 일이 일어나기를 계속 기다리는 것 같았다. 무언가를 더 파악하고 싶은 듯, 아직 무언가를 완전히 파악하지 못한 듯, 상황을 자세히 관찰하는 입장인 것 같았다. 결국 표트르 알렉산드로비치 미우소브가, 자기가 완전히 멸시와 창피를 당했다고 판단했는지, 열렬한 말투로 말했다.

"지금 이런 말썽이 일어난 데에는 저희 모두가 잘못이 있습니다! 하지만 전 어디까지나, 이곳에 오면서 이렇게 될 줄은 몰랐습니다. 물론 이 자리에 누구랑 같이 있게 될 줄이야 알았지만 말입니다. 지금 당장 그만들 두세요! 장로님, 믿어주세요. 저는 이 자리에서 자세히 알게 된 사실들을 이전까지는 확실히 몰랐었고, 소문으로 들었다 해도 별로 믿고 싶지 않았었는데, 지금에 와서야 처음으로 알게 된 겁니다. 몸가짐이 추잡스러운 여자와 아들 간의 관계를 질투하는 아버지가, 바로 그 잡년과 함께 아들을 감방에 집어넣을 음모를 짜고 있다……. 이런 사람들의 모임에 참석해야 했다니……. 전 속은 거예요. 다른 분들 못지않게 속은 거예요."

"드미트리 표도로비치!"

표도르 파블로비치가 마치 자기 목소리가 아닌 것 같은 목소리로 갑자기 소리를 지르면서 이렇게 말했다.

"자네가 내 아들만 아니었다면 지금 당장 결투를 요청했겠네, 이 사람아! 권총으로 하는 결투. 세 걸음 거리에서 쏘는 결투 말이야. 스카프 잡고 하는 결투! 스카프 잡고!*"49

그가 양발을 쿵쿵 구르면서 소리쳤다.

어릿광대의 연기처럼 진실성이 없이 행동하며 평생을 살아온 나이 많은 사람들한테서 종종 볼 수 있는 모습인데, 그런 사람들은 행동이 완전히 그렇게 굳어버렸기 때문에, 거짓말과 거짓 행동을 하면서 자기가 자기의 연기에 휘말려 진짜로 흥분하며 떨고 울고 한다. 바로 그런 순간에(아니면 1초 뒤에라도) 그들이 자기 자신한테 이렇게 속삭여만 준다면 안 그럴 텐데도 말이다.

"너 지금 거짓말하고 있잖아, 이 염치없는 늙은 놈아. 네가 지금 아무리 '멋있게' 화난 척하고 '멋있게' 화나 있는 시간을 즐긴다지만, 어차피 지금 연기하고 있는 거잖아."

드미트리 표도로비치가 얼굴을 무지하게 찡그리고서, 형언할 수 없는 경멸이 담긴 눈길로 아버지를 바라보았다. 그러다 왠지 모르게 조용히 분노를 자제하는 투로 이렇게 말했다.

"난 또 천사 같은 내 약혼녀랑 내 고향에 와서 늙은 아버지 위로라도 해드릴까 했었는데, 저 정도로 타락한 색마에다 기

---

* 스카프 잡고 하는 결투란, 결투에 참가하는 양자가 권총을 각각 오른손으로 들고, 왼손으로 스카프의 양쪽 끝을 한 사람이 하나씩 잡고 서로 반대편으로 팽팽하게 당겨 형성되는 만큼의 거리를 사이에 두고 권총을 발사하는 것이다. 가까운 거리이기 때문에 권총에 맞은 사람의 사망률이 매우 높았다. 권총 두 개 중 하나만 장전시켜놓고, 결투 참가자들이 제비를 뽑아 권총을 선택하게 하였다. - 역자 주

만 덩어리의 더러운 인간인 줄은 미처 몰랐어요."

"결투를 신청한다!"

숨을 헐떡이면서, 단어 하나를 말할 때마다 침을 튀기면서 표도르 파블로비치가 다시금 외쳤다. 그는 이렇게 계속했다.

"이보시오, 표트르 알렉산드로비치 미우소브 씨. 댁은 말이죠, 아셔야 돼요. 댁이 지금 '잡년'이라 칭했다시피, 댁의 의견으로는 잡년인 그 여자 있잖아요? 그 여자보다 더 고결하고 순결한, 다시 한번 강조하지만, 순결한 여자는 어쩌면 댁의 가문 전체를 놓고 찾아봐도 한 사람도 없었고, 지금도 없다는 걸 말이오! 그리고 당신, 드미트리 표도로비치, 그 잘난 당신 약혼녀 대신에 당신은 이 '잡년'하고 놀아나고 계셔. 어떻게? 가만히 비교해보니까 당신 약혼녀가 그 여자 신발 밑창에도 못 미친다는 걸 깨달으셨나 보지? 그 잡년이라는 여자가 글쎄 그 정도라니까!"

"염치를 좀 차리시오!"

이오시프 신부의 입에서 갑자기 자기도 모르게 튀어나온 말이었다.

"염치는 전멸됐고 수치만 남았구려!"

여태까지 한마디도 안 하고 있던 칼가노프가 흥분으로 떨리는 앳된 목소리로 소리치고는 얼굴이 새빨개졌다.

"저런 사람은 왜 사나?"

거의 분노가 터지기 직전의 드미트리 표도로비치가 어깨를 잔뜩 올려 마치 꼽추 같은 자세를 하고 갈갈거리는 소리로 그르렁댔다. 그리고는 표도르 파블로비치를 손으로 가리키며 모든 사람들을 쭉 훑어보면서, 느린 말투로 침착하게 말했다.

"저런 사람을 언제까지 살려둬서 이 땅을 계속 욕보여야 되겠습니까?"

"수도사 여러분들께서는 지금 자기 아버지를 죽이겠다는 사람의 말을 듣고 계십니다."

표도르 파블로비치가 그렇게 말하곤 이오시프 신부를 말로 공격했다.

"저보고 염치를 차리라고요? 누가 더 염치없는데? '잡년'이 어쩌고, '몸가짐이 추잡스러운 여자'가 어쩌고 하는 말들은 당신들같이 구도의 길을 걷는 수도사제들이 듣기에 좀 더 거룩한가 보지? 그 여자가 어쩌면 젊었을 때 사회 환경을 잘못 타서 타락했을지는 모르지만[50], '사랑함이 많아서', 사랑을 많이 한 사람이라서, 그리스도께서도 용서하셨어요.[51]"

"사랑도 사랑 나름이오. 그리스도는 그런 사랑의 대가로 용서하신 게 아니에요."

본래 겸손한 성격의 이오시프 신부가 참다못해 말했다.

"웬걸요? 바로 그런 사랑의 대가로 용서하신 거예요. 수도사님들, 바로 그런 사랑의 대가로 말이에요! 댁들은 우물 안 개구리처럼 구도의 길을 걸으면서 스스로 의롭다 여기죠? 모래무지나 먹고 사시죠? 하루에 한 마리씩. 모래무지로 신을 살 수 있답디까?"

"도저히 듣고 있을 수가 없어, 도저히…….."

응접실 도처에서 그런 말이 들려 왔다.

그러나 이렇게까지 된 사태가 실로 예상 못하게 끝나버렸다. 갑자기 장로가 자리에서 일어났다. 알렉세이는 장로에 대해, 또 모든 사람에 대해 걱정하느라 거의 정신 나간 상태였으나, 그래도 다행히 재빨리 장로의 팔을 잡아 부축했다. 장로는 드미트리 표도로비치 쪽으로 걸어가 바로 앞까지 이르자 무릎을 꿇고 앉았다. 알렉세이는 장로가 힘이 빠져서 쓰러지는 건 줄 알았다. 그러나 그게 아니었다. 무릎을 꿇고서 장로는 드미트리 표도로비치에게 큰절을 했다. 머리가 드미트리 표도로비치의 발 있는 데까지 다 내려가는, 확실한 큰절이었다. 심지어 이마가 바닥에 닿았다. 알렉세이는 놀라서 장로가 도로 일어날 때 부축하는 것조차 잊었다. 장로의 입가에 미약한 미소가 약간 번졌다. 이 방에 있는 모든 사람들을 향하여 돌아가며 절을 하면서 장로가 말했다.

"용서하십시오! 다들 저를 용서하십시오!"

드미트리 표도로비치가 어안이 벙벙하여 한동안 넋을 잃고 서 있었다. '왜 나에게 저렇게 큰절을 한 거지?' 하면서. 그러다 갑자기 "뭐야, 이게?" 하고 소리치고는 얼굴을 손으로 가리고 응접실을 휙 나가버렸다. 그의 뒤를 따라 손님 모두가 떼 지어 몰려나갔다. 모두들 정신이 나가 있어, 방 주인에게 안녕히 계시라는 말도 하지 않았고 절도 하지 않았다. 수도사제 한 사람만 축복을 받기 위해 다시 장로에게 가까이 왔을 뿐.

"큰절은 왜 한 거지? 그게 무슨 상징인가?"

왠지 흥분이 갑자기 가라앉은 표도르 파블로비치가 거북한 침묵을 깨볼까 하고 말을 꺼냈다. 하지만 누구 한 개인에게 말하는 건 역시 좀 꺼려졌는지, 그냥 허공에 대고 말했다. 그때는 그들 모두가 암자의 울타리를 벗어났을 때였다. 미우소브가 화난 목소리로 즉시 받아 말했다.

"이런 정신병원 무대에서 미친 사람들 날뛰는 데에 저는 책임 없어요. 표도르 파블로비치 씨, 전 이제 이 모임에 상관 안 할 거예요. 믿어도 좋아요. 영영 상관 안 할 거예요. 아까 왔었던 그 수도사 어디 갔지?"

'그 수도사', 즉 좀 전에 수도원장이랑 점심을 같이하러 오라고 불렀던 사람은 금방 나타났다. 그는 손님들이 장로의 응접실에서 나와 현관 계단을 내려가자마자 손님들 앞에 출현했다. 그동안 계속 기다리고 서 있었던 듯하다.

"존경하는 신부님, 부탁 하나 드리겠는데요, 수도원장님께나 미우소브의 깊은 존경을 전해주시면서, 예기치 못했던 상황이 갑자기 벌어져, 수도원장님께서 베푸시는 식사에 진심으로 참석하고 싶지만 도저히 참석할 수가 없음을 용서해달라고 전해주시기 바랍니다" 하고 표트르 알렉산드로비치가 기분이 안 좋은 말투로 수도사에게 말했다.

표도르 파블로비치가 기회를 안 놓치고 끼어들었다.

"예기치 못했던 상황이라는 게 바로 저예요! 신부님, 있잖아요. 표트르 알렉산드로비치 씨가 저랑 같이 있고 싶지 않대요. 그것만 아니라면 지금 당장 식사하러 갔을 텐데. 그냥 가시죠, 표트르 알렉산드로비치 씨. 수도원장님께 가보세요. 그리고 식사 맛있게 하세요! 댁은 가시고 제가 안 가는 걸로 하죠. 난 집에 갈래요. 집에서 먹을 거예요. 여기 있으면 제가 왠지 무능하게 느껴져서 그래요, 그지없이 친애하는 친척 표트르 알렉산드로비치 씨."

"나는 당신 친척 아니오. 친척이었던 적도 없어, 이 저질 인간아!"

"당신 화나서 미쳐 날뛰라고 일부러 그렇게 말한 건데. 그렇게 말하면 당신 기분 나쁠 줄 미리 알고. 자꾸 친척 아니라 그러면서 빼시는데, 사실 친척은 친척이지 않소? 교회력[52]으로 증명해드릴게. 얘, 이반 표도로비치야, 넌 여기 남고 싶으면 남아. 시간 맞춰서 말을 보내줄 테니까. 표트르 알렉산드로비치 씨는 솔직히 수도원장님을 만나보셔야 되지 않나요? 아까 저기서 나랑 댁이 한 행동, 그거 그냥 넘어갈 수 없잖아요. 죄송하다는 말은 드려야지."

"어, 진짜예요? 지금 가시려고? 거짓말 아니에요?"

"표트르 알렉산드로비치 씨, 제가 방금 저지른 행동이 있잖소? 그 짓을 하고 나서 어떻게 감히……? 솔직히 저 아까 좀 심했어요. 여러분, 미안해요. 감정에 좀 휘말려서……. 또 솔직히 놀라기도 했고요. 아무튼 좀 부끄러워요. 여러분, 어떤 사람은 마음이 알렉산더 대왕 같고, 또 어떤 사람은 마음이 애완견 뽀삐 같아요. 전 마음이 애완견 뽀삐 같은 사람이에요. 그래서 지금 겁먹었어요! 솔직히 그런 당돌한 행동을 하고 나서 어떻게 또 밥을 먹으러 가요? 수도원 소스를 어떻게 쳐 먹느냐고요? 창피해서 그렇게 못 하겠어요. 미안해요!"

'저게 또 거짓말인지 어떻게 알아?'

미우소브가 그런 생각에 잠겨, 멀어지고 있는 표도르 파블로비치를 의혹이 담긴 눈길로 계속 쳐다봤다. 뒤를 돌아본 표도르 파블로비치가, 표트르 알렉산드로비치가 자기를 계속 지켜보고 있는 걸 눈치채고, 그에게 손으로 키스를 날려 보냈다.

"자네는 수도원장님한테 갈 건가?"

미우소브가 한 음 한 음을 날카롭게 끊어가며 이반 표도로비치에게 물었다.

"못 갈 건 없죠. 더욱이 수도원장님이 저보고 오라고 어제부터 벌써 얘기하셨는데요."

"불행한 일이지만, 그 망할 놈의 식사에 내가 꼭 가야 되겠다는 필요성을 거의 느끼는구먼."

미우소브는 수도사가 옆에서 듣고 있는 것조차 개의치 않고 계속 기분 나쁘게 신경질적으로 말했다. 그가 계속 말했다.

"거기 가서라도 사과를 해야지, 우리가 여기서 한 행동에 대해서 말이야. 그리고 그런 행동을 주로 한 건 지금 남은 우리가 아니라고 해명을 해야 될 거 아닌가? 어떻게 생각하나?"

"네, 해명을 해야죠. 지금 남은 우리가 그런 건 아니라고. 아버지가 같이 안 계시니까 그게 가능하겠네요" 하고 이반 표도로비치가 말했다.

"자네 아버지하고 같이 식사를 한다고 생각만 하면……, 으이그! 망할 놈의 식사!"

어쨌든 그들은 함께 갔다. 수도사는 잠자코 듣기만 했다. 숲 사이로 난 길을 걸을 때에야 비로소, 수도원장이 벌써 오래전부터 기다리고 있다고, 30분 이상 늦은 거라고 말했을 뿐이다. 그의 말에 아무도 반응을 하지 않았다. 미우소브는 증오에 찬 눈으로 이반 표도로비치를 보면서 생각했다.

'얼씨구, 그냥 마치 아무 일도 없었다는 듯이 밥 먹으러 가고

있는 것 좀 봐! 이마가 놋으로 된* 모양이군. 염치없기는, 젠장,
누가 카라마조프 가문 아니랄까 봐!'

VII
출세 지향 신학생

알렉세이는 장로를 침실까지 인도해 와서 침대에 앉혀주었
다. 이 침실은 꼭 필요한 가구만 있는 아주 작은 방이었다. 침
대는 좁다란 철제 침대였고, 그 위에는 매트리스 대신에 펠트
담요 하나만 있었다. 성상이 걸린 구석에는 성경봉독대가 서
있고 그 위에 십자가와 복음서가 있었다. 장로는 힘없이 침대
에 털썩 주저앉았다. 눈빛에서 병세가 느껴졌고, 숨을 힘겹게
쉬었다. 앉고 나서 그는 알렉세이를 응시하면서 마치 무슨 생
각을 하는 것 같았다. 그러더니 이렇게 말했다.

"가봐라, 얘야, 가봐도 돼. 포르피리만 나하고 같이 있어 주
면 되니까, 너는 빨리 가봐. 네가 거기서 필요하잖니. 수도원장
신부님께 가서 돕도록 해라. 식사 자리에서 손이 필요할지 모

---

* 이사야서 48장 4절을 인용한 표현으로, 프랑스어에도 이에 해당하는 'Front d'airain'라
는 표현이 있다. 고집스럽고 철면피인 사람을 일컫는다. - 역자 주

르니까."

"여기 남을 수 있는 축복을 주시길 바랍니다" 하고 알렉세이가 간청했다.

"거기서 널 더 필요로 한다. 거긴 평화가 없어. 네가 가 있다 보면 도움이 될 거야. 마귀들이 들고일어나면 기도문을 외우도록 해. 그리고 명심해둬라, 아들아(장로는 알렉세이를 그렇게 부르길 좋아했다). 이제부터는 네가 있을 곳이 여기가 아니야, 알겠니? 자, 이걸 기억해둬라. 신이 나를 부르시자마자 너는 수도원을 떠나야 한다. 완전히 떠나야 한다."

알렉세이가 몸을 부르르 떨었다.

"왜 그러니? 아직까진 네가 있을 곳이 여기가 아니다. 세상에 나가서 위대한 일을 이루도록 널 축복한다. 너는 아직 편력을 많이 해야 해. 그리고 결혼도 해야 해. 모든 것을 겪은 후 다시 오게 될 거다. 넌 물론 할 일이 많을 거야. 그래도 너를 신뢰하니까 보내는 거야. 그리스도께서 너와 함께하신다. 그리스도를 잘 간직하여라. 그러면 그분께서도 널 잘 지켜주실 거다. 큰 슬픔을 보게 될 거다. 그리고 그 슬픔 속에서 넌 행복할 거야. 이게 바로 너한테 주는 유훈이다. 슬픔 속에서 행복을 찾으라는 것 말이다. 일해라. 쉬지 말고 일해라. 지금의 내 말을 기억해둬라. 왜냐하면 지금은 너와 대화를 계속하고 있지만, 내가 이 땅에 있을 날이 얼마 안 남았고, 혹 몇 시간 뒤가 될 수도 있기 때문이야."

알렉세이의 얼굴 근육이 다시금 격하게 흔들리기 시작했다. 입 언저리에 경련이 일었다.

"또 왜 그러니?"

장로가 옅게 미소를 지으며 묻고는 말했다.

"세상 사람들은 고인을 눈물로 전송하지만 이곳의 우리들은 떠나는 신부에 대해 기뻐한단다. 기뻐하면서 기도한단다. 이제 그만 가거라. 내가 기도 올릴 시간이다. 어서 가거라. 형들 곁에 있도록 해라. 그중 한 명의 곁에만 있지 말고, 두 명 모두의 곁에 있어야 한다."

장로가 축복을 하기 위해 손을 들었다. 알렉세이는 몹시 이곳에 남고 싶었음에도 불구하고 복종하는 수밖에 없었다. 그는 또한 몹시 묻고 싶었다. 질문이 여차하면 튀어나오려고 혀끝에서 맴돌았다. 형 드미트리에게 큰절을 한 것이 무엇을 뜻하냐고 말이다. 하지만 감히 묻지 못했다. 만약 해명이 가능한 것이었다면 장로가 그의 질문을 받지 않고도 그에게 해명해주었을 테니까. 그러니까 장로는 자신의 의도에 따라 그렇게 행동한 게 아니라는 얘기이다. 장로가 한 그 절 때문에 알렉세이는 크게 놀랐다. 그 행위 속에 뭔가 숨겨진 뜻이 있을 거라고 그는 맹목적으로 믿었다. 숨겨진 뜻은 어쩌면 끔찍한 것일 수도 있었다. 그가 수도원장과의 점심 식사가 시작되기 전에 수도원에 당도하기 위해(물론 그가 하려는 것은 오로지 식사 시중을 드는 일이었다) 암자의 울타리를 벗어났을 때, 그는 갑자기 심장이 옥죄는 느낌을 받고 그 자리에 우뚝 섰다. 자신의 최후가 그리 가까이 왔다고 한 장로의 말이 마치 그의 앞에서 다시금 울리는 것 같았다. 장로의 예언이, 게다가 그렇게 정밀하게 예언했으니, 틀림없이 이루어질 것이라고 알렉세이는 확실히 믿었다. 하지만 장로 없이 어떻게 산단 말인가? 장로를 보지 못하고 장로의 말을 듣지 못하면서 어떻게 산단 말인가? 그리고 그는 어디로 갈 것인가? 울지 말고 수도원을 떠나라고 한다. 아, 어쩌면 좋은가! 알렉세이는 지금과 같이 우울해본 적이 없었다. 그는 암자와 수도원 사이의 숲을 빠른 걸음으로 걸었다. 그리도 자기를 억누르는 상념들을 견디기가 어려워, 그는 숲길 양편에 있는 수백 년 묵은 소나무들을 바라보았다. 길은 그리 길지는 않았고, 오백 보 정도만 가면 되었다. 이 시간에 여기서 만날 만한 사람은 아무도 없었는데도, 길이 처음으로 구부러지는 지점에서 그는 라키친을 발견했다. 누군가를 기다리는 듯했다.

"너 나 기다리는 거니?"

라키친과 나란히 걷게 됐을 때 알렉세이가 물었다.

"그래. 바로 너."

라키친이 피식 웃으며 대답하곤 말을 이었다.

"수도원장님한테 가는 길이지? 내가 알고 있지. 거기서 식사하기로 돼 있는 거. 기억하겠지만, 주교와 파하토프 장군을 같이 영접한 이후로 그런 식사 자리는 이번이 처음이야. 난 거기 안 갈 거지만 넌 가서 소스도 가져다 나르고 그래라. 야, 참, 알렉세이야, 하나만 말해주라. 그 이해 안 가는 행동이 뭘 뜻하는지. 너한테 물어보고 싶었던 게 이거야."

"무슨 이해 안 가는 행동?"

"너희 형 드미트리 표도로비치한테 이마를 땅에 갖다 박으며 절했잖아."

"조시마 신부님 얘기하는 거야?"

"응. 조시마 신부."

"이마를 땅에……?"

"응, 내 표현이 뭐 그렇게 예의 바른 건 아니지만. 좀 예의 바르지 않으면 뭐 어때? 자, 아무튼 그 행동이 뭘 뜻하느냐는 얘기지."

"모르겠어, 미하일아,* 뭘 뜻하는지."

"그럴 줄 알았지. 신부님이 너한테 그거 해명 안 해주실 거라는 거. 뭐 깊은 뜻 같은 건 사실 아무것도 없고, 그냥 늘 다 그렇듯이, 아무것도 아닌 걸 왠지 뭔가 있는 것처럼 보이려는 의

---

* '라키친'은 그의 성이고, 이름은 '미하일'이다. - 역자 주

198

도였는지도 모르지. 아무튼 그 행동은 일부러 한 거였어. 이제
곧 온 읍내의 종교인들이 입을 모아, 그 행동이 무엇을 뜻하느
니 어쩌니 하고 떠벌려서, 결국 주 전체에 걸쳐 화젯거리가 될
걸. 내가 보기엔 노인네가 통찰력이 보통이 아니야. 형사 사건
을 냄새 맡으신 거라고. 너희 가족 내부에서 나는 송장 썩는 냄
새를."

"형사 사건이라니?"

라키친이 자기 생각을 발표하고 싶어 죽을 지경인 것 같았다.

"형사 사건이 터질 거야, 너희 가족 내부에서. 너희 형들과
돈 많은 너희 아버지 사이에서 터진다고. 그래서 조시마 신부
가 그 경우를 내다보고 이마를 갖다 박은 거야. 나중에 사람들
이 그럴 거 아냐? '야, 그 신기 있는 장로가 예언한 거였어. 그
행동이 바로 예언이었다고!'라고……. 예언은 무슨 빌어먹을
예언? 이마 한 번 갖다 박은 걸 가지고……. 그런데도 사람들
은 안 그래. '상징이었어', '비유였어'……, 뭐 별의별 말들을 다
할 거야. 그러면서 장로를 널리 찬양하고 기억할 거라고. '범죄
발생을 예측하고 범죄자를 점찍었어'라고. 괴짜 성직자들 행
동이 다 그렇잖아. 술집 앞에서 성호를 긋고 성전에 돌을 던지
는데 뭐. 그래서 네가 모시는 장로도 그럴 수 있다는 거야. 의
인은 몽둥이로 내쫓고 살인자한테는 큰절하고."

"범죄라니? 살인자라니? 무슨 얘기야?"

알렉세이가 그 자리에 못 박힌 듯 섰다. 라키친도 걸음을 멈췄다.

"누가 살인자가 될지 모르겠어? 네가 설마 생각 안 해봤을 리가? 참, 그러고 보니 이거 재미있네! 야, 알렉세이야, 넌 항상 진실만을 말하지? 비록 항상 어정쩡해서 건지는 건 하나도 없지만 말이야. 자, 말해봐, 그런 생각 해봤어, 안 해봤어?"

"해봤어."

알렉세이가 너무 조용히 대답하는 바람에 라키친이 괜스레 미안해지기까지 했다.

"진짜야? 너도 그런 생각 하고 그러는구나!" 하고 라키친이 큰 소리로 응했다.

"그러니까……, 꼭 생각을 해봤다기보다는……."

알렉세이가 어물거리다가 말했다.

"네가 지금 그 일에 대해서 그렇게 이상한 말을 늘어놓기 시작하니까, 나도 괜히 그런 생각을 해본 것같이 느껴진 거지."

"거 봐. 거 보라고. 말 한번 잘했어. 오늘 너희 아버지와 형 드미트리를 보면서 범죄 사건이 벌어질 거 같다는 생각 했지? 응? 내 말이 맞지?"

알렉세이가 불안해하며 말을 찔러넣었다.

"가만있어 봐. 뭣 때문에 넌 그렇게 자신이 있어? 그건 그렇고 왜 그렇게 이 일에 관심을 갖고 그래?"

"두 가지 별개의 질문이지만 서로 관련이 있는 것들이군. 각 질문에 대해서 다 답해줄게. 왜 그렇게 내가 자신이 있냐고? 만약 오늘 내가, 너희 형 드미트리 표도로비치가 어떤 사람이라는 걸 있는 그대로 순식간에 다 파악해버리지 않았다면, 난 이렇게 자신이 없었을 거야. 그 어느 한 면을 보자마자 너희 형이 어떤 사람인지가 딱 파악됐어. 그런 무지하게 솔직한, 그러면서도 색을 밝히는 사람들한테는, 절대로 건드릴 수 없는 성질이 있지. 그 성질을 건드리는 날에는 아버지고 뭐고 그냥 칼로 푹 찌를 수 있어. 너희 아버진 술꾼에 무절제하고 놀기 좋아하는 사람이고, 무슨 일을 잘 좀 해결해보려고 노력하는 사람이 절대 아냐. 그러니까 참지 못하고 두 사람 다 한꺼번에 훅 갈 수 있다고."

"아니야, 미하일아, 아니야. 네 생각이 그냥 그런 것일 뿐이야. 잘 듣긴 했다만, 일이 거기까진 안 갈 거야."

"근데 너 왜 그렇게 벌벌 떨고 그러니? 너 이거 아니? 너희 형 드미트리가 솔직한 사람이긴 한데(비록 똑똑한 사람은 아니지만), 음탕한 기질이 너무 세. 본질적으로 그런 사람인 거야. 너희 아버지가 자기의 음탕한 기질을 물려준 거야. 단지 난 알렉세이 네가 놀라울 뿐이야. 넌 어떻게 그렇게 순진한 사람인 거니? 너도 카라마조프 씨잖아! 너희 가족 내에서 음탕한 기질은 곪아 터질 지경까지 갔어. 음탕한 세 사람이 지금 서로를 견제하고 있어. 장화 뒤에 칼을 숨긴 채. 세 사람이 서로 이마를 들이댔어. 이제 너도 그렇게 될 거 같지 않아?"

"너 그 여자 관련해서 잘못 생각하고 있는데, 드미트리 형은 그 여자를 경멸해."

알렉세이가 왠지 몸을 떨면서 그렇게 말했다.

"그루셴카를? 야, 경멸 안 하거든. 자기 약혼녀를 놔두고 그 여자한테 간다는 건 말이야……, 경멸 안 한다는 거야. 야, 있잖아, 여긴 뭔가가 있다고. 넌 지금 이해 안 가겠지만 말이야. 사람이 그 어떤 아름다움에 홀딱 반해버리면, 그러니까 여체에, 혹은 여체의 일부(음탕한 사람은 이해하겠지만)에 홀딱 반해버리면, 그걸 자기 것으로 만들기 위해 자식들도 다 내주고 아버지 어머니 다 팔고 러시아도 조국도 다 팔 거야. 성실한 사람이 도둑질을 하게 되고, 온순한 사람이 칼부림을 하게 되고, 절개 곧은 사람이 바람을 피게 된단 말이야. 여자 다리를 찬미한 푸시킨, 그는 시에서 다리를 찬미했지. 다른 사람들은 안 그랬지. 그렇다고 해서 다른 사람들이 다리를 보면서 소 닭 보듯 할까? 물론 다리뿐만이 아니지……. 야, 심지어 경멸을 한다고 해도 다 소용없어. 너희 형이 그루셴카를 경멸을 했다고 치자. 심지어 지금도 경멸을 한다고 치자. 그러면서도 그루셴카 없인 못 산단 말이야."

"나도 이해는 한다" 하고 알렉세이가 갑자기 말을 던졌다.

"네가? 응, 그렇겠지. 내가 얼마 말하지도 않았는데 네가 이해한다고 획 말을 던지는 걸 보면, 진짜로 이해하나 보다."

라키친이 엉큼한 미소로 답하고는 계속 말했다.

"지금 어쩌다 너한테서 자기도 모르게 그 말이 튀어나온 거야. 그렇게 무의식적으로 솔직한 고백이 나올 수 있지. 그러니까 이게 너한테 익숙한 화제인 거지? 이런 생각 너도 해본 적 있는 거지? 음탕한 생각 말이야. 아이고, 우리 순둥이! 알렉세이 너는 얌전하고 삶이 깨끗해. 응, 나 그거 알아. 그런데, 얌전아, 네가 머릿속에서 어떤 생각을 하는지는 아무도 모르고, 네가 뭘 벌써 알고 있는지도 아무도 모르는 일이야. 순둥인 줄 알았는데 그런 깊은 심적 경험도 했네! 내가 널 오래전부터 지켜보고 있는데, 너도 영락없는 카라마조프 씨야. 어디 하나 빠지지 않는 카라마조프 씨야. 혈통과 품종은 무시될 수 없잖아. 아버지를 닮아서 음탕하고 어머니를 닮아서 괴짜겠지! 뭘 그렇게 떨어? 내 말이 맞긴 맞는 거야? 야, 있잖아, 너 이거 아니? 그루셴카가 나한테 이런 부탁을 했어. '너 걔 한번 데리고 와 봐(그러니까 널 말하는 거지). 법의를 홀랑 벗겨줄 테니까.' 그것도 그냥 부탁한 게 아니야. '데리고 와, 꼭 데리고 와!' 그랬어. 내가 생각해봤지. '그루셴카가 왜 너한테 그렇게 호기심을 갖는 걸까?' 하고. 하긴 말이야, 그루셴카 역시 평범한 여자가 아니야!"

"공손히 잘 말해줘, 나 안 간다고."

알렉세이가 비딱하게 웃고는 이렇게 말했다.

"아까 시작한 말 끝까지 해봐, 미하일. 그다음에 내 생각을 말해줄게."

"끝까지 할 게 뭐 있어? 다 뻔한데. 야, 이런 게 다 옛날부터 존재해온 스토리야. 심지어 너마저 속에 음탕한 기질을 갖고 있다면, 너랑 어머니까지 같은 네 형 이반은 과연 어떻겠냐? 그 형도 카라마조프 씨잖아. 너희 카라마조프 씨 가문의 문제는 이거야. 음탕하고 탐욕스럽고 괴짜인 거. 너희 형 이반은 어떤 아주 우매하고 모호한 의도를 가지고, 아직까진 장난 식으로, 신학적 내용의 기사들을 찍어내고 있어. 무신론자이면서 말이야. 게다가 자기 행위가 사실 말도 안 되는 행위란 걸 스스로 인정해, 너희 형 이반이 말이야. 뿐만 아니라 너희 형 드미트리의 약혼녀를 가로채려고 해. 그 목표는 달성해낼 것 같아. 드미트리가 스스로 이반한테 '너 해라' 할걸. 드미트리가 스스로 자기 약혼녀를 양보한단 말이야. 그래야 자기 약혼녀한테서 쉽게 벗어나서 얼른 그루센카한테 갈 수 있거든. 그리고 이런 것들이 다 점잖고 관대한 분위기 가운데 진행된단 말이야. 이 점에 주의를 기울여봐. 바로 이 사람들이 가장 뭔가 큰일을 저지를 사람들이야! 그다음엔 뭐가 어떻게 될지 몰라. 자기 행위가 말도 안 된다는 걸 인정하면서 서슴없이 해. 자, 계속 들어봐. 지금 드미트리에게 늙은 아버지가 훼방을 놓고 있어. 늙은 아버지가 그루셴카한테 갑자기 홀딱 반했거든. 그저 쳐다만 봐도 침이 흐를 정도로. 이것 봐. 장로 응접실에서 너희 아버지가 그런 소란을 피운 게 단지 그 여자 하나 때문이잖아. 미우소브가 그 여자를 몸가짐이 경박한 잡년이라고 불렀다고 해서 말이야. 도저히 헤어날 수 없을 정도로 그 여자한테 빠진 거야. 전에는 그 여자가 그냥 그 어떤 잡스러운 술집 심부름 같은 걸 돈 받고 조금씩 해줬을 뿐이었거든. 그런데 어느 날 갑자기 딱 보니까 혹한 거야. 제정신을 잃고 청혼까지 하기에 이르렀지. 물론 진지함은 없었겠지만. 아무튼 그러다가 그 여자를 향한 길에서 자기 아들이랑 맞닥뜨린 거야. 한편 그루셴카는 그 둘 중 아무한테도 답을 안 주고 아직 꼬리만 치고 있어. 두 사람 다 약만 올리면서. 누구한테 가는 게 더 나을까 가만히 엿보면서 말이야. 아버지한테선 돈을 많이 긁어낼 수 있지만, 그 대신 아버지가 진짜로 그 여자랑 결혼을 할 건 아니거든. 계속 가다가 결국은 노랑이 기질이 동해서 지갑을 닫을 수 있거든. 그렇게 되는 경우에는 드미트리가 유리하게 되지. 돈은 없지만 실지로 결혼은 할 수 있거든. 그렇지. 실지로 결혼할 수 있는 사람이지! 비할 데 없는 미모를 가진, 부유한 귀족 가문 여자이고 대령의 딸인 자기 약혼녀 카체리나 이바노브나를 버리고, 행실이 지저분한 늙은 사업가이자 읍 행정 기관장인 삼소노프가 전에 데리고 살던 여자인 그루셴카와 결혼하는 일을 충분히 하고도 남을 사람이야. 이 모든 것에서 실지로 충돌이 일어날 수 있고, 그래서 형사 사건이 발생할 수 있단 말이야. 바로 그걸 너희 형 이반이 기다리고 있어. 일이 그렇게 되면 자기가 유리하거든. 자기가 사모하는 카체리나 이바노브나를 얻게 될 거고, 덤으로 지참금 육만을 거머쥐게 되는 거야. 가진 것 없는 사회 신출내기로서 그 정도면 첫 출발을 위해 다분히 입맛 다실 만하지 않겠어? 잘 생각해보라고. 자기는 드미트리한테 빚진 게 없게 되지, 반대로 드미트리한테 평생 덕을 베푸는 거야. 내가 알기로는 드미트리가 지난주에 이미 술집에서 술 먹고 집시 여인들이랑 큰 소리로 떠벌리면서 이렇게 말했어. 자기는 자기 약혼녀 카체리나 이바노브나한테 자격이 못 미친다고. 대신 동생 이반이 바로 자격이 미치는 사람이라고. 카체리나 이바노브나는 물론 이반 표도로비치 같은 매력을 발산할 줄 아는 남자를 결국은 거부 못 하게 돼 있어. 지금도 벌써 두 사람 사이에서 흔들리고 있는데 뭐. 이반이 어떻게 그렇게 모든 사람들을 휘어잡았지? 너희 가족도 다 이반을 신줏단지 모시듯 하잖아. 그런데 이반은 모든 사람을 비웃고 있거든. '어디 날 한번 잘들 모셔봐' 하고 있는 거랑 마찬가지야."

"너 어떻게 그렇게 잘 알아? 왜 그렇게 자신 있게 얘기할 수 있는 거야?"

별안간 알렉세이가 얼굴을 찡그리고 단호한 말투로 물었다.

"넌 왜 지금 물어보면서, 내가 할 대답에 미리 겁먹는 거니? 그러니까 내 말이 옳다는 걸 너도 인정하는 거지?"

"넌 이반 형이 마음에 안 드는구나. 이반 형은 돈에 현혹될 사람이 아니야."

"그래? 그럼 카체리나 이바노브나의 미모는? 아마 꼭 돈 때문만은 아닐 거야. 물론 육만이라는 지참금은 입맛을 다실 만하지만."

"이반 형은 좀 더 높이 보고 있어. 이반 형은 큰돈에도 현혹 안 돼. 이반 형이 찾는 건 돈도 아니고 마음의 편안함도 아니야. 글쎄, 어쩌면 고난을 찾는다고나 할까?"

"그건 또 무슨 엉뚱한 소리야? 에이그, 이 배부른 귀족들아!"

"나도 모르겠어, 미하일아. 이반 형의 마음은 격동하고 있어. 생각으로 가득 차 있다고. 수많은 생각이 꼬리를 물고 이어져. 이반 형은 수백만을 준다고 해도 까딱 안 할 사람이야. 오로지 생각의 해결을 보는 것만이 중요해."

"표절이야, 알렉세이야. 네가 모시는 장로가 한 말을 네가 살짝 바꿔 도용했어. 아이고, 아무튼 이반이 모두를 대상으로 수수께끼를 던졌구먼!"

라키친이 확실히 화난 음성으로 소리쳤다. 얼굴 표정도 바뀌었고, 입술도 찌그러졌다. 그가 말을 계속했다.

"근데 이 수수께끼도 참 이상한 수수께끼야. 풀려고 노력할 가치도 없는. 물론 풀려면야 머리를 좀 굴리면 되겠지. 이반이 쓴 기사 또한 우스꽝스럽고 무의미한 거야. 또 말도 안 되는 그 이론을 아까 들었잖아. '영혼의 불멸이 없으면 덕행도 있을 수 없으므로 모든 것이 허용된다'라는. 참, 그때 형 드미트리가 '기억해둘게요!' 하고 소리쳤잖아, 기억 나지? 개망나니 같은 사람들이 아주 관심 가질 만한 이론이야. 내가 말을 너무 천박하게 하나? '개망나니' 대신에, '해결될 수 없는 생각의 깊이를 가진, 고등학교 수준의 허풍선이'라고 해야겠군. 자기 자랑 늘어놓기 잘하는 경솔한 사람이란 얘긴데, 그 본질을 까보면, '한편으로 보면 인정 안 할 수 없고, 다른 한편으로 보면 시인 안 할 수 없다*라는 말이 있듯이, 어떻게 봐도 맞는 것처럼 보이도록 눈속임하는 것에 불과해. 그 사람 이론 전체가 개망나니 이론이야. 인류는 심지어 영혼의 불멸을 믿지 않는다 해도 덕을 위해 살 능력을 스스로 발견할 거야! 자유, 평등, 친밀한 관계에 대한 추구 속에서 발견할 거야!"

---

* 이 표현이 처음 등장하는 것은 미하일 예브그라포비치 살틔코브세드린(1826~1889)의 '페테르부르크 자유주의자의 일기'(1872)라는 풍자 문학 작품에서이다. 이 작가는 자기와 동시대를 살던 러시아 자유주의자들의 이중적이고 과감하지 못한 입장을 그렇게 비유적으로 묘사했다. 이 표현은 그 당시에 이미 구전되어오던 것으로 보이나, 널리 유명해지게 된 것은 이 작가 덕이다. 무원칙성, 항상 이랬다저랬다 하는 태도, 자신의 입장을 확고히 밝히기를 원치 않는 태도를 상징하는 말이다. - 역자가 'dic.academic.ru'에 실린 해설을 인용하여 단주

라키친이 자제할 수 없을 정도로 흥분했다. 그러나 갑자기 무언가를 기억해낸 것처럼 뚝 그치더니, 아까보다 더욱 삐딱하게 웃으면서 말했다.

"에이, 그만하자! 야, 넌 왜 웃는데? 내가 속물 같아 보이냐?"

"아니. 네가 속물 같아 보인다는 생각은 아예 안 했어. 넌 똑똑한 사람이야. 하지만……, 에이, 됐어. 그냥 무심코 웃은 거야. 네가 흥분해서 격하게 말할 수 있다는 거 이해해, 미하일아. 네가 열이 올라서 하는 말을 들어보니, 너 자신이 카체리나 이바노브나한테 관심이 좀 있는 것 같은데! 사실 말이야, 나 오래전부터 네가 혹시 그렇지 않나 하고 의심하고 있었어. 바로 그래서 네가 이토록 이반 형을 싫어하는 거지? 질투가 나서 그러는 거지?"

"야, 이왕이면 내가 그 여자가 가진 돈에까지 관심 있다고 하지 그러니?"

"아냐. 난 돈에 대해서는 뭐라고 안 할래. 널 그런 사람으로는 보고 싶지 않아."

"네가 그렇다고 하니까 믿을게. 어쨌든 너희 형 이반은 진짜 재수 없는 사람이야! 꼭 카체리나 이바노브나하고 연관시키지 않아도 그런 사람은 진짜 좋아할 수 없는 사람이란 걸 너희 가족은 모르나 보지? 좋아하려고 해봤자 좋아할 수가 없어. 젠장, 그런 사람을 뭘 보고 좋아하겠어? 그 사람은 욕이 저절로 나오게 만드는 사람이야. 내가 그런 사람 욕해서 안 될 게 뭐야?"

"난 이반 형이 네 얘기 하는 건 한 번도 들어본 적 없어. 너에 대해선 좋은 얘기도, 나쁜 얘기도 전혀 안 해."

"나는 어떻게 들었나 하면, 카체리나 이바노브나한테 대고 이반이 사흘 연속 내 욕 했대. 그 정도로까지 나한테 관심을 가져줄 줄은 몰랐어. 그러니까 누구 때문에 누가 질투를 하는 건지 모르겠어. 그 사람이 이렇게 자기 생각을 표현했대. 내가 만약 앞으로 대수도사제가 될 목표로 계속 이 길을 걷기를 거부해서 종교계를 떠난다면, 나는 반드시 페테르부르크로 가서 두꺼운 잡지를 발행하는 잡지사에 들어갈 것이고, 반드시 비평 부서에서 한 10년 동안 글을 쓰다가 결국에는 잡지사를 내 소유로 만들 거래. 그다음에는 잡지를 발행하되, 반드시 자유주의적, 무신론적 경향에다 사회주의적 색채를 띤, 어느 정도 사회주의를 찬양하는 잡지가 될 것이고, 그렇지만 항상 경계를 게을리 하지 않을 거래. 그러니까 해석하자면, 약은 술수를 씀으로써 너무 그런 색채가 강해 보이지 않도록 할 거라는 얘기지. 너희 형의 판단에 따르면, 사회주의의 색채가 다음과 같은 나의 활동에 방해가 되지 않는 상태가 되면 그게 나의 출세의 결말이래. 즉 내가 잡지 구독료 조로 받는 돈을 당좌 예금 계좌에 넣어두고 필요할 때 그 돈을 한 구두쇠의 관리하에 굴려 페테르부르크에 건물을 지어, 그 건물에 편집국을 들이고 나머지 층들은 사람들이 들어와 살도록 세를 놓을 거래. 그 건물이 어디에 있을지까지 말했어. 네바강을 가로지르는 노브이 카멘느이 다리 근처가 될 거래. 지금 그 다리를 페테르부르크에 건설할 계획이라고 하거든. 리체이나야 거리에서 브이보르그스카야 거리까지 연결되게."

"야, 미하일, 아마 진짜로 그렇게 될 거 같은데! 그 말이 한마디도 안 틀리게 될 거 같은데!"

갑자기 알렉세이가 더 이상 참지 못하고 쾌활하게 웃으면서 소리쳤다.

"알렉세이 표도로비치야, 너마저 빈정거림에 합세하기냐?"

"아니야, 아니야, 농담한 거야. 미안해. 나는 전혀 다른 생각을 하고 있어. 그건 그렇고 한 가지 물어보겠는데, 그런 자세한 대목까지 다 너한테 알려준 사람이 누군데? 그렇게 자세한 사항을 네가 누구한테서 들었냐고. 이반 형이 네 얘기를 할 때 네가 카체리나 이바노브나의 집에 있었을 리는 없잖아."

"나는 거기 없었지. 하지만 드미트리 표도로비치가 있었어. 나는 바로 드미트리 표도로비치한테서 직접 들은 거야. 좀 더 정확하게 말한다면, 드미트리 표도로비치가 나한테 얘기해준 건 아니고, 내가 엿들은 거야. 물론 일부러 엿들은 건 아니고, 어떻게 하다 보니 엿듣게 된 거야. 왜냐하면 내가 그루셴카네 집에, 그 여자 침실에 계속 앉아 있었거든. 드미트리 표도로비치가 옆방에 있는 동안은 내가 밖으로 나갈 수가 없어서 말이야."

"아, 참, 그렇지. 내가 깜빡했네. 그루셴카가 네 친척이지?"

그 말을 듣자마자 라키친이 얼굴이 시뻘게지면서 소리쳤다.

"친척? 그루셴카가 내 친척이라고? 야, 미쳤니? 머리가 어떻게 된 거 아니야?"

"왜? 친척이 아니었어? 난 그렇게 들었는데……."

"그런 말을 어디서 들었을까? 쯧쯧……, 야, 너희 카라마조프 가문 형제들 말이야, 마치 그 어떤 위대한 옛 귀족들인 척하는 거 같아. 너희 아버지가 어릿광대처럼 남의 집 밥상을 전전했던 거, 겨우 동정을 얻어 남의 집 부엌에 발을 들여놓을 수 있었던 거 몰라? 난 성직자 아들이고 너희 귀족들한텐 그저 벌레 정도로 보일지는 모르겠지만, 그런 식으로 경솔하게 날 모독하고 웃음거리로 만들어버릴 수 있다고 생각들 하신다면 오산이야. 나한테도 체면은 있어요, 알렉세이 표도로비치 님! 창녀 그루셴카가 나한테 어떻게 친척이 될 수가 있어? 알려면 좀 제대로 알고 있으라고!"

라키친이 대단히 화가 난 모양이었다.

"어, 정말 미안해. 난 미처 생각 못 했어. 그리고 그 여자가 뭐가 창녀야? 진짜 그 여자가……, 그렇단 말이야?"

알렉세이가 갑자기 얼굴을 붉히고는 계속 말했다.

"내 말은, 단지 친척이라고 들었다는 거야. 네가 그 여자 집에 자주 가잖아. 그러면서 나한테 네가 직접 그랬잖아. 여자로서 사귀는 거 아니라고. 이것 봐, 난 네가 그 여자를 그렇게 업신여기는 줄은 전혀 몰랐어. 그 여자가 그렇게 업신여김을 당할 정도는 아니잖아!"

"내가 그 여자 집에 가는 것은 그럴 만한 이유가 있어서야. 에이, 됐다! 그만두자! 그리고 친척 관계는 말이지, 내가 그 여자랑 친척 관계가 되는 게 아니라 인제 아마 네가 그 여자랑 친척 관계가 될 거야. 너희 형 아니면 아버지가 그렇게 만들 테니까. 자, 다 왔다. 주방으로 들어가는 게 나을 거야. 어? 이게 뭐야? 여기 왜 이래? 우리가 벌써 늦은 건가? 아니, 그렇게 빨리 식사를 끝냈을 리는 없잖아! 아니면 여기서 카라마조프 가문 사람들이 또 한바탕 했나? 아마 그런가 보다. 저기 가네. 너희 아버지. 그 뒤에 이반 표도로비치도 가고. 수도원장한테 갔다가 나온 걸 거야. 저거 봐, 이시도르 신부가 현관에 서서 저 사람들 뒤에다 대고 뭐라고 소리치고 있잖아. 너희 아버지도 뭐라고 소리치면서 팔을 흔드는데. 아마 욕하나 보지. 저거 봐. 저기 미우소브가 마차 타고 떠나잖아. 보이지, 가는 거? 저기 지주 막시모프도 달려가고 있네. 여기서 또 한바탕 했네 그래. 식사는 하지도 못했고! 저 사람들 혹시 수도원장한테 폭력을 휘두른 거 아니야? 아니면 저 사람들이 맞았는지도 모르겠네.

그랬으면 좋겠네!"

라키친이 그렇게 소리 높여 외친 것은 억지 추측이 아니었다. 떠들썩한 사건은 실지로 일어났다. 전례 없는, 예측하지 못했던 떠들썩한 사건이 일어난 것이다. 모든 것이 감정의 격발로 인한 것이었다.

VIII

떠들썩한 사건

미우소브가 이반 표도로비치와 함께 수도원장 방으로 들어갈 때, 매우 고상하고 섬세한 성격인 그의 마음속에서는 나름대로 어떤 변화가 발생했다. 무엇인가 하면, 자기가 화난 상태로 있는 게 부끄럽게 여겨졌던 것이다. 그는 몹쓸 표도르 파블로비치를 자기가 오죽 경멸했으면 장로의 응접실에서 냉정함을 모두 잃고 스스로 당황하는 사태에까지 놓였을까 하고 생각하게 되었다. 수도원장이 있는 건물의 현관 계단을 지날 때 그는 갑자기 이렇게 생각했다. '적어도 수도사들은 아무 죄도 없잖아. 게다가 여기 있는 사람도 점잖은데(수도원장인 니콜라이 신부 역시 귀족 출신인 것 같았다), 좋게, 친절하게, 정중하게 대해야 되지 않겠나? 말싸움은 하지 말아야지. 심지어 맞춰줘야지.

친절한 태도로 대해야지. 그래야 내가 저 황당무계한 인간, 저 어릿광대 같고 피에로 같은 인간과 한통속이 아니란 걸, 어쩌다 운이 안 좋아 이런 지경에 빠진 거라는 걸 증명해줄 수 있을 거 아닌가? 이 수도사들 역시 운이 안 좋아 이런 지경에 빠진 거니까.'

소유권 다툼이 일고 있는 숲속 벌목장과 어장(그 위치에 대해선 그 자신도 몰랐다)은 그냥 완전히 양보하기로 결정했다. 오늘의 기회에 그냥 줘버릴 작정이었다. 더욱이 그게 가격도 조금밖에 안 나가는 것이었으므로. 그리고 수도원을 상대로 하는 모든 소송을 중단할 작정이었다.

그들이 수도원장 신부의 식당으로 들어갔을 때 이 모든 선한 의도는 더욱 굳어졌다. 하긴 수도원장 신부에게 식당이 따로 있었던 건 아니었다. 왜냐하면 이 건물 전체에 걸쳐 독립 공간이 두 개가 전부였으므로 말이다. 물론 그 공간들이 장로가 갖고 있던 것보다는 넓고 편했다. 하지만 독립 공간들의 내부에 특히 편안함을 주는 그 무언가가 없는 것은 마찬가지였다. 가구는 마호가니 재질에 가죽이 입혀져 있었는데, 스타일이 딱 20년대에 유행하던 거였다. 바닥에는 칠조차 되어 있지 않았으나, 그 대신 모든 것이 청결함으로 반짝였다. 창가에는 비싼 꽃들이 많았다. 하지만 가장 주된 화려함을 자아내는 것은 물론 화려하게 차려진 식탁이었다. 비록 그 화려함도 상대적인 것이었지만 말이다. 식탁보가 깨끗했고 식기가 반짝반짝 빛났다. 아주 잘 구워진 빵이 세 종류가 놓여 있었고, 포도주 두 병, 수도원 양봉장에서 채취한 훌륭한 꿀 두 병, 수도원에서 호밀빵을 원료로 담근, 주위에 맛있다고 소문이 파다했던 청량음료가 든 커다란 유리 주전자가 있었다. 보드카는 전혀 없었다. 나중에 가서 라키친이 말해준 건데, 요번에 차려진 점심은 다섯 가지 코스로 구성되었다. 제1코스는 철갑상어로 끓인 생선 수프와 생선 살로 만든 소가 든 빵, 제2코스는 아주 특별히 훌륭하게 요리된 푹 삶은 생선, 제3코스는 붉은 살 생선으로 만든 커틀릿, 제4코스는 아이스크림, 과일이 들어간 청량음료, 그리고 제5코스는 블랑망제[53] 종류의 걸쭉한 단 음식이었다. 라키친은 이 모든 것을 후각으로 알아채고, 수도원장의 주방을 그냥 못 지나가고 굳이 들여다보았다. 그는 수도원장 주방 사람들과도 연줄을 갖고 있었다. 그는 어디에나 연줄을 갖고 있어, 어디서나 정보를 얻어내곤 했다. 마음이 불안정한 그는 항상 무언가를 얻으려고 쫓아다녔다. 그는 자기가 능력이 많은 것을 스스로 잘 알면서도 만족을 못 하고 자기도 모르게 능력을 과장해 보이려 하였다. 그는 자기가 나름대로 사회에서 한 역할을 할 사람이라는 걸 잘 알 만도 했는데, 그걸 인정하고 성실하게 행동하는 대신, 예를 들어 자기가 상에 놓인 돈을 슬쩍하는 사람이 아니라는 사실 하나 가지고서 자기가 얼마나 정직한 사람인지 남들이 알아주길 원했으므로, 그를 배려해주는 친구 입장에서 알렉세이는 매우 걱정이 되었다. 하지만 이찌할 수는 없었다. 그건 알렉세이뿐만 아니라 누구도 마찬가지였다.

라키친은 큰 인물로 인정받는 사람이 아니라서 오찬에 초대받지 못했지만 이오시프 신부와 파이시 신부는 초대받았으며, 그 외에 또 한 명의 수도사제가 초대받았다. 그들은 표트르 알렉산드로비치, 칼가노프, 이반 표도로비치가 수도원장의 식당에 들어갈 때 이미 기다리고 있었다. 막시모프 지주도 한쪽으로 약간 떨어져 기다리고 있었다. 수도원장 신부가 손님들을 맞이하려고 공간 중앙으로 나섰다. 키가 크고 몸이 마른, 늙었지만 기력은 아직 그대로 남아 있는 사람이었다. 검은 머리에 백발이 많이 섞여 있었고, 길쭉한 얼굴은 무미건조하고 거만해 보였다. 그는 말없이 손님들에게 절을 했는데, 이번에는 손님들이 축복을 받으려고 그에게 가까이 왔다. 미우소브는 심지어 손에 입까지 맞춰볼 심산이었는데, 그때 수도원장이 왠지 손을 싹 뺐기 때문에 입을 맞출 수가 없었다. 그 대신 이반 표도로비치와 칼가노프는 이번에 축복받는 인사를 제대로 거쳤다. 즉 가장 평범하게 일반 사람들이 하듯이 손에 쪽 하고 입을 맞췄다.

미우소브가 아첨하듯 이를 드러내며, 그러나 점잖고 존경이 깃든 어투로 말했다.

"수도원장님, 죄송한 말씀 한 가지 드리겠습니다. 같이 초대
받았던 표도르 파블로비치 씨는 못 오고 저희끼리 오게 됐습
니다. 그 사람은 수도원장님과의 오찬에 참석할 수가 없게 됐
는데, 다 이유가 있습니다. 조시마 신부님 응접실에서 그 사람
은 아들과 보기 안 좋은 가족 싸움을 하면서 해서는 안 되는 말
들을 몇 마디 했습니다. 그러니까, 예의에 전혀 맞지 않는 말들
을요. 그 사실을 수도원장님께서 이미 알고 계신 듯합니다(그
는 수도사제들에게 눈길을 돌렸다). 그래서 그 사람이 자기 죄를 깨
닫고 진심으로 후회하면서 부끄러움을 느꼈습니다. 그 부끄
러움을 극복하지 못한 채, 저랑 자기 아들 이반 표도로비치 씨
한테, 수도원장님께 진심으로 죄송해하는 마음, 상심하고 뉘
우치는 마음을 전해달라고 부탁했습니다. 한마디로, 그 사람
은 나중에 모든 것을 보상할 생각으로, 지금은 수도원장님의
축복을 청하면서, 일어난 일에 대하여 잊어주시기를 부탁드
립니다."

미우소브가 말을 마쳤다. 이 긴 인사의 마지막 부분을 발언
하고서 그는 자기 자신을 아주 장하다고 느꼈다. 조금 전까지
의 언짢은 기분은 온데간데없었다. 그에게는 다시금 인류를
진심으로 사랑하는 마음이 싹텄다. 수도원장은 근엄한 태도로
그의 말을 끝까지 듣고 나서 약간 머리를 숙여 절하고는 이렇

게 대답했다.

"가신 분에 대해 안타까움을 표합니다. 같이 식사하면서 어쩌면 우리와 더불어 좀 더 온화한 분위기가 될 수도 있었을 텐데 말입니다. 자, 여러분, 식사하러 이쪽으로 오십시오."

그는 성상 앞에 서서 소리 내어 기도하기 시작했다. 모두들 공손하게 고개를 숙였고, 막시모프 지주는 특별히 한 걸음 앞으로 걸어 나가, 남다른 경건을 표시하면서 양 손바닥을 서로 포개고 서 있었다.

바로 이때 표도르 파블로비치가 돌발적인 행동을 한 번 더 했다. 그가 떠나려고 했던 것은 분명히 사실이었고, 장로의 응접실에서 수치스러운 행동을 하고 나서 마치 아무 일도 없었다는 듯 수도원장의 오찬 자리에 갈 수는 없다고 느꼈던 것은 분명히 사실이었다. 자신의 행동 때문에 그가 아주 많이 부끄러워하면서 죄의식을 느낀 것은 아니었고, 어쩌면 심지어 그 반대였을 수도 있으나, 그래도 오찬 참석은 좀 심하다고 느낀 것은 맞았다. 그러나 덜그럭거리는 마차가 객관 입구에 대어졌을 때, 그는 마차에 타다 말고 문득 멈췄다. 바로 자기가 장로의 응접실에서 했던 말이 생각난 것이다. "내가 어딜 가도 그곳 사람들이 날 가장 하잘것없는 사람으로 보고, 완전히 어릿광대 취급해요. 그러니까 나는 '응, 그러냐? 그러면 어디 한번 진짜 어릿광대가 돼볼까? 날 마음대로들 취급하라고 그래. 나보다 다 더 하잘것없는 것들이!' 하고 생각하게 되는 거예요"
라는 말 말이다. 그러면서, '어디 한번 제대로 맛 좀 보여볼까?'
하는 생각이 난 것이다. 그는 누구누구를 뭣 때문에 그렇게 미
워하느냐는 질문을 전에 언젠가 받았던 생각이 지금 갑자기
났다. 그 질문을 받았을 때 그는 특유의 어릿광대 기질이 확 발
동하여 부끄러움도 모르고 이렇게 대답했었다. "뭣 때문에 미
워하느냐고요? 그 사람이 저한테 아무 짓도 안 한 게 사실이지
만, 그 대신 제가 그 사람한테 아주 염치없는 비열한 행위를 했
고, 그러자마자 그 행위 때문에 그 사람을 미워하게 됐어요"라
고. 그 일을 지금 기억해내고, 그는 잠시 생각에 잠기면서 조용
히 표독스러운 미소를 지었다. 그의 눈은 번득였고, 심지어 입
술이 떨리기까지 했다. '이왕 시작했으니 끝을 봐야지' 하고 그
는 갑자기 결심했다. 그 순간 그의 속마음은 이런 말로 표현할
수 있을 것이다. '이왕 버린 몸인데, 내친 김에 그 치들한테 파
렴치할 정도로 침을 뱉어주자. 내가 당신들한테 부끄러움을
느낄 거 같아? 어림도 없지!' 그는 마부에게 잠시 기다리라고
하고서 살금살금 걸어서 수도원으로 돌아가 곧장 수도원장이
있는 곳으로 향했다. 그는 자기가 구체적으로 어떤 짓을 하게
될지는 잘 몰랐지만, 자기가 이미 자기 제어를 상실했기 때문
에 어떤 작은 자극에도 그보다 더 심할 수는 없을 정도의 빈축
을 사는 행위를 하게 될 줄은 알았다. 하지만 어디까지나 빈축

을 사는 행위였지, 법원이 형벌을 내릴 만한 범죄는 절대 아니었던 것이다. 그는 언제나 그 선은 넘지 않아왔고, 나중에 생각해볼 때 자기가 그 선을 넘지 않도록 조절할 수 있었다는 데 스스로 놀라기까지 했다. 그는 기도가 끝나고 모든 사람들이 식탁으로 향하던 바로 그 순간 수도원장의 식당에 등장했다. 문턱에 멈춰 서서 사람들의 무리를 죽 훑어보더니, 파렴치하고 흉악하게 오래 낄낄거리면서 한 사람 한 사람과 뻔뻔스럽게 눈을 마주쳤다.

"제가 간 줄 알았죠? 근데 이렇게 나타났지롱!"

그는 실내 공간이 쩌렁쩌렁 울리게 소리쳤다.

한순간 모두가 그를 직시하고 할 말을 잃었다. 그러다 모두가 한꺼번에 문득 깨달았다. 이제 그 어떤 괴상하고 섬뜩한 큰 소란이 분명히 일어나리라는 것을. 표트르 알렉산드로비치가 아주 관대한 마음가짐으로부터 이루 말할 수 없이 독한 마음가짐으로 천천히 옮아왔다. 그의 마음속에서 꺼져 가라앉았던 모든 것이 한꺼번에 되살아나 부상하였다.

"이건……, 이건 참을 수가 없어! 전혀 그럴 수 없고……, 도저히 그럴 수 없어!" 하고 그가 소리쳤다.

피가 그의 머리로 쏠렸다. 말마저 헷갈렸으나, 지금 말을 멋있게 하는 게 문제가 아니었다. 그는 자기 모자를 손으로 잡았다.

표도르 파블로비치가 소리쳤다.

"뭘 그렇게 할 수 없다고 하실까? '도저히 할 수 없고, 뭘 준대
도 할 수 없다'고요? 수도원장님, 저 들어갈까요, 말까요? 제가
식사 같이 하도록 받아주실 겁니까?"

"들어오시라고 진심으로 초대하는 바이오."

수도원장이 그렇게 대답했다가 갑자기 덧붙였다.

"여러분! 어쩌다 생긴 불화를 잊고, 사랑과 친족 간의 조화
속에서, 주님께 기도하는 마음으로 우리의 소박한 식탁을 중
심으로 단합할 것을 진심으로 부탁드려도 될까요?"

"아닙니다, 아닙니다. 불가능합니다."

표트르 알렉산드로비치가 제정신을 잃은 듯 소리쳤다.

"표트르 알렉산드로비치 씨가 불가능하다고 하시니까 저도
불가능하네요. 여기 남지 않을게요. 바로 그런 마음으로 떠나
던 중이었어요. 이젠 저 어디서나 표트르 알렉산드로비치 씨
와 함께할 거예요. 표트르 알렉산드로비치 씨, 댁이 떠나신다
면 저도 떠날게요. 여기 남아 계실 거라면 저도 남아 있을게요.
수도원장님, 친족 간의 조화라고 말씀하신 것 때문에 저 사람
이 특히 기분 상했어요. 저 사람은 자기를 제 친척으로 안 쳐
요. 안 그런가, 폰 존? 폰 존도 여기 있구먼. 잘 지내나, 폰 존?"

"저한테…… 하시는 말씀이세요?" 하고 막시모프 지주가 놀
라서 웅얼거렸다.

"물론 자네한테지. 누구 다른 사람 있나? 수도원장님이 폰 존은 아닐 테고!" 하고 표도르 파블로비치가 소리쳤다.

"저도 폰 존 아닌데요. 막시모프예요."

"아닐세. 자넨 폰 존이야. 수도원장님, 폰 존이 뭔지 아세요?[54] 이런 형사 사건이 있었어요. 여기서는 그런 장소를 음란 굴이라고 부르는 것 같은데, 그 사람이 음란굴에서 살해당했어요. 살해당하고 돈을 털렸어요. 그 사람은 존경받을 만한 연령에 있었는데도 그 사람을 상자에 구겨넣어 봉한 다음 기차 짐칸에 실어 페테르부르크에서 모스크바로 보냈어요. 번호를 붙여서요. 상자에 넣어 봉할 때에 매음굴의 무용수들이 노래도 불러주고 구슬리*도 연주해줬어요. 아, 그러니까, 피아노도요. 이 사람이 바로 그 폰 존이에요. 죽은 자 가운데서 살아났어요. 그렇지, 폰 존?"

"그게 무슨 말이에요? 어떻게 그럴 수 있어요?" 하는 소리들이 수도사제들 무리 속에서 들렸다.

"가자!" 하고 표트르 알렉산드로비치가 칼가노프에게 이야기했다.

그러자 표도르 파블로비치가 한 걸음 더 실내로 들어서면서 빽 소리치며 막았다.

---

* 러시아 현악기의 하나. - 역자 주

"어딜요? 잠깐만요! 제가 마저 끝낼 게 있어요. 아까 거기 장로의 응접실에서 마치 제가 불손하게 굴었다고 하면서 날 망신을 주셨는데, 정확하게 말하면 제가 모래무지 얘기를 했다고 해서 그랬어요. 친척 되시는 표트르 알렉산드로비치 미우소브 씨는, 말할 때 plus de noblesse que de sincérité*가 있는 걸 좋아해요. 근데 전 반대로, 제 말 속에 plus de sincérité que de noblesse**가 있는 걸 좋아해요. noblesse***는 다 필요 없어요! 그렇지, 폰 존? 수도원장님, 제가 비록 어릿광대이고, 어릿광대처럼 보이지만, 저는 영예의 기사로서 드릴 말씀이 있습니다. 네, 저는 영예의 기사입니다. 그런데 표트르 알렉산드로비치 씨 속에는 상처 입은 자존심밖에는 아무것도 없어요. 저는 일전에 이곳에 온 일이 있는 것 같은데, 둘러보고 말씀드릴게 있어서였습니다. 여기서 제 아들놈 알렉세이가 구도의 길을 걷고 있습니다. 저는 아버지로서 아들의 갈 길을 배려하려고 하며, 배려해야만 합니다. 저는 이야기를 들었고 직접 와서 보기도 했어요. 그래서 지금은 수도원장님께 제가 최근에 느낀 바를 말씀드리고 싶습니다. 우리 세상이 어떻게 되어 있습

---

* 　진실함보다는 고상함. (프랑스어)

** 　고상함보다는 진실함. (프랑스어)

*** 　고상함. (프랑스어)

니까? 무언가가 넘어지면, 그것은 넘어져 있습니다. 무언가가 넘어지면, 그건 무한히 계속 넘어져 있어야 됩니다. 하지만 과연 그래야 되겠습니까? 저는 일어나고 싶습니다. 거룩하신 신부님들, 전 신부님들 때문에 불쾌한 게 있습니다. 고해 성사라는 건 중요한 의식으로서, 고해 성사를 할 때 저는 경건한 마음을 갖고 엎드릴 준비가 돼 있습니다. 그런데 제가 보니 거기 장로의 응접실에서는 사람들이 다 무릎을 꿇고 큰 소리로 고백을 합니다. 고백을 큰 소리로 하도록 되어 있단 말입니까? 고해 성사는 귓속말로 하는 것으로 거룩하신 신부님들에 의해 정해져 있지 않습니까? 그래야 고백의 비밀이 지켜지잖아요? 그건 예부터 쭉 그래 왔습니다.[55] 안 그러면 제가 어떻게 신부님께 말씀을 드린단 말입니까? 저보고 다른 사람들이 다 듣고 있는데 뭐라고, 뭐라고 하란 말입니까? 그러니까 뭐라고, 뭐라고 하란 말이냐고요, 네? 말하기가 거북한 적도 있지 않습니까? 그래서 그게 바로 떠들썩한 소란으로 발전하는 겁니다. 그건 안 됩니다, 신부님들. 그런 식으로 하다가 여기서 채찍파로 빠지는 거 아닙니까?[56] 그런 일이 밝혀지는 즉시 내가 종무원[57]에 편지를 쓸 거고, 아들 알렉세이를 집으로 데려갈 겁니다."

여기서 주의를 기울여야 한다. 표도르 파블로비치는 폐단이 언급되는 분야를 들어 알고 있던 것이다. 유언비어가 나돌아, 주교단의 귀에까지 들어갔었다(우리 수도원에서뿐만 아니라, 장로 제가 제정되어 있던 다른 수도원들에서도). 장로들이 너무 존경을 받아 수도원장 직이 위태로울 정도라는, 또한 장로들이 고해성사 의식을 악용한다는 등의 각종 유언비어였다. 비난 같지도 않은 비난으로, 그런 비난은 우리 수도원에서뿐만 아니라 어디서에서도 저절로 나오게 돼 있는 것이다. 하지만 감정을 볼모로 표도르 파블로비치를 사로잡아 그를 수치의 심연으로 점점 더 몰아넣고 있던 어리석은 악마가 그에게 귀띔해준 것이었다. 과거에 사람들의 입을 오르내리던 이 비난의 말을 말이다. 그 내용을 표도르 파블로비치 자신이 제대로 이해하고 있던 것도 아니었다. 그도 그럴 것이, 그는 문제의 핵심을 찍어 제대로 언급하지도 못했다. 게다가 이번에 장로의 응접실에서 무릎을 꿇고 큰 소리로 고해 성사를 한 사람이 실지로 있는 것도 아니었다. 그러므로 표도르 파블로비치가 자기 눈으로 본 것은 아무것도 없었으며, 그는 그냥 옛날에 들었던 소문 및 유언비어가 기억나는 대로 말하는 것뿐이었다. 하지만 자기가 말도 안 되는 말을 내뱉어놓았다는 것을 느끼자 그는 자신의 말이 전혀 말도 안 되는 것이 아님을 사람들과 스스로에게 증명하고 싶은 생각이 들었다. 그래서 그는 비록 자기가 말 한마디, 한마디를 하면 할수록 자기가 이미 내뱉어놓은 말도 안 되는 말에다가 마찬가지의 말을 더욱더 어리석게 갖다 붙이는 꼴이 될 것임을 뻔히 알고 있었음에도 불구하고, 이미 붙어버린 가속도를 어찌할 수 없었다.

"정말 잘나셨네요!" 하고 표트르 알렉산드로비치가 외쳤다.

"잠깐만요. 예부터 이런 말이 있습니다. '나에 대하여 많은 말을 하기 시작하였으되, 추악한 말에 이르기까지 하니라. 나는 다 듣고 속으로 말하였다. 이것이 예수의 고치심이렷다. 나의 허영에 찬 마음을 고치시기 위하여 보내셨구나.' 그러므로 저희는 귀하신 손님께서 해주신 말씀에 감사하고 순종하겠습니다!"

갑자기 수도원장이 끼어들면서 그렇게 말하고는 표도르 파블로비치에게 공손히 절했다. 머리를 허리 위치까지 낮추면서.

"쯧쯧쯧! 저 위선하며 저 고리타분한 말들하며! 고리타분한 말들에다가 고리타분한 저 몸짓! 케케묵은 거짓말에다가 저 틀에 박힌 절하는 폼! 그런 절 따윈 훤히 알고 있습니다! 실러의 『군도』에 나오는 것처럼, '입술에 키스하면서 심장에 단검 꽂기'라는 걸. 거짓은 싫습니다, 신부님들, 진실을 원합니다! 하지만 제가 말씀드렸다시피, 모래무지에 진실이 있는 건 아닙니다. 수도사 신부님들, 금식은 왜 하십니까? 왜 그래 놓고 하늘에서 상받기를 기대하세요? 그 상이 그렇게 크면 나도 가서 금식하겠소! 에이~, 거룩하신 수도사님, 살아 계실 때 덕을 행하세요. 사회에 소용 있는 일을 하세요. 수도원에만 틀어박혀서 누가 만들어주는 빵만 먹지 마시고. 저 위에서 상 받기를 기대하지만 마시고. 그게 더 어렵다는 거 아세요? 저도 말이에요, 수도원장님, 조리 있게 말할 줄 알아요. 자, 무슨 음식이 차려졌는지 좀 보자."

그러면서 그는 식탁으로 다가왔다.

"오래된 포트 포도주 '팍토리', '옐리세예브 씨 가문 형제들'[58]에서 가져온 프랑스 포도주……. 와! 신부님들! 모래무지랑은 다른데요! 이 병들 갖다 놓으신 것 좀 봐……, 헤헤헤! 이런 거 이리로 누가 다 갖고 온 거예요? 우리 러시아의 일꾼이 몇 푼 받고 그 굳은살 박인 손으로 이리로 갖고 온 거죠? 그러느라고 가족과 함께 있지도 못하고 국가가 필요로 하는 일을 하지도 못했겠네요! 거룩하신 신부님들, 국민의 피를 빨고 계시네요!"

"도가 좀 지나치십니다."

이오시프 신부가 말했다. 파이시 신부는 계속 입을 닫고 있었다. 미우소브는 밖으로 나가기 위해 달려갔다. 그 뒤를 칼가노프가 따라갔다.

"자, 신부님들, 저도 표트르 알렉산드로비치 씨를 뒤따라갈게요. 인제 더 오진 않을 거예요. 무릎 꿇고 빌면서 오라고 하셔도 안 올 거예요. 제가 얼마 전에 천 루블을 이리로 보냈더니 다시금 절 주시더라고요, 헤헤헤!"

허황된 감정에 휩싸인 그가 주먹으로 식탁을 치면서 말을 계속했다.

"제 인생에서 이 수도원은 많은 의미를 지녔어요. 이 수도원 때문에 전 쓰디쓴 눈물을 많이 흘렸어요. 히스테리 걸린 마누라가 이 수도원을 믿고 저한테 대들었어요. 이 수도원에서 일곱 번의 종교 회의를 통해 날 저주하고[59] 그 소문을 주위에 좍 퍼뜨렸어요! 이제 그만요, 신부님들! 지금은 자유주의 시대예요. 기선과 기차가 다니는 시대예요. 천 루블은커녕 100루블도, 100코페이카도, 한 푼도 나한테서 못 받을 줄 아세요!"

여기서도 주의를 기울여야 한다. 우리 동네 수도원은 그의 인생에서 특별한 의미를 지니던 적이 한 번도 없으며, 그는 수도원 때문에 쓰디쓴 눈물을 흘려본 적이 한 번도 없다. 그러나 그는 자기가 꾸며낸 거짓 눈물에 너무 도취되어, 하마터면 스스로 자기 말을 믿을 뻔하기까지 했다. 밀려오는 감정에 진짜로 울음이 터지려 했다. 하지만 그 순간, 이쯤이면 됐다고 느꼈다. 수도원장이 그의 간악한 거짓말에 귀를 기울이며 다시금 거창하게 말했다.

"이런 말씀이 있습니다. '우연히 너에게 닥치는 능욕을 기쁨으로 참고 견디라. 그리고 마음에 근심하지 말며, 너를 능욕하는 자를 미워하지도 말라.' 우리도 바로 그렇게 행동할 것입니다."

"쯧쯧쯧, 또 그 신소리! 무슨 신소리든 맘대로 해보시라고

229

요. 저는 갈 테니까. 아들 알렉세이는 데리고 가야겠소. 오늘부터 영원히 제 친권하에 두겠소. 이반 표도로비치, 존경하는 제 아들에게 저를 따라오라고 명령해도 되겠소? 폰 존, 자넨 뭐 하러 여기 남아 있으려고 하나? 읍내로 가서, 우리 집에 오라고. 우리 집이 훨씬 재미있어. 1베르스타밖에 안 돼. 식물성 기름 대신 돼지고기에 밥이랑 해서 먹자고. 코냑도 한 병 깔게. 그담엔 리큐어. 산딸기주도 있어. 어이, 폰 존, 이런 기회를 놓치지 말라고!"

그는 소리를 지르면서 팔을 휘저으면서 나갔다. 그가 나가던 바로 그때 라키친이 그를 발견하고 알렉세이에게 보라고 했던 것이다.

"알렉세이! 오늘 당장 집으로 와! 베개랑 매트리스 가지고! 그리고 여긴 절대 발도 들여놓지 마!"

멀리서 아버지가 알렉세이를 보고 소리쳤다.

알렉세이가 못 박힌 듯 서서 눈앞의 장면을 말없이 찬찬히 바라보았다. 그러는 중 표도르 파블로비치는 마차에 탔고, 그 뒤를 따라 이반 표도로비치가 알렉세이와 인사하러 돌아다보지도 않고 어두운 표정으로 말없이 마차를 타려고 했다. 그러나 그때 우습지도 않은, 거의 있을 법하지 않은 또 하나의 장면이 벌어짐으로써 본 사건의 피날레를 장식했다. 보아하니 어느 틈에 막시모프 지주가 마차 발판 근처까지 다가가 있었다.

놓치지 않으려고 숨을 헐떡이면서 달려간 것이다. 라키친과 알렉세이는 그가 달려가는 것을 보았다. 그는 서둘러 마차 발판에 발을 올려놓았다. 이반 표도로비치의 왼발이 아직 발판을 떠나지 않은 상태였다. 막시모프는 차체를 손으로 잡고 매달려, 마차 안으로 뛰어들려고 했다.

"저도요! 저도 같이 가요! 나도 같이 가자고요!"

그는 마차에 뛰어들려고 하면서 소리치며 히히거렸다. 얼굴에 더없이 즐거운 표정이 어려 있었으며, 무슨 일도 마다않을 듯했다. 표도르 파블로비치가 승리의 환성을 올렸다.

"그러게 뭐랬어? 폰 존이라고 안 그랬어? 죽은 자 가운데서 살아난 참 폰 존이라고! 근데 거기서 어떻게 뛰쳐나왔어? 당신도 그 무리에서 잔뜩 폰 존 짓을 해서 말썽을 일으켰나 보지? 안 그러면 어떻게 점심 식사를 거부할 수 있었지?? 그러려면 이마가 놋이어야 될 텐데! 나도 한 이마 하는데 자네 이마도 대단하네! 타! 어서 타라고! 들여보내줘, 이반아, 재미있을 거야. 어디 발치에 엎드려 있으라 그래. 엎드려 있을 거지, 폰 존? 아니면 마부랑 같이 마부석에 끼워 태울까? 마부석으로 뛰어 타, 폰 존!"

그러나 이미 자리에 앉은 이반 표도로비치가 아무 말도 없이 갑작스럽게 막시모프의 가슴을 있는 힘껏 밀었다. 막시모프가 저만치 밀려 떨어졌다. 넘어지지 않았다면 다행이었다.

"가자!" 하고 이반 표도로비치가 거세게 마부에게 소리쳤다.

"왜 그래? 너 왜 그래? 저 사람한테 왜 그런 거야?"

표도르 파블로비치가 고함쳤으나 마차는 이미 출발했다. 이반 표도로비치는 아무 대답도 안 했다. 표도르 파블로비치가 아무 말 없이 2분쯤 있다가 다시 아들을 흘겨보면서 말했다.

"야, 인마! 이 수도원에 오자고 한 거 네가 그런 거잖아! 네가 부추기고 네가 결정해놓고 왜 지금 와서 화를 내는 거야?"

"여기 와서 말도 안 되는 얘기는 그만큼 했으면 됐잖아요. 이젠 좀 쉬세요."

이반 표도로비치가 엄하게 잘라 말했다.

"코냑 한잔하면 딱 좋겠네."

표도르 파블로비치가 다시금 아무 말 없이 2분 정도 있다가 그렇게 간결하게 말했다. 하지만 이반 표도로비치는 대답이 없었다.

"집에 가서 너도 한잔해."

이반 표도로비치는 그래도 아무 반응이 없었다.

표도르 파블로비치가 다시 2분쯤 기다리고는 말했다.

"알렉세이를 진짜로 수도원에서 빼내야겠어. 그게 당신한텐 아주 하고 싶지 않은 일일 테지만 말이야, 존경해 마지않는 카를 폰 모어."

이반 표도로비치가 치를 떠는 듯 어깨를 들썩하고는 고개를 돌려 길을 내려다보기 시작했다. 그 뒤 집에 올 때까지 아무도 한마디도 하지 않았다.

제3편
음탕한 사람들

I
하인들의 거처

표도르 파블로비치의 집은 읍내 중심부에 있다고는 할 수 없었지만 그렇다고 변두리에 있는 것도 아니었다. 다분히 오래된 집이었음에도 겉모습은 괜찮았다. 회색으로 칠해진 1층짜리 집 중앙에는 다락방이 간이 2층처럼 건축되어 있고, 철제 지붕은 붉은색이었다. 또한 아직 오래오래 버틸 것 같았다. 실내 공간도 널찍하고 생활하기에 편했다. 집 안에 온갖 창고들이 많았다. 숨바꼭질할 때 숨을 만한 곳도 많았고, 다양한 계단도 많았다. 집에 쥐들이 살았으나, 표도르 파블로비치는 쥐들에게 그리 화가 나지 않았다. '저녁 때 혼자 있을 때 그리 심심하진 않잖아' 하는 게 그의 생각이었다. 사실 그는 밤이 되면 습관적으로 하인들을 딴 건물로 보내고 집에 밤새 혼자 남았다. 딴 건물이란 마당에 따로 서 있는 넓고 튼튼한 건물이었다. 표도르 파블로비치는 그 안에 주방도 만들어 놓았다. 비록 주방은 본채에도 있었지만 말이다. 그는 주방 냄새를 싫어하여, 먹을 것을 겨울에도 여름에도 마당을 거쳐서 가져오도록 했다. 사실 이 집은 대가족을 위해 만들어진 터라 주인 가족과 하인들 합쳐서 현재보다 다섯 배나 더 많은 사람들이 살 수 있었다. 그러나 이 이야기가 진행되던 시간에는 이 집에 표도르 파블로비치와 이반 표도로비치밖에는 아무도 안 살았고, 다른 건물에는 하인 세 명만 살았다. 노인 그리고리, 그의 아내인 노파 마르파, 그리고 아직 젊은 하인 스메르쟈코프였다. 이 하인들에 대해서 좀 더 자세하게 이야기해야겠다. 노인 그리고리 바실리예비치 쿠투조프는 우리가 이미 많이 이야기했다. 그는 성격이 강직하고 의지가 굳센 사람으로서, 의심의 여지가 없는 진리로 여겨지는 어느 한 점이 어떤 이유(놀랄 정도로 비논리적인 이유일 때가 많았다)로 그 사람 앞에 찍힌다고 했을 때, 그 점을 향하여 집요하고 직선적으로 전진해 갔다. 보편적으로 말해 그는 정직하고 청렴했다. 그의 아내 마르파 이그나치예브나는 남편의 의지 앞에서 평생 절대적으로 순종해온 건 사실이지만, 남편한테 매우 귀찮게 하는 여자였다. 예를 들어, 농민 해방 직후 표도르 파블로비치의 집을 떠나 모스크바로 가서 장사를 하자고 남편을 무척 귀찮게 졸라댔다(돈은 어느 정도 있었다). 하지만 그때 그리고리는, 마누라가 거짓말을 하고 있다고 단번에 판단해버렸다. '왜냐하면 여자란 전부 정직하지 않기 때문'이었다. 그리고 원래 모시던 주인을 떠나서는 안 될 일이었다. 그 주인이 어떤 사람이든 막론하고 말이다. '왜냐하면 그것이 시방 자기들의 본분이니까'가 이유였다.

"당신은 본분이라는 게 뭔지 알기나 해?" 하고 그가 마르파 이그나치예브나에게 물었다.

"본분이 뭔지 나 알아, 그리고리 바실리예비치. 하지만 우리가 여기 남는 것이 왜 본분인지, 그걸 전혀 모르겠어" 하고 마르파 이그나치예브나가 지지 않고 대답했다.

"몰라도 돼. 어차피 본분이니까. 앞으론 뭐라 그러지 마."

그렇게 된 것이다. 그래서 그들은 떠나지 않았다. 표도르 파블로비치는 그들에게 급료를 책정해주었다. 그리 큰돈은 아니었지만. 그리고 급료를 꼬박꼬박 지불했다. 한편 그리고리는 자기가 주인에게 큰 영향력을 미치고 있다는 걸 알았다. 그는 그걸 느끼고 있었으며, 그 느낌은 정당한 것이었다. 간교하고 옹고집인 어릿광대 표도르 파블로비치는 그 자신이 직접 표현한 바에 따르면 '삶의 어떤 경우에 있어서는' 아주 강직한 성격의 사람이었는데, 다른 어떤 '삶의 경우들에서는' 자기도 놀랄 정도로 약한 모습을 보였다. 그것이 어떤 삶의 경우들인지를 그 자신이 알았고, 두려워하는 것이 많았다. 삶의 어떤 경우에 있어서는 방심하지 않고 조심해야 했는데, 그럴 때 충직한 사람이 옆에 없으면 헤쳐 나가기 힘들었다. 그런데 그리고리는 더할 나위 없이 충직한 사람이었다. 심지어는 표도르 파블로비치는 사회생활을 하면서 매를 맞을 뻔한 적이 많았는데, 그것도 심하게 맞을 뻔한 적마다 그리고리가 구해줬다. 그러고 나선 반드시 주인한테 훈시를 하곤 했다. 한편 매 맞는 것 자체에 표도르 파블로비치가 그리 겁먹는 것은 아니었다. 표도르 파블로비치는 충직한 가까운 사람이 반드시 필요하다는 것을 확실히 느낄 만한 상태에 있지 않다가 왠지 모르게 순간적으로 갑자기 그 필요성을 느끼곤 했다. 그것은 다음과 같은 거의 비정상적인 경우였다. 방탕의 경지를 달려서 음탕함에 있어 마치 성난 벌레처럼 잔혹함을 보이는 적이 많았던 표도르 파블로비치는 술 취한 상태에서 갑자기 영혼과 관련된 두려움과 전율을 느끼곤 했다. 그 전율은 그의 마음속에서 발생했지만, 말하자면 거의 물리적인 반응의 형태로 나타났다. "그때 마치 내 마음이 목구멍에 걸려서 몸부림치는 것 같았어" 하고 그는 가끔씩 말했다. 바로 그런 때에 그는 자기 가까이에, 비록 한 방에 있는 건 아니고 딴 건물에 있을지라도, 자기랑 전혀 비슷하지 않은, 즉 방탕한 몸가짐의 사람이 아닌, 충성스럽고 견실한 사람이 있기를 바랐다. 비록 모든 방탕의 모습을 보았으며 비밀까지 다 알고 있었지만, 충성스러웠기 때문에 그 모든 것에 넘어가주고 자신의 뜻을 거스르지 않는 사람이었다. 더욱 중요한 점은 질책하지 아니하고 언제든 아무것으로도 위협하지 않았다는 것이다. 필요한 경우 그를 보호해줄 만한 사람이고 말이다. 누구에게서 보호하느냐고? 누군지 모를 그 누구, 하지만 무섭고 위험한 그 누구에게서이다. 그에게는 실로 반드시 자기와 다른 성격의 사람이 필요했다. 오래전부터 알고 지내는 다정한 사람이 말이다. 마음이 아플 때 불러서 그냥 얼굴이나 들여다보고, 또 어쩌면 그리 필요하지도 않은 몇 마디를 주고받을 사람이 말이다. 그랬을 때 그 사람이 화를 안 내면 다행이고, 화를 내면 물론 기분은 안 좋겠지만 말이다. 이런 적도 있었다(비록 아주 드물게이지만). 심지어 밤중에 표도르 파블로비치가 별채에 가서 그리고리를 깨워, 자기한테 잠깐 들르라고 말하는 적 말이다. 그리고리가 오면 표도르 파블로비치는 전혀 필요 없는 이야기를 몇 마디 하고는 곧 가보라고 했다. 어떤 때는 농담을 하고 비웃으면서 도로 보내기도 했다. 그리고 자기는 침을 퉤 뱉고 나서 자리에 눕는 것이었다. 그제야 그는 다리를 쭉 뻗고 자곤 했다. 표도르 파블로비치에게는 알렉세이가 오고 나서도 그런 비슷한 경우가 있었다. 알렉세이는 '살면서 모든 것을 보면서도 아무것도 비난하지 않았다'는 점에서 '그의 마음을 꿰뚫었다.' 뿐만 아니라 여태까지 그가 겪어 보지 못한 점을 알렉세이가 그에게 선사해주었다. 그를 전혀 경멸하지 않는 점, 반대로, 그에게 언제나 다정하고 아주 자연 스럽고 순박하게 정을 주는 점을 말함이다. 그가 그런 대접을 받을 사람이 못 되는데도 말이다. 아내 없이 방탕하게 사는 늙 은이에게 이 모든 것은 완전히 놀랄 만한 일이었다. 여태까지 오로지 '추악한 것'만을 즐겨오던 그가 정말 기대하지 못한 것 이었다. 알렉세이가 가고 나서 그는 자기가 여태까지 이해하 고 싶지 않았던 그 무언가를 이해했음을 스스로 인정하게 되 었다.

이 이야기가 시작될 때 내가 이미 말한 적 있다. 그리고리가 표도르 파블로비치의 첫 번째 아내이자 첫째 아들 드미트리 표도로비치의 모친인 아젤라이다 이바노브나를 싫어했다는 것을. 그리고 표도르 파블로비치의 두 번째 아내이자 히스테 리 환자였던 소피야 이바노브나는 지켜주는 입장이었다는 것 을. 그는 자기 주인, 뿐만 아니라 그녀에 대해 무언가 나쁜 말 이나 경솔한 말을 지껄이는 모든 사람들을 상대로 그녀를 옹 호하는 입장이었다. 이 불행한 여인에 대한 그의 호감은 그 어 떤 성스러운 감정으로 둔갑하여, 20년이 지난 시점에마저 만 약 누군가가 그녀에 대해 약간이나마 나쁜 말을 한다고 치면 참지 못하고 당장 대들곤 했다. 외모상으로 그리고리는 차갑고 근엄해 보였고, 말수가 적었고, 의미가 있는, 경솔하지 않은 말만 했다. 그러다 보니, 온순하고 순종적인 자기 아내를 그가 사랑하는 건지 아닌지를, 처음 봐서는 납득하기가 불가능했다. 사실인즉슨 그는 자기 아내를 사랑했다. 그리고 아내는 물론 그걸 느끼고 있었다. 이 마르파 이그나치예브나라는 사람은 맹하지 않은 여자였음은 물론, 어쩌면 자기 남편보다 더 똑똑하기까지 했다. 적어도 살아가는 일과 관련해서는 남편보다 머리가 잘 돌아갔다. 그럼에도 불구하고 그녀는 남편에게 결혼 초기부터 군소리 없이 순종했으며, 남편이 정신적으로 자기보다 위에 있다고 생각하고 두말할 나위 없이 존경했다. 그들은 평생 동안 서로 나눈 이야기가 매우 적었다. 아주 필요하고 눈앞에 닥친 일들에 대해서만 이야기를 나누었다. 위엄 있고 근엄한 그리고리는 모든 일을 언제나 혼자서 계획해왔으므로, 마르파 이그나치예브나는 그에게 자기의 조언이 필요치 않다는 것을 이미 오래전에 파악한 바였다. 그녀는 남편의 일에 말로 간섭하려 하지 않는 것을 남편이 높이 평가하며, 그 점에서 남편이 자기를 똑똑한 여자라고 인정한다고 느꼈다. 남편이 그녀를 때린 적은 한 번도 없었으며, 굳이 말하자면 한 번은 있었지만, 그저 '살짝'이었다. 아젤라이다 이바노브나가 표도르 파블로비치와 결혼한 첫 해에 시골에서, 당시 아직 농노 신분이던 시골 아가씨들 및 아줌마들이 귀족의 농장에 모여 노래도 부르고 춤도 춘 적이 있다. '들에서'를 부르기 시작했을 때 갑자기 당시 아직 젊은 여자였던 마르파 이그나치예브나가 노래 부르는 무리 앞으로 뛰어나와, 러시아 민요에 맞춰 특이한 스타일로, 아줌마들이 추는 시골풍이 아닌 풍으로 춤을 추었다. 부유한 지주 가문인 미우소브 씨 가문 내의 가족 극장, 즉 무용 교사가 모스크바에서 초빙되어 배우들을 가르치던 그 극장에 농노 신분으로 속한 그녀가 그랬다. 그리고리는 자기 아내가 춤을 추는 것을 보고, 한 시간 뒤 그들이 자기 오두막으로 돌아왔을 때, 머리채를 조금 잡아끌면서 그녀에게 훈시를 좀 한 적이 있다. 그게 전부였다. 이후의 삶 전체에 걸쳐 더 이상은 폭력이 행사된 적이 없었는데, 그도 그럴 것이, 마르파 이그나치예브나가 그때로부터 춤에서 완전히 손을 뗐기 때문이다.

　신이 그들에게 자식 복은 주지 않았다. 아이 하나가 있긴 있었으나, 죽었다. 그리고리는 아이들을 좋아한 게 분명하다. 자기가 아이들을 좋아한다는 걸 숨기지 않았다. 즉 그런 점을 드러내는 것을 창피해하지 않았다. 아젤라이다 이바노브나가 도망갔을 때 그는 만 세 살 났었던 드미트리 표도로비치를 맡아 키우기 시작했다. 거의 일 년을 키우면서 머리도 직접 빗어주고 목욕통에서 목욕도 직접 시켰다. 그 뒤로 이반 표도로비치 및 알렉세이도 그렇게 돌보아줬고, 결과적으로 따귀를 맞게 됐다. 그 이야기는 벌써 했었다. 그가 친자식 때문에 기뻐한 것은 마르파 이그나치예브나가 임신했을 때로 자식을 볼 희망에 기뻐했다. 자식이 태어나자 그의 마음은 비탄과 비참함에 울었다. 자식이 육손이로 태어나서였다. 그걸 보자마자 그리고리는 고뇌에 잠겨, 자식이 유아세례를 받는 날까지 입을 한사코 다물고 있었을 뿐만 아니라, 정원에 가서 혼자 오래 있다 오곤 했다. 봄이었는데 그는 사흘 내내 밭이랑을 팠다. 사흘째 되던 날 아이에게 세례를 베풀어야 했다. 그리고리는 그때 이미 어느 정도 작심을 해놓았다. 성직자들과 손님들이 와 있던, 그리고 표도르 파블로비치도 대부 자격으로 와 있던 자기 농가에 들어와서 그는 별안간 아이에게 '세례를 전혀 베풀지 말아야 한다'고 선언했다. 그 말을 하는 그의 목소리는 너무 작아서 모두 다 듣지는 못했다. 그는 한 단어 한 단어를 겨우 입밖에 내듯이 말하면서 성직자를 생기 없는 눈길로 응시할 뿐이었다.

"아니, 왜요?" 하고 성직자가 놀란 듯 웃으며 물었다.

"왜냐하면 이건…… 용이니까요"* 하고 그리고리가 어정쩡하게 말했다.

"용이라뇨? 무슨 용?"

---

* 크리스트교에서 용은 악의 상징이다. - 역자 주

그리고리가 한동안 가만있었다. 그러다가, 자기 말을 많은 사람들이 듣지 않길 바라는 듯 얼버무리듯이, 다분히 불분명하게, 그러나 힘을 주어서 말했다.

"자연의 혼동 현상이 일어났어요."

사람들은 그 말을 웃어넘겼고, 불쌍한 어린아이에게 세례가 베풀어졌다. 그리고리는 성수반 옆에서 열심히 기도했지만, 아이에 대한 자신의 의견은 바꾸지 않았다. 그렇다고 방해는 하지 않았다. 다만 병든 이 아이가 살아 있던 2주 내내 그는 아이를 거의 쳐다보지도 않았으며, 심지어 아이가 존재한다는 점을 모른 체했으며, 대부분의 시간을 집 밖에서 보냈다. 하지만 아이가 칸디다증으로 2주 후에 죽자 그는 직접 아이를 관에 눕히고 깊은 슬픔의 눈으로 아이를 바라보았다. 무덤을 파서 아이를 묻고는 무릎을 꿇고 무덤 앞에 큰절을 했다. 그때 이후 오랜 세월을 그는 자기 아이를 회상하는 말을 한마디도 하지 않았고, 마르파 이그나치예브나도 그의 앞에서 한 번도 아이를 상기시키지 않았다. 다른 사람들이랑 이야기하다가 아이 얘기가 나올 때에는, 옆에 그리고리가 있든 없든 속삭이는 소리로 이야기했다. 마르파 이그나치예브나가 눈치챈 바에 따르면 그는 아이를 장사 지낸 후로부터 주로 종교와 관련된 행동을 했다. 이를테면 성자전을 주로 알이 둥글고 커다란 자신의 은테 안경을 착용하고 소리 내지 않은 채 속으로 읽었다. 대사순절 기간을 제외하고 그는 소리 내어 읽는 적이 드물었다. 욥기를 좋아했고, 어디에서인지 '신의 체득자 우리의 이삭 시린 신부의' 말씀과 설교집을 구해서 몇 년에 걸쳐 열심히 읽었는데, 거기 쓰인 말들을 거의 아무것도 이해하지 못했어도 책을 높이 평가하고 좋아했던 듯하다. 최근 들어 그는 채찍파의 교리를 귀담아 듣고 관심을 갖게 되었다. 채찍파를 어쩌다 접할 기회가 있었던 모양인데, 채찍파에게서 특별한 인상을 받았지만 신앙을 새 것으로 바꾸는 것은 타당치 않다고 생각한 것 같다. 종교 서적을 많이 읽으면서 그의 얼굴에는 근엄함이 더욱 서리게 되었다.

어쩌면 그에게 원래 신비주의의 경향이 있었는지도 모르겠다. 그런데 육손이 아이의 태어남과 죽음이 다른 매우 이상하고 독특한, 예상치 못했을 사건과 맞아떨어진 것이다. 그 다른 사건은, 그가 나중에 어느 날 직접 표현한 바에 따르면, 그의 마음속에 각인되었다. 육손이로 태어난 아기를 장사 지낸 바로 그날, 마르파 이그나치예브나가 밤에 잠을 깨었을 때 소리가 들렸다. 마치 갓난아이가 우는 듯한 소리였다. 그녀는 겁이 나서 남편을 깨웠다. 그가 잠을 깨어 귀 기울여 들어보니, 누가 신음하는 소리였는데, 여자 같았다. 그는 일어나 옷을 입었다. 다분히 따뜻한 오월의 밤이었다. 현관으로 나갔는데 신음 소리는 정원 쪽에서 나는 것이 확실했다. 그러나 밤에 정원은 농장 쪽에서 자물쇠로 잠겼으며, 다른 곳을 통해 거기 들어갈 수는 없었다. 정원을 뺑 둘러 튼튼하고 높은 담이 쳐져 있었기 때문이다. 그리고리는 도로 집으로 들어가 불을 켜고 정원 열쇠를 챙겨서, 아직도 계속 어린아이의 울음소리가 들린다고, 아마 자기네 아이가 자기를 부르면서 우는 소리일 거라고 하면서 히스테릭한 공포로 떠는 아내를 뒤로하고 말없이 정원으로 들어갔다. 거기서 그는 신음 소리가 정원의 쪽문에서 멀지 않은 곳에 세워져 있는 목욕탕 쪽에서 나는 것을, 그리고 실로 여자의 신음 소리라는 것을 분명히 깨달았다. 목욕탕 문을 열자 그에게 그 장면이 보였다. 그는 그 자리에 얼어붙어 옴짝달싹할 수 없었다. 읍내 거리를 이리저리 돌아다니는 것으로 잘 알려진, 사람들이 리자베타 스메르쟈쉬야*라고 부르는 미치광이 여자가 그 집 목욕탕으로 숨어 들어와, 방금 아기를 낳아놓은 것이다. 갓난아기가 그녀의 곁에 누워 있고, 그녀는 갓난아기 옆에서 죽어가는 중이었다. 그녀는 아무 말도 할 수 없었다. 원래 말을 하지 못하는 여자였다. 어떻게 하다가 이렇게 됐는지에 대한 설명은 꼭 들으면 좋으련만……

_____

* '스메르쟈쉬야'는 '역한 냄새를 풍기는 여자'라는 뜻이다. - 역자 주

II
리자베타 스메르쟈쉬야

그리고리가 전부터 나름대로 추측해오던 것이 한 가지 있는
데, 확신은 못 했지만 아무래도 자기 추측이 맞지 않을까 했다.
그 추측이 맞을 가능성을 생각하면 생각할수록 기분이 나빠지
고 몸서리가 쳐졌다. 그러다가 그가 깜짝 놀랄 수밖에 없었던
특이한 상황이 하나 발생했다. 그 상황은 그의 추측이 옳았음
을 결정적으로 증명해주는 것이었다. 이 리자베타 스메르쟈쉬
야는 키가 아주 작은 여자였다. 그녀가 죽은 후 우리 읍의 신앙
심 돈독한 할머니들 중 많은 분들이 그녀를 불쌍해하는 마음
으로 회상하면서 표현한 바에 따르자면 그녀는 키가 '2아르신*
약간 넘었다.' 만 스무 살인 그녀의 얼굴은 튼실해 보이고 넓고
홍조가 돌았는데, 표정은 다분히 우둔했다. 움직임 없는 시선
에다, 온순하긴 했지만 기분 나쁜 눈빛이었다. 그녀는 일평생
을 걸어 다녔다. 여름에도 겨울에도 삼베로 짠 옷 한 벌만 걸치
고 맨발로 다녔다. 머리카락이 거의 새까맸는데, 숱이 아주 많
고 곱슬곱슬해 마치 양털 같았고, 머리 위에 커다란 모자 모양
으로 얹혀 있었다. 그 밖에도 그녀의 머리카락에는 언제나 흙

---

* 아르신은 러시아의 옛 길이 단위로, 71센티미터에 해당한다. - 역자 주

과 먼지가 묻어 있었고, 나무잎사귀들과 나뭇조각들, 지저깨비들이 들러붙어 있었다. 항상 지저분한 땅바닥에서 그냥 잠을 잤기 때문이다. 소시민 계층이었던 그녀의 아버지 일리야는 파산을 해서 집이 없었고, 병든 몸으로 술을 많이 마셨다. 그는 이미 오랫동안 부유한 집에 일꾼으로 붙어살았는데, 그가 붙어사는 부유한 집도 우리 읍 소시민의 집이었다. 리자베타의 어머니는 별세한 지 오래였다. 항상 몸이 아프고 심통이 나 있던 일리야는 리자베타가 집에 올 때면 비인간적으로 구타하곤 했다. 하지만 그녀가 집에 자주 오는 건 아니었다. 걸인 성자로 취급받던 그녀는 읍 어딜 가도 살 곳을 찾곤 했다. 일리야를 데리고 있던 주인들도, 일리야 자신도, 뿐만 아니라 동정심에 충일했던 읍내의 많은 사람들, 특히 상인 계급 사람들이, 리자베타에게 얇은 옷 한 벌 대신에 좀 더 나은 옷을 입혀 보았고, 겨울에는 그녀에게 꼭 모피 외투를 입히고 발에는 장화를 신겼으나, 그리고 그럴 때마다 그녀는 저항하지 않고 사람들이 입히는 대로 다 입되, 밖에 나가면 어딘가에서, 주로 대성당 입구에서, 그걸 다 벗어서 헌물로 바치곤 했다. 머플러든 치마든 모피 외투든 장화든 다 거기다 벗어놓고 전처럼 얇은 옷 한 벌만 걸치고 맨발로 떠나곤 했다. 우리 주에 새로 부임해온 주지사가 말을 타고 우리 읍을 돌다 리자베타를 보고, 점잖은 사람 입장에서 '저건 아니지!' 하고 느꼈다. 사람들의 보고를 들은 바대로 그 여자가 걸인 성자라는 걸 파악했으나, 그래도 얇은 옷 하나만 걸치고 방랑하는 젊은 여자가 미관을 해친다는 이유로, 그녀의 행각을 금지시켰다. 하지만 주지사가 떠나자마자 사람들은 다시금 리자베타를 마음대로 하고 다니도록 놔뒀다. 결국 그녀의 아버지가 사망하여 그녀가 고아가 되자, 신을 믿는 모든 사람들에게 그녀는 더욱 동정심을 사게 되었다. 실로 그녀를 사람들이 심지어 좋아했다고까지 할 수 있다. 아이들마저도 그녀를 놀리거나 모욕적으로 대하지 않았다. 우리 읍 아이들, 특히 학교 다니는 아이들은 시비를 걸기 좋아하는 게 사실임에도 말이다. 그녀가 모르는 집에 들어가도 아무도 내쫓지 않았고, 그와는 반대로 누구나 친절하게 대하고 한 푼이라도 적선을 하곤 했다. 그러면 그녀는 그 한 푼을 받아서 곧장 교회 헌금함이나 형무소 자선 모금함에 가서 넣었다. 시장에서 사람들이 그녀에게 둥그런 흰 빵 같은 걸 주면, 그녀는 반드시 그걸 받아서 갖고 가다가 처음으로 마주치는 어린이에게 주었다. 아니면 우리 읍의 부잣집 아가씨들 중 누구를 잠시 멈추게 하여 그 아가씨에게 주기도 했다. 그런 경우 아가씨들은 심지어 기꺼이 그것을 받곤 했다. 리자베타 자신은 흑빵과 물만 먹었다. 그녀가 물건이 풍부한 상점에 와 앉으면, 바로 가까이에 비싼 상품이 놓여 있고 돈도 놓여 있고 해도, 주인들은 그녀를 조심하는 적이 전혀 없었다. 그녀 앞에다 수천을 내놓고

서 잊어버리고 있더라도 그녀가 그중 단돈 1코페이카도 안 갖고 가리라는 것을 알았기 때문이다. 그녀가 교회에 가는 적은 드물었고, 잠은 교회 입구에서 자거나, 혹은 누구네 집 울타리를 넘어가(우리 읍에는 오늘날까지도 담장 대신에 울타리가 많다) 채소밭 같은 데서 자곤 했다. 집에는, 그러니까 고인이 된 그녀의 아버지가 빌붙어 살던 주인들의 집에는 보통 일주일에 한 번씩 나타났다. 겨울이 되면 매일 왔다. 하지만 밤에만 와서, 현관이나 외양간에서 잠을 잤다. 그녀가 그런 삶을 계속 지탱하는 것을 보고 사람들은 놀랐지만, 그녀 자신은 익숙했다. 비록 키는 작았지만 체격이 보통이 아니게 다부졌다. 우리 읍의 어떤 양반들은 그녀가 그렇게 사는 것이 오직 자존심 때문이라고 주장했지만, 그건 별로 맞지 않는 얘기인 것 같았다. 그녀는 간간이 혀를 놀리기도 하고 소 울음소리와 비슷한 소리를 내기도 할 뿐이지, 제대로 된 말은 한마디도 못 하는 지경인데 자존심은 무슨 자존심이냐 말이다. 한번은 이런 일이 일어났다(벌써 오래된 일이다). 보름달이 뜬 9월의 한 따뜻한 밤이었는데, 우리 고장에서 치는 대로 하면 벌써 많이 늦은 시간이었다. 그때 우리 읍 사내들 다섯 혹은 여섯으로 이루어진 무리가 술을 거나하게 걸치고 술집으로부터 마을 뒤쪽 거리를 따라 각자의 집으로 돌아가는 길이었다. 골목 양편에는 울타리가 쳐져 있고 그 울타리 너머로는 집들에 속한 채소밭이 펼쳐졌다.

골목을 따라 계속 가면, 냄새 나는 기다란 웅덩이를 가로지르도록 다리처럼 설치된 널빤지들을 만나게 된다. 사람들은 이 웅덩이를 때로 시냇물이라고 불렀다. 쐐기풀과 우엉이 우거진 울타리 근처에서 우리의 패거리가 발견한 것이 있었으니, 바로 잠자고 있는 리자베타였다. 한잔씩 걸친 양반들이 걸음을 멈추고 그녀를 내려다보며 낄낄거리는가 하면 온갖 걸쭉한 표현들을 있는 대로 다 섞어 농담들을 해댔다. 어느 지주 귀족 집안의 아들 한 사람의 머릿속에, 여간해서는 감히 상상도 못 했을 기묘하기 짝이 없는 생각이 찾아들어, 그가 이렇게 화제를 꺼냈다. "이런 짐승 같은 존재를 지금 한순간이라도 좋으니 여자로 대할 사람이 있을까?" 그 말을 듣고 모두들 치를 떨며, 그럴 사람은 없을 거라고 했다. 그런데 바로 이 무리에 표도르 파블로비치가 끼여 있었다. 그가 순식간에 튀어나오면서, 충분히 여자로 대할 수 있다고 했다. 게다가 뭔가 독특한 자극마저 느낀다고 했다. 사실상 당시 우리 고장에서 그는 너무나도 당돌하게 어릿광대 역할을 자청하고 나섰으며, 무리 중 튀면서 나머지 사람들을 웃기는 일을 참으로 좋아했다. 물론 겉으로는 다른 사람들이랑 고만고만하게 보였지만, 사실은 부끄러움을 모르고 거리끼는 게 없는 점에 있어 타의 추종을 불허했다. 그때가 바로, 그가 페테르부르크로부터 첫 번째 아내 아젤라이다 이바노브나의 사망 소식을 들었을 때였다. 그가 상복 차림으로 술을 마시면서 부린 추태가 어느 정도였나 하면, 읍내의 내로라하는 다른 난봉꾼들마저도 인상을 찌푸릴 정도였다. 패거리를 이루던 사내들은 예상 밖의 입장을 대하고 일단 웃음을 터뜨렸다. 그중 한 명은 어서 해보라고 표도르 파블로비치를 부추기기 시작했지만 나머지 사내들은 더욱 꺼림칙해했다. 비록 아직 흥이 가시지 않은 상태였지만 말이다. 결국은 각자가 자기 갈 길로 갔다. 나중에 표도르 파블로비치는 맹세하듯 말했다. 그때 다른 사람들이 다들 집에 갈 때 자기도 갔다고. 어쩌면 실제로 그랬을 수도 있다. 아무도 진상은 몰랐다. 그러나 다섯 달인가 여섯 달 후에 리자베타의 배가 부르자 사람들은 진정으로 어처구니없어했으며, 누구의 짓인지, 누가 그녀를 능욕했는지 서로 물어보고 조사해보고 그랬다. 그러다 읍내 전체에 걸쳐서, 그녀를 능욕한 것이 바로 표도르 파블로비치라는 이상한 소문이 퍼졌다. 그 소문이 어떻게 해서 퍼지게 되었을까? 무리 지어 함께 놀았던 사내들 중 그때 읍내에 남아 있던 사람은 한 사람밖에 없었는데 말이다. 그것도 나이가 많은, 가족 내에 장성한 딸 둘을 둔 의젓한 공무원으로서, 심지어 그만한 근거가 있다고 하더라도 소문을 낼 사람이 전혀 아니었다. 무리 지어 함께 놀았던 다른 다섯 명쯤의 사내들은 그때쯤 타지에 흩어져 있었다. 그럼에도 불구하고 바로 표도르 파블로비치의 짓이라는 소문이 계속해서 돌았다. 물론 표도르 파블로비치는 나서서 자신이 그런 사람이 아니라고 말하지 않았다. 그는 상인들이나 소시민들의 질문에는 답하지도 않았을 것이다. 당시 그는 거만하여, 관리들, 귀족들하고만 함께 이야기하고 그들을 웃기곤 했다. 바로 당시가 그리고리가 열심히 전력을 다해 자기 주인을 대변하던 때이다. 자기 주인을 헐뜯는 말들에 대항하여 그를 옹호했을 뿐만 아니라, 그를 대신하여 남들과 욕을 하며 싸우거나 긴 논쟁을 벌여 결국 많은 사람들의 의견을 바꿔놓곤 했다. "그 여자 잘못이지" 하고 그는 자신 있게 말하곤 했다. 그는 그 여자를 능욕한 자는 다름 아닌 나사못 카르프(당시 주 형무소를 탈옥하여 우리 읍에 숨어 살고 있다고 읍내 전체에 알려진 공포의 범죄자를 그렇게 불렀다)라고 했다. 그런 가정은 다분히 그 개연성을 인정받았다. 사람들은 카르프라는 사람을 기억하고 있었다. 바로 가을 문턱에 이르렀던 그즈음에 카르프가 읍내를 다니면서 세 사람을 대상으로 강도질 했던 것을 말이다. 어쨌든 리자베타와 관련된 모든 소문들로 인하여 이 불쌍한 여자에 대한 사람들의 동정은 약해지기는커녕, 다들 그녀를 더욱더 보호해주고 소중히 대해 주려 했다. 콘드라치예바라고 하는 남편을 여읜 부유한 상인 여자가 4월 말쯤 됐을 때 벌써 리자베타를 자기 집에 들여, 해산할 때까지 밖에 내보내지 않으려 했다. 엄하게 감시했지만 리자베타가 별안간 마지막 날 저녁 몰래 콘드라치예바의 집을 탈출하는 일이 생겼고, 그녀는 결국 표도르 파블로비치의 정원에 숨어든 것이다. 그런 몸으로 높고 튼튼한 정원 담장을 어떻게 넘었는지는 수수께끼로 남게 되었다. 어떤 이들은 누군가가 그녀가 담을 넘는 것을 도와줬다고 말했고, 또 어떤 이들은 어떤 미지의 힘이 담을 넘도록 했다고 말했다. 아마도 모든 것이 매우 현묘한 방식으로, 그러면서 동시에 자연스러운 방식으로 이루어졌던 듯하다. 잠을 자기 위하여 울타리를 뚫고 남의 채소밭에 들어갈 줄 알았던 리자베타였는지라 표도르 파블로비치 집의 담장도 어떻게 해서인지 넘을 수 있었고, 임신한 몸이었음에도 불구하고 다쳐 가면서까지 담장 위에서 정원으로 뛰어내렸을 것이다. 그리고리는 마르파 이그나치예브나에게로 가서 리자베타를 도와주라고 이르고서, 자기는 마침 근처에 살던 소시민 계층의 산파 할머니를 데려오기 위해 달려갔다. 갓난아이는 살렸지만 리자베타는 새벽녘에 숨을 거두었다. 그리고리는 갓난아이를 집으로 데려와 아내의 무릎에 올려놓고 말했다. "신이 주신 아이야. 고아는 누구에게나 친자식과 같아. 하물며 우리에게야 이루 말할 수가 없지. 죽은 아이가 이 아이를 우리에게 보내준 거야. 이 아이는 악마의 아들과 의로운 여자 사이에서 난 자식이야. 우리가 기르기로 하고, 이제부터 울지 마." 그렇게 해서 마르파 이그나치예브나가 아이를 양육하게 되었다. 성례를 주면서 이름을 파벨로 지었다. 그리고 부칭

에 대해선 누가 그러라고 한 적도 없는데 모든 이들이 표도르
비치라는 부칭으로 그를 부르게 되었다. 표도르 파블로비치는
여기에 반대하지 않았고, 오히려 그것이 재미있다고 생각했
다. 비록 자기의 행적에 대해서는 전과 마찬가지로 부인했지
만 말이다. 읍내에서는, 그가 버려진 아이를 맡아 키운다는 것
을 좋게 생각했다. 나중에 표도르 파블로비치는 이 버려진 아
이에게 스메르쟈코프라고 불렀다. 아이 모친을 사람들이 리
자베타 스메르쟈쉬야라는 이름으로 불렀기 때문이다. 바로 이
스메르쟈코프가 표도르 파블로비치의 두 번째 하인이 되어,
지금 우리가 논하는 역사의 처음 시점에서부터 노인 그리고리
와 노파 마르파와 더불어 별채에 살고 있었다. 그는 요리사의
역할을 하면서 살았다. 그에 대해 무언가 특별하게 할 말이 있
긴 하지만, 나로서는 나의 글을 읽는 독자의 관심을 이토록 평
범한 하인들에게만 너무 오래 쏠리게 하기가 마음에 부담이
되는 고로, 스메르쟈코프에 대해서는 소설이 계속 진행되는
중 저절로 알게 될 것이기에, 내 이야기의 좀 더 중요한 부분으
로 넘어가기로 하겠다.

III

시를 통한 뜨거운 마음의 고백

알렉세이는 아버지가 마차를 타고 수도원에서 출발하면서 그에게 소리쳐 내린 명령을 듣고 한동안 그 자리에 서서 어쩔 줄을 몰랐다. 그렇다고 그가 정말로 기둥처럼 서 있던 것은 아니다. 그는 그런 적이 없었다. 그와는 반대로, 불안한 마음은 있었지만 그래도 곧 수도원장의 주방으로 가, 아버지가 거기서 어떤 행동을 했는지를 알아보았다. 그 뒤 그는 수도원을 나와 읍내 쪽으로 길을 걸으면서, 이제 어떻게 해야 할 것인가라는 괴로운 문제를 어떻게든 풀어볼 심산이었다. 한 가지 미리 말해둘 것은, 아버지의 고함, 그리고 '베개와 매트리스를 가지고' 집으로 오라는 명령은 조금도 무섭지 않았다는 것이다. 그는, 집으로 거처를 옮기라는 명령이 그토록 허세에 찬 고함의 형태인 것은 아버지가 '자기 감정에 몰두하다 보니' 생긴 결과요, 심지어는 '미적 감각을 살리려고 하다 보니' 생긴 결과라는 것을 너무나도 잘 알고 있었다. 읍에 거주하는 소시민 중 어떤 이는 얼마 전 자신의 영명축일에 더 이상 보드카를 못 마시게 한 것 때문에 화가 나서 손님들이 다 보는 가운데 자기 집의 식기들을 깨고 자기 옷과 아내의 옷을 찢고 자기 집 가구를 부수고 마침내는 집 창문들을 깨버려 꽤 많은 재산 손실을 냈는데,

표도르 파블로비치의 행동도 마치 그와 유사하다고 할 수 있다. 그 소시민이 마지막에 집 창문들을 깬 것은 바로 사건의 최후를 극적으로 장식하려는 하나의 미적 감각에 기인했다고 할 수 있으니 말이다. 그다음 날 술이 깬 그 소시민은 자기가 깨부순 잔들과 접시들을 아까워했다. 알렉세이는 그와 마찬가지로 자기 아버지가 바로 내일 자기를 다시 수도원에 가도록 놓아줄 것을 알고 있었다. 어쩌면 오늘 그럴 수도 있고 말이다. 알렉세이는 아버지가 자기를 함부로 대하지 않을 것이라고 확신했다. 다른 사람은 함부로 대할지 몰라도 말이다. 뿐만 아니라 알렉세이는 이 세상 그 누구도 자기를 절대로 함부로 대하지 않을 것이며, 함부로 대할 수가 없을 것이라고 확신하고 있었다. 이것은 그에게 영원히 변할 수 없는 공리요, 논란의 여지가 없는 자명한 이치였다. 이 점에서 그는 어떠한 주저함도 없이 다만 정진하는 입장이었다.

하지만 지금 그에게는 다른 두려움이, 완전히 다른 성격의 두려움이 마음속을 맴돌았다. 더욱이, 그냥 맴돌 뿐 아니라 마음을 괴롭히고 있었다. 그 정체가 무엇인지 그는 확실히 알 수 없었다. 그것은 말하자면 여자로 인한 두려움이었고, 구체적으로는 카체리나 이바노브나와 관련된 두려움이었다. 좀 전에 호흘라코바 부인을 거쳐 그에게 전해진 그 쪽지에서 카체리나 이바노브나가, 무슨 일인지는 몰라도, 자기한테 꼭 들르라고 그리도 절박하게 애원했다. 반드시 들러야 한다는 요구와 필요성이 부담이 되어, 오전 내내, 그 생각을 하면 할수록 점점 더 짓눌리는 느낌이 들었다. 방금 전 수도원장의 주방에서의 사건을 포함하여 그 뒤에 수도원에서 일어난 모든 엽기적 사건들에도 불구하고 말이다. 그는 카체리나 이바노브나가 무슨 얘기를 할지, 또 거기에 어떻게 답해야 할지를 모르기 때문에 두려운 것이 아니었다. 그리고 카체리나 이바노브나가 여자라서 두려운 것도 아니었다. 여자를 잘 모르는 건 사실이었지만, 그래도 유년기부터 수도원에 들어올 때까지 그는 계속 여자들과만 함께 살아왔다. 그가 두려워하던 것은 바로 카체리나 이바노브나라는 사람 자체였다. 그는 그녀를 맨 처음 봤을 때부터 무서웠다. 그가 그녀를 본 것은 한 번 아니면 두 번밖에 안 될 것이다. 글쎄, 어쩌면 세 번일지도 모르겠지만 말이다. 언젠가 그녀와 몇 마디 이야기를 나누기도 했다. 그에게 새겨진 그녀의 이미지는 도도하고 위엄 있는 미모의 여자라는 이미지였다. 그러나 그녀의 미모 때문에 그가 부담을 느끼는 건 아니었다. 그가 부담을 느끼는 원인은 무언가 다른 것 때문이었으나 불분명했기에 그의 두려움은 더욱 심해졌다. 그녀가 보자고 하는 것은 한없이 착하고 순수한 의도에서였다는 걸 그는 알고 있었다. 그녀는 그의 형 드미트리를 구하고자 했다. 드미트리는 이미 그녀 앞에 죄를 지은 상태였는데도 말이다. 그녀는 자기가 관대한 마음을 가졌다는 이유 하나로 드미트리를 그가 처한 상황에서 꺼내주려고 했다. 그런데, 그런 그녀의 의도를 알고 있으면서도, 그녀의 그 모든 아름답고 훌륭한 감정이 옳은 것임을 인정하면서도, 알렉세이는 그녀의 집에 가까워지면 가까워질수록 등줄기가 서늘해져오는 것을 느끼고 있었다.

　지금 그녀의 집에 가면 그녀와 아주 가까운 사이인 형 이반 표도로비치가 없을 거라는 데에 그의 생각이 미쳤다. 형 이반은 지금 아마 아버지와 함께 있을 것이었다. 드미트리 역시 그녀의 집에 지금 없을 것은 당연했다. 왜 그런지는 넘겨짚어 예상할 수 있었다. 그러므로 그녀와의 대화는 일대일 대화가 될 것이었다. 그는 이 피할 수 없는 대화에 임하기 전에 드미트리의 집에 들러 그를 보고 싶은 마음이 아주 간절했다. 편지는 보여주지 않고 드미트리와 무언가 말을 나눌 수 있을 것이다. 하지만 형 드미트리는 멀리 살았으며, 지금 아마 집에 없을 것이었다. 알렉세이는 한자리에 일 분쯤 서서 고민하다가 결국 결정을 했다. 그는 익숙한 빠른 동작으로 성호를 긋고서 미소를 한차례 지은 다음 그 무서운 여자의 집 쪽으로 결연한 발걸음을 옮겼다.

　그는 그녀의 집을 알았다. 하지만 볼샤야로*까지 갔다가 그

---

* 볼샤야는 거리 이름으로서 고유명사인데, '볼샤야'는 '크다'는 뜻이다. - 역자 주

다음에 광장을 거치고 하다 보면 꽤 먼 거리다. 우리 읍은 인구가 아주 많은 건 아니지만 집들이 아주 띄엄띄엄 떨어져 있어, 어디서 어디를 가려 하면 거리가 다분히 먼 경우가 많다. 지금은 또한 아버지가 그를 기다리고 있는 시점이었다. 자기가 내린 명령을 아직 잊어버리지 않았을 테니, 빨리 안 가보면 왜 빨리 안 왔냐고 화를 낼 만도 했다. 카체리나 이바노브나의 집에 빨리 가야 아버지 집에도 빨리 갈 수 있으므로, 서둘러야 했다. 이런저런 모든 생각 끝에 알렉세이는 뒷길들을 이용하기로 결정했다. 그래야 지름길로 가는 셈이었다. 그는 이 읍의 모든 길들을 자기 손바닥 보듯 알고 있었다. 뒷길들을 통해 간다는 것은 사실 거의 길이 아닌 데를 따라간다는 것을 뜻했다. 황량하고 인적 없는 담장들을 따라 가다가 때로는 남의 집 울타리를 타고 넘기도 하고 남의 농장 옆을 지나가기도 했다. 농장 옆을 지날 때는 사람들이 그를 다 알았기 때문에 인사를 나눴다. 아무튼 그런 식으로 가면 볼사야로까지 거리가 두 배는 짧아졌다. 가다가 거쳐야 하는 지점들 중 아버지의 집과 아주 가까운 지점이 있었다. 바로 아버지 집 정원과 이웃하는 정원이었다. 그 이웃 정원은 창문이 네 개 달린, 낡고 기울어진 작은 집이었다. 그 집의 여주인은 알렉세이가 알기로는 다리를 못 쓰게 된 도시민 노파로, 딸이랑 같이 살고 있었다. 딸은 수도에서 문명의 이기를 누리며 계속 장군들 밑에서 하녀로 일하다가 일 년쯤 전부터 모친의 병으로 집으로 돌아와 다른 사람들에게 자신의 멋진 드레스를 자랑하며 지내고 있었다. 그러나 이 노파와 딸은 지독한 가난을 맞게 되어, 심지어 이웃집인 표도르 파블로비치의 집 부엌으로 매일 와서 수프와 빵을 얻어 가는 처지였다. 마르파 이그나치예브나는 그들이 오면 기꺼이 수프를 따라 주었다. 한편 그 집 딸은 수프를 얻으러 올지언정 자기 드레스는 한 벌도 팔지 않았다. 드레스들 중 하나는 땅에 끌리는 기다란 천이 뒤에 달린 것이었다. 이 드레스에 대해 알렉세이는 친구 라키친에게서 아주 우연히 들어 알게 되었다. 라키친은 읍내의 일이란 일은 모조리 알고 있었다. 한편 알렉세이는 그 드레스에 대해서는 이내 머릿속에서 잊었다. 하지만 이웃집 정원 옆을 지나게 된 지금 그는 갑자기 그 뒤로 길게 끌리는 천이 떠올라서 고개를 숙인 채 생각에 잠겨 있다가 갑자기 고개를 들었는데, 그때 전혀 예상 못 했던 사람과 마주치게 되었다.

드미트리 표도로비치가 울타리 너머 이웃집 정원에 서서 상체를 울타리 밖으로 쭉 빼고 그에게 열심히 손짓을 하고 있었다. 가까이 오라는 표시였다. 큰 소리로 부르기는커녕 보통 크기의 소리로 부르지도 못 할 상황인 것 같았다. 다른 사람이 들으면 안 돼서 말이다. 알렉세이는 즉시 울타리로 가까이 다가갔다. 드미트리 표도로비치가 반가워하며, 속삭이는 목소리로 빠르게 말했다.

"네가 이쪽을 쳐다본 게 얼마나 다행인지 몰라. 안 그랬으면 소리쳐서 불러야 되나 싶었어. 어서 이리로 넘어와! 어서! 야, 네가 왔으니 얼마나 다행이냐! 그러지 않아도 방금 네 생각을 했었는데."

알렉세이도 역시 반가웠지만, 울타리를 어떻게 넘을지 몰랐다. 그러나 드미트리 표도로비치가 힘센 팔로 그의 팔꿈치를 잡아 울타리를 뛰어넘도록 도와줬다. 알렉세이는 법의를 걷어 올리고, 맨발의 도시 소년에게 있음직한 민첩함으로 울타리를 뛰어넘었다.

"잘했어! 자, 가자!"

드미트리가 힘찬 속삭임으로 말했다.

"어딜?"

알렉세이도 속삭이면서 사방을 둘러보았다. 텅 빈 정원에는 자기랑 드미트리 외에 아무도 없었다. 정원은 작았지만 이 집 주인이 사는 건물이 그래도 한 오십 보는 떨어져 있었다. 알렉세이가 물었다.

"여기 아무도 없는데 형은 왜 속삭이는 거야?"

"왜 속삭이냐고? 참, 그러게 말이다!"

드미트리 표도로비치가 큰 목소리로 말했다.

"내가 뭐 하러 속삭이지? 허, 참, 그러고 보니! 내가 몰래 여길 와서 아무도 모르게 하려고 하다 보니까 말까지 비밀스럽게 해야 될 것 같은 생각이 들었나봐. 안 속삭여도 되는데 바보같이 속삭이고 있었네. 나중에 설명해줄게. 가자! 저쪽으로! 그때까진 아무 말도 하지 마. 알았지?

세상에서 가장 높으신 분께 영광!
내 안에서 가장 높으신 분께 영광!

너 오는 거 보기 전에 여기 앉아서 이 말을 뇌까리고 있었어."
정원은 1제샤치냐*쯤 되거나 혹은 그보다 약간 컸지만, 나무들이 사방에 둘러쳐진 담을 따라서만 심겨 있었다. 사과나무, 단풍나무, 피나무, 자작나무 같은 나무들이었다. 정원 가운데 공간은 풀들만 자라는 빈 공간으로, 여름 동안 건초 몇 푸드**가 쌓이곤 했다. 여주인이 봄부터 이 정원을 몇 루블을 받고 대여했다. 산딸기, 까치밥나무 등이 심긴 밭도 담 근처에 있었고, 집 건물 근처에는 가꿔진 지 얼마 되지 않은 채소밭까지 있었다. 드미트리 표도로비치는 이 정원에서 집 건물이랑 가장 먼 구석으로 알렉세이를 데리고 갔다. 피나무, 까치밥나무, 덧나

무, 연복초, 수수꽃다리가 오래전부터 빽빽하게 자라온 수풀 사이에서, 아주 옛날에 지어진 듯한, 본래 녹색이었으나 거무스름해지고 찌그러진 원두막 같은 것이 모습을 드러냈다. 벽은 골조만 남아 있었으나, 아직까진 그 지붕 밑에서 비도 피할 수 있을 만했다. 언제 세워졌는지 모를 원두막이었으나, 전해지기로는 50년쯤 됐다고 했다. 당시 이 집의 소유자이던 퇴역한 중령 알렉산드르 카를로비치 폰 슈미트가 세운 것이라 했는데, 이미 바닥이 다 썩고 마룻장들이 다 너덜거렸고 나무에서 습한 냄새가 났다. 그 안에는 땅에 박아서 설치해놓은 녹색의 목재 탁자가 있었고, 주위로 둥그렇게 사람들이 앉을 수 있도록 벤치가 만들어져 있었다. 그것도 녹색이었다. 아직까진 거기에 앉을 만했다. 알렉세이가 보기에 형은 기분이 아주 좋았다. 아니나 다를까, 원두막 안에 들어가자 탁자 위에 코냑 반병과 잔이 놓여 있는 것이 보였다.

"이거 코냑이야! 넌 '어이구, 또 술독에 빠져 있군!' 하고 생각하겠지? 하지만 보이는 게 다가 아니라고!

군중의 말은 공허와 기만이다.
너의 의심을 다 잊어버려라.[61]

난 술독에 빠진 게 아니라 맛을 즐기는 거야, 네가 아는 더러

운 인간 라키친이 한 말처럼 말이야. 그놈 민원 담당 공무원이
돼서도 '난 맛을 즐기는 거야' 하겠지. 앉아라. 난 너를 품 안에
가두고 네가 짓눌릴 정도로 꽉 끌어안고 싶어. 왜냐하면 이 세
상에서 진짜로, 진짜로(알겠냐, 응?) 사랑하는 사람은 오직 너 하
나니까!"

그는 거의 격앙된 감정으로 마지막 말을 했다.

"너 하나, 그리고 또, 내가 반한 '못된 년' 하나 있지. 반하는
바람에 난 망했어. 반했다는 게 곧 사랑한다는 건 아니야. 반하
는 건 미워하면서도 반할 수 있는 거야. 기억해둬! 지금은 아
직 내가 이렇게 기분이 좋아서 얘기하고 있어. 앉아. 저쪽으로
앉아. 내가 이쪽 옆에 앉아 널 보면서 이야기하게. 넌 조용히
내 말을 들으면 돼. 난 계속 말할게. 왜냐하면 때가 됐거든. 참,
있잖아, 내가 생각을 해봤는데, 진짜로 좀 조용히 말을 해야 될
거 같아. 왜냐하면 여기……, 여기 어쩌면 웬 복병이 숨어서 우
리 말을 들을지도 모르기 때문에. 다 설명해줄게. 아까 그랬잖
아, 다 설명해주겠다고. 내가 왜 널 그렇게 만나고 싶어했는지,
지금 왜 꼭 네가 있었으면 좋겠다고 생각했는지 말이야. 요즘
매일같이 그랬고, 방금 전에도 그랬어(나 여기 죽치고 있는 거 벌
써 닷새째야). 왜 매일같이 그랬냐 하면, 너 한 사람한테만 내 말
을 할 수 있으니까. 왜냐하면 그래야 했었으니까. 왜냐하면 네
가 필요하니까. 왜냐하면 내일 구름 위에서 뛰어내릴 거니까.

왜냐하면 내일 삶이 끝나고 다시 시작될 거니까. 너 그런 경험 해봤냐? 꿈에서라도 해봤냐? 절벽에서 밑으로 떨어지는 경험 말이야. 근데 난 이제 실제로 떨어질 거란 말이야. 무섭진 않아. 너도 무서워하지 마. 아, 내 말은, 그러니까, 무섭긴 무서운데, 달콤해. 아, 그러니까, 달콤하다기보다는 기쁘지. 에이, 어떻든 다 마찬가지야! 마음이 강하든, 마음이 약하든, 마음이 계집애 같든, 어떻든 간에! 이 자연이 얼마나 좋으냐! 봐, 이 햇빛, 맑은 하늘, 푸른 나뭇잎들, 아직 여름이 안 갔어. 오후 세 시가 지난 시간의 이 고요함! 근데 너 어디 가는 길이었냐?"

"아버지 집에 가는 길이었는데, 그전에 카체리나 이바노브나 씨 집에 좀 들를 생각이었어."

"그 여자 집에 들렀다가 아버지 집에 간다고? 야, 이렇게 딱 맞아떨어질 수가! 내가 널 왜 불렀는지 알아? 왜 널 보고 싶어 했는지, 왜 너를 보려는 갈망을 내 마음의 모든 구석구석에서 느꼈고 심지어 갈비뼈로도 느꼈는지 알아? 널 아버지한테 보내서 말을 전하고 싶었어. 그다음에 그 여자한테도. 카체리나 이바노브나 말이야. 그리고 그 여자하고도, 아버지하고도 딱 끝내버리려고. 그러기 위해서 천사를 보내야 하는 거야. 사실 누구든 보낼 수 있었지만, 난 천사를 보내고 싶었던 거야. 그런데 네가 알아서 그 여자하고 아버지한테 가는 길이었다니!"

"진짜 날 보내고 싶었어?"

알렉세이가 가련해하는 표정으로 그렇게 말했다.

"너 알면서 왜 그래? 내가 보니까 너 그냥도 이미 알고 있었거든. 하지만 아직은 뭐라 그러지 마. 불쌍하다고 생각하지도 말고 울지도 마."

드미트리 표도로비치가 일어나서 생각에 잠기면서 손가락을 이마에 갖다 댔다.

"그 여자가 널 오라고 불렀든지, 너한테 편지를 썼든지, 아니면 또 다른 뭔가가 있었겠지. 그래서 네가 그 여자한테 가는 거 아니겠어? 그게 아니라면 네가 갈 이유가 없잖아."

"쪽지 여기 있어."

알렉세이가 주머니에서 쪽지를 꺼냈다. 드미트리가 눈으로 단번에 훑어 내려갔다.

"그래서 뒷길로 가고 있었구나! 오, 신들이시여, 애를 뒷길로 보내서 날 만나게 해주신 것 감사합니다! 마치 동화에서 금물고기가 한심한 늙은 어부한테 잡힌 것처럼.[62] 야, 알렉세이야, 내 동생아, 지금 내가 모든 얘기를 다 할게. 왜냐하면 어차피 누군가에게는 이야기를 해야 하거든. 하늘 위의 천사에게는 이미 말했어. 근데 땅 위의 천사한테도 말해야 해. 네가 땅 위의 천사야. 내 말을 잘 듣고 스스로 판단해라. 그리고 용서해라. 나한테 필요한 건 누군가 높으신 분이 날 용서하는 거야. 자, 들어봐. 만약 두 개의 존재가 갑자기 모든 세상적인 것에서 분리되어, 비범한 존재가 되어 날아간다면, 아니면 그 둘 중 적어도 하나만이라도 그런다면, 그리고 날아가거나 죽기 전에 나머지 한 존재에게 와서 자기한테 뭘 좀 해달라고 부탁한다면 말이야, 그런데 그 부탁이 보통은 그 아무도 전혀 하지 않을 법한 부탁이고, 단지 임종 시에만 할 법한 부탁이라면 말이야, 그럼 그 나머지 한 존재가 과연 그 부탁을 안 들어줄까? 만약 친구이거나 형제라면 말이야."

"내가 들어줄게. 근데 뭔지 말해야 들어주지. 그리고 빨리 말해야 돼" 하고 알렉세이가 말했다.

"빨리 말하라고? 음……, 서두르지 마, 알렉세이야. 넌 서두르고 안절부절못하는데, 지금은 서두를 이유가 이미 없어. 지금 이 세상은 새로운 길로 나왔어. 야, 알렉세이야, 안타깝다, 네가 조금만 더 생각했더라면 이게 얼마나 기쁜지 알았을 텐데! 하긴 내가 지금 무슨 얘기를 하는 거니? 네가 얼마나 생각이 깊은 앤데! 나 같은 덜떨어진 놈이,

인간이여, 고상해질지어다![63]

라고 말하면 되겠냐? 근데 이게 누구 시지?"

알렉세이는 기다리기로 했다. 그가 하려고 했던 모든 일들을 정말 바로 이곳에서 해야 하는 걸 수도 있었다. 드미트리는

팔꿈치를 탁자에 괴고 머리를 손으로 받친 채 잠시 생각에 잠겼다. 두 사람 다 조용히 있었다. 그러다 드미트리가 말했다.

"알렉세이야, 비웃지 않을 사람은 너밖에 없을 거야. 난 나의 고백을…… 송가로 표현하고 싶어. 실러가 들으면 환희를 느낄 거야. An die Freude!*⁶⁴ 하지만 나 독일어로는 몰라. 'An die Freude'밖에 몰라. 내가 지금 술 취해서 횡설수설한다고 생각하지 마. 나 술 취해서 이러는 거 전혀 아니야. 코냑은 코냑이지만, 내가 취하기 위해선 두 병은 있어야 돼.

　또 홍조 띤 얼굴의 실레노스,
　걷다 넘어진 나귀를 타고 있네,⁶⁵

근데 난 사분지 일 병도 안 마셨고, 난 실레노스도 아니거든. 난 실레노스가 아니라 강한 자야.** 왜냐하면 용감한 결정을 내렸으니까. 말장난해서 미안해. 오늘 네가 나 용서할 거 참 많다. 물론 이 얘기는 말장난이 아니야. 걱정하지 마. 나 지금 필요 없는 얘기까지 좍 늘어놓는 거 아니니까. 필요한 얘기고, 이

---

*　환희의 송가. (독일어)

**　'실레노스'라는 러시아어 단어와 '강한 자'라는 러시아어 단어가 철자가 같고 발음만 다른 것을 이용한 말장난이다. - 역자 주

러다 순식간에 핵심을 말할 테니까. 자, 이제 그만 본론을 말할 게. 잠깐만, 그러니까 어떻게 되더라?"

그는 고개를 들고 잠시 생각하더니 갑자기 열정적인 어투를 취하고 이렇게 읊었다.

야만의 벌거숭이 혈거인은 가만히[66]
바위 동굴 안에서 숨어 있었네,
이리저리 다니는 유목민은 들판이
황폐해져가도록 방랑을 했네.
수렵인은 제 몸에 창과 화살 갖추어
위협하며 누볐네, 깊은 숲속을.
아아, 가련하여라, 큰 파도가 떠밀어
낯선 험한 땅으로 던져진 자들!

올림포스산에서, 그 꼭대기로부터
내려오네, 어머니 케레스 여신.
납치당한 프로세포네를 따라서
사나운 세상 앞에 서게 된 여신.
여신은 그곳에서 먹을 것도, 쉴 곳도
아무것도 찾아서 얻질 못했어.
신에 대한 숭배를 말해주는 신전도

그곳에선 하나도 찾을 수 없어.
송이송이 달콤한 들의 선물 열매들
잔치 자리 가운데 빛나지 않고,
육체의 잔해들만 뿜어대네, 연기를,
얼룩진 제단에선 피가 흐르고.
케레스가 어디로 비애에 찬 눈길을
돌리든 보이는 건 오직 능욕뿐.
눈은 보고 있었어, 능욕당한 사람을.
어디든 깊이 능욕당한 사람뿐.

　　드미트리의 가슴에서 흐느낌이 터져 나오고 있었다. 그는
알렉세이의 손을 덥석 잡고 말했다.
　　"사랑하는 동생아, 사람은 지금도 능욕당하고 있어. 사람은
이 땅에서 당해야 할 게 너무나 많아. 사람에게 비통한 상황이
너무나 많아! 장교 직책이 아까운 파렴치한이라고 나에 대해
생각하지 말아 줘. 코냑이나 마시고 방탕하게 논다고 말이야.
난 있잖아, 거의 이 한 가지 생각만 하고 있어. 능욕당한 사람
에 대한 생각만. 글쎄, 내 말이 틀리지 않다면 그렇다는 거지.
이제 항상 맞는 말만 하고 살아야 하는데. 자기 자랑은 안 하고
말이야. 그래서 능욕당한 사람에 대해 생각하는 거야. 내가 바
로 그 사람인 거 같아.

영혼으로 떨치고 일어나라, 사람아![67]

비천하고 천박한 처지로부터.

수십억 년 역사의 어머니인 이 땅과

맺은 인연 사람은 끊을 수 없어.

근데 있잖아, 내가 어떻게 땅과 끊을 수 없는 인연을 맺는단 말이야? 나는 땅에 입을 맞추기 싫고, 땅의 가슴속으로 파고들고 싶지 않아.[68] 나보고 농부나 목동이 되란 말이야? 길을 걸으며 아무리 생각해봐도 알 수가 없어, 내가 처한 세상이 악취를 풍기는, 치욕으로 가득한 세상인지, 아니면 빛이 영롱한, 기쁨이 넘치는 세상인지. 바로 그래서 세상은 안 좋은 거야. 이 세상 모든 것이 수수께끼거든! 그래서 내가 사람들 앞에서 더할 나위 없이 큰 수치를 불러일으킬 만한 방탕한 생활에 잠기게 될 적마다(나는 항상 그래 왔어) 난 케레스와 사람에 관한 그 시를 암송하곤 했어. 그랬더니 내 상황이 좀 나아졌느냐고? 그럴 리가 없지! 왜냐하면 난 카라마조프거든. 왜냐하면, 내가 만약 끝없는 심연으로 떨어진다면 아무래도 머리부터 떨어질 테니까. 머리가 밑으로 가고 발은 위로 가게. 그런 굴욕적인 자세로 떨어지는 것에 만족하기까지 해. 차라리 그래야 좀 더 그럴듯하게 보일 것 같아. 그리고 그런 수치를 느낄 때에 내가 갑자기 송가를 부르기 시작하는 거야. 비록 내가 저주받은 놈일지라도, 비록 내가 저속하고 쓰레기 같은 인간이지만, 그래도 나의 신께서 입으신 법의의 끄트머리에 나도 입맞추고 싶어.[69] 비록 내가 악마와 발맞춰 길을 간다 하여도, 그래도 난 당신의 아들입니다, 주여! 당신을 사랑하나이다. 그리고 기쁨을 느낍니다. 그런 기쁨 없이는 이 세상이 서 있을 수 없고 존재할 수 없습니다.

신의 피조물의 심령[70]
영원한 기쁨 넘쳐.
기묘한 발효의 영성
삶의 잔에 불 붙여.
풀은 뻗네, 빛을 향해.
혼돈은 항성 되네.
끝없는 우주 공간 내
성좌 되어 빛나네.

자비한 자연의 품에
숨 쉬는 만물들이
기쁨 품고 다 기쁨에
이끌리네, 다 같이.
아름다움, 싱싱함을

우리 선물받았네.

쾌락 누리네, 벌레들.

천사 신 앞에 섰네.

이제 시는 그만 읊을게! 나 눈물 좀 흘렸어. 너도 내가 우는 거 갖고 뭐라고 하지 마. 바보 같다며 다들 손가락질해도 괜찮아. 너만 안 그러면 돼. 네 눈도 반짝거리는구나. 아무튼 시는 이만하면 됐어. 이제 벌레들에 대해 좀 말하고 싶은데, 바로 벌레들에게 신은 쾌락을 누리도록 허락하셨어.

'쾌락 누리네, 벌레들.'

이라고 했잖아! 내 동생아, 내가 바로 벌레야. 그리고 그 시에서는 바로 내 얘기를 하는 거야. 그리고 우리 카라마조프 가문 사람들이 다 그래. 너는 천사지만 네 속에도 그런 벌레가 살면서 네 피에 파문을 일게 하고 있어. 멋과 아름다움은 아주 무섭고 끔찍한 존재야! 왜 무섭냐 하면, 멋과 아름다움이 무엇이라고 정의할 수 없기 때문이야. 왜 정의할 수 없냐 하면, 신이 온통 수수께끼만 던져놓았기 때문이야. 서로 반대되는 것들이 모여 있어. 온갖 모순들이 같이 살고 있어. 동생아, 나는 아주 무식하지만, 그런 생각은 그래도 좀 했어. 밝혀지지 않은 게 너무 많아! 이 세상에서 사람은 너무 많은 수수께끼 때문에 기를 펼 수가 없어. 수수께끼를 자기가 알아서 풀고 자기가 빠진 상황으로부터 무사히 빠져나와야 돼. 아름다움이라는 거! 내가 참을 수 없는 건, 어느 누구도, 생각이 더 깊은 사람일지라도, 머리가 아주 똑똑한 사람일지라도, 시작은 성모적 이상에서 하되 끝에 가선 소돔적 이상을 따른다는 거야.[71] 더욱 무서운 것은 뭐냐 하면, 마음속에 소돔적 이상을 갖고 있는 사람조차도 성모적 이상을 부정하지 않으며, 성모적 이상으로 인해서 마음이 뜨거워지며, 그것도 진실로, 진실로 뜨거워진다는 거야. 마음 순수한 어린 시절에 그렇듯이 말이야. 사람은 너무나 여러 방향을 갖고 있어. 심할 정도로. 나 같으면 방향을 좀 좁히겠어. 도대체 왜 그런 건지 모르겠어. 머리로 생각하면 수치스럽다고 할 일이 가슴으로 느낄 땐 한없이 멋지고 아름답거든. 소돔에 멋과 아름다움이 있을까? 이건 진짠데, 소돔에야말로 엄청나게 많은 사람들이 느낄 만한 멋과 아름다움이 깃들어 있다고! 너 이 비밀을 원래 알고 있었니, 아니면 모르고 있었니? 멋과 아름다움이 무서울 뿐만 아니라 베일에 싸인 듯한, 비밀스러운 존재라는 것 또한 끔찍한 일이야. 악마가 신과 전쟁을 벌이는데, 그 전쟁터가 되는 것은 바로 인간의 마음이야. 누가 어디가 아프면 그 사람은 아픈 데를 말하잖아. 자, 들어봐, 이제부터 본론이다.

IV
일화를 통한 뜨거운 마음의 고백

나 거기서 호화롭게 놀았어. 아까 아버지가, 내가 아가씨들 유혹하느라고 수천씩 썼다고 했잖아. 그건 말도 안 되는 헛소리야. 그런 일은 한 번도 없었어. 내가 그런 일에 돈을 왜 써? 돈 없이도 가능했어. 나한테 있어서 돈은 액세서리이고, 한번 진하게 놀아보기 위해서 필요한 것이고, 주위 상황을 만들어주는 것이야. 오늘은 이 여자가 내 여자였다가, 내일은 거리의 아가씨가 그 여자를 대신해. 이 여자도 재미있게 해주고 저 여자도 재미있게 해주느라고 돈을 물 쓰듯 하는 거야. 악단을 불러 와자지껄 놀고 집시 여자들 불러서 놀고 하느라고. 여자가 자기한테 돈이 필요하다고 하면, 주지. 왜냐하면, 주면 가지거든. 가져도 아주 신난다고 가지거든. 나는 그게 좋은 거야. 여자들이 진짜 좋아하고 고마워해. 귀족 가문 여자들이 날 좋아했어. 다는 아니지만 날 좋아하는 귀족 가문 여자들이 있었어. 하지만 난 언제나 뒷골목을 좋아했지. 인적 없는 컴컴한 뒷골목들을. 광장이 아니라, 그 뒤로 들어가면 있는. 그런 데에 가야 뭔가 엽기적인 일, 예상 밖의 일이 벌어지고, 그런 데에 가야 진흙 속의 진주를 찾을 수 있거든. 내가 비유적으로 말하는 거 알겠지? 내가 살던 곳에 그런 뒷골목들이 실지로 있었다는 게 아니라, 윤리적으로 뒷골목에 해당하는 부류가 있었다는 거야. 네가 나였다면 아마 이게 무슨 말인지 이해했을 거야. 음탕하게 노는 걸 좋아했어. 치욕적일 만큼의 음탕한 삶을 좋아했어. 잔인한 것을 좋아했어. 내가 빈대 같은 해충이 왜 아니어야 돼? 나 이래 봬도 카라마조프 씬데. 언젠가 나 살던 곳 사람들이랑 단체로 놀러 갔어. 말 세 필이 끄는 썰매 일곱 대가 갔어. 겨울에 어두운데 썰매를 타고 간 거야. 내가 옆에 앉은 아가씨 손을 꽉 잡고 기습 키스를 했지. 그 아가씬 공무원 딸이었어. 돈은 별로 없고, 예쁘고 참하고 온순한 여자야. 키스를 허락하더군. 또 많은 것을 허락하더라고, 어둠 속에서 말이야. 불쌍한 것, 그다음 날 내가 자기한테 와서 청혼할 거라고 생각한 거야. 중요한 건, 내가 좋은 신랑감이라는 평을 얻고 있었다는 거야. 근데 난 그 여자랑 그 일이 있고 나서는 입 싹 닦고 다섯 달 동안 한마디도 안 꺼냈지. 홀 모퉁이 저편에서 나를 지켜보는 눈길을 느낄 수 있었어. 예를 들어 무도회 때. 거기서 무도회는 아주 자주 열려. 그 여자의 눈이 불타는 걸 내가 봤지. 조용한 분노로 불타더구먼. 그런데 그런 상황이, 벌레인 나의 쾌락을, 내 속에 자라던 벌레의 쾌락을 더욱 자극했어! 다섯 달 후에 그 여자가 공무원한테 시집을 가서 그 지방을 떠났어. 나에게 화가 난 상태로. 어쩌면 그때까지도 계속 날 좋아하고 있었을 거야. 지금 그 부부는 행복하게 살고 있어. 내가 너한테만 말해주는 거라고 알고 있어라, 응? 그 여자한테 해가 될까 봐 아무한테도 얘기 안 했었어. 내가 저질적으로 색을 밝히고 저질스러운 걸 좋아하긴 해도, 명예를 무시하진 않는다. 너 왜 얼굴이 빨개지고 그래? 눈빛이 변했고 말이야. 이런 지저분한 얘기 더 못 들어주겠니? 지금까지 말한 건 아무것도 아니야. 폴드 콕[72]의 꽃에나 비할까……. 잔인한 벌레는 이미 자라서, 마음속에 자리를 잘 닦아놓았으니 말이야. 내가 거쳐간 연애 사건들 다 모으면 두꺼운 앨범 하나 나올 거야. 내가 거쳐간 착한 여자들한테 부디 신께서 건강을 축복하셨으면 좋겠네! 난 관계를 청산하면서 말다툼 같은 거 안 하려 했어. 그리고 단 한 명의 여자도 명예를 손상시키는 행동은 안 했어. 아, 그만하자. 설마 내가 이런 잘나지도 않은 이야기 들려주려고 이리로 널 불렀다고는 생각 안 하겠지? 그건 아니고, 내가 좀 더 흥미로운 얘기를 들려줄게. 내가 네 앞에서는 부끄럽지도 않게 이런 얘기들을 하게 되네. 오히려 너한테 이런 이야기들을 할 수 있어서 기쁠 따름이야."

"형 내가 얼굴 빨개졌다고 해서 그러는 거지? 난 형 얘기 때문에, 형 행동 때문에 얼굴 빨개진 거 아니고, 알고 보니 나도 형이랑 다를 게 없다는 생각 때문이야."

"네가? 나랑? 너 너무 멀리 간 거 아니야?"

"멀리 간 거 아니야."

알렉세이가 흥분을 머금고 말했다. 사실 오래전부터 갖고 있던 생각을 발표하려는 듯했다.

"모두 다 하나의 계단 위에 서 있는 거야. 나는 맨 밑의 단에, 형은 저 위의 단에, 뭐, 말하자면, 열세 번째 단에 발을 딛고 서 있을 뿐이야. 내가 보기엔 그래. 어차피 가는 방향은 한 방향이야. 맨 밑의 단에 발을 올려놓은 사람은 언젠가는 위의 단에 발을 올려놓게 돼."

"그럼 애초에 발을 들여놓지도 말았어야 된다 이거니?"

"그럴 수만 있다면."

"너는 그럴 수 있어?"

"아닌 거 같은데."

"어찌 그런 말을! 알렉세이야, 그러지 마라. 난 네가 예뻐서 손에 입맞추고 싶을 지경이야. 이 그루셴카라는 년이 자기가 사람을 잘 안다고 하더구먼. 언젠가 나한테 그랬는데, 자기가 언젠가는 널 잡아먹겠대. 아니야, 아니야, 못 들은 것으로 해라. 이런 비위 거슬리는 이야기는 그만하고, 똥파리가 똥 싸질러놓은 마당에서 그만 놀고, 다른 데로 옮아가자. 내 뼈저린 슬픔에 대한 얘기로. 뭐, 사실 거기도 똥파리가 똥 싸질러 놓은 마당인 건 마찬가지지만. 그러니까 더럽고 추악한 게 많다는 거지. 내가 숫처녀들 유혹한다고 노인네가 헛소리 나불거렸는데, 사실은 말이지, 그러니까 나의 뼈저린 슬픔 속엔 말이지,

그 비슷한 일이 있긴 있었어. 비록 한 번뿐이었지만. 근데 그 일이 제대로 된 것도 아니야. 있지도 않은 일 갖다 붙여대면서 날 비방한 노인네도 정작 이 일은 모를 거야. 왜냐하면 내가 한 번도 누구한테 말한 적 없거든. 너한테 처음으로 얘기하는 거야. 이반은 예외고. 이반은 다 알아. 너보다 더 먼저, 오래전부터 알고 있어. 하지만 이반은 입이 자물통이야."

"이반 형이?"

"응."

알렉세이가 드미트리의 말에 온통 주의를 기울였다.

"내가 이 국경 수비 대대에서 말이지, 준위로 있었긴 한데, 그래도, 그, 뭐랄까, 감시하에 있었어. 마치 유형수라도 된 것처럼. 어쨌든 그곳에서 나는 인기가 무척 좋았거든. 나는 돈을 물 쓰듯 썼어. 사람들이 내가 부잔 줄 알더라고. 사실 나도 내가 부자라는 환상에 빠져 있었어. 근데 꼭 그게 아니더라도, 어떤 다른 점에서도 내가 사람들 마음에 들었나 봐. 사람들이 머리를 흔들긴 했어도,[73] 날 좋아하는 것도 사실이었어. 그런데 내 상관으로 있던 중령이, 이미 나이 많이 든 사람인데, 그 사람이 갑자기 날 싫어하게 됐어. 사소한 거 가지고도 괜히 나한테 뭐라 그랬어. 나로선 사실 뭐 별거 아니었어. 다른 사람들은 대부분 날 좋아했으니까. 나한테 트집 잡을 만한 게 별로 없었거든. 사실 그 양반이 날 싫어하게 된 건 내가 일부러 그 양반한테 경의를 표하지 않았기 때문이지. 잘난 척하느라고. 이 고집불통 영감은 외모가 아주 준수하고 남들 대접하는 걸 참 잘했는데, 결혼을 두 번 했었대. 아내는 다 고인이 됐고. 그중 첫번째 아내는 아주 평범한 여자였는데, 딸을 하나 낳아줬어. 딸역시 평범해. 내가 거기 있을 때 딸이 벌써 스물다섯쯤 됐었고, 아버지랑 이모랑 같은 집에 살았어. 이모는 과묵하고 단순한 여자였는데 그 조카딸은, 그러니까 중령의 첫째 딸은, 생기발랄하고 단순한 여자였어. 옛날 여자 추억하면서 그 여자에 대해 좋은 말 해주는 거 나 좋아해. 있잖아, 난 그런 매력 있는 성격을 가진 여잘 본 적이 없어. 이름이 아가피야였어. 상상해보라고. 아가피야 이바노브나였어. 생긴 것도 그 정도면 예쁘지. 러시아적으로. 키도 크고 살집도 좋고 통통하고. 눈이 아주 예뻤지. 얼굴은, 글쎄, 좀 선이 굵다고나 하겠지만. 시집을 안 가고 있었어. 구혼자가 둘이나 있었는데도 시집 안 가겠다고 하면서 혼자 해해대며 지냈어. 그러다가 나랑 잘된 거야. 아, 잘됐다는 게 그걸 말하는 건 아니고, 깨끗한 관계였어. 그냥 친구로 잘 맞았다는 거야. 나 여자랑 진짜 순수하게 친구로서 잘 지낸 적도 많은 사람이야. 나는 그 여자한테 적나라한 말도 노골적으로 다 했거든. 그러면 그 여잔 웃느라고 뒤집어지는 거야. 노골적인 표현 좋아하는 여자들 많아. 잘 기억해둬. 그리고 또그 여자는 나를 재미있게 해주는 여자였어. 전혀 귀족 가문 아가씨 같지가 않았어. 아버지랑, 또 이모랑 같이 살았는데, 그 여자는 스스로 자기를 낮춰가면서, 상류 사회 사람들과만 어울리려 하질 않았어. 사람들이 다 그 여자를 좋아했고, 그 여자의 도움을 필요로 했어. 왜냐하면 재봉 기술이 수준급이었거든. 재능이 있는 데다, 재봉 일을 해주고 돈을 요구하지도 않았어. 마음씨 좋게 그냥 해주는 거였어. 물론 누가 주는 것은 거절하지 않았지만. 그 중령으로 말할 것 같으면, 그곳에서 제일 가는 인물이라고 해도 과언이 아니었어. 인심이 좋아서 많은 사람들을 집으로 초대해서 저녁도 베풀고 무도회도 베풀고 그랬어. 내가 그곳에 가서 대대에 입대했을 때, 소문이 좍 돌았는데, 중령의 둘째 딸이 수도에서 곧 올 거라는 거였어. 둘째 딸은 미인 중 절세미인이라고 하더구먼. 수도에 있는 한 귀족 대학을 방금 나왔다는 거였어. 그 둘째 딸이 바로 카체리나 이바노브나인 거야. 중령의 둘째 부인이 낳은 딸이야. 중령의 둘째 부인은 이미 별세했는데, 귀족 집안 출신이었어. 무슨 저명한 장군 가문 출신이었대. 비록 믿을 만한 소식통한테서 들은 바로는 둘째 부인이 중령에게 지참금을 한 푼도 갖고 오지 않았지만. 그러니까 집안이 그런 집안이었던 게 별 도움이 안 된 거야. 장래에 뭐 어떻게 할 거고 하는 말들은 있었지만 무일푼이었어. 어쨌든 이 대학 마친 딸이 왔을 때(어느 정도 와 있으려고 온 거였지, 눌러앉으려고 온 건 아니었어), 그곳 읍 전체가 마치 새 단장을 한 듯했어. 고명하신 귀족 부인들이, 그중엔 최고 관리의 부인 두 명과 대령 부인 한 명이 있었는데, 그 부인들이 중령의 둘째 딸을 마치 포섭하다시피 해서, 무도회다 피크닉이다 모셔가며 왕비 대접을 해주고, 재미있게 해준답시고 삼류 활인화 같은 걸 연출하기도 하고 그랬어. 그 부인들이 그러니까 다른 사람들도 다 따라 하기 시작했어. 나는 상관 안 하고 나름대로 잘 지내다가, 그때 내가 기발한 행동 하나를 해가지고 읍 전체가 떠들썩했어. 내가 보니 그 여자가 날 머리부터 발끝까지 훑어보더군. 그건 포대장 집에서였어. 그때 난 다가가서 인사하지 않았어. 누구랑 아는 사이 되는 거 그다지 안 중요하게 여긴다고 생각하라지 하고선. 내가 그 여자한테 다가간 건 며칠 뒤였어. 그때도 연회가 있었는데, 내가 그 여자한테 말을 붙였어. 조금 쳐다보는 척하더니 말더군. 무시하는 듯이 입술 딱 다물고. 내가, '그래, 어디 두고 보자' 하고 생각했지. 당시 대부분의 경우에 나는 거칠고 무례한 태도로 일관했어. 내가 남들한테 그렇게 보이겠다는 걸 나 스스로가 알겠더라고. 또 알겠던 것이 뭐였나 하면, 카체리나가 그냥 대학 갓 졸업한 순진한 아가씨가 아니라, 강직하고 자신만만하고 덕을 추구하며, 무엇보다도 현명하고 유식하다는 거였어. 근데 난 현명하지도 못하고 유식하지도 못하거든. 넌 내가 프러포즈를 하고 싶었다고 생각하니? 절대 그렇지 않아. 그냥 내가 이렇게 잘났는데 그 여자는 그걸 못 느끼는 것에 대해서 복수를 하고 싶었던 거야. 그건 나중이고, 그전 얘길 더 하자면, 난 계속 술 퍼마시고 깽판치고 했어. 참다못했는지 중령이 날 사흘간 구류시켜놓더군. 근데 마침 바로 그때쯤 아버지가 나한테 육천을 보내왔어. 그건 내가 모든 것에 대한 권리를 포기한다는 의사를 정식으로 서면상으로 아버지한테 보낸 다음이었어. 그러니까 아버지랑 나랑 계산이 끝났으니까 더 이상 아무것도 요구하지 않겠다는 의사 표시였지. 그때 난 정말 아무것도 몰랐어. 난 말이지, 동생아, 여기 오기 직전까지, 뿐만 아니라 지금 얼마 전까지, 심지어는 오늘까지도, 아버지와 나 사이의 돈 문제를 둘러싼 이 모든 싸움에 대해 아무것도 이해하지 못했어. 근데 그건 그렇다고 치고, 그건 나중에 말하기로 하고, 아까 얘길 계속하자면, 그 육천을 받고 나서 나는 갑자기 한 친구의 편지 한 통을 통해, 나로서 더할 나위 없이 흥미로운 사실 하나를 확실히 알아내게 됐어. 뭐냐 하면, 우리 중령이 남들의 불만을 샀으며, 그의 일에 뭔가 구린 데가 있다는 의심을 받고 있다는 거였어. 한마디로, 그의 적들이 그를 넘어뜨리려고 간책을 쓰고 있는 거였어. 아니나 다를까 사단장이 직접 와서 살벌하게 혼쭐을 내더구먼. 그 뒤 얼마 있다가 퇴역하라는 명령이 떨어지더구먼. 그 얘기를 너한테 다 자세하게 하지는 않겠고, 단, 진짜로 중령은 적을 갖고 있었던 거야. 그곳 사람들이 갑자기 중령의 가족 전체를 심할 정도로 차갑게 대했어. 모두가 마치 밀려왔던 파도가 밀려가듯 단번에 싹 멀어지더구먼. 그때 바로 나의 작전이 먹혀든 거야. 내가 아가피야 이바노브나하고는 계속 우애를 유지하고 있었거든. 그 여잘 만나서 내가 이랬지. '지금 아버지가 국고금 4500루블 안 갖고 있지?' 그러니까 이러더군. '그게 무슨 소리야? 얼마 전에 장군 왔었을 때 그 돈 고스란히 있었는데, 뭘.' 내가 이랬지. '그땐 있었지만 지금은 없잖아.' 그러니까 겁을 잔뜩 집어먹고 이러더군. '왜 그런 식으로 겁주고 그래? 누구한테서 들었어?' 내가 이랬지. '걱정하지 마. 아무한테도 말 안 할게. 나 그런 문제에서 입 무거운 거 잘 알잖아. 단지 내가, 말하자면 만약을 대비해서 한마디 덧붙이고 싶어. 사천오백을 반납하라는 요구가 아버지한테 들어왔는데 아버지가 그 돈이 없는 경우, 괜히 재판에 출두하고 연세 잡수셔서 사병들한테 감시받는 처지에 놓이실 것 없잖아. 그런 경우에 그냥 나한테 네 동생을 비밀리에 보내라고. 마침 나한테 돈 들어온 게 있거든. 동생한테 내가 사천쯤 내주고, 비밀은 엄중하게 지킬 테니까.' 그러니까 이러더군. '야, 이게 이제 보니까······ 아주 비열한 인간이네(진짜로 그렇게 표현했어)! 어쩌면 그렇게 못돼먹을 수가 있어? 이 비열한 인간! 어떻게 그럴 수 있어?' 그러면서 화가 잔뜩 나서 가더군. 가는 걸 뒤에다 대고 다시 한번 외쳤지. 비밀은 틀림없이 엄중하게 지켜질 거라고. 나중에 알게 된 사실인데, 아가피야하고 그 이모가 아주 천사같이 마음 착한 여자들이었어. 아가피야 동생, 그러니까 자의식 강한 카체리나를 그 두 여자가 아주 신줏단지 모시듯 했더라고. 스스로 자진해서 시중을 들 정도였어. 어쨌든 아가피야는 내 작전, 그러니까 내가 자기한테 말한 내용을 그때 자기 동생한테 전해줬어. 나중에 가서 내가 그걸 확실히 알게 됐어. 아가피야가 나하고 나눈 대화를 혼자만 알고 있지 않고 자기 동생한테 전해준 거야. 내가 원하는 게 바로 그거였고.

갑자기 소령 하나가 대대에 발령받아 오더니 대대를 인수했어. 늙은 중령은 갑자기 병이 나서 움직이질 못한다고 그러대. 새로 발령받은 이 소령에게 중령이 국고금을 내줘야 되는데, 병이 나서 이틀 내내 집에만 있느라고 내주질 못하는 거야. 근데 중령이 꾀병이 아니었다고 하더군. 우리 군의관 크라프첸코가 그랬어. 아무튼 나는 비밀 소식통을 통해 확실히 알고 있었어. 그것도 오래전부터. 내가 알고 있었던 게 뭐냐 하면, 그 돈 있잖아? 수뇌부에서 정기적으로 와서 그 돈이 잘 있는지 검사를 해. 수뇌부에서 나온 사람이 검사 끝내고 돌아가기만 하면, 그다음에 얼마 동안 그 돈은 딴 데 가 있는 거야. 그렇게 되어온 게 벌써 4년쯤 됐었어. 중령이 잘 알고 지내던 한 사람에게 그 돈을 대출금으로 내줘왔던 거야. 그곳 상인 트리포노프라고 있었거든. 나이 많은, 턱수염 기르고 금테 안경 쓴 홀아

비였는데, 중령한테 아주 충직하고 성실하게 대하던 사람이지. 그 사람이 돈을 받아서 시장에 가서 자기한테 필요한 거래를 하고 나서 중령에게 그 돈을 그대로 돌려주는 거야. 돈만 돌려주는 게 아니라 선물조로 시장에서 무슨 물건도 가져다주는 거야. 물건 가져다주면서 이자도 가져다주는 거야. 계속 그래 왔는데, 딱 그때 돼서는(내가 그때 모든 진상을 진짜 우연히 듣게 됐어. 트리포노프의 침흘리개 아들놈한테서 들은 거야. 열댓 살 된 놈이었는데, 자기 아버지 사업을 이어받을 놈이었어. 이 세상에서 둘째가라면 서러울 후레자식이지), 딱 그때 돼서는 트리포노프가 시장에서 와 가지고 아무것도 안 돌려줬어. 중령이 눈에 불을 켜고 트리포노프에게 달려들었지. 트리포노프 하는 말, '제가 언제 중령님한테서 뭘 받았습니까? 그랬을 리가 없습니다.' 그렇게 돼서, 우리의 중령님은 이제 집에서 머리를 수건으로 동여매고 앉아 있는 거야. 그 집 여자 세 명이 중령 머리에 얼음찜질을 해주고 있었어. 그러고 있는데 덜컥 전령이 장부와 명령서를 들고 당도한 거야, '국고금을 지체 없이 두 시간 후에 반납할 것'이라는 명령서를. 중령은 서명을 했어. 그 서명을 내가 나중에 장부에서 직접 봤어. 중령이 일어나더니, 군복을 입으러 간다고 하면서 나가서 자기 침실로 갔어. 거기서 총열이 이중으로 된 자기 소총에다 화약을 재고 군용 탄환을 집어넣고는, 소총을 가슴에 댄 다음 장화를 벗은 오른발로 방아쇠를 찾기 시작했어. 그런데 아가피야가 벌써 예감을 했어. 그때 나한테 들은 말을 기억하고 있었던 거야. 아가피야가 몰래 아버지를 따라 가서 적시에 그 장면을 본 거야. 방으로 뛰어 들어가 뒤에서 아버지한테 달려들어 끌어안았어. 소총이 천장을 향해 발사됐기 때문에 아무도 안 다쳤어. 나머지 사람들이 달려 들어와 아버지를 붙잡고 소총을 뺏고 손을 꼼짝 못 하게 붙들고 있었어. 이 모든 걸 내가 나중에 자세히 알게 된 거야. 그때 난 집에 있었거든. 황혼녘이었는데, 집에서 나가 볼까 하고 옷을 입고 머리 빗고 스카프에 향수 뿌리고 모자를 손에 들었는데 갑자기 문이 열리더니 내 앞에, 내가 사는 집에, 카체리나 이바노브나가 와서 우뚝 서는 거야.

이상한 일이 가끔 일어나곤 하잖아? 그때 그 여자가 우리 집에 올 때 거리에서 아무도 그 여잘 보지 못한 거야. 그래서 그곳에서 이 일이 완전히 비밀로 남게 된 거야. 내가 세 들어 살고 있던 집이 지방 공무원으로 일하는 두 할머니들의 집이었는데, 그 양반들이 집에서 나를 이것저것 도와주기도 했거든. 아주 예절 바르고, 무슨 부탁을 하든지 다 들어주는 분들이라서, 역시 내가 하라는 대로 그 양반들도 입을 철통같이 다물어 버렸어. 어쨌든 난 그때 상황을 바로 파악했지. 카체리나 이바노브나가 들어와서 나를 정면으로 응시하는 거야. 그 까만 눈동자가 날 빤히 바라보고 있어. 심지어는 도전적이라 할 정도로. 하지만 입가에선 망설임이 보이더라.

'우리 언니가 그러는데, 당신이 4500루블 주겠다고 하셨죠? 내가 직접 당신 집으로 받으러 오면요. 그래서 왔어요. 돈 주세요!'

말을 마칠 때 마음이 무너지는 듯, 차분함을 잃고 숨을 고르게 쉬질 못하더라. 목소리가 갈라지고 입술이 바들바들 떨리는 거야. 야, 알렉세이야, 너 듣고 있는 거야, 아니면 자는 거야?"

"형, 나 알아, 형이 모든 진실을 말해줄 거라는 거."

알렉세이가 마음을 졸이는 듯한 태도로 말했다.

"그래. 진실을 전부 다 말해줄 테니까 계속 들어봐. 처음으로 든 생각은 카라마조프다운 생각이었어. 난 그전에도 그 여자한테서 낙타거미한테 물린 것 같은 기분을 느껴서 2주 동안 열이 펄펄 나 누워 있었어. 그런데 인제 또 한 번 이 낙타거미가, 이 흉악한 벌레가, 날 무는 거야. 내 마음을. 알겠냐? 내가 그 여자를 머리부터 발끝까지 훑어봤지. 너도 그 여자 봤지? 기가 막히게 예쁘잖아. 근데 그때 그 여자가 예뻤던 것은 외모의 아름다움이 아니었어. 그 마음의 고결함이 예뻤던 거야. 근데 난 거기에 비해서 뭐야? 몹쓸 놈이잖아. 그 여자는 마음이 고와서, 아버지를 구하기 위해 자기 자존심 다 버리고 내 앞에 와서 서 있는데, 난 뭐야? 기껏해야 빈대 같은 벌레잖아. 그 여자는 이런 몹쓸 놈에 빈대인 내가 이제 어떻게 나오느냐에 달려 있는 상황이었어. 완전히, 몸도, 마음도, 다 나한테 달려 있는 상황이었어. 그러니 나보고 자기를 어떻게든 해보라는 거였지. 내가 너한테 숨김없이 말하는데, 그 생각이, 그 낙타거미가 하고 있었을 생각이 내 심장을 완전히 휘어잡는데, 그 힘에 내 심장이 튕겨 나올 것 같더라고. 도저히 싸움이 안 될 것 같았어. 나는 약해지면 안 되겠다 싶었지. 그냥 나대로 나가는 거야! 동정 같은 거 품지 말고. 계속 빈대로 남는 거야! 아니, 늑대거미가 되는 거야!* 갑자기 이런 생각이 팍 뇌리를 스치고 지나가는 거야. 솔직히 내가 다음 날 직접 찾아가서 청혼을 할 수도 있는 일이었어. 모든 상황을 좋게, 아름답게 끝냄과 동시에 아무 비밀도 유포되지 않도록 하기 위해서 말이야. 내가 비록 질이 좀 안 좋은 사람이긴 하지만 그래도 정직한 사람이거든. 그랬는데, 그랬었는데, 그 순간 갑자기 마음속에서 어떤 목소리가 이렇게 속삭이는 거야. 내일 이렇게 되면 어떡해? 네가 청혼을 하러 간다고 치자. 근데 이 여자가 거절하면서, 마부한테 널 마당에서 쫓아내라고 시키는 거야. '당신이 온 마을에 소문을 다 퍼뜨린다고 해봤자 누가 눈 하나 깜짝할 줄 알아?' 그러면서 말이야. 내가 그 여자를 쳐다봤더니, 마음속 목소리가

---

* 드미트리 표도로비치가 여자에 대해 '낙타거미', 남자인 자기에 대해 '늑대거미'라는 표현을 쓰는 것에는, 낙타거미를 뜻하는 러시아어 단어는 여성명사고 늑대거미를 뜻하는 러시아어 단어는 남성명사인 이유도 크게 작용한다. - 역자 주

나한테 속삭인 말이 딱 맞는 말인 거 같아. 내일 틀림없이 그렇게 될 것 같아. 날 사정없이 쫓아낼 거라는 걸 그 얼굴만 봐도 알 수 있었어. 그러자 내 속에서 분노가 부글부글 끓기 시작했어. 가장 야비하고 가장 더럽고 가장 비열한 짓을 해버리고 싶은 생각이 났어. 조소를 머금고 그 여자를 보면서, 지금 당장, 이 여자가 아직 내 앞에 서 있는 지금 이 자리에서, 그 여자를 당황하게 만들고 싶어졌어. 돈독이 오른 장사치들이나 구사할까 하는 가장 속물적인 말투를 써서 말이야.

'그, 뭐냐, 4천 말하는 거요? 헤……, 거 나 농담한 거였는데. 아이, 거, 참 너무 쉽게 믿으신다, 아가씨. 글쎄, 한 200정도라면, 내가 기꺼이도 드릴 수 있는데, 4천이라는 돈은 말이죠, 아가씨, 그렇게 호락호락 허비할 만한 돈이 아니에요. 어쩌죠? 괜한 발걸음 하셨네.'

그런데 있잖아, 그렇게 하면 인제 난 그 여자에 대한 가능성을 전부 잃어버리게 되는 거였고, 그 여자는 뛰쳐나갔겠지. 그 대신 가학적 통쾌함은 있었을 거야. 그 통쾌함이 다른 손해 보는 것들을 다 보상할 만한 통쾌함이었을 거야. 설사 나중에 평생을 울부짖으며 후회하게 되더라도, 그럴 각오를 하고라도 당장 그 말은 꼭 하고 싶었던 거야. 네가 믿을지는 모르지만, 내가 누구한테라도 그래 본 적은 한 번도 없었어. 단 한 명의 여자한테도. 내가 그때 엄청난 증오를 가지고 그 여자를 쳐다봤는데, 다른 여자한테는 한 번도 그런 적이 없었단 말이야. 정말이지, 끓어오르는 증오를 가지고 그때 그 여자를 한 3초에서 5초 정도 봤어. 사랑, 미친 듯한 사랑하고 백짓장 한 장 차이인, 그런 증오를 가지고. 그다음에 창문으로 다가가서 얼어붙은 창유리에다 이마를 갖다 댔지. 얼음에서 받는 느낌이 마치 불꽃에서 받는 것처럼 작열하는 느낌이더라. 그렇게 오래 대고 있진 못했으니까 걱정할 거 없어. 뒤로 돌아서 책상으로 다가가 서랍을 열고 5천짜리 5퍼센트짜리 무기명 유가 증권을 꺼냈어(프랑스어 사전 속에 넣어뒀었어). 그 뒤 말없이 그 여자한테 보여주곤 접어서 건네주고, 친절하게 현관문을 열어주고 한 걸음 뒤로 물러났어. 머리를 허리 높이까지 숙여, 진심을 넣어 아주 공손하게 절했어. 진짜라니까! 그 여자는 몸을 한번 떨고 날 1초 정도 뚫어지게 보고 나더니 얼굴이 내가 놀랄 정도로 창백해졌어. 그러니까, 백짓장처럼 말이야. 그러다 갑자기, 역시 아무 말도 없이, 충동적으로 그런 게 아니라 아주 여유 있고 부드럽게, 천천히 엎드려 이마가 내 발 앞 땅에 닿을 정도로 절을 했어. 그건 대학교 나온 사람의 행동이라기보다는 그냥 러시아 여자의 행동이었어. 그러고선 밖으로 뛰어나가 달려갔어. 그때 난 검을 찬 상태였어. 나는 검을 빼어 그 자리에서 자살하려고 했어. 왜냐고? 글쎄, 이렇게 말하면 물론 아주 바보같이 들리겠지만, 미칠 듯이 기뻐서. 네가 이해할지 모르겠지

만, 미칠 듯이 기쁘면 자살하고 싶을 때가 있어. 하지만 그때
나 자살 안 했어. 그냥 검에 입만 맞추고 다시 칼집에 넣었어.
글쎄, 이 얘긴 너한테 꼭 해야 되는 건 아니었지만. 사실 내가
지금 이 아옹다옹하던 일들을 다 이야기하는 도중에 좀 과장
한 것도 있어. 그냥 멋있게 보이려고. 하지만 그냥 그랬던 것으
로 믿어줘. 그리고 인간의 마음을 엿보는 모든 놈들은 다 귀신
한테 잡혀가라 그래! 자, 전에 나와 카체리나 이바노브나와 사
이에 있었던 '일화'를 지금 다 얘기한 거다. 이젠 그러니까, 이
반이 이 일화를 알고 있고, 그담엔 너다. 그게 다다!"

드미트리 표도로비치가 일어나, 흥분한 태도로 한 걸음, 두
걸음을 걷고는, 스카프를 빼내어 이마의 땀을 닦았다. 그리고
다시 앉았는데, 본래 앉아 있던 자리가 아니라 맞은편 벽 앞의
자리에 앉았다. 그래서 알렉세이는 몸의 방향을 완전히 바꿔
야 했다.

V

'거꾸로 내리박는' 뜨거운 마음의 고백

"그럼 이젠 내가 이 사건의 전반부는 아는 거네" 하고 알렉세
이가 말했다.

"응, 전반부를 네가 이해하는 거지. 그건 그곳에서 있었던 한 편의 드라마야. 그리고 후반부는 비극이 될 텐데, 바로 이곳에서 일어날 거야."

"후반부가 어떻게 될지 난 아직까지 상상이 안 가" 하고 알렉세이가 말했다.

"나는? 나라고 상상이 갈 줄 아냐?"

"잠깐만, 형. 꼭 짚고 넘어가야 할 게 하나 있어. 형 지금 약혼남이야, 그렇지? 약혼남 맞지?"

"내가 약혼남이 된 건 지금 된 게 아니라, 그 일이 있고 나서 3개월 뒤에 된 거야. 그 일이 있고 나서 그다음 날, 나는 일이 이제 다 끝났으려니 하고 생각했어. 무슨 속편이 있을 것 같진 않았어. 가서 청혼을 한다는 건 못 할 짓인 거 같았어. 그 여자는 그 읍에서 6개월을 더 지냈지만 전혀 소식불통이었어. 딱 한 번만 빼고 말이야. 그 여자가 우리 집에 왔던 다음 날, 그 집 하녀가 슬쩍 날 찾아오더니, 아무 말도 안 하고 꾸러미를 하나 전해주더군. 꾸러미 겉면에 누구누구에게라고 주소가 쓰여 있는 거야. 열어보니, 거스름돈이었어. 4500만 필요했던 거야. 그런데 5천짜리 유가 증권을 매각하는 과정에서 손해 본 게 200이 약간 넘어. 그래서 나한테 보내온 게 260루블 정도밖에 안 됐어, 잘은 기억이 안 나지만. 아무튼, 꾸러미 안에는 돈밖에 없었어. 어찌어찌해서 이만큼의 돈을 보낸다는 몇 마디의 말

정도는 쪽지에나 어디에 쓰여 있을 줄 알았는데. 내가 꾸러미 안쪽 면을 자세히 봤거든. 연필로 뭐 끼적거려 놓은 거 없나 하고. 단 한 획도 없더라고! 난 그러려니 해버리고, 남은 내 돈으로 또 술판을 벌였거든. 그러자 새로 온 소령도 어쩔 수 없이 나한테 주의를 주더구먼. 참, 중령은 국고금을 반환했지. 아무일 없이 잘 끝난 거 가지고 다른 사람들이 놀라더라고. 중령이 그 액수를 채워넣을 수 있을 거라고는 아무도 생각하지 못했었으니까. 중령이 돈을 반환은 했는데, 얼마 안 있다가 병에 걸렸어. 3주 정도 누워 있었는데, 갑자기 뇌연화증이 와서 닷새만에 사망했어. 군대식으로 장례를 치렀지. 아직 퇴역한 게 아니었으니까. 카체리나 이바노브나하고 그 언니하고 이모는 아버지 장례를 치르고 나서 열흘이나 지났을까, 모스크바로 떠났어. 떠나기 직전, 그러니까 떠나는 바로 그날(난 그 여자들을 보지도 않았고 전송해준 것도 아니야), 내가 조그만 꾸러미를 하나 전달받았는데, 레이스 무늬가 있는 파란 종이로 포장된 거였어. 그 위에 연필로 쓰인 글 딱 한 줄. '제가 편지 쓸게요. 기다려주세요. K.' 그게 끝이었어.

이제 너한테 좀 요약해서 말해줄게. 모스크바에 간 다음에 일이 아주 번개처럼 풀려나갔어. 풀려나가는 과정이, 마치 아랍 동화에 나오는 것처럼 예측하기 어려운 거였어. 카체리나 이바노브나의 이모뻘인 장군 부인에게는 재산을 물려주기로

한 두 조카딸이 있었는데, 둘이 거의 동시에, 서로 일주일 차이도 안 나게 사망했어. 천연두에 걸려서. 이모는 충격에서 못 헤어나다가, 카체리나가 오니까 마치 자기 딸이 온 것처럼 기뻐했어. 마치 구원의 별이 온 것처럼 얼싸안고 그랬어. 그리고 즉시 카체리나에게 유산이 넘어가게 해놨어. 물론 유산 물려주는 건 나중 일이었고, 당장은 8만 루블을 손에 쥐어준 거야. '자, 지참금조로 주는 거니까, 너 쓰고 싶은 데다 써라' 하면서. 그 이모, 내가 나중에 모스크바 가서 지켜봤는데, 히스테릭한 노파야. 어쨌든 내가 갑자기 우편으로 4500루블을 받게 된 거야. 난 당연히 깜짝 놀라서 꿀 먹은 벙어리가 됐지. 사흘 뒤에 드디어 편지가 오더군. 그 편지 나 지금도 갖고 있어. 항상 갖고 있을 거고, 죽을 때도 갖고 죽을 거야. 보여줄까? 꼭 읽어봐. 자기가 내 아내가 되고 싶다는 거였어. '미친 듯이 사랑해요. 당신이 날 사랑하지 않더라도 난 당신을 사랑해요. 나의 남편이 돼주시기만 하면 돼요. 부담 갖지 마세요. 귀찮게 안 해드릴게요. 절 그냥 가구 취급하셔도 될 거예요. 당신이 밟고 다니시는 융단이 돼드릴게요. 당신을 영원히 사랑하고 싶어요. 당신을 당신 자신에게서 구해드리고 싶어요.' 이러는 거야. 야, 알렉세이야, 내가 지금 내 이 더러운 입으로, 이 천박한 내 억양으로 이 구절들을 읽고 있자니까, 이건 뭔가 아니다 싶다. 내 천박한 억양은 내가 절대로 못 고칠 거 같아. 아무튼 이 편지를 읽고 나는 가슴에 자상을 입은 듯했어. 그 느낌이 지금까지 남아 있어. 지금 와서 내가 거기서 벗어난 거 같아? 오늘이라고 해서 내가 좀 괜찮아진 거 같아? 절대 아니야. 나는 그때 곧장 답장을 썼어(그때 내가 직접 모스크바에 갈 사정이 안 됐어). 눈물을 흘리면서 썼어. 단, 쓸 때 잘못한 게 하나 있어. 그것 때문에 지금도 창피해 죽겠어. 뭐라고 썼나 하면, '이제 당신은 부자이고, 지참금도 갖고 있지만, 난 그저 거칠고 무례한 가난뱅이에 불과해요'라고 썼어. 돈 얘기를 했단 말이야. 그 얘긴 안 쓰고 넘어갔어야 했는데, 그 얘기가 나도 모르게 펜에서 흘러나온 거야. 아무튼 그 답장을 쓰자마자, 모스크바로 이반한테 편지를 썼어. 편지에서 이반한테 될 수 있는 대로 자세히 설명을 했어. 그러다 보니 편지가 여섯 장짜리가 되더라고. 이반한테 카체리나한테 가 달라고 했어. 너 왜 그렇게 날 보는데? 날 왜 그런 눈으로 보는 거야? 그래, 맞아. 이반이 카체리나를 보고 반해버렸어. 지금도 반해 있어. 나 그거 알아. 그때 내가 골 빈 행동을 했어. 상류 사회 관점으로 볼 때. 그렇지만 어쩌면 바로 그 골 빈 행동 덕에, 지금 우리 모두가 처한 상황이 좋은 쪽으로 변하지 않을까? 야, 네가 봐도 그렇지 않냐? 카체리나가 이반을 얼마나 존경한다고! 얼마나 존경하는지가 보이지 않냐? 이반하고 날 비교하고 나서 그 여자가 나 같은 사람을 사랑할 거 같으냐? 게다가 여기 와서 일어난 꼴을 보고 나서?"

"난 그분이 이반 형 같은 사람이 아니라 형 같은 사람을 사랑할 거라고 확신하는데."

"그 여자가 사랑하는 것은 자신의 덕행이지, 내가 아니야."

일부러 그러려고 한 건 아닌 것 같았지만 드미트리 표도로비치에게서 그런 말이 거의 악에 받친 것 같은 말투로 튀어나왔다. 그는 웃더니 금세 눈을 번득이면서 얼굴을 붉히고, 자기 자신한테 진정으로 무섭게 화를 내는 듯 주먹으로 탁자를 쾅 치며 외쳤다.

"내가 맹세한다, 알렉세이야. 믿든 안 믿든 신은 거룩하시고 그리스도는 주님이시다. 내가 맹세한다. 비록 내가 지금 그 여자가 갖는 고결한 마음을 비웃는 듯 얘기했지만, 난 안다. 내가 그 여자보다 마음이 백만 배는 더 졸렬하다는 걸. 그리고 그 여자가 갖는 그 고결한 마음은 하늘의 천사가 갖는 마음처럼 진실하다는 걸. 바로 내가 그걸 잘 알고 있다는 것이 불행이다. 사람이 좀 연설조로 말한들 어때? 나 지금 연설조로 말하는 거 맞지? 난 진짜 진심이야, 진심. 이반 얘길 좀 한다면, 나 알고 있어, 이반이 생각할 때 지금 상황이 너무 기가 막힐 거라는 걸. 더욱이 그런 똑똑한 머리를 가졌으니 말이야. 선택이 어떻게 그렇게 이루어질 수 있는지 이반은 황당할 거야. 인간 쓰레기가 선택됐거든. 그 인간 쓰레기는 이곳에 와서도 마찬가지로, 약혼남이 돼가지고, 사람들이 다 지켜보고 있는데도, 추태를 자제하지 못하는 놈이란 말이야. 약혼녀가 뻔히 와 있는데도 말이야, 약혼녀가! 바로 그런 놈인 내가 선택되고 자기는 거절당하는 처지거든. 어떻게 그렇게 될 수 있느냐고? 그게 다 왜 그런지 알아? 그 여자가 자기의 감사하는 마음을 너무 소중히 여겨서 그래. 그 여자한텐 자기의 그 마음이 너무 소중해서, 자기의 삶과 운명은 어떻게 돼도 괜찮다는 입장이야. 정말 말도 안 되지 않냐? 어떻게 이런 게 있을 수 있냐? 이런 종류의 얘기는 내가 이반한테 한 적 없어. 물론 이반도 나한테 마찬가지로 이런 종류의 얘기는 전혀 안 꺼냈지. 조금이라도 비슷한 말조차도 없었어. 하지만 운명은 제 길로 가게 돼 있어. 그러면 자격 있는 사람이 필요한 자리에 가 서게 되겠고, 자격 없는 사람은 영원히 뒷골목으로 종적을 감추겠지. 자기가 좋아하는, 자기한테 맞는, 그만의 더러운 뒷골목으로. 오물과 악취가 있는 그곳에서 자진해서 뒹굴면서 희열을 느끼겠지. 내가 왠지 말이 좀 과하지? 내가 하는 말들이 모조리 닳고 닳은 말들이고, 너무 되는 대로 지껄이는 거 같다. 하지만 내가 그러기로 했으니 그렇게 되는 게 맞지. 난 뒷골목에서 잠수 탈 거고, 그 여자는 이반한테 시집 갈 거야."

"형, 잠깐만."

알렉세이가 매우 불안해하는 표정으로 다시금 드미트리의 말을 끊고 이렇게 말했다.

"형이 나한테 아직 끝까지 설명 안 한 게 있어. 형 약혼남 맞지? 뭐가 어쨌든 약혼남은 맞는 거 아냐? 약혼녀가 형이랑 헤어지기 싫다고 하는데 형이 어떻게 헤어진다고 할 수가 있어?"

"내가 약혼남은 맞지. 근데 예식을 통해 형식적으로 축복받은 약혼남에 불과해. 내가 모스크바로 갔을 때 그렇게 된 거야. 성상을 들고 행진도 했지. 멋지게 차려입고 말이야. 장군 부인이 축복을 해줬고, 네가 믿을진 모르겠지만, 카체리나에게 축하한다고 하면서 이러는 거야. '내가 남자를 척 보니 알겠다. 네가 올바른 선택을 했구나.' 또 이것도 믿을지 안 믿을지 모르겠지만, 그 장군 부인이 이반은 마음에 안 들어했어. 축하한다는 말도 이반한텐 안 하더라고. 모스크바에 있을 때 내가 카체리나랑 이야기를 많이 했어. 내가 어떤 놈이라는 걸 카체리나한테 친절하게 솔직하게 상세히 다 까발렸지. 내 얘길 끝까지 다 듣더군.

수줍어하며 당혹을 내비쳤지,
부드러운 말로 설득하며.

그 여자의 말이 결과적으로 자기의 우월함을 내비친 말인 건 맞았어. 그 여자 그때 나보고 고치겠다고 약속하는 게 중요하다고 하면서, 약속을 받아냈어. 그래서……."

"그래서 뭐?"

"그래서 내가 널 불러 이곳으로 끌고 온 거야, 오늘. 오늘 날짜 기억해둬라! 널 카체리나 이바노브나한테 보내기 위해. 보내는 것도 오늘 보내야 하겠네. 가서……."

"뭐?"

"그 여자한테 말해줘. 내가 다시는 그 여자 앞에 안 나타나겠다고. 그러면서 내가 너보고 절을 전해달라고 부탁했다고 하면서, 네가 나 대신 절을 좀 해줘."

"하지만 그게 정말 가능한 거야?"

"불가능하기 때문에 내가 직접 못 가고 널 대신 보내는 거잖아. 나보고 어떻게 그 여자한테 직접 그 말을 하라고?"

"그럼 형은 인제 어디로 가게?"

"뒷골목으로."

"아, 그루센카한테 가려고 그러는구나!"

알렉세이가 양 손바닥을 짝 부딪치면서 씁쓸하게 외쳤다. 그리곤 계속 말했다.

"그러니까 라키친의 말이 정말이었던 거네. 난 또 형이 그루센카한테 그냥 몇 번 다니고 그만뒀는 줄 알았지."

"약혼남이 돼가지고 딴 여자한테 다닐 수가 있는 건가? 약혼녀가 시퍼렇게 살아 있고 사람들이 다 보고 있는데 과연 그게 가능한가? 나도 체면이란 게 있지 않겠냐? 체면을 가지고선 그럴 순 없지. 그러므로 난 그루셴카한테 다니기 시작하자마자, '이제 난 약혼남이 아니다'라고 생각하기로 작정했고, 체면 같은 거 안 차리기로 작정했어. 그래야 되지 않겠냐? 왜 그렇게 쳐다보는데? 너 이거 알아? 나 맨 처음엔 그년을 손 좀 봐주러 갔던 거야. 내가 알게 됐거든. 그래서 지금 분명하게 알고 있거든. 아버지 사업을 위탁받은 그 대위가, 채무자가 나로 돼 있는 어음을 그루셴카한테 전해줬어. 그루셴카가 돈을 요구하도록 말이야. 그러면 내가 안 되겠구나 하고 재산 싸움을 그만둘까 싶어서. 그런 식으로 나한테 겁을 주려고 했던 거야. 어림도 없다고 생각하고 나는 그루셴카를 손 좀 봐주러 갔지. 전에도 언뜻 본 적은 있었어. 뭐 그다지 예쁜 편은 아니야. 늙은 사업가에 대해서는 내가 알고 있었어. 지금은 병까지 생겨 누워 있다는 그 늙은 사업가. 하지만 그 사람이 그루셴카한테 그래도 큰돈을 물려줄 거란 말이야. 또 그루셴카가 돈 모으는 거 좋아한다는 것도 내가 알고 있었어. 돈을 모아서 고리 대금업을 해. 인정머리는 한 옴큼도 없는 교활한 사기꾼 년이야. 그래서 내가 몇 대 때려주러 갔다가 그 집에 그냥 머무르게 된 거야. 그때 난 재수 없이 딱 걸린 거야. 헤어날 수 없는 늪에 빠진 거야. 지금도 빠져 있어. 이제 끝이라는 거 알아. 다른 결말은 영원히 없을 거라는 거. 시간의 주기가 다한 거야. 내 상황이 이래. 근데 그때 말이지, 갑자기 보니까, 나 같은 거지한테 주머니에

301

웬 삼천 루블이 있는 거야. 그루셴카랑 여길 떠나 모크로예로 갔어. 여기서 25베르스타 떨어진 곳이야. 집시 한 사람이 거기까지 데려다줬어. 거기서 집시 여자들도 부르고, 샴페인도 가져가고, 거기 사내들 샴페인 다 먹여주고, 아줌마들, 아가씨들 다 돈으로 주물러놓았지. 그렇게 사흘이 지나니까 돈이 바닥났어. 그래도 기죽을 거 없지. 넌 지금 내가 그 여자를 내 것으로 만들었다고 생각하고 있지? 어림도 없어. 그 여잔 보여주지도 않았어. 멀리서도 안 보여주더라. 아, 그 곡선! 그루셴카 그 사기꾼 년 몸에 있는 그 곡선 하나가 말이지, 다리까지 쭉 이어지고, 왼발 새끼발가락에서까지 그 여파가 드러나. 난 그걸 보고 그 새끼발가락에다 입을 맞췄지. 그런데, 정말이지, 거기까지였어. 그년이 그러는 거야. '나 너한테 시집갈까? 너 거지라는 거 나 알아. 그래도 네가 나 안 때릴 거라고 하면, 내가 하고 싶은 거 하게 놔둔다고 하면, 어쩜 나 너한테 시집갈 수도 있어.' 그렇게 날 가지고 노는 거야. 지금도 그러긴 마찬가지야."

드미트리 표도로비치는 분노로 자리에서 일어났다. 갑자기 술 취한 사람처럼 보였다. 눈이 갑자기 충혈됐다.

"형은 진짜로 그 여자랑 결혼하고 싶어?"

"그년이 결혼하자 그러면 당장 하는 거고, 결혼 안 한다 그러면 그냥 이 상태로 남지 뭐. 그년 집 마당에서 청소나 하면서. 너……, 야, 알렉세이야……."

드미트리가 별안간 알렉세이 앞에 우뚝 서더니 양어깨를 붙잡고 다짜고짜 마구 흔들면서 말했다.

"너 알기나 하니, 아이고, 우리 순진한 동생아, 이게 다 헛짓이야. 엄청난 바보짓이라고! 왜냐하면 여기에 바로 비극이 있는 거야! 야, 알렉세이야, 너 알아야 돼. 내가 비록 더럽고, 타락했고, 욕정에만 휩쓸리는 저질스런 인간일 수는 있어도, 그래도 도둑놈, 소매치기, 남의 집에 슬쩍 들어가 물건 빼 오는 놈은 난 죽어도 될 수 없어. 드미트리 카라마조프는 그런 사람이 아니야. 내가 도둑놈, 소매치기, 남의 집에 슬쩍 들어가 물건 빼 오는 놈인지 지금 한번 봐라. 내가 그루셴카를 손 좀 봐주러 가려고 하는데 말이야. 바로 그날 아침에 카체리나 이바노브나가 날 조용히 좀 보자고 하는 거야. 아무도 모르도록 해달라는 부탁과 함께(왠지는 모르겠어. 그럴 필요가 있었나 보지). 나보고 주청 소재지 도시에 가서 우편으로 3천을 아가피야 이바노브나한테 모스크바로 좀 보내달라는 거였어. 왜 굳이 거기까지 가야 했나 하면, 이곳에서 소문 안 나게 하려고. 그래서 주머니에 그 3천을 넣어 내가 그날 그루셴카 집엘 가게 된 거야. 그 돈으로 모크로예에 갔었던 거고. 그담에 난 도시에 갔다 온 척했지. 하지만 발송증명서를 그 여자한테 보여줄 수가 없었으니까, 보냈다고 말만 하고, 발송증명서는 나중에 갖다 주겠다고 했지. 그런 상태에서 여태까지 계속 까먹고 못 갖고 왔

다고 이야기하고 있어. 자, 이제 봐 봐. 네가 지금 가서 그 여자
한테 이렇게 말한다 이거야. '절을 해달라는 부탁을 받았어요.'
그때 그 여자가, '근데, 돈은요?'라고 하면 어떻게 하면 좋겠니?
넌 또 그 여자한테 이렇게 말할 수 있어. '그 사람은 욕정을 주
체 못 하는 천박하고 저속한 쾌락주의자예요. 저번에 그 사람
한테 주신 돈, 그 사람은 안 부쳤어요. 자기가 다 썼어요. 왜냐
하면, 욕정을 주체를 못 한 거예요. 하등동물처럼 말이에요.'
하지만 그렇게 말하고 이렇게 덧붙이는 거야. '그 대신 그 사람
도둑은 아니에요. 여기 3천을 돌려드리니까, 직접 아가피야 이
바노브나한테 보내주세요. 저보고 대신 절을 해드리라고 부탁
하더라고요.' 그럼 그 여자가 이러겠지. '그래, 돈은 어디 있는
데요?'"

"형, 형은 불행한 사람 맞아. 하지만 형이 생각하는 정도만큼
은 아니야. 그러니까 너무 절망하거나 비관하지 마, 응? 비관
하지 말라고."

"넌 어떻게 생각하니? 내가 갚을 돈 3천을 못 마련하면 자살
할 거 같으냐? 자살을 안 할 거라는 점에 바로 문제가 있는 거
야. 지금은 그럴 능력이 안 돼. 나중이라면 모를까. 지금은 그
루셴카한테 갈래. 안 그러면 놓칠라."

"가서 뭐 하게?"

"남편이 돼줘야지. 남편으로 그 집에 취직하지 뭐. 그러다 애

인이 오면 다른 방으로 가면 되고. 애인들 신발 더러우면 닦아주고, 사모바르* 데워주고, 어디다 뭐 전해달라고 하면 달려가서 전해주고…….”

“카체리나 이바노브나 씨는 형을 다 이해해줄 거야.”

알렉세이가 갑자기 장중한 어조로 말하기 시작했다.

“처한 불행한 상황을 다 이해할 거고, 용납해줄 거야. 똑똑한 사람이잖아. 그러니까 형이 얼마나 불행한지를 이미 알 거란 말이야.”

그러자 드미트리가 이를 드러내며 웃으며 말했다.

“완전히 다는 용납해주지 않을걸. 어떤 여자도 그것만은 용납 못 하는 것, 그런 것이 있단다. 너 지금 상황에서 가장 필요한 일이 뭔지 아니?”

“뭔데?”

“3천을 돌려주는 거.”

“그 돈이 어디서 나서? 참, 형, 나한테 2천 있어. 이반 형도 천 줄 수 있을 거야. 그러면 3천 되잖아. 갖고 가서 주면 되겠네.”

“그 돈이 언제 수중에 들어오는데? 네가 말하는 3천이 말이야. 녀석, 순진하기는! 야, 있잖아, 오늘 반드시, 네가 그 여자한테 반드시 작별을 고해야 된단 말이야. 돈을 주든지 주지 못

---

* 안에 숯불을 넣는, 러시아 특유의 물 끓이는 용기. - 역자 주

하든지 간에. 왜냐하면 나 더 이상 질질 끌지 못하겠거든. 상황이 그렇게 됐어. 내일은 벌써 늦어. 응, 늦는다고. 나 널 아버지한테 보낼 거야."

"아버지한테?"

"응. 그 여자한테 가기 전에 아버지한테 가. 아버지한테 3천을 달라고 하란 말이야."

"형, 형도 알잖아, 아버진 안 줄 거라는 걸."

"하긴 주는 게 이상하겠지. 나도 알아, 안 줄 거라는 거. 알렉세이야, 너 이판사판이라는 게 뭔지 아니?"

"알아."

"잘 들어 봐. 법적으로는 아버지가 나한테 빚진 게 없어. 내 몫을 내가 다 가져갔으니까. 다 가져갔어. 나 그거 알고 있어. 하지만 아버지 된 도리로서 나한테 돈을 더 줘야 되는 거 아니야? 그래, 안 그래? 아버진 어머니 돈 2만 8천을 굴려서 10만을 만든 사람이야. 그 2만 8천 중에서 단 3천만 달라고 해, 단 3천만. 그러면 날 지옥에서 꺼내주는 게 될 텐데 말이야. 그러면 자기가 지은 많은 죄를 탕감시키는 데에 큰 도움이 될 텐데! 난 그 3천만 받으면 끝이야. 어때, 너 알겠니? 그담부턴 아버진 날 잊어버려도 되는 거야. 소식 다 끊을 거니까. 그러기 전에 마지막으로 한 번만 더 아버지 역할을 해달라고 해. 그럴 기회를 신이 주시는 거라고 해."

"형, 아버진 절대로 안 줄 거야."

"안 줄 거라는 거 알아. 너무너무 잘 알아. 지금 이 상황에서 특히. 내가 아는 게 어디 그뿐인가? 난 이것도 알아. 바로 며칠 밖에 안 됐을걸. 어쩌면 어제였을 수도 있고. 아버지가 이런 농담 아닌 상황을 처음으로 알게 된 거야('농담 아닌'에 밑줄 쳐). 뭐냐 하면, 그루셴카가, 농담이 아니라, 진짜로 나한테 홀딱 시집와버릴 생각이라는 거. 그년이 충분히 그럴 수 있는 년이라는 거 아버진 알아. 그러니 아버지가 나한테 돈을 주려고 할 리가 있어? 그러면 그루셴카가 나한테 시집오는 거 도와주는 게 돼버리잖아. 아버지 자신이 그년한테 미쳐 있는데 말이야. 근데 그게 다인 줄 알아? 또 이것도 너한테 얘기해줄 수 있어. 아버지가 100루블짜리 지폐로 3천 루블을 꺼내놓았다는 거. 그게 벌써 닷새쯤 됐을걸. 그걸 커다란 봉투에 싸서 다섯 군데를 봉해가지고, 겉에다 빨간 리본을 십자형으로 감아놓았어. 어때, 나 이렇게 자세히 알고 있다고! 봉투 겉면에는 이렇게 써놨어. '나의 천사 그루셴카가 오면 주겠음.' 직접 글씨를 썼어. 아무도 안 보는 데에서. 그래서 그 안에 돈이 들어 있는지 아무도 몰라. 하인 스메르쟈코프 말고는. 아버진 스메르쟈코프를 자기 자신만큼 믿기 때문에, 아무한테도 말 안 할 거라고 생각하고 있어. 아무튼 벌써 사흘짼가 나흘째 그루셴카를 기다리고 있어. 봉투를 가지러 오겠거니 하면서. 봉투 얘기를 그루셴카한테 전달해놨고, 그루셴카는 '어쩌면 갈 수도 있어요' 하고 대답해놨어. 근데 그루셴카가 노인네한테 오는 날에는, 그럼 과연 내가 그루셴카하고 결혼할 수 있을까? 이젠 알겠니, 내가 왜 여기 몰래 지키고 앉아서 망을 보고 있는지?"

"그루셴카가 올까 봐?"

"응. 나 군대 있을 때 거기서 복무하던 포마라고 있는데, 포마가 이 집 걸레들한테서, 응, 그러니까 이 집 여자들한테서 작은 방 하나를 빌려가지고 살고 있거든. 하인 노릇을 하는 거야. 밤에는 집 지키고 낮에는 멧닭 사냥을 나가지. 그게 일이야. 내가 이 집에서 포마가 쓰는 방에 들어앉았어. 포마도, 이 집 여자들도, 내막은 몰라. 그러니까 내가 여기서 왜 망을 보고 있는지는 몰라."

"그럼 스메르쟈코프만 아는 거야?"

"응. 스메르쟈코프만. 만약 그루셴카가 노인네한테 오면 스메르쟈코프가 나한테 알려줄 거야."

"봉투 얘길 형한테 해준 것도 스메르쟈코프야?"

"응. 이건 진짜 아무도 모르는 비밀이다. 이반도 몰라, 돈에 대해서도 모르고 아무것도 몰라. 노인네는 이반을 체르마쉬냐[74]에 보내려고 해. 이틀이나 사흘 정도 다녀오라고. 임지를 8천에 사서 벌목하겠다는 구매자가 나타났거든. 그래서 노인네가 이반한테 '네가 직접 좀 가줄래?' 하고 부탁하고 있어. 이

틀이나 사흘 정도 가 있으라고. 이반이 없을 때 그루셴카가 왔으면 좋겠으니까 그러는 거야."

"그러니까 아버지가 오늘도 그루셴카를 기다리고 있겠네."

"근데 오늘은 그루셴카가 안 올 거야. 그럴 만한 징조가 있어. 스메르쟈코프가 그렇게 생각해. 아버지가 지금 술 마시고 있거든. 이반이랑 같이 앉아서. 자, 알렉세이야, 가서 아버지한테 3천만 달라고 해봐."

"형, 어디 이상한 거 아니야?"

알렉세이가 자리에서 벌떡 일어나며, 감정에 휩싸여 있는 드미트리 표도로비치를 자세히 살펴보며 소리쳤다. 순간적으로 알렉세이는 드미트리가 미치지 않았나 생각했다.

"왜 그래? 나 정상이야. 내가 너를 보내면서 비정상적인 말을 할 리가 있니? 나는 기적을 믿어."

드미트리 표도로비치가 알렉세이를 똑바로 응시하며 왠지 장엄한 표정을 지었다.

"기적을?"

"신의 섭리에 따르는 기적 말이야. 신은 내 마음을 아셔. 신은 갈 데까지 다 간 나의 상태를 보고 계셔. 신은 이 모든 상황을 다 보고 계셔. 그분이 설마 끔찍한 일이 일어나게 가만두실까? 알렉세이야, 난 기적을 믿어. 어서 가봐!"

"알았어. 갈게. 형은 여기서 기다릴 거야?"

"응. 일이 금방 해결되지 않을 거란 거 알아. 그냥 가서 제꺽 받아 올 거 아니라는 거 알아. 아버지 지금 취해 있어. 나 기다릴 거야. 세 시간, 네 시간, 다섯 시간, 여섯 시간, 일곱 시간도 기다릴 거야. 네가 꼭 알아야 될 건, 반드시 오늘, 밤 열두 시가 되어도 좋으니까 꼭 오늘 네가 카체리나 이바노브나한테 가야 된다는 거야. 돈을 갖고 가든 그렇지 못하든 말이야. 가서 말해야 돼. '절을 해드리라고 부탁받았어요.' 내가 바라는 건 네가 바로 그렇게 말하는 거야. '절을 해드리라고 부탁받았어요.'"

"형, 근데 갑자기 그루셴카가 오늘 오면 어떻게 되는 거야? 꼭 오늘이 아니더라도 내일이나 내일모레나."

"그루셴카가? 내가 여기서 망보고 있다가 쫓아가서 못 들어가게 해야지."

"근데 만약……."

"만약 뭐 하면 죽이지 뭐. 그냥은 두고 못 보겠어."

"누굴 죽인다고?"

"노인네. 그루셴카는 안 죽일 거야."

"형, 지금 그게 무슨 말이야?"

"아이고, 나도 모르겠다, 모르겠어……. 뭐, 안 죽일 수도 있고. 어쩌면 죽일 수도 있고. 딱 마주쳤을 때 너무 미워서 죽일지도 모르겠다. 난 그 울대뼈, 그 코, 그 눈, 그 뻔뻔스러운 웃음이 너무 증오스러워. 정말 미워 죽겠어. 그래서 나도 모르게 죽이게 될까 봐 겁나. 못 참고 욱해서 말이야."

"나 갈게, 형. 난 끔찍한 일이 안 일어나도록 신께서 잘 알아서 해결해주시리라고 믿어."

"그럼 난 여기 앉아서 기적을 기대하고 있을게. 하지만 기적이 일어나지 않으면……."

알렉세이가 잔뜩 생각에 잠겨서 아버지에게로 향했다.

VI
스메르쟈코프

알렉세이가 들어오니 아니나 다를까 아버지는 술을 마시고 있었다. 늘 그래 왔듯이, 집 안에 식당이 따로 있었음에도 불구하고 식탁은 방에 놓여 있었다. 이 방은 이 집에서 제일 큰 방이었고, 놓여 있는 가구들은 다분히 복고풍이었다. 아주 오래된 흰색 가구들에는 역시 아주 오래된 붉은색 혼합 견직물이 입혀져 있었다. 창과 창 사이의 벽에 걸린 거울들의 테두리는 오래된 부조 형식으로 심할 정도로 현란하게 장식되어 있었다. 이 역시 흰색이었고, 군데군데 금색이 보였다. 벽에 도배된 흰 벽지는 이미 군데군데가 째져 있었고, 벽들에는 큰 초상화가 두 점 걸려 있었다. 하나는 30년쯤 전에 이 지방 총독을 지

낸 한 공작의 초상화였고, 다른 하나는 역시 고인이 된 지 오래
된 한 주교의 초상화였다. 입구 쪽 구석에는 성상이 몇 점 놓여
있었고, 밤이면 그 앞의 등에 불이 켜졌다. 그것은 경건한 마음
가짐을 보여주기보다는 방의 야간 조명의 역할을 했다. 표도
르 파블로비치는 밤이 아주 깊었을 때, 오전 서너 시쯤 잠자리
에 들곤 했다. 그때까지 계속 방 안을 돌아다니거나 안락의자
에 앉아서 생각을 하곤 했다. 그건 몸에 익은 습관이었다. 잠잘
때는 하인들을 별채로 보내고 건물 안에 혼자 남을 때가 많았
지만, 하인 스메르쟈코프만은 그 가옥에 계속 남아 문간방의
궤 위에서 잠을 잘 때가 많았다. 알렉세이가 들어왔을 때 식사
는 이미 끝났고, 잼과 커피가 식탁에 놓여 있었다. 표도르 파블
로비치는 식사를 한 뒤 단 것을 코냑과 같이 먹는 것을 좋아했
다. 이반 표도로비치 역시 식탁에 자리하고 커피를 마시고 있
었다. 하인 그리고리와 스메르쟈코프는 식탁 옆에 서 있었다.
주인들도 하인들도 평소답지 않게 기분이 좋은 모양이었다.
표도르 파블로비치는 큰 소리로 껄껄거리며 웃고 있었다. 알
렉세이는 자기가 익히 들어 잘 알고 있는 그 째지는 듯한 웃음
소리를 현관에서 벌써 듣고, 아버지가 아직 취했다고는 볼 수
없고 아직까진 단지 마음의 여유를 즐기는 중일 거라고 결론
을 내렸다.

　표도르 파블로비치가 알렉세이가 온 것을 엄청나게 기뻐하

며 소리쳤다.

"야, 왔구나! 응? 왔어! 자, 여기 같이 앉아, 커피나 마셔. 엄밀히 말해서 커피 대용품이지만 따끈하고 아주 좋아. 코냑 마시라고는 안 할게. 넌 안 마시는 사람이니까. 근데 그래도 좀 마실래? 좀 줄까? 아냐, 차라리 리큐어를 좀 줄게. 아주 좋은 거야! 스메르쟈코프, 장 안에 두 번째 선반 오른쪽에 있어. 자, 열쇠 여기 있어, 빨리 갖고 와!"

알렉세이가 리큐어를 안 마시겠다고 거절하려 했다. 그러나 표도르 파블로비치가 환하게 웃으며 말했다.

"어차피 갖고 올 거야. 네가 안 마시면 우리가 마시지 뭐. 참, 점심은 먹었어?"

"먹었어요. 따끈한 커피나 마실래요."

"그래, 그래, 커피 마셔. 데워줄까? 아니다, 지금도 뜨겁네. 커피는 아주 좋은 거야. 스메르쟈코프가 끓인 거야. 커피 끓이는 거랑 속에 뭐 들어간 빵 굽는 건 스메르쟈코프가 도사야. 아, 또 생선 수프 끓이는 것도! 언제 생선 수프 먹으러 와. 미리 온다고 하고 오면 돼. 어, 가만있자, 그러고 보니 내가 바로 얼마 전에 너한테 그랬잖아, 오늘 당장 매트리스랑 베개 가지고 집으로 들어오라고. 그래, 매트리스는 갖고 왔어? 하하하!"

"아뇨, 안 갖고 왔어요" 하며 알렉세이도 조금 웃었다.

"그래도 깜짝 놀랐지? 응? 아까 말이야. 겁먹었지? 에이그,

우리 예쁜 것, 내가 너한테 설마 그러겠냐? 야, 이거 봐, 이반아, 난 애가 이렇게 내 눈을 쳐다보면서 웃으면 말이지, 야, 이거 가만히 있을 수가 없어. 내 오장육부가 다 즐거워서 날뛰는 거 같아. 이놈 얼마나 예쁜지 말이야! 알렉세이야, 내가 아버지로서 너한테 축복의 말을 해주고 싶다."

알렉세이가 축복을 받기 위해 일어섰으나 표도르 파블로비치는 그새 생각을 바꿨다.

"아냐, 아냐. 지금은 그냥 성호만 그어줄게. 자, 이렇게. 앉아라. 자, 들어봐. 네가 재미있어할 얘기가 있어. 너 아마 깔깔 웃을걸. 발람의 나귀가 입을 열었어!* 그것도 얼마나 말을 잘하는지 알아?"

발람의 나귀에 비교된 사람은 하인 스메르쟈코프였다. 만스물넷쯤 된 아직 젊은 이 사람은 아주 과묵하고 비사교적이었다. 자기가 뭔가 수줍어하는 게 있어서 비사교적인 게 아니었다. 그 반대로 그의 성격은 오만했고, 마치 모든 사람을 업신여기는 것 같았다. 바로 이 대목에서 그에 대해 몇 마디라도 하고 넘어가야 되겠다. 그는 마르파 이그나치예브나와 그리고리 바실리예비치가 양육했지만, 그리고리가 표현한 바에 따르

---

* 발람이 타고 가던 나귀의 입을 여호와가 열어 나귀가 말을 하게 한 데에 대한, 구약성서 민수기 22장의 내용을 인용한 것이다. 즉 말을 할 것으로 예상치 못했던 존재가 말을 했다는 뜻이다. - 역자 주

자면 이 소년은 '그 어떤 고마움도 느끼지 않으며' 자랐다. 항상 어딘가 구석에서 이 세상을 바라보는, 사람들과의 교제를 꺼리는 소년이었다. 어렸을 때 그는 고양이를 목매달아 죽여서 장례를 치르는 일을 매우 좋아했다. 그는 죽은 고양이를 시트로 감싸 마치 수의를 입힌 것처럼 하고, 노래를 부르면서 죽은 고양이 위에서 향로를 흔들 듯 뭔가를 살래살래 흔들었다. 이 모든 일을 아무도 모르게 혼자서 하곤 했다. 그리고리가 한번은 그걸 발견하고 소년을 회초리로 엄하게 혼냈다. 소년은 방구석으로 가, 일주일 동안 눈만 흘기며 앉아 있었다. "저 버림받은 놈, 우리를 좋아하지 않아. 우리뿐만 아니라 아무도 좋아하지 않아" 하고 그리고리는 마르파 이그나치예브나에게 말하곤 했다. "네가 사람이냐? 넌 사람이 아냐. 넌 욕탕의 축축한 습기에서 나온 존재야" 하고 그리고리는 갑자기 스메르쟈코프한테 직접 대고 말할 때가 있었다. 나중에 알게 된 사실인데, 스메르쟈코프는 그리고리가 그렇게 말한 것을 가슴속에 다 품어두고 있었다. 그리고리가 그에게 글을 가르쳤고, 그가 만 열두 살이 됐을 때 그에게 성서를 가르치려 했다. 그러나 거기서 아무런 성과도 거두지 못했다. 겨우 두 번째 수업인가 세 번째 수업에서 스메르쟈코프는 갑자기 픽 하고 웃었다.

"왜 그래?"

그리고리가 안경 너머로 그를 근엄하게 쳐다보면서 물었다.

"아무것도 아니에요. 신이 빛은 첫날에 만들고 해와 달과 별은 넷째 날에 만들었잖아요. 그럼 첫날에 빛은 어디서 나온 건가요?"

그리고리는 말문이 막혔다. 스메르쟈코프는 자기를 가르치던 그를 비웃는 표정과 오만한 눈빛으로 바라보고 있었다. 그리고리는 도저히 못 참고 발작적으로 스메르쟈코프의 따귀를 철썩 때리면서, "여기서 나왔다, 인마!" 하고 소리쳤다. 스메르쟈코프는 따귀 맞은 것을 의연히 참고, 한마디도 하지 않은 채 다시금 구석에 처박혀 며칠을 앉아 있었다. 공교롭게도 그 일이 있고 나서 일주일 뒤에 스메르쟈코프에게 난생처음으로 간질 증세가 나타났고, 그 증세는 평생 동안 되풀이되었다. 스메르쟈코프에게 간질 증세가 나타났다는 사실을 알게 된 표도르 파블로비치는 스메르쟈코프에 대한 태도를 갑자기 바꿨다. 전에는 그를 별 관심 없이 바라보았었다. 비록 욕을 한 적은 한 번도 없고, 만날 때마다 1코페이카씩 주곤 했지만 말이다. 기분이 좋을 때는 자기 식탁에 있던 단 것을 그에게 주기도 했다. 하지만 그의 병을 알고 나서는 그를 확실하게 배려하게 되었다. 의사를 불러 병을 고치려 했다. 물론 불치의 병으로 판명이 났지만 말이다. 발작의 평균 횟수는 한 달에 한 번씩이었고, 시간 간격이 일정한 건 아니었다. 또한 발작의 강도도 여러 가지였다. 어떤 때는 그리 심각하지 않았고, 어떤 때는 매우 심각했다. 표도르 파블로비치는 그리고리에게 스메르쟈코프에 대한 체벌을 엄히 금하였고, 자기 방에 스메르쟈코프가 올라올 수 있게 허락했다. 스메르쟈코프에게 무언가를 가르치는 것 또한 일단은 금지시켰다. 하지만 스메르쟈코프가 만으로 열다섯 살쯤 됐을 때 표도르 파블로비치는 스메르쟈코프가 책장 근처를 얼쩡거리면서 책장 유리를 통해서 책의 제목들을 읽는 것을 보았다. 표도르 파블로비치에게는 책이 꽤 많았다. 100권이 넘었다. 하지만 표도르 파블로비치가 책을 읽는 모습은 아무도 본 적이 없다. 표도르 파블로비치는 당장 스메르쟈코프에게 책장 열쇠를 건네주면서 말했다. "자, 책 읽어도 돼. 도서를 관장하는 일을 하든지. 마당에서 방황하는 것보다 낫잖아. 앉아서 독서를 해봐. 이 책을 읽어 봐." 그러면서 표도르 파블로비치가 그에게 꺼내준 책은『지칸카 부근 농가의 저녁』*이었다.

스메르쟈코프는 책을 다 읽었지만 재미있어하지 않았다. 읽는 동안 웃은 적이 한 번도 없고, 책을 다 읽었을 때 찌푸린 표정이었다.

"왜? 재미가 없어?" 하고 표도르 파블로비치가 물었다.

스메르쟈코프는 아무 대답이 없었다.

"왜 대답이 없어, 이 바보야?"

---

* N. V. 고골의 저서. - 역자 주

"다 거짓말만 쓰여 있어요."

스메르쟈코프가 쓴웃음을 지으며 웅얼거리는 소리로 답했다.

"그럼 저리 꺼져, 이 하인일 수밖에 없는 놈아. 아, 잠깐만! 자, 이걸 읽어봐. 스마라그도프의 『세계사』[75]야. 여긴 사실만 쓰여 있어."

그러나 스메르쟈코프는 스마라그도프의 책을 열 페이지도 채 못 읽었다. 지루했던 것이다. 그렇게 하여 책장 문은 도로 닫히게 되었다. 얼마 안 있어 마르파와 그리고리가 표도르 파블로비치에게 보고하기를, 스메르쟈코프가 심한 결벽증 증세를 보인다고 했다. 수프를 먹을 때 수프 속에서 뭔가를 찾는 듯 숟가락으로 이리저리 뒤지다가 고개를 푹 숙이고 뭔가를 관찰하고는 숟가락으로 수프를 좀 떠서 위로 올려 빛에 비춰본다고 했다.

"바퀴벌레라도 찾았냐?" 하고 그리고리가 물어보기도 했다.

"파리겠지, 아마" 하고 마르파도 한마디했다.

스메르쟈코프는 아무 대답도 안 했다. 하지만 빵을 먹든, 고기를 먹든, 뭘 먹든 마찬가지로 같은 행동을 되풀이했다. 예를 들어 빵 한 조각을 포크에 찍어 빛에 비추며 마치 현미경을 들여다보듯 오래 들여다보면서 오래 생각하다가 결국 먹기로 결정하고 입으로 가져가곤 하는 결벽증 증세를 보였다. "자기가 무슨 주인 아들인 양 행세하고 앉았네!" 하고 그리고리가 스메르쟈코프를 보면서 중얼거렸다. 표도르 파블로비치는 스메르쟈코프에게 나타난 또 하나의 특징에 대해 듣더니 요리사를 시켜야겠다고 당장 결정하여, 모스크바에 가서 배우도록 해 줬다. 몇 년 간의 학습을 마친 다음 스메르쟈코프는 많이 변한 얼굴로 돌아왔다. 그는 왠지 갑자기 나이에 걸맞지 않게 늙어버린 것 같았다. 주름이 많이 생기고 얼굴이 누레진 것이, 거세파* 교도같이 보였다. 정신적 특질은 모스크바로 떠나기 전과 거의 다를 바가 없었다. 계속 비사교적이었고, 그 어떤 사회에 대하여도 소속의 필요성을 전혀 느끼지 않았다. 나중에 전해진 말에 따르면 그는 모스크바에서도 계속 침묵으로 일관했다. 모스크바라는 장소에 흥미를 느낄 만도 한데, 그는 전혀 흥미가 없었다. 그러므로 그가 모스크바에서 알게 된 것이 있긴 있되, 그 외의 것에는 전혀 신경을 안 썼다. 한번은 극장에 간 적도 있었지만, 말없이 즐거운 기색 없이 돌아왔다. 그 대신 모스크바에서 우리 지방으로 돌아올 때 좋은 옷을 입고 왔다. 깨끗한 프록코트와 셔츠였다. 그는 자기 옷을 매일 두 번씩 직접 솔로 아주 면밀하게 손질했으며, 무두질한 송아지 가죽으로 된 말쑥한 장화를 닦는 것을 무척 좋아했는데, 특히 영

---

* 18세기 러시아에서 발생한 크리스트교의 분파로서, 신도들이 거세 의식을 행하는 것이 특징이다. - 역자 주

국제 왁스로 거울처럼 윤이 나도록 닦는 것을 좋아했다. 그는 탁월한 요리사가 되어 있었다. 표도르 파블로비치가 그에게 급료를 주었는데, 그는 이 급료의 거의 전부를 옷, 포마드, 향수 등에 썼다. 하지만 그렇다고 그가 여자들에 신경을 쓴 것은 아니었다. 그는 여자들을 남자들과 마찬가지로 업신여겼고, 여자들과 거리를 두며 지냈다. 거의 접근을 금하는 수준이었다고 할 수 있다. 표도르 파블로비치는 좀 다른 시선으로 그를 보기 시작했다. 그의 간질 발작의 빈도가 잦아졌기 때문이다. 발작이 있는 날에는 요리를 마르파 이그나치예브나가 맡았는데, 표도르 파블로비치는 그걸 마음에 들어하지 않았다.

"왜 발작이 더 잦아졌냐? 결혼이라도 하면 좀 나아지겠나? 어때, 내가 신붓감 찾아줄까?" 하고 그가 새 요리사 스메르쟈코프의 얼굴을 흘겨보면서 묻기도 했다.

그러나 스메르쟈코프는 그런 말을 들으면 안타까워하며 얼굴이 창백해질 뿐, 아무 대답이 없었다. 그러면 표도르 파블로비치는 대화를 잇기를 체념하고 그냥 가곤 했다. 중요한 것은 표도르 파블로비치가 스메르쟈코프의 정직성을 확신했다는 것이다. 그 확신은 시간이 지나도 변함이 없었다. 스메르쟈코프가 돈을 슬쩍하는 일은 없을 거라고 그는 확실히 믿었다. 한번은 표도르 파블로비치가 술이 좀 돼서 자기 집 마당 흙탕에다 방금 받은 100루블짜리 지폐 세 장을 떨어뜨린 적이 있다.

그다음 날에야 없어진 줄을 알고 주머니를 죄다 뒤지고 있는데, 문득 보니 100루블짜리 지폐가 세 장 다 이미 그의 상 위에 놓여 있지 않은가? 어떻게 된 거냐 하면, 스메르쟈코프가 주워서 어제 벌써 갖다 놓은 것이다. "야, 너 같은 놈은 또 처음 본다!" 하면서 그때 표도르 파블로비치는 스메르쟈코프에게 선뜻 10루블을 줬다. 덧붙여야겠는데, 표도르 파블로비치는 스메르쟈코프의 정직함을 믿은 데에서 그치지 않고 왠지 그를 사랑했다고까지 할 수 있다. 스메르쟈코프가 사람들을 가까이하지 않으려는 자신의 본래 태도대로 표도르 파블로비치 역시 가까이하지 않으려 했고 항상 입을 무겁게 닫고 있었음에도 불구하고 말이다. 아주 드문드문 말을 할 뿐이었다. 그때에 만일 누군가가, 스메르쟈코프가 무엇에 관심이 있는지, 보통 머릿속에서 무슨 생각을 하고 있는지 그에게 직접 물어보고 싶은 생각이 들었더라도, 그의 얼굴을 쳐다보는 순간 물어보고 싶은 마음이 흐지부지해졌을 것이다. 그는 가끔씩 집에서, 혹 마당이나 거리에서 문득 걸음을 멈추고 생각에 잠겨 십 분쯤 그대로 서 있는 적도 있었다. 관상가가 그의 용모를 보았다면 아마 이렇게 얘기했을 것이다. 그는 무슨 구체적인 생각이 찾아와서 그러는 게 아니라 단지 관조하는 것뿐이라고. 화가 크람스코이가 그린 「관조자」라는 제목의 훌륭한 그림이 있다.[76] 겨울의 숲이 묘사되었는데 숲길에 찢어진 외투를 입고 짚신을 신은 야인이 깊은 고독 속에 홀로 서 있다. 그는 무슨 깊은 생각에 잠긴 것같이 보이나, 사실은 그가 생각하고 있는 게 아니라 무언가를 '관조'하고 있는 것이다. 만약 당신이 그 사람을 확 민다면 그 사람은 화들짝 놀라서 당신을 쳐다볼 것이다. 마치 막 잠에서 깬 듯 멍하니 말이다. 실로 마치 지금 잠을 깬 것이나 마찬가지이다. 여기 서서 무슨 생각을 하고 있었냐고 물으면 그는 아마 무슨 생각을 했었는지 아무 기억이 없을 것이며, 관조하던 순간의 인상을 숨기려 할 것이 뻔하다. 그 인상은 그에게 소중한 것이다. 그래서 그걸 자기도 모르게 무의식적으로 자기 속에 쌓아놓으려 할 것이다. 왜 그래야 하는지 역시 물론 알지 못한다. 어쩌면 몇 년에 걸쳐 인상을 쌓은 뒤에 갑자기 모든 것을 버리고 예루살렘으로 방랑의 길, 구도의 길을 떠날지도 모른다. 그게 아니라면 어쩌면 자기 고향 마을에 갑자기 불을 지를지도 모른다. 또 어쩌면 둘 다일지도 모른다. 관조자는 사람들 가운데 다분히 많다. 그런 관조자들 중의 하나가 바로 스메르쟈코프였다. 그 역시 자기가 받는 인상 하나하나를 버리기 아까워하며 쌓아놓았을 것이다. 왜 그래야 하는지 자기도 거의 알지 못하면서.

VII
논쟁

그런 발람의 나귀가 갑자기 입을 연 것이다. 화제는 좀 이상한 것이었다. 아침에 그리고리가 상인 루키야노프의 상점에서 물건을 가지고 오면서, 루키야노프한테서 한 러시아 군인에 대한 이야기[77]를 들었다. 한 군인이 아시아인들이 사는 외국 어디 먼 곳에서 아시아인들의 손에 포로로 잡혀, 그들에 의해 곧 고통스러운 죽음을 맞이하게 될 위협에 놓여 크리스트교를 부인하고 이슬람교로 개종해야만 하는 상황이었는데도 자기의 신앙을 배반하지 못하겠다고 하면서, 몸에서 피부를 벗기는 고문을 견디며 그리스도께 영광을 돌리고 그리스도를 찬양하다가 죽었다는 이야기였다. 그날 받은 신문에 바로 그의 위대한 행동에 대한 기사가 있었다. 그리고리가 식탁에서 그 이야기를 꺼낸 것이었다. 표도르 파블로비치는 원래, 식사를 마치고 단 것을 먹을 때 누구와 이야기를 하면서 한바탕 웃는 것을 좋아했고, 그리고리가 이야기 상대가 되는 적이 많았다. 그날 그는 기분이 좋았고 마음에 여유가 있는 상태였다. 코냑을 마시면서 소식을 들은 그는, 그런 군인은 당장 성인의 반열에 올려야 하고 벗겨진 그의 피부를 어느 한 수도원으로 보내야 한다면서, "그러면 사람들이 구름처럼 모여들겠네. 돈도 많이 모일 테고” 하고 말했다. 그리고리는 표도르 파블로비치가 조금이나마 공경의 태도를 보이기는커녕 늘 그래 왔듯이 이번에도 거룩한 행동을 모독하는 것을 보고 눈살을 찌푸렸다. 그때 문 옆에 서 있던 스메르쟈코프가 갑자기 픽 하고 웃었다. 스메르쟈코프가 식탁 옆에 서 있는 것은 전에도 다분히 자주 허용되어왔다. 그러니까 식사가 끝날 때쯤부터 허용되는 것이었다. 이반 표도로비치가 우리 읍에 온 이후부터 스메르쟈코프는 식사 자리에 거의 매번 나타나게 되었다.

“너 왜 그래?”

표도르 파블로비치가 그 조소를 금방 눈치채고, 그것이 물론 그리고리를 향한 것이었다고 이해하면서 물었다.

“제가 하고 싶은 말은요……,”

스메르쟈코프가 스메르쟈코프답지 않게 갑자기 큰 소리로 말하기 시작했다.

“그 멋진 군인 아저씨의 행동이 정말 그렇게 위대하다면, 그럼 만약 그 아저씨가 그런 경우를 당했을 때 그리스도의 이름인지 뭔지를 부인하고 자기가 받은 세례를 부인함으로써 일단 살아남아, 나중에 살아가는 동안에 선한 일을 행함으로써 자신의 용기 없었음을 보상하는 것도 제 생각에는 전혀 죄가 되지 않았을 겁니다.”

“그게 왜 죄가 안 돼? 그따위 말을 했다가 죄받아서 너 지옥

간다. 지옥에서 널 양고기 굽듯이 구울 거야" 하고 표도르 파블로비치가 스메르쟈코프의 말에 대꾸했다.

바로 그때 알렉세이가 들어온 것이었다. 표도르 파블로비치는 우리가 이미 보았듯, 알렉세이가 온 것을 무척 반가워했다.

"너랑 관련 깊은 화제야, 너랑 관련 깊은 화제!"

표도르 파블로비치가 알렉세이보고 앉아서 들어보라고 하면서 낄낄거렸다.

"양고기처럼 굽진 않을 겁니다, 나리. 뿐만 아니라 제가 그 말을 했다고 해서 거기서 어떤 벌도 안 받을 겁니다. 다 정의롭게 판단한다면 말씀입니다."

스메르쟈코프가 확고한 어조로 말했다.

"다 정의롭게 판단하는데도?" 하고 표도르 파블로비치가 더욱더 신이 나서 외쳤다. 무릎으로는 알렉세이의 무릎을 툭 밀면서.

"저놈 저렇게 돼먹지 못한 놈이에요!"

그리고리가 참지 못하고 갑자기 소리 지르면서 성난 눈을 스메르쟈코프의 눈에 마주쳤다.

"돼먹지 못한 놈인지는 좀 더 두고 봅시다, 그리고리 바실리예비치 님. 차라리 스스로 판단해보세요. 제가 크리스트교 족속들을 박해하는 무리의 손에 포로로 붙잡혀서, 그놈들이 저보고 신의 이름에 저주를 퍼붓고 제가 받은 거룩한 세례를 부인할 것을 요구한다면 말이에요, 저는 그렇게 할 것인지 말 것인지를 스스로의 판단에 따라 결정할 만한 완벽한 권리를 갖고 있어요. 그건 아무런 죄가 되지 않아요."

조금도 흥분하지 않고 자제하는 듯한 말투로 스메르쟈코프가 대꾸했다.

"야, 그 얘긴 벌써 했어. 부연 설명은 필요 없고, 차라리 네가 말한 걸 왜 그런지 증명이나 해봐!" 하고 표도르 파블로비치가 소리쳤다.

"저게 돌팔이 요리사 주제에!"

그리고리가 목소리를 죽여서 경멸하듯이 말했다.

"돌팔이 요리산지도 좀 더 두고 봅시다, 그리고리 바실리예비치 님. 욕하지 말고 스스로 판단해보세요. 제가 박해자들에게, '아니오. 나는 크리스트교인이 아니고, 나의 진실하신 신을 저주합니다'라고 말하자마자 제가 신의 최고 심판에 의해 즉시 저주받은 놈이 되어 거룩한 교회로부터 마치 이교도인 양 파문당하는 거라면, 그러면 그 말을 아직 실제로 입 밖에 내지는 않고 단지 입 밖에 내야겠다고 생각만 한 순간에 이미, 사분지 일 초도 안 지나서 제가 파문당해야 맞는 거 아닌가요? 그래요, 안 그래요, 그리고리 바실리예비치 님?"

그는 거의 빈정대면서 그리고리에게 말하고 있었다. 사실은 표도르 파블로비치가 한 질문에 대해서 답을 하는 것뿐이었으며, 스스로 그걸 아주 잘 알고 있었다. 하지만 그 질문을 마치 그리고리가 한 것처럼 일부러 꾸미고 있었다.

"이반! 고개 좀 낮춰봐. 내 귀에 얼굴 좀 가까이 대봐. 지금 저거 저 애가 너 들으라고 다 저러는 거야. 너한테 칭찬 듣고 싶어서. 칭찬 좀 해줘라" 하고 표도르 파블로비치가 갑자기 소리쳤다.

이반 표도로비치가 아버지의 환희에 찬 말을 아주 진지하게 끝까지 들었다.

"잠깐만, 스메르쟈코프, 잠시만 가만있어 봐."

다시 표도르 파블로비치가 소리치고는 이반에게 말했다.

"이반, 다시 한번 고개 좀 낮춰봐. 내 귀에 다시 얼굴 좀 가까이 대봐."

이반 표도로비치가 다시 극히 진지한 태도로 고개를 숙였다.

"너를 사랑한다. 알렉세이랑 똑같이. 내가 널 사랑하지 않는다고 생각 마라, 알았지? 코냑 한잔?"

"그러시죠."

이반 표도로비치가 아버지를 응시하며, '한데 많이도 자시셨어' 하고 속으로 뇌까렸다. 한편 그는 스메르쟈코프를 엄청난 호기심을 가지고 지켜보고 있었다.

"넌 이제 영락없이 저주받은 놈이다, 인마. 그런 놈이 어떻게 뭘 판단한다고 지랄이야? 네가 그렇게……" 하고 그리고리가 갑자기 감정이 받쳐서 말했다.

"욕하지 마, 그리고리, 욕하지 마!"

표도르 파블로비치가 그리고리의 말을 끊었다.

"조금만, 아주 조금이라도 좀 참고 기다리시죠, 그리고리 바실리예비치 님. 계속 좀 들어보세요. 제 말이 아직 안 끝났거든요. 그러니까 제가 신에 의해 즉시 저주받은 바로 그 순간에, 바로 그 아주 귀중한 순간에, 전 이미 이교도가 된 거나 다름없잖아요. 제가 받은 세례의 효력도 저한테서 떨어져 나가서 아무 짝에도 쓸모가 없는 게 되는 거죠. 적어도 이건 맞죠?"

"그래서 어떻게 되는 거란 얘기야? 빨리 결론을 말해봐."

표도르 파블로비치가 기분 좋게 술 한 모금을 마시고 스메르쟈코프를 재촉했다.

"그렇게 해서 제가 더 이상 크리스트교인이 아니게 되면, 그럼 결국 제가, 박해자들이 저한테 '너 크리스트교인이냐, 아니냐?' 하고 물었을 때 그들한테 거짓말을 하지 않은 게 되잖아요. 제가 박해자들에게 미처 말을 하기도 전에, 그 말을 해야겠다는 생각을 했다는 것 때문에 신이 이미 제 크리스트교를 거둬 가셨으니까요. 그리고 제가 이미 크리스트교인이라는 신분을 박탈당했으니, 이제 저 세상에서, 크리스트교인이 그리스도를 부인한 것에 대한 책임을 과연 어떤 식으로, 그 어떤 정의에 따라서 저한테 물을 거냐는 거예요. 제가 부인하기 이전에,

저의 생각 하나 때문에 이미 저의 세례가 취소되었는데 말이에요. 제가 더 이상 크리스트교인이 아닌 이상, 저는 이미 그리스도와의 연을 끊는 것도 불가능하잖아요. 연이 있어야 끊죠. 이교도인 타타르인한테, 그 사람이 크리스트교인으로 태어나지 않은 것에 대해서 하늘에서 누가 책임을 물으려 들겠어요, 그리고리 바실리예비치 님? 그것에 대해서 누가 그 사람한테 벌을 주려고 하겠어요? 크리스트교인으로 태어나지 않은 것만 해도 서러운데 그걸 가지고 벌까지 받아야 한다니 그게 말이 됩니까? 타타르인이 죽었을 때 신께서 타타르인한테 책임을 묻는다고 치면, 아마 아주 미미한 벌에 그칠 거라고 생각해요. 전혀 벌을 안 줄 수야 없으니까요. 이교도인 부모한테서 이교도로 이 세상에 태어난 것에 죄가 있는 건 아니라고 신은 판단하실 거예요. 타타르인을 크리스트교인과 공평하게 벌하기 위해서는 타타르인도 크리스트교인이어야 하는 거예요. 과연 그걸 위해서 주 하느님께서 타타르인이 크리스트교인이었다고 억지로 우기신단 말입니까? 만약 그렇게 된다면 주 하느님께서 새빨간 거짓말을 하시는 격이 되잖아요. 하늘과 땅의 주께서 과연 거짓말을 단 한마디나마 하실 수 있을까요?"

그리고리가 꼼짝 없이 굳은 채로 눈을 부릅뜨고 스메르쟈코프를 바라보고 있었다. 그는 지금 들은 얘기가 무슨 얘기인지 다는 이해할 수 없었어도, 이 말의 더미 속에서 그 무언가를 이해했기에, 마치 이마를 벽에 부딪친 사람 모양으로 동작을 멈춘 채로 있었다. 표도르 파블로비치가 잔에 남은 술을 다 마신 뒤 쉿소리 같은 웃음으로 자지러졌다.

"알렉세이야, 알렉세이야, 어떠냐? 야, 세상에, 이런 궤변가를 봤나? 이반아, 저놈이 어디선가 예수회 교도들과 함께 지냈던 모양이야. 에이, 이런 역한 냄새 풍기는* 예수회 교도 같으니라고! 누가 너한테 그런 거 가르쳤어? 어쨌든 넌 헛소리도 참 잘하는구나, 이 궤변가야. 헛소리에, 헛소리에, 또 헛소리네! 그리고리, 울지 마. 우리가 저놈을 지금 당장 박살내놓을게. 푸시시 하고 연기가 되어 재만 남기고 사라지게 말이야. 야, 이 나귀야, 네가 말이지, 박해자들 앞에서는 잘 행동했다고 치자. 그래도 네가 마음속에서 자신의 신앙을 부인한 건 사실이잖아? 네가 네 입으로 말했잖아, 바로 그 순간에 저주받았고 파문당했다고. 네가 저주받고 파문당한 이상, 지옥 갔을 때 너 파문 잘 당했다고 누군가가 머리 쓰다듬어주지는 않는다, 이놈아. 거기에 대해선 어떻게 생각하느냐, 나의 멋진 예수회 교도야?"[78]

"제가 마음속에서 부인했다는 데에는 의심할 바가 없습니

---

* '스메르쟈코프'라는 단어는 바로 역한 냄새를 풍긴다는 뜻을 가진 '스메르쟈시'(스메르쟈코프의 모친의 별명이었던 '스메르쟈쉬야'는 '스메르쟈시'의 여성형임)에서 비롯되었다. - 역자 주

다, 나리. 하지만 그 어떤 큰 죄는 여기에 없습니다. 죄가 있긴 있다면 아주 평범한 조그만 죄뿐입니다."

"그게 뭐가 평범한 조그만 죄야?"

"저주받은 놈이 헛소리하고 있네" 하고 그리고리가 식식거렸다.

스메르쟈코프가 평정을 잃지 않은 정연한 말투로, 자기의 우월함을 인식하면서, 하지만 박살난 상대를 관대하게 대하는 모습을 보이면서 계속해서 말했다.

"스스로 판단해보세요, 그리고리 바실리예비치 님, 스스로 판단해보시라고요. 성서에[79] 쓰여 있잖아요. 씨앗만 한 아주 작은 믿음만 갖고 있어도, 이 산에게 바다에 던져지라고 하면 당장에, 명령이 처음으로 떨어지자마자 던져질 것이라고요. 그러니까 말이죠, 그리고리 바실리예비치 님, 저는 믿음이 없는 자고, 님은 절 그렇게 계속 욕하실 정도로 믿음이 좋으시니까, 이 산에게 한번 말씀해보세요. 꼭 바다에 던져지라고까지는 안 하셔도 되고(여기서 바다까지 너무 멀거든요), 우리 정원 뒤로 흐르는 그 냄새 나는 냇물에 던져지라고 해보세요. 그러면 그 순간에, 아무것도 던져지지 않고 모든 것이 본래 있던 식으로 온전히 남아 있다는 걸 직접 보시게 될걸요, 아무리 소리쳐봤자 마찬가질걸요. 그건 뭘 뜻하느냐 하면, 님께서도 제대로 된 믿음이 없다는 걸 뜻해요, 그리고리 바실리예비치 님. 그러신 분이 다른 사람들 믿음 없다고 욕만 하고 계시네요. 지금 이 시대에 아무도, 그러니까 그리고리 바실리예비치 님뿐만 아니라 그 누구도 절대로, 높으신 분들에서 시작하여 가장 미천한 사내에 이르기까지 어느 한 명도, 산을 바다로 던져 넣을 수는 없어요. 글쎄요, 이 세상 전체를 가지고 따지면 한 사람쯤, 많으면 두 사람쯤은 그럴 수 있을지 몰라도, 그나마 그 사람들은 이집트의 광야 어딘가에서 비밀스럽게 구도의 길을 걷고 있을지도 모르니까, 그런 사람들을 찾아낼 수는 절대 없을 거예요. 이렇듯 나머지 모든 사람들도 다 믿음 없는 것으로 판명되는데, 설마 나머지 사람들을 다, 즉 지구 전체의 사람들을, 그 두 사람의 광야의 구도자만 빼고, 주께서 저주하실 리는 없잖아요. 주께서는 잘 알려져 있듯이 그토록 자비로우신데, 그러신 분이 그들 중 한 사람도 용서해주지 않으실 리는 없잖아요. 바로 그래서 저도 기대하기로는, 의심을 하긴 했지만 용서를 받을 수 있을 거란 거예요. 회개의 눈물을 흘리면요."

"잠깐!"

표도르 파블로비치가 환희가 극에 달하여 빽 소리를 지른 다음 말했다.

"그 둘 말이야, 산을 옮길 수 있다는. 그러니까 넌 그런 사람들이 있다는 얘기냐? 이반아, 저거 짚고 넘어가야겠다. 적어라. 진짜 러시아인다운 특징이 드러났군 그래!"

"아버지가 제대로 지적하셨어요. 믿음에 있어 드러나는 민중적인 특징이네요" 하고 이반 표도로비치가 동의한다는 뜻으로 미소를 지으면서 말했다.

"너도 그렇게 생각하지? 네가 그렇게 생각한다면 그건 당연히 맞지! 알렉세이야, 그렇지? 진짜 러시아인다운 믿음이지?"

"아니에요. 스메르쟈코프한테 있는 건 러시아인다운 믿음이 아니에요" 하고 알렉세이가 진지하고 확고하게 말했다.

"난 저놈 믿음에 대해 얘기하는 게 아니라, 그 생각하는 방식의 특징에 대해 얘기하는 거야. 광야의 구도자 두 사람에 대한 생각 말이야. 그런 생각을 한다는 데에서 러시아적인 냄새가 확 나지 않니? 맞지, 안 그러니?"

"네. 그런 특징은 진짜 러시아적인 거네요" 하면서 알렉세이가 미소 지었다.

"네 말은 10루블짜리밖에 안 돼, 이 나귀야. 오늘 10루블 보내줄게. 하지만 나머지 네 소리는 다 헛소리에, 헛소리에, 또 헛소리야. 명심해둬, 이 바보야. 여기서 우리 모두가 믿는 사람이 아닌 건, 단지 경솔함 때문이야. 왜냐하면 우린 시간이 없거든. 첫째, 일이 많고, 둘째, 신이 시간을 조금밖에 안 주셨어. 하루에 스물네 시간밖에 안 주셨다고. 그래서 잠을 충분히 잘 시간도 없어. 회개할 시간은커녕. 근데 넌 거기서 그 박해자들 앞에서 신앙을 저버렸어. 그때야말로 신앙 말고 다른 건 생각조차 할 수 없는 순간이었고, 자신의 신앙을 보여줘야 하는 바로 그 순간이었는데 말이야! 내 말이 맞지 않아?"

"맞기야 맞습니다. 하지만 스스로 판단해보세요, 그리고리 바실리예비치 님, 말이 맞아야 마음이 편하시겠죠. 만약 제가 그때 그 진실을 참된 믿음으로 믿었다고 치면, 그러면 제 믿음을 지키기 위해 고통을 감수하지 않고 마호메트의 이교로 개종한 게 진짜로 죄가 됐을 거예요. 하지만 그때 뭐 하러 고통을 감수하고 어쩌고 할 거까지 있나요? 제가 그 순간에 이 산에게, '옮겨져서 박해자 위로 던져져라'고 말만 하면 산이 옮겨져서 순식간에 박해자를 마치 바퀴벌레처럼 눌러 죽였을 텐데요. 그러면 저는 마치 아무 일도 없었던 양 그 자리를 떠났겠죠. 신을 찬양하며 신께 영광을 돌리며 말이에요. 그런데 제가 만일 바로 아까의 그 순간에, 제가 이미 해본 일이기 때문에 이번엔 일부러 이 산에게, '이 박해자들을 눌러버려' 하고 말했는데 산이 안 눌러버렸다면, 그럼 그때 제가 어떻게 의심을 안 할 수 있을까요? 그것도 죽음이 기다리고 있는 그런 엄청나게 무서운 순간에요. 그러지 않아도 제가 천국에 온전히 이르지 못할 걸 아는데(왜냐하면 제 말에 의해 산이 옮겨지지 않았으니, 그건 제 믿음이 별로 믿을 만하지 못하다는 얘기잖아요. 그러니까 저 세상에서 저는 조그마한 상밖에 못 받게 되는 거죠), 게다가 저보고, 보상 하나도 없이 제 피부를 제 몸에서 벗기도록 놔두라고요? 제 피부를 등에서 반쯤 벗겨냈을 때조차 제 말 혹은 고함에 따라 이 산이 옮겨지지 않을 수도 있잖아요. 그런 경우에는 의심만 들 수 있는 게 아니라, 무서움 때문에 판단력마저 상실할 수 있어요. 그래서 판단하는 것이 전혀 불가능해질 거예요. 그런즉, 저 세상에서나 이 세상에서나 득 될 것도 못 찾고 상도 못 얻는 바에 피부만이라도 안 뺏기고 간직하려고 하는 것이 뭐가 또 그렇게 죄가 되냐는 거죠. 그러므로 저는 주의 자비를 한껏 기대하며, 온전히 용서받을 수 있다는 희망을 갖는 거죠……."

VIII
코냑 한잔하면서

논쟁은 끝났다. 그러나 이상하게도, 그토록 흥이 났었던 표도르 파블로비치가 끝에 가서 갑자기 우울해졌다. 우울해져 가지고 코냑을 왈칵 들이켰다. 이 잔은 안 하는 게 좋을 뻔한 잔이었다.

"이 예수회 교도들 같으니라고! 저리 썩 꺼져버려! 스메르쟈코프, 꺼져. 오늘 약속한 10루블은 보내줄 테니까 꺼지라고. 그리고리, 울지 마. 마르파한테 가봐. 마르파가 위로해주고 잠자리에 눕혀줄 거야. 못된 놈들 말이야, 식사 뒤에 조용히 있지도 못하게 하고 말이야!"

그가 별안간 단호하게 내뱉으니 하인들이 쏜살같이 방을 나갔다.

"이제는 스메르쟈코프 저놈이 아주 식사 때마다 여기 와서 참견이네. 네가 저놈한테 너무 친절하게 구니까 그렇지. 어쩌다 저렇게 버릇없게 만들어놨어?" 하고 그가 이반 표도로비치에게 말했다.

"전 아무것도 한 게 없습니다. 자기가 알아서 저를 잘 모시려고 들더라고요. 저놈은 하인이고 천민이에요. 세태를 타고 흘러가는 존재예요. 하지만 저러다 말 거예요."

"세태를 타고 흘러가는?"

"저렇지 않고 좀 더 나은 애들이 있을 테지만, 또 저런 애들도 있어요. 처음엔 주로 저런 애들이겠지만 좀 나중엔 더 나은 애들이 나올 거예요."

"저러다 말 거라는 건 언제 말 거라는 거야?"

"화포 심지에 불이 붙었지만 끝까지 타지는 않을지도 몰라요. 이 요리사 나부랭이들은 아직까지는 말을 잘 안 들어요."

"누가 아니라니? 저런 발람의 나귀 같은 놈이 생각을 저리 많이 한단다. 이 생각 저 생각 하다가 무슨 뚱딴지 같은 일을 생각해낼지 누가 아니?"

"생각을 쌓아가겠죠" 하고 이반이 비웃었다.

"너도 알지 모르겠지만 난 저놈이 나를 오지게 싫어하는 걸 알고 있어. 다른 사람들을 다 싫어하는 것처럼 나도 싫어한다는 것을. 너도 역시 싫어할 거야. 비록 너한테는 저놈이 너를 잘 모시려드는 것으로 보일지 모르지만. 알렉세이야 저놈이 말할 것도 없이 싫어하지. 경멸하고. 근데 저놈은 뭔가를 훔치지는 않아. 뒤에서 험담을 하지도 않고. 입을 꾹 다물고 있어. 집에서 말싸움 난 거 밖으로까지 안 퍼뜨리는 놈이야. 빵 굽는 건 월등하고. 그건 그렇고, 저놈이 뭐 어떻든 무슨 상관이냐? 계속 저놈 얘기를 할 필요가 있느냐 이거야."

"물론 그럴 필요가 없죠."

"저놈이 자기 혼자 무슨 생각을 꾸며내든 간에, 한마디로 그저 러시아 애새끼들은 패야 정신을 차려. 난 항상 그렇게 생각해왔어. 저놈은 사기꾼이야. 저놈 사정 생각해줄 필요 없어. 그저 언제든지 패야 돼. 러시아 땅은 자작나무가 많이 자라서 든든한 거야. 숲을 없애버리면 러시아 땅이 아무리 넓어도 필요가 없어. 사람들 가운데서도 마찬가지로 똑똑한 사람들이 많아야 돼. 우리가 천민들을 계속 패오다가, 지성이 발달해서 이제 안 패게 된 거지. 그래도 맞을 놈들은 자기가 자기를 때리는 한이 있어도 맞게 돼 있어. 맞을 놈들은 그래야 정신이 드는 거야. 어떻게 헤아리느냐에 따라 받을 이득이 헤아려져 나오는 거야.[80] 글쎄, 이 말이 맞던가? 어쨌든, 받을 이득이 헤아려져 나오는 거야. 그런데 러시아는 난장판이야. 야, 내가 러시아를 얼마나 미워하는지 아냐? 아, 그러니까 러시아를 미워한다기보다는 그 부조리들을 미워한다는 거지……. 뭐, 그러다 보면 러시아도 미워지는구면. Tout cela c'est de la cochonnerie.*
내가 좋아하는 게 뭔지 아냐? 난 재치 있는 말들을 좋아해."

"또 한잔하셨네요. 이제 그만하시죠."

"잠깐만. 나 한 잔만 더 하고 나서 한 잔만 더 할게. 그리고 그만하지 뭐. 아니지, 잠깐만. 너 때문에 하던 말이 끊겼잖아. 내가 모크로예를 지나가던 때가 있었는데, 거기서 웬 노인한테 말을 걸었지. 그 노인이 하는 말이, '우린 계집애들 벌줄 때 주로 패요. 사내애들한테 패라고 하죠. 사내애가 계집애를 패고 그다음 날 자기 색시로 삼는 적이 많거든요. 그래서 우리 계집애들은 맞는 걸 좋아해요.' 어때? 거긴 다들 사드 후작들만 사나봐.[81] 아무튼 재미있어. 우리도 한번 가볼까? 알렉세이 너 얼굴 빨개졌네. 뭘 그런 걸 가지고! 다 괜찮아. 참, 아까 수도원장이 내는 점심 자리에서 수도사들한테 모크로예 계집들** 얘기 했어야 되는 건데, 아, 아깝다! 알렉세이야, 오늘 내가 너희

* 이거 참 난장판이구면. (프랑스어)

** '모크로예'는 지명이지만, 이것이 만약 고유명사가 아니었다면, 젖었다는 뜻의 단어다. 그러므로 표도르 파블로비치는 '모크로예 계집들'이 '촉촉이 젖은 계집들'이라는 또 하나의 뜻으로 들릴 수도 있도록 말장난을 한 것이다. - 역자 주

수도원장한테 기분 나쁘게 한 거 가지고 화내지 마. 내가 그 사람들을 보면 화가 나. 만약 신이 있다면, 존재한다면, 그럼, 뭐, 내가 잘못하는 거지. 책임을 져야겠지. 하지만 신이 없다면, 그 사람들을 그냥 그렇게 내버려둬야 될까? 너희 신부들을 말이야. 모가지를 죄다 잘라버려도 모자랄 거야. 왜냐하면 그 사람들이 발전을 저해하거든. 내가 그 생각을 하면 정말 가슴이 아프다는 걸 이반 너는 믿니? 음, 안 믿는구나. 네 눈만 봐도 알겠다. 넌 내가 다만 어릿광대에 지나지 않는다고 하는 사람들의 말을 믿지? 알렉세이야, 넌 내가 다만 어릿광대에 지나지 않는 건 아니라는 걸 믿니?"

"다만 어릿광대에 지나지 않는 건 아니라고 믿어요."

"나도 네가 믿는다는 걸 믿는다. 그리고 진심으로 말한다는 걸. 너는 진실하게 관찰하고 진실하게 말하는구나. 근데 이반은 안 그렇다. 이반은 거만해. 그건 그렇고, 나 같으면 너희 수도원 같은 건 없애버리겠다. 그 신비주의 다 싸잡아서, 러시아 땅 전체에서 없애버리는 거야. 바보들로 하여금 다 이성을 제대로 깨우치게 해야 되니까. 그리고 은이나 금은 오로지 화폐 주조하는 곳으로 보내지게 하는 거야."

"그렇다고 없애버리기까지 할 건 뭐 있어요?" 하고 이반이 말했다.

"진리가 가능하면 빨리 빛을 발하게 하려면 그래야지."

"하지만 그 진리가 빛을 발하면, 그러면 사람들이 맨 처음으로 아버지 재산을 약탈하고, 그다음에…… 아버지를 없애버릴 텐데요."

"와! 그거 참, 맞는 말일세! 아이고, 내가 나귀네!"

표도르 파블로비치가 갑자기 몸을 뒤로 젖히면서 자기 이마를 살짝 때렸다. 그러너니 이렇게 말했다.

"그러면 너희 수도원 그냥 있게 놔둬라, 알렉세이야, 정 그렇다면. 그럼 우리 똑똑한 사람들은 따뜻한 데에 앉아서 코냑이나 마시는 것으로 하자. 야, 이반아, 바로 신께서 일부러 그렇게 만들어놓으신 게 틀림없을 거야. 이반아, 말해봐. 신이 있냐, 없냐? 잠깐! 제대로 말해야 돼, 응? 진지하게! 왜 또 웃고 그래?"

"아버지가 직접 방금 전에, 산을 옮길 수 있는 두 사람의 고행자들이 존재한다는 스메르쟈코프의 믿음에 대해서 재치 있게 한마디하셨잖아요. 그게 생각나서요."

"내 말이 맞는 것 같니?"

"네."

"그럼 나도 전형적인 러시아 사람이네. 나한테도 전형적으로 러시아적인 특징이 있는 거네. 그러니까 내가 너 같은 철학자도 파악할 수 있을 거야. 파악하나 못 하나 해볼까? 아마 내일 당장 파악할걸. 그건 그렇고 질문에 대답을 해봐. 신이 있니, 없니? 근데 꼭 진지하게 대답해야 돼! 나 지금 진지해졌단 말이야."

"없어요. 신은 없어요."

"알렉세이야, 신은 있니?"

"신은 있어요."

"이반아, 영생은 있니? 뭐, 꼭 거창한 거 아니더라도, 그저 아
주 조그만 거라도 좋으니까."

"영생은 없어요."

"전혀?"

"전혀요."

"그러니까 완전 아무것도 없는 거야, 아니면 뭔가 있긴 있는
거야? 그 비슷한 거라도 뭐가 있지 않을까? 완전히 아무것도
없을 수는 없잖아."

"완전 아무것도 없는 거예요."

"알렉세이야, 영생은 있니?"

"있어요."

"신도 있고 영생도 있고?"

"신도 있고 영생도 있고요. 영생이 바로 신 안에 있어요."

"음, 아마 이반의 말이 맞을 가능성이 크다. 아이고, 맙소사!
이 허황된 것에다 인간이 얼마나 믿음을 바쳤는지, 온갖 공연
한 노력을 얼마나 바쳤는지를 생각해봐라. 그것도 몇 천 년 동
안! 인간을 그렇게 놀려 먹는 게 과연 누굴까? 이반아, 마지막

으로, 결정적으로 묻겠다. 신이 있냐, 없냐? 마지막으로 묻는 거다!"

"마지막일지라도 없는 건 마찬가지예요."

"그럼 그렇게 사람들을 놀려 먹는 게 누구야, 이반아?"

"아마 악마겠죠." 하고 이반 표도로비치가 픽 웃으며 말했다.

"악마는 있어?"

"아니요, 악마도 없어요."

"유감이네. 아무튼 이런 악마 같은 경우가 있나? 신이란 걸 맨 처음으로 꾸며낸 그놈 나한테 걸리기만 해봐라! 쓴 사시나무*에다 목을 매달아도 시원치 않을 거다."

"만약 신을 꾸며내지 않았더라면 문명이 전혀 없었을걸요."

"전혀 없었을 거라고? 신이 없었으면?"

"네. 그러면 아마 코냑도 없었을 테죠. 그건 그렇고 코냑을 인제 아버지한테서 뺏어야 되겠어요."

"야, 야, 야, 잠깐만 기다려봐, 딱 한 잔만 더 하고. 내가 알렉세이를 기분 나쁘게 만든 거 같아. 알렉세이야, 너 화 안 났니? 내 사랑하는 알렉세이야."

---

* 사시나무가 조금만 바람이 불어도 떠는 이유에 대하여 러시아에서는 가룟 유다가 목매달아 죽은 나무가 사시나무이기 때문에 사시나무가 저주를 받아서 그렇다는 이야기가 전해 내려온다. 그리고 가룟 유다가 목매달아 죽은 사시나무를 '쓴[bitter] 사시나무'라고 부른다. - 역자 주

"아니에요. 화 안 났어요. 전 아버지 생각을 알고 있어요. 아버진 가슴이 머리보다 뛰어난 분이세요."

"내가? 내가 가슴이 머리보다 낫다고? 야, 이런 얘기 나한테 한 사람 또 있으면 나오라고 해봐. 이반아, 넌 알렉세이를 좋아하느냐?"

"좋아요."

"계속 좋아해라(표도르 파블로비치는 많이 취했다). 야, 알렉세이야, 아까 내가 네가 모시는 장로한테 너무 버릇없이 그랬지? 그거 나 흥분해서 그랬던 거야. 근데 그 장로, 재치 있는 말을 할 줄 알아. 이반아, 넌 어떻게 생각하니?"

"그런 것 같아요."

"그래, 그래, il y a du Piron lá-dedans.**82** 그 양반 예수회 교도야. 러시아 사람이지만 말이야. 고상한 존재가 다 그렇듯, 남들 앞에 보여야 한다는 것, 거룩한 척해야 한다는 것에 대한 숨겨진 분노가 그 양반 안에서 끓고 있어."

"그 양반은 신을 믿는 사람이잖아요."

"조금도 안 믿어. 넌 몰랐단 말이냐? 그 양반 스스로가 모든 사람들한테 그 사실을 말하고 있는데도? 아, 그러니까 '모든 사람들한테'가 아니라 '모든 똑똑한 사람들한테'지. 수도원에 오

---

* 여기서 피롱이 연상되는구나.

는 사람들 중에서. 슐츠 주지사한테는 아주 딱 잘라 말했어. Credo,* 하지만 그 대상을 모르겠습니다'라고."

"그럴 리가요?"

"진짜로 그랬어. 하지만 난 그 양반을 존경해. 그 양반 속에는 뭔가 메피스토펠레스적인 것이 있어. 아니, '우리 시대의 영웅'에 나오는…… 아르베닌[83]인가 누군가……, 아무튼 그러니까 말이지, 그 양반은 음탕하다는 얘기지. 하도 음탕해서, 난 인제 만약 내 딸 혹은 내 아내가 그 양반한테 고해 성사를 하러 간다고 하면 걱정됐을 거 같아. 그 양반이 이야기를 한번 시작하면……. 3년 되던 해에 그 양반이 우리를 차 마시러 오라고 불렀는데, 리큐어도 있었어(지주 집안 여자들이 그 양반한테 리큐어를 보내와). 그때 그 양반이 왕년 이야기를 하기 시작하는데, 말발이 얼마나 좋은지 거기 앉아 있던 우리들 다 배꼽 빠져 죽는 줄 알았어. 특히 그 양반이 몸이 쇠약해진 한 여자를 고친 얘기할 때. '내가 다리만 안 아팠다면 여러분께 춤을 하나 춰드렸을 텐데요.' 그러는 거야. 어때? 또 '나 한창 때 아토스산에 수없이 다녔어요.' 그러는 거야. 또 그 양반 상인 제미도프한테서 6만을 먹었대."

"훔쳤다고요?"

---

* 믿습니다.

"상인 제미도프가 착하신 분께 희사한다고 하면서 그 양반한테 갖고 왔대. '잘 좀 간수해주세요. 내일 우리 집에 수색이 있을 거라서요.' 그랬대. 근데 그 양반은 영원히 간수하겠다고 했대. '님께선 교회를 위해 헌금하신 거잖아요' 하면서. 내가 그 양반한테 그랬지. '야, 이 비열한 인간아!' 그랬더니 이러는 거야. '나 비열한 인간 아닌데요. 통이 좀 크다뿐이죠.' 하긴……, 그건 딴 사람이야. 다른 사람이라고. 내가 다른 사람 얘기랑 헷갈렸으면서도 그것도 모르고 계속 얘기했네. 자, 딱 한 잔만 더 하면 이제 됐다. 병 치워라, 이반아. 내가 틀린 말을 하고 있었는데 넌 왜 내 말을 안 끊은 거냐? 이반 이놈아, 나 틀린 말 하고 있다고 말을 해줘야 될 거 아니야?"

"저는 아버지가 스스로 말씀을 멈추실 줄 알았어요."

"거짓말 마. 내가 미워서 그런 거지? 오로지 내가 미워서 그런 거 아냐? 넌 날 경멸하고 있어. 내 집에 와서 살면서 내 집에서 나를 경멸하고 있다고."

"저 갈게요. 아버지, 술기운이 너무 오르셨어요."

"내가 너보고 체르마쉬냐 좀 갔다 와달라고 주 그리스도의 이름으로 부탁했잖아……. 하루나 이틀 정도. 근데 넌 가지도 않고 말이야."

"내일 갈게요. 그렇게 꼭 가야 되는 거라면."

"가긴? 안 갈 거면서. 넌 여기서 날 감시하고 싶은 거야. 네가 하고 싶은 게 바로 그거라고. 성질이 아주 못됐어. 바로 그래서 안 가는 거 아니냐고."

표도르 파블로비치는 좀처럼 진정하지를 못했다. 술 마시는 사람이라면 자기랑 같이 마시고 같이 취한 사람들, 하지만 아직까진 얌전하게 앉아 있는 다른 사람들 앞에서 반드시 별안간 화를 내면서 자신의 성질을 보여주고 싶은 순간이 찾아올 때가 있다. 그가 지금 바로 그 상태에 이른 것이다.

"날 왜 그렇게 쳐다봐? 네 눈이 어떤지 알아? 네 눈이 날 쳐다보면서 이렇게 말하고 있어. '술 취한 저 상판대기하고는…….' 의심에 찬 네 눈, 경멸에 찬 네 눈……. 넌 무슨 꿍꿍이가 있어서 여기 온 거야. 이 알렉세이의 눈빛 좀 봐봐. 반짝반짝 빛나잖아. 알렉세이는 나를 경멸 안 해. 알렉세이야, 이반하고 놀지 마라."

"형한테 화내지 마세요! 형이 뭘 잘못했다고요?" 하고 갑자기 강경한 어조로 알렉세이가 말했다.

"그래, 그래, 자, 그럼, 나 이만. 어휴, 머리 아파. 코냑 저리 치워라. 이반아, 내가 세 번째로 얘기한다."

거기까지 말하고 그는 생각에 잠겼다가 갑자기 입술을 양옆으로 쫙 찢으면서 능글맞게 미소 지으며 말했다.

"화내지 마라, 이반아, 늙어 빠져 기운 없는 애비한테 화내지 마. 네가 나 안 좋아하는 거 나 알아. 그래도 화는 내지 마, 응?

날 좋아할 이유가 없잖아. 체르마쉬냐 다녀올 거지? 나도 직접
거기로 가서 너한테 들를게, 선물 들고 갈게. 거기서 내가 너한
테 여자애 한 명 소개해줄게. 내가 이미 오래전부터 점찍어놨
어. 아직 돈은 없는 애지만, 돈 없는 여자애들이라고 꺼리지 마
라. 깔보지도 말고. 진짜 진주 같은 애들이란다."

그러면서 그는 자기 손에 입을 맞췄다. 그가 갑자기 활기를
되찾았다. 좋아하는 화제를 찾더니 마치 순간적으로 술이 깬
것 같았다. 그가 계속 말했다.

"난 말이지……, 아이고, 이 녀석들아! 내 자식들, 이놈의 우
리 예쁜 돼지 새끼들……, 난 말이지, 내 평생 나한테 별 볼 일
없는 여자는 한 번도 있은 적이 없어. 그게 내 철칙이었으니까.
너희들 이해할 수 있겠니? 하긴 이 녀석들이 그걸 어떻게 이해
하겠나? 너희들 몸속에는 아직 피가 안 흐르고 젖이 흐르잖아,
아유, 이 갓 태어난 것들……. 내 철칙에 따르면, 어떤 여자한
테서도 다 찾을 수 있어. 아주 그……, 젠장, 뭐랄까, 재미있는
점을 말이야. 그 어떤 다른 여자한테서도 찾아볼 수 없는. 그러
니까 사람은 그런 점을 찾을 줄을 알아야 돼. 바로 그게 중요한
거야! 바로 그게 재능이야! 나한테 모베쉬들*이란 존재하지 않
았어. 일단 여자라는 점, 그거 하나가 벌써 반은 차지하고 들어

---

* 못난 여자들. (프랑스어 'mauvais')

가는 거야. 아이고, 사실 너희들이 이런 걸 어찌 알겠냐? 비엘필들* 속에서마저 그런 점을 찾아낼 수 있다고. '아니, 이런 점을 저 바보 놈들 어쩌다 못 찾아서 이 여자를 늙을 때까지 가만 놔뒀나?' 하고 놀랄 만한 점을. 너 그거 아냐? 돈 없는 계집애들이나 못난 계집애들은 일단 먼저 놀라게 해줘야 돼. 그렇게 시작을 해야 되는 거야. 너 그거 몰랐어? 환성이 터져 나오도록, 가슴 깊이 사무치도록, '아, 나 같은 못난이를 저런 신사 분께서 좋아하시는구나!' 하고 수줍어할 정도로 놀라게 해줘야 돼. 이 얼마나 좋으냐! 이 세상에 항상 하인과 주인이 있고, 앞으로도 있을 거고, 그러니까 앞으로도 계속 마루 닦는 여자도 있고 그 주인도 있을 거라는 거. 그러면 된 거지 뭐. 삶의 행복을 위해서 뭐가 더 필요해? 그러고 보니까, 참, 알렉세이야, 죽은 네 엄마를 난 항상 놀라게 해줬어. 결과가 조금 다르게 나오는 건 있었지만. 난 네 엄마한테 다정하게 굴거나 그러지 않았어. 그러다가 내가 갑자기 어느 순간 딱 태도를 바꿔서 네 엄마 앞에서 기면서 발에 입맞추고 하면서 갖은 아양을 다 떠는 거야. 그리고 반드시, 반드시, 아, 마치 지금 일처럼 기억이 나는데, 조그만 웃음이라도, 큰 소리는 아니지만 '까르르' 하는 낭랑한 소리로 자기도 모르게 특이하게 웃도록 만들었어. 네 엄마가 했

---

* 노처녀들. (프랑스어 'vieille fille')

던 일은 그냥 웃는 일뿐이었지. 물론 알지, 그 상태가 꼭 병 증세로 연결돼왔다는 걸. 그다음 날이면 바로 히스테리 발작을 일으켰으니까. 그러니까 그 조그만 웃음이 기뻐서 웃는 웃음이 절대 아니었던 거야. 하긴 뭐, 어떻게 보면, 거짓 기쁨이지만 기쁨은 기쁨이었지. 그런 기쁨이라도 나는 보아왔던 거야. 이게 바로 중요한 능력이라고! 한 여자 속에서 조그마한 그런 긍정적인 측면이라도 발견할 줄 아는 거! 한번은, 벨랴프스키라고 웬 잘난 놈 하나가 있었는데, 또 그놈이 돈도 많아요! 그놈이 네 엄마를 졸졸 따라다니는 놈이었거든. 그래서 내 집에 자주 오곤 했는데, 그놈이 어떻게 하다 보니까 내 집에서 내 따귀를 때린 거야. 그것도 네 엄마가 보는 앞에서. 그랬더니 네 엄마가 말이지, 그 순해 빠진 것이 말이야, 날 잡아 죽이는 줄 알았어. 이렇게 대들더라고. '당신 따귀 맞았어. 그 사람한테서 따귀 맞았어. 당신이 날 그 사람한테 팔아넘기려고 했기 때문에. 그래도 어떻게 내가 보는 앞에서 그 사람이 당신 따귀를 때릴 수 있어? 당신 인제 나한테 절대로, 절대로 가까이 오지마! 지금 당장 가서 그 사람한테 결투 신청해!' 그때 난 네 엄마를 진정시키려고 수도원에 데려갔었어. 신부들이 네 엄마한테 아주 세게 뭐라 그랬어. 어쨌든, 알렉세이야, 나는 맹세코 잘하려고 했어. 히스테리 환자인 네 엄마 성질을 건드린 적이 한 번도 없다고! 뭐, 굳이 말하자면 딱 한 번은 있었지만. 결혼한 지

1년이 아직 안 지났을 땐데, 그때 네 엄마가 기도를 아주 많이 했거든. 특히 성모 마리아 관련 축일들을 잘 지켰는데, 그때면 날 자기 방에서 내쫓았어. 서재에 가 있으라고 하면서. '이런 젠장, 빌어먹을 신비주의를 한번 뿌리 뽑아봐?'라는 생각이 나더라고. 그래서 이랬지. '야, 이거 봐, 이거 네 성상이지, 응? 내가 지금 성상을 내릴게. 이거 봐봐. 넌 이 성상이 기적을 일으킬 거라고 생각하지? 어디 내가 한번 너 보는 앞에서 성상에다 침을 뱉어볼까? 그래도 나한테 아무 일도 일어나지 않을걸!' 네 엄마가 그걸 보고 말이야, 난 '어이쿠, 이젠 날 죽인다고 하겠지!' 하고 생각했는데, 네 엄만 그냥 벌떡 일어나더니 양손을 한 번 마주치고 갑자기 양손으로 얼굴을 가리고는 몸을 온통 덜덜 떨면서 바닥으로 허물어지는 거야. 그렇게 주저앉아버렸어. 알렉세이야, 알렉세이야, 너 왜 그래? 너 왜 그래?"

표도르 파블로비치가 놀라서 벌떡 일어났다. 알렉세이는 어머니 이야기가 나왔을 때부터 조금씩 얼굴이 변하기 시작했다. 얼굴이 빨개졌고, 눈이 타오르고, 입술이 떨리기 시작했다. 술 취한 아버지는 침 튀기며 이야기하느라고 그런 것도 모르고 있다가, 알렉세이한테 뭔가 이상한 일이 일어나자 그제야 알아챘다. 그가 '히스테리 환자'에 대해 이야기하던 내용과 바로 똑같은 일이 알렉세이한테서 재현된 것이다. 식탁 앞에 앉았던 알렉세이가 갑자기 벌떡 일어나, 이야기에서 묘사되던 어머니와 똑같이, 양손을 한 번 마주치고 양손으로 얼굴을 가리고 의자에 힘없이 털썩 주저앉아, 히스테리 발작처럼 갑작스레 소리 없는 눈물을 흘리면서 온몸을 부들부들 떨기 시작했다. 섬뜩할 정도로 자기 어머니와 똑같자, 표도르 파블로비치는 깜짝 놀랐다.

"이반아, 이반아, 얘한테 빨리 물 좀 갖다줘! 바로 자기 엄마의 그 모습이야. 완전히 똑같아! 그때 얘 엄마 모습과 똑같아! 물을 입에 머금었다가 얘 얼굴에다 뿜어. 내가 얘 엄마한테 했던 것처럼. 얘 이러는 거 얘 엄마 때문이야, 얘 엄마 때문이야" 하고 그가 이반에게 웅얼거렸다.

"그런데 얘 엄마가 바로 내 엄마 아닌가요? 어떻게 생각하세요?" 하고 갑자기 이반이 경멸을 담은 분노를 참지 못하고 터뜨렸다. 그의 번쩍하는 눈길에 표도르 파블로비치가 놀라 어깨를 들썩했다. 하지만 여기서 그 어떤 아주 이상한 일이 일어났다. 비록 1초 동안이었지만. 알렉세이의 모친이 바로 이반의 모친이라는 생각을 표도르 파블로비치가 아마 진짜로 깜빡한 것 같았다. 그가 이해가 안 간다는 투로 웅얼거렸다.

"어떻게 해서 네 엄만데? 왜 그런 말을 하는 건데? 지금 누구 엄마 얘기를 하는 거야? 넌 그러니까……, 아, 참, 이런 제기랄! 그래, 네 엄마이기도 하네! 이런, 제기랄! 아이고, 내가 머리가 멍해져도 이런 적은 없었는데. 미안하다. 난 또 어떻게 생각했나 하면, 이반아……, 헤헤헤!"

그는 말을 멈췄다. 의미가 희박한, 입이 좍 벌어지는 술 취한 웃음으로 그의 얼굴은 넓어 보였다. 바로 이 순간 현관에서 악에 받친 무서운 고함과 쿵쾅거리는 소리가 들렸다. 문이 활짝 열리고 안으로 드미트리 표도로비치가 달려 들어왔다. 표도르 파블로비치가 깜짝 놀라 이반한테 몸을 던졌다.

"나 죽이러 왔어! 나 죽이러 왔다고! 좀 말려줘, 제발!"

그가 이반 표도로비치의 프록코트 깃을 움켜잡으며 소리 질렀다.

IX

음탕한 사람들

드미트리 표도로비치를 뒤따라 그리고리와 스메르쟈코프가 달려 들어왔다. 그들은 현관에서 드미트리 표도로비치가 못 들어가게 하기 위해 그와 몸싸움을 했다(표도르 파블로비치가 이미 며칠 전에 그걸 부탁해놓았었다). 드미트리 표도로비치가 거실에 들어와 주위를 둘러보기 위해 잠깐 멈춰 선 틈을 타서 그리고리는 식탁을 우회하여, 현관문 반대편에 있는, 침실로 들어가는 문을 닫고, 양팔을 옆으로 뻗어, 젖 먹던 힘을 다하여 끝까지 사수하겠다는 듯 문을 막아섰다. 이를 보고 드미트리 표도로비치가 고함보다는 쇳소리에 가까운 소리를 내면서 그리고리에게 달려들었다.

"그 여자가 거기 있구나! 거기다 숨겨놓았어! 저리 비켜, 이 못된 영감!"

그가 그리고리를 끌어내려고 했으나 그리고리가 그를 밀쳐냈다. 격분하여 이성을 잃은 드미트리가 온 힘을 다 실어 팔을 휘둘러 그리고리를 내갈겼다. 늙은 그리고리가 픽 쓰러졌고, 드미트리는 쓰러진 그리고리를 뛰어넘어 문을 열고 들어갔다. 스메르쟈코프는 반대편에 서서, 창백해진 얼굴로 떨면서 표도르 파블로비치한테 밀착해 있었다.

"그 여자 여기 있어! 그 여자가 집 쪽으로 도는 걸 내가 지금 직접 봤어, 쫓아가서 잡았어야 하는 건데 못 잡았어. 그 여자 어디 있어? 엉? 그 여자 어디 있어?" 하고 드미트리 표도로비치가 외쳤다.

"그 여자 여기 있어!"라는 외침이 표도르 파블로비치에게 특이한 인상을 끼쳤다. 공포가 단번에 사라졌다.

"저놈 잡아! 잡아!" 하고 그가 드미트리 표도로비치를 쫓아갔다. 그새 그리고리는 바닥에서 일어났으나 아직 제정신이 완전히 돌아온 것은 아니었다. 이반 표도로비치와 알렉세이는 아버지를 잡으러 달려갔다. 다른 방에서 무언가가 바닥에 떨어져 와장창 하며 깨지는 소리가 들렸다. 이는 대리석 받침 위에 서 있던 커다란 유리 화병(그리 비싼 편은 아니었다)이었다. 드미트리 표도로비치가 지나가면서 친 것이다.

"저놈을 잡아 와, 당장!"

표도르 파블로비치가 죽어라고 악을 썼다.

이반 표도로비치와 알렉세이가 아버지를 따라잡아 거실로 도로 데리고 왔다.

"왜 쫓아가세요? 잡히면 죽을지도 모르는데!"

이반 표도로비치가 아버지를 호되게 꾸짖었다.

"이반아, 알렉세이야, 그 애가 여기 있나 보다, 그루센카 말이야. 이리로 오는 걸 저놈이 봤다고 하잖아."

표도르 파블로비치가 숨을 헐떡거리며 말했다. 그는 그루센카가 올 줄 모르고 있다가 갑자기 그녀가 여기에 있다는 소식을 접하자 바로 정신이 나갔다. 온몸을 덜덜 떠는 것이, 미친 사람 같았다.

"그 여자가 안 온 걸 아버지가 봤잖아요!" 하고 이반이 소리쳤다.

"뒷문으로 들어왔을 수도 있잖아."

"뒷문은 잠겼어요. 열쇠는 아버지한테 있고요."

별안간 드미트리가 거실로 도로 왔다. 그는 물론 뒷문이 잠긴 것을 확인했다. 그리고 뒷문 열쇠는 실제로 표도르 파블로비치의 호주머니에 있었다. 모든 방의 창문들도 잠겨 있었다. 그러니까 그루셴카가 들어올 수도 없고 나갈 수도 없는 상황이었다.

표도르 파블로비치가 다시 드미트리를 보자마자 빽 소리 질렀다.

"저놈 잡아! 저놈 내 침실에서 돈을 훔쳤어!"

그러면서 그는 이반한테서 빠져나와 다시금 드미트리에게로 달려들었다. 그러나 드미트리가 양팔을 들어 그의 양쪽 관자놀이에 마지막으로 남아 있던 머리카락을 붙잡고 확 세게 잡아당겨, 그는 쿵 소리와 함께 바닥에 넘어졌다. 드미트리는 그렇게 넘어진 아버지의 얼굴을 구두 굽으로 두 번 혹은 세 번 짓밟았다. 표도르 파블로비치는 꽥 소리를 질렀다. 이반 표도로비치가, 비록 자기 형 드미트리만큼 힘이 세지는 않았지만, 드미트리의 몸을 부여잡고 온 힘을 다해 아버지에게서 떼어 놓았다. 알렉세이도 자기가 가진 힘을 다해 드미트리를 앞쪽에서 잡고 이반을 도왔다.

"미쳤어! 형, 아버질 죽일 참이야?" 하고 이반이 소리쳤다.

"이자는 죽여야 돼! 만일 지금 못 죽이면 죽이러 다시 올 거야. 막을 생각은 하지 마!"

숨을 헐떡이면서 드미트리가 더 큰 소리로 말했다.

"드미트리 형! 당장 여기서 나가!"

알렉세이가 위엄 있게 외쳤다.

"알렉세이! 너만 대답해. 내가 네 말만 믿을 거야. 그 여자 지금 여기 왔었어, 안 왔었어? 그 여자가 지금 골목에서부터 울타리 옆을 지나 이쪽으로 살짝 들어오는 걸 내가 직접 봤어. 내가 소리 지르니까 그 여자가 뛰어 도망갔어."

"맹세코 안 왔었어. 여기서 그 여자가 올 거라고 생각한 사람은 아무도 없어!"

"내가 봤는데……. 그럼 어떻게 된 거야? 그 여자가……. 내가 지금 그 여자 어디 있는지 알아봐야겠어. 그럼 나 간다, 알렉세이! 인제 노인네한테 돈 얘기는 한마디도 하지 마. 카체리나 이바노브나한테는 지금 꼭 갔다 와. '절을 해달라고 부탁 받았어요. 절을 해달라고.' 그러면서 나 대신 절을 해줘야 돼. 작별 인사 조로. 그 여자한테 상황 설명을 해줘."

이때 이반과 그리고리는 표도르 파블로비치를 일으켜서 소파에 앉혔다. 얼굴이 피범벅이 되었으나 정신을 잃지는 않았고, 드미트리가 고함치는 내용을 귀 기울여 들었다. 그는 아직까지도 그루센카가 정말로 집 어딘가에 있는 게 아닐까 하는 생각을 하는 중이었다. 드미트리 표도로비치는 나가면서 표도르 파블로비치를 증오의 눈길로 쳐다보았다.

"당신 피 터지게 한 거 나 후회 안 해! 조심해, 노인네. 꿈을 너무 크게 꾸지 마. 당신이 내 꿈을 빼앗게 두지 않을 거야! 당신을 저주해! 당신은 내 아버지가 아니야!"

그렇게 소리치고 그는 거실을 나갔다.

"그 아이가 여기에 있어! 진짜로 있어! 스메르쟈코프, 스메르쟈코프!"

표도르 파블로비치가 들릴락 말락 하게 목 쉰소리를 내면서 스메르쟈코프를 손가락으로 불렀다.

"그 여잔 여기 없어요. 아버지는 정신이 나갔어요."

이반이 표도르 파블로비치에게 표독스럽게 소리치고는 스메르쟈코프에게 말했다.

"지금 아버지 기절한다. 물이랑 수건 갖고 와! 지금 당장, 스메르쟈코프!"

스메르쟈코프가 물을 가지러 달려갔다. 결국 표도르 파블로비치의 옷을 벗기고 침실로 데려가서 침대에 눕혔다. 머리를 젖은 수건으로 감았다. 코냑을 마신 데다가 스트레스를 많이 받고 폭행까지 당한 그는 베개를 베자마자 순간적으로 잠들었다. 이반 표도로비치와 알렉세이는 거실로 돌아왔다. 스메르쟈코프는 깨진 화병 조각들을 내다버렸고, 그리고리는 넋이 빠져 멍하게 식탁 옆에 서 있었다.

"아저씨도 젖은 수건으로 머리 싸매고 잠자리에 들어야 되는 거 아니에요? 우리가 여기서 아버지 돌볼게요. 형이 아저씨 얼굴을 너무 세게 때렸어요."

알렉세이가 그리고리에게 말했다.

"어떻게 나한테 그렇게……!"

그리고리가 침울한 목소리로 또박또박 끊어 발음했다.

"그 정도 갖고 뭘 그래요? 아버지한테 한 걸 생각해봐요."

이반 표도로비치가 그의 말을 비꼬았다.

"내가 목욕시켜가며 키웠는데……, 어떻게 나한테 그렇게 할 수 있어요?" 하고 그리고리가 다시 말했다.

"제기랄, 내가 안 말렸으면 아버질 아마 진짜로 죽였을 거야. 아무 생각 없는 사람 앞뒤 안 가리고 날뛰다가" 하고 이반 표도로비치가 알렉세이에게 속삭였다.

"신께서 보호해주시길!" 하고 알렉세이가 외쳤다.

"굳이 보호는 또 왜? 흉물 하나가 다른 흉물을 잡아먹겠구면. 그게 그 사람들한테 맞는 길이고" 하고 이반이 매섭게 인상을 쓰면서 계속 속삭이는 소리로 말했다. 알렉세이가 흠칫 놀랐다.

"물론 난 지금 했던 것처럼, 살인 사건은 안 일어나도록 할 거야. 너 여기 있어라, 알렉세이야. 난 나가서 마당을 좀 돌아다닐 테니까. 머리가 조금씩 아파 와서 말이지."

알렉세이가 아버지 침실로 가서, 침대 머리맡 병풍 앞에 한 시간 정도 앉아 있었다. 표도르 파블로비치가 문득 눈을 뜨고, 기억과 생각을 가다듬는 양 알렉세이를 오랫동안 말없이 지켜보았다. 그러다 갑자기 그의 얼굴에 불안해하는 기색이 나타났다. 그가 불안한 목소리로 물었다.

"알렉세이야, 이반은 어디 있니?"

"머리가 아프다고 하면서 마당에 나갔어요. 망도 볼 겸."

"나 거울 좀 줘봐. 저기 거울 있잖아."

알렉세이가 서랍장 위에 있던 작고 동그란 접이식 거울을 건네줬다. 표도르 파블로비치가 자기 얼굴을 들여다보았다. 코가 꽤 퉁퉁 부어올라 있었고 왼쪽 눈썹 위 이마가 뻘겋게 크게 멍이 들어 있었다.

"이반이 뭐라 그러던? 알렉세이야, 내가 유일하게 사랑하는 아들아, 난 이반이 무서워. 난 이반이 그놈보다 더 무서워. 내가 안 무서워하는 건 오직 너뿐이야."

"왜 이반 형까지 무서워하고 그러세요? 이반 형이 성질은 부리지만 그래도 아버질 보호해드릴 거예요."

"알렉세이야, 그놈은 어떻게 됐어? 그루셴카한테 갔을 테지! 나의 천사 알렉세이야, 진실을 말해줘. 아까 여기에 그루셴카가 왔었니, 안 왔었니?"

"아무도 그루셴카를 못 봤어요. 왔었다는 건 거짓말이에요. 안 왔었어요."

"드미트리가 그루셴카랑 결혼하려고 하잖아, 결혼하려고!"

"그루셴카는 드미트리한테 시집 안 갈 거예요."

"시집 안 가, 시집 안 가, 시집 안 가, 시집 안 가. 절대로 시집 안 가."

표도르 파블로비치가 그보다 더 기쁠 수는 없는 말을 들은 양 기뻐서 활기를 되찾았다. 그는 알렉세이의 손을 붙잡아 자기 가슴에다 꽉 대었다. 눈에 눈물까지 고였다. 그가 계속 말했다.

"내가 아까 얘기했었던 그 성모가 그려진 성상 있잖아, 그거 너 가져. 갖고 가도 돼. 수도원으로 돌아가는 것도 허락할게. 아까는 내가 농담한 거였으니까 화내지 말고. 아, 머리 아프다. 알렉세이야, 나의 천사야, 내 가슴에 맺힌 궁금증을 좀 풀어주라. 진실을 말해줘, 응?"

"그 여자가 왔었는지, 안 왔었는지, 계속 그거 물으시는 거예요?" 하고 알렉세이가 씁쓸하게 물었다.

"아냐, 아냐, 아냐. 난 네 말을 믿어. 내가 부탁하고 싶은 건, 네가 좀 직접 그루셴카한테 가든지 해가지고, 될 수 있으면 좀 빨리 물어봐줘. 그리고 네가 직접 눈치를 살펴봐. 그루셴카가 누구한테 가고 싶어하는지, 나한테, 아니면 그놈한테. 응? 어때? 그렇게 해줄 수 있겠니, 없겠니?"

"만나면 한번 물어보고요" 하고 알렉세이가 어떻게 해야 될지 몰라서 슬쩍 넘어가려 했다. 그러나 곧바로 표도르 파블로비치가 말했다.

"아니다. 그루셴카가 너한테 말을 안 해줄 거야. 그 아이는 도리어 너한테 키스하면서 너한테 시집가고 싶다고 할 거야. 그 아이는 사람을 갖고 놀아. 부끄러움을 몰라. 네가 그 아이한테 가지 말아야겠다. 가지 마라!"

"네. 그렇게 되면 안 좋으니까요. 절대 좋을 거 없어요."

"아까 그놈이 너보고 어딜 갔다 오라는 거였어? 뛰어나가면서 '갔다 와' 하고 소리 지르더구먼."

"카체리나 이바노브나한테 갔다 오랬어요."

"돈 좀 달라고 부탁하려고?"

"아니에요. 돈 달라는 게 아니에요."

"그놈 돈 없어. 한 푼도 없어. 가만있어 봐, 알렉세이야, 내가 밤새 누워서 한번 생각해볼 테니까, 넌 갈 길을 가도 돼. 어쩌면 네가 그 아이를 만날 수도 있는 일이고⋯⋯. 단, 내일 아침 일찍 나한테 꼭 들러, 꼭. 내가 내일 너한테 할 말이 있거든. 들를 거지?"

"들를게요."

"올 땐 네가 스스로 알아서 온 것처럼 해. 나한테 문안하려고 온 것처럼. 내가 널 오라고 했다고 아무한테도 얘기하지 마. 이반한테 아무 얘기도 하지 마."

"알았어요."

"그럼 가봐, 나의 천사야. 아까 너 내 편 들어준 거 죽어도 안 잊을게. 내가 내일 너한테 말을 해줄게. 생각을 좀 한 다음에."

"지금 몸 상태가 좀 어떠신데요?"

"내일 당장 훌훌 털고 일어나서 걸을 거야. 몸에 전혀 이상 없어. 암, 이상 없고말고!"

알렉세이는 마당을 지나다가, 대문 옆 벤치에 앉아 있는 형 이반을 만났다. 이반은 앉아서 자기 수첩에다 연필로 뭔가를 적고 있었다. 알렉세이가 이반에게, 아버지가 제정신이 들어 깨어났고, 수도원에 가서 자라며 자기를 보냈다고 말해주었다.

"알렉세이야, 내일 아침 일찍 너랑 만났으면 좋겠다" 하고 이반이 몸을 일으키며 친절하게 말했다. 그런 친절함은 알렉세이의 예상 밖이었다.

"나 내일 호흘라코바 씨 집에 가볼 거야. 카체리나 이바노브나한테도 내일 가보려고 해. 지금 가서 없으면."

"지금 카체리나 이바노브나한테 가보긴 할 거라는 거야? '절을 해달라고' 부탁받았으니까?" 하면서 갑자기 이반이 웃었다. 알렉세이가 좀 당황했다.

"아까 큰 소리로 오가던 얘기랑 그전 얘기들을 내가 듣고 다 이해한 거 같은데, 드미트리가 너보고 그 여자한테 가서 전해 달라는 거지? 자기가, 그러니까 뭐냐……, 한마디로, '사양하겠다'는 거지?"

"형, 아버지와 드미트리 형 사이의 이 난리가 대체 언제나 끝나려나?"

알렉세이가 탄식했다.

"그건 아마 알 수 없을 거야. 끝이 안 날 수도 있고. 일이 오히려 크게 터지면 말이야. 그 여자 있잖아, 요물이야. 어떻든 노인네를 집에서 못 나가게 해야 돼. 드미트리는 집에 못 들어오게 하고."

"형, 또 하나 물어봐도 돼? 사람이 다른 사람에 대해서 결정을 내릴 권리가 있어? 누구는 살 가치가 있고 누구는 더 이상 살 가치가 없다고 말이야."

"가치에 대한 결정이라는 문제를 거론할 필요가 어디 있어? 이 문제는 대부분의 경우, 가치에는 근거를 전혀 두지 않고, 훨씬 더 자연스러운 다른 원인에 따라서 사람들의 마음속에서 결정돼. '권리가 있고 없고'에 대해 말하자면, 원할 권리가 없는 사람이 어디 있어?"

"다른 사람의 죽음을 원할 권리 말하는 건 아니겠지?"

"죽음을 원할 수도 있지. 자기한테 거짓말을 할 필요는 또 뭐야? 너 지금 내가 아까 '둘이 알아서 먹고 먹히라 그래'라고 한 것 때문에 그러는 거지? 그럼 나도 너한테 하나 물어볼게. 넌 나 역시 드미트리와 마찬가지로 노인네를 죽일 수 있을 거라고 생각하니?"

"그게 무슨 소리야, 이반 형! 그런 생각은 난 한 번도 해본 적 없어! 난 드미트리 형도 그런 사람이라고 생각하지 않아."

"그렇게 생각해주는 것이나마 고맙구나. 나는 노인네를 항상 보호할 거지만, 내가 무엇을 원할지는 나의 완전한 자유다. 그럼, 내일 보자. 나를 나쁜 놈이라 생각하지 마."

이반이 미소를 띠며 그렇게 말했다.

그들은 힘 있게 악수를 나눴다. 전에는 그래 본 적이 한 번도 없었다. 알렉세이는 이반이 자기에게 한 걸음 가까이 다가온 것을 느꼈다. 그리고 그런 이반의 행동은 분명히 그 무언가를 위해서, 그 어떤 의도를 위해서 한 거라고 생각되었다.

X
두 여자가 같이

알렉세이는 아버지 집에서 나오면서 마음이 아팠다. 그의 마음은 아버지 집으로 갈 때보다 더욱 무거웠다. 생각들도 조각조각 분산되어 흩어졌다. 하지만 그는 흩어진 것을 모아 연결하기가 두려웠고, 자기가 오늘 아파하며 겪은 모든 모순들로부터 결론을 도출하기가 꺼림칙했다. 알렉세이가 지금 느끼는 것은, 그전까지는 한 번도 그의 마음속에 들어온 적이 없는, 절망이나 거의 다를 바 없는 것이었다. 모든 것 위에 산처럼 떡

버티고 서 있는 것은, 생각만 해도 무서운 그 여자를 사이에 두고 아버지와 드미트리 형의 관계가 종국적으로 어떻게 될지의 문제였다. 이제는 그 두 사람이 서로 어떻게 대하는지를 알렉세이가 이미 스스로 목격한 것이다. 한편, 진짜 엄청나게 불행한 처지에 놓일 수 있는 것은 오직 드미트리 형이었다. 의심할 바 없는 불행이 그를 기다리고 있었다. 또한 이 모든 것과 관련을 갖고 있는 다른 사람들도 있었다. 그 사람들은 알렉세이가 전에 생각하던 것보다 사실상 훨씬 더 관련되었는지도 모르는 일이었다. 무언가 베일에 싸인 것 같은 면이 없지 않아 있었다. 이반 형이, 알렉세이가 오래전부터 그렇게 바라고 있던 행동을 했다. 알렉세이에게 한 걸음 다가온 것 말이다. 그러나 지금은 이상하게도, 그런 이반의 행동이 왠지 경계해야 할 것 같은 느낌이 들었다. 또 이 일에 연루된 여자들의 입장도 미궁이었다. 이상하게도, 아까는 그가 카체리나 이바노브나한테 가는 것이 내키지 않고 마음이 복잡했는데, 지금은 전혀 그렇지 않았다. 오히려 그녀에게 빨리 가고 싶었다. 그녀한테 가서 그 어떤 충고를 들어야 될 것 같았다. 한편 그녀에게 전해달라고 받은 부탁을 이행하기가 이제는 아까보다 더 힘들어졌다. 3천 루블과 관련된 일은 완전히 결정이 나버렸고, 드미트리 형은 이제 자신을 정직하지 못한 사람이라고 생각할 테니, 이미 어떤 희망도 갖지 못할 것이며, 타락할 데까지 다 타락하려 들 것이었다. 게다가 그는 방금 아버지의 집에서 일어난 사건을 카체리나 이바노브나한테 전해달라고까지 하지 않았는가.

알렉세이가 카체리나 이바노브나의 집에 들어갈 때는 벌써 일곱 시가 되어 날이 어둑어둑해졌다. 카체리나 이바노브나는 볼사야로에 위치한 널찍하고 편안한 집에서 살고 있었다. 알렉세이는 그녀가 이모 두 명과 같이 사는 것을 알았다. 그 중 한 명은 사실은 아가피야 이바노브나의 이모였다. 카체리나 이바노브나가 대학을 마치고 아버지 집에 왔을 때 아가피야 이바노브나와 더불어 카체리나 이바노브나를 돌봐주던 바로 그 과묵한 여인이었다. 다른 이모는, 비록 가난하긴 했지만 성격이 곧고 도도한 모스크바 귀족 출신의 여인이었다. 들리는 바에 따르면 이 두 여인 다 카체리나 이바노브나의 모든 말에 복종했는데, 오로지 사회적으로 정해진 규율을 지키느라고 그런 것이었다. 카체리나 이바노브나는 오직 자기의 후원자이자 이모인 장군 부인한테만 복종했다. 그 이모는 병들어 모스크바에 남았는데, 그녀는 자기가 어떻게 살고 있는지 자세한 내용을 적은 편지를 매주 두 통씩 이모에게 보내야만 하는 처지였다.

알렉세이가 현관으로 들어와, 문을 열어준 하녀에게 자기가 왔다고 전해달라고 부탁했을 때 거실에서는 이미 그가 왔다는 것을 다들 알고 있는 것이 분명했다(그가 오는 것을 창문으로 내다

보아서일 수도 있다). 그 안에서 갑자기 들리기 시작한 소리는 여자들이 뛰어다니는 발소리, 드레스 천이 스치는 소리였다. 두세 명의 여자가 달려간 것 같았다. 알렉세이는 자기가 온 것 때문에 그렇게 다들 분주하게 뛰어다니나 생각하고 놀랐다. 그는 곧 거실로 들여보내졌다. 거실에는 우아한 가구들이 많이 놓인 것이, 전혀 시골풍이라 할 수 없었다. 크고 작은 소파와 탁자들이 많았고, 벽에는 그림들이 걸려 있고 탁자 위에는 화병과 램프들이 놓여 있었고, 꽃이 많이 꽂혀 있었다. 창문 옆에는 어항도 있었다. 날이 어두워지는 시점이라서 거실 안은 좀 어두침침했다. 소파에 방금 전까지 여자들이 앉아 있던 것이 분명했다. 방금 벗어놓은 것으로 보이는 실크 재질의 만틸라*가 소파 위에 놓여 있고, 소파 앞 탁자에는 마시다 남은 핫초코 두 잔, 비스킷, 남색 건포도가 담긴 크리스털 접시와 캔디가 담긴 다른 접시가 있었다. 누군가 손님이 와서 대접하는 중이었던 것 같았다. 공교롭게도 그럴 때 자기가 왔다고 생각하고 알렉세이는 얼굴을 찌푸렸다. 그러나 곧 문 대신에 쳐져 있던 두꺼운 커튼이 걷히고 카체리나 이바노브나가 빠른 걸음으로 서둘러 거실로 들어와, 큰 기쁨에 찬 미소를 지으면서 알렉세이에게 양손을 내밀었다. 이때 하녀가 들어와 불이 켜진 양초 두

---

* 여성들이 머리에 쓰고 늘어뜨려 어깨까지 덮는 천. - 역자 주

개를 탁자에 세워놓았다.

"와주셨군요! 하루 종일 알렉세이 씨가 오게 해달라고 신께 기도했어요. 자, 앉으세요."

알렉세이는 전에도 카체리나 이바노브나의 미모를 보고 놀랐었다. 한 3주 전에 형 드미트리가 처음으로 알렉세이를 카체리나 이바노브나에게 데려와 소개할 때였다. 그것은 카체리나 이바노브나의 간곡한 부탁에 따라 그렇게 한 것이었다. 그때 만났을 때에는 알렉세이가 카체리나 이바노브나와 개인적으로 얘기할 기회가 없었다. 알렉세이가 너무 수줍어하는 것을 눈치챈 카체리나 이바노브나가 '사정을 봐주느라고' 계속 드미트리 표도로비치하고만 이야기했기 때문이다. 그때 알렉세이는 비록 말은 안 하고 있었지만 아주 잘 보았다. 카체리나 이바노브나에게서 풍기는 카리스마, 자신감에서 나오는 태도의 대담함과 자연스러움을 본 것이다. 그 모든 것은 잘못 본 게 아니었다. 알렉세이는 자기의 관점이 과장되었던 것이 아니라는 걸 느꼈다. 작열하는 듯이 새까맣고 아름다운 그녀의 커다란 눈동자가 그녀의 창백하도록 흰, 어떻게 보면 투명하다고까지 느껴지는 갸름한 얼굴과 더할 나위 없는 조화를 이루었다. 하지만 이 눈동자들에서도 그렇고, 매혹적인 입술의 선에서도 그렇고, 자기 형 드미트리의 마음을 순식간에 사로잡았을 법한 그 무언가가 당연히 느껴졌지만, 그 대신 그것은 어쩌면 그녀를 오래오래 사랑하도록 하지는 못할 것 같았다. 드미트리가 알렉세이를 그녀에게 데려갔다 온 뒤 자기 약혼녀를 보고 어떤 인상을 받았는지 숨김없이 이야기해달라고 간곡히 애원했을 때 알렉세이는 자기 생각을 거의 그대로 말했다.

"형은 그 여자 분이랑 살면 행복할 것 같은데, 음, 그래도 뭐랄까……, 평탄하지는 않을 것 같아."

"바로 그거야, 동생아, 그런 부류의 사람들은 계속 그런 부류로 남아 있는 법이야. 운명과 타협하지 않아. 그러니까 네 생각은 내가 그 여자를 오래오래 사랑하지는 못할 거란 거지?"

"아니. 형이 그분을 오래오래 사랑할 순 있을 거야. 하지만 그분과 항상 행복하지는 않을 거 같아."

그때 자기 생각을 이야기하면서 알렉세이는 얼굴이 빨개졌고, 자기가 형의 간곡한 부탁에 넘어가서 자기의 '바보 같은' 생각을 입 밖에 내게 된 점 때문에 자신을 탓했다. 왜냐하면 자기 생각을 입 밖에 내자마자 그 생각이 아주 바보 같아서였다. 또한 여자에 대한 자기의 생각을 그렇게 잘난 척하며 입 밖에 낸다는 것 자체가 부끄러웠다. 지금 자기를 맞으러 달려 나온 카체리나 이바노브나를 바라보면서 그는 그때 자기가 한 생각이 아주 많이 틀렸었다는 생각을 하며 점점 더 크게 놀랐다. 지금 그녀의 얼굴은 솔직함과 열의와 성의를 담고 한없는 순박함과 선함으로 빛났다. 지난번에 알렉세이를 놀라게 했던 그도도함과 거만함은 온데간데없고, 그 흔적으로서 다만 대담하고 고결한 기운, 그리고 명쾌하고 확실한 자신감이 느껴졌다. 알렉세이는 그녀를 보자마자, 그녀의 첫마디를 듣자마자, 그녀가 그렇게도 사랑하는 사람 때문에 얼마나 비극적인 처지에 놓였는지 그녀가 모르는 게 아니라는 것을, 그녀가 어쩌면 이미 모든 것을 다 알고 있다는 것을 깨달았다. 그러나 그럼에도 불구하고 그녀의 얼굴에서는 긍정의 빛이 그리도 많이 보였고, 미래에 대한 긍정적 믿음이 무한히 많이 느껴졌다. 알렉세이는 갑자기 그녀 앞에서 자기가 마음이 덜 순수한 사람인 것으로 느껴져, 죄책감 같은 것이 들었다. 그는 정신적으로 그녀에게 압도되고 그녀에게 빨려 들어갔다. 그 외에도 그는 그녀가 평소의 그녀답지 않은 그 어떤 강한 열정과 흥분 상태에 있음을 그녀의 첫마디를 듣고 깨달았다. 그 어떤 환희에나 비교할 열정과 흥분이었다.

"제가 알렉세이 표도로비치 씨가 오기를 그리도 기다렸던 건, 알렉세이 표도로비치 씨한테서만 순수한 진실을 들을 수 있기 때문이에요. 다른 그 어느 누구에게서도 들을 수 없는 순수한 진실을요."

"제가 온 건……"

알렉세이는 어떻게 말해야 할지 잘 몰랐다. 그러다가 이렇게 말했다.

"저는……, 형이 절 보냈어요."

"아, 그 사람이 보냈군요. 저도 아마 그럴 거라고 생각하고 있었어요. 이젠 다 확실해졌네요!"

카체리나 이바노브나의 눈이 갑자기 빛나기 시작했다. 그녀가 계속 말했다.

"잠깐만요, 알렉세이 표도로비치 씨, 제가 미리 말씀드릴게요. 왜 알렉세이 표도로비치 씨를 그리도 기다렸는지를. 저는 말이죠, 알렉세이 표도로비치 씨가 아시는 거보다 어쩌면 훨씬 더 많은 것을 알지도 몰라요. 저는 소식을 듣고 싶은 게 아니에요. 제가 알고 싶은 것은 최근에 그 사람을 보고 받으신 인상이에요. 알렉세이 표도로비치 씨가 저한테 꾸미지 않고 가다듬지 않은 형태로도 괜찮으니까 있는 그대로 말씀해주셨으면 좋겠어요. 지금 그 사람 어떻게 보여요? 오늘 만나신 이후의 그 사람의 입장이 어떻다고 보세요? 그걸 제가 듣는 것이, 절 더 이상 만나기 싫다고 하는 그 사람을 직접 만나서 설명을 듣는 것보다 어쩌면 더 나을 거예요. 제가 뭘 원하는지 아셨어요? 그리고 그 사람이 알렉세이 표도로비치 씨를 보내면서 뭐라고 하던가요(전 그 사람이 분명히 알렉세이 표도로비치 씨를 보낼 거라고 생각하고 있었어요)? 그냥 말해주세요. 그 사람이 마지막으로 한 말을요."

"형은 저한테…… 카체리나 이바노브나 씨께 절해달라고 부탁했어요. 그리고 여기 다신 안 올 거라고 말했어요. 다만 절을 해달라고 했어요."

"절을 해달라고요? 그 사람이 바로 그렇게 말하던가요? 바로 그런 표현을 썼냐고요."

"네."

"혹시 다른 표현을 써야 되는데 실수로 그렇게 말한 건 아닌지 해서요."

"아니에요. 형은 저보고 꼭 '절'을 전해달라고 했어요. 그렇게 세 번쯤 말했어요. 제가 그렇게 전하는 걸 잊지 않도록요."

카체리나 이바노브나가 갑자기 흥분의 빛을 띠었다.

"그럼 이제 절 좀 도와주세요, 알렉세이 표도로비치 씨. 바로 지금이 제게 도움이 필요한 때거든요. 제 생각을 말씀드릴 테니까, 제 생각이 맞는지 틀리는지, 그것만 말씀해주세요. 자, 들어보세요. 만일 그 사람이 저한테 어떤 말을 전해줄 것을 강조하지 않고 다만 저한테 절만 해달라고 했다면, 그거야말로 마지막을 의미할 거예요. 하지만 반대로 그 사람이 알렉세이 표도로비치 씨에게 '절'을 전해주는 걸 잊지 말라고 특별히 부탁했다면, 그건 아마 그 사람이 흥분해서 본래 자기의 모습이 아닌 모습을 보인 것일 수가 있어요. 자기가 어떻게 하기로 결정을 해놓고 그런 결정에 스스로 겁을 먹었다고나 할까 말이에요. 말하자면 저를 떠날 때 자기 발로 걸어서, 확신 있는 발걸음을 내딛으며 떠난 게 아니라, 마치 산에서 발을 헛디뎌 밑으로 추락하듯이 떠난 게 아닐까요? '절'을 전해달라고 하면서 그 단어를 강조했다면, 그것은 오로지 그 사람의 거짓 용기를 뜻할 뿐이에요."

"네! 바로 그거예요! 저도 지금 바로 그런 생각이 나네요." 하고 알렉세이가 카체리나 이바노브나의 이야기를 열렬히 지지했다.

"정말 그렇다면, 그럼 그 사람은 아직 추락해 죽은 게 아니에요. 절망 상태에 있을 뿐이에요. 저한테 아직 그 사람을 구할 가능성이 있는 거네요. 잠깐만요, 그 사람이 돈 얘기는 전해달라고 한 것 없나요? 3천 루블 얘기요."

"돈 얘기를 했고말고요. 그 문제 때문에 가장 괴로워하는 것 같았어요. 형은, 이젠 체면 같은 거 다 없어졌으니까 이젠 다 마찬가지라고 말했어요."

알렉세이가 격앙된 어조로 그렇게 대답했다. 그는 희망이 그의 마음속을 파고드는 것을 온통 느끼고 있었다. 어쩌면 정말로 그의 형이 빠져나갈 만한 출구와 구조될 방법이 발견될지도 모르는 일이었다. 그러다가 그는, "그런데 그 돈이 어떻게 됐는지 알고 계시다는 말이에요?" 하고 말을 덧붙이곤 갑자기 자기가 괜한 말을 한 건 아닌가 생각하고 놀라서 입을 다물었다.

"오래전부터 아주 잘 알고 있어요. 제가 모스크바에 전신을 쳐서 알아봤어요. 그래서 돈이 전달되지 않았다는 것을 오래전부터 알고 있어요. 그 사람이 돈을 안 보낸 거예요. 하지만 저는 그거에 대해서 아무 말도 안 했어요. 최근 일주일 사이에 제가 알게 된 건, 그 사람한테 돈이 또 필요했다는 것이에요. 이 모든 것을 보면서 제가 한 가지 목표를 세운 게 있어요. 그 사람으로 하여금 누구한테로 돌아가야 되는지를 알게 하자는 거, 누가 그 사람의 가장 진실한 친구인지를 그 사람이 알게 하자는 거예요. 지금은 그 사람이, 내가 그 사람의 가장 진실한 친구라는 걸 믿고 싶어하지 않아요. 내가 어떤 사람인지를 잘 알고 싶어하지 않아요. 그 사람이 보기에 나는 그냥 여자일 뿐이에요. 전 일주일 내내 고민했어요. 어떻게 하면 그 사람이 자기가 3천을 써버린 것을 내 앞에서 솔직하게 말하게 할 수 있을까 하고요. 남들한테는 창피해서 말을 못할지라도, 또 자기 스스로한테도 창피해할지라도, 나한테는 다 말을 할 수 있도록 해야 되는데 말이에요. 신께 말할 때는 창피해하지 않고 다 말하잖아요. 내가 그 사람을 위해서 얼마나 참을 수 있다는 걸 왜 아직 모를까요? 내가 어떤 사람이라는 걸 왜 모를까요? 우리 사이가 이렇게 되었는데도 그 사람은 어떻게 나에 대해서 그리 모를 수가 있나요? 그래도 되는 건가요? 전 그 사람을 영원히 구해내고 싶어요. 내가 자기 약혼녀라는 걸 그 사람이 잊

374

어버려도 좋아요! 그런데 실상은 그 사람이 내 앞에서 자기 체면이 망가질까 봐 두려운 거예요. 그 사람이 알렉세이 표도로비치 씨한테는 두려움 없이 다 솔직하게 말했잖아요, 그렇죠? 나는 왜, 뭐가 부족해서, 아직까지 그 사람한테 있어서 그런 솔직한 대화의 상대가 못 되는 건가요?"

마지막 대목에서 그녀는 눈물을 보였다. 그녀의 눈에 갑자기 눈물이 방울졌다.

"제가 전해드려야겠는데요……"

알렉세이도 떨리는 목소리로 말을 시작했다.

"지금 아버지와의 사이에 있었던 일을요."

그러면서 그는 일의 전말을 자세히 전달해주었다. 자기가 돈을 얻어내달라는 부탁을 받고 보내졌던 일, 드미트리가 갑자기 뛰어 들어와 아버지에게 폭력을 가한 일, 그 후 자기에게 가서 '절'해달라고 특히 집요하게 부탁한 일을 다 말하고, 마지막으로, "그리고 그 여자한테 갔어요" 하고 작은 소리로 덧붙였다.

"제가 그 여자 얘길 들으면 도저히 못 참을 거라고 생각하세요? 그 사람이 그렇게 생각하나요? 하지만 그 사람 그 여자랑 결혼하지 않을 거예요."

그녀는 갑자기 억지웃음을 웃고는 계속 말했다.

"카라마조프 씨가 그런 욕정에 몸 달아하는 것도 영원히 지

속될 수는 없잖아요. 그건 욕정이지 사랑이 아니에요. 그 사람
은 그 여자랑 결혼할 수 없을 거예요. 왜냐하면 그 여자가 그
사람이랑 결혼하려고 하지 않을 것이기 때문이에요."

그렇게 말하면서 카체리나 이바노브나가 다시 한번 갑자기
부자연스러운 웃음을 웃었다.

"저는 형이 그 여자와 결혼을 할 수도 있다고 생각하는데요"
하고 알렉세이가 눈을 내리깔고 조용히 말했다.

"그 사람은 그 여자랑 결혼 못 한다니까요. 그 여자는 천사예
요. 그거 아세요? 모르시죠?"

카체리나 이바노브나가 갑작스레 열정에 휩싸여 소리 높여
외쳤다.

"그 여자는 정말 천사만큼 환상적인 존재예요! 전 그 여자가
남자를 잘 꾄다는 걸 알아요. 하지만 그 여자가 얼마나 착하고
곧고 고결한지도 역시 알아요. 왜 그렇게 쳐다보세요, 알렉세
이 표도로비치 씨? 제 말 때문에 놀라시는 건가요? 제 말을 못
믿으시겠어요? 아그라페나 알렉산드로브나 씨, 나의 천사여!"

그녀가 갑자기 옆방을 향하여 누군가에게 소리쳤다.

"우리한테 오세요. 여기 착하신 분이 와 계세요. 알렉세이 씨
예요. 우리 이야기를 다 알고 계세요. 이리로 나오세요."

"전 언제나 절 불러주시나 하고 커튼 뒤에서 계속 기다리고
있었어요."

부드러운, 달짝지근하다고도 할 수 있는 여자 목소리가 들려 왔다. 그 후 커튼이 들어 올려지더니, 다름 아닌 그루셴카가 모습을 드러내고는, 까르르 웃으면서 탁자로 다가왔다.* 알렉세이는 마치 한 대 얻어맞은 것 같았다. 그는 그루셴카에게 눈길을 박고 거두지 못했다. '이 여자가 바로 그 소름 끼치는 여자구나! 이반 형이 삼십 분 전에 요물이라고 자기도 모르게 표현한 그 여자!' 하지만 그냥 보기에는 아주 평범하고 단순한 존재로 보였다. 착해 보이고 예쁘장하기도 하고 말이다. 예쁘면

---

* 러시아 사람의 이름(성, 부칭을 제외한)은 일정한 법칙에 따라 애칭(愛稱)이나 비칭(卑稱)으로 변화할 수 있다. 애칭이나 비칭은 별명이 아니라, 본명이 축약, 어미의 추가 등을 통해 형태 변화를 이룬 것이다. 한 이름에 해당하는 애칭이나 비칭은 한 가지가 아니며, 그 모든 애칭이나 비칭들은 부르는 사람의 마음대로 아무렇게나 만들어져 나오는 것이 아니라, 모두 러시아어 형태론의 법칙에 기인하여 만들어진다. 물론 러시아어를 모국어로 삼는 사람들은 한 이름에서 어느 정도 자유자재로 애칭이나 비칭을 파생시켜낼 줄 안다. 이름의 본래 형태를 쓸지 애칭 혹은 비칭을 쓸지의 선택은, 또한 어떤 애칭 혹은 비칭을 쓸지의 선택은 이름을 부르는 사람이 그 이름을 가진 사람에 대해 갖는 미묘한 심리적 태도를 대변한다. 예를 들어 카라마조프 씨 가문 형제들의 이름들도 원문에는 어떨 때는 본래 형태로, 어떨 때는 애칭 혹은 비칭으로 쓰여 있지만, 번역문에서 그 여러 가지 형태를 유지하여 그대로 다 쓰면, 한국말로 읽는 독자들이 어떤 이름의 애칭 혹은 비칭이 무엇이라는 걸 따로 외우거나 혹은 매번 주를 보아야 누가 누군지를 헷갈리지 않을 수 있으므로, 그런 번거로움을 피하기 위하여 항상 이름의 본래 형태를 사용했다. 역자가 그렇게 한 이유는 또한, 한 사람에 대한 호칭이나 지칭으로서 그 사람 이름의 본래 형태와 애칭 및 비칭이 자유롭게 서로를 대치해가면서 사용되는 것은 러시아어의 언어 현실이지 한국어의 언어 현실이 아니기 때문이다. 그러나 지금 주어진 경우에서는, 이 소설 등장 인물들에 의하여 항상 '그루셴카'라는 애칭 겸 비칭이 사용되어왔고, '아그라페나'라는 이름의 본래 형태가 지금 처음 나옴으로써 등장 인물 알렉세이마저 그게 누군지 금방은 깨닫지 못한 점이 작가가 노리는 효과이기 때문에, 이름의 형태를 하나로 통일하지 않고 두 형태를 구분해서 썼다. - 역자 주

서 평범한 다른 많은 여자들하고 아주 많이 닮았다. 하긴 아주 예쁘다고 해도 과언이 아니었다. 이런 걸 두고 러시아적인 미라고 하지 않나 싶었다. 그리도 많은 이들에 의해 열렬히 사랑받는 미가 바로 이것이었다. 키는 꽤 큰 편이었으나, 카체리나 이바노브나보다 약간 작았고(카체리나 이바노브나는 아주 큰 키였다), 몸은 통통했는데, 살이 어찌나 연해 보이는지, 몸을 움직여도 아무 소리도 안 날 것 같았다. 살조차도 그녀의 목소리처럼 그 어떤 달짝지근하게 만드는 특수 가공을 거쳐서 역시 부드럽게 처리된 듯했다. 그녀는 카체리나 이바노브나가 그랬듯 씩씩해 보이는 걸음걸이로 다가온 게 아니었다. 반대로, 소리 없이 다가왔다. 바닥을 딛는 발소리가 전혀 들리지 않았다. 그녀는 화려한 까만 실크 드레스로 부드럽게 소리를 내면서, 파도의 거품처럼 희고 풍성한 목과 넓은 어깨를 값비싼 까만 모직 숄로 유연하게 감으면서 안락의자에 살포시 내려앉았다. 그녀는 만으로 스물둘이었다. 얼굴에서 그 나이의 모습이 그대로 묻어나고 있었다. 얼굴은 하얀 데다 고결한 연분홍빛 홍조의 기색이 약간 비쳤다. 얼굴의 윤곽은 너무 넓지 않나 생각될 정도였고, 아래턱은 앞으로 조금 돌출되어 있었다. 윗입술은 가늘었지만 아랫입술은 좀 튀어나온 것이, 마치 좀 부어오른 듯, 두 배 정도 두꺼웠다. 그러나 숱이 아주 많은, 갈색이 도는 짙은 잿빛의 머리카락, 짙고 풍성한 눈썹, 매력적인 회청색 눈동자, 기다란 속눈썹은 집중력이 약한 산만한 사람조차도, 설사 그 사람이 거리를 거니는 군중 가운데 있다고 해도, 사람들이 밀고 밀리는 곳에 있다고 해도, 반드시 그 앞에서 눈길을 멈추게 만들 만한, 한 번 본 이후 오랫동안 잊지 못하게 만들 만한 것이었다. 그 얼굴을 본 알렉세이를 무엇보다도 놀라게 한 것은 아동에게서나 볼 수 있음직한 순박한 표정이었다. 그녀는 어린아이의 눈으로 쳐다봤고, 그 무언가에 대해 마치 어린아이처럼 즐거워했다. 탁자로 다가오면서도 그녀는 즐거워했고, 지금도 뭔가를 빨리 알고 싶어서 마음 졸여 기대하는 가장 아이다운 태도를 취하고 있었다. 알렉세이는 그녀의 눈길을 보고 있으면 기분이 좋아지는 것을 느꼈다. 그녀에게는 그것 말고도 뭔가가 더 느껴졌는데, 그것이 구체적으로 무엇인지는 알렉세이가 이해할 형편이 아니었거나 능력이 모자랐다. 다만 그것은 무의식적으로 직감에 맡겨지는 것으로서, 어차피 그녀의 부드러운 느낌, 몸 동작의 유연성, 몸이 움직일 때 마치 고양이 몸에서인 양 아무 소리도 나지 않는, 그런 특성에서 왔다. 부인할 수 없는 사실인 것은 그녀의 몸이 크다는 것이었다. 널따랗고 풍성한 어깨, 그리고 아래로 처지지 않은, 아직 새파랗게 젊은 여자의 가슴을 숄 밑에서 짐작할 수 있었다. 그런 그녀의 몸은 밀로의 비너스에게 있는 형태라고나 할 것이었다. 비록 거기서 좀 과장이 이루어진 형태이긴 할 거라고 예상됐지만 말이다. 러시아 여성의 아름다움을 잘 아는 대가들은 그 루셴카를 보고서, 이 싱싱하고 아직 새파랗게 젊은 아름다움이 만 서른쯤 되면 조화를 상실하고 퍼질 것이며 얼굴은 피부가 늘어질 것이며 눈가와 이마에는 아주 빠른 속도로 주름살들이 생길 것이며 얼굴은 야들야들한 느낌을 잃고 벌게질 것이라고, 한마디로 이 아름다움은 순간적인 것이며 휘발성 강한 것이라고, 그리고 바로 그런 아름다움이 러시아 여자들에게서 자주 발견된다고 할지 모른다. 알렉세이가 물론 그런 생각을 했다는 건 아니지만, 그는 매혹된 것은 사실이었어도 그녀에 대하여 어느 정도 불쌍하다는 느낌이라고나 할 그 어떤 안 좋은 느낌을 가지고서, '이 여자는 말을 할 때 왜 그렇게 찐득찐득하게 할까? 그냥 평범하게 말하면 안 되나?' 하고 속으로 질문을 던져보았다. 그녀는 음절들을 길게 끌면서 발음하여 찐득찐득하게 늘어지는 듯한 뉘앙스를 주는 게 아름답다고 생각하는 것이 분명했다. 물론 이는 양육을 올바로 받지 못했음을 증명해주고 어려서부터 고상한 것에 대한 이해의 습득이 저속하게 이루어졌음을 증명해주는 나쁜 버릇이자 나쁜 매너에 불과했다. 한편 알렉세이에게는, 단어들을 그런 식으로 발음하고 그런 억양을 구사하는 버릇이 그런 아이같이 순박하고 천진난만한 얼굴 표정과 갓난아기에게서나 볼 수 있는 행복하게 반짝이는 눈과 공존한다는 사실이 거의 모순처럼 여겨졌다. 카체리나 이바노브나가 어느새 그루셴카를 알렉세이 맞은 편에 앉히고, 그녀의 웃고 있는 입술에다 감격에 겨워 몇 번 입을 맞췄다. 그녀에게 반해버렸음이 분명했다. 카체리나 이바노브나가 환희에 차서 말했다.

"우린 오늘 서로 처음 보는 거예요, 알렉세이 표도로비치 씨. 제가 그루셴카 씨를 한번 찾아가서 서로 아는 사이가 되길 원했는데, 그루셴카 씨가 그 소식을 접하자마자 직접 왔어요. 저는 우리가 어떤 문제든 다 해결할 줄을 알고 있었어요. 어떤 문제든요! 그런 예감이 들었어요. 사람들은 저보고 그러지 말라고 했지만 저는 결과가 어떻게 나올지 예감을 하고 계속 추진했고, 역시 아니나 다를까, 제 예감이 맞았던 거예요. 그루셴카 씨가 저한테 자기의 의도를 다 이야기해줬어요. 그루셴카 씨는 착한 천사처럼 이리로 날아와 평안과 기쁨을 선사했어요."

"절 꺼리지 않으셨어요, 착하고 훌륭하신 아가씨."

그루셴카가 그 행복해 보이는 웃음을 계속 유지한 채 노래하듯 말을 길게 늘여 말했다.

"저한테 그런 말 하지 말아주세요, 매력 덩어리 요정님! 제가 어떻게 그루셴카 씨를 꺼릴 수가 있어요? 아랫입술에 다시 한번 입맞출래요. 아랫입술이 부어올랐어요. 더 부어오르라고, 더 부어오르라고…… 알렉세이 표도로비치 씨, 이 웃는 것 좀 보세요! 이 천사를 보고 있으면 마음이 너무 즐거워요."

알렉세이가 얼굴이 빨개져서 눈에 잘 띄지 않게 조금씩 몸을 떨었다.

"저한테 너무 다정하게 해주시네요, 사랑스러운 아가씨. 전 그런 다정한 대우를 받을 자격이 없는데."

"자격이 없대요! 알렉세이 표도로비치 씨, 이를 어째요? 그루셴키 씨가 자격이 없대요!"

카체리나 이바노브나가 이번에도 역시 열정에 사로잡혀 외쳤다.

"알렉세이 표도로비치 씨, 그루셴카 씨는 환상적인 지혜를 가진 여자예요. 고집도 있고 변덕도 부리지만, 자기 감성에 긍지를 느껴요. 고결하고 너그러운 여자예요. 알렉세이 표도로비치 씨, 그거 알고 계세요? 그래도 불행했어요. 그럴 만한 가치도 갖지 못하는 사람에게, 어쩌면, 그게 아니라, 생각이 경솔한 사람에게, 그루셴카 씨가 너무 금방 모든 것을 희생할 준비가 됐었어요. 한 사람이 있었는데, 그 사람도 장교였어요. 그루셴카 씨는 그 사람을 사랑했고, 그 사람에게 모든 것을 갖다 바쳤어요. 오래전 일이에요. 5년 전이요. 그런데 그 사람은 그루셴카 씨를 잊고 다른 여자와 결혼했어요. 지금은 홀아비가 됐어요. 편지를 썼는데, 이리로 오겠대요. 아셔야 돼요. 그루셴카 씨는 그 사람 한 사람만을 지금까지 사랑하고, 평생을 사랑해왔다는 걸요. 이제 그 사람이 오면 그루셴카 씨는 다시금 행복해질 거예요. 이 5년 내내 그루셴카 씨는 불행했어요. 하지만 누가 그루셴카 씨를 질책할 수 있겠어요? 누가 그루셴카 씨의 사랑을 받았다고 자부할 수 있겠어요? 나이 드신, 다리를 잃으신 한 분이 계셨는데, 그분은 사업가셨어요. 하긴 그분은 그루셴카 씨 아버지뻘이셨어요. 친구이시기도 하고, 지켜주는 분이시기도 하고요. 그분은 그때, 그루셴카 씨가 그리도 사랑하던 사람에게서 버림을 받아 절망과 괴로움에 빠져 있는 걸 봤어요. 그때 그루셴카 씨는 물에 빠져 자살하려고 했는데, 그 나이 드신 분이 구해주신 거예요! 구해주셨어요!"

"정말 저를 잘 옹호해주시네요, 사랑스러운 아가씨. 제가 다 미안할 정도예요."

"옹호해준다고요? 이런 걸 두고 옹호라고 할 수 있나요? 그리고 제가 과연 옹호를 잘 해낼 수가 있을까요? 그루셴카 씨, 천사님, 손 좀 줘보세요. 알렉세이 표도로비치 씨, 이 예쁘고 오동통하고 자그마한 손 좀 보세요. 이 손이 저한테 행복과 생기를 가져다주었어요. 저 지금 뽀뽀할 거예요. 손등에, 그다음엔 손바닥에. 자, 이렇게, 이렇게, 이렇게."

그러면서 그녀는 기쁨에 겨워, 그루셴카의 예쁜, 어쩌면 너무 오동통한 손에다 세 번 입을 맞췄다. 그루셴카는 그런 손을 내밀고서, 자기도 모르게 터져 나오는, 마음을 사로잡는 낭랑한 웃음을 웃으면서 '사랑스러운 아가씨'의 행동을 지켜보았다. 아마 자기 손에 그렇게 입을 맞추는 게 기분이 좋은 모양이었다. '너무 열광하는 거 아닌가?' 하는 생각이 알렉세이의 머릿속을 스쳤다. 그는 얼굴이 빨개졌다. 그의 마음속 어딘가가 계속 불안했다.

"알렉세이 표도로비치 씨 앞에서 그렇게 손에 입을 맞추시니까 제가 부끄러워 죽겠어요, 사랑스러운 아가씨."

그러자 카체리나 이바노브나가 다소 놀란 듯이 말했다.

"제가 설마 부끄러우라고 이러겠어요? 아유, 우리 예쁜 아가씨가 저를 잘못 이해하시는 거 같아요!"

"오히려 사랑스러운 아가씨께서 저라는 사람을 잘못 이해하시는 거 같아요. 보시는 것하고 다르게 제가 훨씬 안 좋은 여자인 듯한데요. 전 마음이 안 예뻐요. 너무 자유분방해요. 제가 불쌍한 드미트리 표도로비치 씨의 마음을 그때 사로잡은 것은 단지 놀리느라고 그런 거였어요."

"하지만 지금은 그 사람을 구해주고 계시잖아요. 약속하셨잖아요, 그 사람한테 사실을 말하시겠다고요. 오래전부터 다른 사람을 사랑하신다고, 그리고 그 다른 사람이 이제 그루셴카 씨한테 청혼할 거라고 말하실 거잖아요."

"그건 아니에요. 제가 그렇게 약속한 건 아니에요. 아가씨께서 직접 계속 그렇게 말씀하셨고요, 제가 그러겠다고 약속한 건 아니에요."

카체리나 이바노브나가 작은 소리로, 약간 창백해진 얼굴을 하고 이렇게 말했다.

"그럼 제가 그루셴카 씨를 잘못 이해한 건가요? 약속하셨잖아요……."

"아니에요, 천사 같으신 아가씨, 제가 약속한 건 아무것도 없어요."

그루셴카가 조용하게, 하지만 계속 그 즐겁고 순박한 표정을 하고 카체리나 이바노브나의 말을 끊고는, 이렇게 말했다.

"지금 보고 계시잖아요, 훌륭하신 아가씨, 아가씨 앞에서 제가 얼마나 못됐고 방자한지를요. 전 제가 어떤 행동을 하고 싶으면 그냥 다 해요. 아까는 어쩌면 뭔가를 약속했는지 모르지만 지금은 다시 이런 생각이 났어요. '그 사람이 다시금 내 마음에 들면 어쩌나?' 드미트리 말이에요. 벌써 한 번 마음에 든 적이 있으니까 말이에요. 거의 한 시간 동안이나 마음에 들었어요. 어쩌면 지금 가서 그 사람한테 이야기할지도 몰라요. 오늘부로 우리 집에 와서 지내라고요. 제가 이렇게 변덕스럽답니다."

"아까는 전혀 그런 말 안 하시다가……" 카체리나 이바노브나가 간신히 속삭였다.

"아, 아까요? 전 마음이 연하고 어리석잖아요. 그런 저 때문에 그 사람이 겪은 걸 생각하면……, 아유, 말도 못 해요! 근데 제가 집에 갔을 때 갑자기 그 사람이 불쌍하게 생각되면 어떡해요?"

"전 이러실 줄 몰랐어요……."

"아유, 아가씨 제 앞에서 어쩌면 그렇게도 착하시고 고결하실까! 하지만 이제 이 못 말리는 성격 때문에 저 같은 년 싫어지실 거예요. 천사 같으신 아가씨, 예쁘신 손 좀 줘보세요."

그녀가 부드러운 말투로 청하고, 경건하다고나 할 태도로 카체리나 이바노브나의 손을 잡고 말했다.

"사랑스러운 아가씨께서 저한테 하셨듯이 저도 아가씨의 손에 뽀뽀할래요. 아가씬 제 손에 세 번 뽀뽀하셨지만 전 그 빚을 갚으려면 아가씨 손에 뽀뽀를 300번은 해야 할 거예요. 진짜로 그렇게 하기로 해요. 그다음에 어떻게 되든 간에. 어쩌면 제가 여종이 되어 무슨 일에서든 군소리 없이 아가씨의 비위를 맞춰드리려 할지도 몰라요. 신께서 원하시는 대로 될 거예요. 우리들이 굳이 정하거나 약속하지 않아도 말이에요. 아, 이 손! 아가씨, 손이 너무 아름다우시네요! 사랑스러운 아가씨, 어쩌면 이렇게 아름답고 고우실까!"

그녀는 카체리나 이바노브나의 손을 가만히 자기 입술께로 가져갔다. 입맞춤의 '빚'을 갚으려는 목적이었다는 게 이상하긴 했지만 말이다. 카체리나 이바노브나는 손을 빼내지 않았다. '군소리 없이' 그녀의 비위를 맞추겠다고 한 그루셴카의 표현도 이상했지만, 그녀는 조마조마한 희망을 가지고 그런 표현을 끝까지 들었고, 긴장하여 그루셴카의 눈을 바라보았다. 그 눈은 아까와 마찬가지의 순박하고 천진난만한 표정을, 아까와 마찬가지의 거짓 없는 즐거움을 담아내고 있었다. '혹시 진짜 너무 천진해서 이러는 거 아닌가?' 하는 생각이 가녀린 희망이 되어 카체리나 이바노브나의 마음속을 스치고 지나갔다. 그러는 사이 그루셴카는 '너무 아름다운' 손을 황홀한 듯 감상하며 자기 입술 근처로 천천히 쳐들어 올렸다. 그러다 거의 입술에 이르렀을 때 그녀는 갑자기, 머릿속에서 무슨 생각을 굴리듯 멈칫하고 움직임을 멈췄다.

"근데 있잖아요, 천사 같으신 아가씨,"

그녀가 한없이 부드럽고 달짝지근한 목소리로 끈적끈적하게 말하기 시작했다.

"있잖아요, 이 시점에서 갑자기 뽀뽀 안 할래요."

그렇게 말하고는 재미있어 죽겠다는 듯 까르르 웃음을 터뜨렸다.

"뭐, 그러시든지. 근데 뭐가 그렇게 우스운데요?"

카체리나 이바노브나가 갑자기 몸을 흠칫 떨면서 말했다.

"아가씨께서는 제 손에 뽀뽀하셨는데 전 아가씨 손에 뽀뽀 안 했다는 기억이 계속 남아 있으시길!"

그렇게 말하는 그녀의 눈에서 갑자기 무언가가 번쩍했다.

그녀가 카체리나 이바노브나를 뚫어져라 쳐다보았다.

"이런 뻔뻔스러운!"

카체리나 이바노브나가 갑자기 뭔가를 깨달은 듯 벌컥 성을 내며 단숨에 말하고 자리에서 벌떡 일어났다. 그루셴카도 일어났지만 서두르지는 않았다.

"지금 제가 드미트리한테 가서 말할래요. 아가씨께서는 제 손에 뽀뽀하셨는데 저는 아가씨 손에 단 한 번도 안 했다고요. 아, 그 사람이 어찌나 껄껄댈지 안 봐도 뻔해요!"

"이런 더러운 년! 나가!"

"아유, 창피하셔라! 아가씨, 아유, 창피하셔라! 그런 말이 천박하다는 생각도 안 드시나 봐, 사랑스러운 아가씨."

"나가! 이 몸 파는 계집!"

카체리나 이바노브나가 얼굴이 완전히 일그러져 외쳤다. 얼굴의 선 하나하나가 떨리고 있었다.

"네, 네. 팔 건 팔아야죠. 어느 아가씨더라? 날 어둑어둑할 때 돈 달라고 제비족한테 왔다 가던 아가씨가? 자기 미모를 팔아서 돈 받아가던 아가씨가? 전 알 건 알거든요."

카체리나 이바노브나가 비명을 지르며 그루셴카한테 덤벼들려 했으나 알렉세이가 온 힘을 다해 그녀를 저지했다.

"가만 계세요, 아무 말씀도 마시고! 아무 말에도 대답하지 마세요. 저 여자는 갈 거예요. 지금 갈 거예요!"

그 순간 비명 소리를 듣고 카체리나 이바노브나의 친척 되는 여자들 두 명이 다 거실로 달려 들어왔다. 하녀도 달려 들어왔다. 모두가 카체리나 이바노브나를 말렸다.

"그래요. 나 갈게요."

그루셴카가 소파에서 만틸라를 집으며 말했다.

"착한 알렉세이 씨, 나 좀 바래다줘."

"가세요, 어서 좀 가주세요!"

알렉세이가 애원하며 그녀 앞에서 양손을 모았다.

"착한 알렉세이 씨, 바래다줘. 같이 가는 길에 꼭 해주고 싶은 말이 하나 있어. 나 방금 알렉세이 씨 보라고 일부러 그렇게 행동한 거야. 좀 바래다줘, 자기야, 후회 안 할 거야."

알렉세이는 씁쓸하게 고개를 돌렸고, 그루셴카는 깔깔 웃으며 집에서 나갔다.

카체리나 이바노브나는 발작으로 부들부들 떨리는 몸을 어찌할 바 모르고 울부짖었다. 다른 사람들은 그 옆에서 어찌할 바를 몰랐다.

"그러게 뭐랬어? 내가 그러지 말랬잖아. 너무 일을 확확 처리하려고 하지 말라고. 너무 무모한 시도였어. 저런 천한 것들을 너무 모르는 거 같아. 더욱이 바로 저 여자는 천한 계집 중의 천한 계집이라고 사람들이 그러잖아. 내 말을 안 듣고 너무 제멋대로 행동했어" 하고 나이 더 많은 이모가 말했다.

"저런 요망한 년! 왜 절 말리셨어요, 알렉세이 표도로비치 씨? 그 여자를 흠씬 패줬을 텐데! 정말 원 없이 패줬을 텐데!"

카체리나 이바노브나가 고래고래 소리쳤다. 그녀는 알렉세이 앞에서 자제할 만한 힘이 없었다. 아니면 자제하고 싶지가 않았을지도 모른다.

"채찍으로 죽도록 후려쳐야 돼요! 사형대 위에 올려놓고 집행인을 시켜서 후려쳐야 돼요! 사람들 다 보는 자리에서!"

알렉세이가 문 쪽으로 뒷걸음질을 쳤다.

"어머나, 세상에!"

카체리나 이바노브나가 양손을 탁 마주치면서 깜짝 놀라 외쳤다.

"그 사람이 세상에……! 어쩌면 그렇게 괘씸할 수가 있어? 사람으로서 그럴 수가 있는 거야? 거기서 그 비운의 날, 그 기억하고 싶지 않은 날 일어났던 일을 그년한테 다 말해줬다는 거 아냐? '미모를 팔러 다녀가셨죠, 사랑스러운 아가씨?' 그걸 그년이 알고 있잖아! 댁의 형은 비열한 인간이에요, 알렉세이 표도로비치 씨!"

알렉세이가 무슨 말을 하고 싶었지만 할 말을 한마디도 못 찾았다. 가슴이 아프도록 죄어왔다.

"가세요, 알렉세이 표도로비치 씨! 저 창피해요! 저 죽을 지경이에요! 내일……, 무릎 꿇고 빌게요. 내일 와주세요. 절 너

무 비난하지 마세요. 절 용서해주세요. 제가 저 자신을 어떻게
할지 아직 모르겠어요!"

알렉세이는 거의 비틀비틀하면서 거리로 나왔다. 그도 덩
달아 울고 싶었다. 가고 있는데 문득 하녀가 그를 따라잡아
말했다.

"아가씨께서 호흘라코바 부인의 편지를 잊어먹고 안 전달할
뻔했네요. 점심 때 이 편지를 놓고 가셨어요."

알렉세이가 대뜸 받아보니, 자그마한 분홍색 봉투였다. 거
의 무의식적으로 그것을 호주머니에 집어넣었다.

XI
또 하나의 나쁜 평판

읍에서 수도원까지는 1베르스타가 약간 넘을 뿐이었다. 시
간이 시간이니만큼 텅 비어 있던 길을 따라서 알렉세이는 발
길을 재촉했다. 거의 완전히 깜깜해져 30보 앞만 해도 물체를
구분하기가 어려웠다. 가야 할 길 전체의 중간쯤 되는 지점에
네거리가 있었다. 네거리에 홀로 서 있는 버드나무 밑에서 그
어떤 형체가 보였다. 알렉세이가 네거리로 들어서자마자 이
형체가 버드나무 밑으로부터 알렉세이에게 돌진해 오면서 미

친 사람처럼 소리를 질렀다.

"돈지갑 내놓을래, 목숨 내놓을래?"

"아, 드미트리 형이잖아!"

알렉세이가 화들짝 놀라면서 말했다.

"하하하! 놀랐지? 널 어디서 기다릴까 생각해봤지. 그 여자 집 근처에서? 근데 그 집을 나오면 길이 세 개라서 네가 딴 길로 갈 수가 있잖아. 그래서 결국 여기서 기다리기로 했지. 여긴 반드시 지나갈 테니까. 수도원 가는 다른 길은 없잖아. 자, 그래, 어떻게 됐어? 나한테 할 소리 못 할 소리 다 전해도 돼. 마음의 준비가 됐으니까. 아니, 너 왜 그래?"

"아무것도 아니야, 형. 내가 좀 놀라서 그래. 형! 아까 아버지가 피 흘리고……,"

알렉세이가 울음을 터뜨렸다. 그는 오래전부터 울음을 터뜨리고 싶었다. 그러다가 지금 바로 마음속에서 울컥하고 터진 것이다.

"형, 아버지를 죽일 뻔했어. 그렇게 저주를 퍼붓고……. 그런데 지금……, 여기서……, 지금 장난할 마음이 생기나 보지? '돈지갑 내놓을래, 목숨 내놓을래?' 하면서."

"왜? 그게 뭐 어때서? 그러면 안 되는 거야? 주어진 상황에 안 어울려?"

"아니, 그건 아니고……. 난 그냥……."

"이거 봐. 이 주위 깜깜한 것 좀 봐. 그렇지? 얼마나 어둡고 스산한 밤이냐! 흐린 데다 바람까지 불고! 나 여기 버드나무 밑에 숨어서 너 기다리고 있는데, 갑자기 이런 생각이 나는 거야(진짜야!). '뭐 하러 계속 갈팡질팡하며 남아 있어야 되나? 내가 뭘 더 기다리는 거야? 버드나무 여기 있구먼. 스카프도 있고 셔츠도 있으니 끈은 금방 꼬아 만들 수 있네. 물에 적시면 좀 더 확실하지. 뭐 하러 이 땅에 계속 부담을 줘야 해? 나 같은 덜떨어진 놈이 괜히 이 땅에 존재해서 이 땅을 욕보일 거 뭐 있어?' 그런 생각을 하고 있는데, 네가 걸어오는 소리가 들리는 거야. 그때 문득 나에게 날아든 생각이 이거였어. '내가 사랑하는 사람이 있구나! 지금 오는 저 사람, 내 동생! 내가 세상에서 제일 사랑하는 사람! 내가 유일하게 사랑하는 사람!' 너무 사랑하니까, 달려가서 얼싸안고 싶어지는 거야. 그러다가 이런 웃기는 생각이 찾아왔어. '재미있게 해주자. 놀래주는 거야!' 그래서 바보같이 그렇게 소리 지른 거야. '돈지갑!'이라고. 바보 같은 행동을 용서해줘. 그냥 장난한 거고, 내 마음속에는……, 사실 마음속에도……. 에이, 그건 그렇고, 그래, 어떻게 됐어? 그 여자가 뭐래? 어떤 말을 해도 좋으니까, 내 입장 생각하지 말고 있는 그대로 다 말해봐. 그 여자가 광란을 일으키지 않았어?"

"아니야. 꼭 그런 건 아니야. 거기서 일어난 일은 전혀 다른

393

일이었어, 형. 내가 갔더니, 두 여자가 다 있더라고."

"두 여자라니?"

"그루센카가 카체리나 이바노브나 씨 집에 와 있더라고."

드미트리 표도로비치가 기둥처럼 굳었다.

"그럴 리가 없어! 그게 웬 헛소리야? 그루센카가 카체리나 이바노브나 집에?"

알렉세이가, 자기가 카체리나 이바노브나 집에 들어가던 순간부터 있었던 모든 일을 다 이야기해줬다. 그는 10분쯤을 이야기했다. 이야기를 잘 정돈된 형태로 유창하게 풀어 나갔다고는 할 수 없어도, 아주 중요한 단어들, 아주 중요한 동작들을 명료하게 전달해준 듯하다. 자신이 받은 느낌들을 한마디씩으로 분명하게 전달하기도 하면서. 드미트리는 무서울 정도로 미동도 없이 직시하며 말없이 듣고 있었으나, 알렉세이에게는 그가 이미 모든 것을 알아차렸고 발생한 상황의 의미를 깨달았다는 것이 확실히 보였다. 하지만 드미트리의 얼굴은 이야기가 진행될수록 어두워지는 것이 아니라 엄한 표정이 되어갔다. 눈썹을 찌푸렸고 이를 앙다물었고, 움직임 없는 그의 눈길은 더욱더 고정되어갔으며 더욱더 집요해졌고 무서워졌다. 그러다가 그의 얼굴이 성난 무서운 얼굴에서 일순 번개 같은 속도로 변하고, 꽉 다물어졌던 입술이 벌어지면서, 그가 도저히 주체할 수 없는, 가식이 조금도 없는 너털웃음을 갑자기 터뜨렸다. 그는 말 그대로 웃음의 포로가 되어, 오랫동안 말을 할 수가 없었다.

"결국 손에 입을 안 맞췄어? 결국 손에 입을 안 맞추고 그대로 뛰쳐나왔어?"

그가 그 어떤 비정상적인 희열에 사로잡혀 큰 소리로 외쳤다. 잔인함과 파렴치함이 깃든 희열에 사로잡혔더라도 그렇게 말을 하는 것은 가능했겠지만, 그거치고는 그의 희열이 너무 자연스러웠다.

"그래서 그 여자가 '요망한 년'이라 그랬다고? 맞아, 요망한 년 맞아! '사형대 위에 올려놓아야 된다'고? 그래, 맞아. 그게 맞을 거야. 나도 같은 의견이야. 그래야 돼. 오래전에 그랬어야 됐어! 근데 동생아, 있잖아, 사형대에 올리는 건 좋은데, 그보다 먼저 정상적인 사람을 만들어야지. 그런데 내가 이해하는 그 여자는 뻔뻔스러움의 여왕이거든. 손에 입맞추느니 안 맞추느니 하면서 그 여잔 자신을 그대로 드러냈어. 아이고, 우리 인페르날* 같으니라고! 그 여잔 이 세상에서 상상 속에나 존재하는 모든 인페르날들의 여왕이야! 정말 어떤 의미에서 그 여잔 환희를 불러일으켜! 자기 집으로 갔다 그랬지? 지금나……, 그 여자 집에 가야지! 알렉세이야, 날 가지고 너무 뭐

---

* 정욕에 찬 악마 같은 여자. (라틴어로 infernalis)

라 그러지 마. 나도 그 여자가 목을 비틀어 죽여도 모자라는 여자라는 데에 동의하거든."

"그럼 카체리나 이바노브나 씨는?" 하고 알렉세이가 비통하게 외쳤다.

"나 그 여자도 잘 알지. 속을 꿰뚫어볼 만큼. 특히 이 시점에 더욱 그래. 지금 아주 그냥 온 세상의 사방이 휑하니 다 열리는 것 같구먼! 아니, 그러니까, 오방이 휑하니 다 열리는 것 같구먼![84] 눈앞이 훤해지니까 말이야. 바로 내가 그때 본 그 카체리나의 모습이야! 대학 졸업한 지 얼마 안 돼 갖고, 부친을 구해야겠다는 성스러운 의도를 갖고서, 비참하게 모욕을 입을 위험을 무릅쓰고, 당돌하고 무례한 장교한테 달려오는 걸 마다하지 않은 그 여자 말이야. 그래도 이는 우리의 자존심이고, 위험과 운명에 대한 끝없는 도전이야! 그 여자의 행동을 이모가 말리려 했다고 했지? 그 이모가 어떤 사람인지 아니? 완전히 권위적이고 자기 마음대로 쥐고 흔들려 하는 사람이야. 모스크바의 그 장군 부인의 친동생인데, 자기 언니보다도 더 자존심을 세우다가, 남편이 국고에 손을 댄 게 걸려서 영지를 포함해서 모든 것을 잃자 갑자기 톤을 낮추고 그 후로 안 올리고 있는 거야. 그러니까 그 이모가 카체리나의 행동을 말리려 했는데 카체리나가 말을 안 들은 거구나. '난 모든 것을 이길 수 있어. 내 힘으로 다 해낼 수 있어. 마음만 먹으면 그루셴카도 홀리게 할 수 있어.' 이랬겠구먼. 그리고 자신을 믿고 자기가 대단한 사람이라고 생각했겠지. 그게 잘못은 아니지. 넌 그 여자가 영악한 수법을 쓰느라고 일부러 먼저 그루셴카 손에 입을 맞췄다고 생각하니? 아니야. 그 여잔 진심으로 행동한 거였어. 진짜로 그루셴카한테 반해버린 거라고. 엄밀히 말하면 그루셴카한테 반했다기보다는 자신이 믿던 꿈에 반한 거야. 말하자면 허황된 꿈이지. 자기의 꿈이고 자기의 허상이니까 그게 그만큼 중요했던 거야. 내 사랑하는 동생 알렉세이야, 그런 엄청난 사람들 틈에서 어떻게 무사히 빠져나왔냐? 법의를 살짝 걷어 올리고 줄행랑을 놓은 거니? 하하하!"

"형, 형이 그루셴카한테 그날 괜히 얘기를 해가지고 카체리나 이바노브나 씨를 모욕했다고는 생각 안 해? 그루셴카가 카체리나 이바노브나 씨한테, '자기 미모를 팔려고 제비족한테 몰래 왔다 간 게 누군데요?' 그랬단 말이야. 형, 그건 진짜 심한 모욕이야."

알렉세이를 가장 괴롭히던 것은 카체리나 이바노브나가 모욕을 당한 것을 드미트리가 꼭 기뻐할 것만 같다는 생각이었다. 물론 그럴 리야 없겠지만 말이다.

"어이쿠!"

드미트리 표도로비치가 돌연 인상을 찌푸리면서 손바닥으로 자기 이마를 탁 쳤다. 그는 이제야 그 점이 염두에 와닿은 모양이었다. 비록 카체리나 이바노브나가 모욕을 당해 "댁의 형은 비열한 인간이에요!" 하고 외친 것을 포함하여 일어난 모든 일을 알렉세이가 좀 전에 다 말했음에도 불구하고 말이다. 그가 이렇게 말했다.

"그래, 실제로 내가 그루셴카한테 그날 얘기를 했었어. 카체리나의 표현을 빌면 '비운의 날'에 있었던 일을 말이야. 그래, 맞아. 내가 이야기를 했었어. 기억이 나. 바로 그때였어. 모크로예에서. 난 취했었고, 집시 여자들은 노래했고……. 하지만 난 그때 통곡했어. 나 스스로가 울음이 나서. 나 그때 무릎을 꿇고 카체리나를 상상하며 기도했고, 그루셴카는 그걸 이해해줬어. 그때 그루셴카는 모든 걸 다 이해해줬어. 그래, 기억해. 그루셴카도 같이 울어줬어……. 그런데……, 에이, 젠장! 그래 놓고 그럴 수가 있단 말이야? 그땐 울더니 지금은……. 지금은 뒤통수치기네! 아무튼 그저 여자들이란!"

드미트리가 고개를 숙이고 생각에 잠겼다.

"그래, 난 비열한 인간이야. 의심의 여지가 없어."

그가 문득 우울한 목소리로 말하기 시작했다.

"내가 울었든 안 울었든 다 마찬가지로 난 비열한 인간이야! 네가 좀 전해줘라, 내가 그걸 인정한다고. 물론 그래서 위로가 된다면. 그래, 뭐, 이 정도로 하자. 그만 헤어지자. 말은 계속해서 뭐 하냐? 재미있는 것도 아닌데. 넌 네 갈 길 가고, 난 내 갈

길 가기로 하자. 글쎄, 앞으로 너 볼 면목이나 있을지 모르겠다. 그 어느 마지막 순간까지. 그럼 가거라, 알렉세이야."

그는 알렉세이의 손을 힘 있게 쥐었다. 고개는 계속하여 숙인 상태였다. 그는 고개를 들지 않은 채 갑작스레 발걸음을 옮겨 읍내 쪽으로 향했다. 떠나는 그의 뒷모습을 지켜보던 알렉세이는, 그가 저렇게 금방 확 가버릴 수 있다는 게 믿어지지가 않았다.

"잠깐, 알렉세이야, 고백할 게 하나 더 있다. 너한테만!"

드미트리 표도로비치가 갑자기 되돌아왔다.

"날 봐봐. 똑바로 봐봐. 여기 보이지, 여기서 끔찍한 수치스러움이 익어가고 있어('여기'라고 하면서 드미트리 표도로비치는 주먹으로 자기 가슴을 쳤는데, 마치 수치스러움이 그의 가슴속에 들어 있다고, 바로 자기 가슴속에, 그 어떤 곳에, 주머니에 간직되어 있다고, 혹은 꿰매어져 달려 있다고 표현하는 이상한 제스처로 보였다). 넌 이미 날 알지? 내가 비열한 놈이라고, 공인된 비열한 놈이라고. 하지만 이걸 알고 있어라. 내가 전에 뭘 했든, 지금 뭘 하든, 앞으로 뭘 할 것이든, 그 어느 것도 그 비열함에 있어서, 바로 지금, 바로 이 순간에 내가 내 가슴속에, 바로 여기에 갖고 다니는 수치하고는 비교될 수가 없다는 걸. 이 수치는 가만 놓아두면 이루어지는 것이되, 내가 그걸 멈출 수 있는 자격을 충분히 갖고 있다는 거. 난 그걸 멈출 수도 있고 이룰 수도 있어. 그걸 알아

뒤! 자, 이젠 또 이걸 알아둬. 내가 그걸 이룰 거라는 걸. 멈추지 않을 거라는 걸. 내가 아까 너한테 다 이야기를 했지만 이건 이야기를 안 했어. 왜냐하면 아무리 나라고 해도 이걸 얘기하기엔 놋쇠 이마가 충분치 않았어. 나 아직 멈출 수 있는 상태야. 만약 멈추면 당장 내일, 잃어버린 명예의 반은 되돌릴 수 있어. 하지만 난 멈추지 않을 거야. 내 비열한 계획을 실행할 거야. 지금 미리 너를 증인으로 만드는 거야. 이 말을 내가 너한테 일부러 미리 해두는 거야. 이제 끝장이고 암흑이다! 무슨 말인지 설명할 필요도 없어. 때가 되면 알게 될 거야. 냄새 나는 뒷골목과 인페르날! 자, 그럼 헤어지자. 날 위해 기도할 필요 없어. 난 그럴 만한 가치가 없어. 꼭 그거 아니더라도 기도할 필요 없어, 전혀 필요 없어. 난 네 기도가 전혀 필요 없어. 자, 그럼 가!"

그는 순식간에 멀어져갔다. 이번에는 이미 완전히 가버렸다. 알렉세이는 수도원 쪽으로 발걸음을 옮기며 생각했다.

'내가 앞으로 드미트리 형을 못 볼 거라고? 설마 그런 의미는 아니겠지?'

알렉세이는 그 생각을 하면 겁이 났다. 그는 다시 생각했다.

'아니야, 내일 당장 볼 거야. 내가 일부러 찾아낼 거야. 형이 한 말은 믿을 수 없어.'

알렉세이는 수도원을 뻥 돌아 소나무 숲을 거쳐 암자로 직접 갔다. 그 시간은 암자에 누구든 들여보내지지 않는 시간이었지만 알렉세이는 들여보내졌다. 장로의 응접실로 들어갈 때 그의 마음은 조마조마했다. '아, 내가 뭐 하러 나갔다 왔는가? 장로님이 왜 나를 세상으로 나가라고 보냈는가? 이곳엔 고요가 있고, 이곳은 거룩한 곳이다. 하지만 그곳엔 불안과 암흑뿐이며, 그 속에선 길을 잃고 방황하게 된다' 하고 그는 생각했다.

응접실에는 수도사 준비생 포르피리와 수도사제인 파이시 신부가 있었다. 파이시 신부는 조시마 장로의 건강 상태를 알아보기 위해 하루 종일 한 시간마다 한 번씩 들렀다. 알렉세이가 떨리는 마음으로 알아낸 바에 따르면 조시마 장로의 상태는 계속 나빠져갔다. 수도사들과 매일 저녁에 나누던 대화도 이번에는 진행할 수 없을 정도였다. 보통 매일 저녁 예배 뒤 자기 전에 수도사들은 장로의 응접실로 모여들곤 했다. 그리고 각 사람이 소리 내어 장로에게 당일의 자신의 죄, 죄스러운 상념, 유혹을 고백하곤 했다. 심지어 마음속에서 자신과의 알력이 있었다면 그런 것도 고백하곤 했다. 어떤 이들은 무릎을 꿇고 고백을 하기도 했다. 장로는 문제들을 해결해주고 중재해주고 교훈을 주고 회개를 권하고 축복을 해준 다음 수도사들을 보냈다. 장로 제도 반대자들은 바로 이 수도사들의 '고백 의식'에 반대하며 나섰다. 이 고백이 의식화되는 것을 하나의 세

속화라고, 심한 경우 성스러운 행위를 모독하는 것이라고 주장했다. 비록 사실은 그렇지 않았지만 말이다. 그런 고백은 선한 목적에 도달케 하지 못하며 실제로 고의로 죄와 유혹으로 이끄는 것이라는 건의가 교회 감독 관구 수뇌부에 들어오기도 했다. 많은 수도사들이 장로에게 고백을 하러 다니는 것을 번거로워하며, 다만 다른 사람들이 다 다니므로 자기가 안 다녔다간 교만한 자요 반항적인 생각을 가진 자로 받아들여질 것 같으니까 할 수 없이 다니는 거라는 것이었다. 어떤 수도사들은 저녁 고해 성사에 가면서, '내가 아침에 너한테 화를 냈다고 말할 테니까 네가 내 말이 옳다고 해줘' 하고 자기들끼리 미리 약속을 한다고 했다. 그래야 고해 성사에서 말할 게 생기고, 그래야 쉽게 고해 성사를 마칠 수 있기 때문이라고 했다. 알렉세이는 실지로 그러는 수도사가 있는 것을 알고 있었다. 그는 또한, 수도사들이 가족들에게서 받는 편지마저도 으레 장로가 먼저 뜯어서 읽어볼 수 있도록 장로한테 갖다 바쳐진다는 점에 심히 분개하는 사람들도 있다는 것을 알았다. 물론 고해 성사가 자의에 의해서 진심에서 우러나서, 스스로 복종하고자 하는 마음의 발로로, 구원으로 인도하는 가르침에 따라서 행해져야 한다는 것은 인정되는 바였으나, 실제로는 다분히 가식적으로, 거짓으로 꾸며서 이루어지기도 했다. 하지만 연륜이 많이 쌓인 수도사들은 고해 성사를 그대로 진행해야 한다는 입장이었다. 그들이 의거하는 판단은 이러했다. '진실로 구원의 길을 가기를 원해 수도원에 들어온 사람에게 이 모든 복종과 헌신적 행위는 의심할 바 없이 구원으로 이끄는 데 큰 도움이 되며, 그와는 반대로 이를 행하기 번거로워하고 불평을 늘어놓는 사람은 수도사가 아닌 것이나 마찬가지며 수도원에 잘못 들어온 것이므로 속세에 살아야 한다. 죄와 마귀로부터 자신을 잘 지켜야 하는 것은 속세에서뿐만 아니라 성당에서도 마찬가지이므로, 죄에 대해서 마음을 놓고 있으면 안 된다.'

"몸이 약해지셔서 계속 수면 상태에 계셔. 깨우기도 힘들어. 그리고 안 깨우는 게 좋을 거야. 한 5분 정도 깼었는데, 수도사들에게 당신의 축복을 전해달라고 부탁하셨고, 수도사들에게는 밤에 당신을 위해 기도해달라고 부탁하셨어. 내일 아침 다시 한번 성찬을 받으실 예정이셔. 알렉세이 네 얘기도 하셨어. 네가 갔냐고 물으시더구먼. 읍내에 있다고 대답해드렸지. 그랬더니, '내가 그렇게 하도록 축복해줬어요. 거기가 그 아이가 있을 곳이에요. 아직은 여기가 아니에요.' 하셨어. 너한테 많은 신경을 쓰시는 것 같더라. 그게 너로서 큰 영광인 거 알고 있지? 그런데 어떻게 해서 네가 일단 속세에 있어야 되는 시기라고 판단하신 거지? 그러니까 네 운명 안에서 무언가를 예견하신 거잖아! 알렉세이야, 속세로 돌아가는 경우, 장로님이 너한테 부과하신 사명을 이루기 위해서 돌아가는 거지, 헛된 경망스러움과 속세의 향락을 위해 돌아가는 게 아니라는 걸 기억해."

파이시 신부가 나갔다. 알렉세이로서는 장로가 죽어가고 있음을 의심할 수 없었다. 비록 하루나 이틀 정도는 더 살 수 있을지 모르는 일이었지만. 알렉세이는 비록 자기가 내일 아버지, 호흘라코브 씨 가문 사람들, 형, 카체리나 이바노브나를 찾아가기로 약속한 건 사실이지만 내일은 수도원을 절대 떠나지 않고 장로가 운명하는 순간까지 그의 곁에 남아 있겠다고 결심했다. 그의 마음에 연민이 가득 들어와, 그는 자기가 잠시나마 읍내에 있으면서, 자기가 세상에서 누구보다도 존경하는 장로가 죽어가도록 수도원에 남겨뒀다는 사실을 잊기까지 했던 것에 대해 자책했다. 알렉세이는 장로의 침실로 들어가 무릎을 꿇고, 잠든 장로에게 큰절을 하였다. 장로는 고요히, 거의 들리지 않게 겨우 숨을 쉬며 미동도 없이 잠자고 있었다. 얼굴은 평안했다.

알렉세이는 아침에 장로가 손님들을 받아들이던 응접실로 돌아와, 거의 옷을 그대로 입은 채로 장화만 벗고 소파에 누웠다. 알렉세이가 매일 밤 가죽이 입혀진 딱딱하고 좁은 이 소파에서 잠을 자게 된 지는 이미 오래됐다. 그는 그저 베개만 가지고 와서 이 소파에서 잠을 자곤 했다. 그의 아버지가 아까 이야기한 매트리스는 이미 오래전부터 사용하지 않고 있었다. 그는 법의를 벗어서 그걸 이불처럼 덮고 잘 뿐이었다. 한편 잠자리에 들기 전에 그는 무릎을 꿇고 오래 기도했다. 뜨거운 기도를 통해 그는 그의 불안을 해소해달라고 신께 부탁하지 않았고, 오직 기쁨과 감동을, 신에 대한 찬양과 신께 돌린 영광 뒤에 언제나 그의 마음을 찾아오던 감동을 구한 것뿐이다. 바로 그것이 보통 그가 자기 전에 하는 기도의 내용이었다. 그의 마음을 찾아오던 기쁨은 그로 하여금 편안한 잠을 잘 수 있게 했다. 지금 기도하면서 그의 손이 주머니에 있는 분홍색 봉투에 우연히 닿게 되었다. 카체리나 이바노브나의 하녀가 길에서 그를 따라잡아 전해준 그 봉투였다. 그는 당황했으나, 기도를 끝까지 다 했다. 그 뒤 망설이면서 봉투를 열었다. 그 안에는 그가 수신인으로 되어 있는 편지가 있었는데, 쓴 사람은 '리즈'라고 되어 있었다. 바로 호흘라코바 부인의 딸이었다. 아침에 장로랑 같이 있을 때 그를 많이 놀려댄, 청소년 나이의 그 딸 말이다. 편지 내용이 이러했다.

'알렉세이 표도로비치 아저씨, 아무도 모르게 아저씨께 이 편지를 써요. 엄마도 몰라요. 그렇게 하는 게 안 좋은 건 알지만요. 하지만 제 마음속에 나타난 것을 아저씨께 말씀드리지 않고선 더 이상 못 살 것 같아요. 이건 때가 되기 전까진 우리 둘 말고는 아무도 몰라야 돼요. 하지만 제가 아저씨께 그렇게도 하고 싶은 말을 어떻게 하면 전달할 수 있죠? 종이는 얼굴 빨개지는 일이 없다고 사람들이 이야기하지만, 저는 그건 사실이 아니라고 확신해요. 제가 지금 얼굴이 완전히 빨개진 것처럼 종이도 빨개져요. 알렉세이 아저씨, 아저씨를 사랑해요. 어렸을 때부터 사랑해요. 모스크바에서 만날 때부터요. 그때는 아저씨가 전혀 지금 같지 않았어요. 아저씨를 죽을 때까지 사랑할 거예요. 저는 저의 진심으로 아저씨를 선택했어요. 아저씨랑 같이 살다가 나이 들어서 같이 죽기로요. 물론 아저씨가 수도원을 나오는 조건에서예요. 우리의 나이 때문에 아직은 안 되지만, 법에 정해진 나이가 될 때까지 기다리면 되죠. 그때가 되면 저는 반드시 건강을 되찾을 거예요. 걷기도 하고 춤도 출 거예요. 그건 두말하면 잔소리예요.

아저씨, 제가 다른 건 다 생각을 해놓았는데, 단 한 가지는 모르겠어요. 이 편지를 읽고 나서 아저씨가 저를 어떻게 생각할지는요. 전 항상 깔깔 웃기만 하고 장난만 치고, 아까는 아저씨를 화나게 했잖아요. 하지만 지금 제가 펜을 들기 전에 성모상 앞에서 기도했어요. 진짜예요. 지금도 역시 기도하면서 눈물이 나올락 말락 해요.

이제 아저씨는 제 비밀을 알게 되셨으니, 내일 우리 집에 오셨을 때 전 아저씨를 어떻게 볼 수 있을지 모르겠어요. 알렉세이 표도로비치 아저씨, 어쩌면 제가 아까 그랬듯이 아저씨를 보고서 또 참지 못하고 바보같이 웃음을 터뜨릴지도 몰라요.

아저씨가 저를 비웃기만 하는 애로 보고 편지 내용을 안 믿으실 수도 있어요. 그래서 아저씨께 부탁드려요. 아저씨, 만일 저를 불쌍히 여기는 마음이 있으시다면, 내일 오셨을 때 제 눈을 너무 똑바로 쳐다보지 말아주세요. 왜냐하면 제가 아저씨랑 눈을 마주치고 저도 모르게 갑자기 웃어버릴지 모르니까요. 게다가 그 긴 드레스 같은 옷을 입고 오실 거잖아요. 지금도 그 생각을 하면 웃을까 봐 벌써 겁나요. 그러니까 우리 집에 들어오셔서, 얼마 정도는 저를 전혀 쳐다보지 마시고, 엄마나 창문 쪽을 쳐다보세요.

제가 아저씨께 이렇게 연애편지를 썼네요. 하느님 맙소사! 제가 지금 무슨 짓을 한 걸까요? 알렉세이 아저씨, 저를 너무 구박하지 마세요. 만일 제가 이 편지 쓴 게 아주 나쁜 짓이고 아저씨 마음을 상하게 한 거라면 저를 용서하세요. 만약 그렇다면 아저씨는 저에 대해 영원히 나쁜 평판을 갖고 계시겠죠. 그러면 제가 이런 편지를 아저씨께 보냈다는 비밀은 아저씨 혼자만 알고 계세요.

오늘 저는 꼭 올 거예요. 그럼, 다음에 뵐 때까지 안녕히 계세요. 우리가 보게 될 걸 생각하면 무척 가슴이 떨려요.

P.S. 알렉세이 아저씨, 근데 꼭, 꼭, 꼭 오셔야 돼요!
리즈.'

알렉세이는 놀란 마음으로 편지를 읽었다. 두 번을 연속으로 읽고 나서 생각에 잠겼다가 갑자기 조용하게 킥 하고 웃었다. 그는 몸을 떨 뻔했다. 자기 웃음이 죄스럽게 느껴졌다. 하지만 잠시 뒤 그는 다시 한번 웃었다. 이번에도 조용하게, 행복하게 웃었다. 그는 편지를 천천히 봉투에 집어넣고 성호를 긋고는 자리에 누웠다. 마음의 불안이 별안간 사라졌다. 평온한 잠으로 빠져들면서 알렉세이는, '주여, 아까 왔었던 모든 이들에게, 불행하고 염려 많은 그들에게 자비를 베푸시고, 그들을 지켜주시고 가르치소서. 주님께 길이 있나이다. 주님만이 알고 계시는 길로써 그들을 구하소서. 사랑이신 주님께서 모든 이에게 기쁨을 주시길 기도합니다!' 하고 성호를 그으면서 웅얼거렸다.

2부

제4편
돌발적 행동들

I
페라폰트 신부

알렉세이는 동 트기 전 새벽녘에 잠을 깼다. 잠에서 깬 장로가 심한 무기력을 느끼면서도 침상에서 안락의자로 옮겨 앉으려 했다. 그의 정신은 맑았다. 얼굴에는 피곤한 기색이 서려 있었지만 밝은 느낌이었고, 표정이 거의 기쁜 표정이었으며, 눈길은 유쾌하고 상냥하고 사귐성 있게 보였다. "어쩌면 오늘을 못 넘길지도 모르겠다" 하고 그가 알렉세이에게 말했다. 그 후즉시 고해 성사를 하고 성찬을 받길 원했다. 그가 고해 성사를하는 대상이 되는 수도사는 언제나 파이시 신부였다. 두 의식이 마쳐진 뒤 병자 성사[85]가 시작되었다. 수도사제들이 모였

고, 장로의 응접실에 암자 생활자들이 서서히 들어찼다. 그러
는 사이 낮이 되었다. 수도원 본채에서도 사람들이 오기 시작
했다. 예배가 끝나자 장로는 모든 이들과 작별을 하길 원했고,
모두에게 입을 맞췄다. 응접실이 좁았으므로, 먼저 왔던 사람
들이 나중에 온 사람들에게 자리를 양보하기 위해서 나갔다.
알렉세이는 장로 곁에 서 있었다. 장로는 다시 안락의자로 옮
아 앉아 있었다. 그는 힘닿는 대로 교훈의 말을 하고 있었다.
그의 목소리는 비록 약했지만 아직 충분히 확신에 찬 목소리
였다. "신부님들, 수도사님들, 제가 오랫동안 여러분을 가르치
면서 말을 해와서 그런지, 말을 할 때 교훈의 말을 하는 버릇이
들었나 봅니다. 그리고 제가 지금 이렇게 힘이 없는데도, 말을
안 하고 가만히 있는 것이 말하는 것보다 더 어렵군요" 하고 그
는 자기 주위를 둘러싼 사람들을 자비에 찬 눈길로 돌아보면
서 농담조로 말했다. 알렉세이는 그가 그때 한 말들 중 하나를
기억에 새겨 넣었다. 하지만 장로가 비록 명료히 알아들을 수
있게 말을 했고 충분히 확신에 찬 목소리로 말을 했음에도 불
구하고 그의 말은 다분히 조리가 없었다. 그는 살면서 미처 다
하지 못한 모든 말을 죽기 전에 다 하고 싶었던 모양인지, 많은
말을 했다. 또한 교훈을 주고자 하는 것뿐만이 아니라, 자기가
겪는 기쁨과 환희를 모든 사람들과 나누고, 아직 살아 있는 동
안 마음속 모든 것을 다 쏟아붓고 싶었나 보다.

알렉세이가 나중에 기억을 되살린 바에 따르면 그때 장로는 이런 교훈의 말을 했다.

"신부님들, 서로 사랑하십시오. 신의 백성을 사랑하십시오. 우리가 여기 와서 이 담장 안에 숨어 지낸다고 해서 우리가 세상 사람들보다 더 거룩한 것이 아닙니다. 그 반대로, 여기 온 사람은, 여기 왔다는 것 하나만 가지고 판단하더라도, 자기가 세상 모든 사람들보다 더 비천하다는 것을 깨달은 겁니다. 그리고 수도사가 수도원 안에서 오래 살면 오래 살수록 그 사실을 더욱더 잘 감지하여야 합니다. 왜냐하면, 만약 그렇지 않았다면 그 사람은 여기 오지 않았을 것이기 때문입니다. 그 사람이 자기가 세상 모든 사람들보다 더 비천할 뿐만 아니라 모든 사람들 앞에서 모든 사람들을 대신하여 모든 사람들의 죄를, 온 세상의 죄와 각 개인의 죄를 책임져야 한다는 걸 아는 날이 오면, 비로소 그제야 우리의 목적이 달성되는 것입니다. 여러분, 우리 각 사람이 이 땅 모든 사람들과 모든 만물들을 대신하여 죄를 책임져야 한다는 데에는 의심할 바가 없는데, 이는 세상의 보편적인 죄를 책임져야 한다는 것뿐만 아니라 세상 사람 각 개인의, 이 땅에 사는 각 사람의 죄 역시 책임져야 한다는 것입니다. 그 점을 아는 것이 수도사의 길에서 도달해야 할 면류관입니다. 뿐만 아니라 이 땅에 사는 모든 사람의 길에 있는 면류관입니다. 왜냐하면 수도사들도 사람들이기 때문입니다. 그리고 오직 그런 길이 이 땅에 사는 모든 사람들이 가야 하는 길입니다. 그런 경우에만 우리의 마음이 한없는 온 세상의 사랑, 아무리 해도 지나침이 없는 사랑으로 젖어들 것입니다. 그렇게 되면 여러분 중 각 사람이 사랑으로써 온 세상을 얻을 수 있고, 자신의 눈물로써 세상의 죄를 씻을 수 있을 것입니다. 각 사람은 마음을 잘 다스리며 쉬지 말고 자기 죄를 점검해야 합니다. 자기 죄를 깨달았어도 자기 죄를 두려워하지 마십시오. 오로지 회개가 있어야 합니다. 신과 타협하려고는 하지 마십시오. 다시 말씀드리지만, 자만하지 마십시오. 작은 자 앞에서도, 큰 자 앞에서도 자만하지 마십시오. 누군가가 당신을 배척하고 멸시하고 비방하고 험담한다고 해서 그를 미워하지 마십시오. 무신론자들, 나쁜 가르침을 베푸는 자들, 물질주의자들을 미워하지 마십시오. 특히 우리 시대에 그런 자들 중에도 선한 자들이 많은데, 선한 자들은 물론 그런 자들 중의 악한 자들마저 미워하지 마십시오. '모든 이들을 구원해주시옵소서, 주여, 어떤 이들은 중보 기도의 은혜도 받지 못하는데, 그런 이들마저도 구원해주시옵소서. 당신께 기도하기를 원치 않는 자들마저 구원해주시옵소서' 하고 기도를 하면서 그런 자들을 이해하십시오. 그리고 이 말을 더하십시오. '이 기도는 저의 자만에서 나온 것이 아니오라, 주여. 저 자신이 모든 이들보다 비천한 자이옵나이다.' 신의 백성을 사랑하십시오. 양떼를 이방인들이 빼앗도록 내버려두지 마십시오. 만일 여러분이 게으름과 조심성 없는 자만에 젖어, 심지어 물욕에 젖어 영혼이 잠들어버린다면, 사방에서 몰려온 자들이 여러분에게서 여러분의 양떼를 빼앗으려 할 겁니다. 사람들에게 쉬지 말고 복음을 강론하십시오. 물욕에 어두워 재물을 취하지 마십시오. 은과 금을 사랑하여 쌓아두지 마십시오. 믿음을 가지고 믿음의 기치를 높이 드십시오."

한편, 지금 여기에는 비록 이렇게 서술되었지만, 여기에 비하면, 또 알렉세이가 나중에 적은 바에 비하면, 장로의 말이 그리 죽 이어지는 것은 아니었다. 가끔씩 그는 말을 완전히 끊고, 마치 힘을 모으는 듯 숨을 몰아쉬기도 했다. 그러나 기쁜 기색은 그대로 있었다. 사람들은 그의 말을 순종적으로 귀 기울여 들었다. 비록 그의 말에 놀라며 그의 말 속에서 이해가 안 가는 부분을 발견하는 사람들이 많았지만 말이다. 나중에 가서 이 모든 말들을 사람들은 기억해내게 되었다. 알렉세이가 잠시 장로의 방에서 나와야 했을 때 그는 방과 방 주위에 모여든 수도사들 사이에 일고 있는 염려와 기대에 놀랐다. 어떤 이들 가운데에서는 거의 불안으로 가득 찬 기대가, 또 어떤 이들 가운데에서는 장중한 분위기의 기대가 느껴졌다. 모두들, 장로가 운명하고 나서 즉시 그 무슨 놀랄 만한 일이 발생할 것을 기대하고 있었다. 그런 기대는 어떻게 보면 거의 경솔한 마음의 발로라고도 할 수 있었지만, 엄숙하기 그지없는 다른 장로들마저 그런 기대를 갖는 게 사실이었다. 수도사제 파이시 신부의 얼굴이 가장 엄숙했다. 알렉세이가 장로의 방에서 나온 것은 단지, 라키친이 호흘라코바 부인이 알렉세이에게 쓴 미지의 편지를 가지고 읍내로부터 와, 한 수도사를 통해서 은밀히 알렉세이를 나오라고 불렀기 때문이었다. 편지를 통해 호흘라코바 부인은 알렉세이에게 흥미로운 소식을 하나 전했는데, 이는 더할 나위 없이 제때에 전달된 소식이었다. 소식의 내용은 다음과 같았다. 장로에게 존경을 표하고 그에게서 축복을 받고자 어제 다녀갔던 신앙인 평민 여성들 중에 부사관 부인이었다가 과부가 된 프로호로브나라는 할머니가 있는데, 군복무를 하느라 시베리아 깊숙이 이르쿠츠크까지 간 아들 바센카에게서 벌써 1년 동안이나 소식을 듣지 못하고 있는데 교회에서 아들이 마치 죽은 것처럼 명복을 비는 예식을 행해도 되냐고 장로에게 물어봤었다. 그 할머니의 질문에 장로는 안 된다고 엄하게 대답하였고, 그런 식의 의도는 마법에 의지하는 것이나 다를 바 없다고 했다. 그러나 그다음에 할머니가 몰라서 그랬던 것이니까 할머니의 죄가 용서된다고 하면서, '마치 미래가 적혀 있는 책을 들여다보듯이'(이는 호흘라코바 부인이 편지에다 쓴 표현이다), '그 할머니의 아들 바실리는 분명히 살아 있고, 머지않아 직접 그 할머니에게 오거나 편지를 보낼 테니, 집

418

에 가서 기다리고 있으라'며 할머니에게 위로의 말을 덧붙였다. '그래서 어떻게 된 줄 아세요?' 하고 호흘라코바 부인이 기쁜 어조로 말을 이었다. '예언이 이루어졌어요. 문자 그대로, 심지어 그보다 더 정확하게.' 집으로 돌아오자마자 할머니는 시베리아에서 집으로 와 있던 편지를 전달받았다. 그게 다가 아니었다. 예카체린부르크[86]에서 떠나는 길에 쓴 편지를 통해 바실리는, 한 관리와 같이 러시아로 돌아가는 중이라고, 이 편지가 당도하고 3주쯤 후에 '어머니를 얼싸안을 수 있을 것을 희망한다'는 소식을 전하고 있었다. 호흘라코바 부인은 알렉세이에게, 다시금 이루어진 '예언의 기적'을 수도원장과 모든 수도사들에게 반드시 전해달라고 간절하고 열렬하게 부탁하면서, '이건 꼭 모든 분들이, 모든 분들이 아셔야 돼요!' 했다. 이런 감격에 찬 말로써 그녀는 편지를 마쳤다. 빨리 휘갈겨 쓴 그녀의 편지는 흥분이 편지의 한 줄 한 줄에서 드러나고 있었다. 그러나 알렉세이는 굳이 수도사들에게 이 소식을 전할 필요가 없었다. 이미 다들 알고 있었기 때문이다. 라키친이 알렉세이를 불러달라고 수도사 한 사람에게 부탁하면서 그 수도사에게 동시에 부탁하기를, 파이시 신부에게 존경을 표하면서 이렇게 전해달라고 했다. '저 라키친이 파이시 신부님께 한 가지 일이 있어 뵙고자 하는데, 그 일이 너무 중요하기 때문에 그 일을 신부님께 알려드리는 것을 1분도 미룰 수 없습니다. 저의 이런 무례함을 땅에 엎드려 용서를 빕니다.' 그러므로 부탁을 받은 수도사는 알렉세이에게보다 파이시 신부에게 먼저 라키친의 부탁을 전달했다. 그래서 알렉세이는 자기 자리로 돌아와서, 편지를 읽고 나서 파이시 신부에게 그것을 하나의 문서로서 전달하는 일만 하면 되었다. 그랬더니, 엄격하고 쉽게 사람을 믿지 않는 파이시 신부였지만, 인상을 찌푸리고서 '기적'에 대한 소식을 읽고 나더니, 자신의 그 어떤 내적 감정을 제어할 수 없었는지, 눈을 번쩍이면서 입으로는 돌연 위엄 있고 감격에 찬 미소를 지었다.

"이게 정말인지 확인해볼 수 있을까요?"

그에게서 갑자기 자기도 모르게 그런 말이 튀어나왔다.

"확인해볼 수 있을 겁니다. 확인해볼 수 있을 겁니다!" 하고 주위의 수도사들이 대답했다. 그러나 파이시 신부는 다시금 인상을 찌푸리고서, 당분간이나마 이 일에 대해서 아무에게도 알리지 말라고 모두에게 당부했다. "좀 더 확실해지기 전까지는 기다려봅시다. 왜냐하면 속인들의 경솔함에서 나온 소문인지도 모르니까요. 또 우연히 그렇게 된 일인지도 모르고요" 하고 그는 양심에 약간 찔리는 듯 조심스럽게 덧붙였다. 하지만 그 말을 듣는 사람들이 파이시 신부가 자신이 덧붙인 말을 스스로 거의 안 믿고 있다는 인상을 확실히 받았다. 물론 '기적'은 수도원 전체에 즉시 알려지게 되었고, 예배 의식에 참석하기 위해 수도원에 온 많은 사람들도 이를 알게 되었다. 아마도 이루어진 기적으로 인해 누구보다도 더 많이 놀란 것은, 어제 먼 곳으로부터, 먼 북방의 오브도르스크에 있는 한 작은 수도원인 성 실베스트르 수도원에서 이곳 수도원으로 온 수도사인 듯했다. 이는 어제 호흘라코바 부인 옆에 서서 장로에게 경의를 표했던 사람으로, 호흘라코바 부인의 '나음 얻은' 딸을 가리키며, "어떻게 그런 일을 하실 수 있는지, 전 참 신기하기만 합니다" 하고 감격에 차서 말했던 바로 그 사람이었다.

그가 이제 이미 그 어떤 의혹 속에 처하게 된 것, 무엇을 믿어야 할지를 거의 모르는 상태에 놓이게 된 것이 문제였다. 그는 어제 저녁 무렵에, 양봉장 뒤쪽의 페라폰트 수도원 신부 거처로 가서 그 신부를 만났는데, 그 만남에서 아주 무섭고 강한 인상을 받고 심히 놀랐던 것이다. 나이가 많은 이 페라폰트 신부는 바로, 조시마 장로의 반대파라고 이미 언급된 적 있는, 절식 수행과 침묵 수행을 행하는 존경받는 최고령 수도사였다. 그가 반대하는 대상으로서 중요한 것은 바로 장로 제도였다. 그는 장로 제도를 해로운 신제이자 경솔함의 소치라고 간주했다. 이 반대파 인물은 매우 위험한 존재였다. 비록 그가 침묵 수행을 행하는 자로서 거의 누구와도 한마디도 말을 하지 않았음에도 불구하고 그랬다. 그가 위험한 존재였던 것은 무엇보다도, 많은 수도사들이 그와 공감을 했다는 점, 수도원을 찾아오는 속인들 중 많은 사람들이 그를 위대한 의인으로서, 고행자로서 존경했다는 점에 있다. 비록 그에게서 광인 같고 괴짜 같은 모습을 보면서도 말이다. 하긴 바로 그런 모습에서 끌리는 것이었다. 페라폰트 신부가 조시마 장로를 방문하는 적은 한 번도 없었다. 페라폰트 신부는 암자에 기거했음에도 암자 생활의 규칙 같은 것에는 별로 신경을 쓰지 않았다. 그것 역시 그가 아주 광인 같고 괴짜 같은 사람이기 때문이었다. 그는 나이가 적어도 만으로 일흔다섯은 됐고, 수도원 양봉장 뒤쪽, 담이 끝나는 곳에 있는, 오래되어 거의 쓰러져가는 목조 건물에 기거했다. 이 건물은 아주 오래전에, 그러니까 지난 세기에, 역시 절식 수행 및 침묵 수행을 행하던 위대한 이오나 신부를 위해 지어진 것이다. 이오나 신부는 105년을 살았고, 그의 위업에 대한 많은 흥미로운 이야기들이 현재까지 수도원 내에서나 그 주변에서 오가고 있다. 페라폰트 신부가 이 동떨어진 건물이 그에게 배당되도록 하는 결정을 마침내 따낸 것이 7년쯤 전이다. 이 목조 건물은 말하자면 하나의 농가였으나, 어떻게 보면 작은 예배당을 닮기도 했는데, 그것은 그 안에 기부된 성상들이 아주 많았고, 성상들 앞에는 항상 기부된 등불이 희미하게 켜져 있기 때문이다. 그런데 이 성상들을 관리하고 등에 불을 켜는 일을 페라폰트 신부가 맡았다. 사람들의 말에 따르면(그 말은 참말이었다) 이 신부는 사흘에 빵 단 2푼트*를 먹을 뿐이었다. 양봉장에서 양봉 일을 하는 사람이 사흘에 한 번씩 빵을 갖다주었으나, 페라폰트 신부는 자기에게 봉사하는 이 양봉 일 하는 사람과도 말을 아주 드물게만 나누었다. 낮예배 후 일요일의 성병[87]과 함께 수도원장이 정성껏 보내주는 이 빵 4푼트가 그의 일주일치 식량의 전부였다. 그가 마시는 컵 안의 물은 매일 갈아주었다. 오전 예배나 낮 예배에 그가 나타나는 적은 드물었다. 그가 하루 종일 무릎을 꿇고 한눈팔지 않고 기도만 하는 것을 지나가던 그의 추종자들이 목격하기도 했다. 혹 대화에 참여하는 적이 있으면 간단하게만 짤막짤막 끊어서 이야기했고, 상냥한 태도와는 늘 동떨어진 태도였다. 하긴 아주 드물게, 그가 수도원을 찾아온 사람들과 이야기를 나누는 적도 있었는데, 대부분의 경우 이해 안 가는 단어만을 말하곤 했으므로, 그를 방문한 사람들은 항상 그 뜻을 궁금해했고, 아무리 부탁해도 그는 설명하는 말을 한마디도 하지 않았다. 그는 성직자의 관등을 갖고 있진 않았고 그냥 수도사일 뿐이었다. 아주 이상한 소문이 돌았다. 물론 아주 무지한 사람들 사이에서 소문이 돈 것이긴 했지만, 페라폰트 신부가

---

* 푼트: 파운드와 동일시되는 중량 단위이다. 러시아 파운드, 즉 푼트는 약 410그램이다. - 역자 주

천상의 영들과 교통하며 오직 그들과만 대화를 나누기 때문에 사람들과는 이야기를 하지 않는다는 것이었다. 오브도르스크에서 온 수도사는 양봉 일을 하는, 역시 다분히 말수가 적고 무뚝뚝한 그 수도사가 가르쳐주는 대로, 양봉장을 거쳐서 페라폰트 신부의 거처가 있는 구석으로 갔다. "이방인이시니까 신부가 특별히 무슨 말을 할 수도 있겠고, 아니면 그 신부한테서 아무것도 못 얻어내실 수도 있을 거요" 하고 양봉 일을 하는 사람이 그에게 미리 말해줬다. 오브도르스크에서 온 수도사는, 그가 나중에 얘기해준 바에 따르면, 페라폰트 신부한테 가면서 무서워서 벌벌 떨었다. 시간은 이미 꽤 늦은 시간이었다. 페라폰트 신부는 그때 자기 거처의 입구 앞에 있는 낮은 벤치 위에 앉아 있었다. 그의 머리 위에서 커다란 늙은 느릅나무가 조금씩 소리를 냈다. 저녁때가 되자 차가운 바람이 불었다. 오브도르스크에서 온 수도사는 페라폰트 신부 앞에 엎드려 축복을 빌었다.

"내가 자네 앞에 엎드리길 원하나? 일어나게!" 하고 페라폰트 신부가 말했다.

수도사가 일어났다.

"남에게 축복을 하면 자신도 축복을 받는 걸세. 옆에 앉으시게. 어디서 왔나?"

수도사를 무엇보다도 놀라게 한 것은, 페라폰트 신부가 분명히 그렇게 심한 절식 수행을 하고 있으며 나이가 그렇게 많은 데도, 힘이 세어 보이고 키가 크고 자세가 곧고 등이 굽지 않았으며 얼굴에 생기가 돌며 몸이 말랐지만 건강했다는 것이다. 아직 힘이 꽤 많이 남아 있음이 분명했다. 체형이 운동선수의 체형이었다. 나이가 그렇게 많은데도, 전에 새까맸던 머리카락과 턱수염이 완전히 희어지지 않았고, 아직 숱이 다분히 많았다. 눈은 회색이고 크고 빛났지만, 놀랄 만치 너무 휘둥그런 눈이었다. 'ㅗ' 모음에 특히 강세가 두어지는 말투를 구사했다. 전에 쓰던 말대로 하면 거친 '죄수용 나사'로 지은, 불그스름한 색조가 도는 누런 긴 외투를 입었고, 두꺼운 밧줄로 띠를 띠었다. 목과 가슴은 드러나 있었다. 몇 달 간 벗지 않은, 거의 완전히 새까매진 두꺼운 리넨 재질의 셔츠가 외투 밑으로 보였다. 사람들은 그가 외투 밑에다 30푼트짜리 쇠사슬을 차고 다닌다고 말했다. 그는 오래되어 거의 다 떨어져 나간 신을 맨발에다 신은 채였다.

"오브도르스크에 있는 성 셀리베스트르*라는 작은 수도원에서 왔습니다" 하고 수도사가 순종적인 어투로 대답했다. 그러면서 호기심에 찬 재빨리 움직이는 눈으로 신부를 바라보았다. 그의 눈에 약간 겁먹은 표정이 어린 것도 사실이었다.

---

* 셀리베스트르라는 이름은 실베스트르라는 이름의 변형이다. - 역자 주

"나도 셸리베스트르한테 갔었네. 거기서 지낸 적 있어. 셸리베스트르 신부는 건강하신가?"

수도사는 무슨 말을 할지 몰라 주저했다.

"당신들은 말이 안 통하는 사람들이구먼! 재계를 어떻게들 지키시나?"

"우리 음식 담당 수도사가 옛 암자 규칙대로 이렇게 합니다. 사순제[88] 기간 월요일, 수요일, 금요일에 음식을 주지 않습니다. 화요일과 목요일에는 수도사들에게 흰 빵, 과일을 달인 꿀물, 볶은 귀리가루나 보리가루와 버무린 진들딸기나 소금에 절인 양배추가 나옵니다. 토요일에는 신선한 양배추를 넣고 끓인 수프, 면이 들어간 완두콩 수프, 과일 즙이 들어간 죽이 버터랑 같이 나옵니다. 주일에는 양배추 수프에 생선 말린 것과 죽이 나옵니다. 고난주간[89]에는 월요일부터 토요일 저녁까지 엿새 동안 빵과 물만 먹고, 푸른 채소를 날로 먹되, 절제해가며 먹습니다. 즉, 먹어도 되지만 매일 먹으면 안 되는 것입니다. 왜냐하면 첫 주에 대하여 그렇게 언급되었기 때문입니다. 성금요일에는 아무것도 먹으면 안 됩니다. 성토요일에도 역시 저희는 두 시까지 금식하다가 두 시가 되면 빵과 물을 조금 먹고, 포도주를 한 잔씩 마십니다. 성목요일[90]에는 버터 없이 잼을 먹고, 포도주를 마시고 채소와 과일 날것 혹은 절인 것을 먹습니다. 왜냐하면 라오디게아 공회에서 성목요일에 관한 내용이 다음과 같기 때문입니다.[91] '사순제 마지막 주 목요일에 허락함으로써 사순제 전체를 망쳐서는 안 되느니라.' 저희가 하는 것은 그렇습니다. 하지만 위대하신 신부님께서 하시는 것과 어찌 비교할 수 있겠습니까?"

수도사가 조금 자신을 얻고 말을 계속 이었다.

"왜냐하면 1년 내내, 부활절에마저도 빵하고 물만 드시지 않습니까. 저희가 이틀 만에 먹어 치우는 빵을 신부님께서는 일주일 내내 드시지 않습니까. 신부님의 그런 절제는 진실로 놀랍고 위대하십니다."

"버섯은?"

갑자기 페라폰트 신부가 물었다. [g] 발음 대신 [y] 발음을 했다. 거의 [x] 발음에 가까웠다.*

"버섯이요?"

수도사가 놀라서 되물었다.

"응. 난 저 사람들이 주는 빵을 이제 안 받을 거야. 전혀 필요하지 않아. 숲으로 가든지 해야지. 숲에서 버섯이나 산딸기를 먹고 살아야지. 저 사람들은 여기서 빵을 계속 먹을 수밖에 없겠지. 요즘 돼먹지 않은 놈들이 그러던데. 그렇게까지 절식할

---

* '버섯', 특히 여기서 말하는 '젖버섯'에 해당하는 표준 러시아어 단어의 발음은 [gruz'd'i]인데, 페라폰트 신부가 [g] 발음 대신에 [y] 발음을 했다는 것이다. 후설파열음 대신에 후설 마찰음을 발음하는 이런 현상은 주로 남부 러시아 방언에서 나타난다. - 역자 주

필요 없다고. 그놈들의 판단은 교만하고 막돼먹은 판단이야."

"옳으신 말씀입니다."

수도사가 한숨을 쉬면서 맞장구를 쳤다.

"그놈들한테서 악마들을 봤나?" 하고 페라폰트 신부가 질문했다.

"'그놈들'이란 누구를 말씀하시는 겁니까?" 하고 소심한 말투로 수도사가 물었다.

"내가 작년 수도원장한테 거룩한 오순절92에 갔었고, 그 이후론 안 갔었어. 그때 난 봤지. 어떤 놈한테는 가슴에, 법의 밑에 악마가 숨어서 얼굴만 내놓고 있고, 또 어떤 놈한테는 주머니에 들어앉아 살짝 내다보면서 눈을 이리저리 굴리고 있어. 나를 무서워하는 거지. 또 어떤 놈한테는 악마가 배에 들어가 앉았어. 그 더럽기 짝이 없는 배에. 또 어떤 놈한테는 악마가 목에 매달려 있어. 그놈은 그렇게 악마를 달고 다니는 거야. 그러면서 보지도 못해."

"신부님은 그게 보이세요?" 하고 수도사가 물었다.

"보인다니까. 다 보여. 수도원장 거처를 떠나면서 봤더니, 악마 한 놈이 문 뒤에 숨어서 나의 동태를 살피고 있더구면. 큰 놈이었어. 키가 1.5아르신은 됐어. 아니면 그보다 좀 크거나. 꼬리는 길고 굵고, 불그스름한 갈색인데, 꼬리 끄트머리가 문틈에 있었어. 내가 그 틈을 안 놓치고 잽싸게 문을 쾅 닫아버렸지. 꼬리가 문에 끼었지. 꽥 소리를 지르면서 펄쩍펄쩍 뛰는데 그 앞에서 내가 십자가 성호를 세 번 그었지. 그러자 발에 밟힌 거미처럼 뭐지더구먼. 지금쯤 한구석에서 썩어 악취가 나겠지만 거기 있는 사람들은 보지도 못하고 냄새도 못 맡아. 내가 거길 안 간 지 1년이 됐는데 말이야. 자네는 어차피 외지 사람이니까 말해주는 거야."

"위대하시고 거룩하신 신부님의 그 말씀을 들으니 저도 모르게 막 겁이 나네요."

수도사가 점점 더 자신 있게 말하게 되었다. 그는 또 이렇게 말했다.

"신부님께서 끊임없이 거룩한 영과 교통하신다는 명망이 먼 곳에까지 퍼져 있습니다. 그것이 사실인지요?"

"내려오기도 해."

"어떻게 내려오는데요? 어떤 모습으로요?"

"새의 모습으로."

"거룩한 영이 비둘기의 모습을 띠나요?"[93]

"거룩한 영은 그렇겠지만 이건 성령이야. 성령은 다른 새의 모습으로도 내려올 수 있어. 어떤 때는 제비의 모습으로, 어떤 때는 방울새의 모습으로, 어떤 때는 박새의 모습으로."

"그게 성령인지 아니면 진짜 박새인지 어떻게 아세요?"

"말씀하시거든."

"어떻게 말씀하시는데요? 어떤 말로요?"

"사람의 말로."

"무슨 말씀을 하시는데요?"

"오늘 말씀하시길, 바보가 와서 쓸데없는 질문을 할 것이라고 하셨어. 수도사 양반, 너무 많이 알려고 하지 마."

"히시는 말씀이 아주 안 좋은 말씀이시네요, 지극히 거룩하신 신부님."

수도사가 머리를 절레절레 흔들었다. 그의 겁먹은 눈동자에는 못 믿겠다는 기색이 서렸다.

"이 나무가 보이나?"

어느 정도 말없이 가만있다가 페라폰트 신부가 물었다.

"보입니다, 지극히 거룩하신 신부님."

"자네가 볼 때는 느릅나무이겠지만 내가 보는 건 다른 장면일세."

"어떤 장면인데요?"

이렇게 묻고 수도사는 그리 대단한 것은 기대하지 않겠다는 심정으로 입을 다물고 가만있었다.

"밤에 나타나곤 해. 여기 굵은 가지 두 개가 보이나? 밤에 이게 그리스도의 팔이 되어, 그리스도가 내 쪽으로 팔을 벌리고 나를 찾아오는 거야. 난 그게 분명히 보여. 얼마나 무서운지 알아? 너무 무서워서 난 벌벌 떨어."

"그리스도인데 왜 무서우세요?"

"날 붙잡아 하늘로 데리고 갈까 봐."

"살아 계신 신부님을요?"

"'엘리야의 심령과 능력으로'라는 말도 못 들어 봤나?[94] 안아 갖고 데려갈 거야."*

　오브도르스크에서 온 수도사는 이곳 수도원의 수도사들 중 한 사람의 방에서 묵도록 정해져 있었기에, 그는 이 대화 뒤에 그리로 돌아갔다. 돌아가면서 그는 다분히 강한 의혹에 싸여 있었지만, 그의 마음은 아무래도 조시마 신부 쪽보다는 페라 폰트 신부 쪽으로 더 쏠려 있었다. 오브도르스크에서 온 수도 사는 일단 절식 수행을 찬성하는 사람이었다. 그래서, 페라폰 트 신부 같은 위대한 절식 수행자가 기적을 목격하는 것은 그 리 놀랄 만한 일이 아니라고 여겼다. 페라폰트 신부의 말이 애 매모호한 것은 사실이었지만, 그 말 속에 무슨 의미가 있는지 주는 아실 것이라고 생각했다. 또 그리스도를 위해 힘쓰는 괴 짜 성인들의 말과 행동이 이상한 것은 당연했다. 악마의 꼬리 가 문에 끼였다는 이야기를 그는 비유적인 이야기에 불과하다 고 생각하지 않았고, 그 이야기가 실지의 일을 말한 것이라고

---

* 구약성경 열왕기하 2장에 나오는, 엘리야가 산 채로 하늘로 올라간 사건을 염두에 두고 하는 말이다. - 역자 주

마음을 다해 기꺼이 믿을 자세가 되어 있었다. 그 밖에도 그는 이 수도원에 오기 전과 마찬가지로 장로 제도의 해악에 관한 굳은 선입견을 지니고 있었다. 이 수도원에 오기 전까지는 장로 제도에 대해서 이야기를 통해서만 들었는데, 새로 세워진 제도인 장로 제도가 해악이 심하다고 확신하는 다른 많은 사람들에 꺼묻혀 딩달아 확신을 깊고 있었다. 이 수도원에 어느 정도 익숙해진 다음에 그는, 다분히 경솔한 자세로 장로 제도를 마음에 안 들어하는 몇몇 수도사들이 암암리에 투덜거리는 소리를 들을 수 있었다. 게다가 그는 여기저기 부지런히 뛰어 다니면서 큰 호기심을 드러내며 이 일 저 일 다 관여하기를 좋아하는 성격이었다. 바로 그랬기 때문에, 조시마 장로가 행한 새로운 '기적'에 대한 놀라운 소식이 그의 마음을 갈팡질팡하게 했다. 알렉세이는, 조시마 장로의 거처로 몰려들던 수도사들 중, 어디에서든 사람들이 많이 몰려 있는 곳에선 꼭 빠지지 않는, 이야기란 이야기는 다 귀 기울여 듣고 이 사람 저 사람에게 질문을 던지곤 하는 이 호기심에 가득 찬 오브도르스크 출신 수도사의 모습도 여러 번 눈에 띈 것을 나중에 기억해냈다. 비록 그를 군중 가운데서 볼 당시에는 관심을 별로 안 가졌었지만, 나중에 가서 기억을 더듬어보니 그가 눈앞에서 자주 왔다 갔다 했었다는 게 기억난 것이다. 당시에는 물론 알렉세이가 그에게 신경을 쓸 겨를이 없었다. 다시금 피곤을 느끼고 침상에 누운 조시마 장로가 이미 눈이 자꾸만 뒤집히는 상태에서 알렉세이를 자기한테 오라고 부른 것이다. 알렉세이는 즉시 달려왔다. 그때 장로 옆에는 파이시 신부와 수도사제 이오시프 신부와 수도사 지망생 포르피리만 있었다. 장로는 피곤에 지친 눈을 떠 알렉세이를 똑바로 쳐다보면서 갑자기 물었다.

"아들아, 가족들이 네가 오기를 기다리고 있느냐?"

알렉세이는 어떻게 대답해야 할지 몰랐다.

"너를 필요로 하지 않더냐? 혹시 어제 네가, 오늘 누구를 찾아가겠다고 약속하지 않았느냐?"

"약속했습니다. 아버지께, 형들한테, 또 다른 사람들한테도 약속했습니다."

"그럴 줄 알았다. 반드시 가거라. 슬퍼하지 마라. 내가 이 땅에 살면서 마지막으로 할 말을 너한테 하지 않고서 너 없을 때 죽지는 않을 거라는 걸 알기 바란다. 아들아, 마지막 말을 너한테 하련다. 너한테 유언을 남기련다. 사랑하는 아들아, 네가 나를 사랑하므로 그렇게 하련다. 지금은 네가 찾아가겠다고 약속한 사람들에게 가거라."

알렉세이는 비록 떠나는 것이 부담스러웠지만 그 말에 당장 복종했다. 하지만 다른 사람이 아니라 바로 자기가 장로의 마지막 말을, 유언을 듣게 되리라는 말로 인해 그는 무척 기분이 좋았다. 그는 읍내에 가서 모든 일을 끝내고 빨리 돌아오기 위해 서둘렀다. 마침 파이시 신부가 길을 떠나는 그에게 축복의 말을 해주었다. 그 말은 그가 파이시 신부와 함께 조시마 장로의 거처에서 나왔을 때 파이시 신부가 해준 말로서, 그에게 예상외로 매우 강한 인상을 남겼다. 파이시 신부는 아무 뜸도 들이지 않고 직선적으로 이렇게 말했다.

"얘야, 항상 기억해둬라. 세상의 학문들이 연합하여 특히 금세기에 들어 큰 힘을 이루어, 성스러운 책들을 통해 우리에게 주어진 모든 하늘의 약속들을 파헤쳐놓았고, 전에 있던 성물들 중 이 세상 학자들의 잔혹한 분석 뒤에 남은 것은 아무것도 없게 되었다. 하지만 파헤치긴 파헤쳤으되 각 부분들을 파헤친 것이고, 전체적인 것은 그들이 간과하였다. 간과하여도 눈이 얼마나 멀었기에 그렇게 심하게 간과할 수 있었나 놀랄 정도이다. 전체적인 것이 그들의 눈앞에 전처럼 견실히 서 있는 이상 음부의 권세가 그것을 이기지 못할 것이다.[95] 그것이 19세기를 살아왔고, 지금도 각 심령의 움직임 속에서와 국민 대중의 움직임 속에서 살고 있지 않느냐? 모든 것을 파괴한 무신론자들의 심령의 움직임 속에서마저 그것은 전과 마찬가지로 견실히 살아 있다! 왜냐하면 크리스트교를 부인하고 이에 맞서는 사람들 역시 본질적으로, 그리스도의 형상과 같은 형상을 하고 있고, 그것에서 변하지 않았기 때문이다. 그들이 아무리 지혜

롭다 하여도, 그들의 마음의 열정이 아무리 강하다 하여도 그들은 인간에게, 인간의 존엄성을 받쳐줄 만한 다른 더 고귀한 형상을, 그리스도에 의해 오래전에 정해진 형상보다 더 고귀한 형상을 지금까지 만들어내지 못했다는 것이다. 그 어떤 시도가 있었으되, 결과적으로 추악한 것만 나온 것이다. 애야, 이것을 특히 잘 기억해두어라. 왜냐하면 세상을 떠나는 중에 있는 너의 장로의 말씀에 따라 네가 세상으로 나가는 것이기 때문이다. 어쩌면 나중에 네가 오늘 같은 이렇게 중요한 날을 기억에 떠올리면 너의 길을 진심으로 축복하기 위해 내가 한 말도 잊지 않을 수 있을 거다. 너는 젊고 세상의 유혹은 강하여, 너 혼자의 힘으로는 그걸 견디기 어려울 거다. 자, 그럼 비록 홀로 길을 떠날지언정, 이제 가보도록 해라."

파이시 신부가 그렇게 말하면서 알렉세이를 축복해주었다. 알렉세이는 수도원에서 나오면서, 갑작스레 듣게 된 이 모든 말들을 잘 되씹어보았다. 그러다 문득 그는, 여태까지 그를 엄하고 모질게 대해 오던 이 파이시 신부에게서 이제 그가 기대치 않았던 새로운 지지자의 모습을 발견한 것이며, 이로써 그를 열렬히 사랑하는 새 지도자를 만난 셈이라는 것을 깨달았다. 마치 조시마 장로가 죽음을 앞에 두고 그에게 새 지도자를 지정해준 것 같은 느낌이었다. '실제로 그 두 분 사이에 그런 인수인계가 행해졌을 수도 있다' 하는 생각이 갑자기 알렉세이에게 들었다. 그가 예상치 못했었던, 방금 파이시 신부에게서 들은 그 이성적인 발언이야말로 파이시 신부의 뜨거운 마음을 말해주는 것이었다. 그는 이미 서두르고 있었다. 자신의 젊은 지성으로 하여금 유혹과의 싸움을 위한 준비 태세를 가능하면 빨리 갖추게 하기 위해, 또한 축복받은 자기의 젊은 영혼에 싱싱힐 수 없을 정도로 견고한 올티리를 치기 위해.

II
아버지 집에 갔더니

알렉세이는 일단 아버지한테 갔다. 아버지 집에 거의 다 와갈 때 그는, 아버지가 전날 저녁에 자기한테, 이반 형이 눈치 못 채도록 가능하면 살짝 들어와달라고 아주 간곡히 부탁하던 것을 기억해냈다. '왜 그래야 되는 거지?' 하고 그가 생각했다. '아버지가 나한테만 뭔가를 살짝 말해주고 싶으신 것일지라도, 왜 살짝 들어가야 되지? 아버지가 어제 흥분하신 상태에서 나한테 무슨 전혀 새로운 말을 하시고 싶은데 미처 못 하신 것 같았어' 하고 그는 결론을 냈다. 어쨌든 그에게 대문을 열어준 마르파 이그나치예브나(그리고리는 병이 나서 자기 거처에 몸져누웠다고 했다)에게 그가 던진 이반 표도로비치에 대한 질문에 대해 이반 표도로비치가 이미 두 시간 전에 집에서 나갔다고 그녀가 대답했을 때 그는 아주 기뻤다.

"아버지는요?"

"일어나셨어요. 커피 마시고 계세요."

마르파 이그나치예브나가 왠지 냉랭하게 대답했다.

알렉세이가 집에 들어갔더니 아버지는 구두를 신고 낡은 겉옷을 입은 채 식탁 앞에 혼자 앉아, 무슨 계산서 같은 것을 재미 삼아 대충 훑어보는 중이었다. 본채에는 아버지 혼자만 있었다(스메르쟈코프도 점심때 필요한 식료품을 사러 나갔다). 하지만 계산서에 정신을 빼앗기고 있지는 않았다. 비록 아침 일찍 자리에서 일어나 부지런을 떨고 있었지만, 그래도 모습에서 피곤함과 쇠약함이 묻어났다. 피하 출혈이 밤사이에 검붉은 색으로 더 번진 그의 이마가 빨간 머플러로 동여매어져 있었다. 코도 밤사이에 더욱 퉁퉁 부었고, 눈에 아주 잘 띄는 것은 아니지만 코에도 멍든 부분이 몇 군데 있었다. 그것 때문에 그의 얼굴 전체가 특히 성난 모습으로 보였다. 그 자신이 그것을 알고 있었기 때문에, 들어오는 알렉세이에게 그리 다정스럽지 못한 눈길을 주면서 날카롭게 소리쳤다.

"커피가 식어서 권하지 않을 거야. 야, 나 오늘 혼자서만 간단하게 먹기로 했어. 왜 왔어?"

"아버지 몸 상태가 좀 어떤지 궁금해서요" 하고 알렉세이가 말했다.

"아, 참, 그거 말고도 어제 내가 너보고 오라고 그랬었지? 괜히 그랬네. 굳이 신경 안 써도 됐었는데. 하긴 뭐, 어쨌든 네가 당장 올 거라고 생각은 했었지."

그는 아주 기분 나쁜 투로 이 말을 했다. 그러면서 자리에서 일어나 걱정스러운 표정을 하고 거울로 자기 코를 들여다보았다(어쩌면 아침부터 지금까지 거울을 본 게 이번이 마흔 번째쯤 될 것이다). 이마도 좀 더 신경 쓰느라고 일부러 빨간 머플러로 묶은 것일 테다.

"빨간 걸 매니까 좀 낫네. 하얀 건 병원 분위기가 나."

그게 마치 무슨 멋있는 말이라도 되는 듯이 그렇게 이야기하고서 그가 물었다.

"그래, 너 있는 곳은 어때? 장로는 좀 어때?"

"건강이 아주 안 좋으세요. 어쩌면 오늘 돌아가실지 몰라요."

알렉세이가 대답했으나 아버지는 굳이 들으려 하지도 않았고, 게다가 자기가 한 질문을 곧바로 잊어버렸다. 그러다 갑자기 말했다.

"이반은 나갔다. 드미트리의 약혼녀를 가로채려고 온 힘을 다 기울여. 바로 그 목적으로 여기서 사는 거야."

마지막 말을 할 때 그는 화가 난 듯 입술을 비틀면서 알렉세이를 쳐다보았다.

"형이 아버지한테 직접 그렇게 말했어요?" 하고 알렉세이가 물었다.

"그렇게 말한 지가 벌써 언젠데? 글쎄, 한 3주 전인 거 같다. 설마 날 몰래 죽이려고 여기 온 건 아닐 거 아냐? 올 때 무슨 목적은 있어야 하는 거고."

"아버지도 참, 무슨 말씀을 그렇게 하세요?" 하고 알렉세이가 당황해서 말했다.

"돈을 달라고 하지도 않지. 하긴 물론 달라고 해도 나한테서 단 한 푼도 못 받을 테지만. 나는 말이야, 사랑하는 알렉세이 표도로비치야, 될 수 있으면 이 세상에 오래 살 계획이야. 그래서 나한테는 1코페이카도 중요하다는 걸 너희들이 좀 알았으면 해. 그리고 오래 살면 오래 살수록 그 1코페이카가 더욱더 중요해져."

그는 촘촘하게 짠 삼베 재질의 노란 겉옷, 그 때문은 헐렁한 겉옷의 호주머니에 양손을 찔러 넣고 거실의 이쪽저쪽을 왔다 갔다 하며 말했다.

"난 지금 아직 남자야. 만으로 쉰다섯밖에 안 됐어. 나는 아직 20년 정도는 남자의 길을 걷고 싶어. 늙어버리면 추해져서 그것들이 스스로 원해서는 나한테 안 오게 돼 있어. 바로 그때 돈이 필요한 거야. 그래서 나는 지금 내 자신만을 위해서 될 수 있으면 많이 쌓아놓는 거야. 나의 사랑하는 아들 알렉세이 표도로비치야. 그걸 너희들이 좀 알았으면 해. 왜냐하면 난 끝까지 속물로 살고자 하거든. 그걸 너희들이 좀 알았으면 해. 속물적인 삶이 더 달콤해. 사람들이 그런 삶을 다 욕하지만, 그러면서도 그런 삶들을 살고 있어. 물론 다들 몰래 그렇게 하지. 나는 숨기지 않는 거고. 그런 나의 정직성 때문에 내가 모든 다른 속물들한테서 욕먹는 거라고. 난 알렉세이 표도로비치 네가 추구하는 천국에는 가고 싶지 않아. 그걸 네가 좀 알았으면 해. 정상적인 사람이라면 네가 추구하는 천국에 가는 게 어딘지 좀 이상해. 천국에 그런 사람이 혹 있다 하더라도 말이야. 내 생각으로는, 잠들었다가 깨어나지 않는 거, 그냥 그거야. 그리고 아무것도 없는 거. 내 생각이 맞지 않니? 글쎄, 날 이해하려면 이해하고, 이해하기 싫으면 맘대로들 해라. 이게 내 철학이야. 어제 이반이 여기서 말 잘했어. 물론 우리가 다들 취했었지만. 이반은 잘난 척하는 거야. 자기가 배워봤자 또 얼마나 배웠겠어? 이렇다 할 교육을 제대로 받은 것도 아니잖아. 말 안하고 가만있으면서 널 보며 비웃고 있어. 걔는 그게 다야."

알렉세이가 아버지의 말을 말없이 들었다.

"걔는 왜 나하고 말을 안 하는 거야? 간혹 말을 하면 거만이나 떨고 말이야. 네 형 이반은 재수 없는 놈이야! 난 그루셴카랑 결혼할 거야, 내가 그럴 마음만 먹는다면 그건 쉬워. 돈이 있으면, 마음만 먹으면 뭐든 할 수 있기 때문이야, 알렉세이 표도로비치야. 모든 것이 가능해. 이반은 바로 이걸 걱정해서 날 감시하고 있는 거지. 나 결혼 못 하게 말이야. 그 목적으로 드미트리를 그루셴카랑 결혼하도록 부추기는 거야. 그렇게 해가지고 나를 그루셴카한테서 떼어놓으려고(내가 그루셴카랑 결혼 안 하면 자기한테 행여 돈을 남겨줄까 봐서?). 또 한편으론 드미트리가 그루셴카랑 결혼하면 이반이 드미트리의 돈 많은 약혼녀를 자기가 가지려고 하는 거지. 그런 계산인 거야, 네 형 이반이. 어휴, 재수 없는 놈!"

"아버지 왜 그렇게 신경이 날카로우세요? 어제 일 때문에 그러신 거 같아요. 가서 누우시는 게 낫지 않을까요?" 하고 알렉세이가 말했다.

"네가 그런 말을 하면……"

표도르 파블로비치가, 마치 자기가 처음으로 깨달은 사실을 말하는 듯 말했다.

"나는 너한테 화를 안 내. 하지만 이반이 나한테 그거랑 똑같은 말을 했다고 치면, 나는 화를 냈을 거야. 너하고 있을 때만 내 마음이 선량해져. 난 원래 나쁜 사람인데도."

"아버지 나쁜 사람 아니세요. 좀 일그러지긴 하셨지만요" 하면서 알렉세이가 미소를 지었다.

"야, 내가 드미트리 저 깡패 새끼를 오늘 감방에 처넣으려고 했었는데, 지금 생각하니 어떻게 해결을 할지 모르겠어. 요즘 세상에 부모 공경을 어찌 요구할 수 있겠냐마는, 그래도 늙은 애비 머리끄덩이 잡아당기는 건 요즘도 허락이 안 돼 있잖아. 넘어진 애비 얼굴을 발로 차는 것도. 그것도 애비 집에서. 게다가 다시 와서 죽여버리겠다고 으름장을 놔? 증인들이 다 보고 있는데? 내가 만약 마음만 먹는다면, 그놈 혼 좀 나보라고, 어제 일 가지고 그놈을 감방에 처넣을 수 있어."

"그런데 진짜 그렇게 하실 거는 아니죠?"

"이반이 그러지 말래. 사실 이반이 뭐라 하든 상관 안 해버릴 수도 있는데, 나 스스로가 생각하는 게 있어서……."

그 말을 하고는 알렉세이 쪽으로 몸을 구부려, 은밀한 일인 양 목소리를 반쯤 죽여서 이렇게 말했다.

"내가 그 비열한 놈을 감방에 처넣어버리면 그 아이가 소문을 들을 거 아냐? 내가 그놈을 감방에 처넣었다고. 그러면 곧장 그놈한테 달려갈걸. 그런데 그놈이 나를, 이 연약한 노인을 반쯤 죽도록 팼다는 소문을 만일 오늘 듣게 되면, 그 아이가 그놈을 버릴지도 모르잖아. 게다가 나한테 와볼 수도 있는 거고. 사람들 마음이 다 그렇잖아. 피해자 편을 들게 돼 있잖아. 난 그 아이를 너무 잘 알아. 야, 참, 코냑 한잔 안 할래? 커피라도 좀 해. 식은 거. 내가 커피에다 반의반 잔만 따라줄게. 그러면 딱 좋아. 아주 감칠맛이야."

"아니에요. 감사하지만 사양할래요. 차라리 이 빵을 좀 가져

갈게요. 그래도 괜찮다면."

알렉세이가 그렇게 말하고 3코페이카짜리 바게트 빵을 집어 법의 호주머니에 넣었다.

"코냑은 아버지도 안 드시면 좋겠어요."

그가 아버지의 얼굴을 들여다보면서 조심스럽게 충고했다.

"네가 말하는 진리라는 거, 난 그거 못 참겠다. 그게 나한테 평안을 주지 못해. 그리고 딱 한 잔만 하겠다는데……. 장에서 꺼내야지……."

그가 열쇠로 장을 열고 한 잔을 따라서 마신 뒤 장을 잠그고 열쇠를 도로 호주머니에 넣었다.

"이러면 됐잖아. 한 잔 가지곤 안 죽어."

"지금 더 선량해지신 것 같네요" 하고 알렉세이가 미소를 띠었다.

"그럴까? 난 코냑 없이도 널 사랑하는 건 마찬가지야. 하지만 비열한 놈들을 대할 땐 나도 비열해져. 이반이 체르마쉬냐에 왜 안 가려 하는지 알아? 여기서 스파이 행위를 해야 되기 때문이야. 그루셴카가 오는 경우에 내가 그루셴카한테 돈을 얼마나 많이 주는지 말이야. 다 재수 없는 놈들뿐이야! 난 이반은 인정하지도 않아. 나 이반을 알지도 못해. 어디서 그런 놈이 나타난 거야? 성격이 우리랑 완전히 달라. 내가 그놈한테 뭔가를 남겨줄까 봐? 어림도 없지. 유언도 안 남길 건데. 그걸 너희들이 좀 알았으면 해. 드미트리는 내가 아주 짓밟아놓을 거야. 바퀴벌레처럼. 그 시꺼먼 바퀴벌레들 난 밤마다 구두로 밟아 죽이거든. 밟으면 바지직 소리가 나. 네 형 드미트리도 바지직 소리 내게 될 거야. 내가 일부러 '네' 형이라 그런다. 네가 그놈 좋아하니까. 네가 그놈 좋아하는 거는 나 겁 안 난다. 근데 만약 이반이 드미트리를 좋아했다면 내가 더 불리했을 거야. 그런데 이반은 그 누구도 좋아하지 않아. 이반은 우리랑 비슷한 사람이 아니야. 이반 같은 사람들은 우리가 아니라 타인이야. 그런 사람들은 이는 먼지와도 같아. 바람이 불면 먼지는 날아간단 말이야. 어젠 내가 너보고 오늘 오라고 말하면서 생각한 게 하나 있었어. 너를 통해 드미트리에 대해 알아내려고 했었어. 만약 내가 지금 그놈한테 천이나 2천 정도 주면 그 돈 없고 못난 놈이 완전히 내 눈앞에서 없어지겠다고 할까? 한 5년 정도는. 아니, 한 35년 정도가 낫겠다. 물론 그루셴카는 놔두고 없어져야지. 그놈이 그루셴카를 완전히 포기해야지. 응? 어떻게 생각해?"

"제가……, 제가 한번 물어볼게요. 3천을 다 주신다면야 당연히 형이……"

알렉세이가 웅얼거렸다. 그러자 표도르 파블로비치가 손을 내저으며 말했다.

"거짓말하지 마! 인제 물어볼 필요도 없어. 아무것도 필요

444

없어! 내가 생각을 바꿨어. 한번 그래 볼까 생각한 건 어제였
어. 그런 바보 같은 생각이 났던 거야. 조금도 안 줄 거야. 한
옴큼도. 내 돈은 나 자신한테 필요해. 그놈한테 돈을 안 주고
그냥 바퀴벌레처럼 짓밟아버릴 거야. 그놈한테 아무 말도 하
지 마. 말했다간 그놈 또 희망을 걸지 모르니까. 너도 인제 내
집에서 할 일이 별로 없어. 가봐. 그놈 약혼녀 있잖아. 카체리
나 이바노브나 말이야. 그놈이 자기 약혼녀를 나한테 안 보여
주고 계속 꼭꼭 숨겨왔는데, 그래, 그 약혼녀가 그놈이랑 결혼
을 하겠대? 어제 너 그 약혼녀한테 갔었던 거 아냐?"

"그분이 형을 절대로 포기하지 않으려 해요."

"그런 어여쁜 아가씨가 돼가지고 어떻게 그따위 놈을 좋아
한대? 그런 방탕아에다가 못돼 처먹은 놈을! 얼굴은 멀쩡하게
새하얀 아가씨들이 왜들 그렇게 틀려먹은 거야? 그러느니 차
라리……. 에이! 내가 그놈 나이라면 말이야, 그 나이 때 내 얼
굴이라면 말이야(나 만 스물여덟일 땐 그놈보다 잘생겼거든), 나도
그놈과 똑같이 승승장구했을 거야. 그놈 사기꾼이야! 하지만
그루셴카는 얻지 못할 거야, 암, 얻지 못하고말고. 꼴좋게 만들
어놓을 거야!"

그는 또다시, 말을 하면 할수록 더욱 노여움에 사로잡혔다.

"너도 가봐. 오늘 내 집에서 네가 할 일은 아무것도 없어."

그가 격하게 잘라 말했다.

알렉세이가 인사를 하러 다가가, 어깨에 입을 맞췄다.

"너 이거 왜 이래?"

표도르 파블로비치가 조금 놀라서 말했다.

"또 볼 거잖아. 다시 못 볼 거라는 생각이냐?"

"아뇨. 그냥 어쩌다 보니 그런 거예요."

"나도 어쩌다 보니 그런 거야."

표도르 파블로비치가 얼굴을 쳐다보며 말했다.

"야, 너 있잖아,"

그가 돌아서 가는 알렉세이의 등에다 대고 소리쳤다.

"인제 또 금방 와야 돼, 응? 생선 수프 먹으러 와. 아주 특별하게 끓일 테니까 꼭 와, 응? 오늘은 말고 내일 와. 알겠지? 내일 와!"

알렉세이가 문을 나서자마자 그는 다시 장으로 다가가 반 잔을 더 마시고, "크~!" 소리를 낸 뒤에, "인제 더 이상 안 마실 거야!" 하고 혼잣말을 하면서 장을 도로 잠그고 열쇠를 도로 호주머니에 집어넣었다. 그다음 침실로 가서 침상에 힘없이 푹 쓰러져 곧장 잠이 들었다.

III
어린 학생들과 겪은 일

한편 알렉세이는 아버지 집을 나서 호흘라코바 부인의 집으로 향하면서, '아버지가 그루셴카에 대해서 나한테 안 물어봤으니 다행이다. 물어봤다면 어제 그루셴카와 만났던 얘기를 해야 됐을 뻔했잖아' 하고 생각했다. 알렉세이는 어젯밤 영혼의 전사들이 새로운 힘을 비축하였으나 오늘에 이르자 그들의 마음이 다시금 돌처럼 굳은 것을 느꼈다. '아버지가 아주 저 기압이야. 뭔가 엉뚱한 생각에 갇혀 있어. 드미트리 형은 어떨까? 형 역시 밤사이 마음이 완악해져서 화가 나 있겠지. 역시 무슨 엉뚱한 계획을 세워놓았겠지. 오늘 무슨 일이 있어도 꼭 형을 찾아내야 해.'

하지만 알렉세이는 오래 생각에 잠겨 있을 수가 없었다. 가는 길에 하나의 일이 터졌기 때문이다. 얼핏 보면 그리 중요한 일은 아닌 것 같았음에도 불구하고 그는 많이 놀랐다. 그가 광장을 지나, 볼사야 거리로 도랑(우리 읍에는 도랑이 아주 많다) 하나를 경계로 평행으로 놓인 미하일로프스키 거리로 나가기 위해 골목으로 꺾자마자, 그는 아래쪽, 다리 앞에서 어린 학생들의 작은 무리를 보았다. 모두 열 살 남짓으로 보였다. 그들은 학교에서 집으로 돌아가는 길이었다. 어떤 애들은 배낭을 어깨에 멨고, 어떤 애들은 벨트가 달린 가죽 색을 어깨에 걸쳤고, 어떤 애들은 점퍼를 입었고, 어떤 애들은 코트를 입었고, 어떤 애들은 무릎 부분에 주름이 지는 장화를 신었다. 그런 장화를 신은 애들은 아버지가 부자여서, 특히 멋 부리기를 좋아하는 부류였다. 이 아이들은 모두 함께 무슨 진지한 이야기를 열심히 나누고 있었다. 무슨 회의를 하는 것 같았다. 알렉세이는 아이들을 모른 척 그냥 지나가는 적이 한 번도 없었다. 모스크바에 있을 때도 그랬다. 그는 물론 네댓 살쯤 된 아이들을 제일 좋아했지만, 열한두 살 된 아이들 역시 좋아했다. 그래서, 비록 지금 알렉세이가 곰곰이 생각에 잠겨 있던 터였으나, 갑자기 아이들 쪽으로 다가가 대화에 참여하고 싶어졌다. 아이들의 발그스름하고 생기가 도는 얼굴을 들여다보면서 다가가다가 그는 갑자기 소년들이 모두 손에 돌을 하나씩, 혹은 두 개씩 들고 있는 모습을 보았다. 도랑 건너편에도, 이 소년들의 무리와 30보쯤 떨어진 위치에 한 어린 학생이 서 있었다. 그 역시 옆구리로 늘어진 색을 걸쳤으며, 키로 보아 열한두 살 된 것 같았다. 어쩌면 좀 더 어린 듯했다. 얼굴은 창백하고 몸이 약해 보였고, 새까만 눈은 반짝반짝 빛났다. 알렉세이는 여섯 명으로 된 어린 학생들 무리를 호기심을 갖고 자세히 살펴보았다. 이들은 다 도랑 건너편에 있는 아이와 같이 공부하는 친구들인 것 같았다. 아마 지금 같이 학교에서 나왔을 것이다. 그런데 적대 관계에 있는 듯했다. 알렉세이는 다가가서, 까만 점퍼를 입은, 곱슬머리에 살결이 희고 볼이 발간 소년을 훑어보고 이렇게 말했다.

"내가 너희들 거 같은 색을 갖고 다닐 때는, 우린 다 왼쪽 어깨에다 멨어. 그래야 여차하면 오른손으로 걷어낼 수 있잖아. 근데 넌 오른쪽 어깨에다 메고 있으니까 걷어내기가 불편할 거 같은데."

알렉세이가 이런 다분히 현실적이며 일상적인 문제를 곧장 거론한 것은 어떤 고의적인 약은 생각으로 한 것이 아니었다. 사실 또 어린아이가 경계하는 태도 없이 어른과의 대화에 응하도록, 특히 한 무리의 어린아이들이 자연스럽게 어른과의 대화에 응하도록 유도하려면 어른으로서는 반드시 그런 종류의 말을 꺼내야 한다. 눈높이를 완전히 맞추려면 반드시 진지한 태도로 현실적이며 일상적인 화제를 꺼내야 한다. 알렉세이는 본능적으로 그 사실을 이해하고 있었다.

"얜 왼손잡이예요."

씩씩해 보이고 덩치가 큰, 열두세 살쯤 된 다른 소년이 곧장 그렇게 대답했다. 나머지 다섯 명은 모두 알렉세이를 똑바로 쳐다봤다.

"얜 돌도 왼손으로 던져요."

또 다른 소년이 말했다. 이때 마침 이쪽으로 돌이 날아왔다.

돌은 왼손잡이 소년을 약간만 스치고 옆으로 비껴갔다. 이건 바로 도랑 건너편의 소년이 겨냥해서 힘 있게 던진 돌이었다.

"조져! 저 새끼 맞혀, 스무로브!"

모두가 소리쳤다. 스무로브(왼손잡이)는 그러지 않아도 주저 없이 당장 반응하는 중이었다. 그는 도랑 건너편의 소년에게 돌을 던졌으나 맞히지는 못했다. 돌은 땅에 맞았다. 도랑 건너편 소년이 즉시 이쪽 소년들에게 또 돌을 던졌다. 이번에는 돌이 알렉세이에게 날아와 꽤 아프게 어깨를 쳤다. 도랑 건너편 소년은 호주머니에 미리 돌을 가득 넣어 갖고 있었다. 소년의 코트 주머니들이 두둑한 것이 30보 떨어진 이곳에서도 보였다.

"저 새끼는 일부러 아저씨를 겨냥한 거예요. 아저씨, 카라마조프 씨잖아요. 카라마조프 씨 맞죠?"

소년들이 깔깔대며 크게 소리치고는, "자, 한꺼번에 저 새끼한테 날려!" 하면서 여섯이 한꺼번에 돌을 던졌다. 소년이 돌 하나를 머리에 맞고 넘어졌다. 하지만 바로 일어나 펄펄 뛰면서 이쪽 소년들에게 돌을 던졌다. 양편에서 지속적인 투석전이 시작되었다. 무리를 이룬 소년들의 호주머니 속에도 미리 준비된 돌들이 있었다.

"왜들 이래? 너희들 창피하지도 않니? 여섯 명이 한 명한테? 이러다 쟤 죽겠다!" 하고 알렉세이가 외치면서, 도랑 건너편

아이에게 날아가는 돌들을 자기 몸으로 막기 위해 앞에 버티고 섰다. 서너 명이 곧장 돌 던지기를 멈췄다.

"저 새끼가 먼저 시작했어요! 저 새끼 나쁜 새끼예요. 아까 교실에서 펜나이프로 크라소트킨을 찔러서 피를 냈어요. 크라소트킨은 고자질을 안 하겠다고 했는데, 저런 놈은 조져놓아야 돼요."

빨간 셔츠를 입은 소년이 악에 받친 음성으로 외쳤다.

"쟤가 왜 그랬는데? 너희들이 쟤를 놀려서 그런 거 아니야?"

"저 새끼 또 아저씨 등에다 돌 던졌어요. 저 새끼가 아저씨를 알아요. 우리한테가 아니라 아저씨한테 던지는 거예요. 야, 또 던져! 스무로브, 겨냥 잘해!"

다시금 투석전이 시작되었다. 이번에는 모두들 분이 머리끝까지 올라 있었다. 도랑 건너편의 소년이 돌로 가슴을 맞고 억하고 소리 지르고는 울면서 언덕 위로, 미하일로브스카야로 쪽으로 도망갔다. 무리 지은 아이들이 소리쳤다. "하하, 겁먹었구나. 도망이나 가고, 때밀이 수건 같으니라고!"

"카라마조프 씨 아저씨, 저 새끼가 어느 정도로 나쁜 놈인지 아직 모르시죠? 저런 놈은 때려죽여도 모자라요."

보기에 나이가 가장 많은, 점퍼를 입은, 눈빛이 이글거리는 소년이 되풀이해 말했다.

"어느 정돈데? 고자질쟁이라도 되는 거야?"

소년들이 서로 눈길을 교환하는데, 속으로 냉소를 띤 것 같이 보였다.

"아저씨 저쪽으로 가세요? 미하일로프스키 거리로요? 그럼 저놈을 따라잡으세요. 저거 보세요. 저놈이 멈춰 서서 아저씨를 보고 있어요" 하고 그 소년이 계속 말했다.

"이지씨를 보고 있어요, 아저씨를 보고 있어요" 하고 나머지 소년들이 그를 따라 말했다.

"저놈을 따라잡아서 물어보세요, 다 해진 때밀이 수건을 좋아하느냐고요."

아이들이 모두 와 하고 웃었다. 알렉세이가 아이들을 바라보았다. 아이들도 알렉세이를 바라보았다.

"저놈 따라가지 마세요. 아저씨를 때릴 거예요."

스무로브가 소리쳐 충고했다.

"얘들아, 나 때밀이 수건에 대해선 물어보지 않을래. 왜냐하면 너희들이 때밀이 수건이라고 하면서 쟤를 놀리니까. 그 대신 쟤한테서 알아낼게. 너희들이 쟤를 왜 미워하는지를."

"네, 알아내세요, 알아내세요" 하면서 소년들이 웃었다.

알렉세이가 다리를 건너, 울타리 근처 언덕으로, 따돌림당한 소년을 따라잡으러 갔다.

"조심하세요. 저놈이 아저씨라고 봐주진 않을 거예요. 가만히 있다가 갑자기 찌를지도 몰라요. 크라소트킨을 찔렀듯이"

하고 알렉세이의 뒤에서 소년들이 소리쳤다.

　소년은 한 자리에서 움직이지 않고 알렉세이를 기다리고 있었다. 가까이 다가가서 보니, 아이는 태어난 지 기껏해야 9년이 됐을까 한 아이로서, 작은 키에 몸이 허약해 보였고, 얼굴은 창백하고 길쭉한 편이었으며, 커다란 검은 눈으로 알렉세이를 노려보고 있었다. 입고 있는 낡은 코트는 몸이 훨씬 더 작았을 때부터 입기 시작한 것으로 보였다. 소매 바깥으로 손목이 길게 빠져나와 있었다. 바지 오른쪽 무릎 부분에 헝겊이 덧대어져 있었고, 오른쪽 장화 코의 엄지발가락이 있는 쪽에는 구멍이 크게 뚫려 있었는데, 잉크로 몇 겹씩 칠해 감추려 한 기색이 보였다. 코트 양쪽 주머니는 돌로 채워져 두둑했다. 알렉세이는 소년의 두 발짝 앞에 멈춰 서서 궁금해하는 표정으로 소년을 보았다. 소년은 알렉세이의 눈을 보고 알렉세이가 자기를 때리려 하는 게 아니라고 금방 넘겨짚고서, 자기도 몸의 긴장을 풀고, 먼저 말을 시작하기까지 했다.

　"전 혼잔데 저놈들은 여섯이에요…… 혼자 저놈들을 다 때려눕힐 거예요" 하면서 소년이 갑자기 눈을 번득였다.

　"아까 돌 하나를 되게 아프게 맞은 것 같던데" 하고 알렉세이가 말했다.

　"나는 스무로브 머리 맞혔어요!" 하고 소년이 소리쳤다.

　"걔들이 그러는데, 네가 나를 안다면서? 네가 일부러 나한테 돌을 던진 거라고 하던데."

소년이 알렉세이를 음울한 눈길로 쳐다봤다.

"난 너 모르는데, 넌 날 아니?" 하고 알렉세이가 재차 물었다.

"아저씨가 알 바 아니에요!"

소년이 갑자기 신경질적으로 소리쳤으나, 자리를 떠나지는 않고, 마치 무언가를 기다리는 듯 서 있었다. 눈이 다시금 성난 듯 번득였다.

"알았어. 나 갈게. 아무튼 난 너를 모르고, 널 놀리지도 않아. 아까 걔들이, 자기들이 어떻게 널 놀리는지 나한테 말해줬어. 하지만 난 널 놀리고 싶지 않아. 그럼 갈게!"

"가르니투르 바지 입은 수도사!"[96]

소년이 계속 도전적인 성난 눈으로 알렉세이의 뒷모습을 보며 소리쳤다. 그러면서 알렉세이가 틀림없이 이제 뒤돌아서서 자기에게 덤벼들 거라고 기대하는 포즈로 서 있었다. 하지만 알렉세이는 한 번 뒤돌아보고는 길을 계속 갔다. 그런데 세 걸음이나 걸었을까, 소년이 주머니에 갖고 있던 돌들 중 가장 큰 조약돌이 날아와 알렉세이의 등에 아프게 명중했다.

"그렇게 뒤에서 공격하기냐? 그럼 네가 정정당당하지 못하게 몰래 공격한다고 하는 저 애들의 말이 정말로 맞네" 하면서 알렉세이가 도로 돌아섰다. 그러자 자기 분을 못 이겨하는 소년이 이번에는 알렉세이의 얼굴에다 바로 대고 돌을 날렸다.

알렉세이가 재빨리 팔로 막았기 때문에 돌은 그의 팔꿈치에 맞았다.

"네 행동이 창피하지도 않니? 내가 너한테 뭘 어떻게 했는데 이래?" 하고 알렉세이가 소리쳤다.

소년은 도전적인 태도로 말없이 기다리고만 있었다. 이제는 분명히 알렉세이가 자기한테 덤벼들겠지 하고. 그런데 알렉세이가 이번에도 덤벼들지 않자 마치 짐승의 새끼처럼 화가 날 대로 나서 스스로 알렉세이에게 덤벼들었다. 알렉세이가 몸을 움직이기도 전에 성난 이 소년은 고개를 숙여 양손으로 알렉세이의 왼손을 잡고 가운뎃손가락을 아프게 깨물었다. 이로 손가락을 물고 늘어져서 약 10초 간 계속 물고 있었다. 알렉세이는 아파서 소리 지르면서 손가락을 빼려고 있는 힘을 다했다. 소년은 마침내 손가락을 놔주고 휙 뛰어 달아나 다시금 전에 유지하던 거리를 취했다. 손가락의 손톱 있는 부분이 뼈 있는 데까지 깨물려 피가 흘렀다. 알렉세이는 손수건을 꺼내 다친 손을 동여맸다. 동여매는 데에 꼬박 1분쯤 걸렸다. 소년은 그동안 계속 서서 기다리고 있었다. 결국 알렉세이가 소년에게 고요한 눈길을 들고 말했다.

"그래, 좋아. 네가 날 얼마나 아프게 깨물었는지 봤지? 이 정도면 됐다고 생각하지 않니? 이젠 한번 말해봐. 내가 너한테 뭘 어떻게 했는데?"

소년이 놀란 눈으로 쳐다보았다.

"난 널 몰라. 널 처음 봐. 하지만 내가 너한테 전혀 아무 일도 안 했을 리는 없지. 만약 아무 일도 안 했다면 네가 아무 이유 없이 나한테 이럴 리가 없잖아. 그러니까 말을 해보라고. 내가 대체 너한테 뭘 어떻게 했고, 너한테 무슨 잘못을 했는지."

대답을 하는 대신 소년은 갑자기 큰 소리로 울음을 터뜨렸다. 그리고는 돌연 뛰어 달아났다. 알렉세이는 천천히 소년을 뒤따라 미하일로프스키 거리로 나서, 소년이 멀리 달아나고 있는 것을 오래 지켜보았다. 소년은 달음박질을 늦추지 않았고, 뒤도 돌아보지 않았으며, 계속 소리 내어 울고 있었다. 알렉세이는 시간이 나는 대로 저 소년을 찾아내어, 자기가 궁금증을 가질 수밖에 없는 이 문제를 소년과 다시 이야기해보겠다고 작정했다. 지금 당장은 그에게 시간이 없었다.

IV
호흘라코브 씨 가정

그는 곧 호흘라코바 부인의 집에 당도하였다. 이 멋진 2층짜리 석조 건물은 그녀의 소유로서, 읍내에서 손에 꼽히는 좋은 집에 속했다. 호흘라코바 부인은 자기 영지가 있는 다른 주에서, 혹은 역시 자기 소유로 된 집이 있는 모스크바에서 사는 적이 더 많았지만, 우리 읍에도 조상들에게서 물려받은 자기 집을 갖고 있었다. 그리고 그녀가 우리 군에 갖고 있는 영지는 그녀 소유의 영지 세 개 중 가장 큰 것이었다. 그럼에도 불구하고 그녀는 여태까지 아주 가끔씩만 우리 주에 들르곤 했었다.

그녀는 현관으로 달려 나와 알렉세이를 맞았다.

"새로 일어난 기적에 대해 쓴 편지 받으셨어요?" 하고 그녀가 안달하듯이 빨리 물었다.

"네, 받았어요."

"모든 분들에게 다 전해주셨어요? 그분이 아들을 어머니한테 돌려보내셨어요!"

"그분은 오늘 돌아가실 거예요" 하고 알렉세이가 말했다.

"들어서 알고 있어요. 아, 제가 얼마나 알렉세이 표도로비치 씨랑 얘기하고 싶었는지 아세요? 알렉세이 표도로비치 씨 아니면 다른 누구랑 이런 일에 대해 다 이야기를 나누고 싶었어요. 아니에요, 꼭 알렉세이 표도로비치 씨랑 나누고 싶었어요. 그런데 쉽게 만날 수가 없어서 정말 안타까웠어요. 읍 전체가 흥분한 상태고 기대에 젖어 있어요. 참, 지금……, 지금 카체리나 이바노브나 씨가 우리 집에 와 계신 거 아세요?"

"아, 그거 참 잘됐네요! 그러지 않아도 그분이 어제 저한테 오늘 꼭 와달라고 하셨는데, 여기서 그분을 뵙게 됐네요."

"네, 저도 다 알고 있어요. 어제 그분 집에서 무슨 일이 있었는지 자세히 다 들었어요. 그…… 못된 여자 때문에 일어난 난리에 대해서 다 들었어요. C'est tragique.* 나라면 그런 상황에서 과연 어떻게 했을지 모르겠어요. 형님 되시는 드미트리 표도로비치 씨가, 아유, 어쩌면 그럴 수가 있어요? 알렉세이 표도로비치 씨, 저는 뭐가 뭔지 모를 지경이에요. 저 안에 지금 형님께서 와 계세요. 아, 그러니까 어제 이야기 나온 그 형님 분말고 다른 형님 분이요. 이반 표도로비치 씨. 지금 카체리나 이바노브나 씨와 같이 얘기 나누고 있어요. 진지한 얘기인 것 같아요. 과연 믿으실 수 있으려나……? 그 두 사람 사이에서 지금 이루어지고 있는 행동들이 저로서는 너무 놀라워요. 돌발적 행동이라고나 할까? 믿기 어려운 무슨 환상적 이야기 같아요. 두 사람 다 왜 그래야 되는지도 이해 못 하면서 자기 운명을 망치고 있어요. 망치고 있다는 걸 알면서 그 상황을 즐긴다고나 할까……. 제가 얼마나 알렉세이 표도로비치 씨를 기다렸는데요! 정말 갈급하게 기다렸어요! 제가 너무 참지 못할 지경이었어요. 제가 이제 다 말씀드릴 건데, 근데 먼저 좀 다른 말씀을 드릴게요. 지금은 오히려 이게 더 중요한 게 돼버렸는데요. 네, 맞아요. 이게 더 중요하다는 걸 내가 왜 또 잊고 있었

---

* 정말 충격이에요. (프랑스어)

는지……. 리즈가 왜 갑자기 히스테리를 일으키는지 아세요? 알렉세이 표도로비치 씨 오셨다는 말을 듣자마자 걔가 히스테리를 일으켰어요!"

"Maman, 난 엄마가 히스테리를 일으키는 거 같은데, 내가 아니라."

갑자기 옆방 문틈으로부터 리즈의 재잘대는 목소리가 들렸다. 틈은 아주 작았고, 목소리는 끊어질락 말락 했다. 이건 바로 마치 웃음을 억지로 참고 있는, 웃음이 터지기 직전의 목소리 같았다. 알렉세이는 이 문틈을 곧 발견해냈다. 아마 리즈가 안락의자에 앉아, 방에서 이 문틈을 통해 그를 내다보고 있을 것이었다. 비록 실제로 그런지 아닌지 보이지는 않았지만.

"그럴 수 있지, 리즈. 당연히 그럴 수 있지. 네 변덕 때문에 나도 히스테리 걸리겠다. 어쨌든 쟤가요, 알렉세이 표도로비치 씨, 너무 아파요. 밤새 열이 펄펄 나고 끙끙 신음했어요. 내가 아침까지 겨우 기다렸다가 게르첸슈투베 의사 선생님을 불렀어요. 의사 선생님이, 왜 그런지 전혀 모르겠다고, 기다려봐야 된다고 하셨어요. 이 게르첸슈투베 선생님은 꼭 와서 그래요, 왜 그런지 전혀 모르겠다고. 알렉세이 표도로비치 씨가 오시자 쟤가 소리를 빽 지르고 히스테리를 일으켰어요. 그러면서 자기를 본래 있던 자기 방으로 옮겨달라고 했어요.

"엄마, 난 알렉세이 표도로비치 아저씨가 오는 걸 몰랐어. 내가 이 방으로 옮아온 건 알렉세이 표도로비치 아저씨가 왔기 때문이 아니야."

"그런 거짓말이 어디 있니, 리즈? 너한테 율리야가 달려와서 알렉세이 표도로비치 씨가 온다고 말했잖아. 네가 시켜서 율리야가 망을 보고 있었잖아."

"사랑하는 어머님, 무슨 그런 재치 없는 말씀을! 아주 재치 있는 말을 해서 그걸 만회하고 싶으시면, 지금 들어오신 알렉세이 표도로비치 아저씨한테 엄마가 이렇게 말해. 어제 그렇게 놀림을 당하고 나서 오늘 우리 집에 오실 생각을 하신 것 하나만 봐도 아저씨도 참 재치가 없다는 걸 알 수 있다고."

"리즈, 넌 무슨 그런 말을 하니? 너 자꾸 그러면 내가 아주 엄하게 대할 거야, 알았어? 알렉세이 표도로비치 씨를 누가 놀린다고 그래? 난 알렉세이 표도로비치 씨가 오셔서 얼마나 기쁜지 몰라. 나에겐 알렉세이 표도로비치 씨가 정말 더할 나위 없이 필요해. 아, 알렉세이 표도로비치 씨, 전 너무 불행해요!"

"사랑하는 어머님께서 무슨 일이신데요?"

"아, 리즈야, 네 그 변덕, 이랬다저랬다 하는 거, 네 병, 밤새 열이 펄펄 나던 거, 계속 왔다 갔다만 하는 게르첸슈투베 선생님……, 제일 못 참겠는 건, 이런 게 계속 반복, 반복, 반복되는 거야. 또 이런 모든 것, 모든 것이 반복된다는 거야. 그것도 하나의 기적이 아닐까 해. 이 기적 때문에 제가 얼마나 미칠 지경인데요, 알렉세이 표도로비치 씨! 게다가 지금 거실에서 일어나고 있는 저런 비극! 저는 참을 수가 없어요. 참을 수가 없어요. 미리 말씀드리는 거예요. 저는 참을 수가 없어요. 어쩌면 비극이 아니라 희극일까요? 조시마 장로님께서 내일까지 살아 계실까요? 어떨 거 같아요? 오, 하느님 맙소사! 난 내 자신을 어쩔 줄 모르겠어요. 눈을 잠깐씩 감을 때마다 이 모든 것이 다 얼마나 무의미한지를 알겠어요."

알렉세이가 그녀의 말을 끊고 말했다.

"꼭 부탁드리고 싶은 게 하나 있는데요, 깨끗한 헝겊 하나만 갖다주시겠어요? 손가락을 좀 동여매야 해서요. 제가 손가락을 심하게 다쳐서 지금 너무 아파요."

알렉세이가 깨물린 손가락에 매고 있던 것을 풀었다. 손수건이 피를 흠뻑 먹은 상태였다. 호흘라코바 부인이 놀라 소리지르고 눈을 질끈 감았다.

"아이고, 이 상처 좀 봐! 이걸 어째요?"

한편 리즈는 문틈으로 알렉세이의 손가락을 보자마자 문을 있는 힘껏 활짝 열고 집요하게 소리쳤다.

"이리로, 제 방으로 얼른 들어오세요. 이건 장난이 아니에요! 아, 맙소사, 왜 그렇게 계속 서서 아무 말도 않고 있었어요? 엄마, 아저씨가 피를 계속 흘렸을 뻔했잖아! 어디서 이랬어요? 어쩌다 이랬어요? 물! 먼저 물이 필요해요! 상처를 씻어야 돼요.

아픔이 멎게 하려면 그냥 차가운 물에다 담그고 오래 있어야 돼요. 물 좀 빨리 가져다주세요, 엄마, 그릇에다가요. 빨리요!"

알렉세이의 상처 때문에 그녀는 온통 겁을 먹고 안달을 했다.

"게르첸슈투베 선생님을 불러와야 되지 않나?" 하고 호흘라 코바 부인이 다급히 소리쳤다.

"엄마, 그러지 마, 게르첸슈투베 선생님은 오셔서 전혀 모르 겠다고 그럴 거잖아! 물! 물! 엄마, 제발 부탁인데 직접 좀 가서 율리야한테 빨리 좀 가져오라고 그래 줘. 율리야는 어딘가 처 박혀 있느라고, 빨리 와야 할 때 꼭 빨리 못 온단 말이야! 엄마, 빨리 좀! 안 그러면 나 죽을 거 같아······"

"뭐 그리 큰일은 아니에요!" 하고 알렉세이가, 리즈가 겁을 먹은 것에 겁을 먹고 소리쳤다.

율리야가 물을 들고 달려왔다. 알렉세이가 물에다 손가락을 담갔다.

"엄마, 부탁인데, 거즈 좀 갖고 와줘. 거즈하고, 상처에 바르 는 그 자극성 있는 뿌연 액체 있잖아, 그거 뭐라고 그러지? '우 린 뭐 있어요' 그러잖아. 그거 이름이 뭐냐고? 엄마, 엄마가 유 리병에 든 그거 어디 있는지 알잖아! 엄마 침실 장 속에 오른쪽 에 보면 있잖아. 거기 큰 유리병하고 거즈하고 있잖아."

"지금 갖고 올게, 리즈야, 근데 제발 소리 지르지 좀 마. 진정 하고. 넌 그렇게 안달을 하지만 알렉세이 표도로비치 씨는 멀쩡하게 서 있는 것 좀 보라고. 아니, 그래, 어디서 그렇게 큰 상처를 입었어요, 알렉세이 표도로비치 씨?"

호흘라코바 부인이 서둘러 거실을 나갔다. 리즈는 바로 그 순간을 기다리고 있다가 알렉세이에게 빠르게 말을 붙였다.

"먼저 질문에 대답해주세요. 어디서 이렇게 다치셨어요? 그다음엔 아저씨랑 전혀 다른 얘기 할 거예요. 네? 대답해주세요."

알렉세이는 엄마가 돌아오기 전까지의 시간이 리즈에게 아주 소중하다는 것을 본능적으로 깨닫고, 어린 학생들과 가졌던 이상한 만남에 대해, 비록 서두르느라고 많은 부분을 생략했지만, 정확하고 명료하게 리즈에게 말해주었다. 이야기를 다 듣고서 리즈는 놀라서 양손을 쳐들었다.

"정말 그래도 되는 거예요? 어린 남자 아이들의 일에 그렇게 끼어드셔도 되는 거예요? 그것도 이런 긴 옷을 입고서……."

리즈가 마치 자기가 알렉세이의 보호자나 되는 듯이 화를 내며 말했다.

"아저씨 스스로가 아주 어린애처럼 행동하셨네요! 제일 작은 어린애처럼요. 어쨌든 그 나쁜 어린애가 누군지 꼭 알아내서 저한테 말해주셔야 돼요. 왜냐하면 여긴 그 어떤 비밀이 도사리고 있는 것 같거든요. 자, 그럼 지금은 두 번째 얘기예요. 알렉세이 표도로비치 아저씨, 물론 아픈 것 때문에 힘드실지는 몰라도, 그래도 내가 하는 질문에 대답하실 수 있겠어요? 진지하게 말씀하셔야 돼요."

"물론 대답할 수 있지. 아픈 것도 뭐, 지금은 그렇게 아프지도 않아."

"그건 손가락을 물에 담가서 그런 거예요. 물을 지금 바로 갈아야 돼요. 물이 빨리 뜨뜻해지거든요. 율리야야, 지하 창고에서 얼음 조각 하나 빨리 갖고 오고, 그릇에 물을 새로 담아서 갖고 와! 지금 율리야가 가지러 갔을 거니까 인제 빨리 얘기하면 돼요. 알렉세이 표도로비치 아저씨, 제 편지 저한테 돌려주세요. 제가 어제 보낸 편지요. 엄마 오시기 전에 빨리요. 엄마가 알면……."

"지금 안 갖고 왔는데."

"그럴 리가 없어요. 갖고 왔잖아요. 난 아저씨가 안 갖고 왔다고 대답하실 줄 알았어요. 편지 이 호주머니에 있잖아요. 내가 그 편지 보내고 나서 그런 바보 같은 내 행동 때문에 밤새 얼마나 후회했는지 아세요? 어서 편지를 돌려주세요!"

"거기 놓고 왔는데."

"아저씨가 그런 바보 같은 내 편지를 읽고서 날 아주 어린 소녀로 보실 거 아니에요? 난 그게 싫어요! 그런 바보 같은 농담한 거 죄송해요. 어쨌든 지금 정말로 안 갖고 계시다면, 편지를 꼭 저한테 갖고 오셔야 해요. 오늘 중으로 꼭 좀, 꼭 좀 갖고 오세요!"

"오늘은 어렵겠는데. 내가 수도원에 가서 이틀은, 어쩌면 사흘이나 나흘쯤은 여기 못 올 거 같아. 왜냐하면 조시마 장로님이……."

"나흘이라고요? 어떻게 그럴 수가! 그건 그렇고, 아저씨, 날많이 비웃었어요?"

"전혀 비웃지 않았는데."

"왜요?"

"다 믿었기 때문이지."

"지금 절 놀리시는 거예요?"

"전혀 아니야. 편지를 읽고 나서, 거기 쓰여 있는 대로 다 될거라고 생각했어. 왜냐하면, 조시마 장로님이 돌아가시면 나는 그 즉시 수도원을 나와야 되니까. 그다음에 난 과정을 계속 밟아서 시험을 볼 거야. 그리고 법적으로 자격이 되는 때가 되면 너랑 결혼하면 되지. 나 널 사랑해줄 거야. 물론 내가 더 많이 생각할 기회는 없었지만, 너보다 나은 신붓감은 없다고 생각했어. 또 장로님이 나보고 결혼하라 그랬어."

"근데 내가 병신이잖아요. 의자에서 못 일어나고, 이동하려면 남들이 절 밀어줘야 돼요."

리자가 볼이 발갛게 상기되면서 웃음을 터뜨렸다.

"내가 밀어주면 되잖아. 그때쯤 되면 꼭 나으리라 믿어."

"아저씨 미쳤나 봐요. 그런 농담을 믿고 그런 말도 안 되는 계획을……. 아, 엄마가 오시네요. 어쩌면 지금 엄마가 오시는 게 잘된 건지도 모르겠어요. 엄마, 이번에도 역시 늦게 오셨네. 왜 그렇게 오래 있었어? 지금 율리야가 벌써 얼음 가지고 오고 있네!"

"리즈야, 소리 좀 지르지 마, 뭐가 어떻게 됐든. 너 소리 지르는 것 때문에 닌……. 내가 거즈를 다른 데다 놔뒀더라고. 내가 얼마나 오래 찾았는데! 너 일부러 다른 데다 놔둔 거지?"

"이 아저씨가 손가락을 깨물려 가지고 올지 내가 미리 알았을 거 같아? 글쎄, 만약 진짜 미리 알았더라면 내가 일부러 다른 데다 뒀을 수도 있지만. 천사 같으신 엄마, 인제 아주 재치 있는 말을 하기 시작하셨네요."

"재치가 있든 없든…… 맘대로 생각하려무나. 하지만 리즈야, 알렉세이 표도로비치 씨의 손가락하고 이 모든 상황 때문에 마음이 얼마나 떨리는지 아니? 아유, 알렉세이 표도로비치 씨, 저는 어떤 한 가지 일 때문에 이렇게 안달하는 게 아니에요. 예를 들어 게르첸슈투베 선생님에 관해서라든지. 그게 아니라 상황을 다 종합해서 볼 때, 정말 참을 수 없는 상황이라는 거예요."

"아유, 엄마, 됐어! 또 그 게르첸슈투베!"

리자가 깔깔거리며 말했다.

"그러지 말고 빨리 거즈나 줘, 엄마, 물하고. 이거 습포제예요, 알렉세이 표도로비치 아저씨. 지금은 이름이 생각났네요. 이거 좋은 거예요. 엄마, 한번 생각해봐. 아저씨가 오는 길에 어린애들하고 싸웠대. 한 어린애가 손가락 깨문 거야. 어때? 아저씨 자신이 진짜 어린애 같지 않아? 그런 어린애 같은 사람이 결혼은 할 수 있을 거 같아? 엄마, 상상이 가? 이 아저씨가 결혼하고 싶대. 이 아저씨가 결혼했다고 한번 상상해봐. 상상이 가? 맙소사, 난 웃음밖에 안 나오네!"

리즈가 알렉세이를 능청맞게 쳐다보면서 다시금 그 숨넘어가는 웃음소리를 냈다.

"뭐라고? 리즈야, 결혼한다는 건 갑자기 또 무슨 소리야? 웬 그런 분위기에 안 맞는 말을 하고 그래? 지금 그게 중요한 게 아니잖아. 그 애가 혹시 광견병에 걸린 거 아니었나, 이게 중요한 거지."

"아유, 엄마! 사람이 광견병에 걸릴 수 있는 거야?"

"왜 걸릴 수가 없어? 리즈야, 내 말이 말이 안 되는 거 같아? 그 애를 광견병 걸린 개가 물었다 이거야. 그래서 그 애가 광견병에 걸려서, 자기 옆에 있는 다른 사람을 물 수 있는 거지. 어쨌든, 아유, 얘가 참 잘도 동여매줬네요, 알렉세이 표도로비치 씨. 나 같으면 절대 이렇게는 못 매줬을 거 같네. 지금 아프세요?"

"지금은 아주 조금밖에 안 아파요."

"물이 무섭지 않으세요?" 하고 리즈가 물었다.

"야, 리즈야, 됐어. 물론 내가 광견병 걸린 애에 대해서 말한 게 너무 성급했지만, 너까지 그러면 되니? 알렉세이 표도로비치 씨가 오셨다는 걸 카체리나 이바노브나 씨가 지금 알았어요. 그걸 알고 나한테 얼마나 대뜸 반응을 보이시던지……. 알렉세이 표도로비치 씨를 아주 갈구하고 계세요."

"엄마! 엄마 혼자 그리로 가. 아저씨는 지금 못 가. 너무 아프셔서."

"나 괜찮은데. 안 아파. 충분히 갈 수 있어" 하고 알렉세이가 말했다.

"어머! 그래서 지금 가실 거예요? 그냥 그렇게 가신다고요? 가신다고요?"

"거기서 얘기 다 나누고 다시 오면 되잖아. 그때 네가 원하는 만큼 얼마든지 이야기 나누면 되잖아. 난 카체리나 이바노브나 씨를 꼭 빨리 만나고 싶거든. 어쨌든 오늘 빨리 수도원으로 가봐야 되니까."

"엄마, 아저씨를 빨리 데리고 가. 아저씨, 카체리나 이바노브나 님 만나고 나서 나한테 들르느라고 애쓰실 거 없어요. 그냥 수도원으로 곧장 가세요. 아저씨가 가실 곳은 거기라고요! 전 잠이나 잘게요. 밤새 한잠도 못 잤어요."

"야, 리즈야, 또 농담하는 거지? 네가 행여나 진짜 자려고?"

호흘라코바 부인이 소리쳤다.

"내가 뭘 어쨌는데 그렇게……. 한 3분 정도는 더 있어 줄 수 있어. 네가 원하면 5분도 있어 줄 수 있어" 하고 알렉세이가 웅얼거렸다.

"'5분도 더 있어 줄 수 있어'! 엄마, 빨리 아저씨 데리고 가! 이 아저씨 꼴사나우니까!"

"리즈야, 너 미쳤니? 알렉세이 표도로비치 씨, 어서 가시죠. 쟤가 오늘 너무 변덕이 심해요. 조금만 뭐라 그래도 저러니 이건……. 아이고, 알렉세이 표도로비치 씨, 신경 날카로운 여자들이란 그저……. 근데 어쩌면 쟤가 진짜로 잠이 왔는지도 몰라요. 알렉세이 표도로비치 씨가 쟤한테 잠을 불러오신 거 같은데요. 그럼 참 잘된 거네요!"

"아유, 엄마, 어쩌면 그렇게 말씀을 예쁘게 하시기 시작했어요? 엄마, 사랑해요."

"나도 널 사랑한다, 리즈야. 알렉세이 표도로비치 씨, 제 말을 좀 들어보세요."

호흘라코바 부인이 알렉세이와 같이 거실을 나가면서, 비밀스럽게, 그러면서도 장중하게, 빠른 귓속말로 말하기 시작했다.

"제가 굳이 이렇다 저렇다 미리 말씀드리지는 않겠고, 이 커튼을 올려드리지도 않을 거지만, 한번 들어가서 저기서 무슨 일이 벌어지고 있는지 직접 보세요. 정말 말도 못 해요. 아주 환상적인 코미디도 그런 코미디는 없을 거예요. 카체리나 이바노브나가 알렉세이 표도로비치 씨 형님 되시는 이반 표도로비치를 사랑하면서, 자기가 알렉세이 표도로비치 씨 형님 되시는 드미트리 표도로비치를 사랑하는 것처럼 온 힘을 다해 자기 암시를 하고 있어요. 정말 눈 뜨고 못 보겠어요! 제가 같이 들어가드릴게요. 그래서 거기서 날 나가라고만 하지 않는다면, 어떻게 되나 끝까지 볼게요."

V
거실에서의 돌발적 행동들

그러나 거실에서는 이미 대화가 끝나는 중이었다. 카체리나 이바노브나는 비록 결연한 모습을 보이려고 노력은 했지만, 사실은 매우 안절부절못하는 상태였다. 알렉세이와 호흘라코바 부인이 들어왔을 때 이반 표도로비치는 자리를 뜨려고 일어나는 중이었다. 그의 얼굴은 어느 정도 창백했으므로 알렉세이는 그를 걱정하며 쳐다봤다. 알렉세이가 갖던 의심들 중 하나가, 언제부터인가 그를 괴롭히고 불안케 하던 수수께끼 하나가 여기서 풀릴 수도 있는 일이었다. 벌써 한 달쯤 전부터 그는 여러 사람들에게서, 이반이 카체리나 이바노브나를 사랑한다고, 진짜로 그녀를 드미트리에게서 빼앗으려 한다고 하는 말을 몇 번씩 들어왔던 것이다. 그런 얘기는 알렉세이에게 있어 마지막 순간까지 믿지 못할 말로 들렸다. 비록 그를 불안케 하는 것은 사실이었지만 말이다. 그는 두 형을 다 사랑했고, 두 형들 사이에 그런 경쟁 관계가 생기는 것을 걱정했다. 한편 드미트리 표도로비치가 어제 갑자기 스스로 자기 동생 이반과 경쟁하게 되는 것이 심지어 기쁘기까지 하다고, 그것이 자기에게 많은 점에서 도움이 될 것이라고 직접 선포했다. 어디에 도움이 된다는 말인가? 그루셴카와 결혼하는 데에? 하지만 알렉세이는, 드미트리가 그루셴카와 결혼하는 것은 그가 정말 갈 데까지 다 갔을 경우에나 가능한 일이라고 생각했다. 이 모든 것을 차치하고도 알렉세이는, 어제의 일 전까지는 카체리나 이바노브나가 열정적으로, 집요하게 드미트리를 사랑한다고 믿었었다. 하지만 그렇게 믿은 것은 어디까지나 어제의 일이 있기 전이었다. 꼭 그게 아니더라도 그는 왠지 카체리나 이바노브나가 이반 같은 사람을 사랑할 리가 없으며 그 형인 드미트리를 사랑한다고, 드미트리의 있는 모습 그대로를 사랑한다고, 그런 사랑이 심지어 미친 짓이라 할지라도 이에 개의치 않고 사랑한다고 생각되었다. 그러다 어제 그루셴카와 더불어 일어난 그 사건을 통해 알렉세이는 뭔가 다른 것을 느끼기 시작했다. 호흘라코바 부인의 입에서 방금 나온 '돌발적 행동'이라는 말이 그로 하여금 거의 전율을 느끼게 했다. 바로 지난 새벽에 반쯤 잠이 깨었을 때 그가 갑자기, 마치 자기가 꾼 꿈에 대한 해답을 스스로 말하듯이, "그건 돌발적 행동이야" 하고 말했던 것이다. 밤새 그의 꿈에는 어제 카체리나 이바노브나 집에서 있었던 사건이 나타났다. 방금 호흘라코바 부인이 직설적으로, 확고한 태도로 한 발언, 즉 카체리나 이바노브나는 이반을 사랑하는 것이되 단 그녀 스스로가 일부러, 그 어떤 게임을 하는 기분으로, '돌발적' 기분으로 자기 자신을 속이며, 드미트리에 대한 그 어떤 감사의 마음에서 나왔다고나 할 자신의 거짓 사랑으로써 자신을 괴롭게 하는 거라는 발언으로 인해 별안간 알렉세이는 망연자실하면서 '그래, 어쩌면 정말로 바로 그 말 속에 완벽한 진실이 있을 수도 있어' 하고 생각했다. 그러나 그런 경우라면 이반의 입장은 어떠한 것인가? 알렉세이가 어떤 본능으로 느끼기에는, 카체리나 이바노브나는 상대를 쥐어흔들어야 만족하는 성격이었다. 그런데 쥐어흔들려면 드미트리 같은 사람이어야지, 이반 같은 사람이어서는 안 되는 것이었다. 왜냐하면 오직 드미트리만이(오랫 동안일 것으로 예상되는 바,) 결국 그녀 앞에서 '자신의 행복을 찾아' 누그러질 수 있는 사람이며(알렉세이로서는 그렇게 되면 좋을 법했다), 이반은 그렇지 않았기 때문이다. 이반은 그녀 앞에서 굴복할 수 없을 것이며, 굴복한다고 해서 그가 행복해지지 않을 것이었다. 알렉세이는 왠지 모르게 이반에 대한 그런 의견을 품고 있었다. 바로 이런 모든 여러 가지 생각들이 지금 거실로 들어가는 순간 그의 머릿속에 들었다. 문득 저절로 찾아온 또 다른 생각도 있었다. '혹시 그녀가 두 사람 중 아무도 사랑하지 않는 거라면?' 그런 생각이 찾아왔다는 것을 알렉세이는 부끄럽게 생각했고 그와 비슷한 생각들과 추측들이 최근 한 달간 찾아올 때마다 그는 '내가 사랑이란 걸 알아봤자 얼마나 안다고 이러지? 여자들에 관해서 내가 어떻게 이렇다 저렇다 할 수가 있을까?' 하고 자신을 책망했다는 사실을 언급해야 하겠다. 그렇지만 생각을 전혀 안 할 수는 없었다. 그는 이제 예를 들어 두 형들의 운명 속에서 이 경쟁이 너무나도 중요한 문제며 이 경쟁에 너무나도 많은 것이 달려 있다는 것을 본능적으로 이해하고 있었다. '흉물 하나가 다른 흉물을 잡아먹을' 거라고, 아버지와 형 드미트리에 대해 치를 떨면서 어제 이반이 말했다. 그러니까 드미트리는 이반의 눈에 흉물이라는 얘기가 아닌가? 벌써 오래전부터 흉물이었는가? 이반이 카체리나 이바노브나를 알고 나서부터 그렇게 된 게 아닌가? 어제 이반의 그 말은 물론 자기도 모르게 튀어나온 것이었지만, 바로 자기도 모르게 튀어나왔다는 점이 더욱 중요했다. 만일 그렇다면 이제 어떻게 평화를 기대할 수 있는가? 평화는 고사하고 가족 내에서 증오와 적의가 발생할 새로운 동기가 나타난 것 아닌가? 그리고, 중요한 문제인데, 알렉세이는 누구를 동정해야 하는가? 또 각 사람에게 무엇을 기원해줘야 한단 말인가? 그는 형 둘을 다 사랑하는데, 그런 살벌한 갈등 가운데서 그중 각자에게 무엇을 기원해줄 수 있단 말인가? 이런 헷갈리는 상황 속에서 당혹에 빠질 수 있었건만, 알렉세이의 마음은 베일에 싸인 것 같은 상황을 참고 견디지 못했으니, 왜냐하면 그의 사랑은 항상 '행동하는' 성격이었기 때문이다. 수동적인 사랑은 그로서는 하지 못했다. 누군가를 사랑하게 되면 그는 즉시 도와주러 발 벗고 나섰다. 그런데 그러기 위해서는 어떤 식으로 도와줄지를 정해야 했고, 도와줄 대상이 되는 사람 각자가 무엇을 좋아하며 무엇을 필요로 하는지를 확실히 알아야 했고, 어떤 식으로 도와줄지를 올바로 파악했다는 확신이 들 때에 비로소 그 각자를 도와줘야 했다. 하지만 지금은 어떻게 도와줄지에 대한 확신이 있기는커녕 모든 것이 불확실했고 헷갈렸다. 게다가 이제는 '돌발적 행동'이라는 말까지 나와버렸다. 하다못해 그 돌발적 행동 속에서나마 그 무언가를 이해할 수 있으면 좋으련만 그것도 아니었다. 이 온통 헷갈리는 상황을 설명하는 무슨 말이 나온다 해도 그 첫마디도 이해 못 할 것 같았다.

카체리나 이바노브나는 알렉세이를 보더니, 자리를 뜨기 위해 앉아 있던 자리에서 이미 일어난 이반 표도로비치에게 경쾌한 말투로 이렇게 말했다.

"잠깐만요! 조금만 더 있다 가세요. 제가 전적으로 신뢰하는 이분의 의견을 들어보고 싶어요. 카체리나 오시포브나 씨도 가지 말고 여기 계세요."

마지막 말은 그녀가 호흘라코바 부인에게 한 말이었다.[*] 그녀가 알렉세이를 자기 옆에 앉혔고, 호흘라코바는 그 맞은편에 이반 표도로비치 옆에 앉았다.

"여기 계신 분들은 모두 제가 각별하고 소중하게 생각하는 분들이세요."

그녀가 열띤 목소리로 말하기 시작했다. 마음고생으로 자기도 모르게 흐르는 눈물을 머금고 목소리가 떨리는 것이 느껴져서 알렉세이의 동정이 다시금 한꺼번에 그녀에게로 쏠렸다.

"알렉세이 표도로비치 씨가 어제 있었던 그 몸서리쳐지는 일을 다 보셨어요. 제가 어땠는지도 보셨어요. 이반 표도로비치 씨는 그걸 못 보셨는데 알렉세이 표도로비치 씨는 보셨어요. 그걸 보시고 저에 대해서 어떻게 생각하셨는지는 모르겠어요. 제가 아는 단 한 가지는, 그와 똑같은 일이 오늘, 지금 다시 일어난다고 해도 전 어제 했던 것처럼 똑같은 감정 표현을

* '카체리나 오시포브나'는 호흘라코바 부인의 이름과 부칭(父稱)이다. '호흘라코바'는 그녀의 성(姓)이다. - 역자 주

할 거라는 거예요. 똑같은 감정 표현, 똑같은 말들, 똑같은 행동들을 할 거라는 거예요. 알렉세이 표도로비치 씨 제 행동들이 어땠는지 기억하시죠? 그중 한 행동을 직접 말리시기까지 하셨으니까요(이 말을 할 때 그녀의 얼굴이 붉어졌고 눈이 번쩍였다). 알렉세이 표도로비치 씨한테 말씀드릴게요. 전 어떤 것과도 타협할 수 없어요. 알렉세이 표도로비지 씨, 세 말을 들어보세요. 전 심지어 모르겠어요. 제가 지금 그 사람을 사랑하는지. 그 사람은 제 눈에 안쓰러운 사람이 돼버렸어요. 안쓰러워 보인다는 건 사랑하는 거하고는 달라요. 제가 만약 그 사람을 사랑했다면, 계속 사랑하고 있는 거라면, 그렇다면 지금 제가 그 사람을 안쓰럽게 보지는 않았을 거예요. 반대로 미워했을 거예요."

그녀의 목소리가 바르르 떨리면서 속눈썹 위에 물기가 반짝였다. 알렉세이는 속으로 전율하면서, '이분은 진실을 말하고 있구나. 그러니까……, 그러니까 이분은 더 이상 드미트리 형을 사랑하지 않는 거구나' 하고 생각했다.

"맞아요! 맞아요!" 하고 호흘라코바 부인이 맞장구를 쳤다.

"잠깐만요, 카체리나 오시포브나 씨, 제가 아직 제일 중요한 얘기를 안 했어요. 지난밤 무슨 결심을 했는지를 결정적으로 말을 안 했어요. 어쩌면 저의 결심이 크게 잘못된 것일 수도 있다고 느껴요. 저의 입장에서 말이에요. 하지만 그 결심을 무엇을 준다고 해도 절대로 바꾸지 않을 거라는 예감이 와요. 앞으로의 삶 내내 제가 결심한 대로 지킬 거예요. 제가 아끼는 착하신 분, 항상 저에게 너그러운 조언을 해주시고 제 마음속을 깊숙이 보아 아시는, 제가 이 세상에서 가진 둘도 없는 친구 이반 표도로비치 씨가 모든 면에서 저를 지지해주시고 저의 결심을 잘한 결심이라고 하세요. 어떤 결심인지 알고 계시거든요."

"네, 제가 그 결심을 지지합니다."

이반 표도로비치가 크지는 않지만 확신 있는 목소리로 말했다.

"하지만 저는 알렉세이(아, 알렉세이 표도로비치 씨, 제가 그냥 알렉세이라고 불러서 죄송합니다)도, 그러니까 알렉세이 표도로비치 씨도, 저와 친한 다른 두 분이 계신 이 자리에서 지금 저한테 말씀해주셨으면 좋겠어요. 제 결심이 옳은지 아닌지를요. 저한테는 본능적인 예감이 들어요. 알렉세이 씨가, 나의 친애하는 동생 알렉세이 씨가……,"

이 대목에서 그녀는 알렉세이의 차가운 손을 따뜻한 자기 손으로 잡으면서 환희에 찬 목소리로 말했다.

"전 이런 예감이 들어요. 알렉세이 씨의 결정이라면, 알렉세이 씨의 동의라면, 제가 마음고생을 많이 했음에도 불구하고 제 마음을 편안하게 해줄 수 있을 거라고요. 알렉세이 씨의 말이 끝나면 저는 안심하고 마음을 놓을 테니까요. 그런 예감이

들어요."

그러자 알렉세이가 붉어진 얼굴로 말했다.

"제가 답을 해야 될 질문이 어떤 질문인지 모르겠네요. 제가 아는 건 단지 제가 카체리나 이바노브나 씨를 좋아하고, 지금 저 자신한테 빌고 싶은 행복보다 더 큰 행복을 빌어드리고 싶다는 것뿐이에요. 하지만 지금 진행되는 일들에 대해서는 전 아무것도 몰라요."

맨 마지막 말은 그가 무슨 이유에서인지 재빨리 덧붙인 것이었다. 그러자 그녀가 장중한 어조로 말했다.

"지금 진행되는 일들에서요, 알렉세이 표도로비치 씨, 지금 진행되는 일들에서 가장 중요한 것은 명예와 의무예요. 전 모르겠어요. 또 그 무언가가, 그 어떤 고결한 것이 있어서, 그게 의무보다도 더 고결할 수도 있어요. 그런 그 무언가 극복하기 힘든 느낌이 저한테 약간씩 오고, 그게 저로 하여금 극복할 수 없도록 저를 끌어요. 하지만 됐어요. 한마디로, 전 이미 결심을 했어요. 그 사람이 혹 그…… 내가 절대로, 절대로 용서할 수 없는 그 더러운 계집이랑 결혼을 하더라도, 난 그 사람을 포기하지 않을 거예요! 지금부터, 지금부터 난 이미 절대로, 절대로 포기하지 않을 거예요!"

그녀의 말은, 뭐랄까, 천고만난 끝에 억지로 얻은 것 같은 환희의 발작인 듯했다.

"내 말은, 내가 그 사람 꽁무니를 따라다니고 1분마다 한 번씩 눈앞에 나타나면서 그 사람을 괴롭힐 거란 뜻이 아니에요. 그런 뜻이 아니에요. 전 다른 도시로 갈 거예요. 원하는 대로 어디로든 갈 수 있어요. 하지만 난 평생을, 평생을 쉬지 않고 그 사람을 주시할 거예요. 그 사람이 그 여자랑 사는 게 불행해지면, 물론 금방 그렇게 될 거지만, 아무튼 그러면 저한테 오라고 하세요. 그러면 그 사람은 진정한 친구를 만나는 셈이 될 거예요. 친구이자 누이인 사람을요. 네. 누이를 만나게 될 거예요. 그리고 영원히 전 누이로 남을 거예요. 하지만 그 사람은 이 누이가 진실로 그를 사랑하고 평생을 그에게 희생하는 누이라는 것을 알게 될 거예요. 전 꼭 그것을 이룩할 거예요. 저는 그 사람이 결국에 가서는 나라는 사람이 어떤 사람인지를 알게 되고, 나한테 아무 거리낌 없이 모든 얘기를 하게 되도록 반드시 만들 거예요!"

그녀는 마치 무아지경에 빠진 듯 말했다.

"전 그 사람의 신이 되어, 그 사람이 저한테 기도하도록 만들 거예요. 그건 필요해요. 적어도 딴 여자와 바람을 피운 대가로서 필요해요. 그리고 제가 어제 그 사람 때문에 겪은 것의 대가로서요. 그리고 그 사람이 자기 평생을 통해서 지켜보라고 하세요. 제가 평생 동안 그 사람에게만 일편단심인 것, 제가 그 사람에게 한 약속을 지키는 것을 말이에요. 비록 그 사람은 일편단심이 아니었고 바람을 피웠지만 말이에요. 저는……, 저는 그 사람을 행복하게 만드는 수단만 될 거예요(아니면 이걸 어떻게 말해야 되나?). 그 사람의 행복을 위한 도구가 되고 기계가 될 거예요. 평생을, 평생을 그럴 거예요. 그걸 그 사람이 이제 자신의 평생 동안 지켜보라고 하세요! 이게 바로 제 결심이에요! 이반 표도로비치 씨가 저를 전적으로 지지해요."

그녀는 숨을 헐떡였다. 그녀는 물론 좀 더 점잖게, 좀 더 그럴 듯하고 자연스럽게 자신의 생각을 표현하고 싶었으나, 표현이 너무 성급하고 너무 노골적으로 되어버렸다. 미처 성숙치 못한 표현들이 많았으며, 채 가시지 않은 어제의 격분의 잔재로 인해, 자기 과시욕으로 인해 나온 표현들이 많았고, 그녀 자신이 그걸 느꼈다. 그녀가 별안간 우울한 얼굴이 되었고 눈매가 풀이 죽었다. 알렉세이가 그 점을 금방 알아채고 마음속에 연민을 품었다. 그때 마침 이반이 한마디 거들었다.

"나는 내 생각만을 말한 거예요. 다른 여자들 같았으면 이 모든 것으로 인해 풀이 죽고 괴로워했을 텐데, 카체리나 이바노브나 씨는 안 그러네요. 다른 여자들 같았으면 틀렸을 텐데, 카체리나 이바노브나 씨는 옳아요. 어떻게 해서 그것이 가능한지는 잘 모르겠지만, 카체리나 이바노브나 씨는 정말로 진실하시네요. 바로 그래서 옳으신 거예요."

"하지만 지금 이 시간만 그러시는 거잖아요. 지금 이 시간이 나머지 시간들을 다 대표할 수 있다고 생각하세요? 지금 이 시간은 어제 받은 모욕의 결과로 인해 감정이 격해져 있는 시간이에요!"

호흘라코바 부인이 참지 못하고 돌연 끼어들었다. 그녀는 끼어들지 않으려고 했던 것 같은데, 그러다 결국은 참지 못하고 끼어들어, 아주 옳은 발언을 했다.

"자, 들어보세요."

이반이 갑자기 기이하게 발동이 걸리는 듯, 자기 말이 끊긴 것 때문에 화가 난 것 같은 말투로 그녀의 말을 끊었다.

"다른 여자들 같았으면 지금 이 시간이 어제 겪은 감정의 작용하에 놓인 일순간에 불과할지 모르지만, 그러나 카체리나 이바노브나 씨 같은 성격의 사람에게는 지금 이 시간이 전 생애를 좌우할 수 있어요. 다른 사람들한테는 약속에만 그치는 것이 카체리나 이바노브나 씨한테는 영원한, 무거운, 또 어쩌면 암담할 수도 있는, 그렇지만 부지런히 이행되는 의무가 될 수 있어요. 그리고 카체리나 이바노브나 씨는 이 의무를 이행한 데에서 오는 느낌을 계속 품고 사실 거예요. 카체리나 이바노브나 씨의 삶은 이제 스스로의 느낌, 스스로의 헌신적 행위, 스스로의 비애에 대한 관조 속에서, 그 고난에 찬 관조 속에서 진행될 거예요. 하지만 결과적으로 이 고난은 완화될 것이고, 삶은 이미, 곧고 당당한 의도를 완전히 이행한 것에 대한 달콤한 관조가 될 거예요. 그 의도는 정말 하나의 당당한 의도지만, 모험적이고 극단적인 의도며, 카체리나 이바노브나 씨가 자신과 주체성을 가지고 취한 의도예요. 이런 것을 인식할 때 카체리나 이바노브나 씨는 결국 가장 완벽한 만족을 얻을 수 있을 테고, 모든 주위 상황과 조화를 이룰 수 있을 거예요."

그는 그 어떤 독살스러운 흥분에 싸여 단호하게 이 말을 하였다. 고의로 그러는 것일 가능성이 많았다. 어쩌면 자신의 입장을 굳이 숨기지 않으려고 그러는 것일 수도 있었다. 즉 고의로 비꼬면서 말하는 자신의 입장을 말이다.

"아니에요, 아니에요! 전혀 그렇지 않거든요!" 하고 다시 호흘라코바 부인이 외쳤다.

"알렉세이 표도로비치 씨도 말씀 좀 해보세요. 전 알렉세이 표도로비치 씨가 하는 말을 꼭 들어야 하겠어요."

카체리나 이바노브나가 그렇게 외치곤 갑자기 눈물을 흘리기 시작했다. 알렉세이가 소파에서 일어났다.

"아무것도 아니에요!"

카체리나 이바노브나가 울면서 계속 말했다.

"그냥 지난밤에 마음고생이 심해서 이러는 거예요. 하지만 알렉세이 표도로비치와 형님 분과 같은 든든한 친구들 곁에 있으니 마음이 놓이네요. 두 분 다 저를 절대로 떠나지 않을 걸 알기 때문이에요."

"유감이지만 제가 어쩌면 내일 바로 모스크바로 가서, 카체리나 이바노브나 씨를 오래 떠나 있어야 될 거 같아요."

갑자기 이반 표도로비치가 그렇게 말했다.

"내일 모스크바로 가신다고요?"

카체리나 이바노브나의 얼굴이 별안간 온통 일그러졌다.

"어떻게 그렇게……, 아, 그건 참 잘된 일이네요!"

그녀가 순식간에 바뀐 목소리로, 흐르던 눈물을 흔적도 안 남기고 순식간에 멈추고 외쳤다. 바로 순식간에 그녀에게서 놀라운 변화가 일어난 것이다. 그것 때문에 알렉세이는 많이 놀랐다. 그 어떤 돌발적 심상에 휩싸여 눈물을 흘리던 모욕당한 불쌍한 여자가 있던 자리에, 지금은 자기 제어가 아주 확실한, 심지어 무언가에 아주 만족하는 듯한, 무언가 기쁜 일을 갑자기 당한 듯한 여자가 나타나 있었다.

"아, 우리가 떨어져 있게 된 게 잘됐다는 건 물론 아니고요,"

그녀가 갑자기 화사한 상류 사회적 미소를 띠면서 부연 설명을 했다.

"이반 표도로비치 씨 같은 분은 물론 그렇게 생각하셨을 리는 없지만요. 저는 이반 표도로비치 씨랑 떨어지는 게 너무 불행한 일이에요(이 말을 하면서 그녀는 갑자기 이반 표도로비치한테 부리나케 다가와 뜨거운 감정을 표현하며 그의 양손을 꼭 쥐었다). 하지만 잘된 건 뭐냐 하면요, 이반 표도로비치 씨가 모스크바에 가시면 이모님과 아가피야한테 직접 전해주실 수가 있잖아요. 저의 상태에 대해, 제가 지금 당하는 이 고통을 아가피야한테는 있는 그대로 다 말씀해주시고 이모님한테는 충격받지 않으실 정도로만 말해주실 수 있으시잖아요. 어제랑 오늘 아침에 제가, 이걸 다 편지로 어떻게 써야 하나 하는 생각에 얼마나 우울했는지 아마 상상도 못 하실 거예요. 편지로는 절대, 무슨 수를 써도 전달을 못 할 거예요. 근데 지금은 마음 놓고 편지를 쓸 수 있게 됐네요. 이반 표도로비치 씨가 거기서 이모님과 아가피야를 직접 대면하시고 다 설명해주실 테니까요. 어머, 정말 얼마나 기쁜지 몰라요! 하지만 오로지 그것만 기쁜 거예요. 믿으시는 거죠? 이반 표도로비치 씨는 저한테 누구와도 바꿀 수 없는 분이세요. 지금 당장 가서 편지를 쓸게요."

이 말을 끝으로 그녀는 방에서 나가기 위해 즉시 발걸음을 뗐다.

"알렉세이 씨는 어떡하라고요? 알렉세이 표도로비치 씨의 의견을 꼭 듣고 싶다고 하셔 놓고!"

호흘라코바 부인이 소리쳤다. 그녀의 말에서 가시 돋친 억양이 묻어 나왔다.

"저 그거 안 잊었어요."

카체리나 이바노브나가 순간적으로 동작을 멈추고 말했다.

"근데 왜 이런 때에 저한테 그렇게 매몰차게 그러세요, 카체

484

리나 오시포브나 씨?"

그녀의 목소리에서 아픔이 섞인 격렬한 책망이 느껴졌다.

"제가 한 말은 다 사실 그대로예요. 저한텐 알렉세이 표도로
비치 씨의 의견이 아주 필요해요. 어디 의견뿐인가요? 전 알렉
세이 표도로비치 씨의 결정이 필요해요. 알렉세이 표도로비치
씨가 말씀하시는 대로 할 거예요. 그 정도라고요. 전 알렉세이
표도로비치 씨의 말씀을 갈구해요. 근데…… 왜 그러세요?"

"전 그런 생각 한 번도 한 적 없어요. 그걸 상상도 못 하겠어
요!" 하고 갑자기 알렉세이가 비애에 찬 음성으로 말했다.

"네? 뭐라고요?"

"형이 모스크바에 간다니까 카체리나 이바노브나 씨는 기쁘
다고 환호하셨어요. 그거 일부러 그렇게 환호하신 거예요. 그
담에 즉시 설명하시기 시작하셨어요. 형이 가는 것이 기쁜 게
아니라, 그 반대로, 친구를 잃어버리게 돼서 유감이라고요. 근
데 그것도 일부러 그렇게 연기하신 거예요. 극장 무대에서처
럼 말이에요. 코미디를 연기하신 거예요!"

"극장 무대에서라고요? 그게 무슨 말이에요?"

카체리나 이바노브나가 극히 놀라 눈살을 찌푸리고 발칵 소
리쳤다.

"형한테 아무리 친구가 떠나서 유감이라고 우기셔도, 사실
은 형이 떠나서 기쁘다고 형 눈앞에 대고 말씀하시는 거나 마

찬가지예요."

알렉세이가 숨을 헐떡여가며 말했다. 그는 탁자 앞에 서 있었고, 앉으려고 하지 않았다.

"무슨 말씀인지 저는 도저히……"

"저도 사실 잘 모르겠어요. 갑자기 저한테 무언가 딱 깨달아지는 게 있더라고요. 이런 말씀드리는 게 좋지 않다는 걸 알지만, 그대로 말씀은 드려야겠어요."

알렉세이가 아까와 마찬가지의 떨리고 갈라지는 목소리로 계속 말했다.

"제가 깨달은 것은 카체리나 이바노브나 씨가 드미트리 형을 맨 처음부터 전혀 사랑하지 않으셨다는 거예요. 또 드미트리 형도 어쩌면 카체리나 이바노브나 씨를 조금도 사랑하지 않았어요. 맨 처음부터요. 다만 우러러보는 것뿐이에요. 솔직히 전 모르겠어요. 제가 어떻게 감히 지금 이런 말을 하는지를요. 하지만 누군가는 진실을 말해야 되거든요. 여기 계신 분들중 아무도 진실을 말하려 하지 않으니까요."

"무슨 진실이요?"

카체리나 이바노브나가 소리쳤다. 무언가 히스테릭한 것이 그녀의 목소리에서 감지되었다.

"바로 이런 진실이에요."

알렉세이가 마치 지붕에서 갓 떨어지기 시작한 사람처럼 숨을 헐떡이며 겨우 말했다.

"지금 드미트리 형을 오라고 해보세요. 제가 찾아드릴게요. 드미트리 형이 이리로 와서 카체리나 이바노브나 씨의 손을 잡고, 그담에 이반 형의 손을 잡고, 두 분의 손을 서로 맞잡게 하라고 하세요. 왜냐하면 카체리나 이바노브나 씨는 이반 형을 사랑하신다는 이유 하나 때문에 이반 형을 괴롭히고 계시니까요. 그건 드미트리 형을 돌발적 감정으로, 가짜로 사랑하시기 때문이에요. 드미트리 형을 사랑하시는 것으로 하자고 스스로에게 암시를 걸어놓으셨기 때문이에요."

알렉세이가 말을 끊고 가만히 있었다.

"정말…… 나이 어린 괴짜 수도사답게 황당한 말씀을 하시네요!"

어느새 얼굴이 창백해진 카체리나 이바노브나가 화가 나서 비뚤어진 입술로 잘라 말했다. 이반 표도로비치가 갑자기 웃음을 터뜨리더니 자리에서 일어났다. 손에는 모자를 들고 있었다.

"너 그거 오해다, 내 착한 동생 알렉세이야."

알렉세이가 전에는 한 번도 본 적이 없는 표정을 하고 이반이 말했다. 그것은, 뭐랄까, 젊은이들 특유의 순수함, 그리고 솔직하게 말하고자 하는 강한 욕망이 담긴 표정이었다.

"카체리나 이바노브나 씨는 날 사랑한 적이 없어. 내가 당신을 사랑한다는 걸 계속 알고 있긴 했어. 비록 내가 나의 사랑에 대한 말은 한마디도 꺼내지 않았지만 말이야. 어쨌든 날 사랑하진 않았어. 그렇다고 내가 카체리나 이바노브나 씨의 친구였던 적도 한 번도 없어. 단 하루도 없어. 자존심이 강하셔서, 나라는 사람을 굳이 친구로 안 두셔도 됐었어. 카체리나 이바노브나 씨는 복수를 끊임없이 지속하기 위하여 나와의 관계를 유지했던 거야. 드미트리를 처음 만났을 때부터 여태까지 오랜 기간 동안 드미트리한테서 받던 모욕을 계속 시시각각 참아 오면서, 바로 그 모욕에 대한 복수를 나한테로 돌렸던 거야. 드미트리와의 맨 처음의 만남이 마음속에 계속 모욕당한 기억으로 남아 있었거든. 저분의 마음이란 게 바로 그거야. 내가 한 일이란 오직, 드미트리를 향한 당신의 사랑에 대해 저분이 말하는 것을 계속 들어드린 일이야. 나 이제 갑니다, 카체리나 이바노브나 씨. 근데 꼭 알고 계셔야 해요. 카체리나 이바노브나 씨는 진짜로 오직 드미트리만을 사랑하신다는 것을요. 모욕을 당하면 당할수록 더욱더요. 바로 그 점이 카체리나 이바노브나 씨의 돌발적 행동이에요. 카체리나 이바노브나 씨는 바로 드미트리의 있는 모습 그대로를 사랑하시는 거예요. 카체리나 이바노브나 씨에게 모욕을 주는 바로 그런 모습을 말이에요. 만약 드미트리가 마음을 고쳐먹는다면 카체리나 이바노브나 씨는 당장 그 사람에 대한 관심을 잃고 하나도 안 사랑하시게 될 거예요. 하지만 드미트리가 카체리나 이바노브나 씨한테 필요해요. 자기의 일편단심을 계속해서 강조하여 관조하고 드미트리의 배신을 질책하기 위해서요. 그게 다 카체리나 이바노브나 씨의 자만 때문이에요. 비록 자기 천대와 자기 비하가 많은 것처럼 보일지라도, 사실은 이게 다 자만이에요. 난 너무 젊어서 카체리나 이바노브나 씨를 너무 열렬히 사랑했어요. 내가 이런 말은 하지 않는 것이 좋고, 그냥 이 집을 나가버리는 게 나로서 좀 더 점잖은 처신이라는 건 알아요. 그래야 카체리나 이바노브나 씨한테 있어서 덜 모욕적이겠죠. 하지만 내가 지금 멀리 가는 거고, 다신 안 돌아올 거예요. 그러니까 영영 가는 거라고요. 난 돌발적 행동이 일어나는 곳에 있고 싶지 않아요. 이젠 내가 말 다 했어요. 더 할 말은 없어요. 이별합시다, 카체리나 이바노브나 씨. 나한테 화내시면 안 돼요. 왜냐하면 내가 카체리나 이바노브나 씨보다 백배는 더한 벌을 받기 때문이에요. 당신을 다시는 못 본다는 것 하나가 저로선 큰 벌이에요. 자, 이만 갈게요. 손을 달라고 안 할게요. 당신은 제가 지금 용서해드리기에는 너무 벅찰 정도로 저를 고의로 괴롭히셨어요. 나중엔 용서할지 모르지만, 지금은 손을 내미실 필요 없어요.

Den Dank, Dame, begehr ich nicht.**97"**

그가 일그러진 미소를 띠고 마지막으로 이 말을 덧붙였는데, 이로써 그는 자기가 실러의 작품을 암기할 정도로 읽었다는 것을 드러낸 셈이었다. 그것은 예상 밖이었다. 알렉세이는 전 같았으면 이를 믿지 못했을 것이다. 이반은 집주인인 호흘라코바 부인과 인사도 하지 않고 방을 나갔다. 알렉세이가 놀라 양손을 마주쳤다.

"이반 형!"

알렉세이가 이반의 등 뒤에 대고 마치 길 잃은 소년처럼 그를 소리쳐 불렀다.

"돌아와, 이반 형……! 아니죠, 아마 이제 절대로 안 돌아올 겁니다."

그가 다시금 깨달은 사실이 있어 씁쓸하게 덧붙였다.

"다 제 탓이에요. 제가 말을 꺼냈어요. 이반 형은 화가 나서 저렇게 말한 거예요. 저건 다 맞는 말이 아니에요. 화가 나서 저런 거예요."

알렉세이가 정신이 나간 듯 소리쳤다.

카체리나 이바노브나가 돌연 다른 방으로 가버렸다.

---

* 여인이여, 내게 상은 필요 없어요. (독일어)

"알렉세이 표도로비치 씨가 잘못한 거 없어요. 알렉세이 표도로비치 씨는 마치 천사같이 참 잘 행동하셨어요."

고뇌에 젖은 알렉세이에게 호흘라코바 부인이 희열에 찬 빠른 말투로 속삭였다.

"이반 표도로비치 씨가 떠나지 않도록 제가 모든 노력을 다해 볼게요."

알렉세이는 비탄에 잠겼는데 그녀는 얼굴에 기쁜 빛을 띠고 말했다. 그런데 갑자기 카체리나 이바노브나가 돌아왔다. 손에는 100루블짜리 지폐 두 장이 쥐어져 있었다.

"제가 중요한 부탁을 하나 할게요, 알렉세이 표도로비치 씨."

그녀가 알렉세이에게, 마치 지금 사실은 아무 일도 안 일어난 것인 양 고르고 안정된 목소리로 말했다.

"일주일인가요? 네. 일주일 된 거 같네요. 일주일 전에 드미트리 표도로비치가, 해서는 안 될, 아주 아름답지 못한 성급한 행동을 한 가지 했어요. 여기 한 안 좋은 곳이 있는데, 술집 말이에요, 거기서 그 사람이 그 퇴역 장교, 그 대위를 만났어요. 부친께서 자기 일을 시키시던 그 사람 말이에요. 드미트리 표도로비치는 왠지 모르게 그 대위한테 화를 내면서 턱수염을 잡고 사람들이 다 보는 가운데서 거리로 질질 끌고 나와, 거리에서도 오랫동안 끌고 다녔어요. 그런데 사람들이 하는 말이, 이곳 학교에서 배우는 아직 어린 학생인 그 대위 아들이 그 광경을 보고 엉엉 울면서 옆에서 같이 달리면서, 아버지를 놓아 달라고 부탁하고 또 모든 사람들한테 뛰어가서 자기 아버지를 좀 도와달라고 부탁을 했는데, 사람들은 그냥 다 웃었대요. 죄송해요, 알렉세이 표도로비치 씨. 저는 드미트리 표도로비치의 그런 창피한 행동을 생각하면 화가 나는 것을 금할 길이 없어요. 그런 행동은 오직 드미트리 표도로비치민이 감히 할 민한 행동들 중 하나예요. 화가 났을 때, 열이 받쳤을 때 말이에요. 전 그런 행동에 대해서 말하는 것도 못하겠어요……. 제가 스스로 말이 헷갈리네요. 아무튼 제가 그 모욕당한 사람에 대해서 조사를 해봐 가지고 알게 된 사실이, 그 사람 아주 가난한 사람이라는 거예요. 성이 스네기료프예요. 그 사람은 군대에서 무슨 잘못을 저질러 가지고 강제로 퇴역당했대요. 전 이런 얘기를 다 해드리지 못하겠네요. 아무튼 지금 그 사람은 가족이랑 살고 있는데, 그 가족이라는 것이 형편이 말이 아니에요. 애들은 아프고 아내는 정신이 돌았다는 것 같아요. 엄청난 가난이 밀어닥쳤대요. 그 사람은 이미 오래전부터 이 도시에 사는데, 무슨 일을 하긴 해요. 어디선가 서기 일을 했었는데, 그런데 지금은 갑자기 돈을 한 푼도 못 받게 됐대요. 저는 알렉세이 표도로비치 씨 생각이 났어요. 그러니까 제 생각은……, 저도 잘 모르겠는데……. 제가 말이 좀 왔다 갔다 하네요. 어쨌든 말이에요, 제가 알렉세이 표도로비치 씨한테 부탁을 하면 좋겠다고 생각했어요. 착하신 알렉세이 표도로비치 씨한테요. 그 대위를 한번 찾아가보라고요. 뭐 적당한 구실을 찾아 가지고 그 사람한테 가서 그러니까 제 말은, 그 대위한테요. 아, 제가 말을 자꾸만 헷갈리네요! 어쨌든 말이죠, 조심스럽게, 기분 안 나쁘게 말이에요, 그렇게 할 줄 아는 건 오직 알렉세이 표도로비치 씨뿐이니까요(이 대목에서 알렉세이는 갑자기 얼굴을 붉혔다). 그 사람한테 이 물질적 원조를 좀 전해주세요. 여기, 200루블이에요. 그 사람 아마 받을 거예요. 그러니까, 받도록 설득을 해야 되는 거죠. 아닌가요? 어떻게 할까요? 이건 말이죠, 그 못된 행동을 용서해달라는 의미에서, 고소를 하지 말아달라는 의미에서 그 사람한테 대가를 치르는 게 아니에요(왜냐하면 그 사람이 고소를 하려고 했던 것 같거든요). 이건 그냥 연민의 표시고, 도와주고 싶은 마음의 표시예요. 저의 마음의 표시요. 드미트리 표도로비치의 약혼녀인 저의 마음의 표시지, 드미트리 표도로비치의 마음의 표시는 아니에요. 그러니까 한마디로 하자면, 알렉세이 표도로비치 씨는 이 일을 해내실 수 있을 거예요. 제가 스스로 가고는 싶지만, 알렉세이 표도로비치 씨가 이 일을 저보다 훨씬 더 잘 해내실 거예요. 그 사람은 오제르나야 거리에 있는 소시민 칼므이코바의 집에 살아요. 부탁이에요, 알렉세이 표도로비치 씨. 절 위해 이 일을 해주세요. 자, 그럼 이제……, 제가 지금 좀 피곤해서요……. 안녕히 가세요.”

그녀가 갑자기 휙 돌아서서 순식간에 커튼 너머로 모습을 감추는 바람에 알렉세이는 무슨 말을 할 기회도 없었다. 말을 하고는 싶었는데 말이다. 무슨 말을 하고 싶었나 하면, 자기의 잘못을 용서해달라고 하고 싶었다. 아니면 뭐든 다른 말을 하고 싶었다. 마음속에 할 말이 가득했기 때문에 아무 말도 없이 거실을 나가기는 싫었던 것이다. 하지만 호흘라코바 부인이 그의 손을 붙잡고 같이 밖으로 나왔다. 현관에서 그녀는 아까처럼 그를 멈춰 세우고, 반쯤 속삭이는 소리로 말했다.

"자존심이 보통 센 게 아니에요. 여간해서 풀이 죽지 않아요. 그래도 착하고 매력 있고 관대한 분이에요! 저는 저분이 아주 마음에 들어요. 특히 마음에 들 때가 가끔씩 있어요. 지금 전 다시 마음이 놓였어요. 착하신 알렉세이 표도로비치 씨, 이건 모르고 계셨죠? 이제부터 알고 계세요. 우리 모두가, 그러니까 저랑, 저분의 두 이모님, 또 리즈까지, 저분이 알렉세이 표도로비치 씨가 좋아하시는 드미트리 표도로비치 형님이랑 헤어지기만을 벌써 한 달 내내 계속 바라고 있다는 걸요. 드미트리 표도로비치는 저분이랑 아는 사이이기를 원치도 않고, 조금도 사랑하지 않거든요. 이반 표도로비치랑 결혼하시면 좋을 텐데 말이에요. 교육도 잘 받은 멋진 젊은이시잖아요. 게다가 이 세상의 누구보다도 저분을 가장 사랑하시는데 말이에요. 우리가 두 분을 맺어주려고 심지어 작전까지 짰잖아요. 제가 이곳을 안 떠나고 있는 게 어쩌면 그 목적 때문이에요."

"하지만 저분은 또다시 모욕을 받아서 우셨잖아요!" 하고 알렉세이가 소리쳤다.

"여자의 눈물을 믿지 마세요, 알렉세이 표도로비치 씨. 그런 부분에 있어서 여자들은 참 제 맘에 안 들어요. 저는 남자들 편이에요."

"엄마, 엄마 때문에 아저씨 너무 힘드시겠다. 그만 좀 해."

문 뒤쪽에서 리즈의 가느다란 목소리가 들려 왔다.

"아니야. 다 나 때문에 이렇게 된 건데 뭐. 다 내 잘못이야!"

고뇌에 젖은 알렉세이가 또다시 그렇게 말하면서, 자기의 행동으로 인한 양심의 가책이 극에 달해 손으로 얼굴을 가리기까지 했다.

"그 반대예요. 알렉세이 표도로비치 씨는 천사처럼, 천사처럼 행동하셨어요. 전 이 말을 수백만 번 되풀이할 수 있어요."

"엄마, 아저씨가 왜 천사처럼 행동했다고 하는 거야?"

다시금 리즈의 목소리가 들렸다.

"상황을 가만히 보다가 갑자기 그런 생각이 들었어요."

알렉세이가 마치 리즈의 말을 못 들은 것처럼, 하던 말을 계속했다.

"저분이 이반 형을 사랑하신다는 생각이요. 그래서 제가 그런 허튼소리를 하게 된 거예요. 그것 때문에 이제 일이 어떻게 될까요?"

"누구 일 말하는 거예요? 누구 일이요?"

리즈가 소리쳐 묻고는 자기 엄마에게 소리쳤다.

"엄마, 엄마는 아마 날 죽이고 싶은가 보지? 내가 물어보는데 왜 대답을 안 해줘?"

이때 하녀가 들어와 말했다.

"카체리나 이바노브나 씨가 상태가 아주 안 좋아요. 울면서 히스테리를 일으켜 부들부들 떨고 있어요."

"왜 그래? 엄마, 그분은 둘째 치고 내가 히스테리가 일어날 거 같아!" 하고 리즈가 이번에는 불안한 목소리로 소리쳤다.

"리즈, 제발 소리 좀 지르지 마. 나 아주 죽겠어. 넌 아직 나이가 어려서, 어른들이 아는 걸 다 알려고 하면 안 돼. 이따가 다 얘기해줄게. 너한테 해도 되는 얘기라면 말이야. 아이고, 참, 지금 가볼게요. 히스테리를 일으켰다는 건 좋은 징조예요, 알렉세이 표도로비치 씨. 아주 좋아요, 저분이 히스테리를 일으킨 것이요. 꼭 그래야 돼요. 이 점에서 난 언제나 여자들이 마음에 안 들어요. 이 모든 히스테리들, 여자의 눈물들……. 율리야야, 가서 말해라, 내가 가겠다고. 그리고 이반 표도로비치 씨가 그렇게 가버린 것은 스스로의 잘못이야. 하지만 이반 표도로비치 씨는 이곳을 떠나지는 않을 거야. 리즈, 제발 소리 좀 지르지 마라! 아, 아니구나, 네가 소리 지르는 게 아니라 내가 소리 지르는 거구나. 미안해. 어쨌든 전 기분이 아주 좋아요! 네, 정말 살맛 나네요! 근데 그거 보셨어요, 알렉세이 표도로비치 씨? 아까 이반 표도로비치 씨가 나갈 때 얼마나 젊게 보였는지 말이에요. 그 말을 하시고 휙 나가버리실 때 말이에요. 전 그분이 학식이 높으신 학자신 줄 알았었는데, 아, 어쩌면 그렇게 열정적으로, 솔직하게, 경험 없는 젊은이처럼 말씀을 하시던지! 그 모든 것이 어쩌면 그리도 멋지던지! 알렉세이 표도로비치 씨도 멋지지만요. 그리고 그 독일어 시구를 말씀하셨어요. 알렉세이 표도로비치 씨만큼이나 멋지세요! 아, 네, 지금 가봐야 되네요. 알렉세이 표도로비치 씨, 그 맡겨진 일 빨리 하러 가셨다가 빨리 돌아오세요. 리즈, 너 뭐 또 필요한 거 있니? 알렉세이 표도로비치 씨는 1분도 더 붙잡고 있으면 안 돼. 조금 뒤에 너한테 다시 오실 거야."

호흘라코바 부인이 마침내 나갔다. 알렉세이가 가기 전에 리즈의 방문을 열려고 하였다. 그러자 리즈가 소리쳤다.

"안 돼요! 지금은 절대 안 돼요! 그냥 문 밖에서 이야기하세요. 뭘 하셨는데 천사 소리를 들으셨어요? 전 단지 그것만 알고 싶어요."

"정말 바보 같은 행동을 했어, 리즈! 이젠 갈게."

"그렇게 그냥은 못 가세요!" 하고 리즈가 소리 질렀다.

"리즈, 내 마음이 너무 아파! 나 곧 올게. 하지만 마음이 너무나 아파!"

　그렇게 말하고 그는 방에서 달려 나갔다.

VI
농장 가옥에서의 돌발적 행동들

　그는 실로 큰 마음의 상처를 느끼고 있었다. 그런 마음의 상
처를 느낀 적은 여태까지 별로 없었다. 공연히 튀어나와서 다
망쳐놓은 것이다. 그것도 사랑이라는 감정과 관련된 일을 말
이다. '내가 그런 일들을 이해해봤자 얼마나 이해하겠어? 알아
봤자 얼마나 알겠어?' 하며 그는 붉어진 얼굴로 백번쯤 속으로
되풀이했다. 그는 또 이렇게 생각했다. '창피하기만 하면 괜찮
겠어. 창피한 건 내가 당해야 될 벌이야. 근데 문제는, 내가 이
제 새로 일어날 불행한 사건들의 원인이 됐다는 거지. 장로님
은 화해시키고 단결시키라고 날 보내셨는데. 나처럼 해가지고
어떻게 단결이 되나?' 그러다가 그는 자기가 '두 사람의 손을
서로 갖다 대어 맞잡게 하는' 이야기를 했던 것을 문득 기억해
내고 또 한 번 지독한 창피함을 느꼈다. '비록 내가 이 모든 말
을 진심으로 했던 것은 사실이지만, 앞으로는 좀 더 현명하게
행동해야겠다.' 그는 문득 그렇게 결론을 내고서, 자기가 낸 결

론에 대해 미소조차 짓지 않았다.

카체리나 이바노브나가 부탁한 일을 하려면 오제르나야 거리로 가야 했는데, 드미트리가 바로 그리로 가는 길에 있는, 오제르나야 거리에서 가까운 네거리에 살았다. 알렉세이는 대위의 집에 가는 것보다 먼저 드미트리의 집에 들를 생각이었다. 비록 드미트리가 집에 없을 거라는 예감은 들었지만 말이다. 그는 어쩌면 드미트리가 이제는 자기에게서 일부러 숨으려 하지 않을까 생각되었다. 하지만 그래도 무슨 일이 있어도 드미트리를 찾아야 했다. 시간은 계속 가고 있었다. 임종을 앞에 둔 장로에 대한 생각이 한시도 그를 떠나지 않았다. 그가 수도원에서 나온 순간부터 그 생각이 1초도 그를 가만 내버려두지 않았다.

카체리나 이바노브나가 부탁한 일에는 그의 궁금증을 사로잡은 점이 하나 있었다. 카체리나 이바노브나가 그 대위의 아들이라는, 자기 아버지 옆에서 엉엉 울면서 같이 달렸다는 어린 학생에 대해 얘기했는데, 그때 알렉세이는 아까 도대체 무슨 일로 화를 내고 그러느냐고 묻자 손가락을 깨문 바로 그 학생이 아닌가 하는 생각이 문득 났다. 지금 알렉세이는 거의 확신마저 하고 있었다. 왜 그런 확신이 드는지는 몰랐지만 말이다. 그렇게 딴 생각을 곰곰이 하다 보니 기분 전환이 됐고, 자기가 저질러놓은 일에 대해 생각하지 않기로, 후회하느라고 괴로워하지 말고 단지 맡겨진 일을 하자고 작정했다. 상황은 어차피 어떻게든 진행될 것이었을 테니까 하고 생각을 하니 그는 새삼 활기가 돌았다. 그러다 드미트리가 사는 집으로 가느라고 골목으로 들어가자 허기가 느껴져서 그는 아버지 집에서 가져온 빵을 주머니에서 꺼내 걸으면서 먹었다. 그랬더니 너욱 힘이 났다.

드미트리는 집에 없었다. 이 집의 주인은 소목장이 노인이었고 아들과 늙은 아내가 있었다. 그들은 알렉세이를 의심스럽게 보기까지 했다. "사흘째 집에 안 들어오고 있어. 어디 멀리 간 모양이지" 하고 노인이 알렉세이의 집요한 질문에 답했다. 알렉세이는 노인이 부탁에 따라 각본대로 대답하고 있다는 것을 눈치챘다. "그루센카한테 간다고 하지 않았어요? 아니면 또 포마네 집에 숨어 있는 거 아닐까요?"라고 알렉세이가 질문하자(알렉세이는 질문을 할 때 이런 세부 사항을 일부러 거론해본 것이다) 그 집 가족 전원이 겁먹은 눈을 하고 알렉세이를 쳐다보았다. '이분들이 형을 위해 주는구나. 형의 편을 들어주는 걸 보니. 그건 좋은 일이네' 하고 알렉세이는 생각했다.

결국 그는 오제르나야 거리에서 소시민 칼므이코바의 집을 찾아냈다. 다 낡아 기울어진, 거리 쪽으로 창문이 세 개밖에 나 있지 않은 집이었고, 마당은 지저분했고 그 한가운데에 암소 한 마리가 외로이 서 있었다. 마당에서 집 건물로 들어가는 입구에 현관이 있고 현관에서 왼쪽으로 늙은 여주인과 늙은 딸이 살았는데, 둘 다 귀가 먹은 듯했다. 알렉세이가 대위에 대한 질문을 몇 번 반복한 뒤에야 그 둘 중 하나가 세 들어 사는 사람들에 대해 물어보는 거라고 드디어 이해하고는, 현관을 중심으로 반대편을 손가락으로 가리켰다. 거기에 부엌이 안 딸린 칸으로 들어가는 문이 있었다. 대위가 사는 집은 실로 간단한 모양이었다. 알렉세이는 문을 열기 위해 철제 손잡이를 손으로 잡으려 했는데, 문 저편이 너무 조용해서 일단 멈칫했다. 그는 카체리나 이바노브나의 말을 들었기에, 이 퇴역한 대위가 가족이 있는 사람이라고 알고 있었던 것이다. '혹시 다들 자나? 아니면 내가 온 것을 듣고 내가 문을 열기를 기다리고 있는 것인가? 일단 노크라도 해보는 게 좋겠다' 하고 그는 생각하고 노크를 했다. 응답은 있었다. 그렇지만 바로 있었던 게 아니라, 글쎄, 한 10초는 지난 다음에 있었다.

"누구시오?"

누군가가 큰 소리로, 일부러 화가 난 목소리로 소리쳤다.

그러자 알렉세이가 문을 열고 문턱을 넘었다. 그가 들어간 공간의 내부는 다분히 널찍했으나 사람들과 여러 가지 세간들로 너무나 꽉 차 있었다. 왼쪽에 커다란 러시아식 난로가 있었다. 난로에서 왼쪽 창문 쪽으로 방 전체에 걸쳐 **빨랫줄**이 쳐져 있었고 각종 헌 옷가지들이 걸려 있었다. 왼쪽 벽과 오른쪽 벽에 침대가 하나씩 놓여 있고 위에 털실로 짠 이불들이 덮여 있었다. 침대들 중 왼쪽 것에는 옥양목 재질의 베개 네 개가 산처럼 쌓여 있었는데, 위로 올라갈수록 베개 크기가 작아졌다. 다른 침대, 곧 오른쪽 것 위에는 아주 작은 베개 한 개만 보였다. 그리고 문 맞은편의 구석에는 커튼인지 시트인지로 분리된 자그마한 공간이 있었는데, 그 커튼인지 시트인지도 역시 빨랫줄에 걸려 있었고, 빨랫줄은 구석을 가로질러 쳐져 있었다. 이 커튼 뒤로도, 벽에 붙은 긴 의자와 옆으로 놓인 잠자리가 보였다. 나무로 된 단순하고 거친 사각 식탁이 문 맞은편 구석과 가운데 창문 사이에 있었다. 세 개의 창문 각각은 곰팡이가 낀 작은 녹색 유리 네 장으로 구성되었는데, 창들이 다 매우 뿌옜고 꽉 닫혀 있었다. 그래서 방 안은 다분히 답답하고 침침했다. 식탁 위에는 프라이팬이 놓여 있고 그 안에는 노른자를 깨지 않은 달걀 부침을 먹다 남은 것이 있었다. 또 식탁에는 윗부분이 뜯겨 나간 빵 조각이 있었고, 그 외에도 보드카 병이 있었는데 그 안에는 술이 바닥에 아주 조금만 고여 있는 상태였다. 왼쪽 침대 근처의 의자에 옥양목으로 된 원피스를 입은, 결혼했을 나이로 보이는 여자가 앉아 있었다. 그녀는 얼굴이 매우 수척하고 누랬다. 움푹 들어간 볼이, 그녀가 아픈 상태임을 금방 알아채게끔 했다. 그러나 알렉세이를 가장 많이 놀라게 한 것은 이 불쌍한 여인의 눈빛이었다. 눈빛에 의문을 품은 기색이

가득했으면서도 동시에 오만이 서려 있었다. 그리고 알렉세이가 주인 남자와 이야기를 나누는 동안 그녀는 한마디도 하지 않으면서 계속 그렇게 오만하고 의문이 담긴 커다란 갈색 눈으로 대화를 나누는 두 사람을 번갈아 보았다. 이 여인 근처에, 왼쪽 창가에 얼굴이 꽤 못생기고 머리카락이 불그스름하고 성긴 편인 젊은 처녀가 서 있었다. 옷을 단정하게는 입었지만 차림새에서 가난이 묻어났다. 그녀는 들어온 알렉세이를 꺼리는 듯한 눈초리로 훑어보았다. 오른쪽에도 잠자리가 마련된 곳에 또 한 명의 여자가 앉아 있었다. 그 역시 스무 살쯤으로 보이는 젊은 처녀였는데, 참으로 불쌍한 존재였다. 꼽추인 데다가 앉은뱅이였다. 나중에 알렉세이가 한 말에 따르면 그녀는 양다리가 말라붙은 상태였다. 목발이 그녀 가까이에, 침대와 벽이 만나는 구석에 세워져 있었다. 이 불쌍한 처녀의 훌륭하고 멋진, 선해 보이는 눈은 침착하게 알렉세이를 보았다. 나이가 마흔다섯쯤 된, 키가 별로 안 크고 몸이 여위었고 허약해 보이는, 불그스름한 빛의 듬성듬성한 턱수염을 한 남자가 식탁에서 달걀 부침을 마저 먹고 있었다. 턱수염이 다 해진 때밀이 수건을 다분히 연상시켰다(이런 비교가, 그리고 특히 '때밀이 수건'이라는 말이 왠지 첫눈에 알렉세이의 머릿속에서 번득였다. 그는 나중에 이 기억을 다시 한번 떠올렸다). 문을 열기 전 안에서 "누구시오?" 하고 소리친 게 바로 이 남자인 것이 확실했다. 왜냐하면 방 안에 이 남자밖에 남자가 없었기 때문이다. 한편 알렉세이가 들어가자 그 남자는 앉아 있던 의자에서 벌떡 일어나, 해진 손수건으로 대충 입을 닦으며 알렉세이에게 대뜸 달려왔다. 그때 왼쪽 구석에 서 있던 처녀가 큰 소리로 말했다.

"수도원 건축 헌금을 걷는다고 수도사가 왔구먼. 그래, 누구한테 돈 걷을지 참 잘도 알고 찾아왔네!"

하지만 알렉세이에게 달려온 남자가 구두 굽을 축으로 하여 재빨리 뒤로 돌아 그녀를 보고는 왠지 흥분되어 갈라지는 목소리로 이렇게 말했다.

"아니야, 바르바라 니콜라예브나, 이거 그거 아니야. 잘못 짚으셨어. 이번엔 제가 물을게요."

그 말을 하면서 그는 다시 알렉세이에게 몸을 돌렸다.

"이 밑바닥으로 임하신 특별한 이유라도 있나요?"

알렉세이가 그를 자세히 살펴보았다. 처음 보는 사람이었다. 그 사람에게는 무언가 어색하고 성급하며 신경질적으로 보이는 면이 있었다. 그가 지금 술을 마신 게 분명했지만 취하지는 않은 상태였다. 그의 얼굴은 극에 달한 건방짐을 보이면서도 동시에 (이상한 일이지만) 겁을 먹은 것 같은 표정을 하고 있었다. 그는 오랜 시간 동안 남의 밑에서 복종하면서 참아오다가 별안간 자신을 찾고 싶어 하는 것 같은 사람의 모습이었다. 그게 아니라면, 마치 상대를 금방이라도 팰 듯하지만 동시에 상대가 자기를 팰까 봐 두려워하는 사람의 모습이었다. 다분히 낭랑한 목소리로 연출되는 그의 말, 그의 억양 속에서는, 뭐랄까, 바보 흉내를 내서 웃기려 하는 경향의 기이한 유머가 느껴졌고, 그의 톤은 성난 톤이었다가, 소심해지는 톤이었다가, 참지 못하고 폭발하는 톤이었다가 했다. '누추한 곳' 운운하며 질문을 할 때 그는 온몸을 떨면서 눈을 부라리며 알렉세이에게 하도 바싹 다가왔기 때문에, 알렉세이가 자기도 모르게 한 걸음 뒤로 물러서야 했다. 남자는 어두운 색깔의 무명으로 된 것 같은 코트를 입었는데, 상태가 그리 좋다고는 할 수 없게, 기운 곳도 있고 얼룩도 져 있었다. 그가 입고 있는, 빛이 너무 바래서 다른 사람들은 아무도 이제는 입지 않을 것 같은 체크무늬 바지는 아주 얇은 옷감으로 만든 것이었고, 아래쪽이 구겨져서 위로 올라가 붙었기 때문에, 마치 그가 어렸을 때부터 그 바지를 입고 지냈는데 지금은 몸이 자란 것 같은 인상을 주었다.

"저는…… 알렉세이 카라마조프라고 합니다" 하고 알렉세이가 대답을 시작했다.

"잘 알고 있습니다."

그 남자가 즉시 말을 자르면서, 자기가 그냥도 알고 있다는 것을 밝히고는 말했다.

"저는 스네기료프 대위라고 합니다. 제가 굳이 알고 싶은 것은 무슨 이유로 여길······."

"전 지금 막 여기 들어왔습니다. 그러지 않아도 스스로 말씀 드리려고 했었습니다, 허락하신다면."

"그러시다면 여기 의자가 있습니다. 자리를 잡으십시오.[99] 옛날 코미디에서 그렇게들 말하더군요. '자리를 잡으십시오'라고."

그러면서 대위는 빠른 동작으로 빈 의자(전체가 나무로 된, 아무 천도 입히지 않은 그야말로 단순한 것)를 가져다가 방의 거의 한가운데에 놓고, 똑같이 생긴 다른 의자를 가져다가 자기가 앉기 위해 놓았다. 그리고 알렉세이와 마주 보고 앉았는데, 아까와 마찬가지로, 무릎이 서로 닿을 정도로 가까이 앉았다.

"전 러시아 보병 사단 대위 니콜라이 일리치 스네기료프입니다. 비록 과실로 인해 명예를 잃었지만, 그래도 대위는 대위입니다. '스네기료프 대위'라고 하는 것보다는 '슬로보예르스 대위'라고 하는 게 더 맞을 겁니다. 왜냐하면 제 삶의 중간 시점 이후부터야 비로소 경의를 표하는 접미사를 붙여 말을 하기 시작했으니까요.* 경의를 표하는 접미사는 자기를 비하할

---

* 슬로보예르스라는 가상의 성은 스네기료프가 자기가 슬로보예르스를 많이 사용하는 사람이므로 자기의 성으로 하면 알맞겠다고 생각하여 꾸민 성이다. 슬로보예르스란 예를 들어 영어에서 "Yes, sir!" 하고 말할 때 그 "sir"와 의미가 어느 정도 비슷한 러시아어 접미사의 명칭으로서, 상대를 공경하는 뜻을 드러내기 위해 주로 계급 체제가 존재하던 러시아에서 쓰이던 접미사이다. 이 접미사는 거의 모든 단어의 끝에 붙을 수 있었다. 러시아어 원문에서는 스네기료프가 종종 말끝마다 이 접미사를 붙인다. - 역자 주

때 비로소 쓰게 됩니다."

"그건 맞습니다. 그런데 자기도 모르게 쓰게 되는 겁니까, 아니면 일부러 쓰게 되는 겁니까?" 하고 알렉세이가 약간 웃으며 말했다.

"자기도 모르게 쓰는 것임이 확실합니다. 평생 그 접미사를 쓰지 않고 지내다가, 넘어지고 일어난 다음부터는 쓰게 됐습니다. 그건 높은 곳에서 내려오는 힘에 의해 그렇게 되는 것입니다. 요즘의 사회 문제에 관심이 있으신 모양이군요. 제가 어떻게 해서 댁의 호기심을 유발시켰는지요? 제가 사는 환경은 손님을 모시기에 불가능한 환경인데 말입니다."

"제가 온 것은…… 바로 그 일 때문입니다."

"바로 그 일이라고요?"

대위가 참을성 없이 말을 끊었다.

"대위님과 제 형 드미트리 표도로비치와의 만남에서 벌어진 사건 때문입니다."

알렉세이가 겸연쩍어하며 빨리 말해 버렸다.

"어떤 만남을 얘기하시는 건지요? 혹시 바로 그 만남을 얘기하시는 것입니까? 그러니까 대체 뭡니까, 그 '때밀이 수건 어쩌고……' 하던 그 만남 말하는 겁니까?"

그가 갑자기 몸을 앞으로 확 당겨, 이번엔 진짜 확실하게 자기 무릎을 알렉세이 무릎에 부딪쳤다. 입술이 긴장되어 완전

507

히 실처럼 돼 있었다.

"때밀이 수건이라니요?" 하고 알렉세이가 물었다.

"저 사람, 아빠한테 나 일러바치려고 온 거야!"

알렉세이가 이미 들은 적 있는 목소리로 아까의 소년이 구석의 커튼 뒤에서 소리쳤다.

"네가 아까 저 사람 손가락을 깨문 거야."

커튼이 젖히고, 성상들이 걸려 있는 구석에서, 벽에 붙은 긴 의자와 작은 의자 위에 걸쳐 마련된 잠자리 위에서, 알렉세이에게 봉변을 준 아까의 그 소년이 모습을 드러냈다. 소년은 자기 코트와 오래된 솜이불로 몸을 덮고 누워 있었다. 몸이 안 좋은 게 확실했고, 눈이 빨갛게 된 것으로 보아 신열이 있는 듯했다. 그는 아까와는 다르게 겁을 먹지 않고 알렉세이를 바라보았다. '이제는 우리 집이니까 자신 있다'는 것 같았다.

"손가락을 깨물다니? 쟤가 댁의 손가락을 깨문 겁니까?" 하고 대위가 의자에서 약간 일어나며 물었다.

"네. 제 손가락을 깨물었습니다. 아까 저 아이가 거리에서 다른 아이들이랑 일 대 육으로 돌을 던지며 싸우고 있었습니다. 제가 저 아이한테 다가갔더니 저 아이가 저한테 돌을 던졌습니다. 그다음에 또 한 번 제 머리로 돌을 던졌습니다. 제가 '내가 뭘 어쨌기에?' 하고 묻자 저 아이가 갑자기 달려들어서 제 손가락을 아프게 깨물었습니다. 제가 뭘 어떻게 했기에 그랬는지 모르겠습니다."

"제가 당장 때려서 혼내겠습니다. 지금 당장 때려서 혼내겠
습니다!"

그러면서 대위가 의자에서 완전히 일어났다.

"저는 그거 일러바치는 거 아닙니다. 그냥 사실을 이야기하
는 것뿐입니다. 저는 대위님께서 아이를 때려서 혼내시는 거
원치 않습니다. 게다가 지금 보니까 아이가 아픈 것 같은데요."

"제가 진짜로 때릴 거라고 생각하셨어요? 제가 일류샤를 지
금 댁이 보는 앞에서 때려서 댁의 속을 시원하게 해드린다고
요? 정말 그래야겠어요?"

대위가 갑자기 마치 알렉세이에게 달려들 듯한 몸 동작으로
알렉세이 쪽으로 몸을 돌리고 말했다.

"댁의 손가락 관련해서는 유감입니다. 하지만 제가 일류샤
를 때려서 혼내기 전에 먼저, 댁이 보는 앞에서 제 손가락 네
개를 이 칼로 자르는 게 어떻겠습니까? 댁의 속이 시원하시게
요. 네 개를요. 그 정도면 복수에 갈급한 댁의 마음이 만족을
얻기에 충분할 거라는 생각인데요. 다섯 개를 자르라고는 안
하시겠죠?"

그는 갑자기 말을 멈추고, 숨을 헐떡이는 듯했다. 거의 얼굴
근육 하나하나가 경련을 일으켰고, 눈빛은 극히 도전적인 눈
빛이었다. 극도의 흥분 상태인 것 같았다.

"이제야 다 이해가 가네요."

알렉세이가 앉은 채로 조용하고 애틋한 어조로 말했다.

"그러니까 대위님의 아들은 착한 아들이에요. 아버지를 사랑해서, 아버지를 욕보인 사람의 동생인 저한테 달려든 거예요. 이젠 이해하겠네요. 하지만 제 형 드미트리 표도로비치가 자기 행동을 후회하고 있다는 걸 제가 입니다. 그리고 만약 세 형이 대위님을 찾아뵙는 것이 가능하다면, 아니면 차라리 바로 그 장소에서 대위님과 만난다면, 그러면 형은 모두가 보는 앞에서 대위님께 사과할 겁니다. 대위님이 원하신다면요."

"그러니까 턱수염을 뽑고 나서 사과를 한다 이거죠? 그러면 다 된 겁니까? 그럼 제가 만족합니까?"

"그건 아닙니다. 형은 대위님이 하라고 하시는 걸 뭐든지 다 할 겁니다!"

"그럼 만약 내가 그분한테 그 술집에서(술집 이름이 '스톨리치늬 고로드*에요) 아니면 광장에서 내 앞에 무릎을 꿇으라고 하면 그렇게 할 거란 말입니까?"

"네. 무릎도 꿇을 겁니다."

"제 마음을 콕 찌르셨어요. 제 마음을 콕 찔러서 눈물을 짜내셨어요. 제가 너무 감정적이에요. 제 가족 소개를 드릴게요.

---

* '수도(首都)'라는 뜻임. - 역자 주

제 두 딸이고, 쟤는 내 아들이에요. 제 피붙이죠. 제가 죽으면 제 아이들을 누가 사랑해줄까요? 제가 사는 동안에는 이 못난 저를 얘들 말고 누가 사랑해줄까요? 주께서 저 같은 종류의 각 사람들에게도 큰 복을 허락해주셨어요. 저 같은 종류의 사람 마저도 그 누군가가 사랑하도록 말이에요……."

"네, 그건 정말 맞는 말씀이십니다!" 하고 알렉세이가 외쳤다.

"웃기는 짓 좀 그만 하세요! 그냥 아무한테나 그렇게 창피한 모습 보이실 거예요?"

창가에 있던 처녀가 갑자기 자기 아버지한테 경멸이 담긴 싫은 표정을 지으며 소리쳤다.

"잠깐만 기다려봐, 바르바라 니콜라예브나, 내 말이 다 끝나지도 않았는데……."

대위가 그녀에게 명령조로 소리쳤지만, 그녀에게 동의의 뜻이 담긴 눈길을 보낸 것도 사실이다.

"우리 가족들이 성격이 저래요."

대위가 다시 알렉세이를 보고 말했다.

> 온 자연 속에서 아무것도
> 축복하기를 그는 원치 않았네.[100]

물론 이걸 여성으로 고쳐야 맞죠. '축복하기를 그녀는 원치 않았네'라고요. 어쨌든 이제는 제 마누라한테도 댁을 소개해 드릴게요. 자, 아리나 페트로브나입니다. 다리 없는 부인이에요. 나이는 만으로 마흔셋쯤 됐고, 다리를 쓰긴 쓰는데, 조금밖에 못 써요. 평민 출신이에요. 아리나 페트로브나, 얼굴 좀 펴요. 이분은 알렉세이 표도로비치 카라마조프 씨예요. 일어나세요, 일렉세이 표도로비치 씨."

이 말과 함께 그는 알렉세이의 손을 잡았는데, 그에게서 그런 힘이 나올 줄은 예상 못했었다. 그는 알렉세이를 자리에서 확 일으켰다.

"여자한테 소개될 때는 일어나는 거예요. 그때 음……, 그렇고 그랬던 그 카라마조프 씨가 아니라, 겸손한 덕행으로 빛나는 그 동생이에요. 자, 아리나 페트로브나, 저기, 애들 엄마, 미리 손에 입맞추게 손을 좀 내밀어요."

그는 정중하고 다분히 부드럽게 부인의 손에 입을 맞췄다. 창가의 처녀는 화가 나서 이 장면으로부터 등을 돌렸고, 의문과 오만이 쓰여 있던 부인의 얼굴은 돌연 엄청나게 친절한 표정이 되었다.

"안녕하세요? 앉으세요, 체르노마조프[101] 씨." 하고 그녀가 말했다.

"카라마조프 씨예요, 애들 엄마. 카라마조프(우리가 평민 출신이라서요)." 그가 속삭이는 소리로 귀띔해줬다.

"카라마조프든 뭐든 나한텐 다 체르노마조프요. 앉으세요. 이 양반이 뭐 하러 일으켰대요? 이 양반이 다리 없는 부인이라고 했는데, 나 다리 있어요. 근데 부어서 양동이처럼 돼버린 거죠. 몸은 말랐는데 말이에요. 전에는 나 훨씬 뚱뚱했어요. 근데 지금은 이렇게 바늘을 삼킨 것처럼 돼버렸어요."

"우리가 평민 출신이라서요, 평민 출신이라서 그래요" 하고 대위가 다시 한번 설명해줬다.

"아빠, 제발 좀!"

여태까지 자기 의자에 앉아서 아무 말도 없던 꼽추 처녀가 갑자기 그렇게 말하고는 후닥닥 머플러로 눈을 가렸다.

"어릿광대!"

창가의 처녀가 입을 놀렸다.

"우리 가족이 어떤지 아시겠죠?" 하면서 이 처녀들의 어머니가 양팔을 넓게 벌리더니 자기 딸들을 가리키며 이야기를 시작했다.

"마치 구름이 오는 거 같아요. 구름이 지나가버리면 다시 우리 가족 본모습이 드러나죠. 전에 우리 가족이 군인 가족이었을 때에는 중요한 손님들이 우리 집에 많이 찾아왔었어요. 애들 아빠, 그렇다고 그게 중요하다는 건 아니에요. 누가 누굴 좋아하면 그 사람도 상대를 좋아하게 돼 있잖아요. 그때 하루는 한 보제 부인이 와서 말하는 거예요. '알렉산드르 알렉산드로비치는 마음이 아주 고결한 사람이지만 나스타시야 페트로브나는 악마의 화신이야.' 그래서 내가 그랬죠. '사람이 누구를 좋아하느냐 안 좋아하느냐에 따라 그 사람에 대한 의견이 바뀌는 거야. 당신은 안 그렇게 생겼는데 독설이 왜 그리 심해?' 그랬더니 그 여자가 이러는 거예요. '아니, 이거……, 당신 나한테 대들지 못하게 손을 좀 써야겠는데.' 그래서 내가, '이런 돼먹지 못한 여자를 봤나? 지금 누굴 가르치러 온 거야?' 그랬죠. 그랬더니 그 여자가, '난 깨끗한 공기를 마시는데 당신은 보아하니 더러운 공기를 마시는구먼.' 그러더라고요. 그래서 내가 이랬죠. '뭐야? 장교들한테 다 물어봐 봐, 내 입김이 더러운지 아닌지.' 아무튼 바로 그때부터 마음속에 그 말이 찌뿌둥하게 계속 남아 있었는데 말이죠, 며칠 전에 내가 지금처럼 여기 이렇게 앉아 있는데, 부활절 주간에 왔다 간 바로 그 장교가 들어오는 거예요. 내가 그 사람한테 이랬죠. '장교님, 이 점잖은 아낙네 바깥 공기 좀 마셔도 될까요?' 그랬더니 그 사람이 이러더군요. '네, 창문을 열든지 아니면 문을 열든지 해야 될 거 같아요. 이 안의 공기가 영 나쁘네요.' 아, 왜 다들 그러는 거죠? 내 입김이 어떤가요? 송장 썩는 냄새보다 더하다고요? 내가 이랬죠. '그래요, 숨 쉬시는 공기를 내가 더 이상 안 더럽히면 될 거 아니에요. 신을 맞춰서 신고 나갈게요.' 제발 나한테 뭐라고 하지 좀 마세요! 애들 아빠, 내가 당신한테 뭘 잘못했다고? 그래도 일류샤는 날 좋아한다고요! 학교에서 돌아오면 나한테 얼마나 잘해주는데! 어젠 사과도 갖다줬어요. 미안해, 얘들아, 이 어미를 용서해라. 이 외로운 어미를 용서해라. 근데 왜 내 입김이 그렇게 더럽게 느껴지는데?"

그러면서 이 불쌍한 여자는 갑자기 통곡을 하기 시작했다. 눈물이 냇물처럼 콸콸 흘렀다. 대위가 재빨리 그녀에게 다가갔다.

"애들 엄마, 애들 엄마, 여보, 그만! 뚝! 당신 외롭지 않아. 다들 당신 좋아해. 다들 당신을 아주 좋아해!"

그러면서 그는 다시금 그녀의 양손에 입을 맞추고 자기 손으로 그녀의 얼굴을 조심스럽게 쓰다듬기 시작했다. 그러더니 냅킨을 가져다가 비로소 그녀의 얼굴에서 눈물을 닦아내기 시작했다. 알렉세이가 보니까 심지어 대위의 눈에도 눈물이 글썽이는 듯했다.

"자, 보셨어요? 하는 말을 들어보셨어요?"

대위가 갑자기 이 불쌍한 저능한 여인을 손으로 가리키며 격분한 태도로 알렉세이에게 물었다.

"네. 봤습니다. 들었습니다" 하고 알렉세이가 웅얼거렸다.

"아빠! 아빠! 그 사람하고 그게 뭐야? 그 사람하고 말하지 마!"

갑자기 소년이 자기 잠자리에서 약간 일어나, 타오르는 눈빛으로 아버지를 쳐다보면서 소리쳤다.

"아버지, 됐으니까 제발 어릿광대짓 좀 그만해요! 그 우습지도 않은 바보 같은 행동 아무짝에도 쓸모없으니까 안 보여줘도 돼요!"

바르바라 니콜라예브나가 계속 아까의 그 구석에 서서, 이미 완전히 화가 난 목소리로 발까지 굴러가며 소리쳤다.

"이번에는 화를 내는 것이 정말 일리가 있구나, 바르바라 니콜라예브나야, 내가 어서 화 안 내게 해줄게. 알렉세이 표도로비치 씨, 모자를 쓰세요. 나도 모자를 쓸게요. 나가시죠. 제가 알렉세이 표도로비치 씨에게 중요한 말 하나 할 게 있어요. 근데 이 안에선 안 되겠네요. 여기 앉아 있는 처녀는 내 딸 니나 니콜라예브나예요. 내가 잊어버리고 소개 안 할 뻔했네요. 육신 입은 신의 천사예요. 사람들에게 강림한……. 그걸 이해하실 수 있으시다면 말이에요."

"그렇게 경련이 이는 듯이 부들부들 떨면서 아버지가 뭘 한다는 거예요?"

바르바라 니콜라예브나가 계속 화를 내며 소리쳤다.

"그리고 지금 나를 향해 발을 구르고 있는, 아까 날 어릿광대로 불러준 저 애도 역시 육신 입은 신의 천사고요. 나한테서 어릿광대의 모습을 정말 제대로 발견한 거예요. 가시죠, 알렉세이 표도로비치 씨, 말을 마저 끝내야 되니까……."

그렇게 말하고 그는 알렉세이의 손을 잡고 방 밖으로, 곧장 거리로 이끌고 나갔다.

VII
깨끗한 공기를 마시며

"공기가 깨끗하네요. 내 저택 안은 어느 면에서 보나 신선하지가 않아요. 좀 걸으시죠. 제가 드리는 말씀이 관심 있으신 내용이었으면 참 좋겠네요."

"저도 대위님께 중요한 일이 있어서 온 겁니다. 그런데 어떻게 시작을 해야 할지 잘 모르겠습니다" 하고 알렉세이가 말했다.

"저한테 일이 있으셔서 오신 걸 제가 어찌 모르겠습니까? 일이 없으시면 저희 집에 절대 오시지 않았겠죠. 물론 아이가 한 짓을 일러바치러 온 게 아니라면요. 근데 그럴 리는 없으신 것 같고. 참, 아이 얘기가 나왔으니까 말씀인데요, 집에서 모든 걸 다 말씀드릴 수는 없었어요. 이제 밖으로 나왔으니 좀 더 자세히 말씀드리지요. 사실은 때밀이 수건이 원래는 좀 더 탄탄했어요. 일주일 전만 해도 말이에요. 제 턱수염 얘기하는 거예요. 제 턱수염을 때밀이 수건이라고 부른 게 어린 학생들이라는 게 중요해요. 자, 어떻게 된 건가 하면, 그때 형님 되시는 드미트리 표도로비치 씨가 제 턱수염을 잡고 절 술집에서 끌고 나와 광장으로 가고 있는데, 마침 그때 학생들이 학교에서 나왔어요. 일류샤도요. 일류샤가 그런 모습의 저를 보자마자 달려오면서, '아빠! 아빠!' 하고 소리쳤어요. 저를 붙잡고, 끌어안고, 떼어놓으려고 하면서, 날 끌고 가는 사람한테 '놔줘요! 놔줘요! 우리 아빠예요, 아빠. 아빠를 용서해주세요.' 그렇게 소리쳤어요. '용서해주세요'라고. 그러면서 자기 손으로 그 사람을 붙잡고, 그 사람 손에다가 말이에요, 그 사람 손에다가 입을 맞추는 거예요. 그때를 난 기억해요. 아들 얼굴이 어땠는지. 잊을 수가 없어요. 앞으로도 못 잊을 거예요."

"맹세합니다. 형이 대위님께 가장 진실한 태도로 가장 제대로 된 사과를 하게끔 하겠습니다. 그 광장에서 무릎도 꿇을 수 있습니다. 제가 그렇게 만들겠습니다. 안 그러면 그는 제 형이 아닙니다!"

"네, 네. 하지만 그건 계획일 뿐이죠. 그 사람 본인의 계획인 것도 아니고, 댁의 열렬한 마음의 고상함에서 나온 것뿐이죠. 그냥 애초에 그렇게 말씀을 하시지……. 말이 나온 김에, 댁의 형이 가지신 고결한 기사 정신과 장교의 품위에 대해 더 자세히 말씀드려도 되겠습니까? 왜냐하면 그때 그 사람이 그걸 표현했거든요. 제 때밀이 수건을 잡고 웬만큼 끌고 가고 나서 놓아주고는, '당신 장교지? 나도 장교야. 입회인이 될 만한 괜찮은 사람을 찾아내면 나한테 보내. 결투 신청을 받아들일 테니까. 당신이 더러운 인간이긴 해도.' 바로 이렇게 말했답니다. 진짜 기사 정신이 대단하지 않습니까? 그다음에 제가 일류샤랑 같이 갔는데, 일류샤 머릿속에 그 사람 성이 완전히 새겨진 거예요. 귀족은 우리로선 올라가지 못할 나무죠. 우리가 어딜 귀족을 넘볼 수 있겠습니까? 또 방금 우리 집에 와보셨으니 잘 아실 거 아니에요? 보신 소감이 어떻습니까? 여자 세 명이 있는데 한 여자는 앉은뱅이에 저능아, 또 한 여자는 앉은뱅이에 꼽추, 또 한 여자는 앉은뱅이는 아니지만 너무 똑똑해서 탈이에요. 전문 학교에 다녀요. 페테르부르크로 간다고 난리예요. 그곳 네바 강변에서 러시아 여성의 권리를 쟁취하겠다나요. 일류샤 얘긴 안 할게요. 만으로 아홉 살밖에 안 됐는데, 외톨이예요. 내가 죽으면 과연 그 밑바닥 것들이 어떻게 될까? 그 질문만 드릴게요. 그런 상황에서 제가 결투를 신청한다고 쳐봐요. 그리고 결투에서 그 사람이 저를 죽인다고 쳐봐요. 그러면 어떻게 되는 거예요? 그 아이들은 다 어떻게 되냐고요. 그것보다 더 나쁜 건, 만약 그 사람이 저를 죽이지 못하고 병신만 만들고 만다면, 그래서 일을 못 하게 된다면, 그래도 제 입은 남아 있잖아요. 제 입은 누가 먹여 살릴 거예요? 나머지 그 아이들은 또 누가 먹여 살리고요? 일류샤를 학교에 보내는 대신 매일 구걸하라고 내보내란 말이에요? 그러니 저보고 어떻게 결투를 신청하라고요? 말도 안 되죠. 그뿐이에요."

"형이 대위님께 용서를 빌 거예요. 광장 한가운데에서 대위님의 발 앞에 엎드려 절할 거예요" 하고 알렉세이가 다시금 불타는 눈빛을 하고 소리쳤다.

"그 사람을 고소하려고도 해봤어요. 하지만 우리 법전을 펼쳐보세요. 개인적인 모욕을 한 사람한테서 그 대가로 뭘 만족할 만하게 받겠느냐는 말입니다. 그러던 중 갑자기 그루셴카가 저를 부르더니 이러는 거예요. '당신 그따위 생각은 하지도 마! 당신이 그 사람을 고소했다간 내가 가만있을 줄 알아? 그때 그 사람이 당신한테 폭력을 쓴 게 당신이 사기를 쳤기 때문이라고 사람들한테 다 소문을 내놓을 거야. 그러면 오히려 당신이 고소를 당하게 될 테니.' 그런데 그 사기라는 것이 누구에게서 나온 건지는 오직 주께서만 아세요. 보잘것없는 신분의 제가 누구의 명령에 따라 행동한 건지는요. 바로 그루셴카와 표도르 파블로비치의 명령에 따라서거든요. 그루셴카가 또 이러는 거예요. '어디 그뿐일 줄 알아? 당신을 영원히 내쫓아버려서, 앞으로 한 푼도 못 벌게 할 거야. 내 사장한테도(그루셴카가 그 노인네를 자기 사장이라고 불러요) 당신 내쫓으라고 할 거야.' 그래서 생각을 해보니, 만약 그 사업가마저 저를 내쫓으면, 그럼 어떻게 되는 거예요? 누구한테 가서 돈을 벌어야 되죠? 저한텐 그 두 사람만 딱 남았어요. 댁의 아버님 되시는 표도르 파블로비치 님이 한 외부적 이유로 해서 저를 더 이상 신임하지 않게 됐을 뿐만 아니라, 제가 쓴 서류를 미리 손에 넣고서 법원에다 고소할 생각까지 하고 있으니 말이에요. 이 모든 일들의 결과로 전 주저앉았고, 그 밑바닥을 오늘 보셨잖아요. 그럼 이젠 제가 묻고 싶은 건데, 아까 일류샤가 손가락을 아프게 깨물었나요? 집에선 개 앞에서 그런 자세한 질문을 못 하겠더라고요."

"네. 아주 아프게 깨물었어요. 그 아이가 아주 화가 나 있었어요. 카라마조프 씨인 저한테 자기 아버지 복수를 한 거예요. 그걸 지금은 확실히 알겠어요. 근데 학교 친구들하고 돌 던지는 걸 보셨어야 해요. 그거 아주 위험한 짓이에요. 상대편 아이들이 물불 안 가리는 어린애들이라, 던진 돌이 머리에 맞으면 죽을 수도 있어요."

"오늘 돌을 맞긴 맞았어요. 머리는 아니지만, 가슴에요. 심장 조금 위에. 멍이 들어 가지고 집에 와서 울고불고하더니 몸져 누운 거예요."

"근데 있잖아요, 그 아이가 다른 아이들한테 먼저 공격한대요. 대위님 때문에 주위 사람들한테 화가 나 있어요. 다른 아이들이 그러는데, 그 아이가 아까 펜나이프로 크라소트킨이라는 아이의 옆구리를 찔렀대요."

"그 얘기도 들었어요. 그것 참 위험하네요. 크라소트킨 씨 가문은 이곳 관리 가문이에요. 또 골치 아픈 일이 생기겠구먼!"

"저 같으면 그 아이를 며칠 동안 학교에 보내지 말라고 하겠어요. 좀 진정하고 분노가 좀 가라앉을 때까지요" 하고 알렉세이가 열의를 가지고 충고했다.

"그렇죠. 분노가 맞아요. 바로 분노예요. 조그만 아이에게 큰 분노가 자리를 잡았어요. 다는 모르실 거예요. 제가 지금 내막을 말씀드려도 될까요? 어떻게 된 건가 하면, 그 사건 이후로 학교 학생들이 그 아이를 다 때밀이 수건이라고 놀리기 시작했어요. 학교 다니는 어린아이들이란 동정심이 없는 족속이거든요. 한 명 한 명을 놓고 보면 다 천사 같은데, 같이 모였다 하면, 특히 학교에서 같이 모였다 하면 영락없이 무자비해져요. 그래서 일류샤를 놀리기 시작했는데, 일류샤한테서 정의감이 불타올랐어요. 평범한 아이예요. 몸이 허약한. 그래서 자기 아버지를 창피하게 여기며 상황에 승복할 수도 있었는데, 그런데 얘는 안 그런 거예요. 모든 아이들에게 대항하며 자기 아버지를 변호하기 시작했어요. 자기 아버지를 변호하고, 동시에 진리를 변호하게 된 거예요. 정의를요. 그때 댁의 형님 손에 입을 맞추면서 '우리 아빠를 용서해주세요! 우리 아빠를 용서해주세요!' 하고 외칠 때 심정이 어땠겠어요? 오직 신만이 아시죠. 저하고요. 우리 아이들은요, 그러니까 댁의 아이들이 아니라 우리 아이들이 그렇다는 건데, 멸시당하지만 성품은 곧은 빈자들의 자식들이랍니다. 그런 우리 아이들은 태어난 지 아홉 해 정도 되면 이 땅의 정의를 이미 파악을 해요. 하지만 부 잣집 아이들이야 어디 그런가요? 부잣집 아이들은 평생을 살 아도 그런 깊이까지 관심을 안 가지죠. 우리 아들 일류샤는 광 장에서 그 사람 손에다 입을 맞추던 그때, 바로 그때 모든 진리 를 파악한 거예요. 이 진리가 그 아이 마음을 탁 강타하고 마음 속에 영영 들어앉은 거예요."

대위가 열렬하게, 다시금 그 어떤 열광에 사로잡혀 말하면 서, '진리'가 일류샤의 마음을 강타한 것을 생생하게 묘사하려 는 듯 오른손 주먹으로 왼손 손바닥을 탁 쳤다.

"그날 집에 와서 일류샤가 열이 나기 시작했어요. 밤새 헛소 리를 해댔어요. 그날은 저랑 얘기를 거의 안 했어요. 그냥 입 다물고 있었어요. 그 대신 제가 눈치를 챘는데, 일류샤가 구석 에서 저를 살짝살짝 훔쳐보더라고요. 창문 쪽으로 머리를 처 박고 숙제를 하는 척했지만, 저는 알고 있었죠. 걔 머릿속에 지 금 숙제가 있는 게 아니라는 걸요. 그다음 날 전 술을 마셔서 무슨 일이 있었는지 기억을 잘 못 해요. 네, 전 죄인이에요. 분 해서 그랬어요. 애들 엄마도 울기 시작했어요. 전 애들 엄마를 아주 많이 사랑해요. 아무튼 분해서, 남은 돈으로 술을 마셨어 요. 절 너무 경멸하지 마세요. 우리 러시아에선 술 취한 사람들 이 제일 선한 사람들이에요. 또 제일 선한 사람들이 바로 제일 술 취한 사람들이에요. 저는 그때 뻗어 가지고, 그날 일류샤를 특별히 눈여겨보지 못했어요. 근데 알고 봤더니 바로 그날 아침부터 학교 아이들이 일류샤를 놀려대기 시작한 거예요. '야, 때밀이 수건! 네 아버지가 때밀이 수건을 붙잡혀서 술집에서 끌려 나왔다며? 넌 그 옆에서 알짱거리며 용서를 빌었고.' 하루가 더 지났을 때 걔가 학교에서 돌아온 것을 보니까 얼굴이 창백해진 게 영 말이 아니더라고요. '왜 그래?' 그랬더니 대답을 안 해요. 하긴 뭐, 집에선 대화다운 대화를 할 수 없어요. 걸핏하면 애들 엄마랑 누나들이 끼어드니까요. 제 딸들은 무슨 일이 있었는지 벌써 훤히 알더라고요. 첫날 이미 알았더라고요. 바르바라 니콜라예브나는 벌써, '빌어먹을 어릿광대들한테 분별력이고 뭐고 과연 있겠어?' 이러는 거예요. 저는 '네 말이 맞아, 바르바라 니콜라예브나, 우리한테 분별력 같은 게 과연 어디 있겠어?' 하고 말해서 일단 그냥 넘어갔어요. 저녁때가 돼서 제가 아들을 데리고 산보 나왔어요. 그 사건 전에도 저는 아들이랑 매일 저녁 산보하러 나왔었거든요. 지금 우리가 걷고 있는 바로 이 길이에요. 그러니까 우리 집 쪽문부터 저기 길 위에 울타리 근처에 덩그러니 서 있는 저 큰 바위까지, 그러니까 우리 읍 목장이 시작되는 곳까지 갔다가 오는 거예요. 훤하고 아주 좋거든요. 그래서 아무튼 아들이랑 이제 걷고 있었어요. 늘 그랬듯이 손을 잡고 걷고 있었어요. 걔 손은 쪼끄맣고 손가락이 가늘고 차가워요. 걔가 가슴에 병이 있어서 그래요. 그런데

걔가 '아빠, 아빠!' 그러는 거예요. 제가 '왜?' 그랬죠. 보니까 눈
이 반짝반짝해요. '아빠, 그때 그 사람이 아빠한테 어떻게 그렇
게!' 제가 '어떡하겠니, 일류샤?' 그랬죠. '그 사람이랑 화해하
지 마, 아빠, 화해하지 마. 학교 애들이 그러는데, 그 사람이 그
렇게 한 대가로 10루블 줬대.' 제가 '아니야, 일류샤야. 난 그 사
람한테서 절대로 돈 안 받아' 그랬죠. 걔가 온몸을 부르르 떨더
니 자기 양손으로 제 손을 붙잡고 또 입을 맞추는 거예요. 그러
더니, '아빠, 아빠, 그 사람한테 결투 신청해. 학교에서 애들이
놀려. 아빠가 겁쟁이라서 결투 신청을 못 할 거래. 그리고 그
사람한테서 10루블 받을 거래.' 그러는 거예요. 제가, '일류샤
야, 난 그 사람한테 결투를 신청하면 안 돼.' 그러면서, 제가 댁
한테 말씀드린 바로 그 이유를 간단하게 말해줬죠. 걔가 다 듣
더니, '아빠, 아빠, 어쨌든 화해는 하지 마. 내가 커서 직접 결투
신청해가지고 그 사람을 죽일 거야!' 그러는 거예요. 눈이 반짝
반짝하면서 이글거렸어요. 글쎄, 뭐가 어쨌든 저는 걔 아비 아
닙니까. 걔한테 옳은 말을 해줘야 됐어요. 그래서 이랬죠. '사
람을 죽이는 건 죄야. 결투에서 죽인다 해도 마찬가지야.' 그랬
더니, '아빠, 아빠, 내가 크면 그 사람을 쓰러뜨릴 거야. 내 검으
로 그 사람 검을 쳐서 떨어뜨리고 그 사람한테 달려들어 쓰러
뜨리고 그 사람한테 검을 쳐든 다음에 이렇게 말할 거야. 너를
지금 죽일 수도 있지만, 너를 용서해주겠다.' 어때요, 댁이 보

시기에? 그 이틀 동안 걔 머릿속에서 어떤 생각들이 오갔는지를 좀 보세요. 검으로 하는 복수에 대해서 걔가 밤이고 낮이고 생각한 거예요. 밤에도 아마 헛소리를 해댄 게 복수에 대한 걸 거예요. 그런데 학교에서 돌아올 때마다 맞고 오는 거예요. 사흘째 되던 날 보니까 알겠더라고요. 말씀 한번 잘하셨어요. 다시는 그 학교에 걔를 안 보낼 거예요. 걔가 학급 전체를 적대시하고, 자기가 먼저 애들한테 싸움을 건다는 걸 알게 됐어요. 걔는 화가 난 거예요. 심장이 타오르기 시작한 거예요. 그때 전 걔 때문에 걱정이 됐어요. 또다시 산책을 하는데, 걔가 이러는 거예요. '아빠, 아빠, 세상에서 부자들이 제일 세지?' 그래서 제가, '응, 일류샤야. 세상에 부자보다 더 센 사람이 없지' 그랬죠. 그러니까 걔가, '아빠, 내가 부자가 될 거고, 장교가 돼서 다 까부술 거야. 그래서 왕이 내리는 훈장을 받아서 돌아올 거야. 그러면 아무도 감히……' 이러다가 말을 그치고 한동안 가만있다가 말하는 거예요. 입술은 여전히 떨리고 있었어요. '아빠, 다른 읍으로 이사 가. 좋은 데로. 사람들이 우리를 모르는 읍으로.' 제가, '이사 가자. 이사 가자, 일류샤야, 돈만 모으면.' 그랬죠. 걔가 하는 음침한 생각을 다른 생각으로 바꿀 수 있게 돼서 기뻤어요. 우리는 말과 수레를 사서 다른 읍으로 이사 가는 꿈을 꾸기 시작했어요. '엄마와 누나들을 태우고 덮개를 덮고 나랑 너는 옆에서 걸어서 가는 거야. 가끔씩은 널 말에 태우고 나는 옆에서 걸어갈게. 왜냐하면 말이 너무 힘들면 안 되니까 다 탈 수는 없어서 그래. 그렇게 해서 출발하는 거야.' 그랬더니 걔가 아주 기뻐하더라고요. 중요한 건 말이 우리 거라는 것과 자기가 말을 타고 간다는 거였어요. 러시아 남자아이라면 누구나 말과 함께 태어난다고들 하잖아요. 우리는 오랫동안 이야기했어요. 다행히 아이가 이제 좀 위로가 됐겠지 하고 생각했어요. 그게 사흘째 되던 날 저녁이었어요. 그런데 어제 저녁엔 또 다른 일이 있었어요. 아침에 얘가 또 그 학교엘 갔다가 우울해져서 돌아왔어요. 아주 우울해하더라고요. 저녁때 걔 손을 잡고 산책하러 집을 나섰어요. 계속 아무 말도 안 하더라고요. 그때 바람이 불기 시작했어요. 하늘이 어두워지고 가을 기운이 돌았어요. 하긴 날이 저물어갈 때였기도 하고요. 걸으면서 우린 둘 다 우울했어요. 나는 '얘야, 우리 이사 갈 준비를 어떻게 시작할까?' 하고 어제의 화제를 꺼내려 했어요. 근데 얘가 대답이 없는 거예요. 그냥 제 손에 잡힌 손을 한 번 꼼지락거리더군요. 저는 '아, 불길한데. 얘한테 또 무슨 새로운 일이 있나 보다' 하고 생각했죠. 우리는 그때 지금 여기 이 바위까지 왔어요. 하늘을 보니까 연들이 꽉 찼어요. 바람에 연들이 펄럭거리는 소리가 들렸어요. 보니까 연이 한 서른 개는 됐어요. 요즘 연 날리는 시기잖아요. '얘, 일류샤야, 우리도 작년에 날리던 연 날려야겠다. 내가 고칠게. 그거 어디다 뒀지?' 그랬어요. 근데 애가 아무 말도 없는 거예요. 옆으로 서서 딴 데만 보고 있어요. 그때 갑자기 바람이 윙 하고 불면서 모래가 날아왔어요. 그러자 애가 갑자기 저한테 달려들어 양팔로 목을 꽉 껴안았어요. 아시는지 모르겠지만 아이들이 말도 안 하고 까칠하게 굴다가, 눈물을 오래 자기 속으로 삼키고 있다가, 갑자기 터질 때가 있어요. 어떤 큰 슬픔이 닥쳐오면 그러죠. 그런 때는 눈물이 흐르는 게 아니라 뿜어져 나와요. 냇물처럼요. 그 따뜻한 냇물로 제 얼굴이 순식간에 다 젖었어요. 마치 경련이 온 듯 부들부들 떨면서 저를 부여잡고 통곡을 하는 거예요. 저는 바위 위에 앉아 있고요. '아빠, 아빠, 우리 아빠, 그 사람이 아빠한테 어떻게 그렇게……!' 그러니까 저도 통곡이 나오더라고요. 둘이 앉아서 부둥켜안고 흐느꼈어요. 걔는 '아빠, 아빠!' 그러고 저는 '일류샤야, 일류샤야!' 그러고요. 아무도 우릴 보는 사람은 없었어요. 신만이 보셨어요. 좋게 보시고 기록해두실지도 모르죠. 형님한테 고맙다고 해주세요, 알렉세이 표도로비치 님. 안 되죠, 댁의 만족을 위해 내 아들을 때리는 건 안 되죠!"

그는 아까의 그 악에 받친 것 같은 괴상하고 기이한 말을 되풀이하는 것을 끝으로 말을 마쳤다. 하지만 알렉세이는 대위가 자기를 신뢰하고 있다고 느꼈다. 만약 다른 사람이 그와 얘기했더라면 그가 이토록 속을 터놓진 않았을 것이며 지금 자기한테 얘기해준 내용을 다 얘기하진 않았을 거라고 느꼈다. 그래서 비록 눈물로 인해 마음이 떨리고 있었지만 알렉세이는 기운이 났다. 알렉세이가 복받치는 감정으로 말했다.

"아, 제가 대위님의 아들과 화해를 할 수 있다면 얼마나 좋을까요! 혹시 대위님이 좀 도와주시면 안 될까요?"

"그러면 되겠죠" 하고 대위가 자신 없이 말했다.

"저, 그럼 지금은 다른 얘기를 드리겠는데요, 전혀 다른 얘기예요. 자, 들어보세요. 저는 심부름으로 왔어요. 그 제 형 드미트리가 말이죠, 자기 약혼녀한테도 모욕을 줬는데, 약혼녀는 아주 훌륭하신 분이에요. 대위님도 아마 그분에 대해 들으셨을 테죠. 저는 그분이 받은 모욕이 어떤 건지 대위님께 말씀해드릴 수 있어요. 심지어 그럴 의무가 있어요. 왜냐하면 그분께서, 대위님이 당하신 모욕에 대해 알고서, 그리고 대위님이 처하게 되신 불행한 상황에 대해 알고서, 지금 저에게, 그러니까 아까, 대위님께 그분이 희사하시는 원조금을 전해달라고 부탁하셨어요. 이건 드미트리가 주는 게 아니고 그분 혼자 주시는 거예요. 드미트리는 그분을 버렸거든요. 그래서 이건 절대 드미트리가 주는 게 아니에요. 또 그 동생인 제가 드리는 것도 아니고, 다른 어느 누가 드리는 것도 아니고, 오로지 그분, 그분 혼자서 드리는 거예요. 그분은 도움을 받아달라고 애원하고 계세요. 대위님도, 그분도 같은 사람으로 인해 모욕을 당하신 분들이에요. 그분이 대위님 생각을 떠올린 것이 바로 그분 스스로 드미트리에 의해 마찬가지의(모욕의 정도에 있어) 모욕을 당하고 나서예요. 대위님이 드미트리에 의해 모욕을 당하셨듯 말이에요. 그러니까 이건 누이가 오빠에게 도움을 주는 거나 마찬가지예요. 그분은 저한테, 이 200루블을 마치 누이한테서 받는 것처럼 받아주시라고 대위님을 설득해달라고 부탁하셨어요. 아무도 여기에 대해서 알지 못할 거예요. 그 어떤 헛소문도 생길 수가 없어요. 이 200루블은, 제가 단언하건대, 제발 반드시 받아주셔야 해요. 안 그러면, 안 그러면 세상 모든 사람들이 다 서로 적으로 남을 거예요. 하지만 이 세상에 형제들이 있잖아요. 대위님은 마음이 고결하신 분이세요. 대위님께서 그걸 아셔야 돼요. 암요, 그러셔야 돼요!"

그러면서 알렉세이는 빳빳한 100루블짜리 지폐 두 장을 그에게 내밀었다. 그때 그들은 울타리 근처 큰 바위 앞에 서 있었고, 주위에는 아무도 없었다. 지폐 두 장이 대위에게 끼친 인상이 대단한 모양이었다. 그는 화들짝 몸을 떨었다. 일단 그는 놀랐다. 일이 이렇게 될 줄은 전혀 예상을 못 했었기 때문이다. 누군가에게서 도움을 받게 될 줄은, 게다가 그런 큰 액수의 도움을 받게 될 줄은 꿈도 꾸지 못했던 것이다. 그는 지폐 두 장을 받고서 거의 1분 동안 무어라 대답을 하지를 못했다. 여태까지는 볼 수 없었던 새로운 표정이 그의 얼굴에 나타났다.

"이걸 저한테 주신다고요? 저한테 이만한 돈을요? 200루블! 맙소사! 이만한 돈을 못 본 지가 4년은 됐어요. 오, 주여! 누이로서 주시는 거라고요? 정말이에요? 그게 정말이에요?"

"맹세할 수 있어요. 제가 말씀드린 건 다 정말입니다!" 하고 알렉세이가 외쳤다. 대위가 얼굴을 붉혔다.

"제 말을 좀 들어보세요. 제 말을 좀 들어보시라고요. 만일 제가 이 돈을 받는다고 해서 제가 비열한 놈 되는 건 아니죠? 알렉세이 표도로비치 님의 눈에 제가 비열한 놈으로 비쳐지는 건 아니겠죠? 잠깐만요, 알렉세이 표도로비치 님, 제 말을 끝까지 들어보세요, 끝까지 들어보세요."

그가 양손으로 알렉세이를 가볍게 치면서 계속 안달했다.

"'누이'가 주는 거니까 받으라고 저를 설득하시면서 속으로는, 속으로는 말이에요, 만일 제가 받으면 경멸을 느끼실 거 아니에요?"

"아니에요! 그거 아니에요! 제 구원을 걸고 맹세합니다. 아니에요! 그리고 아무도 알지 못할 겁니다. 대위님과 저뿐이에요. 물론 그분도 아시지만요. 그리고 또 한 부인이 계세요. 그분의 좋은 친구세요."

"부인이라고요? 알렉세이 표도로비치 님, 들어보세요. 끝까지 들어보세요. 이제는 끝까지 들으실 때가 왔어요. 지금 이 200루블이 무엇을 뜻하는지 이해 못 하실 거예요."

계속 말하던 그는 혼란스럽고 기이한 환희의 상태로 점점 몰입하는 것 같았다. 그의 말에 조리가 없었고, 마치 자기가 하기로 약속했던 말을 끝까지 못 할까 봐 걱정하는 듯 말을 서둘렀다.

"그리고 또 이건 정직하게 얻는 거라고요. 그토록 존경스럽고 거룩하신 '누이'에게서 말입니다. 제가 이제 애들 엄마랑 니나, 그러니까 꼽추인 천사 딸을 치료할 수 있게 됐다는 걸 아세요? 게르첸슈투베 의사 선생님이 오셨었는데, 워낙 착하신 분이라서 거의 한 시간 동안이나 그 둘을 진찰해주셨어요. '왜 이런지 전혀 모르겠네요.' 그러시는 거예요. 하지만 이곳 약국에 있는 광천수(그 선생님이 광천수를 처방해주셨어요)가 의심할 바 없는 도움을 줄 거예요. 또 약을 푼 물에 족욕을 하라고도 하셨어요. 광천수가 30코페이카인데, 한 40병은 마셔야 될 거예요. 제가 처방전을 가져다가 성상 밑 선반에 올려놓았어요. 지금도 거기 있어요. 니나는 무슨 용액으로 목욕을 시키라고 하셨어요. 용액을 푼 뜨거운 물로 매일, 아침과 저녁에 목욕을 시키라고 하셨어요. 우리가 집에서 어떻게, 도우미도 없이, 용기도 없이, 물도 없이 어떻게 그런 치료를 할 수 있겠어요? 게다가 니나는 류머티즘인데, 제가 이 말은 아직 안 했지만, 밤마다 개몸의 오른쪽 반이 다 아파서 고통스러워해요. 믿으실지 모르겠지만, 그래도 걔가 천사라서, 우리 걱정 안 시키려고 그 고통을 참고, 신음을 안 해요. 우릴 안 깨우려고요. 먹는 건 우리가 그냥 아무거나 구해지는 거 먹어요. 그렇게 되다 보니 걔는 맨 마지막에 남는 거, 그저 개한테나 던져줄 법한 걸 먹는 거예요. '난 이걸 먹을 자격이 없어요. 내가 있어서 짐이 되잖아요.' 걔의 그 천사 같은 눈빛이 바로 그 말을 하고 싶은 거예요. 우리가 자기를 보살펴주고 챙겨주는 게 마음에 부담이 많이 가나 봐요. '난 그럴 가치가 없어요. 가치가 없다고요. 난 가치 없는 불구자예요. 무용지물이에요' 하는 생각을 걔는 하는 거예요. 하지만 가치가 없긴요! 그 천사 같은 온유함으로써 우리 모두에게 신의 은총을 내리게 하는 게 누군데요? 걔가 없었으면, 걔의 온화한 말이 없었으면 우리 집은 아마 지옥이었을 거예요. 바르바라도 걔 덕분에 성질을 죽이곤 해요. 바르바라 니콜라예브나도 너무 고깝게 보지 마세요. 걔 또한 천사예요. 걔도 피해자예요. 여름에 걔가 우리 집으로 왔을 때 개한테 16루블이 있었어요. 과외 공부를 시켜서 번 돈으로, 9월에, 그러니까 바로 지금 페테르부르크로 돌아가기 위해서 남겨둔 돈이었어요. 그런데 우리가 먹고사는 데에 걔 돈을 써버렸으니 걔는 인제 돌아갈 돈이 없어졌어요. 바로 그렇게 된 거예요. 게다가 또 돌아갈 수 없는 게, 우리 때문에 죽어나게 일하고 있기 때문이에요. 우리 때문에 걔가, 허약한 말에다가 마차를 매고 안장을 얹어 놓은 꼴이 돼 버렸어요. 걔가 가족들 한 사람 한 사람을 돌

봐주고 물건들 고치고 씻고 바닥 청소하고 엄마 잠자리에 눕히고 하는 일을 다 해요. 근데 엄마는 또 변덕이 죽 끓듯 해요. 툭 하면 울고, 제정신이 아니에요. 그러니까 전 이제 이 200루블을 가지고 하녀를 고용할 수 있는 거예요. 이해가 가세요, 알렉세이 표도로비치 님? 사랑하는 가족들을 치료할 수 있고요, 전문 학교 다니는 애를 페테르부르크로 보낼 수 있고, 쇠고기를 살 수 있고, 새 식이 요법을 시작할 수 있어요. 오, 주여, 이건 꿈입니다!"

알렉세이는 그토록 많은 행복을 가져다준 것이, 이 가난한 대위가 행복을 선사하는 사람의 성의를 받아들인 것이 더할 나위 없이 기뻤다.

"잠깐만요, 알렉세이 표도로비치 님, 잠깐만요."

대위가 자기에게 돌연 선사된 새 꿈을 또다시 거론하면서 혀를 재게 놀려 열정에 가득 찬 말을 지껄였다.

"아실지 모르겠지만 저랑 일류샤가 이제 어쩌면 당장 꿈을 이룰 수 있겠네요. 말과 포장마차를 살 수 있겠네요. 말도 검은 말로 살 수 있겠네요. 일류샤가 꼭 검은 말로 사자고 했으니까요. 그리고 출발하는 거예요. 우리가 사흘째 되던 날 머릿속에 그렸던 것처럼요. 저는 K주에 아는 변호사가 있어요. 어려서부터 친구예요. 그 사람이 믿을 만한 사람을 통해서 저한테 말을 전하기를, 자기한테 오면 본인 사무소의 사무원 자리를 주겠대요. 그러니 누가 알아요? 진짜로 줄지도 모르죠. 그러니까 애들 엄마를 태우고, 니나도 태우고, 일류샤는 말을 몰도록 말에 태우고, 저는 걸어서, 걸어서 가는 거예요. 다 태우고 갈 수 있을 거예요. 아, 여기서 꿔주고 못 받은 돈이 있는데 그것만 받을 수 있어도 이사 갈 비용까지 될 텐데!"

"비용이 될 거예요. 네, 될 거예요! 카체리나 이바노브나가 대위님께 더 보내주실 거예요. 얼마든지요. 그리고요, 저한테도 돈이 있어요. 필요하신 만큼 가져가세요. 형제한테서, 친구한테서 받는다고 생각하시고. 나중에 돌려주시면 돼요(부자가 되실 거니까요. 부자가 되실 거예요!). 그리고요, 다른 주로 이사 가신다는 거, 참 너무 잘 생각하신 거 같아요. 그래야 상황이 나아질 거예요. 더 중요한 건 대위님 아들이 훨씬 좋은 상황에 처하게 된다는 거죠. 그리고 가능하면 빨리, 겨울이 와서 추워지기 전에 가시는 게 좋을 거예요. 거기 가셔서 우리한테 편지를 보내주세요. 우리는 형제 사이로 남으면 좋겠어요. 네, 그건 꿈이 아니에요."

알렉세이는 너무 기분이 좋아서 그를 얼싸안으려 했다. 그러나 그를 쳐다보고 나서 갑자기 멈칫했다. 그가 목을 길게 빼고 입술을 내민 채, 열광에 빠져 창백해진 얼굴을 하고, 소곤대듯 입술을 놀리고 있었기 때문이다. 마치 무슨 말을 입 밖에 내려고 연습하는 것처럼. 소리는 들리지 않았고, 입술만을 움직이고 있었다. 왠지 이상하게 보였다.

"뭐 하시는 거예요?"

알렉세이가 갑자기 몸을 떨며 물었다.

"알렉세이 표도로비치 님, 저는……"

대위가 말을 웅얼거리다가 말을 끊다가 그랬다. 절벽에서 아래로 떨어지기로 작정한 사람의 모습처럼 이상하고 기괴하게 알렉세이를 똑바로 응시했고, 이때 입술은 마치 미소를 짓는 듯했다.

"제가……, 저기……, 혹시 지금 마술 하나를 보여드려도 될까요?"

그가 갑자기 빠르고 확실하게 속삭였다. 더 이상 말이 끊어지지는 않았다.

"마술이라뇨?"

"마술 있잖아요. 마술, 요술……, 뭐 그런 거."

대위가 계속 속삭이는 소리로 말했다. 입이 왼쪽 방향으로 비뚤어졌고 왼쪽 눈이 찡그려졌다. 그러면서도 알렉세이한테서 눈을 떼지 않고 계속 보고 있었다. 마치 눈길이 갇힌 듯이.

"아니, 왜 그러세요? 마술은 무슨 마술이요?"

알렉세이가 이미 겁을 먹은 목소리로 소리쳤다.

"자, 이런 겁니다! 한번 보세요!" 하고 대위가 소리 높이 외쳤다.

그러더니 100루블짜리 지폐 두 장을 알렉세이에게 보였다. 그전까지 그는 그렇게 길게 이야기를 하는 동안 계속 오른손 엄지와 검지로만 이 지폐들의 한쪽 끄트머리를 쥐고 있었다. 그러다가 갑자기 그 어떤 광포한 힘으로 지폐들을 움켜잡더니 구겨 오른손 주먹에 넣고 꽉 쥐었다.

"자, 보셨어요? 보셨어요?"

그는 얼굴이 창백해져, 극도로 흥분하여 알렉세이에게 소리 높여 외쳤다. 그러면서 갑자기 주먹을 위로 쳐들어, 구겨진 지폐들을 있는 힘껏 모래에다 내던졌다.

"자, 이걸 보셨어요?"

그는 지폐들을 손가락으로 가리키면서 다시금 쉿소리를 내어 말했다.

그러다 별안간 오른발을 들어, 폭발하는 증오에 휩싸여 지폐를 구두 굽으로 짓이기기 시작했다. 발의 한 동작 한 동작이 이루어질 때마다 소리를 지르며 숨을 헐떡였다.

"이게 댁이 준 돈입니다! 이게 댁이 준 돈입니다! 이게 댁이 준 돈입니다! 이게 댁이 준 돈입니다!"

그러다 갑자기 뒤로 껑충 물러나 알렉세이의 앞에 차려 자세로 섰다. 그의 모습 전체가 말로 설명하기 어려운 자존심을 표현하고 있었다.

"댁을 보내신 사람들한테 가서 말하시오. 때밀이 수건은 자신의 명예를 팔지 않는다고!"

그는 공중으로 팔을 쳐들며 외쳤다. 그 뒤 빠른 동작으로 뒤로 돌아 휙 내달았다. 그러나 다섯 발짝도 채 못 가 온몸을 다시 돌려, 별안간 알렉세이에게 손을 흔들었다. 그리고 또 다섯 발짝도 채 못 가 마지막으로 다시 한번 뒤돌았다. 이번에는 얼굴에 일그러진 웃음을 띠고 있지 않았고, 그와 반대로 얼굴이 눈물로 뒤범벅되어 있었다. 울먹이느라 목이 메고 목소리가 갈라지는 가운데 그는 혀를 재게 놀려 소리쳤다.

"제가 아들한테 뭐라고 해야겠어요? 그 돈을 받아서 다시 한번 수치를 당하면 말이에요."

이 말을 한 뒤 그는 달려가기 시작했다. 이번에는 이미 뒤를 돌아보지 않았다. 알렉세이는 표현할 길 없는 슬픔을 느끼며 그의 뒷모습을 지켜보았다. 알렉세이는 이해하고 있었다. 그가 맨 마지막 순간까지, 자기가 지폐를 구겨서 내던질 줄을 모르고 있었다는 것을. 지금 달려가고 있는 그는 한 번도 뒤를 돌아보지 않았다. 그가 뒤를 돌아보지 않을 것을 알렉세이도 알고 있었다. 쫓아가서 그를 부르고 싶지는 않았다. 그 이유를 알렉세이는 알고 있었다. 그가 시야에서 사라졌을 때 알렉세이는 지폐 두 장을 주웠다. 많이 구겨지고 납작하게 접히고 모래 속으로 눌려 들어가 있었을 뿐, 찢어지지는 않았고, 고르게 펴다 보니 새 돈처럼 사각사각 소리가 나기까지 했다. 다 고르게 펴고 나서 그는 지폐를 접어 호주머니에 넣고, 심부름 이행의 결과를 보고하러 카체리나 이바노브나의 집으로 향했다.

제5편
PRO와 CONTRA*

I
몰래 한 약속

또다시 호흘라코바 부인이 맨 먼저 알렉세이를 맞이했다. 부인은 안절부절못하고 있었다. 그동안 무슨 일이 있었던 것이다. 카체리나 이바노브나가 히스테리를 부리다 실신했고, 그 뒤 호흘라코바 부인의 말에 의하면, '엄청나고 무서운 기력 쇠약이 이어졌다. 그녀는 드러누워 눈을 뒤집으며 헛소리를 하기 시작했다. 지금은 열이 나므로, 게르첸슈투베를 부르러 사람을 보냈고, 또 이모들도 부르러 사람을 보냈다. 이모들은

---

* 찬성과 반대. (라틴어)

이미 왔으나 게르첸슈투베는 아직 안 왔다. 다들 그녀의 방에 앉아서 기다리고 있다. 무슨 일이 일어나려나 보다. 그녀는 의식불명 상태다. 열병일지도 모른다.'

그렇게 말하면서 호흘라코바 부인은 심각하고 겁먹은 표정을 했다. 그녀는 "이건 정말 심각해요, 심각해요!" 하는 말을 말끝마다 덧붙였다. 마치 카체리나 이바노브나한테 그전에 일어났던 모든 것은 심각하지 않다는 듯 말이다. 알렉세이는 걱정하며 그녀의 말을 다 듣고, 자기가 겪은 일을 이야기하려고 했지만, 이야기를 시작하자마자 그녀가 말을 끊었다. 자기가 시간이 없다는 것이었다. 그녀는 리즈 방에서 자기를 기다리고 있으라고 부탁했다. 그러면서 자기 입을 그의 귀에다 거의 바싹 갖다 대고 속삭였다.

"알렉세이 표도로비치 씨, 리즈가 지금 이상하게 저를 놀라게 했어요. 근데 또 감동시키기도 했어요. 그래서 저는 마음으로 저 아이의 모든 행동을 용서한답니다. 어떤 일이 있었나 하면, 알렉세이 표도로비치 씨가 나가시자마자 저 아이가 갑자기 진심으로 뉘우치더라고요. 자기가 어제도 그랬고 오늘도 그랬고, 알렉세이 표도로비치 씨를 놀렸다고요. 하지만 저 아이가 솔직히 놀린 건 아니잖아요? 농담한 거뿐이지. 그런데도 그토록 진지하게 뉘우치는 거예요. 거의 눈물을 흘리기 직전이었어요. 그래서 제가 놀랐어요. 저 아이가 나를 놀리고 나서는 그렇게 진지하게 뉘우치는 적이 한 번도 없었거든요. 다 농담으로 넘기려고 했죠. 참, 저 아이가 끊임없이 저를 놀린다는 거 아세요? 그런데 이번에는 진지해요. 모든 것이 진지해졌어요. 쟤는 알렉세이 표도로비치 씨의 의견을 아주 중요하게 생각해요. 되도록이면 쟤 때문에 화내지 마시고 쟤의 말이나 행동 가지고 이것저것 따지지 마세요. 저도 쟤를 다 용서하면서 지내고 있어요. 왜냐하면 쟤가 사실은 아주 똑똑하거든요. 믿어지세요? 지금 쟤가 뭐라고 했나 하면, 자기가 어렸을 때에 알렉세이 표도로비치 씨가 자기랑 아주 친했대요. '내 어린 시절의 가장 의미 있는 친구'라고 했어요. 생각해보세요. 가장 의미 있대요. 전 또 그렇게까지 생각하는 줄은 몰랐어요. 쟤는 그런 걸 아주 중요시하나 봐요. 추억을 중요하게 생각하고, 또 말들……. 기대치 않았던 그런 말들 있잖아요. 그런 말이 나올 줄은 전혀 생각 못 했었는데 돌연 쟤한테서 그런 말이 튀어나올 때가 있어요. 예를 들어 얼마 전에 소나무에 대해서 말을 했는데요, 쟤가 아주 어렸을 때 우리 집 정원에 소나무가 서 있었어요. 어쩌면 지금도 서 있을지도 모르죠. 그러니까 과거 시제로 말을 하면 안 되겠네요. 소나무는 사람이 아니에요. 소나무는 오랜 세월이 흘러도 변하지 않아요, 알렉세이 표도로비치 씨. 쟤가, '엄마, 나 그 소나무 기억해, 마치 금방 꿈에서 본 것처럼.' 그러는 거예요. 그러니까 '소나무'인데 '금방 꿈에서 본 것'

이라는 거예요.* 하긴 아까 쟤가 말할 때는 지금 제가 하는 표현이랑 약간 달랐던 것 같아요. 전 헷갈려요. '소나무'라는 말은 평범한데도, 쟤가 거기에 대해 쓰는 표현은 아주 독창적이라서, 그대로 똑같이 전달하지도 못하겠어요. 또 제가 다 잊어버린 것도 사실이고요. 자, 그럼 다음에 뵙죠. 전 마음이 너무 불안해서, 아마 이러다 정신병에 걸리지 않나 싶어요. 아유, 알렉세이 표도로비치 씨, 전 정신병에 두 번 걸렸었어요. 그래서 치료를 받았어요. 리즈한테 가보세요. 걔한테 용기를 좀 주세요. 항상 그렇게 잘 해오셨듯이 말이에요. 리즈야!"

부인이 리즈의 방문 쪽으로 가면서 소리쳤다.

"네가 그렇게 모욕을 드린 알렉세이 표도로비치 씨를 모시고 왔다. 근데 조금도 화 안 내셔. 진짜야. 그 반대로, 네가 어떻게 그런 생각을 했는지 놀라셔."

"Merci, maman. 들어오세요, 알렉세이 표도로비치 아저씨."

알렉세이가 들어가자 리즈가 어쩐지 어색해하며 그를 쳐다보다가 갑자기 얼굴을 붉혔다. 아마 뭔가가 창피한 모양이었다. 그런 경우에 항상 그래 왔듯이, 영 딴판인 화제를 빠른 말투로 주워섬겼다. 마치 지금은 오로지 그 다른 화제에만 관심

---

* '소나무'라는 러시아어 단어와 '방금 꿈에서 봤다'는 러시아어 표현은 앞의 것은 한 단어로 쓰고 뒤의 것은 두 단어로 쓰지만, 발음은 서로 같다. 그러므로 이 대목은 말 표현의 묘미에 관심을 갖는 사람들에게 독특하게 들릴 수 있다. - 역자 주

이 있는 듯.

"알렉세이 표도로비치 아저씨, 엄마가 방금 전에 문득 전해주셨어요. 아저씨가 200루블을 전달해주라는 심부름을 하신 얘기를요. 그 가난한 장교한테요. 그리고 그 장교가 어떻게 모욕을 당했는지도 얘기해주셨어요. 근데 있잖아요, 엄마가 이야기 전달하는 실력이 아주 안 좋거든요. 다 조금씩 와전되거든요. 그런데도 저는 들으면서 울었어요. 근데 그래서 어떻게 됐어요? 그 돈을 전해주셨어요? 그래서 그 불쌍한 사람은 지금 어떻게 됐어요?"

"못 전해줬다는 바로 그게 문제지. 이야기가 길어."

알렉세이 또한, 마치 자기가 돈을 못 전해준 것이 제일 걱정되는 문제인 양 대답했다. 하지만 리즈는, 알렉세이 역시 딴 쪽으로 눈길을 돌리고 역시 다른 화제를 이야기하려고 애쓰는 것을 정확히 눈치챘다. 알렉세이는 탁자를 앞에 두고 앉아서 이야기를 시작했다. 그러나 첫마디를 떼자마자 그는 더 이상 수줍어하지 않으면서, 리즈가 마음을 빼앗길 정도로 생생하게 이야기를 했다. 그는 자기가 받은 강한 느낌, 그리고 받은 지 얼마 안 된 특별한 인상에 휩싸여 있어서 그런지, 이야기를 세밀하게 잘 해나갈 수 있었다. 그는 전에 모스크바에 있을 때에도, 그러니까 리즈가 더 어렸을 때에도, 리즈에게 와서 자기에게 방금 있었던 일이나 자기가 읽은 책의 내용, 자기가 어린 시절에 겪은 일에 대해 이야기하는 것을 좋아했었다. 어떤 때는 둘이서 함께 꿈에 잠기면서 기승전결 있는 이야기들을 만들어 내기도 했다. 대부분은 유쾌하고 우스운 이야기들이었다. 지금 이 둘은 마치 모스크바에서 지내던 그 시간, 즉 2년 전으로 되돌아간 것 같았다. 리즈는 알렉세이의 이야기를 넋 놓고 듣고 있었다. 알렉세이는 리즈 앞에서 일류샤의 이미지를 생생하게 그려낼 수 있었다. 그 불쌍한 사람이 돈을 짓밟는 장면을 아주 자세히 묘사하는 것을 마쳤을 때 리즈는 양손을 짝 마주치면서 감정을 억제하지 못하고 외쳤다.

"그래서 돈을 못 전해주셨네요. 그 사람이 달아나도록 두셨네요! 쫓아가 따라잡아서 주시지 그랬어요…….."

"아냐, 리즈, 내가 안 쫓아가는 게 나았어."

그렇게 얘기하고 알렉세이는 의자에서 일어나 걱정스러운 태도로 방 안을 왔다 갔다 했다.

"낫긴요? 뭐가 나아요? 이제 그 사람들 빵도 못 먹어서 굶어 죽을 텐데!"

"안 굶어죽어. 왜냐하면 이 200루블을 안 받고는 못 배길 테니까. 내일 어차피 달라고 할걸. 내일은 반드시 받아 갈 거야."

알렉세이가 생각에 잠겨 걸음을 떼면서 말했다. 그러다가 갑자기 리즈 앞에 멈춰 서서 이렇게 말했다.

"있잖아, 리즈야, 내가 실수를 한 가지 했는데, 그 실수 덕분에 오히려 일이 잘됐어."

"어떤 실수인데요? 왜 일이 잘됐는데요?"

"왜냐하면, 그 사람은 겁이 많고 마음이 약하거든. 그 사람은 고생을 많이 해서 지쳐 있지만 마음은 착해. 난 지금 이런 생각을 하고 있어. 그 사람이 왜 갑자기 화를 내면서 돈을 짓밟았나 하고. 이건 분명한 긴데, 그 사람은 맨 마지막 순간까지도 자기가 돈을 짓밟게 될 줄을 스스로 모르고 있었거든. 그래서 이런 생각이 드는데, 많은 것이 그 사람을 화나게 한다는 거야. 그 사람 같은 처지에서 그건 당연하기도 하고. 첫째, 그 사람은 내가 보는 앞에서 자기가 돈을 보고 너무 기뻐했다는 것, 그걸 숨기지 않았다는 것에 화가 난 거야. 기뻐하긴 기뻐했으되 그걸 아주 많이 드러내지는 않고, 다른 사람들이 하는 것처럼 일부러 다른 표정을 지으며, 얼굴을 찌푸리면서 돈을 받았다면, 만약 그랬다면 아마 돈을 받아 갈 수 있었을 거야. 근데 그 사람은 너무나 속이 다 들여다보이게 기뻐했거든. 바로 그 점 때문에 그 사람은 화가 나는 거야. 아, 리즈야, 그 사람은 솔직하고 선한 사람이야. 주어진 상황에선 바로 그게 문제인 거야. 이야기할 때 그 사람은 계속 목소리가 작았고 힘이 없었어. 또 말을 굉장히 빠르게 하면서 히히거리며 웃는 것 같았는데 어떻게 보면 우는 것도 같았어. 응, 운 건 사실이야. 근데 그전까진 환희에 젖어 있었거든. 자기 딸들 얘기도 했고, 다른 읍으로 가면 자기가 얻게 될 일자리 얘기도 했어. 그렇게 속마음을 털어놓고 나니까, 자기가 자기 속마음을 다 보여줬다는 것 때문에 창피해진 거야. 바로 그래서 이제 날 미워하는 거야. 그 사람은 가난한 사람들 중에서도 부끄러움을 너무 잘 타는 사람들 중 하나야. 중요한 건, 자기가 나를 너무나 쉽게 자기 친구처럼 대했고 너무나 쉽게 내 말에 설득을 당했다는 것 때문에 자신에게 화가 났다는 거야. 그전까진 나한테 달려들려 하기도 했고 위협을 하기도 했거든. 그러다가 돈을 보자마자 갑자기 나를 얼싸안으려 들었어. 진짜로 그랬어. 자꾸만 손으로 내 몸을 만지고 그랬어. 바로 그런 행동에 있어서, 자기가 얼마나 비굴하게 구는지를 스스로 느끼고 있었을 만도 해. 그런데 거기다 대고 내가 실수를 한 거야. 이건 아주 중대한 실수야. 내가 그 사람한테, 만약 다른 읍으로 이사 가는 데에 돈이 모자란다면 돈을 더 받을 수도 있을 거라고, 심지어 내가 가진 돈도 얼마든지 줄 수 있다는 말을 갑자기 하게 됐는데, 바로 그 말이 그 사람을 홱 돌게 한 거야. 왜 나까지 자기를 도우러 나서냐 이거지. 바로 그렇게 된 거야. 리즈야, 정말 안 좋게 됐어. 모욕당한 사람한테, 주위 사람들이 다 은혜를 베푸는 자가 되겠다는 시선으로 자기를 쳐다보는 상황을 참아내기란 무척 힘들단다. 이건 나도 들은 얘기야. 장로님이 말씀해주셨어. 글쎄, 어떻게 표현할지 모르겠지만, 사실 나 스스로도 자주 그런 경우를 봐 왔어. 또 나도 그 입장이 됐을 때 똑같은 걸 느낄 거라고 생각해. 그리고 중요한 것은, 그 사람이 자기가 지폐들을 짓밟게 될 것을 맨 마지막 순간까지 스스로 모르고 있었지만, 하지만 그럴 수도 있겠다는 예감은 했다는 거야. 그건 분명해. 바로 그랬기 때문에 그의 환희가 그리도 강했던 거야. 그럴 예감을 했었기 때문에. 그리고 이 모든 것이 참 나쁜 상황이긴 하지만, 그래도 좋은 쪽으로 가고 있어. 난 심지어 이렇게 생각해. 가장 좋은 쪽으로 가고 있다고. 더 이상 좋을 수가 없을 정도로."

"왜 더 이상 좋을 수가 없다는 거예요?"

리즈가 아주 놀란 표정으로 소리쳐 물었다.

"왜냐하면 말이지, 리즈야, 만약 그 사람이 돈을 짓밟지 않고 가졌더라면, 집에 가서 한 시간쯤 있다가, 자기가 받은 굴욕 때문에 울음을 터뜨렸을지도 모르기 때문이야. 아마 분명히 그렇게 됐을 거야. 울고 나서, 어쩌면 내일 새벽같이 나한테 와서 지폐들을 집어던지고 아까 했던 것처럼 짓밟았을 거야. 하지만 지금은 그 사람이 자존심에 충일해서 갔거든. 자기는 멋진 사람이라고 느끼면서. 비록 엄청나게 손해 보는 행동을 한 건 사실이지만 말이야. 그러니까 지금 와서는 오히려 그로 하여금 이 200루블을 받도록 만드는 게 아주 쉬워진 거야. 내일만 해도 그게 가능할 거야. 왜냐하면 그 사람은 이미 자기가 어떤 사람이라는 걸 보여줬거든. 돈을 내던지고 짓밟았으니 말이야. 근데 그 사람이 돈을 짓밟으면서, 내가 내일 그 돈을 다시 갖고 자기한테 올 거라는 건 몰랐지. 근데 이 돈이 그 사람한테 너무나 필요한 게 사실이거든. 비록 그 사람이 지금 자존심을 내세우고 있다지만, 그래도 어쩌면 오늘 벌써 그 생각을 할걸. 자기한테 얼마나 소중한 도움을 자기가 마다했는지를. 밤이 되면 그 생각이 더 강해질 테고, 꿈에 나타날 테고, 내일 아침엔 나한테 달려와서 자기를 용서해달라고 하고 싶은 마음이 간절할걸. 바로 그때 내가 나타나는 거야. '대위님은 자존심이 있으신 분입니다. 그걸 증명해주셨습니다. 그러니까 이젠 우리를 용서하시고 받으세요.' 그러는 거야. 그땐 그 사람이 받을 거야!"

알렉세이는 기쁨에 아주 도취한 듯이 "그땐 그 사람이 받을 거야!"라고 말했다. 리즈가 손뼉을 치며 말했다.

"네, 맞아요! 저도 지금 갑자기 깨달았어요! 어머, 알렉세이 아저씨, 어떻게 그렇게 잘 아세요? 그렇게 젊으신데 벌써 사람 마음속을 그렇게 잘 아세요……. 저 같으면 그런 생각을 죽어도 못 했을 거예요……."

"중요한 건 이제 그 사람으로 하여금, 비록 그 사람이 우리에게서 돈을 받기는 하지만 사실은 그 사람이 나머지 우리 모두

와 동등한 발 높이에 있다*는 걸 믿게 만드는 거야. 동등할 뿐만 아니라 더 높은 발 높이에 있을 수도 있다**고 믿게 만드는 거야" 하고 알렉세이가 계속 신이 나서 말했다.

"'더 높은 발 높이에'……. 멋져요, 알렉세이 표도로비치 아저씨. 계속 말씀하세요, 말씀하세요!"

"그러니까 내 표현이 좀 이상했지? 더 높은 발 높이라는 표현. 하지만 괜찮지 뭐. 왜냐하면……"

"괜찮죠, 괜찮죠! 물론 괜찮죠! 미안하지만요, 우리 알렉세이 아저씨, 아시나요? 여태까지 저는 아저씨를 거의 존경하지 않았어요. 아니, 그러니까, 존경은 했지만 동등한 발 높이에서 존경했어요. 하지만 지금부터는 더 높은 발 높이에 두고 존경할 거예요. 착하신 아저씨, 제가 비웃는다고 화내지 마세요."

그 말을 하고 나서 리즈는 곧 그 어떤 감정에 충일하여 이렇게 말했다.

"저는 그냥 우습기만 한 꼬맹이고, 아저씨는, 음……, 아저씨는……. 그런데 아저씨, 혹시 우리의 이 모든 판단 속에 말이에요……, 아니, 우리의 판단이 아니라 아저씨의 판단이죠…….

---

* 직역하면 '동등한 발 높이에 있다'가 되는 러시아어 숙어가 있는데, 이 숙어는 '평등하다'는 뜻이다. - 역자 주

** 알렉세이가 방금 전에 쓴 숙어, 즉 '발'이라는 단어가 들어가는 그 숙어의 구조를 말 속에서 그대로 유지하느라, 자기도 모르게, 없는 숙어를 쓴 것이다. - 역자 주

아니, 그냥 우리의 판단이라고 하는 게 낫겠네요. 그러니까 우리의 판단 속에 그 불쌍한 사람에 대한 멸시는 안 들어 있는 거죠? 우리가 지금 이렇게 마치 높은 위치에 서서 그 사람의 마음을 분석하는 것에 말이에요. 그 사람이 돈을 받을 거라고 우리가 지금 너무 함부로 판단하는 거 아닌가요?"

"아니야, 리즈야. 멸시는 들어 있지 않아."

알렉세이가 마치 그런 질문을 받을 준비를 해놓기라도 한 것처럼 확실하게 대답했다. 그는 이렇게 계속했다.

"내가 이리로 오면서 벌써 그런 생각을 했었어. '한번 판단들 해보시오, 내 판단 속에 멸시가 과연 있을지. 우리 자신들 모두가 그 사람과 마찬가지인 사람들이 아니오? 우리도 다들 그 사람과 마찬가지의 사람들이에요. 왜냐하면 우리도 그와 같으니까요. 더 나은 게 아니라. 혹 만약 우리가 더 낫다고 하더라도, 그 사람 입장에 처하게 되면 결국 똑같아져요'라고 속으로 생각했어. 리즈 너는 어떨지 모르겠지만, 내 생각으로 내 마음은 많은 점에 있어서 소심해. 하지만 그 사람 마음은 소심하지 않고, 반대로, 아주 세심해. 그러니까 리즈야, 여기엔 어떤 멸시도 있을 수 없어. 그거 아니, 리즈야? 내가 모시는 장로님이 한번은 이렇게 말씀하셨어. '사람들을 배려할 때는 예외 없이, 아이들을 배려하듯이 해야 한다. 때로는 병원에 있는 환자들을 배려하듯이 배려해야 한다.'"

"아유, 우리 알렉세이 표도로비치 아저씨! 아유, 우리 착한 아저씨! 환자들을 배려하듯이 사람들을 배려하러 다녀요."

"그러자꾸나, 리즈야. 난 그럴 준비가 됐어. 단, 나 스스로가 아직 자격 미달인 거 같아. 어떨 때 나는 참을성이 아주 부족해. 또 어떨 때는 안목이 없어. 너는 안 그런데 말이야."

"어머, 그럴 리가요? 알렉세이 표도로비치 아저씨, 제가 얼마나 행복한지 아세요?"

"그런 말을 하니 정말 좋구나, 리즈야."

"알렉세이 표도로비치 아저씨, 아저씨는 정말 좋은 분이세요. 하지만 어떤 때는 아저씨 모든 것을 너무 곧이곧대로만 하는 사람처럼 보여요. 하긴……, 이렇게 보면 전혀 그렇지 않은 것 같은데. 저기 가서 문 근처를 좀 보세요. 문을 살짝 여시고, 엄마가 엿듣고 있지 않나 한번 보세요."

갑자기 리즈가 안절부절못하는 빠른 말투로 속삭였다.

알렉세이가 가서 문을 열어보고는, 엿듣는 사람 아무도 없다고 말해줬다. 그러자 리즈가 점점 더 얼굴이 빨개지면서 이렇게 말했다.

"이쪽으로 오세요, 알렉세이 표도로비치 아저씨. 손을 줘보세요. 네, 이렇게. 제 말을 좀 들어보세요. 저한테 중요한 고백이 하나 있어요. 어제 제가 쓴 편지는 농담으로 쓴 게 아니었어요. 진지하게 썼어요."

그 말을 하고 그녀는 한 손으로 자기 눈을 가렸다. 이 고백을 하는 게 매우 창피한 모양이었다. 갑자기 그녀가 그의 손을 잡더니 세 번 열렬히 입을 맞췄다.

"그래, 리즈야, 그러니까 한결 낫구나. 사실 난 네가 진지하게 쓴 거라고 완전히 확신하고 있었어" 하고 알렉세이가 기뻐서 말했다.

"확신했다고요? 어머나!"

그녀가 갑자기 그의 손을 옆으로 치웠다. 하지만 자기 손에서 그의 손을 놓지는 않았다. 심하게 얼굴을 붉히면서 깨알 같은 행복한 웃음을 쏟아내며 말했다.

"난 손에 입을 맞췄는데, 이 아저씨 하는 말이, '한결 낫구나'?"

하지만 그녀의 이런 질책은 억지였다. 알렉세이도 어느 정도 곤혹스러워했다.

"리즈야, 난 항상 네 마음에 들고 싶은데, 어떻게 하면 그렇게 될지 잘 모르겠어."

그가 어떻게 말해야 될지 몰라서 그렇게 말하면서, 역시 얼굴이 빨개졌다.

"우리 알렉세이 아저씨는 너무 차갑고 뻣뻣해요. 자, 보세요. 아저씬 내가 아저씰 내 신랑감으로 삼았으니 이젠 됐다고 생각하시는 거죠? 내가 진지하게 쓴 거라고 확신하고 있었대! 어쩌면 그렇게! 너무 뻔뻔하시네요, 안 그래요?"

"내가 확신했다는 게 나쁜 건가?"

알렉세이가 웃음을 터뜨렸다.

"아유, 아저씨, 그 반대예요. 얼마나 좋은지 몰라요."

리즈가 상냥한, 행복한 눈길로 그를 쳐다보았다. 알렉세이는 계속 손을 그녀의 손에 잡힌 채 서 있었다. 그러다가 갑자기 몸을 굽혀 그녀의 입술에다 입을 맞췄다.

"이건 또 뭐예요? 왜 이러세요?"

리즈가 소리쳤다. 알렉세이는 완전히 당황했다.

"잘못한 거라면 용서해줘. 내가 아마 너무 어리석었나 봐. 네가 나보고 차갑다고 해서, 그래서 입을 맞춘 거야. 근데 아주 바보같이 돼버렸네."

리즈가 깔깔 웃으면서 양손으로 얼굴을 가렸다.

"그런 드레스 같은 옷을 입고서!"

그녀가 웃음소리 사이로 자기도 모르게 그렇게 말했다. 그러다 갑자기 웃음을 뚝 그치고 완전히 진지한 표정이 되었다. 거의 엄하게 보이기까지 했다.

"저, 알렉세이 아저씨, 뽀뽀하는 거는 좀 천천히 하기로 해요. 왜냐하면 우리 둘 다 제대로 할 줄 모르잖아요. 우린 아직 오래 기다려야 돼요."

갑자기 그녀가 그렇게 결론을 짓고는 계속 말했다.

"차라리 이 말씀을 듣고 싶어요. 뭘 보고 저를 받아들이시는 거죠? 저 같은 바보를, 그것도 몸이 아픈 바보를. 아저씨는 그렇게 똑똑하시고, 그렇게 생각이 깊으시고, 그렇게 배려가 깊으신 분인데. 아유, 아저씨, 전 제가 아저씨한테 한참 모자라서 얼마나 행복한지 몰라요!"

"잠깐만, 리즈야. 나 며칠 내로 수도원에서 완전히 나올 거야. 속세로 나와서는 결혼을 해야 돼. 난 그걸 알고 있어. 그분께서 그러라고 하셨어. 너보다 더 좋은 사람을 내가 어떻게 찾니? 또 나를 너 말고 누가 받아들이겠어? 나 이런 생각 많이 해봤어. 첫째, 넌 나를 어려서부터 알고, 둘째, 넌 아주 재능이 많아. 나한테는 전혀 없는 재능이. 넌 성격이 나보다 훨씬 쾌활해. 또 중요한 것은, 넌 나보다 순수해. 난 많은 것을, 많은 것을 겪어 봤어. 넌 나를 잘 모르지? 사실 나도 카라마조프 씨거든. 네가 웃길 잘하고 농담 잘하는 거, 나를 비웃길 잘하는 거, 그게 뭐가 나빠? 맘껏 웃어. 난 그게 참 기뻐. 하긴 네가 웃는 건 쪼끄만 아기처럼 웃지만 생각하는 건 고난과 희생을 당하는 자처럼 생각하지."

"'고난과 희생을 당하는 자처럼'이라고요? 왜요?"

"응, 리즈야. 아까 네가 한 질문을 생각해봐. 우리가 그 불쌍한 사람의 마음을 분석할 때 우리가 그 불쌍한 사람에 대한 멸시를 갖는 건 아니냐고 했잖아. 그건 고난과 희생을 당하는 자의 질문이야. 글쎄, 좀 더 좋은 말이 있을 텐데 못 찾겠네. 어쨌든 그런 질문 같은 질문들이 머릿속에 생각나는 사람은 고난을 당할 능력을 가진 사람이야. 너 자신이 휠체어에 앉아 있은지 오래됐으니 이제 많은 생각을 했겠지…….”

“알렉세이 아저씨, 손을 이리 주세요. 왜 손을 빼셨어요?”

리즈가 나른한 행복에 겨워 약해진 목소리로 말했다.

“있잖아요, 알렉세이 아저씨, 수도원에서 나오시면 무슨 옷을 입으실 거예요? 웃지 마세요. 화도 내지 마세요. 저로선 그게 아주 중요하거든요.”

“옷에 대해선 아직 안 생각해봤어, 리즈야. 네가 원하는 옷을 입을게.”

“난 아저씨가 감색 실크 정장 상의에 흰 피케 조끼를 입고 부드러운 털로 만든 회색 모자를 썼으면 좋겠어요. 아저씨, 아까 내가 어제 쓴 편지 농담으로 쓴 거라고 했을 때 내가 아저씨를 사랑하지 않는다고 믿었어요?”

“아니. 안 믿었어.”

“아, 어쩌면 그럴 수가! 정말 구제불능이세요!”

“왜 그런가 하면, 네가 나를…… 사랑하는 것으로 알고 있었는데, 그래도 내가, 네가 날 사랑하지 않는다는 걸 믿는 척했어. 너한테…… 잘해주려고.”

“그러면 더 나빠요! 더 나쁘면서 제일 좋아요. 전 아저씨를 아주 많이 사랑해요. 전 아까 아저씨 오시기 전에 이렇게 미리 생각해냈어요. '어제 쓴 편지를 달라고 해야지. 그리고 아저씨가 내 말을 듣고 순순히 편지를 주면(충분히 그럴 수 있는 사람이니까), 그럼 아저씨가 나를 전혀 사랑하지 않는 거고, 아무 느낌도 없는 거고, 그냥 어리석고 재미없는 애송이고, 난 이제 끝난 거다.' 그런데 아저씬 수도원 방에다 편지를 놓고 왔어요. 그래서 전 좋았어요. 아저씬 제가 편지를 도로 달라고 할 걸 예상했기 때문에 수도원 방에 놓고 오신 거 아니에요? 도로 안 주려고요. 그렇죠? 안 그런가요?"

"리즈야, 전혀 그렇지 않단다. 편지는 지금도 내가 갖고 있어. 아까도 그랬어. 이 호주머니에. 여기 있잖아."

알렉세이가 웃으면서 편지를 꺼내서 리즈에게 멀리서 보여줬다.

"그 대신 너한테 주진 않을 거다. 그냥 내 손에 쥐어진 채로 보렴."

"어머나! 그럼 아까 거짓말하신 거예요? 수도사가 거짓말을?"

"그러네. 거짓말한 거네."

알렉세이도 웃으며 말했다.

"너한테 편지를 안 돌려주기 위해서 거짓말했어. 편지가 나한테 너무 소중해서. 영원히 갖고 있을 거야. 절대로 아무한테도 안 줄 거야!"

갑자기 그가 감정에 충일해서 마지막 말을 덧붙였다. 그의 얼굴이 빨개졌다.

리즈가 환희에 들떠서 그를 쳐다보았다.

"알렉세이 아저씨, 문 근처를 보세요, 엄마가 엿듣고 있지 않은지"하고 그녀가 다시 작은 소리로 속삭였다.

"그래, 리즈야. 내가 볼게. 하지만 안 보는 게 더 낫지 않을까? 엄마기 그런 못된 행동을 하실 거라고 의심할 필요가 뭐 있어?"

"못된 행동이라고요? 그게 뭐가 못된 행동이에요? 딸의 말을 엿듣는 게 그렇다고요? 그건 엄마의 권리예요, 못된 행동이 아니라."

리즈가 발끈하여 말했다.

"알렉세이 표도로비치 아저씨, 제가 엄마가 되고 지금의 저 같은 딸이 생긴다고 하면, 반드시 딸의 이야기를 엿들을 거예요. 그렇게 알고 계세요."

"그게 정말이야, 리즈야? 그건 안 좋아."

"어휴, 나 참! 그게 뭐가 못된 행동이라고 그래요? 무슨 평범한 사교계 대화랄까 하는 걸 제가 만약 엿들었다면 그건 못된 행동일지 몰라요. 하지만 친딸이 젊은 청년과 한 방에서 문을 잠그고 있는데……. 있잖아요, 알렉세이 아저씨, 전 아저씨 행동도 다 훔쳐볼 거라는 거 알고 계세요. 우리가 약혼하자마자 말이에요. 또 아저씨한테 오는 편지도 다 뜯어서 다 읽어볼 거예요. 그렇게 미리 알고 계세요."

"응, 물론이지. 그렇게 해야 한다면……."

알렉세이가 말을 웅얼거렸다.

"하지만 그게 좋은 건 아니야."

"어머! 절 그렇게 보시다니! 착한 알렉세이 아저씨, 처음부터 말싸움하지 않기로 해요. 네, 제 생각을 다 말씀드릴게요. 엿듣는 건 물론 아주 나빠요. 그러니까 제 생각이 틀린 거죠. 아저씨 생각은 맞고. 근데 그래도 엿들을 거예요."

"그러려무나. 내 행동을 훔쳐봐봤자 뭐 대단한 걸 발견해내진 못할 테니까" 하면서 알렉세이가 웃었다.

"알렉세이 아저씨, 근데 제 말 잘 들으실 거예요? 이것도 미리 결정해놔야 돼요."

"기꺼이 꼭 그렇게, 리즈야. 하지만 가장 중요한 것만 빼고. 가장 중요한 것에서 만약 네가 동의하지 않는다면, 난 아무래도 나에게 맡겨진 사명대로 행할 거야."

"그래야겠죠. 아저씨, 걱정 마세요. 전 가장 중요한 것에서 아저씨 말을 들을 준비만 돼 있는 게 아니라, 모든 일에서 아저씨한테 양보할 거고, 지금 그러겠다고 약속할게요. 모든 것에서, 평생 동안."

리즈가 열정적으로 외쳤다.

"그렇게 하는 게 행복할 거예요. 네, 그렇게 하는 게 행복할 거예요. 그게 다가 아니에요. 아저씨 말을 절대로 엿듣지 않겠다고, 단 한 번도 엿듣지 않겠다고, 아저씨한테 오는 편지 한 장도 읽지 않겠다고 맹세할게요. 왜냐하면 아저씨 생각이 옳고 제 생각이 틀렸으니까요. 그리고 엿듣고 싶어서 미치겠어도, 저는 미리 그렇게 될 걸 알고 있지만, 그래도 엿듣지 않을게요. 왜냐하면 그런 행동이 고상한 행동이 못 된다고 아저씨가 생각하시니까요. 이제 아저씨는 저의 미래예요. 아저씨, 요새 며칠 간 왜 그렇게 우울하세요? 어제랑 오늘이요. 아저씨한테 걱정거리와 불행한 일이 있는 건 알고 있는데, 제가 보기에 그것 말고도 아저씨한테 어떤 특별한, 어쩌면 비밀스러운 슬픔이 있는 거 같아요. 안 그런가요?"

"그래, 리즈야. 비밀스러운 것이기도 하지. 그런 것도 다 알아맞히는 걸 보면 정말 나를 사랑하는가 보구나" 하고 알렉세이가 슬픈 말투로 말했다.

"그게 어떤 슬픔인데요? 무엇 때문인가요? 혹시 말해줄 수 있으세요?"

리즈가 다소곳이 애원하듯 말했다.

"나중에 얘기해줄게, 리즈야. 나중에……."

알렉세이는 어떻게 말을 할지 몰랐다.

"지금은 말해봤자 이해가 안 갈 거야. 내가 알아듣게 말을 하지도 못할 거 같고."

"그거 말고도 내가 아는 게 있어요. 아저씨의 형님들과 아버지 때문에 걱정 많으시죠?"

"응, 형들도."

알렉세이가 주저하는 듯이 말했다.

"난 아저씨 형 이반 표도로비치를 안 좋아해요" 하고 갑자기 리즈가 말했다.

알렉세이가 그 말을 듣고 약간 놀랐지만 뭐라고 말을 덧붙이지는 않았다.

"형들이 자기 자신을 파멸로 이끌어가고 있어. 아버지도 역시. 그리고 자기와 더불어 다른 사람까지도 같이 파멸로 이끌어가고 있어. 여기에 '흙 같은 카라마조프 씨 가문의 힘'이 있어, 얼마 전에 파이시 신부님이 표현하신 대로 하면. 흙 같고 광적이고 다듬어지지 않은……. 심지어 이 힘 위에 신의 영이 운행하는지 아닌지도 잘 모르겠어. 아는 건 단지 나 자신도 카라마조프라는 거야. 수도사인 내가. 수도사? 내가 수도사니, 리즈야? 방금 전에 너 그렇게 말했지? 내가 수도사라고."

"네, 그렇게 말했어요."

"근데 나 신을 어쩌면 안 믿는지도 몰라."

"아저씨가 신을 안 믿는다고요? 어떻게 된 거예요?"

리즈가 작은 소리로 조심스럽게 물었다. 그러나 알렉세이는 대답하지 않았다. 이 너무 갑작스러운 그의 말 속에는 너무 비밀스럽고 너무 주관적인, 그리고 또 어쩌면 그 자신도 확실히

561

이해가 가지 않는, 하지만 그를 괴롭히고 있던 것은 확실한 그 무언가가 있었다.

"그리고 이제, 모든 것은 그렇다 치고, 세상에서 내가 가장 중요하게 여기는 가까우신 분이 떠나셔. 이 땅을 떠나셔. 내가 그분과 얼마나 깊은 연을 맺었는지, 내가 그분과 심적으로 얼마나 긴밀히 결합됐는지 넌 모를 거야. 이제 난 홀로 남게 돼. 나 너한테 올게, 리즈야. 앞으로 우린 함께할 거야."

"네, 함께할 거예요! 함께 있을 거예요! 이젠 평생 같이할 거예요. 아저씨, 뽀뽀해주세요. 허락할게요."

알렉세이가 입을 맞췄다.

"그럼 이젠 가보셔도 돼요. 그리스도가 함께하시길(그러면서 그녀는 그의 앞에다 성호를 그었다)! 어서 장로님께 가보세요. 아직 살아 계실 때. 제가 너무 오래 붙잡고 있었죠? 오늘 저 장로님을 위해, 또 아저씨를 위해 기도할게요. 아저씨, 우린 행복할 거예요! 우리 행복할 거죠? 네?"

"아마 그럴 거야, 리즈야."

알렉세이는 리즈 방에서 나와서, 호흘라코바 부인한테 굳이 들를 필요 없다고 생각하여, 부인과의 인사를 생략하고 그 집에서 나오려 하였다. 그러나 문을 열고 계단으로 나서자마자 어디서 나타났는지 호흘라코바 부인이 서 있었다. 첫마디를 듣자마자 알렉세이는 부인이 일부러 거기서 자기를 기다리고 있었다는 것을 짐작했다.

"알렉세이 표도로비치 씨, 나 정말 미치겠네요. 이 어린애의 실없는 시시한 말들……. 혹시 같이 꿈을 꾸시는 건 아니시죠? 정말 바보 같은 짓, 바보 같은 짓, 바보 같은 짓이에요!"

호흘라코바 부인이 알렉세이에게 격한 말투로 쏘아붙였다.

"하지만 그 애에게 그렇게 말하진 마세요. 그 애가 흥분하면 해로우니까요" 하고 알렉세이가 말했다.

"사려 깊은 젊은이의 사려 깊은 말씀이었네요. 알렉세이 표도로비치 씨가 저 애의 말에 동의하신 것이, 저 애의 병약한 상태를 동정해서, 반대하면 저 애가 화를 낼까 봐 그러신 것이라고 제가 이해해도 될까요?"

"아닙니다. 전혀 그렇지 않습니다. 전 리즈와 아주 진지하게 이야기를 나눈 겁니다."

알렉세이가 확고하게 언명했다.

"진지함은 여기서 있을 수가 없어요. 생각할 수도 없어요. 첫째, 이젠 제가 알렉세이 표도로비치 씨를 절대 집으로 모시지 않을 거예요. 둘째, 전 이곳을 떠날 거고, 저 애를 데리고 갈 거예요. 그렇게 알고 계세요."

"왜 꼭 그러시려고요? 아직 멀었잖아요. 한 1년 반은 아직 기다려야 될 텐데."

"아유, 알렉세이 표도로비치 씨, 네, 그건 맞죠. 그리고 1년

반 동안 재랑 천 번은 더 다투고 헤어지실 거예요. 아, 난 왜 이
리 복이 없을까? 난 왜 이리 복이 없을까? 이 모든 게 다 실없
는 것일지라도, 그래도 제가 충격받은 건 사실이에요. 이제 전
마지막 무대의 파무소프 꼴이네요. 알렉세이 표도로비치 씨는
차츠키고 쟤는 소피야고요.* 있잖아요, 전 여기 계단으로 일부
러 온 서예요. 일렉세이 표도로비치 씨랑 만나려고요. 그랬다
가 계단에서 그 모든 비운을 맞닥뜨린 거예요. 전 다 들었어요.
들으면서 겨우 참고 견뎠어요. 밤새 계속된 그 고생이랑 아까
의 모든 히스테리들의 원인을 이제 알겠네요! 딸은 사랑을 찾
고, 엄마는 죽음을 찾겠군요. 관에 누우라 이거죠. 자, 지금은
좀 다른 얘기 할게요. 이게 제일 중요한 건데, 쟤가 썼다고 하
는 그 편지가 뭐예요? 지금 저한테 보여주세요. 지금요!"

"아니에요. 안 됩니다. 카체리나 이바노브나의 건강은 좀 어
떤데요? 제가 꼭 알아야 돼요."

"계속 헛소리를 하면서 누워 계세요. 한 번도 깨어나지 않았
어요. 그분 이모들은 탄식이나 하면서 거만하게 앉아만 있고,
게르첸슈투베는 와서 보고 너무나 깜짝 놀랐기 때문에, 오히
려 내가 게르첸슈투베를 어떻게 해야 될지, 어떻게 하면 정상

---

* 파무소프, 차츠키, 소피야: 알렉산드르 그리보예도프(1795~1829)가 쓴 운문 형식의 희
극 '지식인의 고뇌'의 주인공들. - 역자 주

564

으로 돌아오게 할 수 있을지 모를 지경이었어요. 의사를 부르러 보낼까 하는 생각까지 했어요. 내 마차를 태워서 그 사람을 보내버렸어요. 거기다 엎친 데 덮친 격으로 이 편지 얘기! 물론 아직 1년 반 뒤가 되겠지만, 모든 위대하고 성스러운 것의 이름으로, 임종 중이신 댁의 장로님의 이름으로 부탁드리는데, 그 편지를 좀 보여주세요, 저한테요. 엄마인 저한테요! 정 뭐 하시면 편지를 펴서 손에 직접 들고 계세요. 저는 눈으로 읽기만 할게요.

"아니에요. 보여드리지 않을 거예요, 카체리나 오시포브나. 설사 리즈가 보여드리라고 한들 전 안 보여드릴 거예요. 저 내일 올게요. 원하신다면 저랑 많은 이야기를 나누시죠. 그럼 지금은 가보겠습니다. 안녕히 계세요!"

그 말을 끝으로 알렉세이는 계단을 벗어나 거리로 나섰다.

II
기타를 든 스메르쟈코프

게다가 그는 시간도 없었다. 리즈와 작별할 때 이미, 자기한테서 숨으려고 하는 것이 분명한 형 드미트리를 어떻게 하면 가장 교묘한 방법으로 찾아낼 수 있을까 하는 생각이 번뜩 났었다. 벌써 오후 두 시가 지났으므로, 이른 시간이 아니었다. 알렉세이는 임종 중에 있는 자신의 '위대한' 분을 향해 온 마음이 수도원으로 달리고 있었으나, 형 드미트리를 만나야겠다는 필요가 너무 강렬했다. 피하지 못할 엄청난 비극이 여차하면 일어나려고 기다리고 있다는 데에 대한 확신이 시간이 지나면 지날수록 알렉세이의 마음속에서 더욱 커져갔다. 그 비극의 내용이 무엇이며 지금 그가 형에게 말하고 싶은 것이 무엇인지에 대해서는 어쩌면 그 자신도 모르는 것 같았다. '나의 은인되시는 분이 나 없을 때 돌아가신다 해도, 적어도 내가 그분을 구해드릴 수 있었는데 구해드리지 못했고 다른 일 때문에 집으로 가기 바빴다고 평생 내 자신을 질책하진 않을 거 아냐? 나는 지금 그분이 하신 위대하신 말씀대로 하고자 하는 거다.'

그의 계획은 자기가 형 드미트리와 우연히 맞닥뜨리게끔 하는 것이었는데, 구체적으로 말하면, 어제 했던 것처럼 그 울타리를 넘어서 정원 안으로 들어가 그 원두막에 들어가 앉아 있는 것이었다. '만약 형이 거기 없으면, 포마나 여주인들한테 얘기를 하지 않고서 원두막 안에 숨어서 저녁까지라도 기다려 보는 거다. 형이 만약 전처럼 계속 그루셴카가 올까 봐 감시하는 입장이라면 원두막으로 올 공산이 아주 크다' 하고 그는 생각했다. 그가 물론 세부 계획을 충분히 잘 세운 것은 아니었지만, 일차적으로 세운 계획이나 이행하고 봐야겠다는 결심이었다. 오늘 수도원에는 못 들어가는 한이 있더라도.

　모든 것이 방해 요인 없이 진행되었다. 어제 울타리를 넘었던 곳과 거의 같은 곳에서 울타리를 넘어, 원두막 안으로 은밀히 들어갔다. 들키고 싶지는 않았다. 여주인들과 포마가 형 편을 들어 형이 시키는 대로 할 수도 있었으므로 그랬다. 즉 알렉세이를 들여보내지 않거나, 아니면 형을 찾으러 온 사람이 있다고 형한테 일러바칠 수 있었다. 원두막 안에는 아무도 없었다. 알렉세이는 어제 자기가 앉았던 자리에 앉아 기다리기 시작했다. 그가 원두막 안을 둘러보았더니 왠지 모르게 어제보다 훨씬 더 낡아 보였고, 완전히 폐물로 보였다. 날씨와는 상관없었다. 날은 어제와 마찬가지로 맑았다. 녹색 탁자 위에는 어제 코냑 잔에서 액체가 흘러내려 말라붙은 것으로 보이는 동그란 자국이 있었다. 어제 지루하게 기다릴 때에도 그랬던 것처럼 헛되고 하찮은 필요 없는 생각들이 그의 머릿속으로 스며들었다. 예를 들어, 자기가 지금 이곳에 들어와 왜 어제 앉았던 바로 그 자리에 앉았는지, 왜 다른 자리에 앉지 않는지 하는 생각이었다. 결국 그는 미지의 사건이 주는 불안 때문에 아주 풀이 죽고 기운이 빠지고 말았다. 하지만 그가 앉아 있은 지 15분도 안 된 어느 순간 문득 기타 코드를 연주하는 소리가 어딘가 아주 가까운 곳으로부터 들려 왔다. 그가 앉아 있는 곳으로부터 스무 발짝을 넘지 않는 곳, 이를테면 수풀 어딘가에 누군가가 앉아 있었거나 아니면 방금 앉은 것 같았다. 알렉세이는 어제 원두막에 형과 같이 앉아 있다가 혼자 그곳을 떠날 때, 왼쪽의 울타리 옆 수풀 사이에 낡은 낮은 정원용 녹색 벤치가 있는 것을 보았다는, 혹은 그것에 눈길이 스쳐 지나갔다는 기억이 갑자기 떠올랐다. 아마 바로 그 벤치에 누군가가 앉은 것이렸다. 누굴까? 문득 웬 남자 목소리가 들려 왔다. 그는 스스로의 기타 반주에 맞추어 미묘한 가성으로 노래 한 절을 불렀다.

나를 이끄는 신비한 힘으로
그대는 나를 사로잡았어요.
주여, 자비를 베풀어주세요,
이 여인과 나에게!
이 여인과 나에게!
이 여인과 나에게!

목소리가 그쳤다. 하인다운 고음에다 하인다운 창법이었다. 다른 목소리가, 이번에는 부드럽고 상냥한, 약간 수줍어하는 듯한, 그러나 엄청나게 새침데기 같은 여자 목소리가 들렸다.

"왜 그렇게 우리 집에 안 들르세요, 파벨 표도로비치 씨? 우릴 업신여기시는 거예요?"

"아닙니다."

남자 목소리가 대답했다. 비록 예의 바른 말투였으나, 무엇보다도 자신의 우월함을 꾸준하고 확고하게 강조하는 목소리였다. 남자가 주도적인 입장을 취하고 여자가 아양을 떠는 관계인 것 같았다. '남자는 적어도 목소리를 가지고 볼 땐 스메르쟈코프인 것 같고, 여자는 아마 모스크바에서 온 이 집 여주인 딸인 것 같다. 긴 드레스를 입고 다니고 수프를 얻으러 마르파 이그나치예브나한테 다니는……' 하고 알렉세이가 생각했다.

"전 시라면 정말 좋아해요. 특히 잘 지은 시라면요. 왜 계속 안 하세요?" 하고 여자 목소리가 이어졌다.

다시금 노래하는 목소리가 울려 퍼졌다.

왕관을 씌운다면
그댄 정말 놀라운 모습이겠죠.
주여, 자비를 베풀어주세요,
이 여인과 나에게!
이 여인과 나에게!
이 여인과 나에게!

"아까 것이 더 나은데요. 지금 부르신 왕관 나오는 노래에서 원래대로, '나의 그댄 정말 놀라운 모습이겠죠'라고 해야 더 부

드럽고 상냥하게 들릴 텐데, 오늘은 잊어버리셨나 봐요" 하고
여자 목소리가 말했다.

"시가 시시해요" 하고 스메르쟈코프가 잘라 말했다.

"아니에요. 전 시를 아주 좋아해요."

"이게 다 말하지 말고 조용히 있으라는 거예요. 시는 진짜 시
시한 거예요. 생각해보세요. 말할 때 운율을 맞춰 말하는 사람
이 세상에 어디 있어요? 만약 우리가 다 운율을 맞춰서 말해야
된다면, 상부에서 그런 명령이 내려와서 운율을 맞춰서 말해야
된다면, 그러면 과연 우리가 얼마나 많이 말을 할 수 있을까요?
그래서 시는 진지한 게 못 돼요, 마리야 콘드라치예브나 씨."

"어쩌면 그렇게 아는 것도 많으세요? 어쩌면 그렇게 이것저
것 다 통달하셨어요?"

여자 목소리가 점점 더 아양 떠는 목소리가 되어갔다.

"어려서부터의 제 운명만 아니었더라면 전 할 수 있는 게 훨
씬 더 많았을 거고 아는 게 훨씬 더 많았을 거예요. 제가 스메
르쟈쉬야에게서 사생아로 태어났다는 것 때문에 저보고 돼먹
지 못한 놈이라고 한 자를 저는 결투를 통해 권총으로 쏴 죽였
을 거예요. 모스크바에서 사람들이 저한테 직접 제 출생의 비
밀을 말해주더군요. 그 소문이 다 그리고리 바실리예비치 덕
에 거기까지 퍼진 거예요. 제가 출생 때문에 화를 낼 때마다 그
리고리 바실리예비치는 저를 질책하면서 이래요. '네가 그 여

자의 태에서 처음 난 놈이야.' 태는 태라고 치고, 전 '배 안에 있을 때 진작 날 죽였더라면 좋았을걸' 해요. 그러면 세상에 태어나지도 않을 수 있었을 텐데, 시장에서 들은 얘기고, 또 댁의 어머니도 센스가 전혀 없으셔서 저한테 해주신 얘긴데, 제 어머니가 엉겨 붙어 떡이 된 머리카락을 하고 다녔고, 키는 2아르신 약간 '너머였다'고 하더군요. 왜 '너머였다'고 하는 거예요? 그냥 보통 사람들이 말하듯이 '넘었다'고 하면 될 텐데. 울면서 그 말을 입 밖에 내고 싶었지만, 그건, 말하자면 무식한 짓이잖아요. 우는 거 말이에요. 아주 단순한 감정이죠. 러시아의 단순한 사내가 교육받은 사람 앞에서 감정을 드러낼 수 있나요? 단순한 사내는 교육을 못 받았기 때문에 어떤 감정도 있어선 안 돼요. 전 어렸을 때부터 '너머였다'라는 말을 들을 때가 있었는데, 그때마다 답답해서 벽에 갖다 박기라도 하고 싶은 심정이었어요. 전 러시아 전체를 증오해요, 마리야 콘드라치예브나 씨."

"만약 파벨 표도로비치 씨가 군 하사관이나 젊은 경기병이었더라면 그렇게 말하지 않았을걸요. 대신 군도를 빼어 들고 러시아 전체를 지켰을 거예요."

"마리야 콘드라치예브나 씨, 저는 군 경기병이 되고 싶지 않을 뿐만 아니라, 그 반대로 모든 병사들을 없앴으면 좋겠어요."

"그러다 적이 쳐들어오면 누가 우릴 지켜줄까요?"

"전혀 지킬 필요가 없어요. 현재의 프랑스 나폴레옹의 아버지인 황제 나폴레옹 1세의 러시아 대규모 침략이 12년에 있었잖아요.[102] 그때 프랑스가 우리 나라를 점령했더라면 참 좋았을 뻔했어요. 똑똑한 민족이 어리석은 민족을 점령하여 자기 나라에 합병했더라면 말이에요. 그러면 완전히 다른 사회 제도일 텐데⋯⋯."

"그 사람들이 우리 나라 사람들보다 뭐가 또 그렇게 잘났을 거 같아요? 저 같으면 우리 나라 멋쟁이 청년을 영국 청년 세 명하고도 안 바꿀 거예요" 하고 마리야 콘드라치예브나가 다정하게 말했다. 그렇게 말하면서 아마 자기가 할 수 있는 가장 나른한 눈을 했을 듯싶다.

"사람마다 좋아하는 대상이 다르죠."

"파벨 표도로비치 씨 스스로가 외국인 같으세요. 아주 고상한 외국인이요. 아, 이런 제 생각을 밝히기가 부끄러운 것을 무릅쓰고 말씀드리는 거예요."

"굳이 알고 싶으시다면요, 음란한 것으로 치면 그쪽 사람들이랑 우리랑 다 비슷해요. 다 불량배들이에요. 하지만 그쪽 사람이 에나멜을 칠한 장화 신고 다니는 거에 비하면 우리 나라의 돼먹지 못한 놈은 빈곤 속에서 악취나 풍기면서, 그게 나쁘다는 것도 몰라요. 러시아 사람들은 그저 패야 돼요. 어제 표도르 파블로비치가 한 말이 맞다고요. 그 사람이랑 그 사람 아이

572

들이랑 다 미친 건 사실이지만."

"이반 표도로비치를 존경하신다고 직접 말씀하셨잖아요."

"그 사람들이 다 저를 냄새 나는 하인 취급해요. 또 그 사람들은 제가 반기를 들 수 있다고 생각해요. 하지만 웬걸요. 만약 호주머니 속에 그런 액수가 있었기만 해도 전 벌써 오래전에 여기 없었을 거예요. 드미트리 표도로비치는 행동을 봐도, 머리를 봐도, 가난한 걸 봐도 어떤 하인보다도 못해요. 뭐 하나 할 줄 아는 게 없어요. 그런데도 모두의 존경을 받아요. 저는요, 사람들이 저를 보고 그냥 돌팔이 요리사라고는 하지만요, 운만 따라주면 모스크바에 음식점도 열 수 있어요. 모스크바 페트로프카에요. 왜냐하면 전 요리를 전문적으로 할 줄 알거든요. 그런데 모스크바에선 어느 누구 하나도, 외국인 빼면, 전문 요리를 해서 내놓질 못해요. 드미트리 표도로비치는 무일푼 가난뱅이인데, 그 사람이 가장 높은 백작의 아들에게 결투를 신청했다고 쳤을 때, 그리고 그 백작 아들이 결투를 받아들였을 때, 그 사람이 저보다 나은 게 뭐예요? 왜냐하면 그 사람은 머리가 저보다 훨씬 모자라거든요. 필요도 없는 데다 돈을 얼마나 흥청망청 물 쓰듯 써버렸는지 아세요?"

"결투장에 가보면 아마 아주 멋질 것 같아요" 하고 갑자기 마리야 콘드라치예브나가 말했다.

"뭐가요?"

"무섭긴 무섭지만, 그 용감한 모습들이 멋있잖아요. 특히 젊은 장교들이 손에 권총을 들고 상대에게 발사하면 말이에요. 예를 들어 한 여자 때문에. 너무 멋진 장면이라고 생각해요. 여자들도 결투장에 입회시키면 안 되나요? 꼭 한 번 보고 싶은데."

"권총을 들이댈 땐 좋을지 몰라도 상대가 자신한테 얼굴에다 권총을 들이댄다고 생각해보세요. 그때야말로 가장 우둔한 감정이에요. 그 자리에서 도망치실 것 같은데요, 마리야 콘드라치예브나 씨."

"설마 파벨 표도로비치 씨도 도망치실까요?"

스메르쟈코프는 굳이 이 질문에 대답하지 않았다. 1분 정도 아무 소리가 없다가, 다시금 기타 코드 연주 소리와 함께 가성으로 부르는 노래의 마지막 절이 들려 왔다.

그 아무리 노력한들
어차피 멀어질 것을.
즐기리라, 나의 삶을.
나는 수도에 살리라!
한탄하지 않으리라.
전혀 한탄하지 않으리라.
한탄할 생각을 전혀 하지 않으리라!

이때 예상 못 했던 일이 일어났다. 알렉세이가 재채기를 한 것이다. 그러자 벤치에서 들리던 소리가 순식간에 그쳤다. 알렉세이는 일어나서 그들 쪽으로 갔다. 가보니 정말로 스메르쟈코프였다. 옷을 잘 입었고, 포마드를 발랐고, 머리카락을 약간 곱슬곱슬하게 했고, 에나멜을 칠한 신을 신었다. 기타는 벤치에 놓여 있었다. 여자는 마리야 콘드라치예브나, 즉 주인 여자의 딸이었다. 그녀가 입은 드레스는 밝은 하늘색이었는데, 뒤로 끌리는 치맛자락이 2아르신은 됐다. 아직 젊어서 예쁠 만도 했으나, 얼굴이 심할 정도로 둥그렇고 주근깨가 무지하게 많았다.

"드미트리 형이 곧 올까요?" 하고 알렉세이가 가능한 한 태연하게 물었다.

스메르쟈코프가 천천히 벤치에서 일어났다. 마리야 콘드라치예브나도 일어났다.

"드미트리 표도로비치 일을 제가 어떻게 알죠? 제가 그분들 집 문지기라면 얘기가 다르겠지만" 하고 스메르쟈코프가 조용히, 또박또박하게, 대수롭지 않다는 듯이 대답했다.

"그냥 혹시 모르나 해서 물어본 거예요" 하고 알렉세이가 설명했다.

"그분이 어디 계신지에 대해 저는 아무것도 모르고, 알고 싶지도 않아요."

"그런데 형이 저한테 그랬거든요. 집에서 일어나는 모든 일에 대해 당신이 형한테 알려준다고요. 또 그루셴카가 오면 알려주겠다고 당신이 약속했다고요."

스메르쟈코프가 태연하게 천천히 알렉세이를 향해 시선을 던졌다.

"그린데 어떻게 여길 들어오셨어요? 이 집 대문이 빗장으로 잠긴 지 벌써 한 시간은 됐는데" 하고 그가 알렉세이를 응시하며 물었다.

"골목에서 울타리를 넘어서 곧장 원두막으로 왔어요. 그 점 용서해주시리라 믿어요."

알렉세이가 그렇게 마리야 콘드라치예브나에게 덧붙이고는, "저는 빨리 형을 찾아야 돼요" 하고 말했다.

"아유, 저희가 그런 걸 가지고 어떻게 화를 낼 수가 있겠어요? 드미트리 표도로비치가 바로 그렇게 원두막에 다녀서, 우리도 모르는 새에 원두막에 들어와 있곤 해요."

마리야 콘드라치예브나가, 알렉세이가 자기한테 용서를 구한 것을 감동스러워하며, 쭉쭉 늘어지는 발음으로 말했다.

"지금 제가 형을 열심히 찾고 있어요. 직접 보든지, 아니면 형이 지금 어디 있는지 알기만 해도 좋겠어요. 형 자신한테 아주 필요한 일 때문에 그래요."

"우리한테 알리지는 않으세요" 하고 마리야 콘드라치예브나가 말했다.

"저도 이곳으로 뵈러 오곤 했지만, 그분은 여기서도 표도르 파블로비치 님에 대한 끊임없는 질문으로 저를 비인간적으로 괴롭히셨어요. 집 상황이 어떠냐고, 누가 오고 누가 가느냐고, 또 알려줄 만한 다른 얘기는 없냐고 하면서요. 죽인다고 위협한 것도 두 번이나 돼요."

"죽인다고요?"

알렉세이가 놀라서 물었다.

"그분 성격에 그런 말쯤 하는 게 뭐 대단한가요? 어제 직접 보셨잖아요. '만약 그루셴카가 들어가는 걸 네가 자칫 못 봐서 그 여자가 여기서 밤을 보내게 되는 날에는, 살아남지 못할 사람은 일단 너다.' 그러시더라고요. 저는 그분이 무서워요. 더 무서운 일이 나기 전에 시 당국에다 신고를 해야 될까 봐요. 무슨 일을 저지르실지 아무도 모르니까요."

"얼마 전에 그분이 이분한테 그러셨어요. '너를 절구에 넣고 빻을 거야'" 하고 마리야 콘드라치예브나가 말을 덧붙였다.

"절구에 넣는다고 했다면, 그건 그냥 말로써 해결할 거란 뜻이겠는데요. 제가 형을 지금 만날 수 있다면, 관련해서 형한테 몇 마디 할 수 있을 텐데……" 하고 알렉세이가 말했다.

그러자 스메르쟈코프가 마치 그제야 생각이 난 듯이 이렇게 말했다.

"제가 한 가지만은 말씀드릴 수 있어요. 저는 이웃이랑 잘 알고 지내서 여기에 자주 오는데요, 당연히 올 수밖에 없는데요, 오늘 날이 밝자마자 이반 표도로비치 님이 저를 오제르나야로에 있는 드미트리 표도로비치 님 집엘 보내더라고요. 편지를 쥐어주지도 않았어요. 그냥 드미트리 표도로비치 님한테, 같이 점심 하자고 광장에 있는 그 술집으로 꼭 오라고 전해달랬어요. 제가 갔는데 드미트리 표도로비치 님은 집에 없었어요. 그때가 벌써 여덟 시였어요. 집주인들이, '있었는데, 아침에 나갔어' 그러더군요. 분명히 서로 짠 거 같아요. 어쩌면 지금 바로 그 술집에서 이반 표도로비치 님이랑 같이 앉아서 점심 드시는지도 모르죠. 이반 표도로비치 님이 점심 드시러 집에 안 오셨으니까요. 표도르 파블로비치 님은 한 시간 전에 혼자서 점심 드시고 지금은 잠자리에 누우셨어요. 하지만 꼭 부탁드리는 건데, 제가 이 얘기를 했다고 그분한테 말씀하시지 마세요. 그분이 별것도 아닌 것 갖고 죽일 수도 있으니까요."

"이반 형이 드미트리 형을 오늘 술집으로 불렀다고요?" 하고 알렉세이가 재빨리 되물었다.

"네, 그렇습니다."

"광장에 있는 술집 수도로요?"

"바로 거깁니다."

"정말 충분히 그럴 수 있겠네요. 고맙습니다, 스메르쟈코프

씨. 중요한 정보네요. 지금 거기로 가봐야겠어요" 하고 알렉세이가 매우 흥분하여 외쳤다.

"제가 그랬다고 하지 마세요."

스메르쟈코프가 알렉세이의 등에다 대고 말했다.

"마치 우연인 것처럼 술집에 들를게요. 안심하셔도 돼요."

"왜 그리로 가세요? 제가 문을 열어드릴게요" 하고 마리야 콘드라치예브나가 소리쳤다.

"아니에요. 이쪽이 더 가까워요. 또 울타리를 넘어 갈게요."

이 소식에 알렉세이는 강렬한 인상을 받았다. 그는 술집으로 향했다. 그런 복장으로 술집에 들어가는 게 멋쩍긴 했지만, 계단에 서서는 형들이 거기 있는지를 알 수 없었고, 그러므로 나오라고 부를 수도 없는 일이었다. 하지만 그가 술집에 도착하자마자 창문 하나가 열리더니 이반 형이 밑을 내려다보면서 소리쳤다.

"알렉세이야, 너 지금 이리로 들어와서 나 좀 볼 수 있니, 없니? 그러면 참 좋겠는데."

"그럴 수는 당연히 있지만, 이런 긴 옷을 입고 들어가도 될지 모르겠어."

"나 지금 별실에 있어. 현관으로 올라와. 내가 데리러 나갈게."

1분 뒤 알렉세이는 이반 옆에 앉게 되었다. 이반은 혼자 식사하고 있었다.

III
서로를 알게 되는 형제들

한편 이반은 별실에 있는 게 아니었다. 다만, 창 쪽에 위치한 병풍으로 가려진 공간이어서, 다른 사람들이 이 병풍 안에 앉아 있는 사람들을 볼 수는 없었다. 이 방은 입구 바로 앞에 있었고, 측면 벽 근처에 뷔페가 마련되어 있었다. 측면 벽을 따라 끊임없이 급사들이 분주히 왔다 갔다 했지만 손님은 구석에서 차를 마시고 있는 퇴역 군인인 노인 한 사람밖에 없었다. 그 대신 술집의 다른 방들은 여느 때처럼 술집답게 떠들썩했다. 재촉하는 고함 소리, 맥주 병 따는 소리, 당구공 부딪치는 소리가 들렸고, 오르간이 낮고 둔한 소리를 냈다. 이반이 이 술집에 거의 처음 오는 것이며 그가 술집에 전혀 관심이 없다는 것을 알렉세이는 알고 있었다. 그래서 이곳에 온 이유는 단지 형 드미트리와 만나기 위해서라고 그는 생각했다. 그렇지만 형 드미트리는 없었다.

"너한테 생선 수프나 뭐 다른 걸 주문해줄게. 차만 마셔서는 살 수 없잖아."

이반은 자기가 알렉세이를 들어오게 했다는 점에 대단히 만족하는 듯했다. 이반 자신은 식사를 마치고 차를 마시는 중이었다.

"좋지, 생선 수프. 그다음에 차 마시면 되겠네. 나 배고파."

알렉세이가 기분이 좋아서 말했다.

"버찌 잼도 먹을 거야? 여기 버찌 잼이 있어. 어렸을 때 폴레노프 씨 집에 살 때 너 버찌 잼 좋아했던 거 기억 나냐?"

"그걸 기억한단 말이야? 그래, 잼도 먹을게. 지금도 역시 좋아해."

이반이 급사를 불러 생선 수프, 차, 잼을 시켰다.

"난 다 기억해, 알렉세이야. 네가 만으로 열 살이었을 때까지 기억해. 난 그때 만으로 열네 살이었지. 열네 살과 열 살이라는 나이는, 그 나이의 형제들이 절대 서로 신뢰하고 친하게 지내지 못하는 나이야. 그때는 내가 널 좋아하긴 했는지 모르겠어. 모스크바에 오고 나서 처음 몇 년 동안 나는 심지어 네 생각을 조금도 하지 않았어. 그다음에 네가 모스크바에 왔을 때, 내 기억으로는 우리가 어디선가 딱 한 번만 만난 거 같아. 그러다가 내가 이곳에 온 지 벌써 세 달이 넘었는데, 여태까지 너랑 나랑 제대로 말도 못 나눴지? 내일 떠나니까, 지금 여기 앉아서 '어떻게 하면 널 만나서 작별 인사를 나눌 수 있으려나' 하고 생각하는 중이었거든. 그런데 네가 지나가는 것이 보이잖아."

"형은 그렇게 날 보고 싶었어?"

"응. 내가 널 잘 알고 네가 날 잘 아는, 그런 사이가 됐으면 좋겠어. 물론 그러자마자 헤어져야 하지만. 내 생각에는, 서로 잘 아는 사이가 되려면 헤어지기 직전에 그렇게 되는 것이 참 좋아. 이 세 달 동안 네가 나를 어떻게 봐왔는지를 나도 알고 있어. 네 눈 속에서 어떤 끊임없는 기다림을 읽을 수 있었어. 바로 그런 걸 내가 못 참는 거야. 그래서 내가 너한테 가까이 다가가지 않은 거야. 그렇지만 나중에 가서 난 너를 존경할 줄 알게 됐어. 네가 아주 굳건한 입장을 고수하고 서 있는 게 존경할 만한 점이라고 생각하게 됐어. 내가 지금 비록 웃으면서 말을 하고 있지만 말 자체는 진지한 말이야. 너 굳건한 입장을 고수하고 서 있는 거 맞잖아, 그렇지? 난 그런 굳건하게 서 있는 사람들을 좋아해. 무엇의 위에 서 있든 간에 말이야. 그 사람들이 아무리 너처럼 어린 사람들이라 할지라도 말이야. 나중에 가서는 뭔가를 기다리는 너의 눈빛이 그렇게 싫어 보이지만은 않더라고. 그 반대로 나중엔 내가 너의 기다리는 눈빛을 좋아하게 되었어. 내가 보기에는 네가 뭣 때문인지는 몰라도 나를 좋아하는 것 같은데, 알렉세이야."

"나 이반 형 좋아해. 드미트리 형이 이반 형에 대해서, '이반은 자물통이야' 그러더라고. 난 이반 형에 대해서 이랬지. '이반 형은 수수께끼야.' 형은 지금 봐도 나한테 수수께끼야. 하지만 무언가 이해가 가는 게 있기도 해. 근데 그게 오늘 아침부터야."

"그게 뭔데?"

이반이 웃으며 물었다.

"화 안 낼 거지?"

알렉세이도 웃었다.

"뭔데?"

"형도 만 스물세 살 된 다른 젊은이들과 마찬가지의 젊은이라는 거야. 젊고 신선하고 멋진 젊은이 있잖아, 형도 바로 그런 젊은이라는 거야. 어때? 내 말 때문에 화난 거 아니지?"

"화는 무슨? 아주 딱 들어맞았는데!"

이반이 그렇게 쾌활하게 외친 뒤 말을 계속했다.

"아까 그 여자 집에서 너랑 만난 이후에 나도 계속 바로 그런 생각을 하고 있었어. 만으로 스물세 살 된 나의 이 풋내기 같은 면에 대해 말이야. 그러고 있었는데, 네가 지금 하려는 말이 똑같은 내용이네! 내가 지금 여기 앉아서 자신한테 어떤 말을 했는지 알아? '내가 만약 삶의 가치를 긍정적으로 여기지 않는다고 치자. 내가 소중히 여기는 여자에 대해 신뢰의 감정을 잃어버렸다고 치자. 그리고 내가 만물의 이치를 믿지 않게 됐다고 치자. 심지어는 만물에 이치가 있기는커녕 만물이 혼돈 가운데에 있고 저주를 받았으며 그 혼돈은 어쩌면 악마의 혼돈이라 할 수 있다고 확신하게 됐다고 치자. 그리고 인간의 실망이 가져다주는 모든 비극적인 것 때문에 내가 이성을 잃을 정도까지 됐다고 치자. 만약 그랬을 경우에도 나는 살고 싶을 거라는 거야. 삶이라는 잔에 내가 이미 너무 빠져 들었기 때문에,

그 잔 속에 든 걸 다 맛보기 전에는 거기서 헤어날 수가 없을 거야. 하지만 만 30쯤 되면 아마 잔을 내던질 거야. 끝까지 비우진 않았겠지만. 그리고 떠날 거야. 어디로 떠날지는 모르겠지만. 하지만 내가 그렇게 되리라고 확신하는 건데, 내 삶에서 30년이 지나기 전까진 젊음이 모든 것을 해결할 수 있을 거야. 어떤 실망스러운 점이 있더라도, 아무리 삶에 대해 진절머리가 나더라도 말이야. 나는 자신에게 여러 번 질문을 던져봤어. '내 안에서 이렇게 미친 듯이 날뛰는, 심지어 너무하다 싶을 정도로 강한 삶에 대한 갈망을 이길 만한 절망이 이 세상에 있을까?' 하고. 그 질문에 대한 결론은 이거야. 아마 그런 절망은 없을 것이라는 거. 물론 이것 역시 만 30세 이전에 그렇다는 거야. 만 30이 넘으면 나 스스로가 아마 살기 싫어할 거야. 그럴 거 같아. 이런 삶에 대한 갈망을 어떤 약해 빠진 코흘리개 도덕주의자들은 속되다고 하지. 특히 시인들이. 그런 갈망의 특징이 어느 정도 카라마조프적인 것은 사실이야. 삶에 대한 갈망 말이야. 네 속에도 그건 반드시 존재해. 그게 왜 속된 거지? 그 외에도 자기중심적인 힘은 이 땅에 너무나 많아, 알렉세이야. 나는 살고 싶고, 살고 있어. 논리를 거스르든 어쩌든 살고 있어. 만물의 이치를 내가 설사 믿지 않는다 해도, 봄에 피어나는 *끈끈한 잎들*[103]이 소중하고, 푸른 하늘이 소중하고, 다른 사람이 소중해. 어떤 때는 내가 왜 사랑하는지도 모르면서 사랑하는, 그런 사람이 말이야. 또 이미 오래전에 믿지 않게 됐지만 오랜 기억 속에 남아서 자기도 모르게 존경하게 되는 그 어떤 인간의 업적도 소중해. 자, 생선 수프가 나왔구나. 맛있게 먹어라. 여기 생선 수프 잘해. 아주 맛있어. 알렉세이야, 난 유럽에 다녀오고 싶어. 여기서 직접 유럽으로 떠날 거야. 알아, 내가 묘지로 가는 거라는 걸. 하지만 아주 비싼, 가장 비싼 묘지겠지, 바로 그거야! 거기엔 값나가는 고인들이 묻혀 있지. 그 묻혀 있는 사람들 위에 놓인 비석에는 그토록 열정적이었던 흘러간 삶에 대해 쓰여 있지. 자기의 업적, 자신의 진실, 자신의 노력, 자신의 학문에 대한 열광적인 믿음에 대해 쓰여 있지. 그래서 나는 내가 땅에 엎드려 그 비석에 입맞추고 그 위에 눈물을 떨어뜨릴 걸 미리 알고 있어. 그와 동시에 나는 그 모든 것들이 이미 묘지가 돼버린 지 오래고, 그 이상은 아무것도 아니라는 것을 확실히 알지. 내가 우는 건 절망해서가 아니라, 그냥 눈물에서 행복을 찾으려고 하는 거야. 눈물과 감동에서 오는 행복을 맛볼 거라고. 끈끈한 봄의 잎들, 푸른 하늘을 사랑해. 바로 이거야! 이건 지식이나 지혜도 아니고 논리도 아니야. 자신의 마음 깊은 곳에서 우러나오는 사랑이야. 자신의 최초의 젊은 힘을 사랑하는 거야. 알렉세이야, 내 횡설수설이 이해가 가는 데가 있냐? 아니면 없냐?"

이반이 갑자기 웃으면서 물었다.

"너무나 잘 이해가 가, 이반 형. 마음 깊은 곳에서 우러나오는 사랑이라니. 거 참 말 잘했네! 형이 그렇게 살고 싶어하는 게 아주 마음에 들어. 나는 모든 사람이 일단 삶을 사랑해야 한다는 생각이야" 하고 알렉세이가 기쁘게 외쳤다.

"삶의 의미보다 삶을 더 사랑해야 된다고. 그렇지?"

"맞아, 바로 그거야. 형 말처럼, 논리보다 먼저, 반드시 논리보다 먼저 삶을 사랑해야 된다는 거지. 그래야 삶의 의미도 찾아지는 거지. 바로 그런 생각을 이미 오래전부터 하고 있어. 이반 형, 형이 할 일의 반은 이미 된 거네. 이미 얻어진 거네. 형이 삶을 사랑하니까 말이야. 이제는 나머지 반을 하려고 노력해야 돼. 그러면 구원을 얻게 돼."

"날 구원하려 드는 거야? 내가 죽을 지경에 놓이기라도 했단 말이야? 나의 나머지 반이라는 게 뭔데?"

"형 속에 있는 죽은 자아를 살리는 거야. 죽었다는 것은, 그게 원래는 살았었는데 죽어가는 과정을 거쳐서 그렇게 됐다는 게 아니야. 자, 이젠 차 시켜줘. 우리가 대화를 나눴다는 게 기뻐, 이반 형."

"보니까 넌 무슨 영감에 사로잡힌 것 같은데. 난 그런…… 수도사 준비생들의 그런 professions de foi*가 마음에 들어. 넌

---

* 신앙 고백. (프랑스어)

확고한 사람이야, 알렉세이야. 참, 그런데 너 수도원에서 나오려고 한다며?"

"응, 맞아. 내가 모시는 장로님이 나보고 세상으로 나가래."

"그럼 세상에서 다시 보게 되겠구나. 만 30이 되기 전에 또 만나자. 만 30이 되면 내가 삶이라는 잔에서 떨어져 나오려고 할 테니까. 아버지는 70까지 자기 잔에서 안 떨어지려고 하잖아. 80까지도 내다보는데 뭐. 직접 말했어. 스스로 어릿광대이면서 그 문제에 있어선 또 아주 진지하더군. 쾌락을 지향하는 생활에 자리를 굳혔어. 마치 반석 위에 선 듯이. 만 30 이후에 그런 데에나 자리를 굳혀야지 달리 어디에 자리를 굳히겠냐? 하지만 70까지는 너무했어. 30까지만 하는 게 좋을 텐데. '고결함의 뉘앙스'를 간직해야 되는데 말이야.[104] 자신을 기만하는 한이 있어도. 그건 그렇고, 오늘 드미트리 못 봤어?"

"못 봤어. 대신 스메르쟈코프는 봤어."

그러면서 알렉세이는 자기가 스메르쟈코프를 만났던 일을 빠르고 자세하게 이반에게 이야기했다.

이반이 갑자기 매우 우려하는 듯한 태도로 듣기 시작했다. 어떤 대목에서는 되묻기도 했다.

"단, 자기가 드미트리 형 얘기를 해줬다고 드미트리 형한테 말하지 말아달라고 나한테 부탁했어" 하고 알렉세이가 끝에 덧붙였다.

이반이 눈살을 찌푸리고 생각에 잠겼다.

"스메르쟈코프 때문에 눈살을 찌푸린 거야?" 하고 알렉세이가 물었다.

"응, 그 녀석 때문에. 망할 녀석! 난 진짜로 드미트리를 보려고 했지만, 이젠 안 봐도 되게 됐어."

이반이 내키지 않는다는 듯 말했다.

"근데 형 진짜로 그렇게 빨리 떠나는 거야?"

"응."

"드미트리 형과 아버지는 어쩌라고? 그 두 사람이 어떻게 될 거 같아?"

불안에 싸인 듯 알렉세이가 물었다.

"또 그 얘기냐? 내가 여기서 뭘 어떻게 할 수 있는데? 내가 형 드미트리를 지키는 자냐?"

이반이 신경질적으로 잘라 말했다. 그러나 곧 쓴웃음을 지으며 이렇게 말했다.

"자기 동생을 죽이고 난 카인의 말이네, 그렇지? 너 지금 그 생각하고 있던 거지? 하지만 말이야 바른 말이지, 내가 그 사람들을 지키려고 여기 남아 있을 수는 없잖아, 안 그래? 일을 끝냈으니 이젠 가야지. 설마 내가 드미트리한테 질투를 느낀다고 생각하는 건 아니지? 내가 세 달 동안 드미트리의 어여쁜 약혼녀 카체리나 이바노브나를 빼앗으려고 여기 있었다고 생각하는 건 아니지? 그거 아니거든. 나한텐 해야 할 일이 따로 있었어. 그 일을 끝냈으니 이젠 가야지. 얼마 전에 마쳤어. 네가 봤잖아."

"카체리나 이바노브나 집에서 그랬다는 얘기야?"

"응, 그 여자 집에서. 그래서 이젠 다 끝났어. 그런 이상 내가 이제 드미트리한테 무슨 일이 있어? 드미트리는 여기서 아무 관계도 없어. 나는 카체리나 이바노브나한테 개인적인 일이 있었던 거야. 너도 알겠지만, 드미트리가 마치 나랑 짠 것처럼 행동을 했어. 그러니까 연적 관계와는 반대의 관계라고. 난 드미트리한테 양보하라거나 하는 말을 전혀 하지 않았어. 드미트리가 스스로 나에게 그 여자를 성대하게 넘겨주면서 축복해 준 거라고. 이건 다 웃음이 나올 만한 일이야. 알렉세이야, 내가 지금 얼마나 홀가분한지 넌 모르겠지? 여기 앉아서 식사하는데, 네가 믿을지는 모르겠지만, 나 샴페인도 한 잔 시키고 싶었어. 내가 얻은 자유의 첫 순간을 축하하려고 말이야. 젠장, 거의 반 년 동안 그러고 있다가 별안간 한순간에 짐을 덜어버렸네. 어제만 하더라도 내가 생각할 수나 있었겠냐? 원하기만 하면 언제든지 끝낼 수 있다는 걸 말이야."

"지금 형이 했던 사랑 얘기 하는 거야?

"뭐, 사랑이라고 한다면 사랑이겠지. 난 대학 마친 그 여자한테 반했던 거야. 그 여자 때문에 스스로도 마음고생 많이 했고,

그 여자가 고의로 나를 고생시키기도 했어. 그 여자를 어떻게 하면 내 사람으로 만들 수 있을까 하고 이 생각 저 생각 많이 했어. 그랬었는데 한순간에 모든 것이 날아가버렸어. 아까는 감정이 격해서 말했었지만, 나와서는 껄껄 웃어버렸어. 내 말을 믿니? 그런데 진짜야. 나 진짜로 그랬어."

"형은 지금도 신이 나서 말하네." 하고 알렉세이가 실지로 갑작스럽게 즐거운 표정으로 변한 이반의 얼굴을 들여다보면서 말했다.

"아니, 그 여자를 전혀 사랑하지 않는다는 걸 내가 어떻게 알 수 있었느냐는 말이야! 헤헤! 근데 알고 보니 사랑하지 않았더군. 어쨌든 그 여잔 아주 맘에 들었어! 내가 연설을 하던 얼마 전까지만 해도 어찌나 그 여자가 맘에 들었던지! 그리고 말이야, 지금도 아주 맘에 들어. 그런데도 그 여자를 떠나기가 이렇게 쉽다니! 넌 내가 허풍을 떨고 있다고 생각하겠지?"

"아니. 어쨌든 그건 사랑이 아니었을 거야."

그 말을 듣고 이반이 웃음을 터뜨리며 말했다.

"알렉세이야, 사랑에 대한 판단을 그렇게 함부로 하지 마. 너한테 안 어울려. 아까 말이야, 아까 너 갑자기 끼어들더라! 야! 그게 장해서 내가 뽀뽀라도 해주고 싶었어……. 아무튼 그 여자가 날 괴롭힌 걸 생각하면……, 어휴! 정말 간댕간댕하던 내 처지였어. 그 여자는 내가 자기를 사랑한다는 걸 알았던 거야!

그리고 그 여자는 드미트리가 아니라 나를 사랑했어."

이반이 유쾌한 태도로 그렇게 덧붙이고는 말을 계속했다.

"드미트리는 그 여자가 그야말로 돌발적인 감정을 표출한 대상일 뿐이야. 내가 아까 그 여자에게 한 말은 다 완전히 맞는 말이야. 하지만 가장 중요한 것은, 자기가 드미트리를 전혀 사랑하지 않았다는 것을, 그리고 사랑하는 사람은 오로지 나였다는 것을, 자기가 그토록 괴롭히던 나였다는 것을 그 여자가 알게 되는 데에 15년 내지 20년은 걸릴 거라는 거야. 아니, 어쩌면 영원히 알게 되지 못할 수도 있어. 아마 그럴 거야. 오늘 얻은 교훈에도 불구하고 말이야. 뭐, 그러라 그래. 난 훌훌 털고 일어나 가겠어. 영원히 떠나겠어. 참, 지금 그 여자 어떻게 됐어? 내가 그 집에서 나온 이후로 어떻게 됐어?"

알렉세이가, 그녀가 히스테리를 일으켰다고, 그리고 지금 아마 실신 상태로 헛소리를 하고 있을 거라고 이반에게 말해 줬다.

"호흘라코바가 거짓말하는 거 아냐?"

"아닌 거 같던데."

"한번 알아봐야 돼. 히스테리 때문에 죽은 사람은 여태까지 아무도 없어. 어쨌든 히스테리를 부리려면 부리라고 해. 신이 다 이유가 있어서 여자에게 히스테리를 내린 거야. 이제 난 그 집에 절대로 안 갈 거야. 내가 낄 곳도 아닌데 뭐."

"근데 형 아까 그분한테 그랬잖아, 그분이 형을 사랑한 적이 한 번도 없다고."

"그건 내가 일부러 그런 거야, 알렉세이야. 샴페인 한 병 시켜야겠다. 내가 자유를 얻은 걸 축하하며 마시자꾸나. 정말 내가 지금 얼마나 기쁜지 아냐?"

"아냐, 형. 안 마시는 게 나을 거 같아. 난 사실 좀 우울하기도 하단 말이야."

"응, 내가 봐도 그런 거 같다. 아까부터 느끼고 있었어."

"내일 아침에 진짜로 꼭 가야만 되는 거야?"

"아침에? 나 아침에 간다고는 얘기 안 했는데⋯⋯. 근데, 참, 그러고 보니까 아침에 갈 수도 있겠구나. 네가 믿을지 모르겠지만 내가 오늘 여기서 점심을 먹은 건 노인네랑 같이 점심을 먹기가 싫어서야. 그만큼 노인네가 혐오스러워졌어. 다른 이유가 없었더라면 노인네랑 같이 지내기 싫어서 이미 일찌감치 가버렸을 거야. 근데 넌 내가 간다고 해서 뭐가 그렇게 걱정스러운데? 내가 가기 전에도 너랑 나랑 같이 있을 시간이 얼마나 많이 남았는지 너 모르니? 영겁의 시간이 남았어."

"내일 간다면서 무슨 영겁의 시간이야?"

그러자 이반이 웃으며 말했다.

"시간이 얼마만큼 남은 것이 너하고 나한테 무슨 상관이야? 어차피 우리 얘기는 전부 다 나눌 수 있을 텐데 말이야. 우리가 여기 왜 왔는데? 뭘 그리 놀란 눈으로 쳐다봐? 대답해봐. 우리가 왜 여기 모였냐? 카체리나 이바노브나에 대한 사랑 얘기를 하러? 노인네와 드미트리에 대한 얘기를 하러? 외국에서의 삶이 어떻다는 얘기하러? 러시아가 처한 비운적인 상황에 대해 얘기하러? 나폴레옹 황제 얘기를 하러? 그러려고 모인 거야?"

"아니, 그러려고 모인 거 아니야."

"뭘 위해 모였는지는 네가 잘 알 거야. 다른 사람들한텐 어떨지 몰라도 우리 경험 없는 젊은이들한테는 좀 더 기초적인 문제, 개벽 이전의 것에 해당하는 문제들을 해결하는 게 무엇보다도 중요해. 그게 우리가 할 일이야. 이 시대 러시아 젊은이들이 전부 고래로 존재해왔던 문제들만을 토론하고 있어. 바로 이 시대에, 모두들 마치 늙은이인 양 갑자기 실용적인 문제들에 관심을 갖기 시작했어. 넌 왜 석 달 동안 나한테서 뭔가를 기대하면서 눈치만 보고 있었냐? '믿음은 어때? 아니면 전혀 믿음이 없는 거야?' 하고 캐물을 기회를 노리던 거였냐? 알렉세이 표도로비치 군, 석 달 동안의 댁의 눈길이 바로 그걸 알고 싶었던 것 아니었소?"

"그런 것 같기도 하고. 지금 날 비웃는 건 아니지?" 하고 알렉세이가 미소를 띠고 물었다.

"내가 비웃는다고? 석 달 동안 내 눈치를 봐온 내 동생의 마음을 내가 아프게 한다고? 어림도 없지. 알렉세이야, 날 똑바로 쳐다봐. 나도 너랑 마찬가지로 그저 쪼끄만 어린애에 불과해. 단지 수도사 지망생은 아닌 거지. 러시아 애들이 지금까지 어떻게 해왔어? 우리 말고 다른 애들 말하는 거야. 자, 여기가 예를 들어 바로 그 냄새 나는 술집이야. 애들이 바로 이런 데 모이는 거야. 구석에 틀어박힌단 말이야. 그전까지는 서로를 잘 몰랐다 이거야. 그런 애들이 과연 무슨 문제들을 가지고 얘기를 나눌 거야? 술집에서 잠시 만나서 말이야. 세상에서 흔히들 거론하는 문제들이지, 뭐 다른 게 있겠어? 신이 있느냐, 영생이 있느냐 하는 거. 신을 믿지 않는 애들은 사회주의와 무정부주의에 대해서 말을 꺼낼 테고 말이야. 인류 전체를 어떻게 하면 바꾸어놓을 수 있는지 하는 얘기. 이렇든 저렇든 답이 안 나오는 얘기. 다 똑같은 얘긴데 누구는 이쪽에서 접근하고 누구는 저쪽에서 접근하는 것뿐이지. 아무리 자신이 가장 독특하다고 하는 러시아 애들이라 해도 그 무수한 애들이 하는 일이란 다 우리 시대에 늘 왈가왈부해온 바로 그 문제를 왈가왈부하는 일뿐이라고. 그렇지 않아?"

"맞아. 진정한 러시아인이라면, 신이 있는지, 영생이 있는지의 문제, 아니면 형이 말한 대로, 다른 쪽에서 접근해서 거론하는 그런 문제들이 무엇보다도 가장 중요한 문제들이 될 테고, 또 그래야 되는 거지" 하고 알렉세이가 여태까지 띠어 온 그 안온한 미소와 주의 깊은 시선으로 자기 형을 바라보며 말했다.

"그러니까 말이야, 알렉세이야, 러시아인으로 있는 것이 결코 잘하는 짓이 아닐 때가 많아. 지금 러시아 애들이 하는 짓보다 더 어리석은 짓을 상상할 수가 없는 게 사실이야. 알겠니? 그래도 난 그 러시아 애들 중 한 애를 아주 좋아해. 바로 알렉세이 너야."

"끝이 아주 좋네" 하면서 알렉세이가 웃었다.

"자, 그러면 어디서부터 시작할까? 네가 말해봐. 신에서부터? 신이 있는지의 문제부터 시작할까?"

"맘대로 시작해. 다른 쪽에서 시작해도 괜찮으니까. 어제 아버지 집에서 형이 그랬잖아. 신이 없다고" 하고 알렉세이가 탐구하는 눈빛으로 자기 형을 바라보면서 말했다.

"어제 노인네 집에서 식사할 때 널 일부러 한번 놀려볼까 하고 그렇게 말했더니 네 눈동자가 타오르더구먼. 하지만 지금은 너랑 이야기를 잘 나눠보는 게 중요해. 그러니까 지금 나는 장난치듯 말하는 거 아니야. 난 네 생각이랑 공통점을 찾는 게 중요해, 알렉세이야. 왜냐하면 난 친구가 없거든. 그래서 한번 시도해보고 싶어. 자, 한번 상상해볼래? 뭐랄까, 나도 신을 받아들인다고 말이야. 내가 이렇게 나올 줄은 너도 몰랐지, 응?"

이반이 웃으면서 그렇게 말했다.

"그렇게 한번 상상해볼게. 형이 다 말해놓고 '그것도 또 농담한 거였어' 하지만 않을 거라면."

"'농담한다'는 말은 어제 장로한테 갔을 때 나온 적이 있지. 내가 농담한다고 말이야. 자, 들어봐. 18세기에 한 늙은 죄인이 살았어.[105] 이 사람은, 만약 신이 없다면 사람들이 신을 꾸며냈을 거라고, 'S'il n'existait pas Dieu il faudrait l'inventer'라고 말한 사람이야. 실지로 그래. 인간이 신을 꾸며냈어. 그리고 신이 실제로 존재하는 것이 이상하고 놀라운 게 아니라, 그런 생각, 즉 신이 필요하다는 생각이 인간과 같은 그런 미개하고 악한 동물의 머릿속에 들어갈 수 있었다는 게 놀라운 거야. 그런 거룩하고 감동적이고 심오한 생각이 말이야. 그런 생각을 할 줄 안다는 것으로 인해 인간이 얼마나 명예로운 존재가 되는지! 내 얘기를 한다면, 이미 오래전에 이런 생각을 접었어. '인간이 신을 만들었느냐, 신이 인간을 만들었느냐?' 하는 생각 말이야. 나는 물론, 이 문제와 관련해서 러시아 애들이 말한 모든 현 시대의 공리들을 연구하지는 않을 거야. 그런 것들은 다 유럽의 가설들에서 끄집어낸 것들이거든. 왜냐하면 유럽에서 가설로 받아들여지고 있는 것들이 러시아 애들한테는 당장 공리가 돼버리기 때문이야. 꼭 애들한테 있어서만 그런 게 아니라 고명하신 교수님들한테도 마찬가지야. 왜냐하면 이제 러시아 교수님들이 되신 분들이라 해봤자 거의 다 비슷한 러시아 애들이거든. 바로 그래서 나는 모든 가설들을 그대로 안 받아들여. 지금 너랑 나랑 해야 될 일이 뭐냐? 내가 너한테 나의 본질을, 그러니까 내가 어떤 사람이냐는 것을, 내가 무엇을 믿고 무엇을 소망하느냐를 가능하면 빨리 설명하는 일이잖아? 그렇지? 바로 그렇기 때문에, 나는 신을 있는 그대로 받아들인다고 말하겠어. 하지만 짚고 넘어가야 할 것은, 만약 신이 있으며, 만약 신이 정말로 이 땅을 창조했다면, 그렇다면, 우리가 아주 잘 알고 있듯이, 신은 이 땅을 유클리드 기하학에 따라 창조했어. 그런데 인간의 지성은 공간의 3차원에 대한 개념밖에 안 갖고 있어. 한편, 만유 전체가, 혹은 더 나아가서 존재하는 모든 것이 유클리드 기하학에 따라서만 창조됐다는 데에 대해 의심을 품는 기하학자들, 철학자들이 있어왔고, 지금도 있어. 그것도 아주 훌륭한 기하학자들이나 철학자들 가운데서야. 그들은 심지어, 유클리드의 주장에 따르면 이 땅에서 절대로 만날 수 없다고 하는 두 개의 평행선도, 무한의 세계 그 어디에선가 만날 수 있을지도 모른다는 꿈을 꾸고 있어. 동생아, 나는 이렇게 생각해. 내가 심지어 이런 것도 이해하지 못하면서 어떻게 신에 대한 것을 이해할 수 있겠느냐고. 그런 수수께끼를 풀 수 있는 능력은 나한테 전혀 없다는 것을 겸손하게 인정한단다. 나한테 있는 머리는 유클리드 식의, 즉 현실적인 머리야. 그렇기 때문에, 이 세상에 근원을 담고 있지 않은 문제, 즉 현세적이지 않은 문제를 우리가 어떻게 해결할 수 있겠니? 나는 너한테도 충고할까 해. 그런 문제에 대해 고민할 필요가 없다고. 난 친구 같은 입장에서 충고하는 거야, 알렉세이야. 신과 관련된 문제를 전혀 생각하지 않는 게 제일 좋다고. '신이 있느냐, 없느냐?' 그와 비슷한 모든 질문들은 3차원 개념에 따라 만들어진 지성 가지고는 전혀 수용할 수 없는 질문들이야. 그래서 나는 신을 받아들일 뿐만 아니라 신의 지혜도, 신이 설정한 목적도 받아들인다. 우리가 전혀 알 수 없는 그런 것도 말이지. 질서를 믿으며, 삶의 의미를 믿으며, 우리 모두가 그 속에서 하나가 된다고 하는 그 영원한 화합을 믿으며, 만유가 움직이는 목표가 되는 그 '말씀'을 믿고, 신과 함께 있던 그 '말씀'을, 곧 신인 그 '말씀'을 믿고,[106] 또 그 외의 많은 것들을 믿어. 그런 식으로 계속 끝없이 믿는 거지. 그런 '말씀'은 참 많으니까 믿을 것도 얼마든지 있는 거지. 어때? 나 이런 식으로 나가면 잘 나가고 있는 거지? 그렇지 않냐? 자, 그런데 한번 상상해봐. 종국에 가서는 내가 이 신의 세상을 받아들이지 않는단 말이야. 비록 신의 세상이 존재한다는 건 알지만, 그래도 그걸 조금도 받아들이지는 않는다고. 내가 신을 받아들이지 않는다는 게 아니야. 오해 말길 바란다. 난 세상을 받아들이지 않는다는 거야. 신에 의해 창조된 신의 세상을 받아들이지 않으며, 받아들이라는 말에 승복할 수 없다는 말이야. 한마디 덧붙일게. 난 어린애처럼 무조건 확신하는 게 있어. 고통은 언젠간 없어지고 잊힐 것이며, 인간의 모순들로 꾸며진 웃지 못할 코미디 같은 상황은 다 별거 아닌 신기루처럼 사라지고, 인간이 지닌 원자처럼 약하고 미미한 유클리드식 지성으로부터 나온 비루한 생각처럼 스러지고, 결국 세상의 종말에, 즉 영원한 조화의 순간에 귀중한 무언가가 나타나리라고 말이야. 내가 생각하는 그 귀중한 무언가란, 마음을 다 바칠 수 있을 만한 것이며, 모든 분노를 해소하고 사람들의 모든 악행을, 사람들이 흘린 모든 피를 보상할 만한 것이며, 사람들이 행한 모든 것을 용서만 하는 게 아니라 그런 행함에 있어서의 사람들의 무죄를 선포하기에 충분할 정도의 것을 말하는 거야. 그런 모든 것이 다 나타나라고 해봐. 그래도 나는 그것을 받아들이지 않을 테고, 받아들이고 싶지가 않아. 심지어 평행선이 언젠가 만난다고 치자. 내 눈으로 그걸 보게 된다고 치자. 내가 그걸 보고서, '만났군!'이라고 말한다고 치자. 그래도 그걸 받아들이지 않을 거야. 바로 그게 나의 본질이야. 알겠니, 알렉세이야? 바로 그게 내가 주장하는 바야. 지금 이 말은 진지하게 하는 거야. 지금 너랑 하고 있는 이 대화는 내가 일부러 아주 어리석은 주제로, 그보다 더 어리석을 수는 없는 주제로 시작한 거야. 하지만 내 속마음을 그대로 드러냈다. 왜냐하면 네가 듣고 싶어하는 게 바로 그거니까. 네가 알고 싶어하는 건 신에 대한 생각이 아니라 네가 사랑하는 네 형이 어떤 생각을 가지고 살고 있는지잖아.

그래서 내가 지금 이 말을 한 거야."

이반은 긴 시간에 걸쳐 하던 말에 어떤 특별한 느낌을 담아 끝맺었다.

"왜 굳이 그보다 더 어리석을 수는 없는 주제로 시작했는데?" 하고 알렉세이가 생각에 잠겨 이반을 쳐다보면서 물었다.

"왜냐하면, 첫째, 하다못해 러시아적인 취향에나 맞춰볼까 하고. 이런 주제를 띠는 러시아적인 대화는 다 그보다 더 어리석을 수는 없게 진행되잖아. 둘째, 어디까지나, 어리석으면 어리석을수록 요지에 더 가까워지는 건 사실이거든. 어리석으면 어리석을수록 더욱 명확해지고 말이야. 어리석음은 단순하고 명료하잖아. 똑똑함이 굴곡이 많고 베일에 가린 부분이 많은 반면 말이야. 똑똑함이 야비한 반면 어리석음은 직선적이고 솔직해. 내가 행한 일의 결과로, 내가 이판사판으로밖에 나갈 수 없는 상황이 벌어졌어. 즉, 내가 일을 어리석게 처리했을수록 자신에게 이로운 거야."

"형이 왜 세상을 안 받아들인다고 하는지 좀 설명해줄래?" 하고 알렉세이가 말했다.

"물론 설명해주지. 비밀이 아니야. 그러지 않아도 말하려고 했었어. 내 동생아, 난 널 타락시키는 거 원치 않고, 네가 자리 잡은 기반으로부터 널 떼어내는 거 원치 않아. 난 어쩌면 너를 통해 나를 고쳤으면 해" 하면서 갑자기 이반이 마치 완전히 어리고 순수한 소년인 양 미소를 지었다. 알렉세이는 이반에게서 그런 미소를 전에는 미처 보지 못했었다.

IV
반란

"내가 너한테 고백을 한 가지 해야겠다" 하면서 이반이 이렇게 말하기 시작했다. "난 자기의 이웃을 어떻게 사랑할 수 있는지 아무리 해도 이해할 수가 없었어. 내 생각으로는 이웃이야말로 바로 사랑할 수가 없는 사람들이야. 글쎄, 먼 이웃이라면 몰라도. 내가 언젠가 어디선가 '자비로운 요한'[107](한 성인)에 대해서 읽은 적이 있는데, 그 사람한테 한 배고프고 추위에 얼어붙은 행인이 찾아와 자기를 따뜻하게 해달라고 부탁하자, 그는 함께 침상에 누워 행인을 끌어안고, 끔찍한 병 때문에 곪아 악취를 풍기던 행인의 입에다 입김을 불어 넣기 시작했어. 내가 확신하건대, 이 성인은 그 행동을 돌발적인 의도로 한 거야. 가식의 돌발이야. 의무감에서 나온 사랑으로, 자기가 고난을 받아야 한다는 의무감으로 말이야. 어떤 사람을 사랑하기 위해서는 그 사람이 감추어져 있어야 돼. 그 사람이 얼굴을 조금이나마 드러낼 양하면 사랑은 사라지는 거야."

"그런 이야기는 조시마 장로님도 여러 번 하셨어. 조시마 장로님도, 사랑의 경험이 아직 없는 많은 사람들에게 인간의 얼굴은 사랑을 방해하는 존재가 될 때가 많다고 말씀하셨어. 하지만 인류 안에는 사랑이 많아. 거의 그리스도의 사랑과 비슷한 사랑이 말이야. 이건 나 스스로 알고 있는 거야, 형."

"그래도 나는 아직 그걸 모르고, 이해를 못 하겠어. 나뿐만 아니라 수많은 사람들도 마찬가지야. 문제는, 그렇게 되는 것이 과연 사람들의 나쁜 성질 때문이냐는 거야. 아니면 사람들의 본성이 그런 건가? 내 생각으론, 인간들을 향한 그리스도의 사랑이란 땅 위에서 발생이 불가능한 하나의 기적인 거야. 사실 그는 신이었잖아. 하지만 우리들은 신이 아니란 말이야. 자, 가정해보자. 내가, 예를 들어, 심도 높은 고행을 겪을 능력이 돼. 하지만 다른 사람은 내가 과연 어느 정도까지 고행을 겪는지 절대로 알 수가 없잖아. 왜냐하면 그 사람은 내가 아닌 다른 사람이기 때문이야. 또 말이지, 사람은 다른 사람을 고행자로 인정하는 일에 동의하는 경우가 적어(그게 무슨 관등이라도 되는 것처럼). 왜 동의를 안 하려 하는 걸까? 어떻게 생각해? 예를 들어, 다음과 같은 이유 때문이야. 나한테서 악취가 난다거나, 내 얼굴이 머저리처럼 보인다거나, 아니면 내가 언젠가 그 사람의 발을 밟은 적이 있다거나 하는 거 말이야. 게다가 고행이란 말 그대로 고행이거든. 나를 보잘것없는 사람으로 만드는 그런 고행, 예를 들어 배고픔 같은 것은 말이지, 그래도 나로 하여금 자비를 베푸는 사람이 될 수 있게 해줘. 하지만 고행의 수준이 조금만 더 높아지면, 예를 들어 어떤 사상을 위하여 하는 고행은, 아주 드문 경우를 제외하고는, 그럴 수 있게 해주지 못해. 왜냐하면 사람이, 예를 들어 나를 딱 쳐다보자마자 알게 된단 말이야. 내 얼굴이, 자기가 가져온 환상에 따르면 그 어떠어떠한 사상을 위하여 고행을 겪는 사람이 가져야 할, 그런 얼굴이 아니라는 것을. 그래서 그는 당장 나에게 선행과 친절은 있을 수 없다고 판단하게 되는데, 그건 그가 악한 마음을 가져서가 아니라는 거지. 거지들은, 특히 점잖은 거지들은 절대로 겉으로 드러나 보이고자 하지 않을 거고, 그래서 동냥은 신문을 통해서 해야 할 거야. 추상적으로는 그래도 이웃을 사랑하는 게 가능할지라도, 아니면 어떤 때는 멀리 있는 이웃을 사랑하는 게 가능할지라도, 가까이에서 사랑하는 것은 거의 불가능해. 만약 모든 것이 무대 위에서만 같다면, 발레에서만 같다면, 그러니까 거지들이 등장할 때 비단 누더기와 찢어진 레이스를 입고 와서 우아하게 춤을 추면서 구걸을 한다고 치면, 그러면 그런 거지들을 그나마 보면서 감상할 수 있겠지. 보면서 감상을 한다는 거지, 사랑을 한다는 게 아니야. 어쨌든 이 얘기는 그만하자. 난 단지 너를 내 관점 위에 세워 놓고자 한 거였어. 나는 인류의 고난 전반에 대해 말하고 싶었지만, 그냥 아이들의 고난에 대해서만 이야기하는 게 낫겠다. 그러면 내 말의 분량이 열 배쯤은 줄어들겠지만, 어쨌든 아이들에 대해서만 이야기하기로 하자. 물론 그렇게 하는 것이 나한테 이득은 안 되지만 말이야. 하지만 첫째, 아이들은 가까이에서도 사랑할 수가 있어. 아이들이 더럽다든지 얼굴이 못생겼다든지 해도 말이야(물론 내 생각에는 아이들은 얼굴이 못생긴 경우가 전혀 없는 것 같긴 해도). 둘째, 어른들과 관련해 이런 이야기를 안 하려고 하는 것은 어른들이 혐오스럽고 사랑을 받을 만하지 못하고, 또 그들에게는 보상이라는 개념이 존재하기 때문이야. 그들은 사과를 먹고 선과 악을 알게 됐어. 마치 신과 같이 된 거야. 지금까지도 계속 그걸 먹고 있어. 하지만 아이들은 아무것도 안 먹었고, 아직 아무 죄도 없어. 알렉세이야, 너 아이들 좋아하지? 네가 좋아한다는 거 알고 있어. 그러니까 넌 내가 지금 왜 아이들에 대해서만 말하고 싶어하는지도 알 테지. 만약 아이들마저도 이 땅에서 끔찍한 고통을 겪는다면, 그건 당연히 자기 조상들 때문일 거야. 사과를 먹은 자기 조상들 때문에 벌을 받는 거라고. 하지만 이런 판단은 다른 세계에서 온 판단이야. 이 땅에 사는 인간의 마음으로선 이해할 수 없는 판단이야. 죄 없는 사람이 다른 사람을 대신해서 고통을 겪어선 안 된다고! 죄 없는 사람도 어디 그냥 죄 없는 사람인가? 아이란 말이야! 알렉세이야, 네가 나 때문에 놀랄지는 모르겠지만, 나 역시 아이들을 아주 좋아한단다. 무자비한 사람들, 광적이고 육욕에 찬, 카라마조프 씨 가문 사람들 같은 사람들 역시 아이들을 아주 좋아하기도 한단다. 아이들은 말이지, 아직 아이들일 때는, 그러니까 예를 들어 만 일곱 살 때까지는 일반 사람들보다 많이 뒤떨어져. 마치 전혀 다른 존재인 것처럼, 전혀 다른 본성을 지닌 존재인 것처럼 말이야. 난 형무소에 갇힌 한 강도를 알았는데, 어떤 짓을 했나 하면, 물건을 갈취하기 위해 밤에 남의 집에 숨어들어 그 집들에 살던 가족들을 구타하다가 아이들 몇 명을 죽이기도 했어. 하지만 형무소에 갇혀 살면서는 그 사람이 아이들을 이상하리만치 좋아했어. 그 사람은 형무소 마당에서 놀던 아이들을 형무소 창을 통해 계속 지켜보는 게 일이었어. 한 어린 남자아이를 창밑으로 불러서 이야기하기 시작했는데, 결국 그 남자아이는 그 강도와 친해졌어. 음……, 알렉세이야, 내가 이런 얘기를 왜 하는 거지? 나 왠지 머리가 아파. 우울하고 말이야."

"얘기하는 형 모습이 좀 이상해. 약간 광기 어린 느낌이야" 하고 알렉세이가 걱정스러운 듯 말했다.

"참, 그리고 보니 얼마 전에 한 불가리아 사람이 모스크바에서 이런 얘기를 해줬어" 하면서 이반 표도로비치가 마치 자기 동생 말에 신경을 안 쓰는 듯 말을 이렇게 계속했다. "자기 나라 불가리아에서 터키인들과 체르케스인들이 도처에서 잔인

무도한 짓을 하고 다닌대. 슬라브인들이 하나가 되어 들고일 어날까 봐 그러는 거래. 그러니까 불을 지르고 칼부림을 하고 여자들과 아이들에게 폭행을 가하고 그런다는 거야. 게다가 사람들을 잡아 와서 귓바퀴를 울타리에다 못으로 박아 고정시 켜놓고 다음 날 아침까지 그대로 뒀다가 아침이 되면 목을 매 단대. 그 밖에도 상상하기도 불가능할 정도로 별의별 짓을 다 한대. 실지로 때로는 인간의 '짐승적' 잔혹함이 언급되기도 하 는데, 그런 표현을 하면 짐승들한테 미안할 정도야. 짐승들이 아무리 잔혹해도 인간처럼 그렇게 잔혹할 수는 없어. 인간은 잔혹함을 가지고 예술을 하려고 해. 호랑이는 그냥 이빨로 갉 고 찢고 그러지. 그거 외에는 할 수가 없어. 사람들의 귓바퀴를 울타리에다 못으로 박아 고정시켜놓고 밤을 지새우게 한다는 건 호랑이로선 도저히 생각할 수가 없는 일이야. 만약 그럴 만 한 신체적 조건이 됐었더라도 말이야. 사실 이 터키인들은 사 디스트적인 광기를 가지고서 아이들마저 학대했대. 임산부의 배를 칼로 갈라 아이를 꺼내기도 하고, 모친이 보는 앞에서 갓 난아이를 위로 높이 던졌다가 떨어지는 것을 총검으로 받기도 했대. 바로 아이의 모친이 보는 앞이었다는 것이 그들을 더욱 즐겁게 한 거야. 그런데 나의 관심을 강하게 끈 게 바로 이거 야. 자, 상상해봐. 갓난아이를 안고 무서워서 부들부들 떠는 모 친을 삥 둘러서, 그 집에 침입한 터키인들이 서 있는 거야. 터키인들한테 이런 장난기가 돌았어. 그들은 갓난아이를 다정스럽게 어르면서 웃어. 갓난아이를 웃기려고 말이야. 결국 갓난아이가 웃어. 그때 터키인 한 놈이 갓난아이에게서 4베르쇼크* 정도 간격을 두고 권총을 갓난아이에게 겨누는 거야. 갓난아이는 깔깔대고 웃으면서 손을 뻗어 권총을 잡으려고 하지. 이때 예술혼을 즐기는 그 터키 놈이 갓난아이의 얼굴을 향해 방아쇠를 당겨 머리를 풍비박산을 내놓는 거야. 어때? 예술적이지 않니? 참, 그러고 보니 터키인들은 달콤한 것을 아주 좋아한다고 하더라."

"형, 그런 얘기는 왜 하는 건데?" 하고 알렉세이가 물었다.

"내 생각은, 만약 악마가 존재하지 않았다면, 그래서 인간이 악마를 만들었다면, 자신의 형상을 따라 자신의 모양대로 만들었을 거라는 거야."

"그렇다면 신도 바로 그렇게 만들었겠네."

"야, 너 말 참 멋들어지게 잘하네! 꼭 '햄릿'에서 폴로니우스가 하는 말처럼."[108] 하면서 이반이 웃고는 계속 말했다. "넌 나를 말의 함정에 빠뜨리려 하는구나. 그래, 잘했어. 나 기분 좋아. 네가 믿는 신도 좋으신 분이다. 인간이 신을 자신의 형상을 따라 자신의 모양대로 만들었다면 말이야. 너 지금 내가 이

---

* 베르쇼크: 러시아의 옛 길이 단위. 1베르쇼크는 약 4.45센티미터에 해당함. - 역자 주

런 얘기를 왜 하냐고 물었지? 왜냐하면 말이지, 난 그 어떤 실제 사건들에 대한 이야기들을 모으는 취미를 갖고 있어. 믿을 지는 모르지만, 신문, 이야기책, 또 다른 여러 가지 출처들에서 발췌를 해. 일화 같은 것을 말이야. 벌써 상당히 모였어. 터키 인들 얘기도 물론 그 컬렉션 안에 포함되는 거지. 하지만 물론 외국 얘기지. 나한텐 우리 나라 얘기도 있어. 심지어 터키 얘기 보다 더 재미있는 거. 우리 나라는 주로 패는 얘기가 많아. 회 초리와 채찍으로. 그게 바로 우리 민족의 특성이야. 우리 나라 에선 못으로 박혀 울타리에 고정된 귓바퀴 같은 얘기는 상상 도 못 해. 뭐가 어떻든 우린 유럽인들이잖아. 하지만 회초리와 채찍은 이미 우리 것이 된 것이라서, 우리에게서 빼앗아갈 수 없는 거야. 지금 이국에선 전혀 안 팬다더라. 도덕이 말끔해졌 나 보지? 아니면 그런 법이 생겼든지. 인간이 인간을 때려서는 안 된다고 말이야. 하지만 그 사람들도 우리처럼, 순전히 자기 네 민족적인 것으로 대신했어. 얼마나 민족적인가 하면, 우리 나라에선 그런 걸 흉내도 못 낼 정도야. 하긴 우리 나라에서도 조금씩 접목이 되고 있지 뭐. 특히 우리 나라 상류 사회에서 종 교 운동이 일던 시기부터 말이야. 나한테 아주 멋진 책자가 하 나 있는데, 프랑스어에서 번역한 거야. 제네바에서, 그리 오래 안 됐는데, 한 5년이나 됐을까? 살인자 한 사람을 처형시켰는 데, 리샤르라는 만 스물셋 정도 먹은 젊은 놈이었어. 이놈은 바로 교수대 앞에서 회개를 하고 크리스트교 신앙에 귀의했어. 이 리샤르라는 놈은 누군가의 비합법적 아들이었는데, 이놈이 아직 어렸을 때, 만 여섯 살쯤 됐을 때, 부모가 이놈을 스위스산지 목동들에게 선물로 줬대. 목동들은 이놈을 일꾼으로 부려먹기 위해서 키웠고 말이야. 이놈은 목동들에게서 마치 야생 짐승처럼 컸어. 목동들은 이놈에게 아무것도 가르치지 않고 단지 7년간 양떼를 치라고 보내는 거밖에 없었어. 비가 와도 날이 추워도 거의 옷 하나도 없이, 아무것도 안 먹이고 보냈대. 그리고 물론 그렇게 하면서도 목동들 중 아무도 생각에 잠기거나 잘못을 뉘우치는 사람이 없었지. 그와는 반대로 자기들이 충분히 그렇게 할 권리가 있다고 생각했지. 왜냐하면 리샤르는 그들에게 물건처럼 선물로 주어진 놈이었고, 그놈한테 뭔가를 꼭 먹여야 되는 것도 아니라고 생각한 거야. 리샤르의 말을 들어 보면 자기가 그 시절에, 마치 복음서에 나오는 탕자처럼, 잘 먹여 팔기 위해 돼지에게 주는 사료 같은 것이라도 제발 좀 먹게 해달라는 입장이었대. 하지만 그것마저 주지 않고, 그놈이 돼지가 먹을 걸 훔쳐 갔다고 무조건 패기만 했대. 그놈은 어린 시절 전체와 소년 시절 전체를 그런 식으로 보낸 거야. 그러다가 장성하여 힘이 세어진 다음에 그놈은 훔치는 생활을 시작한 거야. 이 야생 짐승 같은 놈은 제네바에서 하루 일해 갖고 돈을 벌었는데, 번 돈은 술 마시는 데에 썼어. 인간 쓰레기 같은 삶을 살다가, 결국에는 한 노인을 죽이고 돈을 가져가기에 이르렀어. 그 일로 체포되어 재판을 거쳐 사형을 선고받은 거야. 그쪽 동네에선 불쌍하니까 봐주고 뭐 그런 거 없거든. 그놈이 감방에 갇히자 기다렸다는 듯이 목사들과 다른 여러 크리스트교 공동체의 일원들이며 자선을 행하는 여자들 등등이 그놈을 둘러쌌어. 감방 안에서 글을 가르치고, 복음서를 설명해주기 시작했어. 양심에 호소하기도 하고 확신을 주려고도 하고 단체로 압력을 가하기도 하고 귀찮게 괴롭히기도 하고 그랬거든. 그 결과 그놈이 결국 공적으로 자기의 범죄를 인정하게 된 거야. 스스로가 재판 당국을 대상으로, 자기가 인간 쓰레기인데 결국에는 주께로부터 깨달음을 얻고 은혜를 받는 영광에 도달했다고 글로 썼어. 제네바 전체가 술렁이기 시작했어. 자선을 행하는 데에 관심이 많은, 의로운 도시 제네바였으므로 그랬던 거지. 고결하고 고상한 것이란 너 나 할 것 없이 다 감방으로 그를 만나러 달려왔어. 리샤르에게 입을 맞추고, 포옹을 하고, '당신은 우리 형제요. 당신에게 은혜가 내렸소!'라고 하면서 난리를 피웠어. 리샤르 자신은 그냥 감동해서 울면서, '네. 저한테 은혜가 내렸어요. 전에는 제가 어린 시절과 소년 시절 내내 돼지가 먹는 사료라도 얻을 수 있으면 기뻤는데, 지금은 저한테 은혜씩이나 내렸어요! 주님 안에서 죽게 됐어요!' 그랬어. 사람들은 그 말을 듣고, '예, 예, 리샤르 씨. 주님 안에서 죽으시오. 당신이 남의 피를 흘렸으니 주님 안에서 죽어야 되오. 당신이 사료를 먹는 돼지를 부러워했던 시절, 당신이 돼지 먹으라고 준 사료를 훔친 것(그건 아주 나쁜 일이었소. 훔치는 건 허락되지 않으니까요) 때문에 매를 맞던 시절, 당신이 주님을 전혀 몰랐던 것이 죄는 아니겠지만, 어쨌든 당신은 남의 피를 흐르게 했으니 죽어야 되오' 그랬어. 결국 마지막 날이 왔어. 풀이 죽은 리샤르가 울면서, 1분마다 한 번씩 이렇게 되풀이하는 거야. '오늘은 내 삶에서 가장 좋은 날이에요. 내가 주님께로 가니까요.' 그러자 목사들, 판사들, 자선에 힘쓰는 여인들이 이렇게 소리쳤어. '예. 오늘이 당신의 행복한 날이에요. 당신이 주님께로 가니까요.' 이렇게 말하는 것들 모두가, 리샤르를 태우고 교수대 쪽으로 가고 있는 치욕의 마차를 뒤따라 교수대 쪽으로 이동하고 있었어. 누구는 마차를 타고, 또 누구는 걸어서 말이야. 드디어 교수대에 이르렀어. '죽으시오, 우리의 형제! 주님 안에서 죽으시오. 당신한테 은혜가 내렸으니까요' 하고 사람들이 리샤르에게 소리쳤어. 형제들의 입맞춤을 받으면서 리샤르 형제가 사람들에게 끌려 교수대로 올라왔어. 단두대 위에 눕혀 놓고 결국 이 '형제'의 목을 잘랐어. 그에게 역시 은혜가 내렸다는 것의 대가로 말이야. 이것 참 기억해 둘 만하지 않니? 이 책자가 러시아 상류 사회 루터교 자선가들에 의해 러시아말로 번역되어, 러시아 국민의 계몽을 위하여 무료로, 신문과 다른 출판물들의 부록으로 배포되었어. 이 리샤르 얘기는 민족적이기 때문에 가치가 있는 거야. 우리 나라에서는 형제의 목을 벤다는 게 이상하게 여겨지지. 단지 그가 형제가 됐고 그에게 은혜가 내렸다는 것 때문에 목을 벤다는 게 이상하다는 말이야. 하지만 반복해서 말하는데, 우리 민족에게는 우리 민족만의 것이 있어. 다른 민족의 것에 거의 뒤지지 않는 것 말이야. 우리 민족에게는 역사적으로 형성되어온, 매를 때려 사람을 학대하는 것을 즐기는 습성이 있어. 그러니까 조금 전에 얘기한 다른 민족의 습성이랑 아주 비슷한 건 맞지. 네크라소프가[109] 쓴 시 중에, 한 농부가 채찍으로 말의 눈을, '착해 보이는 눈을' 때리는 데에 대한 시가 있어.[110] 그런 장면을 보지 못한 사람이 누가 있나? 그것이야말로 러시아적인 건데. 네크라소프는 힘이 세지 못한 말에 짐을 많이 싣고 마차를 맸더니 말이 마차를 끌고 가지를 못하는 장면을 묘사하는데, 농부가 말을 때려. 때려도 미친 듯이 화를 내면서 때려. 때리고 또 때리다 마침내는 자기가 뭘 하고 있는지도 모를 지경까지 와. 때리는 행위에 자기도 모르게 흠뻑 취해 가지고, 호되게 수없이 조지는 거야. '네가 아무리 힘이 없더라도 끌어. 죽어도 좋으니까 끌라고!' 하면서. 말이 달리려고 하는데 농부는 호되게 갈기기 시작하는 거야. 말이야 방어할 길도 없지. 그 불쌍하게 울고 있는 '착해 보이는 눈'을 후려갈기는 거야. 말은 미친 듯이 발광하다 결국 자리에서 움직였어. 온몸을 부들부들 떨면서, 숨도 못 쉬면서, 어쩐지 이상하게 옆으로, 껑충거리는 이상한 동작으로, 어쩐지 부자연스럽고 어정쩡한 동작으로 말이야. 네크라소프가 묘사한 이 장면은 정말 충격적이야. 하지만 이건 어차피 결국 말일 뿐이잖아. 말은 신이 우리에게 때리라고 주신 거야. 타타르족이 우리에게 그렇게 설명해주면서 그 증표로 채찍을 전수해준 거야. 그렇지만 그것으로 사람들을 때릴 수도 있어. 예를 들어 한 점잖고 교육 수준 높은 신사 분과 그 부인 되시는 분이 만 일곱 살 먹은 조그만 자기 딸을 회초리로 때린다 이거야.[111] 그 일은 내 수첩에 자세히 기록돼 있어. 그 신사 분은, 회초리로 사용하는 나뭇가지에 옹이가 있으니 잘됐다고 생각하지. '살을 더 쩔 거 아냐?'라는 거지. 그래서 그것으로 딸을 치기 시작하는 거야. 매가 짝짝 달라붙게. 내가 잘 알고 있는데, 한 대 한 대 때릴 때마다 색정에 가까운 이상한 쾌감으로 달아오르는 사람들이 있어. 진짜로 색정에나 비할 만하다고. 때리는 횟수가 늘어갈수록 그 감흥도 더해지는 거야. 감흥에 점점 더 가속도가 붙는 거야. 1분을 때리고, 계속 때려서 5분을 때리고, 그러다 10분을 때리고, 계속, 더 세게, 속도를 더해가면서, 더 짝짝 달라붙게 때리는 거야. 아이는 소리를 지르다가 결국 소리를 못 지르게 되지. 헉헉대기만 할 뿐. '아빠, 아빠, 아빠, 아빠!' 그러면서. 그 일이 어떻게 재수 없게 돼서 결국 재판까지 가게 됐거든. 그래서 변호사가 고용됐지.[112] 러시아 민족은 오래전부터 변호사를 '고용된 양심'이라고 불러왔지. 변호사가 자기 고객을 변호하느라고 이렇게 소리 지르는 거야. '이 사건은 아주 단순한 것으로서, 평범한 가정사입니다. 아버지가 딸한테 매질을 했다고 해서 재판까지 벌인다는 것은 우리 세대로서 부끄러운 일입니다!' 이 말이 먹혀들어간 배심원들이 자리를 떴다가, 결국 무죄로 인정하게 돼. 가해자가 무죄로 인정됐다는 것에 관중은 기뻐서 환호성을 지르지. 아, 내가 그 자리에 없었다는 게 안타깝다! 내가 그 자리에 있었더라면 '저 사디스트의 이름으로 장려 기금도 설립할 것을 제안한다'고 소리쳤을 텐데. 괜찮은 그림이 나오지 않냐? 그건 그렇고 나한테는 아이들에 대한 좀 나은 자료도 있어. 러시아 아이들에 대한 자료가 아주, 아주 많이 모여 있단다, 알렉세이야. 만 다섯 살 된 조그만 딸을 부모가 미워하기 시작했어.[113] 부모는 '더할 나위 없이 존경받는, 관직에 있는 사람들'로서, '교육 수준도 높고 교양도 풍부한' 사람들이야. 너도 느끼겠지만 내가 다시 한번 확신 있게 말하건대, 인류 가운데 많은 사람들에게 특별한 감정이 존재해. 아이들을 학대하는 일에 대한 열정이야. 오로지 아이들을 학대하는 거야. 인류를 구성하는 모든 다른 개체들은 이 학대자들이 다분히 호의 있게, 겸손하게 대하기까지 해. 교육 수준이 높고 박애정신으로 가득한 유럽인들처럼 말이야. 하지만 아이들을 학대하는 것은 아주 즐겨. 그러니까 나름대로 그런 의미에서는 아이들을 좋아한다고 할 수 있지. 바로 아이들의 무방비성이 학대자들을 유혹하는 거야. 아이들은 천사 같아서 남을 쉽게 믿잖아. 그리고 학대를 받는다 해서 어디 다른 데로, 다른 사람한테 가지도 못하잖아. 바로 그 점이 학대자들의 마음을 동하게 하는 거야. 바로 그 점이 학대자들의 그 더러운 피를 끓게 하는 거야. 물론 사람이라면 누구에게나 다 짐승의 본성이 있어. 짐승처럼 분노하는 습성이 있는가 하면, 학대당하는 희생자가 지르는 소리로 인해 색정이 끓어오르는 면이 있는가 하면, 쇠사슬을 풀어주기만 하면 억제할 수 없이 날뛰는 짐승 같은 면이 있는가 하면, 방탕한 생활 끝에 통풍, 간 질환과 같은 병을 얻는 습성 등이 있어. 이 교육 수준 높은 부모는 이 불쌍한 만 다섯 살짜리 여자아이를 대상으로 각양각색의 학대를 자행했어. 패고, 채찍질하고, 발길질하고 그랬어. 무엇의 대가로 그렇게 하는지 자기들도 모르면서 말이야. 딸의 몸 전체를 멍들게 했어. 그러다 결국 학대가 예술적 수준에까지 이르렀어. 영하의 온도에 딸을 변소에다 밤새 가둬놓았어. 딸이 밤에 변소에 가고 싶다고 말을 못 하고 똥을 쌌다는 것 때문에(만 다섯 살밖에 안 된 아이가 깊이 잠들어 있다가 그럴 수도 있는 거잖아. 그 나이에 그런 상황에서 변소 가고 싶다고 말을 못 할 수도 있잖아). 그랬다는 것 때문에 딸의 얼굴 전체에다 딸이 싼 똥을 발랐어. 그리고 딸한테 그 똥을 강제로 먹게 했어. 모친이 말이야. 모친이 그랬다고! 그리고 이 모친이란 사람이, 치욕적인 장소에 갇혀 있는 불쌍한 아이가 내는 신음 소리가 들려오는 밤에 잠을 쿨쿨 잤단 말이야! 이해가 가냐? 이 조그만 생명체가, 자기한테서 어떤 일이 벌어지고 있는지 제대로 파악도 못 하는 이 조그만 생명체가, 치욕적인 장소에서, 캄캄하고 추운 곳에서, 그 조그만 주먹으로 나약한 가슴을 치면서, 그 착하고 겸손한 피 섞인 눈물을 흘리며, 잘 알지도 못하는 자기만의 '신'에게 도와달라고 울며 애원하는 것 말이야. 이 난센스를 너 이해하니, 내 동생이자 친구인 알렉세이야? 신의 사람이고 수도사 지망생인 온유한 내 동생아, 너 이해하니. 이런 난센스가 왜 필요하며, 왜 만들어졌는지? 이런 난센스 없이는 사람이 이 땅에 살 수가 없다고 그러네. 왜냐하면 선과 악을 깨닫지 못했을 테니까. 이 망할 놈의 선과 악은 왜 깨달아야 되는데? 그러기 위해서 치러야 할 대가가 그렇게 크다면 말이야. 그 깨달음의 세계라는 것을 다 취한다 해도, 그게 자기만의 '신'에게 애원하는 이 어린이의 눈물만큼의 가치가 있겠느냔 말이야. 어른들의 고통에 대해서는 나 말 안 해. 어른들은 사과를 먹었으니까. 그러니 뭐, 고통을 받으라지. 그냥 다 망하라 그래도 괜찮아. 하지만 이 어린아이들은! 내 말 듣기가 괴로운가 보다, 알렉세이야. 너 마치 얼이 빠진 것처럼 보이는데 그만 듣고 싶으면 그만할게."

"괜찮아. 나도 고난받고 싶어" 하고 알렉세이가 웅얼거리듯 말했다.

"하나만, 이야기 하나만 더 할게. 아주 특이하고 흥미를 끌만한 거야. 그리고 중요한 건, 우리 나라 옛날 역사 이야기 컬렉션 중 하나에서 얼마 전에 읽은 거야. 『고문서』던가, 『고사집』이던가?[114] 한번 조사해봐야겠네. 어디서 읽었는지를 잊어버렸어. 이건 봉건제도가 존재하던 아주 음울했던 시대, 금세기 초에 일어난 일이야. 지금은 얼마나 다행이냐? 민중 해방자 만세![115] 그때, 금세기 초에 한 장군이 있었는데, 연줄도 좋고 재산도 엄청나게 많은 지주였지만, 군대에서 퇴역을 하는 시점에서, 자기가 자기 밑의 사람들의 피를 빨아서 충분히 먹고살 수준에 이르렀다는 것에 아직도 좀 확신이 안 섰던 사람들(그런 사람들은 당시에도 이미 아주 적었는데 말이야) 중 하나였어. 당시에 그런 사람들이 있긴 있었어. 그래서 아무튼 그 장군은 2천 명의 농노가 딸린 자기 영지에서, 자신을 둘러싼 사람들을 자기 집 식객 혹은 어릿광대로 멸시하며 대하면서 거만 떨며 살았어. 사냥개 수백 마리를 갖고 있었고 사냥개지기가 거의 백명이 됐어. 다들 군복을 입고 말을 탄 사람들이었어. 그런데 하루는 마당에서 일하는 소년이, 만 여덟 살밖에 안 된 어린 소년이었는데, 장난치다가 잘못해서 돌을 던진 것이 장군이 아끼던 사냥개 발에 타박상을 입혔네. '내가 아끼는 개가 왜 발을 저는 거지?' 하고 나온 거지. 그에게 사람들이 이르기를, '바로 이 소년이 돌을 던져서 발에 타박상을 입혔다'고 했어. 그러자 장군이 소년을 훑어보고는, '아, 그래, 네가 그랬단 말이지? 이 놈을 잡아라!' 그랬어. 그래서 잡았지. 소년을 모친에게서 떼어 놓았지. 밤새 감금돼 있었어. 아침 일찍 장군이 갖출 걸 다 갖 추고 사냥을 나가기 위해 말 위에 올랐어. 주위에는 식객들, 개 들, 그리고 사냥개지기들, 사냥 마스터들이 모두 말을 타고 서 있었어. 그 주위로 하인들이 교훈을 받기 위해 모여 있었고, 맨 앞에는 잘못을 범한 소년의 모친이 있었어. 소년이 감금됐던 곳으로부터 사람들이 소년을 데리고 나왔어. 음울하고 을씨 년스럽고 안개가 낀 가을날이었어. 사냥하기에는 더없이 좋 은 날이었어. 장군이 소년의 옷을 벗기라고 명령했어. 아이를 홀랑 다 벗겼어. 아이는 겁을 먹고 혼이 빠져 감히 아무 소리 도 못 내면서 덜덜 떨고만 있었어. 그때 장군이, '저놈을 쫓아 라!' 하고 소리쳤어. '뛰어, 뛰어!' 하고 사냥개지기들이 소년 에게 소리쳤어. 소년은 뛰기 시작했어. '저놈을 잡아!' 하고 장 군이 목 놓아 외치면서 소년을 향해 발 빠른 사냥개들을 다 풀 었어. 모친이 보는 데에서 개들에게 물려 죽게 했어. 개들이 아이를 갈기갈기 찢어발겼어. 아마 그 장군은 체포됐을 거야. 근데 그런들 뭘 하겠어? 총살형에 처하겠어? 도덕감을 만족시키기 위해서 총살형에 처해야 돼? 어떻게 해야 될지 말해 봐, 알렉세이야!"

"총살형에 처해야 돼!" 하고 알렉세이가, 왠지 일그러진 창백한 미소를 띠고 자기 형을 향해 눈을 들면서 작은 소리로 말했다.

"좋았어!" 하고 이반이 환호성을 지르고 나서 말했다. "수도사의 고행 계율을 받아들인 네가 그렇게 나오니…… 너한테도 마음속에 조그만 악마가 살고 있긴 살고 있구나, 알렉세이 카라마조프!"

"내가 좀 무의미한 말을 하긴 했지. 하지만……."

"바로 '하지만……'이 중요한 거지" 하면서 이반이 큰 소리로 말하고는 말을 이었다. "무의미한 것들이 이 땅에 아주 필요하다는 걸 네가 알아뒀으면 좋겠어. 바로 무의미한 것 위에 세상이 서 있는 거야. 그리고 무의미한 것이 없었다면 어쩌면 세상에서 아무 일도 일어나지 않았을지도 몰라. 우리는 우리가 안다는 걸 알잖아!"

"형은 뭘 아는데?"

"난 아무것도 이해 못 해" 하고 이반이 마치 잠꼬대를 하는 듯이 계속 말했다. "또 이젠 아무것도 이해하고 싶지도 않아. 그냥 사실 그대로를 받아들여야지, 굳이 이해하려고 할 필요는 또 뭐 있어? 내가 만약 뭔가를 이해하려고 든다면 그건 이미 사실을 어느 정도 왜곡하는 게 돼버려. 그래서 난 사실을 사실 그대로 받아들이기로 했어."

"형 왜 나를 시험하려고 해? 그 이유를 나한테 좀 말해줄래?" 하고 알렉세이가 충동적으로 섭섭해하는 태도를 드러내며 말했다.

"물론 말해주지. 지금까지 이렇게 말을 해온 게 바로 그 말을 해주기 위해서였어. 네가 나한테 소중하기 때문에 난 널 놓치고 싶지 않아. 네가 모시는 조시마 장로한테 널 양보하지 않을 거야."

이반은 1분 정도 아무 말도 안 하고 있었다. 그의 얼굴이 갑자기 매우 우울해졌다.

"내 말을 좀 들어봐. 난 좀 더 명백한 효과를 노리느라 어린 아이들을 예로 든 거야. 지구 전체에, 그 표면에서부터 핵에 이르기까지 머금어져 있는 인류의 나머지 눈물들에 대해서는 난 전혀 말하지 않아. 일부러 주제를 좁힌 거야. 난 애송이로서 왜 모든 것이 그렇게 되어 있는지 전혀 이해할 수가 없는 나 자신의 무력함을 그대로 다 인정해. 사람들 스스로가 잘못한 거라는 결론이 나잖아. 사람들에게 낙원이 주어졌는데 사람들은 자유를 원했기 때문에 하늘로부터 불을 훔쳤어.[116] 자기들이 불행해질 거라는 걸 알면서도. 그러니까 사람들을 불쌍해할 필요가 없는 거야. 아, 나의 이 별것 아닌 지성, 이 땅의 유클리드적인 나의 지성에 따라 내가 오로지 알고 있는 건 고통이 존재한다는 것, 그런데 잘못한 자는 없다는 것, 언제나 그 어떤 것은 다른 것으로부터 직접적으로, 단순하게 비롯되며, 모든 것은 흘러서 평평하게 되려고 한다는 거야. 하지만 이건 다 유클리드의 헛소리야. 난 그걸 안단 말이야. 내가 그런 법칙에 따라 사는 데에 동의할 수야 없잖아! 잘못한 자가 없다는 것, 그리고 그 점을 내가 알고 있다는 것이 나한테 뭐가 중요하다는 거야? 나한테는 보상이 필요해. 안 그러면 내가 나 자신을 없애버리고 말걸. 그리고 보상도 그 어디에선가, 그 언젠가 머나먼 영원 속에서나 가능할 보상 말고, 이 자리에서, 이 땅에서 필요해. 내가 내 눈으로 직접 그걸 보게 말이야. 내가 믿었으니 내가 직접 봐야겠어. 그걸 봐야 하는 시간에 내가 이미 죽었다면 너무 억울하잖아. 내가 고통을 겪은 것은 내 자신을, 나의 악행과 고난을 희생하여 누군가가 미래에 조화를 얻는 데 밑거름이 되어주려는 게 아니잖아. 나는 내 눈으로 보고 싶다고. 사슴이 사자 옆에 눕는 것을.[117] 칼로 찔려 죽은 사람이 일어나서 자기를 죽인 자와 포용하는 것을. 이런 것에 대한 바람이 바로 이 땅의 모든 종교의 근원인 거야. 그렇지만 아이들은 어떡하란 말이야? 아이들은 어떡해야 하는 거지? 이건 내가 해결할 수 없는 문제야. 백 번은 반복하는데, 문제는 많이 있지만 그중에서 나는 어린아이들 문제만을 거론하는 거라고. 왜냐하면 어린아이들 문제에 있어서는 내가 무슨 말을 해야 되는지가 너무나도 분명하거든. 사실, 있잖아, 사람들이 고통을 겪는 것이 다 자신의 고통의 대가로 영원한 조화를 얻기 위한 것이라고 해도, 그러면 여기서 아이들도 마찬가지냐 이거지. 어떻게 생각해? 아이들은 왜 고통을 당해야 하는지 전혀 이해가 가지 않아. 아이들이 뭐 하러 고통으로써 조화의 대가를 지불해야 하느냐 말이야. 무슨 이유로 아이들마저 누군가로 하여금 미래에 조화를 얻게 하기 위한 재료로, 거름으로 들어가느냐 말이야. 죄를 짓는 사람들끼리의 단합은 이해가 가. 보상을 얻으려는 노력 속에서의 단합도 이해가 가. 하지만 그런 단합을 어린아이들과 더불어 할 건 아니잖아? 그리고 만약에 실지로 아이들이 어른들의 모든 악행 속에서 어른들과 더불어 단합을 이룬다면, 과연 그렇다면 그거야말로 이 세상의 것이 아니며, 내가 이해할 만한 것이 못 된다는 말이야. 농담을 좋아하는 어떤 이는 아마 이렇게 말하겠지. 어차피 아이들도 자라서 죄를 짓게 될 건데 뭘 그러느냐고. 하지만 그 아이는 자라지 못했잖아. 만 여덟 살밖에 안 됐는데 개들한테 물려 죽게 했으니 말이야. 야, 알렉세이야, 나 신을 모독하는 거 아니다! 나는 그날에 천지의 진동이 얼마나 클지를 이해한다는 말이야. 하늘 위와 땅 밑의 모든 것이 한목소리로 찬미하며, 모든 살아 있는 것과 살아 있던 것이, '주여, 당신의 길이 나타났으매, 당신은 의로

우십니다!**118** 하고 외치는 그날에 말이야. 소년의 모친이 자기 아들을 개들을 시켜 갈기갈기 찢어놓은 자와 눈물을 흘리며 얼싸안고서 세 사람이 모두 '주여, 당신은 의로우십니다!' 하고 외치는 그날에야말로 깨달음의 면류관을 얻을 것이요, 모든 것이 명확해지겠지. 하지만 바로 여기서 잠시 멈춰야 해. 바로 이걸 내가 받아들일 수가 없기 때문에. 그리고 내가 땅에 있는 동안에는 스스로 조치를 취하는 것이 필요해. 알렉세이야, 그렇지 않냐? 내가 만약 정말로 그 순간까지 살거나 혹은 부활을 해서 그 아이를 보게 된다면, 자기 자식을 고통스럽게 죽게 한 자와 부둥켜안은 아이의 모친을 모든 사람들과 더불어 보면서 아마 나 스스로가 '주여, 당신은 의로우십니다!' 하고 외칠 수도 있겠지. 하지만 그래도 그렇게 외치고 싶지 않아. 아직 시간이 있을 때, 내 자신을 어서 보호해야 될 거 같아서, 난 지고의 조화를 완연히 거부해. 그 조화는 고통을 당한 그 아이 한 사람의 눈물 한 방울만큼의 가치도 없어. 자신의 가슴을 조그만 주먹으로 치면서 악취 나는 비좁은 공간에서 자신의 속죄받지 못한 그 눈물로 자기만의 신에게 기도하던 그 아이 말이야. 그 아이의 눈물이 보상받지 못한 채 남았기 때문에 조화가 그 눈물만큼의 가치도 없는 거야. 그 눈물은 보상되어야만 해. 그렇지 않으면 조화도 있을 수 없어. 하지만 무엇으로써, 무엇으로써 그 눈물을 보상한단 말이야? 그게 과연 가능할까? 그 눈물의 대가로 복수가 이루어진다고 해서 보상될까? 그런데 그 눈물의 대가로 이루어지는 복수가 나한테 왜 필요해? 고통을 가하는 자들을 위한 지옥이 뭐가 필요해? 피해자는 벌써 고통을 당했는데 여기서 지옥이 어떻게 상황을 바꿔놓을 수가 있느냐말이야. 그리고 지옥이 있다면 또 조화가 어떻게 있을 수 있냐고. 난 용서하고 싶고 얼싸안고 싶지, 더 이상 누군가가 고통당하는 상황이 싫어. 그리고 만약 아이들의 고통이 진실을 사기 위해 필요했던 고통의 양을 채우는 데에 쓰였다면, 내가 미리 말하는데, 아무리 진실이 귀중해도 그 값에는 미치지 못한다. 결국 나는 모친이 자기 아들을 개들을 시켜 찢어 죽인 자와 얼싸안는 것을 원치 않아. 모친은 절대 그자를 용서해선 안돼! 물론, 원한다면, 자기가 겪은 고통에 대해서는 그자를 용서할 수도 있어. 자기가 모친으로서 겪은 측량할 수 없는 고통에 대해서는 그자를 용서할 수도 있어. 그러나 찢겨 죽은 아이의 고통에 대해서 그자를 용서할 권리는 모친에게는 없어. 심지어 아이가 자신의 고통에 대해 그자를 용서했더라도 모친은 그자를 용서해선 안 돼! 그런데 만약 그렇다면, 그들이 그자를 용서할 수 없다면, 조화는 없는 거야. 이 세상 전체를 찾아본들 용서할 수 있는 존재, 용서할 권리를 지닌 존재가 있을까? 난 조화를 원치 않아. 인류에 대한 사랑 때문에 조화를 원치 않아. 차라리 나는 보복이 이루어지지 않은 고통과 함께 남겠어.

내가 보복이 이루어지지 않은 나의 고통과 함께 남고 나의 해결되지 않은 분노와 함께 남는 게 나아. 비록 내가 틀린 생각과 틀린 입장을 가졌었더라도 말이야. 사람들이 조화의 가치를 너무 높게 평가했어. 조화 속으로 입장하기 위해 그만한 대가를 치러야 한다는 건 우리에게 역부족이야. 그래서 나는 조화 속으로 들어가기 위한 입장권을 어서 도로 무를래. 그리고 내가 정직한 사람이라면 입장권을 되도록 빨리 반환해야 돼. 지금 나는 바로 그렇게 하겠다는 거야. 알렉세이야, 나는 신을 받아들이지 않는 게 아니야. 단지 신에게 입장권을 공손히 반환한다는 거야.[119]"

"그건 반란이야" 하고 알렉세이가 조용히, 멍해진 듯한 태도로 말했다.

"반란? 너한테서 그런 단어를 듣고 싶지는 않았는데" 하고 이반이 진심 어린 태도로 말하고선 이렇게 말을 이었다. "반란을 해서라도 살아야지. 난 살고 싶으니까. 네가 한번 솔직히 말해봐. 내가 부탁하니까 말을 해봐. 네가 인간의 운명이라는 건물을 세운다고 상상해봐. 마지막에 가서 사람들을 행복하게 해주기 위해서. 사람들에게 종국적으로 평화와 안정을 주기 위해서. 하지만 그렇게 하기 위해서는 오직 한 사람의 작은 영혼에게 고통을 줘야 하고, 그건 피할 수 없고 우회할 수도 없는 거라 이거야. 그 작은 영혼이란 바로 주먹으로 자기 가슴을 때리던 그 아이야. 그 아이의 보상받지 못한 눈물 위에다 바로 그 건물을 지어야 하는 거야. 그때 너 같으면 그런 조건으로 건축을 하겠다고 나서겠니? 말해봐. 거짓말은 하지 말고."

"아니, 나 그거 안 한다고 할 거야" 하고 알렉세이가 조용히 말했다.

"넌 네가 건물을 지어주는 사람들이, 고통받는 어린아이의 억울한 피 위에다 자신의 행복을 건설하면 영원히 행복할 수 있다는 데에 동의할 거라고 생각하니?"

"아니, 그렇게 생각하지 않아" 알렉세이가 그렇게 말하고는 갑자기 눈을 번뜩이며 이렇게 말했다. "형, 좀 전에 형이 그랬잖아. '이 세상 전체를 찾아본들 용서할 수 있고 용서할 권리를 지니는 존재가 있을까?'라고. 근데 그런 존재가 있어. 그 존재는 모든 것을 용서할 수 있어. 모든 이들에게 용서를 주고 모든 죄에 대해 용서를 줄 수 있어. 왜냐하면 그 존재가 스스로 죄 없이 자기 피를 흘렸으니까. 모든 이들을 위하여, 그들의 모든 죄를 위하여. 형은 그분을 잊었어. 하지만 건물이 지어지는 것은 바로 그분의 위에 지어지는 거야. 그리고 바로 그분께 '주여, 당신의 길이 나타났으매, 당신은 의로우십니다!' 하고들 외칠 거야."

"아, 그 '유일한 죄 없는 자'와 그의 피 얘기하는 거야? 내가 잊긴 뭘? 나 안 잊었어. 반대로 나는 계속 신기했어. 네가 왜 그 얘기를 하지 않나 하고. 논쟁을 할 때 성직자들은 항상 그 얘기를 먼저 하는데 말이야. 알렉세이야, 네가 웃지 말길 바라는데. 내가 서사 문학 작품을 썼어. 1년쯤 전에. 네가 나에게 10분 정도를 더 소비할 수 있다면 내가 너한테 들려줄 텐데."

"형이 서사 문학 작품을 썼어?"

"아니야, 안 썼어" 하며 이반이 웃고는 말했다. "난 평생 시두 줄도 쓴 적 없어. 하지만 이 서사 문학 작품은 내가 생각해낸 거고, 그걸 기억 속에 담아둔 거야. 열정에 충만해서 이 서사 문학 작품을 생각해낸 거야. 네가 나의 첫 독자, 아니 첫 청자가 될 거다. 지은이로서는 한 사람의 청자라도 잃어버리고 싶지 않은 법이야." 그러면서 이반은 픽 웃었다. "어때? 읊어줄까, 말까?"

"정말 듣고 싶어" 하고 알렉세이가 말했다.

"내 서사 문학 작품의 제목은 '대심문관'이야. 졸작이지만 너한테 들려주고 싶네."

V

대심문관

"여기서 서론 없이는 불가능해. 그러니까, 머리말이라고 해야겠지, 치!" 하면서 이반이 웃고는 말을 계속했다. "나 참, 내가 무슨 작가라고! 자, 시간적 배경은 16세기야. 당시에는, 하긴 물론 학교에서 다 배우니까 너도 알겠지만, 마침 그 당시에는 천상의 능력을 시 작품의 옷을 입혀서 땅으로 끌어내리는 풍습이 있었어. 굳이 단테의 이름은 거론 안 해도 되겠지. 프랑스에서는 재판장 성직자가, 또한 수도원의 수도사들이 거의 공연을 하다시피 했어. 무대에 성모와 천사들, 성인들, 그리스도를 내보내고 신마저 내보냈어. 당시 이 모든 것이 아주 순박했어. 빅토르 위고의 작품 'Notre Dame de Paris'*에서는, 루이 11세 때[120] 프랑스 왕세자가 태어난 것을 기리는 의미에서[121] 파리시 자치 기관 홀에서 'Le bon jugement de la très sainte et gracieuse Vierge Marie'**라는 교훈적인 무료 공연이 백성들에게 상연되는 장면이 나오는데, 여기에서 성모가 친히 나타나 자신의 bon jugement***를 내리지.[122] 표트르 대제 이전 시대의 우리 나라 모스크바에서는 그것과 거의 마찬가지의 연극 공연이 있었어. 특히 구약 성서에 나오는 소재가 사용되었고, 시대적으로 오래 존속되었어. 그런데 연극 공연뿐만 아니라

---

* 파리 성모 성당. (프랑스어)

** 거룩하고 인자하신 성모 마리아의 자비로운 재판. (프랑스어)

*** 자비로운 재판. (프랑스어)

당시에 전 세계에 걸쳐서 소설들과 시들 역시 많이 회자되었어.[123] 필요한 경우 성인들, 천사들, 천군들이 나오는 것들 말이야. 우리 나라 수도원들에서도 그런 서사 문학 작품들을 번역하고 베끼는 일이 이루어졌고, 또 그런 서사 문학 작품들을 짓기도 했어. 그것도 언제였는지 알아? 타타르족 지배기에. 예를 들어 수도원 서사 문학 작품이 하나 있는데(물론 희랍어 번역이야)[124], 『고통의 길을 다니는 성모』라는 건데, 그림도 있고, 대담하기가 단테 작품들 못지않아. 성모가 지옥을 방문하고, 미가엘 천사가 '고통의 길을 따라' 성모를 인도하지. 성모는 죄인들과 그들이 겪는 고통을 목격하게 돼. 참, 그런데 그 작품에 아주 재미있는, 불못 속 죄인들이라는 죄인의 범주가 등장해. 그들 중 몇몇은 불의 연못 속으로 깊이 잠겨서 이미 더 이상 표면으로 올라올 수 없고, '신은 그런 죄인들을 잊어버려.' 방금 이 표현의 깊이와 세기가 대단하지 않냐? 아무튼 이제 성모가 놀라서 울면서 신의 보좌 앞에 엎드려, 지옥에 있는 모두를 용서해달라고 빌어. 성모가 거기서 보았던 모든 사람들을 구별 없이 다 용서해달라고. 성모와 신의 대화가 무지무지 재미있어. 성모는 물러나지 않으면서 계속 빌어. 그리고 성모의 아들의 손과 발이 못으로 관통당한 것을 신이 성모에게 말하면서, '내가 그에게 고통을 준 자들을 어떻게 용서하오?' 하고 묻자 성모는 모든 성인들, 모든 수난자들, 모든 천사들과 수천사들에

게 자기와 함께 엎드려서 모든 사람을 다 용서해달라고 빌도
록 명령해. 끝내 어떻게 되나 하면, 성모가 신에게 부탁해서 결
국 얻어낸 게 있는데, 매년 성금요일부터 성령강림제의 제1일
까지 고통을 멈추게 하는 거야. 그러자 당장 지옥으로부터 죄
인들이 주께 감사를 표하면서, '주여, 그렇게 판단을 내리셨으
니 당신은 의로우십니다' 하고 외치는 거야. 내 서사 문학 작품
역시 당시에 나왔더라면 이와 마찬가지의 내용이었을 거야.
내 서사 문학 작품에서는 무대에 그분이 등장해. 하긴 그분은
서사 문학 작품 내에서 아무 말씀도 없고, 그냥 나타났다가 가
시는 거야. 당신의 나라 가운데 오시리라는 약속을 하신 지 이
미 15세기가 지났어. 그분의 예언자가 '내가 속히 오리니'[125] 하
고 기록한 다음 15세기가 지난 거야. 그분이 아직 땅에 계실 때
말씀하신 것처럼, '그날과 그때는 아들도 모르고 하늘에 계신
아버지만 아시느니라.'[126] 그러나 인류는 전과 마찬가지의 믿
음을 가지고, 전과 마찬가지의 감동을 가지고 그분을 기다리
고 있어. 아, 믿음이 오히려 더 큰 믿음이 된 거야, 하늘로부터
인간에게 내려오던 증표가 끊긴 지 이미 15세기가 지났는데도
믿고 있으니 말이야.

  마음이 말하는 것을 믿어라,
  하늘로부터의 증표는 없으니.[127]

오로지 마음에서 나오는 말에 대한 믿음인 거지! 하긴 당시엔 기적이 많기도 했지. 기적적으로 병을 고치던 성인들이 있었어. 어떤 성인들의 전기에 따르면, 그들에게 하늘의 여왕이 직접 내려왔어. 하지만 악마는 졸고 있지 않았지. 그래서 인류 속에서 이 기적이 진짜인지에 대한 의심이 싹트게 됐어. 바로 그때 북쪽에서, 독일에서, 무서운 새 이교가 나타난 거야.[128] '횃불과도 같이 타는' 큰 별(즉 교회)이 '물샘에 떨어져 그 물이 쓴 물이 되었어.'[129] 이 이교는 신을 모독하는 식으로 기적을 부정하기 시작했어. 하지만 충성스러운 신자들로 남은 자들은 더욱 열렬히 믿어. 인류의 눈물이 전처럼 그분께 도달하며, 전처럼 그분을 열망해. 인류가 믿음과 열정을 가지고 애원해온 게 벌써 몇 세기 동안인지! '주 하느님이시여, 우리에게 오소서.'[130] 하면서 오랜 세월 동안 그분을 부르므로 그분이 측량할 수 없는 연민을 발하시어 기도하는 이들에게 내려오시려고 하셨어. 그전에도 내려오셔서 그분은 이 땅에서 몇몇 의인들과 수난자들, 거룩한 은자들을 찾아오셨었어. 그들의 '성자전'을 읽어보면 그렇게 나와 있어. 우리 나라 사람들 가운데에서는 츄체프가, 자기 말의 정당성을 깊이 신뢰하던 그가, 이렇게 전한 바 있어.

종의 모습으로 하늘의 왕께서[131]

방방곡곡, 우리가 사는 땅
십자가 무게에 가쁜 숨 쉬면서
다니시며 축복하셨도다.

이건 실제로 그랬던 거야. 내 입으로 그렇게 말할 수 있어. 바로 그분께서 사람들 앞에 일순간이나마 나타나려고 하셨어. 고통당하며 괴로워하고 있는, 죄에 찌들어 냄새 나는, 하지만 어린애처럼 그분을 사랑하는 사람들 앞에 말이야. 내 서사 문학 작품의 배경은 가장 무서운 종교 재판 시대의 스페인[132] 세비야야. 신의 영광을 위하여 나라 안에 매일 장작불이 타올랐고

장엄한 화형식에서
악질 이교도들을 불태웠어.[133]

아, 물론 그게 그분께서 시대 말에 모든 하늘의 영광 중에 '번개가 동편에서 나서 서편까지 번쩍임같이'[134] 갑자기 오시리라 약속하신 대로 스스로 내려와 나타나시는, 그건 물론 아니야. 그게 아니라, 그분이 단 일순간이나마 자신의 자녀들을 찾아오려 하신 거야. 바로 거기로, 이교도들을 화형에 처하기 위해 불붙인 장작이 빠지직 소리를 내기 시작한 바로 거기로 말이야. 자신의 측량할 길 없는 자비에 따라 그분께서 15세기 전

에 3년 동안 사람들 가운데에서 행하시던 바로 그 인간의 모습으로 사람들 가운데서 다시 한번 다니시는 거야. 그분이 이 남쪽 도시의 '푹푹 찌는 거리 위로' 내려오셔. 이 도시에서 마침 그 바로 전날, 국왕, 왕족들, 기사들, 추기경들, 아름다운 궁정 부인들, 수많은 세비야 시민들이 모인 가운데 열린 '장엄한 화형식'을 통해 대심문관인 추기경에 의해 ad majorem gloriam Dei*[135] 한꺼번에 이교도들 거의 백 명이 화형당했어. 그분은 조용히, 눈에 안 띄게 나타나셨는데도, 이상하게도 모든 사람들이 그분을 알아보는 거야. 이 대목이 이 서사 문학 작품에서 아주 잘된 부분들 중 하나야. 사람들이 그분을 알아보는 대목 말이야. 사람들이 엄청난 기세로 그분께 밀려와 그분을 둘러싸 원을 만들고, 그 원은 점점 두꺼워져. 그리고 그분이 가시는 곳마다 따라다녀. 그분은 무한한 연민이 비치는 조용한 미소를 띠고 말없이 사람들 사이를 다니셔. 사랑의 태양이 그분의 마음속에서 타오르며, 빛과 교화의 기운과 능력이 그분의 눈에서 흘러나와 사람들에게 끼쳐지고, 사람들이 사랑으로 보답하고픈 마음으로 술렁여. 그분이 사람들에게 양팔을 뻗어 그들을 축복하셔. 그분의 몸에 접촉하면, 심지어 그분의 옷에만 몸이 닿아도, 치료의 힘이 발산돼. 군중 가운데서 어려서부터

---

* 보다 큰 주의 영광을 위해. (라틴어)

맹인이었던 노인이 '주여, 저를 고쳐주소서. 그러면 주를 보겠나이다' 하고 소리쳐. 그러자 마치 노인의 눈에서 비늘 같은 것이 벗겨져 나와, 맹인이었던 그가 그분을 보게 돼. 사람들이 감동의 눈물을 흘리면서, 그분이 지나가신 땅에 입을 맞춰. 아이들이 그분 앞에 꽃을 던지면서 노래하며 그분께 '호산나!' 하고 소리쳐, 모든 이들이 끊임없이, '이분이 바로 그분이야. 그분일수밖에 없어' 하고 외쳐. 그분이 세비야 성당 입구에서 발걸음을 멈추셔. 이는 바로 사람들이 뚜껑이 아직 닫히지 않은 어린이의 관을 성당 안으로 울면서 들고 들어가던 순간이었어. 관안에는 한 지위 높은 시민의 외동딸이었던 만 일곱 살 된 여자아이가 누워 있어. 죽은 아이는 온통 꽃에 둘러싸여 있어. 울고있는 모친을 향해 군중 가운데서, '이분께서 당신의 아이를 부활시켜주실 거요' 하는 외침이 들려. 관을 맞아들이러 나온 성당의 신부가 보면서 어떻게 할지 몰라 눈살을 찌푸려. 그때 죽은 아이의 모친이 외치는 소리가 들려. 모친은 그분의 발 앞에 엎드리면서, '당신이 정말 주님이시라면 제 아이를 부활시켜주십시오!' 하고, 그분 앞에 양팔을 벌리면서 외쳐. 군중의 행렬이 걸음을 멈추고 관을 성당 입구에, 그분의 발 앞에 내려놓아. 그분이 연민의 눈길로 보시고, 그분의 입이 가만히 열리더니 다시 이렇게 말씀하시는 거야. '달리다굼', 즉, '소녀야, 일어나라.'[136] 소녀가 관 속에서 일어나 앉아 눈을 뜨고 주위를 두

리번거리며 놀라며 미소를 지어. 관 속에 누워 있을 때 쥐어져 있던 흰 장미 다발을 양손에 들고 있어. 사람들 가운데 당혹의 분위기가 일고 비명과 흐느낌이 들려. 그런데 바로 이때 문득 광장을 거쳐 성당 앞으로 추기경이 지나가. 대심문관이라는 바로 그 사람이 말이야. 이 사람은 나이가 90이고, 거의 노인이야. 키가 크고 꼿꼿한 몸에, 얼굴은 바싹 말랐고 눈두덩이 푹 꺼졌지만 눈에서 아직 불꽃같은 광채가 나. 그 사람은 어제 로마 교회의 적들을 불태우던 때 사람들 앞에서 뽐내던 장중한 추기경의 복장을 하고 있지 않고, 그때 그는 낡고 거친 수도사 복장을 하고 있어. 그의 뒤로 어느 정도 거리를 두고 보좌역들과 추기경의 종들과 '거룩한' 호위대가 어두운 표정으로 따라가고 있어. 추기경이 군중 앞에서 걸음을 멈추고 멀리서 쳐다봐. 그는 다 봤어. 관을 그분 발 앞에 내려놓던 것도 봤고, 소녀가 다시 살아난 것도 봤어. 그의 표정이 음침해지고, 희고 숱이 많은 눈썹을 찌푸리는 그의 눈에서 불길한 불꽃이 일어. 그가 손가락을 펴서 호위병들에게 그분을 잡으라고 명령해. 그러자, 그의 권력이 보통이 아니었고 사람들도 그에게 늘 순종하는 데에 익숙해져 있어 그를 무서워하며 말을 잘 들었기 때문에, 군중이 호위병들에게 당장 길을 비켜주고, 호위병들은 별안간 도래한 싸늘한 정적 속에서 그분에게 손을 대어 잡아서 끌고 가. 군중이 마치 한 사람이 행동하는 양 한 순간에 일

률적으로 심문관 앞에 머리를 땅까지 떨어뜨려 절하고, 심문관은 말없이 사람들을 축복하고 나서 계속 자기 갈 길을 가. 호위대가 그분을 비좁고 음침한 감옥으로 데리고 가. 이는 천장이 돔형으로 된, 거룩한 재판소가 위치한 옛 건물 속 감옥이야. 거기에다 그분을 가둬. 낮이 지나고, 뜨겁고 '숨이 끊어질 듯한' 세비야의 캄캄한 밤이 찾아와. 공기에서 '월계수 냄새와 레몬 냄새가 나'.[137] 깊은 어둠 가운데 갑자기 감옥의 철문이 열리고 대심문관 노인이 친히 등불을 손에 들고 천천히 혼자 감옥으로 들어와. 그가 들어오자 곧 문이 도로 잠겨. 그는 들어오고 나서 오랫동안, 1분 혹은 2분 동안 그분의 얼굴을 들여다봐. 그러다 결국 조용히 다가와 등불을 상에 놓고 그분에게 말을 걸어. '당신이 바로 그요? 당신이요?' 그러나 대답을 얻지 못하자 금방 자기 말에다 이렇게 덧붙여. '아, 대답하지 마시오. 가만히 계시오. 사실 당신이 무슨 말을 할 수 있겠소? 당신이 무슨 말을 할지 너무나도 잘 알고 있소. 게다가 당신은 전에 이미 했던 말씀에 아무것도 첨가할 권리조차 갖지 못하오. 왜 오셔서 우리를 방해하시는 거요? 우리를 방해하러 오셨다는 걸 당신 스스로가 알고 계시잖소? 하지만 내일 무슨 일이 있을지 아시오? 난 당신이 누군지 모르고, 알고 싶지도 않소. 당신이 바로 그인지, 아니면 그와 비슷한 자일 뿐인지. 어쨌든 내일 나는 당신에게 유죄 판결을 내려 화형에 처하겠소. 이교도 중의 가장 악질인 자로 말이오. 그러면 오늘 당신의 발에 입을 맞춘 바로 그 사람들이 내일은 나의 손짓 하나로 당신이 묶인 화형대 밑에 탄을 갖다 넣을 거요. 그걸 알고 있소? 그렇겠지. 당신은 아마 그걸 알겠지.' 그가, 잡혀 온 그분에게서 일순간도 눈을 떼지 않고, 신중한 상념에 잠겨 그렇게 덧붙였어."

"이반 형, 잘 이해가 안 가. 지금 이게 뭐야? 노인이 그냥 거침없는 상상의 날개를 펴서 환상이 보인 거야? 아니면 노인의 어떤 실수인 거야? 그 어떤, 그럴 리가 없는 qui pro quo*인 거야?" 하고, 계속 말없이 듣기만 하던 알렉세이가 미소를 띠며 물었다.

"맨 마지막 것만이라도 받아들여봐" 하면서 이반이 껄껄 웃고는 계속 말했다. "우리 시대의 사실주의가 그토록 너를 물들여서 환상적인 것은 아무것도 먹혀들지 않는다면, 그래서 qui pro quo라고 하고 싶다면, 그래, 네 맘대로 생각해도 돼. 그래, 그거 맞아."

이반이 또다시 껄껄 웃고는 계속 말했다.

"노인은 아흔을 넘긴 나이라서, 이미 오래전에 자기 생각에 휩싸여 제정신이 아니었을 수 있어. 잡혀 오신 그분이 자신의 모습으로 그를 주눅 들게 했을 수도 있고. 그냥 그의 말이 헛소

---

* 있어야 할 것 대신에 다른 것이 있는 것, 즉 헷갈림, 오해. (라틴어)

리였을 수도 있고, 아흔 먹은 노인이 죽음이 임박했으므로 헛것이 보였을 수도 있고 말이야. 게다가 전날 이교도들 백 명을 화형에 처한 뒤라 흥분이 아직 안 가셨을 수도 있지. 하지만 너랑 나한테 있어서 qui pro quo이든 거침없는 상상의 날개를 편 것이든 무슨 상관이야? 노인으로서 중요한 건 말을 해야 한다는 거야. 아흔 해를 살고 결국에 가서 자기가 아흔 해 동안 침묵하고 있던 것을 입 밖에 내게 된 게 중요하다 이거야."

"그런데 잡혀 오신 그분도 침묵하셔? 노인을 보면서 아무 말씀도 안 하셔?"

"그래야만 되게 돼 있어. 어떠한 경우에도 말이야" 하면서 이반이 다시금 웃었다. "노인 스스로가 그분이 전에 말씀하신 것에다 아무것도 더할 권리가 없다고 그랬거든. 어쩌면 로마 가톨릭교의 가장 기본적인 특징이 바로 이 점에 있다고도 할 수 있어. 적어도 내 의견으로는 말이야. '모든 것이 당신에 의해 교황에게 전수되었으며, 그러므로 이제는 교황에게 모든 것이 있습니다. 그러니 당신은 이제 절대 오시지 말든지, 아니면 적어도 일정 시간까지 방해하지 마십시오'라는 거지. 그들은, 적어도 예수회 교단 사람들은, 그렇게 말만 하는 게 아니라 글로 쓰기도 해. 그쪽 신학자들의 책에서 내가 직접 읽었어. '당신이 떠나 온 저쪽 세상의 비밀 중 하나라도 우리에게 알려 줄 권리를 갖고 있으시오?' 하고 내 서사 문학 작품의 노인이 그분에게 묻고는 그분을 대신하여 자기 스스로 대답을 해. '아니요, 갖고 있지 못하오. 전에 말해진 것에 아무것도 더하지 못하도록 말이오. 당신이 이 땅에 있을 때 그리도 수호하려 하던 사람들의 자유를 사람들에게서 빼앗지 못하도록 말이오. 당신이 새로 말하는 모든 것은 사람들의 신앙의 자유를 침해할 것이오. 왜냐하면 그것은 하나의 기적이 될 테니까. 하지만 바로 사람들의 신앙이 당신에게 가장 소중한 것이었으니까 말이오. 1500년 전부터 그랬으니까. 그때 바로 당신이 자주 그랬지 않소? '내가 너희를 자유롭게 하리라'[138]라고. 그래서 이제 당신이 이 '자유로운' 사람들을 보지 않았소?' 하고 노인이 문득 진지해 보이는 조소를 띠고 덧붙였어. 그리고는 그분을 엄한 표정으로 쳐다보면서 이렇게 계속했어. '그렇소. 그렇게 만드는 게 쉬운 일이 아니었지. 하지만 결국은 당신을 위하여 그 일을 해냈소. 15세기 동안 우리는 이 자유 때문에 힘들었소. 하지만 이젠 다 됐소. 확실히 다 됐소. 확실히 다 됐다는 걸 안 믿으시오? 당신은 나를 겸손한 눈길로 쳐다보고, 노하지도 않으시오? 어쨌든 이건 알아야 하오. 이제는, 바로 지금은 이 사람들이 전의 어느 때보다도 더 확신하고 있소. 자기들이 완전히 자유롭다는 것을. 그러면서 사실은 자기들이 스스로 우리에게 자기 자유를 갖다 바쳤소. 우리의 발 앞에 순순히 갖다 놓았소. 하지만 그건 우리가 그렇게 만든 거요. 당신이 주려 하던 자유가 바로 그런 것이오?'"

"또 이해가 안 가는데" 하고 알렉세이가 이반의 말을 끊었다. "지금 그 사람이 놀리는 거야? 비웃는 거야?"

"절대 아니야. 결국 자기들이 자유와 싸워서 이겼으며, 그건 사람들을 행복하게 만들기 위해서라고, 그리고 거기에 자기와 자기가 속한 무리의 공로가 있다고 말하는 거야. 그가 그분한테 이러는 거야. '이제야 비로소(그러니까 그는 당연히 종교 재판에 대한 이야기를 하는 거지) 사람들의 행복에 대해 생각하는 것이 가능해졌소. 인간은 반항하는 자로 만들어져 있소. 반항하는 자들이 과연 행복할 수 있겠소? 당신에게 미리 말해지지 않았소? 당신은 어떤 말을 미리 들을 필요도 없었고 지시 받을 필요도 없었지만, 어쨌든 당신은 미리 말해졌는데도 그 말을 듣지 않았소. 당신은 사람들을 행복하게 할 수 있는 유일한 길을 거부한 것이오. 하지만 다행히도, 떠나면서 당신은 그다음 일을 우리한테 맡겼소. 당신은 우리가 매고 풀 권리를 갖게 되리라고 스스로의 말로 약속했고, 그럴 권리를 우리에게 주었고, 또 물론 이제 그 권리를 우리에게서 빼앗을 생각은 하지도 못하오. 그런데 왜 와서 우리를 방해하는 것이오?'"

"근데 그 어떤 말을 미리 들을 필요도 없었고 지시를 받을 필요도 없었다는 게 무슨 뜻이야?" 하고 알렉세이가 물었다.

"바로 거기에 노인이 말하고 싶은 점의 핵심이 있는 거야. 노인이 이렇게 말해. '무섭고 영리한 영, 자멸과 무의 영, 그 위대한 영이 당신과 대화하지 않았소, 광야에서? 책을 통해서 우리가 전달받은 바에 따르면 당신을 '시험'했다고 하던데.[139] 실로 그랬소? 그리고 세 가지 문제를 들어 당신에게 한 말이 있는데, 그보다 더 진실한 것을 과연 말할 수가 있었겠소? 당신이 거부한 그것, 책에는 '시험'이라 기록된 그것 말이오. 만약 이 땅에 더할 나위 없이 진정하고 엄청난 기적이 언젠가 있었다면, 그건 바로 그날이오. 바로 세 가지 시험이 있던 날 말이오. 바로 이 세 가지 문제의 출현에 기적의 본질이 있는 거요. 만약 그 무서운 영이 거론한 세 가지 문제가 책에서 흔적도 없이 상실돼버렸기 때문에 그것을 복원해야 한다고, 책에 다시 기입하기 위해 다시 머리를 잘 짜서 고안해내야 한다고 한번 실험적으로 생각을 해보는 게 가능하다면, 그리고 그렇게 하기 위해서 통치자들, 사제장들, 학자들, 철학가들, 시인들 등 이 땅의 모든 현인들을 불러 모아, 그들에게 '머리를 짜서 문제 세 개를 만드시오. 단, 사건의 규모에 부응해야 될 뿐 아니라, 세 단어로, 인간의 언어 세 마디로 세상과 인류의 미래 역사를 표현할 만한 문제이어야만 하오'라고 과제를 준다면, 당신은 어떻게 생각하오? 이 땅의 모든 지혜가 동원되어 연합을 이룬다고 해서, 그때 강력하고 영리한 영에 의해 광야에서 실제로 당신에게 제의되었던 세 가지 문제와 능력과 깊이에 맞먹을 만한 무언가가 고안돼 나올 수 있을 것 같으오? 그 문제만 가지고 판단해보아도, 그 문제들이 나타난 기적만 가지고 판단해보아도, 이건 인간의 일반적인 지혜가 아니라 영원하고 절대적인 지혜라는 게 이해가 가지 않소? 왜냐하면 세 가지 문제들 속에는 이후의 인류 역사 전체가 하나로 통합되어 예언되어 있으며, 또 이 땅에서 인간 본성의 해결할 수 없는 모든 역사적 모순들이 집결된 세 가지 모습이 거기에 나타나 있기 때문이오. 당시에는 그 사실이 그리 드러날 리 없었지. 아직 미래를 몰랐으니까. 하지만 지금은, 15세기가 지난 이후니까, 모든 것이 바로 이 세 가지 문제 속에서 올바로 예언되었고 올바로 증명되었기 때문에, 더 이상 무엇을 더할 수도 없고 무엇을 뺄 수도 없다는 것을 우리는 알고 있소.

스스로 생각해보시오, 누가 옳았는지. 당신이요, 아니면 그때 당신에게 그 문제들을 제기한 자요? 첫 번째 문제를 기억해보시오. 문자 그대로는 안 될지언정 내용은 이거이지 않소? '네가 세상으로 가길 원해서 가는데, 빈손으로 가는구나. 자유에 대한 약속만 가지고서. 하지만 사람들은 원래 단순하여 복잡한 건 모르기 때문에 그 약속을 제대로 이해할 수 없으며, 오히려 꺼린다. 왜냐하면 자유란 인간과 인류 사회가 도저히 받아들이지 못할 만한 것이기 때문이다. 그런데 헐벗고 뜨거운 이 광야에 있는 이 돌들을 보아라. 이 돌들을 떡이 되게 해봐라.

그러면 인류가 너를 좇을 것이다. 감사하며 순종하는 무리가 되어서 말이다. 물론 네가 손을 거두면 자기들 먹을 양식이 없어질까 봐 벌벌 떨면서. 그런데 당신은 인간에게서 자유를 빼앗기를 원치 않았기에 그 제안을 거절했소. 왜냐하면 당신은 이렇게 생각했기 때문이오. '순종이 떡의 대가로 나온 거라면, 그게 어디 자유냐?' 당신은 인간이 떡으로만 사는 게 아니라고 하면서 반대했지만, 사실은 세상의 영이 바로 이 땅의 떡의 이름을 내걸고 당신에게 대항하며, 당신과 싸우며, 당신을 이기며, '이 짐승과 같은 자가 우리에게 하늘로부터 불을 주었다'[140] 고 외치면서 떡이 있는 곳으로 몰려갈 것이오. 세월이 흘러 인류가 자신의 입에 지혜와 학문을 담아, 범법이란 없다고, 그러므로 죄도 없으며, 다만 배고픈 자들만 있을 뿐이라고 그 입으로 선포하리라는 것을 당신은 아시오? '일단 먹을 것을 준 다음에 덕행을 요구하라!' 하는 것이 바로 당신에게 대항하면서 내거는 기치며, 당신의 성전을 무너뜨리는 기치요. 당신의 성전이 있던 자리에 새 건물이 세워질 거요. 그 위협적인 바벨탑이 다시금 세워질 거요. 그리고 비록 그것이 전에 세우던 것과 마찬가지로 완공되지는 못할지언정, 어쨌든 당신이 이 새 탑이 세워지지 못하게 한다면, 그로써 사람들의 고통을 천 년은 줄일 수 있소. 안 그러면 천 년을 이 탑 때문에 고생한 사람들이 우리한테 올 거 아니요? 그러면 그 사람들이 다시금 땅 속에,

카타콤 속에 숨어 있는 우리를 찾아낼 거요(왜 카타콤 속이냐 하면, 우리는 다시금 박해를 받고 고문을 당할 테니까). 찾아내서 우리한테 이렇게 외칠 거요. '우리에게 먹을 것을 달라. 왜냐하면 우리에게 하늘로부터 불을 준다고 약속한 자들이 불을 안 줬어.' 그러면 그제야 우리는 그들이 세우던 탑을 완공할 거요. 왜냐하면 먹을 것을 주는 지가 완공할 수 있을 테니까. 그리고 먹을 것을 줄 자들은 오로지 우리뿐이니까. 당신의 이름으로 말이오. 그리고 당신의 이름으로 준다고 거짓말을 하면 되니까. 우리가 아니면 그들에게 먹을 것을 줄 자는 정녕 나오지 않을 것이오. 그 어떤 학문도 그들에게 먹을 것을 주지 못할 것이오. 그들이 자유로운 자들로 남아 있는 한 말이오. 결국은 사람들이 자기의 자유를 우리의 발 앞에 갖다 바치면서 우리에게 이렇게 말할 것이오. '차라리 우리를 종으로 삼으시오. 먹을 것만 준다면 종이 되겠소.' 사람들은 결국 스스로 깨달을 것이오. 자유라는 것과 이 땅의 떡이라는 것은 누구에게나 다분히 공존하기 어려운데, 그것은 사람들이 절대 나눌 줄을 모르기 때문임을. 또한 절대로 자유로울 수 없다는 것을 깨달을 거요. 왜냐하면 힘이 부족하고 결함이 많고 보잘것없는 데다가 툭하면 대들려 하는 자들이기 때문에. 당신은 그들에게 하늘의 양식을 주겠다고 약속했지만, 다시 한번 말하건대, 그 하늘의 양식이 약하고 언제나 결함으로 가득 차 있고 언제나 열등한 인간의 족속의 눈으로 볼 때 과연 땅의 양식과 비교될 만하겠소? 그리고 하늘의 양식을 위하여 수천, 수만 명이 당신을 따른다면, 하늘의 양식을 위하여 땅의 양식을 무시할 만한 힘이 안 될 나머지 수백만, 수백억의 존재들은 어떻게 되는 거요? 혹 당신에게는 번듯하고 우수한 수만 명만 소중하고 나머지 수백만 명의 약한 자들, 바다의 모래처럼 수많은 그들, 하지만 당신을 사랑하는 그들은 번듯하고 우수한 자들을 위한 소비재의 역할만 해야 되는 거요? 아니요. 우리에게는 약한 자들도 소중하오. 그들은 결함이 많고 툭하면 대들려 하지만, 결국은 그들도 순종적인 자들이 될 거란 말이오. 그들은 우리를 보고 놀라며 우리를 신으로 여길 것이오. 우리가 그들의 선두에 서서 자유라는 부담을 견디며 그들을 지배해주겠다고 했기 때문이오. 그 정도로 그들은 결국에 가서는 자유로운 상태에 있는 것을 무서워하게 될 것이란 말이오! 하지만 우리들은 당신에게 순종하는 자들이라고 말할 것이며 당신의 이름으로 지배한다고 말할 것이오. 우리는 다시금 그들을 기만할 거요. 왜냐하면 우리는 이미 당신을 받아들이지 않을 테니까. 이 기만으로 인해 우리에게는 고통이 뒤따를 거요. 왜냐하면 우리가 거짓말을 해야 할 테니까. 광야에서의 첫 번째 문제란 바로 이런 것이오. 바로 그걸 당신은 자유를 위하여 거절했소. 당신은 자유를 무엇보다도 높은 것으로 여겼소. 하지만 그 문제에는 이 세상의 위대한 비밀이 들어 있었소. 당신이 '떡'을 받아들였다면, 전세계에 걸쳐 항상 존재하는 인간 각자의 근심이자 전 인류의 근심인 '누구에게 경배할 것이냐?'라는 문제에 대한 해답을 주었을 것이오. 자유로워진 사람에게, 누구에게 경배할지 그 대상을 가능하면 빨리 찾는 것보다 더 지속적이고 번거로운 문제는 없소. 한편 사람은 이왕이면 논란의 여지가 이미 없는, 모든 사람이 한꺼번에 그 앞에 경배할 것에 동의할 정도로 논란의 여지가 없는, 그런 존재 앞에 경배하기 위해 그런 존재를 모색하고 있소. 왜냐하면 이 보잘것없는 피조물들의 근심거리는 나 한 사람 혹은 어떤 다른 한 사람이 경배할 대상만 찾으려는 데에 귀결되는 게 아니오. 그 대상은 모든 사람들이 믿고 그 앞에 경배할 만한 대상이어야 되고, 반드시 모두가 함께 믿고 경배할 만한 대상이어야 되오. 이 공동으로 경배할 필요라는 것이 바로 인간 각자 및 인류 전체가 시대의 흐름이 시작되자마자 갖기 시작한 가장 중대한 괴로움이란 말이오. 모두가 공동으로 경배해야 된다는 것 때문에 사람들은 서로를 죽여왔소. '너희 신들을 버리고 우리 신들에게 경배하러 가자. 안 그러면 너희와 너희 신들에게 죽음이 있을 것이다!' 그러면서 말이오. 그리고 세상 종말까지 계속 그럴 거요. 심지어 세상에서 신들이 사라지는 경우에마저 말이오. 신들이 사라진다 해도 우상들 앞에 엎드릴 거요. 당신은 인간 본성의 이 기본적인 비밀을 알았고, 모를 리가 없었소. 그러나 당신은 모든 이들로 하여금 논란의 여지 없이 당신에게 경배하도록 하기 위하여 당신에게 제안되었던 유일한 절대적 기치인 땅의 양식의 기치를 거절하였소. 자유와 하늘의 양식을 위하여 거절하였소. 그 뒤에 당신이 무엇을 했는지를 살펴보시오. 그것 역시 자유를 위하여 그렇게 한 거요. 그런데 사실은 인간은 자유를 갖고 태어나서 불행한 존재이며, 인간에게 있어 자유를 빨리 넘겨줄 누군가를 찾는 것보다 더 힘든 일도 없단 말이오. 한편 사람들의 자유를 자기 것처럼 누릴 수 있는 자는 오직 그들의 양심을 편하게 해주는 자뿐이오. 떡을 만들라는 제안이 당신에게 들어온 것은 바로 논란의 여지가 없는 기치가 제안된 것이었소. 당신이 떡을 줄 줄 알게 되면 인간은 경배할 것이었소. 왜냐하면 양식만큼 논란의 여지가 없는 것은 없으니까. 그러나 만약 동시에 당신 외의 누군가가 인간의 양심을 사로잡을 수 있다면, 아, 만약 그렇다면 인간은 당신이 준 양식마저 버리고 자기 양심을 사로잡는 자를 따라갈 것이오. 그 점에서는 당신 말이 맞소. 왜냐하면 인간 존재의 비밀이란 단지 살기만 하는 데에 있는 게 아니라 삶의 목적에 있기 때문이오. 무엇을 위해 사는지가 뚜렷하지 않으면 인간은 살겠다고 하지 않고, 땅 위에 남느니보다는 차라리 자신을 없애버릴 거요. 주위에 양식이 가득하더라도 말이오. 그건 맞는 말인데, 그런데 결과는 어떻게 됐소? 사람들의 자유를 통제하기는커녕 당신은 사람들에게 자유가 더 많게 해놓았소. 아니면 당신이 잊은 거요? 인간에게 깨달음 속에서 선과 악을 자유롭게 선택하는 것보다는 안일함이, 심지어 죽음이 더 소중하다는 것을 말이오. 인간에게 양심의 자유보다 더 유혹적인 것도 없지만, 동시에 그보다 괴로운 것도 없소. 그런데 인간의 양심을 영원히 편안하게 해주기 위한 굳건한 근본 대신에 당신은 평범치 않은 것, 확실하지 않은 것, 일정하지 않은 모든 것을 취했소. 사람들이 힘에 닿지 않는 모든 것을 취했소. 그러므로 그들을 전혀 사랑하지 않는 것 같은 행동을 한 거요. 그것도 누가? 그들을 위하여 자기의 생명을 내놓으러 온 이가 말이오. 인간의 자유를 좌지우지하는 대신에 당신은 인간에게 자유롭게 사랑하라고 했소. 인간이 알아서 당신에게 매혹되고 마음이 끌려서 당신을 따르도록 했소. 확고한 옛 법칙을 따르는 대신에, 마음이 자유로운 자는 이제부터 무엇이 선이고 무엇이 악인지 스스로 결정해야 하는 것으로, 당신의 형상을 자기 앞에 두어 지침으로만 삼고서 결정은 스스로 해야 하는 것으로 가르쳤소. 하지만 인간이 결국에는 당신의 형상과 당신의 진리마저 거부하고 왈가왈부할 거라는 생각은 정말 못 한 거요? 선택의 자유와 같은 무서운 부담 때문에 괴로움을 겪는다면 말이오. 결국 그들은 진리가 당신 안에 있는 게 아니라고 외칠 거요. 왜냐하면 당신이 그들에게 오로지 염려할 만한 일과 해결하지 못할 과제를 남겨줌으로써, 그들을 가장 심한 곤혹과 괴로움 속에 처하게 했기 때문이오. 그렇게 함으로써 당신은 스스로의 나라를 무너뜨릴 만한 근거를 마련해놓았으며, 그 점에서 당신 말고는 누구의 잘못도 없소. 그런데 당신에게 제의가 들어왔던 게 과연 그거였단 말이오? 이 땅에는 이 힘없고 투정을 잘 부리는 자들의 양심을 그들 자신의 행복을 위하여 영원히 압도하고 손아귀에 집어넣을 능력을 갖는 것이 단 세 가지 있소. 그것은 기적과 비밀과 권위요. 당신은 그중 첫 번째 것도, 두 번째 것도, 세 번째 것도 거부했고 스스로 본보기를 보여줬소. 무섭고 영리한 영이 당신을 성전 꼭대기에 세우고 당신에게 말했소. '네가 바로 신의 아들인지를 알려거든 뛰어내리라. 그를 위하여 천사들이 그를 받들어, 그가 떨어지지 않을 것이며 다치지 않을 것이니, 그때 네가 신의 아들인지를 알 것이며, 그때 너의 아버지에 대한 너의 믿음이 어떤지 증명할 수 있을 거라고 쓰여 있으니까'라고 말이오. 그러나 당신은 그 말을 듣고서 제안을 거부하여 밑으로 뛰어내리지 않았소. 아, 물론 당신은 그때 신처럼 어엿이 멋지게 행동한 거요. 그러나 사람들은, 즉 이 힘없고 투정을 잘 부리는 족속은 신이 아니지 않소? 아, 당신은 그때 깨달은 거요. 한 걸음만 앞으로 나서서 밑으로 떨어지는 동작만 취했다면 당신은 곧바로 주를 시험한 게 될 것이며, 주에 대한 믿음을 다 상실한 게 될 것이라는 걸, 그래서 당신이 땅을 구원하려고 왔으나 바로 그 땅에 떨어져 죽게 될 것이라는 걸 말이오. 그러면 당신을 시험하던 영리한 영이 기뻐했을 거요. 어쨌든, 반복해 말하는데, 당신 같은 자가 어디 많소? 그리고 실로 사람들이 그와 유사한 시험을 견뎌낼 수 있는 상황을 당신이 1분이나마 가능케 할 것 같소? 인간의 본성이 그렇게 만들어졌단 말이오? 삶의 그런 위협적인 순간들에 기적을 거절할 수 있도록, 가장 무섭고 고통스러운 근본적인 자기의 심적 문제들 앞에 놓였을 때 마음의 자유로운 결정을 생각하고 있을 겨를이 사람들에게 있을 수 있도록 본성이 만들어졌단 말이오? 아니오, 당신은 알고 있었지 않소? 당신의 위대한 결정이 실제와는 무관하게 책에만 남아서 시간의 깊이와 땅의 마지막 경계에 이를 거라는 것을. 그리고 인간이 당신의 본을 받는 경우 그가 신과 함께 남아, 굳이 기적을 필요로 하지 않아도 될 거라는 데에 희망을 걸었지 않소? 하지만 당신은 이건 몰랐소. 인간이 굳이 기적이 없어도 된다는 입장을 취하자마자 인간은 신 역시 굳이 없어도 된다는 입장을 취하게 될 거라는 걸. 왜냐하면 인간은 오히려 신보다는 기적을 바라고 있기 때문이오. 그리고 인간이 기적에 의지하지 않을 능력이 없기에, 새로운 기적들을 자꾸만 생각해내어, 숫제 자기만의 기적들을 마음속에서 상상해내어 거기에 의지하고, 하다못해 마법사가 창출하는 기적, 요술쟁이 할멈의 요술에라도 의지하게 된단 말이오. 비록 인간이 반항적이고 이교 쪽으로 빠지려고 하고 무신론으로 빠지려고 하는 성질을 갖고 있다 해도 말이오. 당신은 사람들이 '십자가에서 내려올지어다. 그리하면 우리가 믿겠노라' 하면서 당신을 조롱하고 놀릴 때 십자가에서 내려오지 않았소. 그때도 당신은 인간을 기적의 노예로 만들고 싶지 않았고, 기적에 근거를 두지 않은 자유로운 믿음을 원했기 때문에 십자가에서 내려오지 않았소. 당신은 자유로운 사랑을 원했고, 인간이 자유가 없이 노예 된 입장에서, 죽을 때까지 잊을 수 없는 놀라운 초능력을 목격하고 그 앞에서 환호를 지르는, 그런 상황을 원치 않았소. 하지만 여기서 역시 당신은 사람들을 너무 높이 평가한 거요. 왜냐하면 사람들은 자유 없이 매여 있는 것이 본성에 맞으니까. 비록 반항아적 기질을 갖고 태어났긴 했어도 말이오. 눈을 밝게 떠서 한번 판단해보시오. 15세기가 지난 지금 그들이 어떤지 한번 보시오. 당신이 당신과 비슷한 경지에 올려놓은 자가 누구 한 명이라도 있소? 맹세컨대, 인간은 당신이 생각한 거보다 약하고 비천하게 만들어져 있소! 당신이 하는 것과 똑같은 것을 인간이 과연 할 수 있겠소? 당신은 인간을 그토록 존경해서, 마치 인간에 대한 연민을 더 이상 갖지 않는 양 행동했잖소? 당신은 인간에 대한 기대가 너무 심했던 거요. 그것도 누가? 인간을 자기 자신보다도 더 사랑한다고 한 당신이! 인간을 좀 덜 존경했다면, 인간에 대한 기대를 좀 줄였다면, 그럼 그게 바로 사랑에 더 가까웠을 거요. 왜냐하면 그래야 인간이 지는 짐이 더 가벼웠을 테니까. 인간은 약하고 비천하오. 지금 인간이 우리가 갖는 권력에 대항하여 곳곳에서 들고일어나려 한다고 해서, 그리고 그걸 자랑으로 삼는다고 해서 뭐가 달라지는 줄 아시오? 그런 자랑은 아이들, 어린 학생들이나 하는 수준의 것이오. 조그만 아이들이 학급에서 반란을 일으켜 선생을 내쫓는 격이오. 그런 아이들이 처음에는 자신들의 행동을 가지고 으쓱거리고 환호하겠지만, 그들의 환호에도 끝이 있고, 그 끝에는 철저하게 대가를 치러야 하는 일이 기다리고 있소. 그들은 성전을 뒤엎고 땅을 피로 덮을 거요. 하지만 그 어리석은 아이들이 결국에 가서는 깨달을 거요. 자기들이 반란을 일으키는 자들이지만 그리 힘 있는 자들이 아니라는 걸. 자기들이 일으킨 반란을 끝까지 수호하지 못한다는 걸. 결국에 가서는 그들이 쓰디쓴 눈물을 흘리며, 자기들을 반항심 충만한 자들로 만든 이가 필시 자기들을 놀리기 위해서 그렇게 한 것이라는 걸 인정할 거요. 그들은 절망에 싸여 그 말을 할 것이고, 그들이 한 그 말은 신에 대한 모독이 되어, 그로 인하여 그들은 더욱 불행해질 거요. 왜냐하면 인간의 본성은 신에 대한 모독을 견디지 못하고, 결국에 가서 인간은 자신이 한 신에 대한 모독의 대가로 스스로에게 벌을 내릴 것이기 때문이오. 그러므로 불안, 곤혹, 불행이 바로 현재 인간들이 당해야 할 것이오. 당신이 그들의 자유를 위하여 겪은 고통이 그 아무리 커도 말이오. 당신의 위대한 예언자가 환상 속에서 비유로 말하지 않소?[141] 첫 부활에 참여하는 모든 이들을 보았다고, 그들은 각 지파마다 1만 2천 명이었다고. 하지만 그들의 수가 그만큼이었다면 그들이 사람으로서 그만큼이었을 리가 없고, 신처럼 된 상태일 거요. 그들은 당신의 십자가를 견뎠고, 배고프고 헐벗은 광야에서의 메뚜기와 식물 뿌리를 먹으면서 수십 년을 견뎠으므로, 당신은 물론 이 자유의 자녀들을, 이 자유로운 사랑의 자녀들을 자랑스럽게 여길 수 있을 테고, 그들이 당신의 이름으로 자유로이 행한 위대한 희생을 자랑스럽게 여길 수 있을 거요. 그러나 잘 알아두시오. 그들이 기껏해야 수천 명이었다는 걸. 그것도 신들이 말이오. 나머지는 어디 있소? 그 나머지의 약한 사람들이 잘못한 게 뭐 있소? 힘 있는 자들이 참아낸 것을 참아내지 못한 것이 잘못이오? 그토록 무서운 자질을 자기 속으로 받아들이지 못하는 약한 영혼이 잘못한 게 뭐 있단 말이오? 당신이 오로지 선택받은 자들을 위해 선택받은 자들에게만 왔다 간 거란 말이오? 만약 정말 그렇다면 그건 우리로서는 이해할 수 없는 비밀이 되는 거요. 그리고 만약 정말 비밀이라면, 그렇다면 우리도 마찬가지로 비밀을 설교하고 사람들을 가르칠 권리가 있었던 거요. 사람들 마음의 자유로운 결정이 중요한 게 아니라, 사랑이 중요한 게 아니라, 그들이 맹목적으로 복종해야 하는, 심지어는 양심을 비껴가면서까지 복종해야 하는 그 비밀이 중요한 거라고 말이오. 우리는 바로 그렇게 했소. 우리는 당신의 업적을 약간 바꿔서 그걸 기적, 비밀, 권위라는 기반 위에 두었소. 그랬더니 사람들이 좋아하더이다. 자기들을 동물의 떼처럼 집단적으로 끌고 가는 세력이 나타났으니 말이외다. 그럼으로써 그들에게 그토록 고통을 가져다준 그 겁나는 자유가 그들의 마음으로부터 거두어졌으니 말이외다. 우리가 그렇게 가르치고 그렇게 한 것이 잘한 것이지 않소? 말해보시오. 우리가 설마 인류를 사랑하지 않을 리가 있소? 인류의 무력함을 그토록 자비롭게 인정하고 사랑으로써 인류의 짐을 가볍게 했으며, 약한 본성을 지닌 인류에게 혹 죄를 허락해주었을지 몰라도 인류는 우리의 허락을 믿고 있다오. 지금에 이르러 우리에게 와서 우리를 방해하려 하는 건 대체 왜 그러는 거요? 그리고 왜 그렇게 온유한 눈으로 나를 말없이 뚫어져라 보는 거요? 화를 내시오. 난 당신의 사랑이 필요 없소. 왜냐하면 나 자신이 당신을 사랑하지 않기 때문이오. 내가 또 당신한테서 뭘 숨길 것도 없잖소? 내가 지금 누구랑 말을 하고 있는지 모르기라도 한답디까? 내가 당신한테 하려고 하는 말은 다 이미 알고 있지 않소? 당신의 눈을 보니 그렇게 쓰여 있소. 내가 우리의 비밀을 당신에게서 어떻게 숨길 수 있겠소? 어쩌면 당신은 그 비밀을 바로 나의 입을 통해 듣기를 원하는 것일 거요. 그러니 들으시오. 우리는 당신과 함께하지 않고 그와 함께하오. 그게 우리의 비밀이오! 우리는 오래전부터 당신과 함께가 아니라 그와 함께라오. 벌써 8세기 동안 말이오. 꼭 8세기 전에 우리는, 당신이 분개하여 거부한 그것을 그로부터 받았소. 바로 그가 마지막으로 당신에게 천하만국을 보여 준 다음 당신에게 제안한 그것 말이오. 우리는 그로부터 로마와 제왕의 검을 취하고[142] 우리 자신을 지상의 왕으로, 유일한 왕으로 선포했소. 비록 지금까지 아직 우리의 일을 완전히 마치지는 못했지만 말이오. 하지만 누구의 죄요? 이 일은 아직까지도 시작 단계에 머물러 있다오. 하지만 시작되긴 시작되었소. 완성될 때까지는 오래 있어야 되오. 그때까지 가려면 이 땅은 지금보다 더한 고통을 겪겠지. 그러나 우리는 목적을 이루어서 제왕이 될 것이며, 그 뒤에야 전 세계 인류 행복에 대해 생각할 수가 있을 거요. 그러고 보니 당신은 그때 가서 제왕의 검을 손에 잡아도 되오. 당신에게 마지막으로 제안된 그것을 당신은 도대체 왜 거절했소? 강력한 영의 이 세 번째 충고를 받아들이기만 했다면 당신은 사람이 이 땅에서 찾고자 하는 모든 것을 다 채워줄 수 있었을 텐데. 그러니까, 누구에게 경배할 것이냐, 누구에게 양심을 맡길 것이냐, 결국 모두가 어떤 식으로 일괄적 공통 화합의 집단으로 뭉칠 것이냐의 문제를 다 해결해줄 수 있었을 거란 말이오. 왜냐하면 전 세계적으로 연합을 이루고자 하는 것이 사람들의 세 번째이자 마지막의 고뇌이기 때문이오. 전체적으로 볼 때 인류는 항상 반드시 전 세계적인 움직임을 원해왔소. 위대한 역사를 지닌 위대한 민족들이 많았지만, 그 민족들의 위상이 올라가면 올라갈수록 그 민족들은 불행을 겪어왔소. 왜냐하면 사람들의 연합이 전 세계적이어야 할 필요에 다른 민족들보다 더 갈급했기 때문이오. 이 땅 위를 회오리바람처럼 횡행하면서 전 세계를 정복하고자 하던 위대한 정복자들, 티무르 같은 자들, 칭기즈 칸[143] 같은 자들 역시, 비록 무의식적으로 그러긴 했지만, 인류에게는 전 세계적이고 전체적인 위대한 통합이 필요하다는 뜻을 밝혔소. 세계를 접수하고 황제의 홍포를 입는 데에 동의했더라면 당신은 전 세계에 걸친 나라를 세웠을 것이고 전 세계적 평화를 조성했을 거요. 사람들의 양심을 좌우할 수 있는 자, 게다가 사람들이 먹을 양식을 손에 쥐고 있는 자가 아니면 과연 누가 사람들을 좌우할 거란 말이오? 우리는 황제의 검을 손에 쥐었소. 우리가 검을 쥐게 되자 당연히 당신을 부인하고 그를 좇게 되었소. 자유로운 지성이, 사람들의 학문과 식인 행위가 마음대로 날뛰는 시절이 몇 세기 더 계속될 거요. 왜냐하면, 우리들 없이 자신의 바벨탑을 세우기 시작한 그들이니만큼, 식인 행위로 종결을 지을 것이기 때문이오. 하지만 바로 그때 짐승이 우리에게 침입해 우리의 발을 핥고[144] 자기 눈으로부터 사람들의 피눈물을 튀길 것이오. 그러면 우리는 짐승의 등에 올라앉아 잔을 높이 들 것이며, 잔에는 '비밀!'이라 쓰여 있을 것이오. 하지만 바로 그때, 바로 그제야 사람들이 누릴 평안과 행복의 나라가 도래할 것이오. 당신은 선택된 자들을 자랑스러워하겠지만, 당신에겐 단지 선택된 자들이 있을 뿐이고, 반면 우리는 모든 자들에게 평화를 줄 것이오. 하지만 그뿐이겠소? 이 선택된 자들, 선택된 자들이 될 수 있었던 이 강한 자들이 당신을 기다리다가 결국 지쳤소. 그래서 자기 영혼의 힘과 자기 마음의 열기를 다른 밭에다 쏟기 시작했고, 앞으로도 계속 그렇게 할 것이고, 결국에 가서는 자기의 자유의 기치를 당신의 머리 위로 높이 들 것이오. 한편 이 기치를 직접 든 건 당신이오. 반면 우리 왕국에서는 모든 사람들이 행복할 것이고, 어디서든 더 이상 반항도 하지 않고 서로를 짓밟지도 않을 것이오. 당신이 주는 자유 속에서와는 달리 말이오. 우리는 사람들로 하여금, 우리를 위하여 자신의 자유를 거부하고 우리에게 복종할 때에야 비로소 자유로워진다고 확신하도록 만들 것이오. 그래, 우리가 할 그 말이 참말일 것 같소, 아니면 거짓말일 것 같소? 우리 말이 옳다는 것을 그들이 스스로 확신하게 될 거요. 왜냐하면 당신이 주는 자유가 자기들을 그 얼마나 비참한 종살이와 공황 속으로 몰아넣었었는지 기억해낼 것이기 때문이오. 자유와 자유로운 지성, 학문이 그들을 워낙 복잡한 상황으로 몰고 가고 엄청난 기적과 해결 안 되는 비밀 앞에 그들을 세워놓을 것이기 때문에, 그들 중 얌전하지 않고 살벌한 자들은 스스로를 짓밟아버릴 것이며, 얌전하지 않은 건 사실이지만 힘이 별로 없는 다른 자들은 서로를 짓밟을 것이며, 나머지 또 다른 자들, 즉 힘도 별로 없고 행복하지도 않은 자들은 우리 발 앞으로 기어와서 우리에게 '네, 당신들이 옳았습니다. 당신들만이 그분의 비밀을 지니고 있었습니다. 그래서 우리는 당신들한테 귀의합니다. 우리를 우리 자신들에게서 구원해주세요' 하고 외칠 것이오. 우리에게서 양식을 얻게 되면 그들은 물론, 자기 손으로 얻은 양식을 우리가 그들에게 나누어주기 위하여 그들에게서 취한다는 것을 명백히 보게 될 테고, 우리가 돌을 떡으로 만들지 않았음을 그 어떤 기적 없이도 보게 될 것이나, 그들은 떡 자체로 기뻐하기보다도 떡을 우리에게서 얻게 된다는 데 더 기뻐하게 될 것이오. 왜냐하면 전에 우리 없이 자기 힘으로 구하던 떡이 손 안에서 돌로 변해왔으며, 그들이 우리에게 돌아왔을 때 손 안에서 그 돌이 떡으로 변했다는 것을 그들은 너무나 잘 기억하고 있을 것이기 때문이오. 그들은 영원한 복종이 지니는 가치를 너무나 잘 이해하게 될 것이오. 그걸 이해하지 못한 상태라면 그들은 불행할 것이오. 이 몰이해를 가장 많이 조장한 자가 누구요? 말해보시오. 무리를 흩뜨리고 알지 못하는 길 위에다 그들을 분산시켜놓은 자가 누구요? 하지만 무리는 다시금 모이며 다시금 복종하게 될 것이오. 이젠 이미 영원히 복종하게 될 것이오. 그러면 우리가 그들에게 고요와 화평의 행복을 선사할 것이오. 힘 약한 존재들의 행복 말이오. 그들은 본래 그렇게 만들어졌으니까 그건 어쩔 수 없는 거요. 아시겠소? 우리는 그들로 하여금 결국 자랑을 못하게끔 할 것이오. 바로 당신이 그들을 높이 들어 올려 그들로 하여금 자랑을 하도록 가르쳤단 말이오. 우린 그들이 힘없는 가엾은 어린아이들 같은 존재에 불과하다는 것을, 하지만 어린아이의 행복이 다른 모든 행복보다 달콤하다는 것을 그들에게 증명할 것이오. 그들은 소심해져 우리를 바라보면서 두려움에 떨면서 우리에게 와서 붙을 것이오. 병아리들이 암탉에게 달라붙듯 말이오. 그들은 우리를 보고 놀라며 두려워할 것이며, 그토록 강하고 현명한 우리를, 수십억 마리로 이루어진 무리를 복종시킨 우리를 자랑스러워할 것이오. 그들은 우리가 화를 낼 때 심약한 모습으로 부들부들 떨 것이며, 그들은 가슴은 콩알만 해질 것이고, 그들의 눈에는 그 눈이 마치 어린이들과 여자들의 눈인 양 눈물이 괼 것이오. 그렇지만 우리의 손놀림 하나로 아주 쉽게 그들은 유쾌한 웃음을 되찾고 해맑은 기쁨과 행복한 어린이의 노래에 마음을 맡기게 될 것이오. 그렇소. 우리는 그들에게 일을 시킬 것이지만, 노동을 쉬는 시간에 우리는 그들에게 마치 어린아이들이 입을 모아 노래하고 순진하게 뜀을 뛰며 춤을 추는, 그런 유희와 같은 삶을 누리게 해줄 것이오. 우리는 그들에게 죄도 허락해줄 것이오. 그들은 힘없고 약하기 때문에, 우리가 자기들한테 죄를 짓도록 허락해주면 어린아이들처럼 우리를 사랑하게 될 것이오. 우리는 그들에게 어떤 죄도 우리의 허락 아래 지은 거라면 다 속죄받을 수 있다고 할 것이며, 우리가 그들에게 죄를 짓도록 허락하는 것은 그들을 사랑하기 때문이기에 그 죄들에 대한 벌은 우리가 스스로 받아도 되오. 우리가 그 벌을 우리 몫으로 삼으면 그들은 우리를 신처럼 숭배할 것이오. 신 앞에서 자기들의 죄를 우리가 스스로 지는 것이니, 우리를 은인들로 여길 것이오. 그리고 그들에게는 우리에게서 숨기는 비밀이 아무것도 없을 것이오. 우리는 그들이 자기 아내, 정부와 같이 사는 것을 허락하거나 금지할 것이며, 아이를 갖거나 갖지 않는 것을 허락하거나 금지할 것이오. 다 그들이 얼마나 잘 복종하느냐에 달려 있소. 그러면 그들이 기꺼이, 기뻐하며 우리에게 복종할 것이오. 그들 양심의 가장 괴로운 비밀이며 모든 것을 그들이 우리에게 알릴 것이며, 그러면 우리는 모든 것을 허락해줄 것이며, 그러면 그들은 우리의 결정을 기꺼이 믿을 것이오. 왜냐하면 우리의 결정 덕에 그들은 힘들게 신경 써야 하는 일로부터 자유로울 수 있으니 말이오. 현재 그들이 스스로 자신의 자유에 따라서 내

려야 하는 결정으로 인한 크나큰 부담과 괴로움으로부터 벗어
날 수 있으니 말이오. 그래서 모두가 다 행복해질 것이오. 그들
을 관리하는 10만 명을 제외한 수백만의 존재들이 다 말이오.
우리만이, 비밀을 간직하는 우리만이, 오로지 우리만이 불행
할 것이오. 행복한 어린아이들 수십억에, 선악을 구별할 줄 아
는 저주를 자기가 받겠다고 나선 고행자들 10만이 있을 것이
오. 그들은 조용히 죽을 것이오. 당신의 이름으로 조용히 꺼질
것이오. 관에 누워 오직 죽음을 맞을 것이오. 그러나 우리는 비
밀을 간직할 것이며 바로 그들의 행복을 위하여 그들에게 하
늘의 상, 영원한 상을 운운하며 그들을 부추길 것이오. 사실인
즉슨, 만약 저 세상에 무언가가 있다고 하더라도, 그들과 같은
자들을 위한 것은 엄연히 아니지 않소? 당신이 와서 다시금 승
리하고서 당신의 선택된 자들과, 당신의 거만하고 강한 자들
과 함께 온다고들 말하며 예언하지만, 우리는 이렇게 말하겠
소. '그들은 자신들만을 구원했지만 우리는 모두를 구원했다'
라고. 짐승의 등에 올라타 자신의 손에 비밀을 쥔 음녀가 창피
를 당할 것이라고 하고, 힘 약한 자들이 다시금 반란을 일으켜
음녀의 홍포를 찢고 그 '추악한' 몸을 드러낼 것이라고 하오.
하지만 그때 내가 일어나 당신에게 수십억의 행복한 어린아이
들을 보여줄 거요. 죄를 몰랐던 어린아이들을 말이오. 그리고
그들의 행복을 위하여 그들의 죄를 스스로 맡은 우리가 당신

앞에 서서, '그럴 능력이 된다면, 감히 할 수 있다면 우리를 심판하시오' 하고 말할 거요. 나는 당신을 두려워하지 않는다는 걸 알기 바라오. 나도 광야에 갔었고, 나도 메뚜기와 식물 뿌리를 먹고 지냈고, 나도 당신이 사람들을 축복하면서 선사한 자유를 축복하였고, 나도 수를 채울[145] 열망을 가지고서 당신의 선택된 자들의 무리에, 강력하고 힘센 자들의 무리에 낄 준비를 했었다는 것을 알기 바라오. 그러나 나는 정신을 차리고, 무분별함의 종이 되기를 거부했소. 나는 복귀하여, 당신의 위업을 교정한 사람들의 무리에 가담했소. 나는 거만한 자들의 무리를 떠나, 겸손한 자들의 행복을 위하여 겸손한 자들에게로 돌아왔소. 내가 당신에게 하는 말은 그대로 실현될 것이고, 우리의 나라가 창조될 것이오. 다시 한번 당신에게 말하는데, 내일 당장 당신은 이 순종적인 무리를 보게 될 것이오. 내가 손짓 한 번만 하면 불붙은 목탄을 당신 발밑에 쌓인 장작 쪽으로 긁어모으기 위해 달려들 자들을 말이오. 나는 당신이 우리를 방해하러 온 대가로 그 장작 위에서 당신을 태워 죽일 거요. 왜냐하면, 우리 장작의 덕을 볼 자격이 가장 많이 되는 자가 있다면 그게 바로 당신이기 때문이오. 내일 당신을 태워 죽일 거요. Dixi.*"""

이반이 말을 그쳤다. 그는 흥분하여 자기 이야기에 푹 빠져서 말했었는데, 말을 마치자 갑자기 미소를 지었다.

알렉세이는 말없이 그의 말을 계속 듣고 있다가, 나중에 가서 그가 심하게 흥분하자 여러 번 말을 끊으려고 시도했지만 분명히 자제해오다 이제 기회를 보아 툭 나선 것이다. 그는 얼굴이 붉어지면서 이렇게 외쳤다.

"근데…… 이건 난센스야! 형이 지은 서사 문학 작품은 예수님을 비방하는 게 아니라 찬양하는 것인걸. 형은 비방하길 원했는지 몰라도. 그리고 자유에 대한 형의 얘기를 누가 믿겠어? 자유를 형이 말한 대로 이해해야 될까? 정교에서 자유에 대한 개념이 그런 걸까? 로마가 그렇다는 거지. 게다가 로마 전체가 그런 것도 아니고. 그건 옳지 않아. 심문관이니 예수회 교도들이니 하는 것은 가톨릭교에서 가장 나쁜 것이야. 그리고 형이 말하는 대심문관 같은 환상 속의 인물은 전혀 있을 수가 없어. 자기가 맡겠다고 하는 사람들의 죄가 다 뭐야? 사람들의 행복을 위하여 어떤 저주를 자기가 맡겠다고 하는 이 비밀을 간직하는 자들이 다 뭐야? 그런 사람들이 어디 있어? 우리는 예수회 교도들에 대해 알지. 그들에 대해 나쁜 말들이 오가고 있지. 하지만 형 얘기가 그 얘기는 아니지? 그 사람들이 전혀 그렇지는 않잖아. 그 사람들은 그냥 미래의 전 세계에 걸친 지상 왕국을 위한 로마의 군대지. 로마 교황을 황제로 모신……. 그게 그들의 이상이지. 하지만 비밀이나 고조된 슬픔은 없어. 아주 단순한 권력욕이고, 지상의 행복에 대한 욕심이고 노예화고……. 미래의 농노제 같은 것. 자기들이 지주가 되겠다는 거지. 그러면 모든 것이 자기들 것이 되니까. 아마 그들은 신을 믿지도 않을 거야. 형 얘기에 나오는 고행을 하는 대심문관은 상상 속 인물일 뿐이야."

"너무 섣불리 판단하진 마" 하면서 이반이 웃었다. "너 참 흥분하는구나. 상상에 불과하다고? 뭐, 그렇게 생각해도 되고. 물론 상상인 건 맞지. 하지만 말이야, 설마 네가 이 모든 근세기의 가톨릭 운동이 사실은 오로지 더러운 쾌락을 위한 권력욕이라고 진짜로 생각하는 건 아니겠지? 파이시 신부가 너한테 그렇게 가르치진 않을 거 아냐?"

"물론 아니지, 그 반대지. 파이시 신부님이 한번은 형 얘기랑 비슷한 얘기를 한 적이 있어……. 아니지, 물론 같은 얘기라고는 전혀 볼 수 없지" 하면서 알렉세이가 문득 고쳐 말했다.

"어쨌든 참 귀중한 정보네. 네가 '같은 얘기라고는 전혀 볼 수 없다'고 했음에도 불구하고 진짜로 물어보고 싶은데, 네가 잘 아는 그 예수회 교단 사람들이랑 심문관들은 왜 오로지 물질적인 추악한 복락만을 위해서 뭉친 거니? 왜 그들 중에선 인류를 사랑하는 위대한 고행자가 한 사람도 안 나오는 거니? 자, 봐 봐. 오로지 물질적인 추악한 복락만을 바라는 이 모든 자들

중에서 내 이야기 속의 늙은 심문관 같은 사람이 한 사람이나마 있다고 가정해봐. 스스로 광야에서 식물 뿌리를 먹은 적 있는, 스스로를 자유롭고 완벽한 사람으로 만들기 위해 자신의 육체와 싸우며 몸부림치던, 그러나 평생을 인류를 사랑해온, 그러다 갑자기 눈이 뜨여, 의지의 완벽함에 이른다는 도덕적인 복이 그다지 위대하지 않음을 깨닫고, 그와 동시에, 신이 지은 수백만의 나머지 존재들은 조소의 대상으로만 계속 남도록 되어 있으며, 그들은 자신의 자유를 해결할 능력을 아무리 해도 갖출 수 없으며, 반항이나 하려고 하는 초라한 자들은 아무리 해도 탑을 완성하는 거물들이 될 수 없으며, 위대한 관념론자가 조화를 꿈꾼 것은 그따위 데데한 인간들을 위한 게 아니라는 점을 확신하게 된 사람 말이야. 이 모든 것을 깨닫고 나서 뒤돌아…… 똑똑한 사람들의 무리에 끼게 된 사람 말이야. 그런 사람이 정말 한 명도 안 나온단 말이야?"

"누구들의 무리에 꼈다고? 어떤 똑똑한 사람들 얘기하는 거야?" 하고 알렉세이가 다분히 흥분하여 외쳐 묻고는 말했다. "그들에게는 그런 지혜가 전혀 없고 그런 비밀 따위도 전혀 없어. 다만 무신론이 있을 뿐이야. 바로 그게 그들의 비밀의 전부야. 형 얘기 속의 심문관은 신을 믿지 않잖아. 그의 비밀이라 해 봤자 바로 그 점에 불과하지 뭐."

"뭐, 그렇다고 할 수 있지. 네가 드디어 본질을 깨닫는 거 같은데. 그래, 맞아. 진짜로 바로 거기에 비밀의 전부가 있어. 하지만 그렇다고 해서 그게 고행이 아니라고 할 수 있을까? 적어도 자신의 일생을 죽여가면서 광야에서의 위업을 쌓고도 인류에 대한 사랑이라는 병에서 헤어나지 못한 그와 같은 사람에게 말이야. 생의 황혼기에 접어들어 그는, 힘없는 반란자들, 그 '비웃음을 당하라고 시험 삼아 창조된 덜떨어진 존재들'에게 좀 괜찮은 삶을 마련해주는 데에 어느 정도나마 도움이 되는 것은 어디까지나 위대한 무서운 영이 해주는 말들뿐임을 확신하게 되는 거야. 그리고 그것을 확신하고 나서 그는, 죽음과 붕괴를 표방하는 똑똑하고 무서운 영의 지시대로 나아가야 하며, 그러기 위해서는 거짓과 기만을 받아들여야 하며, 과감하게 의식적으로 사람들을 죽음과 붕괴로 이끌고 가야 하며, 게다가 그들이 어디로 이끌려 가는지를 알아차리지 못하게 하기 위하여, 적어도 길을 가는 중에나마 그 맹신자들이 자신을 행복한 사람으로 느끼게 하기 위하여 가는 길 내내 그들을 기만해야 한다는 사실을 알게 되지. 그리고 중요한 사실은, 이 노인이 하는 기만은 평생 동안 그리도 열정적으로 믿어온 이상의 주인공을 위하여 하는 기만이라는 거야. 그거야말로 정말 불행이 아닌가? 그리고 군대에나 비교할 이 무리 전체, 즉 '오로지 더러운 복락을 위하여 권력을 얻고자 하는' 이 무리 전체의 수뇌부에 그런 사람이 한 사람이라도 있게 된다면, 그러면 그 한 사람이 있다는 것으로 이미 비극이 되기에 충분하지 않을까? 어디 그뿐인가? 로마가 그 군대들과 예수회 교도들을 동원해서 획책하는 모든 일의 근본 바탕이 되는 사상, 그 일에서 내세워지는 지고의 사상이 결국 드러나게 하기 위해서는 역시 대표자의 입장에 서 있는 그와 같은 한 사람으로 충분해. 너한 테 단도직입적으로 얘기하는데, 난 이 운동의 선두에 선 사람들 사이에서 이 유일한 사람의 흐름이 약화된 적이 한 번도 없다고까지 믿어. 그런 드물게 손에 꼽힐 만한 특징을 지닌 사람들이 로마 교황들 중에서 나타나지 않았다는 법이 어디 있어? 이 저주받을 노인, 그토록 집요하게, 그토록 자기 식대로 인류를 사랑하는 이 노인 같은 사람이 어쩌면 지금도 수두룩하고, 그런 드물게 손에 꼽힐 만한 특징을 지닌 노인들이 무리의 형태로 많이 존재할지도 모르는 일이잖아. 그리고 그런 사람들이 하나의 단체의 형태로, 하나의 비밀 동맹으로 존재한다고 해도 절대 우연이 아닐 거야. 그들이 비밀을 유지하기 위해서, 불쌍한 힘없는 사람들을 행복하게 만들 목적으로 그들에게서 비밀을 지키기 위해서 이미 오래전에 조성된 동맹으로 존재한다 해도 절대 우연이 아닐 거란 말이야. 그건 반드시 존재할 거야. 그럴 수밖에 없어. 내 생각인데, 심지어 프리메이슨들에게도 나름대로의 이와 유사한 비밀이 있고, 그래서 가톨릭 교도들이 프리메이슨들을 그리도 미워하는 걸 거야. 경쟁자들이니까 말이야. 자기들만 갖고 있다고 생각하던 비밀을 빼앗기는 느낌이 들 거 아니야? 그들만 없었다면 하나의 무리요 한 명의 목자인 상황이 가능했을 텐데.[146] 근데 이건 내가 피력한 생각을 옹호하는 입장에서 네 비평에 맞서본 거야. 이 얘긴 그만하자."

"형이 프리메이슨 아니야?" 하는 말이 알렉세이에게서 돌연 튀어나왔다. 그 뒤 그는 아주 슬픈 감정을 느꼈다. 게다가 이반이 자기를 비웃는 듯한 태도를 취한다고 여겨졌다. 그는 이렇게 덧붙였다. "형은 신을 안 믿는구나." 그러다 그는 바닥을 내려다보며 갑자기 물었다. "형의 그 서사 문학 작품이 어떻게 끝나는데? 아니면 벌써 끝난 거야?"

"난 이렇게 마치고 싶어. 심문관이 말을 그치고, 자기가 잡아 온 분이 대답을 하도록 한동안 기다려. 그는 그분의 침묵을 견디기가 힘들어. 그는 잡혀 오신 분이 계속해서 그의 눈을 똑바로 쳐다보면서 그의 말에 아무런 반박도 안 하려 하면서 세심하게 조용히 듣고 있는 것을 보아왔어. 노인은 그분이 자기한테 무슨 말이라도 했으면 좋겠는데 말이야. 하다못해 질책의 말이나 위협의 말이라도. 그러나 그분은 말없이 돌연 노인에게 다가와, 90년 묵은 노인의 창백한 입술에 가만히 입을 맞춰. 그게 대답의 전부인 거야. 노인은 깜짝 놀라서 전율을 일으켜. 노인은 입술 가장자리를 약간씩 떨면서, 문 쪽으로 다가가 문을 열고 그분에게 말해. '가시오. 더는 오지 마시오. 절대로 오지 마시오. 절대로, 절대로!' 그러면서 그분을 '도시의 어두운 광장'[147]으로 내보내. 그분이 잠자코 나가셔."

"그다음에 노인은 어떻게 됐는데?"

"노인의 마음속에 입맞춤이 뜨거운 인상으로 남아. 하지만 노인은 본래 자기가 갖고 있던 생각을 버리지 않아."

"형도 마찬가지지? 그렇지?" 하면서 알렉세이가 슬픈 어조로 말했다.

이반이 웃음을 터뜨렸다.

"이건 이야기일 뿐이잖아, 알렉세이야. 이건 시를 두 줄이나 써봤을까 한 분별력 없는 애송이의 분별력 없는 서사 문학일 뿐이야. 뭘 그렇게 심각하게 받아들이고 그래? 내가 지금 당장 예수회 교도들이 있는 쪽으로 가서 그분의 위업을 교정하려 드는 수많은 사람들 틈에 낄 거라고 생각하지는 않겠지? 야, 내가 설마 그러겠냐? 너한테 말했잖아. 난 그저 인생 30년만 살면 원이 없고, 그다음에는 나의 잔을 바닥에 내던질 거야!"

"그럼 끈끈한 잎들하며, 비싼 묘지들하며, 푸른 하늘하며, 사랑하는 여인은 어떻게 되는 거야? 어떻게 살아갈 거냔 말이야. 그런 것들을 무얼 가지고 사랑할 거냔 말이야. 가슴속과 머릿속에 지옥을 갖고서 그게 가능하냔 말이야. 아니야. 형은 진짜로 가야 돼. 그 사람들 틈에 끼기 위해. 안 간다면 형은 못 견디

669

고 자기 스스로를 죽이고 말 거야!" 하고 알렉세이가 슬프게 외쳤다.

"모든 것을 견디게 하는, 그런 힘이 있어" 하고 이반이 냉소에 가까운 웃음을 띠고 말했다.

"그게 무슨 힘인데?"

"카라마조프 가문의 힘. 카라마조프 가문의 야비한 힘."

"음탕함 속에서 허우적거리고 퇴폐 분위기 속에서 영혼을 짓눌러버리는 거 말하는 거지? 응? 그렇지?"

"글쎄, 어쩌면 그것도 해당될지도 모르지. 하지만 만 30전까지는 어쩌면 내가 그걸 면할 수 있을 거야, 그담엔……."

"어떻게 면할 건데? 어떤 수단으로? 형 같은 생각을 갖고서는 그게 불가능해."

"그것 역시 카라마조프적 힘으로 가능해."

"'모든 것이 허용된다'라는 거 말하는 거야? 모든 것이 허용된다는 거지? 그렇지?"

이반이 눈살을 찌푸리더니 갑자기 예상외로 얼굴이 창백해졌다. 그러더니 삐딱하게 비웃음을 머금으며 말했다.

"너 그거 어제 나왔던 말을 갖다 대는 거네. 그 말 때문에 미우소브 씨가 그리도 화를 냈었잖아. 또 드미트리 형이 그때 왠지 그렇게 청승맞게 끼어들더니 그 말을 재차 확인하려 했었지. 그래, 그게 맞을 거야. 모든 것이 허용된다는 것이. 더욱이 말을 일단 뱉었으니, 부인하지 않을래. 드미트리의 반응이 꽤 괜찮았기도 하고."

알렉세이가 말없이 그를 쳐다보았다.

"난 말이야, 동생아, 떠나는 마당에서, 이 세상을 다 통틀어 너 한 사람이나마 내 사람이라고 생각했었다" 하고 이반이 의외로 감정에 충일해서 말을 꺼냈다. "하지만 이제 보니 네 마음속에도 역시 내가 설 자리는 없구나. 네가 종교적 은자라서 말이야, 내 사랑하는 동생아. '모든 것이 허용된다'는 공식을 난 부인하지 않아. 하지만 그것 때문에 네가 나를 부인하겠다는 거니? 그거니?"

알렉세이가 일어서서 말없이 그에게 다가가, 그의 입술에 조용히 입을 맞췄다.

"이건 표절이야!" 하고 이반이 갑자기 기분이 좋아져서 외쳤다. "너 이거 내 서사 문학에서 도용한 거렷다! 어쨌든 고맙다. 자, 일어나자, 알렉세이야. 나도 그렇고 너도 그렇고 인제 갈 시간이다."

그들은 밖으로 나왔다. 하지만 술집 입구에서 멈춰 섰다. 이반이 확신 있는 목소리로 말했다.

"알렉세이야, 있잖아. 진짜로 끈끈한 잎들을 즐길 여력이 있다면, 그렇다면 너를 기억할 때만 그것들을 사랑할 거야. 네가 어딘가에 존재한다는 것만 해도 어디냐? 그런 이상 나는 살기 싫어지지 않을 거야. 자, 어때? 좀 낫지 않니? 나 때문에 기분이 상했더라도, 널 좋아한다는 말이나마 받아들여주라. 자, 그럼 이제 넌 오른쪽으로, 난 왼쪽으로 가는 거다. 이 정도면 됐다. 안 그러니? 됐어. 그러니까 말이지, 만일 내일이 됐을 때 내가 아직도 못 떠난 것으로 판명된다면(하지만 꼭 떠날 것으로 생각된다), 그래서 우리가 어떻게든 다시 서로 보게 된다면, 그때는 오늘 했던 얘기는 입 밖에 내지 말자꾸나. 꼭 그래줬으면 좋겠다. 그리고 드미트리 형 얘기 역시 나에게 꺼내지 말아주길 특히 부탁하고 싶다." 그 말을 할 때 갑자기 신경질적인 태도를 드러내고 나서 그가 계속 말했다. "얘길 충분히 했지? 아직 못한 얘긴 없지? 너한테 부탁만 하는 게 아니라 약속도 하나 할게. 내가 30쯤 되어 '나의 잔을 바닥에 내던지고자' 할 때, 그때 네가 어디에 있든, 너랑 다시 한번 얘기를 나누러 너를 찾아올 거야. 설사 내가 아메리카에 있다 해도 말이야. 네가 그걸 알고 있길 바란다. 일부러 꼭 올 거야. 그때쯤 되어 네가 어떻게 되어 있을지 아주 궁금하기도 하다. 너 어떻게 되어 있을 거니? 나의 이 약속이 다분히 진지한 것으로 여겨지지 않니? 실제로 우리는 한 7년 동안은, 아니면 10년 동안은 보지 못할 거야. 자, 그럼 이제 너의 Pater Seraphicus[148]에게 가봐. 지금 임종 중이시라며? 너 없을 때 돌아가셨다고 해서 네가 또 나한테 화내는 거 아니냐? 내가 널 못 가게 잡아뒀다고. 다시 한번 나한테 입맞춰주고……, 그래, 잘 가거라!"

이반이 홱 돌아서서 자기 갈 길을 갔다. 더 이상 뒤돌아보지도 않았다. 어제 드미트리가 알렉세이와 헤어질 때와 비슷했다. 물론 어제는 전혀 다른 분위기였지만. 이상하게도 그 생각이 하나의 화살처럼, 지금 슬퍼지고 씁쓸해진 알렉세이의 마음을 스쳐 지나갔다. 그는 이반의 뒷모습을 바라보면서 어느 정도 서 있었다. 왠지 모르게 갑자기 그의 눈에 이반이 좀 비틀거리며 걷는 것처럼 보였고, 뒤에서 볼 때 오른쪽 어깨가 왼쪽 어깨보다 밑으로 처진 것 같았다. 전에는 전혀 그런 것을 느끼지 못했다. 어쨌든 이제 그도 역시 홱 돌아서서 수도원 쪽으로 거의 달리다시피 가기 시작했다. 이미 날이 많이 어둑어둑해져 있었기 때문에 그는 거의 무섭기까지 했다. 그의 마음속에 무언가 새로운 감정이 생겨났다. 왜 그런지 알 수 없었다. 어제도 그랬듯이 다시금 바람이 일어, 그가 암자의 숲으로 접어들자 수백 년 된 소나무들이 그의 주위에서 음울하게 윙윙거렸다. 그는 거의 달리고 있었다. 'Pater Seraphicus라……. 이 이름을 이반 형이 어디선가 들었나 보지? 어디서 들었을까?' 하면서 알렉세이가 이반 생각을 했다. '불쌍한 이반 형! 이제 언제 보게 되나? 아, 암자에 다 왔구나! 그래, 이것이 바로 Pater Seraphicus다! 이것이 나를 구원할 거야. 그에게서 영원히!'

그 뒤 그는 살아가면서 몇 번에 걸쳐 기억을 되살리고는 망연자실해했다. 어떻게 하면 그때 자기가 이반과 헤어지고 나서 드미트리에 대한 생각을 그리도 완전히 잊어버릴 수 있었을까 하고 말이다. 오전에는, 그러니까 몇 시간 전까지만 해도 드미트리를 반드시 찾아내야겠다고, 그날 밤 수도원에 못 돌아가는 한이 있더라도, 드미트리를 만나지 않은 채 시내를 떠나지 않겠다고 생각했었는데 말이다.

VI
아직 매우 불분명한 상황

한편 이반 표도로비치는 알렉세이와 헤어지고 나서 집으로, 즉 표도르 파블로비치의 집으로 향했다. 하지만 이상하게도 주체할 수 없을 만한 근심이 갑자기 덮쳤고, 중요한 건 집으로 가까워지면 가까워질수록 그 근심이 더욱 불어갔다는 것이다. 이상한 것은 근심 자체가 아니라, 그 근심의 내용이 무엇인지 이반 표도로비치가 도저히 판정해낼 수 없었다는 점이 그랬다. 그가 근심을 느끼는 적은 전에도 많았으므로, 자기를 이곳으로 오게 한 모든 것과 결별하고서 당장 다음 날 딴 쪽으로 급격히 방향을 틀어 전혀 알지 못하는 길로 들어설 준비를 새로이 하던 그 순간에 근심이 덮쳤다는 것은 그리 놀랄 만한 일이 못 됐다. 그것도 전처럼 또다시 외로이, 많은 희망을 걸고, 그러나 구체적으로 무엇에 희망을 거는지는 모르는 채, 삶으로부터 너무 많이 기대를 하면서, 기대에서도 소망에서도 무엇을 원하는지조차 스스로 규정하지 못하고 새로운 길로 들어서고 있었다. 아무튼 그 순간에, 비록 새로운 것, 알지 못하는 것으로 인한 근심이 실로 마음속에 있었지만, 진짜로 그를 괴롭게 하던 것은 다른 것이었다. '설마 아버지 집에 대한 혐오 때문이려고? 어쩌면 진짜 그럴지도 모르겠네. 그만큼 진절머리가 났나 보다. 이 꺼림칙한 문턱을 오늘 마지막으로 넘는 것인데도 혐오스럽긴 마찬가지네' 하고 그가 마음속으로 뇌까렸다. 하지만 사실은 그 이유도 아니었다. 알렉세이와의 작별, 그리고 그와 나누었던 대화 때문이었던가? '살아오면서 계속 침묵하고 말을 안 해오다가, 갑자기 한꺼번에 그렇게 많은 허튼소리를 해버렸네' 하고 그는 생각했다. 실지로 바로 그것이 젊고 경험 없는 자, 젊고 공명심에 불타는 자가 겪을 법한 젊은이 특유의 유감일 수 있었다. 제대로 다 말을 하지 못한 데에 대한, 더욱이 의심할 여지 없이 마음속으로 커다란 기대를 품은 대상인 알렉세이 같은 존재와의 관계에서 그렇게 되었다는 데에 대한 유감일 수 있었다. 물론 그럴 수 있었다. 그런 유감이 원인일 수 있었다는 말이다. 뿐만 아니라 반드시 관련이 클 것이었다. 하지만 그것 역시 진정한 원인은 아니었다. 사실인즉슨 도대체가 원인을 규명할 수 없었다. '구역질이 날 정도의 근심인데도 도대체 무엇이 원인인지를 알 수가 없네. 아무 생각도 안 할 수만 있다면……'

이반 표도로비치는 '아무 생각도 안 하려' 했으나, 그게 그리 도움은 되지 못했다. 그를 꾹 짓누르고 있던 그 근심이 마치 단지 우연한 데 불과한 것인 양, 순전히 표면적인 것인 양 행동하게 되었다. 그런 것이 느껴졌다. 어딘가에 어떤 존재 혹은 사물이 툭 위치하고 있는데, 때로는 눈앞에 알짱거리며 보이기도 하지만 오래 일을 하고 있거나 열렬히 대화를 하고 있을 때는 그게 있는 줄 몰랐다가, 결국 마음에 뭔가 거슬려서 거의 괴로움마저 느끼며 이 몹쓸 것을 멀리 치워버려야겠다고 생각하게 되었는데, 사실 별것도 아닌 우스운 것일 때가 많고, 본래 있던 자리에 놓아두지 않고 딴 데에 놓아둔 물건, 예를 들어 바닥에 떨어진 손수건, 책장에 꽂아두지 않은 책 등일 수도 있다. 결국 이반 표도로비치는 기분이 아주 언짢고 신경이 곤두선 가운데 부친의 집에 거의 이르러, 쪽문까지 열댓 발짝쯤을 남기고 별안간 대문을 쳐다봤을 때, 비로소 무엇이 자기를 그리도 괴롭히고 마음을 불안케 했는지를 순식간에 깨달았다.

하인 스메르쟈코프가 대문 앞 벤치에 앉아 저녁 바람을 맞으며 더위를 식히고 있었다. 이반 표도로비치는 그를 보고 첫눈에 알았다. 자기 마음속에 그렇게 찌뿌둥하게 들어앉아 있던 것이 바로 이 스메르자코프라는 것을. 자기 마음이 바로 이 자의 존재를 참아내지 못하는 상태였다는 것을. 모든 것이 비로소 환해지고 명확해졌다. 아까, 알렉세이가 자기가 스메르자코프를 만났다는 얘기를 했을 때부터 이미 무언가 음울하고 꺼림칙한 것이 갑자기 이반 표도로비치의 심장을 꿰뚫고 심장 안에서 곧바로 가시 돋친 반응을 불러일으켰다. 그 뒤 대화를 하던 중에는 스메르자코프를 잠시 잊었으나, 마음 한구석에 남아 있다가, 알렉세이와 헤어지고 혼자서 집으로 향하자마자, 아까의 잊혔던 느낌이 불현듯 재빨리 도로 살아나기 시작했던 것이다. '나 참, 저런 시시하고 몹쓸 놈이 정말 내 마음을 그렇게까지 불안하게 할 수 있단 말이야?' 하고 그가 참을 수 없는 악감정에 받쳐 생각했다.

실로 이반 표도로비치는 얼마 전부터, 특히 근 며칠 사이로 이 사람을 아주 싫어하게 됐다. 그는 스메르자코프라는 존재에 대한 거의 증오에 가까운 감정이 자라나고 있는 것을 스스로 감지하기 시작했을 정도였다. 어쩌면 증오의 추이가 이렇게까지 첨예해진 것은, 이반 표도로비치가 우리 지역에 왔을 당시에는 상황이 전혀 달랐다는 점 때문일 수도 있다. 그때는 이반 표도로비치가 스메르자코프에 대해 난데없는 특별한 동정을 가졌었고, 스메르자코프의 매우 독특한 점을 발견하고 관심을 가졌었다. 그는 자기와 대화를 나누도록 스메르자코프를 가르치면서 스메르쟈코프의 머릿속 세계가 이해하기 어렵다는, 아니, 그렇다기보다는 어쩐지 불안하다는 점에 놀라기도 했고, '이 사람을 사색에 빠지게 하고' 그리도 지속적으로 끈덕지게 불안케 하는 것이 무엇인지 이해하지 못하는 입장이었다. 그들은 철학적 문제들에 대해서도 이야기를 나누었으며, 심지어는 해와 달과 별들이 제4일에 만들어졌는데도 어떻게 제1일에 빛이 비추었는지에 대해서도, 이를 어떻게 이해해야 될지에 대해서도 이야기를 나누었다. 그러나 이반 표도로비치가 즉시 확신하게 된 바, 사실 스메르쟈코프에게 해, 달, 별들이 그리 중요한 건 아니었다. 해, 달, 별들의 문제는 물론 흥미로운 문제이긴 하지만, 스메르쟈코프에게 그 문제는 사실 부차적인 문제의 반열에도 못 낄 정도로 그리 중요치 않았고, 그가 관심 있는 건 무언가 전혀 다른 것이었다. 어떠한 상황에서든 종국에 가서 그 한없는 자존심은 어차피 모습을 드러내게 되어 있었다. 그 자존심은 게다가 모욕당한 자존심이었다. 이반 표도로비치는 그게 아주 마음에 들지 않았다. 그때부터 미움의 감정이 들기 시작한 것이다. 그 뒤 집안이 어수선해졌고, 그루셴카가 연루되었으며, 드미트리 일로 인해 신경 쓸 일이 많아졌다. 둘은 이 문제에 대해서도 이야기를 나누었는데, 스메르쟈코프가 이에 대한 대화를 할 때 항상 흥분해 있었지만, 그가 진정 원하는 게 무엇인지는 좀처럼 짐작할 수가 없었다.

그가 원하는 바를 자기도 모르게 겉으로 드러내는 경우도 있었지만, 그나마 그것도 불분명했으며, 그 비논리적임과 무질서는 놀라울 정도였다. 스메르쟈코프는 항상 캐묻길 좋아했고, 직접적으로 관련 없는 질문, 미리 생각해둔 것임이 분명한 질문을 던지곤 했으나, 그 질문이 왜 필요한지는 설명하지 않았고, 보통 자기가 여러 질문들을 던지던 가장 절정의 순간에 갑자기 조용해지거나 전혀 다른 얘기로 옮아가곤 했다. 하지만 이반 표도로비치를 결정적으로 진절머리 나게 해버린, 그의 속에 그토록 혐오의 감정을 심어놓은 것은 바로 스메르쟈코프가 버젓이 드러내 보이기 시작한, 구역질 날 정도로 심한 친밀한 태도였다. 그런 태도는 갈수록 더해졌다. 그가 예의 없게 행동했다는 게 아니다. 오히려 그 반대로 그의 말투는 항상 아주 공손했다. 하지만 스메르쟈코프는 어떤 이유에서인지 자기가 이반 표도로비치와 하나의 진영을 형성하는 한통속이라고 생각하게 된 모양이었다. 말할 때마다 자기와 이반 표도로비치 사이에 무언가 남들이 모르는 무언의 약속 같은 것이 이미 되어 있으며 그것은 쌍방이 이미 공모했기에 오로지 그 둘만이 알고 있고, 그들 곁을 맴도는 평범한 사람들은 이해하지 못할 생각이라고 여기는 듯했다. 한편 이반 표도로비치는 자기 마음속에서 자라나는 혐오심의 진짜 이유를 오랫동안 이해하지 못하다가, 최근 들어서야 이유를 짐작하게 되었다. 지금 그는 꺼림칙하고 진저리쳐지면서, 스메르쟈코프를 쳐다보지 않고 조용히 쪽문으로 가려고 했는데, 웬걸, 스메르쟈코프가 벤치에서 일어나는 게 아닌가. 그 한 동작만 보고 이반 표도로비치는 금세 넘겨짚었다. 스메르쟈코프가 자기랑 특별히 할 말이 있다는 것을. 이반 표도로비치는 그를 쳐다보고 걸음을 멈추었다. 그리고 그냥 지나치려 했던 자기가 갑자기 걸음을 멈추었다는 사실 때문에 자신한테 화가 나서 치가 떨렸다. 화가 나고 혐오가 뻗칠 대로 뻗친 시선으로 그는 거세파 교도 모양으로 고행자의 인상을 끼치는 스메르쟈코프의 얼굴을 쳐다보았다. 구레나룻을 참빗으로 말끔히 빗어 붙였고, 앞머리를 보풀보풀하게 하여 작게 늘어뜨렸다. 그는 왼쪽 눈을 약간씩 가늘게 뜨면서 마치, '어딜 그냥 가려고? 그냥 못 갈걸. 우리 똑똑한 사람들끼리 나눌 화제가 있는 거 알면서 그래'라며 비웃는 것 같았다. 이반 표도로비치가 후드득 몸을 떨었다.

'저리 가, 못된 놈! 내가 너랑 친구냐, 미친놈아?' 하는 말이 그의 혀에서 떨어져 나오려고 했으나, 그와는 전혀 다른 말이 튀어나왔기 때문에 스스로도 많이 놀랐다.

"그래, 아버진 좀 어때? 주무셔, 아니면 깨셨어?" 하고 그가 자기도 모르게 조용하고 점잖은 말투로 물은 것이다. 게다가 벤치에 가서 앉기까지 했다. 이것 또한 자신을 놀라게 한 행동이었다. 나중에 그가 기억해낸 것이긴 해도, 그때 순간적으로 거의 공포심에 가까운 느낌이 들었다. 스메르쟈코프가 뒷짐을 지고 그의 맞은편에 서서 자신 있는 표정으로, 거의 근엄하다고까지 할 표정으로 서두르지 않고 말했다. 자기가 먼저 말을 건 게 아니라서 여유를 부리는 것 같았다.

"아직 주무십니다."

그리고 잠시 뒤 약간 어색하게 눈을 내리깔고서 오른발을 앞으로 내밀어 에나멜 칠한 신의 앞쪽 끝을 꼼지락거리며 이렇게 덧붙였다.

"전 이반 표도로비치 님이 놀라워요."

"내가 뭘 어쨌는데 놀랍다는 거야?" 하고 이반 표도로비치가 똑똑 끊어지는 말투로 엄하게 물었다. 그는 버럭 화를 내게 될까 봐 자기 제어를 하려고 온 힘을 쏟아붓고 있었다. 그러다 문득, 자기가 지금 호기심이 한껏 발동해서, 대답을 듣기 전에는 이 자리를 뜨지 않을 심산인 것을 알고 또 한 번 치를 떨었다.

"이반 표도로비치 님께선 왜 체르마쉬냐에 안 가시는 겁니까?" 하고 스메르쟈코프가 갑자기 눈을 쳐들면서 친밀한 미소를 띠었다. '내가 굳이 미소는 왜 띠지? 똑똑한 사람이라면 분위기 파악은 그냥도 했을 텐데 말이야' 하고 그의 가늘게 뜬 왼쪽 눈이 말하는 것 같았다.

"내가 왜 체르마쉬냐에 가야 되는데?" 하고 이반 표도로비치가 놀라서 물었다.

스메르쟈코프가 다시금 침묵하다가 종내는, "표도르 파블로비치 님께서 직접 간절히 부탁하셨지 않습니까?" 하고, 마치 자기 대답이 별로 가치는 없다는 듯이, 다만 무슨 말을 하긴 해야 되겠기 때문에 그리 중요치 않은 이유를 갖다 붙인다는 식으로 천천히 말했다.

"뭐야, 인마? 확실히 얘기해. 도대체 뭘 알고 싶은 거야?" 하고 이반 표도로비치가 마침내 화를 내며 소리쳤다. 더 이상 점잖은 태도가 아니었다.

스메르쟈코프가 오른발을 왼발에 나란히 갖다 붙이고 몸을 곧게 뻗은 자세를 취했으나, 그래도 계속 여유 있는 눈길로 그를 바라보았고, 미소도 지우지 않았다.

"아닙니다. 중요한 건 전혀 없습니다. 그냥 얘깃거리를 찾다가 그랬습니다."

다시 침묵이 찾아왔다. 거의 1분은 아무 말도 오가지 않았다. 이반 표도로비치는 자기가 지금 일어나서 화를 내야 된다는 걸 알고 있었지만, 스메르쟈코프가 앞에 서서 마치 '그래, 네가 화를 내나 안 내나 보겠어' 하면서 기다리고 있는 것 같았다. 적어도 이반 표도로비치가 보기에는 그랬다. 결국 그는 일어나려고 몸을 움직였다. 스메르쟈코프가 마치 그 순간을 기다리고 있었다는 듯 말했다.

"제가 처한 상황이 아주 안 좋습니다, 이반 표도로비치 님.

어떻게 해결해야 할지도 모르겠습니다."

그의 말투가 확신 있는, 똑똑 부러지는 말투로 어느새 바뀌어 있었다. 마지막 단어에 그는 한숨을 섞었다.

이반 표도로비치가 곧 도로 앉았다. 스메르쟈코프가 말을 이었다.

"두 분 다 고집이 보통이 아니십니다. 두 분 다 마치 어린애들 같으십니다. 지금 제가 이반 표도로비치 님의 아버님과 드미트리 표도로비치 형님 얘기하는 겁니다. 표도르 파블로비치 님께서 이제 일어나시면 1분마다 한 번씩 저한테 이러실 겁니다. '왜 안 온 거야? 도대체 왜 안 온대?' 그렇게 자정까지 계속하실 겁니다. 자정 넘어서까지도요. 그런데 그루셴카 님께선 안 오실 것이기 때문에(왜냐하면 그분은 오실 생각이 전혀 없으신 것 같거든요), 내일 아침이 되면 또 저한테 이러실 겁니다. '왜 안 왔대? 뭣 때문에 안 오는 거래? 언제 온대?' 마치 그게 제 잘못이기라도 한 듯 말입니다. 그런가 하면 말입니다. 이제 어둠이 내리기만 하면, 아니, 그전에라도 형님께서 흉기를 손에 들고 옆집으로 오셔서 이러신단 말입니다. '야, 인마, 돌팔이 요리사, 네가 한눈팔다 그 여자 온 걸 못 봐서 나한테 못 알려주는 날에는 누구보다도 널 먼저 죽일 거야.' 그러다 밤이 지나고 아침이 오면 그분도 표도르 파블로비치 님과 마찬가지로 날 괴롭히기 시작하십니다. '왜 안 왔대? 금방 올 거래?' 그러면서요.

그분의 여자분이 안 온 게 역시 제 잘못인 것처럼 말입니다. 두 분 다 날이 갈수록 시간이 지날수록 점점 더 화를 내서서, 어떤 때는 무서워서 차라리 스스로 목숨을 끊을까 생각도 합니다. 이반 표도로비치 님, 전 그분들 때문에 불안합니다."

"그러게 누가 그 난리에 끼어들래? 어떻게 하다 드미트리 표도로비치한테 상황을 보고하는 꼴이 됐어?" 하고 이반 표도로비치가 신경질적으로 말했다.

"제가 어떻게 거부할 수 있었겠습니까? 저야 물론 전혀 끼어들고 싶지 않았습니다. 어떻게 된 건지 속속들이 알고 싶으시다면 말씀을 드리겠는데요. 저는 처음부터 계속 침묵을 지키고 있었습니다. 그분이 뭐라고 해도 말대답하지 않았습니다. 그분 스스로가 저를 자기 종 리차르드로 삼으신 겁니다.[149] 그때로부터 계속 한 가지 말씀이십니다. '이놈아, 한눈팔다가 놓쳤다가는 내 손에 죽는다!' 이반 표도로비치 님, 아무래도 제가 내일 간질 발작을 일으키면 발작이 오래갈 것 같습니다."

"간질 발작이라니? 오래간다니?"

"오래가는 발작 말씀입니다. 아주 오래갑니다. 몇 시간 혹은 하루 내지 이틀도 갈 수 있습니다. 한번은 사흘 간 적도 있습니다. 그때 전 다락에서 떨어졌습니다. 경련이 멈췄다가 좀 이따 다시 시작됩니다. 그렇게 해서 사흘 동안 제정신을 차리지 못했습니다. 그때 표도르 파블로비치 님께서 사람을 보내셔서 이곳 의사이신 게르첸슈투베 선생님을 불러 오셨는데, 그 선생님은 정수리에 얼음찜질을 하고 또 무슨 약 하나를 쓰셨습니다. 그때 전 죽는 줄 알았습니다."

"간질 발작이 언제 일어날지는 미리 알 수 없다고 하던데, 넌 어떻게 내일 일어날 줄을 아는 거냐?" 하고 이반 표도로비치가 특별한 호기심을 갖고 신경을 곤두세워 물었다.

"미리 알 수 없는 것은 맞습니다."

"네가 다락에서 떨어진 걸 봐도 그렇잖아."

"다락엔 매일 올라갑니다. 내일도 다락에서 떨어질 수 있습니다. 다락에서 떨어지지 않는다면 지하실로 떨어질 수도 있습니다. 제가 지하실에도 매일 내려갑니다. 저 스스로 필요해서요."

이반 표도로비치가 그를 오랫동안 쳐다보고는 조용히, 그러나 위협적인 어조로 말했다.

"헛소리하는 거지? 왠지 네 말이 이해가 안 가는데. 그러니까 뭐야? 내일 발작이 일어난 것처럼 거짓으로 꾸며 사흘 동안 연극을 하겠다는 거냐? 그거냐?"

스메르쟈코프가 땅을 내려다보면서 다시금 오른발 발부리를 꼼지락거리다가, 오른발을 본래 위치에 놓고 그 대신 왼발을 앞으로 내밀고는 고개를 들어 미소를 짓고 말했다.

"만약 제가 그런 장난을 한다면 말입니다. 그러니까 꾀병 부리는 거요. 그거 경험 많은 사람에겐 전혀 어려운 일이 아니니까, 제 생명을 구하기 위해서 제가 그 방법을 써먹을 권리가 충분히 있습니다. 왜냐하면 제가 아파서 누워 있으면 만약 그루센카 님이 그분의 부친께 온다고 치더라도 그분이 아픈 저한테 '왜 나한테 안 알려줬어?' 하고 묻지 못하실 거 아닙니까? 그러진 못하시겠죠."

그러자 이반 표도로비치가 갑자기 성이 나서 일그러진 얼굴로 소리쳤다.

"뭐야? 젠장! 또 그 얘기야? 죽을까 봐 그렇게 겁나냐? 드미트리 표도로비치 형이 위협하는 말은 뻔지르르할 뿐이라는 거 몰라? 너 안 죽일 거야. 죽이더라도 널 죽이진 않을 거라고!"

"파리 죽이듯 죽이실걸요. 맨 처음에 저를 죽이실 거예요. 그런데 전 그것보다 다른 게 더 무서워요. 그분이 자기 부친한테 끔찍한 일을 하고 났을 때 사람들이 저를 그분의 공범으로 몰까 봐요."

"왜 널 공범으로 몰 거라고 생각해?"

"제가 드미트리 표도로비치 님께 비밀 신호들을 알려드렸으니까 저를 공범으로들 몰겠죠."

"무슨 신호? 누구한테 알렸다고? 야, 인마, 좀 알아듣게 말해!"

"제가 고백할 게 있는데요" 하면서 스메르쟈코프가 젠체하며 여유롭게 질질 끌면서 이어 말했다. "저하고 표도르 파블로

686

비치 님 사이에 비밀이 하나 있어요. 정말 알고 싶으시다면 말씀드리겠는데요. 표도르 파블로비치 님께서는 이미 며칠째, 밤만 되면, 아니면 저녁만 되어도, 당장 문을 안에서 걸어 잠그세요. 요즘 들어 이반 표도로비치 님께서 매일 이른 저녁에 윗방으로 올라가셨지 않습니까? 어제는 또 아무데도 안 나가셨고요. 그래서 어쩌면 모르실 거예요. 그분께서 밤에 얼마나 철저하게 문을 잠그시는지를요. 그래서 그리고리 바실리예비치 님이 오시더라도 표도르 파블로비치 님은 목소리를 확인을 하고야 열어주실 겁니다. 하지만 그리고리 바실리예비치 님은 안 오세요. 그래서 지금 저 혼자 표도르 파블로비치 님께 시중을 들어요. 그루셴카 님이 연루된 바로 그 사건 이후로 표도르 파블로비치 님께서 그렇게 하기로 정하셨어요. 밤에는 저도 이제, 표도르 파블로비치 님께서 정하신 대로, 별채에서 잡니다. 하지만 자정까지는 잠들 수가 없고, 망을 봐야 합니다. 마당을 순찰을 돌아야 돼요. 언제 그루셴카 님이 오시나 하고 기다려야 돼요. 표도르 파블로비치 님이 마치 정신 나가신 양 벌써 며칠째 기다리고 계시니까요. 그분 생각은 어떤가 하면, 그루셴카 님이 드미트리 표도로비치 님을 무서워하기 때문에 밤에 몰래 뒷길로 해서 자기한테 올 거라는 거예요. 그래서 저보고 자정이 지날 때까지 지키고 서 있으라는 거예요. 만약 그루셴카 님이 오시면 저보고 달려와 문을 두드리든지 아니면 정원 쪽으로 난 창문 밑으로 와서 손으로 창문을 두드리되, 처음 두 번은 천천히, 그러니까 '똑, 똑' 이렇게, 그다음에 세 번을 '똑똑똑' 이렇게 빠르게 두드리래요. 그러면 그루셴카 님이 오셨다는 것으로 알아들으시고 문을 살짝 열어주시겠다는 거죠. 또 무슨 비상사태가 생기면 쓸 다른 신호도 알려주셨어요. 처음 두 빈을 '똑똑' 이렇게 빨리, 그리고 좀 기다렸다가 한 번을 더 두드리는데 훨씬 세게 두드리래요. 그러면 무언가 갑작스러운 일이 생겨서 제가 그분을 꼭 뵈어야 되는 것으로 알아들으시고 문을 열어주시겠대요. 그럼 제가 들어가서 보고를 드리는 거죠. 이건 그루셴카 님이 직접 못 오시고 그 어떤 전갈을 보내셨을 경우를 위한 거예요. 또 드미트리 표도로비치 님이 오실 경우도 있거든요. 그런 경우 표도르 파블로비치 님께 알려드려야 하는 거죠. 표도르 파블로비치 님은 드미트리 표도로비치 님을 아주 무서워하세요. 그렇기 때문에 만약 그루셴카 님이 오셔서 표도르 파블로비치 님과 그루셴카 님이 안에서 문을 잠그셨을 경우에도, 그때 만일 드미트리 표도로비치 님이 오신다고 치면 저는 즉시 그 사실을 표도르 파블로비치 님께 알려야 하는 거예요. 그때는 세 번 두드리는 거죠. 다섯 번 두드리는 첫 번째 신호는 '그루셴카 님이 오셨어요'라는 뜻이고, 세 번 두드리는 두 번째 신호는 '급한 일이에요!'라는 뜻이니까요. 그분께서 직접 몇 번씩 시범을 보여가며 절 가르치셨어요. 이 신호들에 대해서 온 세상에서 저 혼자 알고 있으니까, 그분께서는 전혀 아무런 의심 없이, 누구냐고 물어보지도 않고(자기 목소리를 남이 듣는 걸 아주 무서워하세요) 열어주실 거예요. 그런데 바로 이 신호들에 대해서 드미트리 표도로비치 님도 알게 됐다는 말이에요."

"어떻게 알게 됐어? 네가 알려줬어? 그걸 알려주면 어떡해?"

"너무 겁이 나서요. 그분 앞에서 제가 어떻게 입을 다물고 있을 수 있었겠어요? 드미트리 표도로비치 님이 매일 저한테 압력을 가했단 말이에요. '너 날 속이는 게 있지? 뭘 숨기고 있지? 두 다리몽둥이를 분질러버린다!' 그러면서요. 그래서 제가 이 신호들을 알려드릴 수밖에 없었어요. 저의 무조건적인 순종을 보시고 만족하시라고요. 제가 속이는 게 없고 모든 걸 다 알려드린다는 걸 아시라고요."

"드미트리가 이 신호를 이용해서 들어가려고 하면 네가 막아야 돼."

"전 발작을 일으켜 쓰러져 있을 건데 어떻게 막습니까? 필사적으로 덤벼드는 그분의 성향을 잘 알면서도 제가 감히 그분을 막으려 들 수 있다 친들 말입니다."

"아, 이런 젠장! 네가 발작을 일으킬 거라는 걸 어떻게 그렇게 확신하는 거야, 응? 뭐야, 지금? 깝죽거리며 날 놀리는 거야?"

"어떻게 감히 이반 표도로비치 님께 깝죽거릴 수 있습니까?

게다가 전 지금 무서워 죽겠는데 깝죽거릴 생각이 과연 나겠습니까? 그냥 그런 감이 드는 겁니다. 마치 발작이 일어날 것 같은……. 그런 예감이 들어요. 무서움 때문에 발작이 일어날 것 같은……."

"제기랄! 야, 만약 네가 쓰러져 있을 거라면 그리고리가 망을 봐야겠네. 미리 그리고리한테 얘기해놔. 그리고리는 드미트리를 절대 안 들여보낼 테니까."

"표도르 파블로비치 님이 직접 그러라고 하시기 전에는 제가 그리고리 바실리예비치 님께 신호에 대해서 절대 알려드릴 수 없어요. 그리고 그리고리 바실리예비치 님이 드미트리 표도로비치 님 오는 소리를 듣고 그분을 막으실 수가 있을까요? 그리고리 바실리예비치 님이 어제 일을 겪은 뒤 오늘 몸져누웠는데 말이에요. 그래서 마르파 이그나치예브나 님이 내일 치료를 해볼 거라고 아까 그러더라고요. 어떻게 치료하는지 아세요? 아주 재미있어요. 마르파 이그나치예브나가 약초 우린 술을 저장해둔 게 있는데, 도수도 아주 높아요. 그게 비법이래요. 그 비밀의 약술로 그리고리 바실리예비치를 1년에 세 번 정도 치료해요. 그리고리 바실리예비치가 허리가 아플 때요. 제가 볼 땐 마비가 오는 거 같아요. 1년에 세 번 정도요. 그럴 때마다 마르파 이그나치예브나는 수건을 가져다가 이 약술에 적셔서 그리고리 바실리예비치의 등을 30분 정도 닦아요. 약술이 다 마를 때까지 닦아요. 그러다 보면 등이 시뻘게지고 부어요. 그다음에 병에 남은 걸 마시라고 줘요. 마시기 전에 기도도 하고 말이에요. 하지만 그분이 다 마시는 건 아니에요. 이왕지사에 조금 남은 걸 마르파 이그나치예브나도 마셔요. 그렇게 되면 말이에요, 원래 술 안 마시던 분들이기 때문에, 그 자리에서 자빠져 아주 깊이 잠들어요. 그리곤 오래 자는 거예요. 그렇게 하고 깨고 나면 그리고리 바실리예비치가 거의 항상 회복이 돼요. 마르파 이그나치예브나는 깨고 나면 항상 머리가 아파요. 자, 그러니까 내일 마르파 이그나치예브나가 자기가 하려고 하는 걸 하게 되면, 이 두 분 다 드미트리 표도로비치가 오시는 걸 듣고 못 들어가시게 막으실 가능성이 거의 없다는 말이에요. 자고 있을 테니까요."

"너 무슨 허튼소리를 지금 그렇게 하는 거야? 그래, 그렇게 동시에 딱딱 맞아떨어질 거란 말이지? 넌 발작을 일으켜 쓰러져 있고, 그 둘도 의식불명일 거고 말이야. 뭐야? 네가 그런 상황이 되기를 원한다는 거야, 뭐야?" 하면서 이반 표도로비치가 뭔가를 갑자기 깨달은 듯 위협적으로 눈살을 찌푸렸다.

"제가 원하긴요……. 또 일부러 그런 상황을 만들 건 뭐 있어요? 이 모든 것이 드미트리 표도로비치 님 한 분께 달려 있는데……. 그분의 생각에 달려 있고 말이에요. 그분이 무슨 일을 벌이자고 마음만 먹으면 벌이실 거예요. 만약 마음을 안 먹으신다면 저도 당연히 일부러 그러시라고는 하지 않죠. 그분을 부친께 공연히 왜 밀어 넣어요?"

이반 표도로비치가 그 말을 듣고 성이 나서 얼굴이 창백해지면서 말했다.

"드미트리가 아버지한테 와야 될 이유는 또 뭐야? 그것도 몰래 와야 될 이유는? 만약 네 말대로 그루셴카가 절대 오지 않을 거라면 말이야. 네가 그랬잖아, 그루셴카가 절대 오지 않을 거라고. 나도 여기 사는 동안 내내 그렇게 생각해왔어. 그년이 아버지한테 온다는 건 아버지의 환상에 젖은 희망 사항일 뿐이라고. 그래, 그년이 아버지한테 오는 것도 아닌데 드미트리가 아버지 집에 들어오려고 할 이유는 또 뭐냐고. 말해봐! 네가 무슨 생각을 하고 있는지를 알고 싶어."

"이반 표도로비치 님께서 스스로 잘 아시잖아요, 그분이 왜 오실 건지를요. 제 생각을 아시는 게 굳이 왜 필요하세요? 성이 받쳐서 오실 거예요. 아니면 의심 때문에요. 제가 병으로 쓰러져 있을 그즈음에요. 의심에 차서 붉으락푸르락하면서 어제처럼 각 방을 뒤지고 돌아다닐 거예요. 자기 몰래 그루셴카가 온 것 아닌가 하고요. 그분도 잘 알고 계세요. 표도르 파블로비치 님께서 큰 봉투를 준비해놓으셨다는 걸요. 그 봉투 안에는 3천이 들어 있고 봉투는 세 번 봉인되어 리본이 달렸고 표도르 파블로비치 친필로 '나의 천사 그루셴카가 오는 경우 증정하노라'라고 쓰여 있다는 걸요. 그렇게 쓴 지 사흘쯤 뒤에 거기다 덧붙여서 이렇게 쓰셨어요. '나의 귀여운 여인에게'라고. 어쨌든 이게 바로 그분이 오실 동기가 되지 않겠습니까?"

"헛소리 마!"

이반 표도로비치가 거의 부들부들 떨면서 소리치고는 이렇게 말을 이었다.

"드미트리는 돈을 훔치러 오지 않아. 더욱이 아버지를 죽이려 들지도 않을 거야. 어제 그루셴카 때문에 아버지를 죽일 뻔 했지만, 그건 극도로 흥분해서 악이 받치고 얼이 빠져서 그랬던 거고, 어쨌든 돈을 뺏으러 오진 않을 거야!"

"그분 지금 돈이 아주 필요하실 텐데요. 도저히 어찌할 수 없을 만큼 필요하실 텐데요. 이반 표도로비치 님께선 상상도 못하실 정도로 필요하실 겁니다" 하면서 스메르쟈코프가 극도로 침착한 태도로 명료하게 설명을 하기 시작했다. "게다가 3천이라는 돈을 그분은 자기 거라고 생각하고 있어요. 그분이 직접 제게 말씀하셨어요. '아버지가 나한테 빚진 거 아직 딱 3천이 남아 있어'라고요. 또 말씀입니다, 이반 표도로비치 님, 생각해보십시오. 부인할 수 없는 사실이지 않습니까? 그루셴카 님이 원하시기만 한다면 나리를, 그러니까 표도르 파블로비치 님을 영락없이 휘어잡고 자기한테 장가들게 할 게 거의 분명하다고 말할 수 있지 않습니까? 자기가 원하기만 한다면 말씀입니다. 그런데 사실 원할 수도 있는 일 아닙니까? 그분이 절대 오시지 않을 거라고 하는 것은 물론 제 말이고, 어쩌면 사실은 그분이 원하시는 것일 수도 있지 않습니까? 금방 지주의 부인이 되는 것 말씀입니다. 그분이 거래하는 상인 삼소노프 님이 그분한테 솔직히 말씀하셨다고 저는 알고 있습니다. '표도르 파블로비치한테 시집가는 게 아주 실리에 맞는 일이 될 거'라고요. 그러면서 껄껄 웃었대요. 그루센카 님 머리가 보통이 아니에요. 땡전 한 푼 없는 드미트리 표도로비치 님 같은 사람한테 시집갈 리 없어요. 그 점을 염두에 두고 한번 생각해보십시오, 이반 표도로비치 님. 만약 일이 그렇게 되어버리면, 그럼 부친께서 돌아가신 다음에 드미트리 표도로비치 님께나 이반 표도로비치 님께나 동생분 알렉세이 표도로비치 님께나 단 1루블도 떨어지는 게 없게 됩니다. 왜냐하면 그루센카 님이 시집오는 이유가 바로, 모든 재산을 자기가 물려받는 것으로 하고 있는 재산이란 재산은 모두 자기 몫으로 이전되게 하려는 것이거든요. 그런데 아직 그런 일이 벌어지지 않은 상태에서 부친께서 돌아가시게 되면 아드님들 각 분께 즉시 4만씩이 돌아가거든요. 표도르 파블로비치 님께서 그토록 미워하시는 드미트리 표도로비치 님께도 마찬가지로요. 특별한 유언이 된 게 없으니까 말씀이에요. 이 모든 사실을 드미트리 표도로비치 님은 아주 잘 알고 있단 말씀입니다."

이반 표도로비치의 얼굴 어딘가가 일그러지고 갑자기 전율을 일으킨 거 같았다. 얼굴이 갑자기 빨개지기도 했다. 그가 문득 스메르쟈코프의 말을 끊고 말했다.

"근데 너 왜……, 그런 생각을 쭉 하고 있었으면서, 나보고 체르마쉬냐 다녀오라고 충고하는 거냐? 무슨 저의가 있는 거야? 내가 떠나면 여기서 그 모든 일이 일어날 거라는 거냐?"

이반 표도로비치가 힘겹게 숨을 돌리면서 말을 마쳤다.

"네, 맞습니다" 하고 스메르쟈코프가 이반 표도로비치의 표정 변화를 세밀히 관찰하면서 조용히, 사려 깊은 어조로 말했다.

"맞긴 또 뭘 맞아? 어떤 의미에서?" 하고 이반 표도로비치가 스스로를 억누르려 애쓰면서 눈을 무섭게 번뜩이며 다시 물었다.

"이반 표도로비치 님을 위하는 마음에서 말씀드린 겁니다. 이반 표도로비치 님 입장에서는 그런 일이 벌어지는 자리에 머물러 계신 것보다, 다 버리고 훌훌 떠나 계시는 게 낫지 않겠습니까? 여기엔 저 혼자 남아 있고요" 하고 스메르쟈코프가 이반 표도로비치의 번뜩이는 눈을 정면으로 쳐다보면서 대답했다. 그 뒤 한동안 둘 다 아무 말도 없었다.

"넌 역시 어디 내놔도 안 밀릴 바보구나. 파렴치가 하늘을 찌르는 건 물론이고!" 하고 이반 표도로비치가 갑자기 벤치에서 일어나며 말했다. 곧장 쪽문 쪽으로 가려고 하다가, 별안간 발길을 멈추고 돌아서서 스메르쟈코프를 보았다. 무언가 이상한 일이 일어났다. 이반 표도로비치가 갑작스럽게, 마치 몸에 경련이 이는 듯, 입술을 깨물고서 주먹을 불끈 쥐었다. 곧장 스메르쟈코프에게 달려들 기세였다. 스메르쟈코프는 즉시 깨닫고 움찔 놀라면서 몸 전체를 뒤로 뺐다. 그러나 스메르쟈코프 입장에서 다행히도 그 순간이 그냥 지나갔다. 이반 표도로비치가 말없이, 자기도 어떻게 된 영문인지 모르겠다는 몸짓을 하고서 쪽문 쪽으로 몸을 돌렸다.

"나 내일 모스크바로 떠난다, 네가 알고 싶은지는 모르겠지만. 내일 아침 일찍 떠날 거야. 그러면 된 거지" 하고 그가 표독스럽게, 갑자기 큰 소리로 명확한 발음으로 말하고는, 나중에 가서 자기가 그 말을 스메르쟈코프에게 굳이 왜 해야 했을까 하고 자신도 놀랐다.

"그거 참 좋은 방법입니다. 물론 모스크바로는 여기서 전신이 가니까, 무슨 일이 벌어지면 소식을 알 수 있으시겠네요" 하고 스메르쟈코프가 그 말을 기다리고나 있었다는 듯 받아서 말했다.

이반 표도로비치가 다시금 멈춰 서서 스메르쟈코프에게로 몸을 돌렸다. 그런데 그러자마자 뭔가가 확 달라진 게 보였다. 스메르쟈코프가 갖고 있던 친밀한 태도, 안일한 태도가 순간적으로 사라지고, 그의 얼굴 전체가, 상전이 무슨 말을 할지 귀기울여 듣고자 하는 하인의 소심하고 굴종적인 태도를 띠고 있었다. 응시의 눈길을 이반 표도로비치에게 박고 있는 그의 얼굴에서, '무슨 할 말은 없소? 덧붙이고 싶은 말은 없는 거요?' 하는 말을 읽을 수 있었다.

"내가 체르마쉬냐에 가 있는다고 해서 거기로는 연락이 안 올 거 같으냐? 무슨 일이 벌어지면 말이야" 하고 이반 표도로비치가 갑자기 큰 소리로 외쳤다. 왜 갑자기 그렇게 심하게 목소리를 높였는지 알 수 없었다.

"네, 그렇죠. 체르마쉬냐로도 연락이 가겠죠" 하고 스메르쟈코프가 거의 속삭이는 소리로, 마치 당혹한 듯이 말했다. 그러나 계속 이반 표도로비치의 눈을 똑바로, 똑바로 응시하고 있었다.

"단, 모스크바는 멀고, 체르마쉬냐는 가까워. 그러니까 넌 나보고 체르마쉬냐로 가라고 하는 게 소식 전달에 드는 돈을 아끼려는 거냐? 아니면 내 생각을 해서 나보고 굳이 멀리까지 갔다 올 필요가 없다는 거냐?"

"네, 그게 맞습니다" 하고 스메르쟈코프가 이미 조금씩 끊어지는 목소리로 들릴 듯 말 듯 말했다. 얼굴에는 기분 나쁜 미소를 띠었고, 몸은 다시금 여차하면 뒤로 피할 준비를 한 긴장된 상태였다. 스메르쟈코프는 예상을 못 했었다. 이반 표도로비

치가 껄껄 웃고서 쪽문으로 휙 들어갈 줄을 말이다. 웃음소리
는 계속 들려 왔다. 이반 표도로비치의 얼굴을 그때 누군가가
보았다면 아마, 이반 표도로비치가 웃는 것은 즐거워서가 절
대 아니었다고 결론을 내렸을 것이다. 당시 왜 그렇게 행동했
는지 자신도 도저히 설명하기 어려웠다. 걸을 때마다 그의 몸
에는 경련이 일었다.

VII
"똑똑한 사람하고는 이야기하는 것도 재미있다"

말할 때도 마찬가지였다. 응접실로 들어가자마자 표도르 파
블로비치를 보고서, 손을 내저으며 "나 아버지 만나러 온 게 아
니라 위층 내 방으로 가는 거예요. 다음에 봬요" 하고 재빨리
말하고는 눈도 안 마주치려 하면서 그냥 옆을 통과해 갔다. 그
순간에 그에게 노인네가 너무나 증오스러웠을 수 있다. 그러
나 표도르 파블로비치는 그가 적대감을 그런 식으로 전혀 아
무렇지도 않게 표현할 줄은 몰랐다. 표도르 파블로비치는 그
에게 무슨 말을 빨리 전하려고 일부러 응접실로 나온 것 같았
다. 하지만 이반 표도로비치의 그런 '친절한' 말을 듣고는 입을
다물고 멈춰 서서, 층계를 따라 다락방으로 올라가는 자기 아

들이 보이지 않게 될 때까지 비소를 머금은 표정으로 바라보고 있었다.

"쟤 왜 저래?" 하고 그가 이반 표도로비치를 뒤따라 들어온 스메르쟈코프에게 물었다.

"누가 알아요? 왠지 화가 나신 모양이에요" 하고 스메르쟈코프가 얼버무리는 식으로 중얼거렸다.

"거 참! 아, 화내려면 내라 그래! 얼른 사모바르를 내오고 너도 얼른 꺼져. 무슨 소식은 없어?"

그러면서 스메르쟈코프가 방금 이반 표도로비치한테 불평을 늘어놓은 바로 그런 식의 심문이 시작되었다. 즉 그루셴카가 와야 되는데 왜 안 오는지에 대해 꼬치꼬치 캐묻는 행위 말이다. 독자들까지 그 질문들을 다 들을 필요가 없으니까 여기서 생략하기로 하겠다. 30분 뒤에 집 건물은 자물쇠로 잠겼고, 다섯 번 두드리기로 정해놓은 그 신호가 이제나저제나 울리지 않을까 하며 기다림에 안절부절못하는 이 노인네는 혼자서 이 방 저 방을 돌아다녔다. 가끔씩 어두운 창문 밖을 내다보았으나, 밤이 됐다는 것만 보일 뿐 그 외에는 아무것도 보이는 게 없었다.

이미 밤이 깊었는데도 이반 표도로비치는 아직 잠자리에 들지 않고 무슨 생각을 곰곰이 하고 있었다. 그는 밤늦게, 두 시쯤에나 잠자리에 들었다. 그가 한 생각의 흐름을 다 독자들에게 전달하진 않겠다. 게다가 그의 마음속을 들여다볼 만한 시기가 지금은 아니다. 그럴 만한 때가 앞으로 올 것이다. 설사 지금 그 마음속 상태를 전달을 하려고 해본들 그 작업은 아주 복잡할 것이다. 왜냐하면 그에게는 이런저런 생각들이 있었다기보다 무엇이라고 표현할 수 없는 무언가가 있었던 것이고, 중요한 건 너무나 흥분한 상태에 있었다는 것이다. 이반 표도로비치는 생각이 온통 뒤죽박죽이었다. 거의 전혀 예상치 못했던 여러 가지 이상한 욕망들이 그를 괴롭혔다. 예를 들어, 이미 자정이 지났음에도 그는 밑으로 내려가 문을 열고 별채로 건너가서 스메르자코프를 패주고 싶은 욕망이 갑자기 집요하게, 참을 수 없을 정도로 들었다. 하지만 독자 여러분께서 왜냐고 묻는다면, 이 하인이 그를 화나게 하는 이 세상의 그 누구보다도 더 괘씸하고 증오스러운 자였다는 것밖에는 다른 어떤 이유도 그가 정확히 진술하지 못할 상황인 것이 분명했다. 다른 한편으로는 그날 밤 설명할 수 없는 소심한 마음 상태가 자꾸만 그를 장악하고 들어, 굴욕적인 기분마저 가져다주었다. 그가 느끼기로는 그것 때문에 육체적 힘마저 빠져갔고, 머리가 아팠고 어지러웠다. 마치 누군가에게 복수를 다짐할 때처럼 무언가 증오스러운 것이 마음을 짓눌렀다. 그는 얼마 전의 대화를 기억해내고 심지어 알렉세이마저 미워졌다. 때때로 자기 자신이 미웠다. 카체리나 이바노브나에 대한 생각은 거의 잊었고, 나중에 그 점에 스스로 놀랐다. 더욱이 어제 아침에만 해도 카체리나 이바노브나의 집에서 자기가 내일 모스크바에 간다고 과장된 제스처를 취해가면서 자랑스럽게 떠벌이던 것을 그는 확실히 기억하고 있었다. 당시 그는 문득 마음속으로 자신에게 이렇게 말했었다. '그래, 간다고 하니까 네가 지금 이렇게 허풍 떨며 자신 있어하는 거겠지. 만약 안 간다면 떨어져 나오기가 그렇게 쉽진 않을걸.' 나중에 그날 밤의 기억을 떠올리면서 이반 표도로비치는 자기가 갑자기 소파에서 일어나 가만히, 마치 누군가 자기를 감시라도 할까 봐 무서워하면서, 문을 열고 층계로 나가서 아래층의 방들로부터 들리는, 표도르 파블로비치가 움직이며 걸어 다니는 소리를 귀 기울여 듣곤 하던 것을 기억해내고는 특히 기분이 나빴다. 그는 한번 층계로 나갔을 때 오래, 5분 정도 듣고 있었다. 근원을 알 수 없는 이상한 호기심에 가득 차 숨을 죽이고 쿵쾅거리는 가슴으로 엿들었다. 도대체 왜 그랬는지, 왜 엿들어야만 했는지, 그는 물론 알지 못했다. 자신의 그런 행동을 그는 평생 동안 '혐오스러운' 행동이라 일컬었고, 평생 동안 속으로, 마음속 깊은 곳에서, 자기 삶 전체를 통틀어 가장 야비한 행동으로 여겼다. 그때 그는 표도르 파블로비치에 대해서는 심지어 증오조차 느끼지 못했고, 다만 왠지 궁금해했다. 표도르 파블로비치가 아래층에서 어떻게 돌아다니는지, 자기 방에서 지금 대충 어떤 일을 하고 있을지 이렇게 저렇게 짐작도 해보고 상상도 해보았다. 그가 아래층에서 어두운 창밖을 내다보다가 갑자기 방 한가운데에서 멈춰 서서 누군가가 문을 두드리지 않을까 기다리겠지 하고. 이반 표도로비치가 엿듣기 위해 충계로 나갔던 적이 두 번쯤 된다. 모든 것이 잠잠해지고 표도르 파블로비치도 잠자리에 누웠을 때, 그때가 두 시쯤 됐었는데, 그제야 이반 표도로비치도 잠자리에 누워, 가능하면 빨리 잠들기를 간절히 원했다. 매우 기진맥진한 것을 느꼈기 때문이다. 아니나 다를까 그는 순식간에 깊이 잠들어 꿈도 안 꾸고 잤다. 깨기는 일찍 깼다. 아침 일곱 시쯤, 동이 튼 뒤였다. 눈을 뜨자 그는 놀랍게도 어떤 특별한 에너지가 몰려오는 것을 몸속에서 갑자기 느끼고 후닥닥 일어나 번개같이 옷을 입고는 자기 여행용 가방을 꺼내서 지체 없이 서둘러 짐을 싸기 시작했다. 마침 어제 아침에 세탁부에게서 속옷을 다 받아놓았었다. 이반 표도로비치는 모든 것이 이렇게 착착 맞아떨어지고, 갑작스레 떠날 수 없도록 그를 붙잡는 것이 아무것도 없다는 생각에 불현듯 웃음마저 나왔다. 그는 실로 갑작스레 떠나는 거였다. 비록 이반 표도로비치가 자기가 '내일' 떠난다고 어제 이야기하긴 했지만(카체리나 이바노브나와 알렉세이에게, 그다음 스메르쟈코프에게), 어제 잠자리에 들면서 그는 자기가 그렇게 이야기할 때 진짜로 떠날 생각은 아니었다는 것을 뚜렷이 기억해냈다. 적어도 다음 날 아침 일어나자마자 가방부터 싸게 될 줄은 몰랐던 것이다. 결국 가방을 다 쌌다. 어느덧 열 시쯤 되었을 때, 마르파 이그나치예브나가 올라와서 보통 때 매일 하던 질문을 했다. "어디서 차를 드시겠어요? 이 방에서요, 아니면 밑으로 내려오시겠어요?" 이반 표도로비치는 밑으로 내려갔다. 거의 즐거운 표정이었다. 비록 그의 말과 몸짓에서 무언가 산만하고 조급한 것이 느껴지긴 했지만 말이다. 부친에게 쾌활하게 인사를 했고, 건강이 어떠냐고 물어보기까지 했다. 하긴 부친의 대답을 끝까지 다 듣지도 않고 자기가 한 시간 뒤에 모스크바로 떠난다고 발표하긴 했지만 말이다. 그것도 완전히 떠나는 것이라고 하면서, 말을 구해 오도록 사람을 보내달라고 부탁했다. 표도르 파블로비치는 그의 말을 전혀 놀라는 기색 없이 다 들었다. 그는 자기 아들이 떠나니 슬퍼해야 한다는 것을 그만 깜빡 잊었고, 그 대신 마침 자신의 발등에 떨어진 일을 기억해내고서 별안간 아주 바쁘게 움직이기 시작했다.

"야, 너도 참! 어제 말을 할 것이지……. 그래, 어쨌든 지금도 해결할 수 있으니까……. 나 부탁 하나만 하자. 꼭 좀 부탁하는데, 체르마쉬냐에 좀 들러줘. 볼로비야 역에서 왼쪽으로 접어들기만 하면 돼. 겨우 12베르스타밖에 안 되는 거리만 가면 체르마쉬냐가 나와."

"이해 좀 해주세요. 제가 거길 못 가요. 철길까지 80베르스타고, 기차가 역에서 모스크바로 저녁 일곱 시에 떠나니까, 그때까지 간신히 거기 도착할 수 있어요."

"내일 가면 되잖아. 아니면 모레. 오늘은 체르마쉬냐에 들르고. 그 일 하나만 해주면 이 애비가 마음이 놓일 텐데, 그게 그렇게 어렵니? 여기서 일만 없다면 내가 직접 갔을 텐데 말이야. 거기 일도 빨리 해결해야 하고 중요하거든. 근데 여기 사정이 또 만만치 않구나…… 있잖아, 거기 있는 내 땅 두 군데 말이야, 베기체보하고 쟈치키노 그 황무지에 있는 거 말이야. 벌채용으로 파는데 사업가 마슬로브 씨 부자가, 나이 든 아버지랑 그 아들인데, 겨우 8천 주겠대. 근데 작년만 해도 사겠다는 사람을 우연히 만났는데, 1만 2천 주겠다고 했거든. 근데 여기 사람이 아니라는 거지. 그래서 여기 사람들한테는 이제 팔 기회가 없어. 마슬로브 씨 부자가 지주들을 무력하게 만들고 있어. 돈 10만은 쥐고 있는 사람들인데, 자기들 맘대로 돈 얼마 줄 테니까 가지려면 가지래. 여기 사람들 중 아무도 그 사람들하고 싸워서 이길 사람이 없어. 근데 일리인스크의 신부가 지난 목요일에 갑자기 이리로 편지를 보내기를, 고르스트킨이 왔대. 이 사람도 사업가야. 내가 이 사람 알아. 여기 사람이 아니고 포그레보 출신이야. 그러니까 마슬로브 씨 부자를 안 무서워하는 거야. 바로 그래서 여기 사람이 아니라는 거지. 토지 가격을 1만 1천에 쳐주겠대, 1만 1천에. 근데 신부의 편지에 따

르면 그 사람이 여기 와서 이제 일주일만 있다가 간다고 그랬
어. 그러니까 네가 가서 그 사람하고 이야기를 나누면 좋겠는
데 말이야……."

"아버지가 신부한테 편지를 쓰시면 되잖아요. 아버지 대신
이야기를 좀 나눠달라고."

"신부는 그런 거 할 줄 몰라. 그게 문제라고. 이 신부는 볼
줄을 몰라. 사람은 참 좋은 사람이야. 내가 증서 같은 거 안 받
고 그 사람한테 2만을 보관해달라고 맡길 수도 있어. 근데 사
람이 아무것도 볼 줄은 몰라. 사람이라면 그 정도는 다 할 줄
아는데, 그 사람은 사람이 아닌가 봐. 까마귀한테도 속아 넘
어갈 사람이야. 학식 있는 사람인데도 그래. 상상이 가니? 고
르스트킨이라는 사람은 겉보기엔 촌놈 같아. 허리가 잘록한
파란 긴 외투를 입었어. 근데 성격으로 치면 완전히 야비한 놈
이야. 바로 이 점이 우리한테 문제가 될 수 있다 이거야. 그놈
은 속여 먹길 잘한다는 거지. 굳이 뭐 하러 그렇게까지 속일 필
요가 있나 놀랄 정도야. 자기 마누라가 죽어서 자긴 이제 새장
가 갔다고 3년째 거짓말을 하고 다녔어. 알고 봤더니 그건 있
지도 않은 얘기였어. 상상이 가니? 그놈 마누라는 한 번도 죽
은 적이 없어. 시퍼렇게 살아서 지금도 사흘에 한 번씩 남편을
한 대씩 팬대. 그러니까 이제 그놈이 땅 값으로 1만 1천을 주려
고 한다는 게 거짓말인지 진짠지 잘 봐야 돼."

"나라고 별 묘안이 있는 건 아니잖아요. 나도 볼 줄 모르긴 마찬가지예요."

"웬걸. 넌 해낼 수 있어. 내가 그놈 특징을 자세히 알려줄게. 고르스트킨 그놈 말이야. 내가 그놈이랑 오래전부터 거래를 해왔거든. 자, 들어봐. 그놈을 볼 때는 턱수염을 봐야 돼. 턱수염이 벌건 갈색이고 보기 흉하게 가느다래. 턱수염이 흔들리는 건 그놈이 정색을 하고 말할 때야. 그러니까 거짓말을 안 하는 거라고 볼 수 있어. 진지하게 사업 얘기를 해보자는 거지. 그런데 그놈이 손으로 턱수염을 가다듬으면서 약간씩 웃을 때가 있는데, 그럴 땐 속이려고 하는 거야. 사기 치려고. 그놈 눈은 절대 보지 마. 눈을 봐선 아무것도 알아낼 수 없어. 막막해. 사기꾼 같으니라고. 턱수염을 봐야 돼. 내가 쪽지를 써서 줄 테니까 네가 그놈한테 보여줘. 그놈이 고르스트킨이라고 하지만, 사실은 고르스트킨이 아니고 랴가브이야. 근데 네가 그놈을 랴가브이라고 부르면 안 돼. 삐칠 테니까. 그놈이랑 이야기가 잘된 것으로 보이면 즉시 이리로 편지를 보내. '속이는 거 아니에요'라고만 써 보내. 만 천을 고수하다가, 정 뭐하면 천은 양보해도 돼. 더 이상 양보하지 마. 생각해봐. 8천이랑 1만 1천은 3천 차이잖아. 그러니까 내가 딱 3천을 더 벌게 되는 거잖아. 사겠다는 사람이 자주 나오는 건 아니거든. 근데 돈은 급히 필요하거든. 네가 거래가 해봄직한 거다 소식을 주면 내가 직접 여기서 휙 날아가서 해결을 볼게. 시간을 어떻게든 한번 내 보지. 지금이야 내가 어떻게 그리로 가냐 이거야. 만약 그 신부 가 허풍을 치는 거라면 어떡하냐고. 자, 너 거기 가줄 기지?"

"아뇨. 시간이 없어요. 부탁 못 들어드려요."

"야, 애비한테 좋은 일 한번 해라, 응? 그 은혜는 잊지 않을 게. 너희 왜 다 그렇게 무정들 하냐, 응? 하루나 이틀 정도 내 주는 게 뭐가 그렇게 어려워? 네가 어딜 간다고? 베네치아? 베 네치아가 이틀 늦게 간다고 해서 무너지지 않아. 내가 알렉세 이를 보내고 싶어도 알렉세이가 그 일을 어떻게 해내겠냐? 난 네가 똑똑한 사람이라서 보내는 것뿐이지. 그게 내 눈에 안 보 일 줄 아냐? 네가 삼림 거래를 하는 사람은 아니지만 그래도 보 는 눈은 있잖아. 이 일에선 보는 눈만 있으면 돼. 상대가 진심 으로 말하는 건지 아니면 속이려 드는 건지 말이야. 턱수염을 보면 된단 말이야. 턱수염이 흔들리면 진지하게 말하는 거야."

"도대체 왜 그 빌어먹을 체르마쉬냔가 뭔가에 날 밀어넣으 려 하시는 거예요? 네?" 하고 이반 표도로비치가 악의에 가득 찬 웃음을 지으며 소리 질렀다.

표도르 파블로비치가 악의는 눈치채지 못했거나 눈치채기 싫어했지만 웃음은 눈치챘다. 그래서 이렇게 말했다.

"그래, 가줄 거지? 가줄 거지? 내가 쪽지 적어줄게."

"모르겠어요, 갈지 못 갈지. 가는 도중에 결정할게요."

"왜 가는 도중에? 지금 결정해. 응, 얘야? 결정해. 합의가 되면 나한테 쪽지 두 줄만 써주고. 써서 신부한테 맡겨. 신부가 그 쪽지를 나한테 당장 보내줄 테니까. 그 뒤엔 널 더 이상 안 잡을게. 베네치아에 가도 돼. 널 도로 볼로비야 역까지 신부가 자기 말 태워서 데려다줄 거야."

표도르 파블로비치가 아주 기뻐하며 쪽지를 쓰고 말을 데려오라고 사람을 보내면서 먹을 것도 주고 코냑도 주었다. 그가 기분이 좋을 때는 언제나 감정 조절을 잘 못했으나, 지금은 어쩐지 자제를 하는 것 같았다. 예를 들어 드미트리 표도로비치에 대해선 한마디도 하지 않았다. 또한 이별을 하는 마당인데도 조금도 울적해하지 않았다. 무슨 말을 해야 할지조차 잘 모르는 것 같았다. 이 점을 이반 표도로비치는 잘 눈여겨보았다. '내가 지겹도록 오래 있은 게 맞나 보다' 하고 그가 속으로 생각했다. 현관 계단에 서서 아들을 전송할 때에야 비로소 표도르 파블로비치는 약간 분주히 굴면서 작별의 입맞춤을 하려고 했다. 그러나 이반 표도로비치는 입맞춤을 하기가 싫었던지, 재빨리 악수를 하려고 손을 내밀었다. 표도르 파블로비치가 곧장 상황을 파악하고 적시에 몸을 뒤로 뺐다.

"잘 가! 신의 가호를 빈다! 앞으로 언제 또 오긴 올 거지? 언제든지 환영이니까 오너라. 자, 그리스도가 함께하시길!" 하고 그가 현관 계단에 서서 말했다.

이반 표도로비치가 마차에 올랐다.

"잘 가, 이반아! 날 너무 욕하지는 마" 하고 표도르 파블로비치가 마지막으로 소리쳐 말했다.

스메르쟈코프 하며 마르파 하며 그리고리 하며 그 집 사람들 모두가 나와서 전송했다. 이반 표도로비치는 모두에게 10루블씩을 선사했다. 이제 완전히 마차에 자리를 잡고 앉자 스메르쟈코프가 융단을 바로잡으러 뛰어왔다.

"어쩌다 보니까 정말로 체르마쉬냐엘 가게 됐어" 하고 이반 표도로비치가 자기도 모르게 말했다. 어제도 그랬듯이 저절로 말이 튀어나왔다. 게다가 멋쩍게 웃기까지 했다. 그 뒤 그는 자기가 그랬다는 것을 오래도록 기억했다.

"그러니까 사람들이 하는 말이 맞군요. '똑똑한 사람하고는 이야기하는 것도 재미있다'라고요."

스메르쟈코프가 이반 표도로비치를 뚫어져라 쳐다보고서 확신에 찬 어조로 응했다.

마차가 출발하여 속력을 내기 시작했다. 여행을 시작한 이반의 마음속은 혼란했지만 그는 주위의 들판과 언덕, 나무들, 자기 머리 위의 맑은 하늘을 높이 나는 기러기 떼를 유심히 쳐다보았다. 그러다 보니 갑자기 기분이 좋아졌다. 그는 마부와 이야기를 나누려고 해보았고, 마부가 대답한 것 중 무언가에 아주 큰 관심을 갖기도 했다. 그러나 잠시 뒤 모든 말이 한쪽 귀로 들어와 다른 쪽 귀로 나간다는 것을 깨달았고, 사실은 그가 마부가 한 대답을 이해하지 못했다는 것을 깨달았다. 그는 말없이 가만히 있기로 했다. 가만히 있어도 기분이 좋은 게 사실이었다. 공기는 깨끗하고 신선하고 시원했으며 하늘은 맑았다. 머릿속에서 알렉세이와 카체리나 이바노브나의 모습이 가물거렸지만 그는 픽 하고 조용히 웃으며 그 머릿속 모습들을 후 하고 불어 날려 보냈다. '나중에 기억 날 때가 또 있겠지' 하고 그는 생각했다. 역까지 단숨에 달려왔고, 말을 바꿔 매고 볼로비야로 달렸다. '왜 똑똑한 사람하고 이야기하는 게 재미있을까? 그놈이 그 말을 한 저의가 뭘까?' 하는 생각이 문득 들었다. 계속해서, '난 또 뭐 하러 그놈한테 체르마쉬냐에 간다고 보고를 한 건가?' 하는 생각이 들었다. 볼로비야 역에 도착했다. 이반 표도로비치가 마차에서 내리자 역마차 마부들이 그를 에워싸 체르마쉬냐로 모시겠다고들 나섰다. 시골길을 따라 12베르스타를 영업용 마차로 모시겠다고 했다. 그는 마차에 말을 매라고 했다. 그가 역참지기가 근무하는 건물로 들어가려다가 주위를 둘러보았다. 그리고 여자 역참지기를 한번 쳐다보자마자 돌연 도로 현관으로 나왔다.

"체르마쉬냐 갈 필요 없다. 일곱 시까지 철도에 안 늦게 도착할 수 있겠나?"

"시간은 딱 적당합니다. 말을 맬까요?"

"서둘러 매라. 자네들 중 내일 읍내에 갈 사람 있나?"

"당연히 있습죠. 미트리가 갈 겁니다."

"미트리, 부탁 하나만 할게. 내 부친 표도르 파블로비치 카라 마조프한테 들러서, 내가 체르마쉬냐 안 갔다고 좀 전해주게. 그럴 수 있나?"

"당연히 들르지요. 표도르 파블로비치 씨를 오래전부터 압니다."

"자, 이거라도 받아두게. 왜냐하면 표도르 파블로비치가 자네한테 줄 리 만무하거든" 하고 말하면서 이반 표도로비치는 껄껄 웃었다.

"진짜로 안 주실 것 같습니다" 하면서 미트리도 웃고는 말했다. "감사합니다, 나리. 반드시 이행하겠습니다."

저녁 일곱 시에 이반 표도로비치는 객차에 올라 모스크바로 출발했다.

'이전 일은 다 잊는다. 이전 세계와 더불어 영원히 끝나버렸다. 이전 세계로부터 소식도 듣지 않을 거고, 돌아오라고 해도 돌아가지 않을 거다. 새로운 세계로, 새로운 곳으로 뒤를 돌아보지 말고 가자!'

그러나 그의 마음속에는 환희 대신 별안간 암흑이 내렸고, 여태까지 살아오는 동안 한 번도 느끼지 못했던 비애가 가슴속을 들쑤셨다. 그는 밤새 생각에 잠겨 있었다. 쏜살같이 달리는 기차가 새벽녘이 되어서야 모스크바로 진입할 즈음 그는 문득 정신을 차린 듯했다.

'나는 야비한 인간이다!' 하고 그는 자신에게 속삭였다.

한편 표도르 파블로비치는 아들을 전송하고 나서 아주 기분이 좋았다. 그는 두 시간 내내 거의 자신을 행복한 사람으로 느끼면서 코냑을 조금씩 마시는 중이었다. 그러다가 갑작스런 상황이 하나 터졌는데, 이는 집안 모든 사람들에게 더없는 안타까움과 불유쾌함을 가져다주는 상황이었으므로 표도르 파블로비치는 커다란 곤혹을 겪을 수밖에 없었다. 스메르쟈코프가 무슨 일 때문인지 지하실에 들어가다가 계단 맨 위로부터 밑으로 굴러 떨어진 것이다. 그때 마르파 이그나치예브나가 마당에 있다가 그 소리를 들은 게 그나마 다행이었다. 떨어지는 것은 못 봤지만 비명 소리를 들었다. 좀 이상하고 별스러운 비명이었지만, 그래도 그녀는 이미 오래전부터 알고 있었다. 그것이 간질 환자가 발작을 일으켜 넘어지며 지르는 비명임을. 그가 발작을 일으킨 것이 계단을 따라 밑으로 내려갈 때였기 때문에 당연히 즉시 의식을 잃고 밑으로 굴러 떨어졌는지, 아니면 그 반대로, 떨어져서 뇌진탕을 일으킨 것 때문에 발작이 일어났는지는 알 수 없는 일이었지만 아무튼 발견됐을 때 그는 이미 지하실 바닥에서 경련을 일으키며 몸을 뒤틀고 있었으며, 입에는 거품이 나와 있었다. 처음에는 그의 몸 어딘가가, 팔 아니면 다리가 부러지고, 또 타박상을 입었을 거라고들 생각했다. 그러나 마르파 이그나치예브나의 표현에 따르면 '주께서 보호해주셨다.' 그런 일은 일어나지 않았고, 다만 지하실에서 그를 바깥으로 꺼내는 게 힘들었을 뿐이다. 어쨌든 이웃들에게 도움을 청하여 겨우나마 그 일을 해냈다. 그때 표도르 파블로비치도 참여했고, 직접 돕기도 했다. 겁을 먹었고 당혹했던 모양이다. 그런데 스메르쟈코프는 계속 의식을 되찾지 못했다. 발작 증세가 한동안 멈췄다가는 재발하곤 했다. 그래서 사람들이 모두 결론을 내리기를, 작년에 그가 다락에서 실수로 떨어졌을 때 일어났던 것과 똑같은 증상일 거라고 했다. 그때 그의 정수리에다 얼음찜질을 했던 것을 기억해냈다. 지하실에서 얼음을 찾아내어 마르파 이그나치예브나가 얼음찜질을 시켰고, 표도르 파블로비치는 저녁때 게르첸슈투베 의사를 부르러 사람을 보냈다. 게르첸슈투베 의사가 즉시 달려왔다. 그는 환자를 세심하게 진찰해보더니(이 사람은 주 전체를 통틀어 가장 섬세하고 주의 깊은 의사였고 아주 존경받는 노인이었다), 발작이 강한 발작이라서 "위험할 수 있으며", 아직까지 자기, 곧 게르첸슈투베는 모든 것을 다 이해하지 못하지만, 지금 쓰는 약이 내일 아침까지 안 들으면 다른 약을 사용하겠다고 결론을 지었다. 환자를 별채에다, 그리고리와 마르파 이그나치예브나의 방 옆방에다 눕혔다. 하루 종일 표도르 파블로비치는 불행에 불행이 계속 겹치는 것을 겪었다. 마르파 이그나치예브나가 점심을 준비했는데, 국이 스메르쟈코프가 요리하던 것과 비교할 때 "마치 설거지한 물" 같았고, 닭고기는 너무 말라서 도저히 씹을 수가 없었다. 마르파 이그나치예브나는 비록 맞는 말이긴 했지만 주인의 쓴소리를 들으면서, 닭고기가 그러지 않아도 아수 오래된 거였다고, 그리고 자기는 요리사 수업을 받은 적이 없다고 변명을 했다. 저녁이 되자 다른 귀찮은 일이 생겼다. 사흘째 비실비실하던 그리고리가 드디어 완전히 몸져누웠다고 표도르 파블로비치는 보고를 받았다. 표도르 파블로비치는 차 마시기를 되도록 일찍 마치고 혼자서 집 안에 문을 잠그고 틀어박혔다. 그는 무섭고 불안하게 기다리는 게 있었다. 왜냐하면 바로 그날 그는 그루셴카가 거의 확실히 오리라 생각하고 기다리고 있었기 때문이다. 적어도 그는 아침 일찍 스메르쟈코프에게서, "그분이 다분히 의심할 여지 없이 오시겠다고 하셨습니다"라는 거의 확신에 찬 보고를 받았던 것이다. 안절부절못하는 그의 심장은 불안하게 뛰었고, 그는 자기의 빈 방들을 돌아다니며 귀를 기울여보곤 했다. 귀를 쫑긋 세우고 있어야 했다. 어디선가 드미트리 표도로비치가 그루셴카가 오는 것을 감시하고 있을 수 있었으니 말이다. 그러니 그녀가 창문을 두드리자마자(스메르쟈코프가 이미 사흘 전에 표도르 파블로비치에게, 자기가 그녀에게 어디를 두드려야 되는지 전해줬다고 말했었다) 가능하면 빨리 문을 열어, 그녀가 단 1초라도 현관에서 괜히 어물거리게 해서는 안 됐다. 그녀가 행여 겁을 먹고 도망치는 일이 없도록 하기 위해 말이다. 표도르 파블로비치는 굉장히 신경이 쓰였지만, 그래도 마음이 그토록 달콤한 희망에 젖어 있던 적도 또 없었다. 그녀가 이번에는 반드시 오리라고 거의 확실하게 말할 수 있었기 때문이다.

주석

1. 안나 그리고리예브나 도스토옙스카야(1846~1918): 도스토옙스키의 두 번째 아내다.

2. M. J. 레르몬토프의 「자신을 믿지 마라」라는 시를 약간 부정확하게 인용한 것.

3. 시므온이 한 기도의 첫 부분. 이 기도문은 교회에서 저녁 예배 때 낭독된다.

4. 피에르조제프 프루동(1809~1865): 프랑스의 사회학자, 경제학자, 무정부주의 성향의 유토피아적 이상주의자. 미하일 알렉산드로비치 바쿠닌(1814~1876): 러시아의 혁명가, 대중운동가, 무정부주의 이론가.

5. 당시 러시아 법에 따르면, 성년이 되는 나이는 만 21세였다.

6. 이 문제는 1864년에 전반적인 재판 개혁과 관련하여 대두되었다. 종교 재판의 재편과 관련한 논쟁은 1870년대에도 계속되었다. 어떤 이들(국민주의자들)은 종교 재판에 있어 국가의 지휘 체계를 굳혀야 한다고 주장했고, 또 어떤 이들(교회주의자들)은 이 재판이 교계에 완전히 종속되어야 한다고 주장했다.

7. 열차 내의 가장 저렴한 좌석.

8. 볼테르가 한 "만약 신이 없었다면 신을 꾸며내야 했을 것이다"라는 유명한 말을 아이로니컬하게 바꾼 것이다.

9. 『아이네이스』 제6곡에 대한 패러디에 나오는 시를 어느 정도 개작한 것이다. 이 패러디는 클로드 페로, 샤를 페로, 니콜라 페로 삼형제와 그들의 친구 보랭이 1648년쯤에 썼다.

10. 그리스도의 제자들 중 한 사람인 도마는 스승의 부활에 대한 이야기를 믿으려 하지 않다가, 부활한 그리스도가 직접 그에게 나타났을 때에 비로소 믿었다. (요한복음 20장 19~29절)

11. 성경에 전해지는 바에 따르면 하늘에 도달하고자 했던 사람들이 탑을 건설하기로 했다가 신에게 벌을 받았다. 언어에 혼란이 와서 그들은 서로 의사소통을 못 하게 되었고, 그들이 세우던 바벨탑은 무너져 내렸다.

12. 마태복음 19장 21절 등.

13. 시나이산은 시나이반도 남쪽의 산이다. 아토스는 그리스에 속한, 에게해에 있는 반도다. 이곳의 매우 오래된 수도원들에서 지켜지는 규약들이 동방 크리스트교 전체

의 규약이 되었다.

14. 콘스탄티노플(현재의 이스탄불)은 1453년에 터키 술탄 마호메트 2세에 의해 점령 당했다.

15. 파이시 벨리치코프스키(1722~1794): 러시아 정교 활동가. 수도원들을 많이 편력하 였고, 아토스산에 살았다.

16. 오프치나 베젠스카야 마카리에바 암자 수도원: 칼루가주 코젤스카야군에 있는 수 도원. 도스토옙스키가 1878년에 이 수도원을 방문했었다.

17. 달별, 날별로 배당되어 있는 성인들의 생애, 전설, 교훈을 담은 고대 러시아 문학의 기념비인 '프롤로그'의 10월 15일에 해당하는 이야기다.

18. 파르페니 수도사(1807~1878)에 대한 이야기다. 이 수도사가 쓴 책 '러시아, 몰다비 아, 터키와 성지를 편력하고 여행한 이야기'가 본문에 제시된 이야기를 담고 있는 데, 이 책이 도스토옙스키의 서재에 있었다.

19. 형과 유산을 나누는 일에 도움을 달라는 어떤 사람의 부탁을 듣고 그리스도가 한 말 (누가복음 12장 14절).

20. 미주 55번 참조.

21. 교회 서적들과 교회 풍습들 및 의식들에 대한 니콘 총주교(1605~1681)의 개혁에 반 대했던 사건.

22. 1814~1815년과 1815~1824년에 프랑스 왕을 지낸 루이 18세를 가리킨다.

23. E. F. 나프라브니크(1839~1916): 러시아의 작곡가, 상트페테르부르크 오페라의 지 휘자.

24. 드니 디드로(1737~1784): 프랑스의 작가, 유물론 철학자.

25. 플라톤(1737~1812): 모스크바 대주교, 유명한 설교자, 종교계 저술가, 종교계 활동 가, 예카체리나 2세 궁정과 가까이 지냈음. I. M. 스네기료프의 『모스크바 대주교 플라톤의 생애』에 디드로와 플라톤의 만남이 소개되었다.

26. 시편(14편 1절, 53편 1절)에서 인용한 말이다.

27. 예카체리나 로마노브나 다슈코바(1744~1810): 예카체리나 2세가 1762년에 일으킨 궁정 쿠데타에서 보좌역을 한 여자. 예카체리나 2세 재위기에 러시아 학술원 이사 장을 지냈고, 디드로와 만나곤 했다. 그리고리 알렉산드로비치 포춈킨(1739~1791): 러시아의 군인, 국정 활동가, 예카체리나 2세의 총신.

28. 누가복음(11장 27절)의 한 구절을 패러디했다.

29. 누가복음(10장 25절)에 나오는 구절이다.

30. "그가 거짓말쟁이요 거짓의 아비가 되었음이라"라는, 마귀에 대한 그리스도의 말 (요한복음 8장 44절)을 따라한 것이다.

31. 순교자전은 1년 365일간 읽을 수 있는 성인들의 생애에 대한 이야기와 교훈들을 담 고 있다. 표도르 파블로비치가 말하는 것은 정교 성인이 아니라, 프랑스의 주교였 던 '파리의 디오니시우스'라고 하는 가톨릭 성인에 대한 이야기다. 이 성인은 프랑 스 백과사전과 철학자들, 예를 들어 디드로와 볼테르의 가시 돋친 조소의 대상이 되 곤 했다.

32. 영대란 성직자가 입는 의복의 한 부분이다.

33. 마태복음(2장 18절)에서 인용한 예레미야 선지자의 말을 약간 바꾼 것이다.

34. 알렉세이라는 크리스트교 성인의 전기가 당시 민중 가운데서 아주 널리 읽혔는데, 여기서는 그 성인을 가리킨다.

35. 이 말은 누가복음(15장 7절)에서 따왔다.

36. 현재의 살례하르드시(市)이다. 이 시는 해당 군(郡)의 가장 북쪽에 위치한 마을이 었다.

37. 이반 투르게네프의 소설 「아버지와 아이들」에서 바자로브가 한 말이다.

38. 페테르부르크대학교 정교수이자 「교회 재판이 지니는 권한의 학술적 정립」(1875) 이라는 논설문을 쓴 M. I. 고르차코프를 가리키며, 바로 이 논설문의 내용이 여기서 인용되고 있다.

39. 이런 반응은 말장난으로서, 울트라몬타니즘(라틴어 'ultra montis'를 문자 그대로 해 석하면 '산 너머'라는 뜻이다)이라는 단어를 문자 그대로 인식한 데서 비롯된다. 울 트라몬타니즘이란 15세기에 가톨릭에서 발발한 사조로서, 그 신봉자들은 교계를 완전히 로마 교황에 종속시키려 했고, 로마 교황이 국가의 어떠한 세속적 일에도 간 섭할 권리를 지닌다고 주장했다. 19세기에 반동적 울트라몬타니즘이 특히 확산되 어, 혁명 운동의 반대 세력을 형성했다.

40. 38번 주석에서 소개한 논설문에서 인용했다. 이는 그리스도가 빌라도에게 대답한 말 '내 나라는 이 세상에 속한 것이 아니니라'(요한복음 18장 36절)를 새로 해석한 것이다.

41. 크리스트교는 4세기 초에 로마제국의 국교가 되었다. 325년에 니케아 세계 교회 회의에서 신조, 즉 크리스트교 교리의 집성이 만들어지고 교회와 국가 권력, 즉 세속 권력의 연합이 이루어졌다.

42. 세상 종말 전의 그리스도 재림에 대한 이야기다.

43. 교황령(수도: 로마)이 756년 특별 신정국으로 세워져 1870년까지 존재했다. 도스토옙스키는 가톨릭 교회가 국가 권력과 국가에 대한 복종이라는 기반 위에 세워진다고 간주했다.

44. 1073년~1085년에 로마 교황을 지낸 그레고리 7세는 교황의 권력을 무한하다고 보고 자신(과 자신의 추종자들)을 교회 및 속세의 계급 체계에서 최고 위치에 세우려고 했다.

45. 그리스도가 받은 세 번째 유혹(마태복음 4장 8~10절)에 대한 이야기다. 세 번째 유혹은 권력과 영광에 관련된 것이다.

46. 1851년 12월 2일에 루이 나폴레옹 보나파르트(1808~1873)가 일으킨 쿠데타.

47. 1855년, 군사 부문의 공로를 세운 사람에게 수여되던 성 안나 훈장 및 다른 훈장들에, 십자로 포개진 두 자루의 검 모양이 추가되었다.

48. 계명들 중 하나인 "너는 네 하나님 여호와의 이름을 망령되게(욕되게) 부르지 말라"가 연상되도록 말하고 있다.

49. F. 실러의 『간계와 사랑』 제4막 제3장이 연상되도록 말하고 있다.

50. 도스토옙스키는 인간이 사회 환경 및 상황에 좌우되는 수동적인 존재라고 하는 이론을 수긍하지 않았다. 그에 따르면 그런 이론은 인간이 윤리적 책임을 스스로 지지 않기 위해 만든 것이었다.

51. 누가복음(7장 37~47절)에 나오는 일화의 의미를 마음대로 해석하여 왜곡하는 말이다.

52. 교회력이란 크리스트교 성인 및 크리스트교 명절을 달력 형식으로 나열해놓은 목록인데, 사실 그것으로 친족 관계를 증명하는 것은 불가능하다.

53. 블랑망제는 프랑스어(blanc-mander)며 크림 혹은 편도유로 만든 젤리를 가리킨다.

54. 폰 존 살인 사건은 1870년 3월 28일과 29일 상트페테르부르크 관구 법원에서 심리에 놓였다. 폰 존은 페테르부르크 중심가의 매음굴로 유인되어 잔인하게 살해되고 재물을 갈취당했다.

55. 13세기 전까지는 크리스트교인들에게 공개적으로 고해 성사를 행하는 풍습이 있었고, '비밀'(개인적) 고해 성사가 제정된 뒤에도 공개적 고해 성사는 계속 존재했었다.

56. 채찍파, 혹은 고행파란 17세기에 러시아에서 발생한 종교 분파다. 이 분파의 주된 교리는 인간의 육체를 악마로부터 정화하는 목적을 갖는 무아지경에 빠지는 의식을 통해 인간 속에 신성을 구현한다는 것이다.

57. 종무원이란 1721년에 표트르 1세에 의해 창설된, 러시아에서 정교 교회를 관리하던 최고 기관이다.

58. 혁명 전 러시아에서 손에 꼽히던 대규모 상사들 중 하나다.

59. 전 세계 종교 회의(크리스트교 최고 성직자들의 대집회) 중 정교회가 올바른 종교 회의로 인정하는 것은 제1차부터 제7차까지다. 제1차 종교 회의에서는 아리우스파가 비난을 받았고, 그 이후로 거의 매 종교 회의에서 누군가가 저주와 비난에 처해졌다.

60. 욥기란 구약성서 중의 한 책이다. 이삭 시린은 교회 성직자들 중 한 사람으로, 7세기의 크리스트교 작가다.

61. N. A. 네크라소프의 시 「오해와 몽매로부터 벗어나」에서 발췌했다.

62. A. S. 푸시킨의 동화 「어부와 물고기」를 말한다.

63. 괴테의 시 「신성」에 나오는 말이다.

64. F. 실러의 유명한 시이다.

65. A. N. 마이코프의 시 「얕은 돋을새김」의 마지막 부분에 나오는 행들이다. 실레노스는 그리스 만신사상에 등장하는 술과 비옥함의 신인 바쿠스의 동행자다.

66. 드미트리는 F. 실러의 시 「에레우시스의 비의」의 두 번째, 세 번째, 네 번째 연을 인용하여 자신의 고백을 시작한다.

67. 「에레우시스의 비의」의 일곱 번째 연의 전반부다.

68. A. A. 페트의 시 「F. I. 츄체프에게 바침」에서 차용한 이미지다.

69. A. A. 페트가 러시아어로 번역한 괴테의 시 「인류에 지어진 경계」에서 차용한 이미지다.

70. F. I. 츄체프가 러시아어로 번역한 실러의 시 「환희의 송가」에서 발췌한, 제7연과 제5연이다.

71. 소돔과 고모라: 성경(창세기 19장 24~25절)에 나오는 성읍들로서, 그 주민들이 음탕한 행실과 죄악의 대가로 신의 혹독한 벌을 받았다. '성모적 이상'과 '소돔적 이상'이란, 선과 악, 도덕적인 미와 도덕적 측면에서의 추함을 상징적으로 나타내는 말이다.

72. 폴 드 코크(1793~1871)는 지난 세기 러시아에 잘 알려져 있던 프랑스 소설가다.

73. '지나가는 자들은 자기 머리를 흔들며 예수를 모욕하여'라는 마태복음 27장 39절을 연상시키는 말이다.

74. 1832년에 도스토옙스키의 부모가 매입한, 툴라주 카쉬라군에 있는 마을이 체르마쉬냐다.

75. S. N. 스마라그도프가 쓴 학습서 『초기 학교를 위한 세계사 요약』을 가리킨다.

76. I. N. 크람스코이(1837~1887): 러시아 '순회전람화파'에 속하는 화가. 「관조자」라는 그림은 순회 전람 조합이 1878년 4월 9~22일 페테르부르크에서 개최한 제6회 전람회에서 선보였다.

77. 쿠만인들에게 포로로 잡혀 1875년 11월 21일에 마르길란에서 사망한 투르키스탄 제2대대 소속의 하사관 포마 다닐로브에 관한 이야기다. 도스토옙스키는 『작가의 일기』에서, 포마 다닐로브의 영웅적 죽음에 대하여 몇 페이지에 걸쳐 서술했다.

78. A. S. 푸시킨의 시 「술탄 왕 이야기」에 나오는 구절을 약간 바꾼 것이다.

79. "만일 너희에게 믿음이 겨자씨 한 알 만큼만 있어도 이 산을 명하여 저기로 옮겨지라 하면 옮겨질 것이요"(마태복음 17장 20절)와 "만일 너희가 믿음이 있고 의심하지 아니하면 이 산더러 들려 바다에 던져지라 하여도 될 것이요"(같은 책 21장 21절)라는 그리스도의 말을 의미한다.

80. "비판하지 말라. 그리하면 너희가 비판을 받지 않을 것이요, (…) 너희가 헤아리는 그 헤아림으로 너희도 헤아림을 도로 받을 것이니라"(누가복음 6장 37~38절)라는 그리스도의 말을 인용하려고 시도한 것이다.

81. 사드 후작: 본래는 사드 백작인 프랑스 작가 도나시앵 알퐁스 프랑수아(1740~1814)의 필명. 잔혹하고 음란한 작품들을 썼다.

82. 알렉시스 피롱(1689~1773): 프랑스의 시인, 극작가. 초기 작품들을 통해 추잡한 작가라는 평판을 얻었다.

83. 아르베닌은 『우리 시대의 영웅』을 지은 레르몬토프의 다른 작품인 『가장 무도회』의 주인공이다. 표도르 파블로비치는 아마 일부러 아르베닌을 '우리 시대의 영웅'의 주인공과 헷갈리는 척하는 것 같다.

84. 19세기에는 '방', 곧 '방향'에 해당하는 러시아어 단어가 지역이나 나라를 뜻하는 말과 구분되지 않았다. 그러다 보니, 드미트리가 여기서 사방, 곧 동방, 서방, 남방, 북방을 염두에 두고 말했다가, 이 '방'의 개념을 '대륙' 혹은 '주'('5대양 6대주' 할 때의 '주')의 개념과 헷갈려, 자기가 잘못 말했나 하고 '오방'으로 고쳐 말한 것이다. 즉 올바로 말하려면 '5대주'로 말했어야 한다. 19세기 러시아에서는 세계의 대륙(혹은 주)을 유럽, 아시아, 아프리카, 아메리카, 오스트레일리아 등 5대주로 잡고 있었다.

85. 병자성사: 사망에 앞서 행해지는 크리스트교 의식들 중 하나.

86. 예카체린부르크는 19세기에 페림주의 군청 소재지였다.

87. 성병(聖餠): 정교 예배에 쓰이는 흰 빵.

88. 사순제: 사육제에 해당하는 명절 후에 부활절에 이르기까지 7주 동안 계속되는 대재(大齋).

89. 고난주간: 대재의 마지막 주.

90. 성금요일, 성토요일, 성목요일: 고난주간의 날들로서, 그 상징 체계가 그리스도의 고난과 죽음에 관한 복음서의 이야기와 연관되어 있다.

91. 소아시아의 도시 라오디게아에서 360년 혹은 370년에 종교 회의가 열렸는데, 당시 정해진 규칙이 교회 법규를 구성하게 되었다.

92. 오순절(혹은 오순절 주간): 성령강림제의 제1일, 부활절 이후 50일째 되는 날, 혹은 성령강림제의 제1일 이후 이어지는 전 주간.

93. 크리스트교의 상징 체계 내에서 성령이 비둘기의 모습으로 묘사된다.

94. "그가 또 엘리야의 심령과 능력으로 주 앞에 먼저 와서"라고 세례 요한에 대해 말해진 바(누가복음 1장 17절)를 의미한다.

95. "내가 이 반석 위에 내 교회를 세우리니 음부의 권세가 이기지 못하리라"라는, 그리스도의 입을 통하여 나온 말(마태복음 16장 18절)을 인용했다.

96. 소년이 '가르니투르(러시아어로 차용된 독일어 단어 'Garnitur')'와 '그로 드 투르'(러시아어로 차용된 프랑스어 표현 'gros de Tours')를 헷갈려서, '그로 드 투르'라고 해야 하는 경우인데 '가르니투르'라고 했다. '그로 드 투르'란 굵은 골이 있게 짠 평직 견직물이다.

97. F. 실러의 발라드 '장갑'에서 인용한 말.

98. 쉬토프: 미터법 적용 이전의 러시아제국의 액체 부피 단위. 1.2299리터에 해당함.

99. 17세기부터 19세기 초까지 널리 펴져 있던 프랑스식 표현이다. 프랑스어로 'prenez place'는 '앉으십시오'라는 의미다.

100. A. S. 푸시킨의 시 「악마」에서 인용했다.

101. 대위 부인의 말실수 속에서 '카라마조프'라는 지어낸 성의 내적 형상이 드러난다. 이 성은 '카라'(투르크어족에 속하는 언어들에서 '검다'는 뜻)와 러시아어 어원인 '마즈'('칠하는 것', '바르는 것')에서 나왔다. (참고: Komarowitsch W. Dostojewski und George Sand. S. 205) 대위 부인이 실수로 말한 성 '체르노마조프'에서 '체르노'란 순수 러시아어로 '검다'는 뜻이다. - 해설자의 주에 번역자가 설명을 덧붙인 주

102. 나폴레옹 1세(1769~1821)는 스메르쟈코프가 말하는 나폴레옹 3세(1808~1873)의 아버지가 아니라 삼촌이었다.

103. A. S. 푸시킨의 시 「아직 차가운 바람이 분다」의 구절을 알게 모르게 인용했다.

104. A. S. 푸시킨의 풍자시 「어느 날 왕이 이런 말을 들었다」에 나오는 구절 '아첨꾼들이여, 아첨꾼들이여, 아무리 비열해도, / 고결한 태도는 보존하도록 노력하시오'를 약간 틀리게 인용했다.

105. 프랑스의 작가이자 계몽사상가였던 볼테르를 두고 말하는 것이다. 이반이 인용한 글귀는 「세 명의 참칭자에 대한 새 책의 저자에게」라는 111번째 서한에 나온다.

106. 요한복음의 시작 부분(1장 1~2절)을 암시한다.

107. 이반이 이야기한 이 일화는 G. 플로베르의 『성인 율리안 밀로시치비에 관한 전설』에서 발췌한 것이다. 많은 병자들이 그 성인의 유해를 만져서 병이 나았고 그래서 그를 '밀로시치비'(너그럽고 친절하고 호의적인 사람)라는 별명으로 부르게 되었다. - 해설자의 주에 번역자가 설명을 덧붙인 주

108. 폴로니우스가 오필리어에게 한 말(『햄릿』 1막 6장)을 두고 한 말이다.

109. N. A. 네크라소프(1821~1877): 러시아의 시인, 소설가, 사회평론가, 민주주의 혁명가, 러시아 문학 고전 작가.

110. N. A. 네크라소프의 '날씨에 대하여: 거리의 인상' 시리즈에 속한 시 「황혼이 내리기까지」를 가리킨다.

111. S. L. 크론베르그 사건을 일컫는다. 이 사건을 도스토옙스키는 1876년에 해당하는 『작가의 일기』에서 발표했다.

112. 크론베르그 사건에서 변호를 맡았던 사람은 V. D. 스파소비치(1829~1906)였다.

113. 알렉산드르 브룬스트, 에브게니야 브룬스트 부부 사건을 일컫는다. 이 두 사람은 1879년 만 다섯 살짜리 딸을 학대한 죄로 재판을 받았다.

114. '루스키 아르히브'('러시아 고문서(古文書)'라는 뜻임; 1863~1917)라는 잡지와 '로스 카야 스타리나'('러시아 고사(古事)'라는 뜻임; 1870~1918)라는 잡지를 일컫는다. 그러나 L. P. 그로스만이 밝혀낸 바에 따르면 개들이 물어 죽인 소년에 대한 이야기는 '루스키 베스닉'(러시아 소식이라는 뜻임) 1877년 제9호 pp. 43~44에 실렸다.

115. 봉건제도를 폐지(1861)한 것으로 인해 '해방자'로 불린 알렉산드로 2세(1818~1881) 를 말한다.

116. 두 이야기, 즉 최초의 인간들이 죄를 범하여 자기들에게 주어졌던 낙원을 잃어버린 이야기, 그리고 사람들을 위하여 하늘의 불을 훔친 티탄족 프로메테우스의 이야기 가 하나로 묶였다.

117. 성경의 한 예언서를 암시한다. (이사야서 11장 6절 이하)

118. 신약성경의 한 책인 묵시록(요한계시록)의 여러 구절들을 자유롭게 끼워 맞춘 것이 다.

119. 이반의 이 말은 실러의 시 「체념」에 나오는 기도에 근원을 둔다.

120. 루이 11세: 1451년부터 1483년까지 프랑스 왕을 지냈다.

121. 소설 『파리 성모 성당』에는 왕세자(왕위 계승자)가 태어난 이야기가 아니라, 플랑드 르 사신들이 와서 왕세자와 플랑드르의 마르가리타를 서로 결혼시키려 하는 이야 기가 나온다.

122. 『파리 성모 성당』의 시작 부분에 15세기 파리의 민속 명절 행사가 묘사된다. 이 행 사에서 성모 마리아의 '자비로운 재판'에 관한 기적극 공연이 펼쳐진다.

123. 종교적 내용을 바탕으로 하는 작자 미상의 소설들과 시들로서, 이런 작품들은 당시 교회에서는 인정을 못 받았으나 중세 전체를 통틀어 서유럽과 동유럽에 매우 확산 되어 있었다.

124. 고대 러시아에 일찍 유입된 비잔틴에 근원을 두는 유명한 이야기들 중 하나인 '고통 의 길을 다니는 성모'를 가리킨다.

125. 요한계시록 3장 11절 등.

126. 여기서 이야기된 것은 복음서에 기원을 둔다. (마가복음 13장 32절 등)

127. F. 실러의 시 「열망」에서 인용했다.

128. 종교 개혁, 즉 가톨릭 교회와의 투쟁의 형태로 16세기에 대부분의 서유럽 국가들을 휩쓴 광범위한 반봉건적 운동을 염두에 두고 한 말이다.

129. 묵시록(제8장 제10~11절)의 부정확한 인용이다.

130. 시편 118편 27절을 왜곡한 것이다.

131. F. I. 츄체프의 시 '이 불쌍한 마을들……'의 마지막 연

132. 이는 로마 가톨릭 교회가 지니던 제도로서, 그 목적은 이교도들을 색출하여 재판하고 처형하는 것이었다. 13세기에 발생한 스페인의 종교 재판은 15세기 말 최초의 '대심문관' 토르케마다(1420~1498)의 활동으로 인해 한층 강화되어, 그 잔인함이 대단했다.

133. A. I. 볼레쥐아예브의 서사시 '코리올란'에 나오는 행들을 어느 정도 변형한 것

134. 복음서들에서 언급되는 그리스도의 재림(마태복음 24장 27절 등)에 대한 이야기임.

135. 16세기에 스페인 사람 이냐시오 데 로욜라(1491~1556)에 의해 창설된 예수회 교단의 표어

136. 그리스도가 "그 아이의 손을 잡고 이르시되, '달리다굼' 하시니, 번역하면 곧 '내가 네게 말하노니, 소녀야, 일어나라' 하심이라. 소녀가 곧 일어나서 걸으니……"라는, 소녀의 부활에 대한 복음서의 이야기(마가복음 5장 41~42절)

137. A. S. 푸시킨의 비극 '돌 손님'에 나오는, '따뜻한 공기는 움직임 없고, 밤은 레몬과 / 월계수의 냄새를 풍기네'라는 구절을 변형시켜 인용한 것

138. 여기서, 또한 여기 이후로 대심문관은 자유자재로 복음서 구절들을 인용한다.

139. 여기서는 그리스도가 마귀에게 시험받은 데에 대한 복음서의 이야기를 말함이다 (마태복음 4장 1~11절).

140. 묵시록의 서로 다른 구절들(요한계시록 13장 4절, 13절)을 자유롭게 합친 것

141. 여기서 자주 인용되는 묵시록을 집필한 사도 요한을 말하는 것임(요한계시록 7장 4~8절).

142. 신권정치가 이루어지는 나라(로마를 중심으로 하는)가 형성된 것을 말함.

143. 티무르(태멀레인, 타메를란; 1336~1405): 중앙아시아의 군사 지도자. 칭기즈 칸(테무진; 1155(?)~1227): 몽고 제국의 창시자

144. 여기서와 이 이후에 묵시록의 환상적 이미지들이 사용되었다(요한계시록 13장, 17

장 3~17절).

145. 묵시록에서 인용한 것(요한계시록 6장 11절)

146. 요한복음에서 인용한 것(10장 16절)

147. A. S. 푸시킨의 시 「추억」(1828)에서 약간 부정확하게 인용한 말

148. 아시시의 프란치스코(1181 혹은 1182~1226)를 암시하는 말. 가톨릭 교회에 의해 성 프란치스코에 대하여 쓰이게 된 Pater Seraphicus란 이름은 그의 생애에 있었던 전설적 사건, 즉 그리스도의 환영이 스랍(즉 세라핌)의 형상을 하고 프란치스코를 한 번 방문한 일에 기인한다.

149. 리차르드는 보바 코롤례비치에 대한 번역 소설에 나오는 그비돈 왕의 종이다. 멍청한 종을 비유적으로 리차르드라고 부르곤 했다. - 해설자의 주에 번역자가 설명을 덧붙인 주

옮긴이 김환

고려대학교 노어노문학과, 한국외국어대학교 통역대학원 한국어 통번역학부 한노과를 졸업했다. 상트페테르부르크 국립대학교에서 어문학 박사학위를 취득했고 상트페테르부르크 소재 출판사에서 번역가로 활동했다. 상트페테르부르크 국립대학교 한국어 강사, 러시아 게르첸국립사범대학교 동양어과 조교수를 역임했으며 현재 출판번역에이전시 베네트랜스에서 러시아어 통번역 프리랜서로 활동 중이다. 2019년 제17회 한국문학번역상 러시아권 수상자로 선정되었다.

카라마조프 가의 형제들 1

초판 1쇄 발행 | 2022년 9월 22일

지은이 | 표도르 도스토옙스키
옮긴이 | 김환

펴낸이 | 이삼영
펴낸곳 | 별글
블로그 | http://blog.naver.com/starrybook
등록 | 제 2014-000001호
주소 | 경기도 고양시 덕양구 고양대로 1393, 4층 403호(성사동)
전화 | 070-7655-5949   팩스 | 070-7614-3657

ISBN 979-11-89998-47-9
      979-11-89998-14-1 (세트)

• 별글은 독자 여러분의 책에 대한 아이디어와 원고 투고를 기다리고 있습니다. 책 출간을 원하시는 분은 이메일 starrybook@naver.com으로 간단한 개요와 취지, 연락처 등을 보내주세요.